FROM

从 | 长 | 安 | 出 | 发

从长安到罗马 /上/

汉唐丝绸之路全程探行纪实

王蓬 著

CHANG'AN

陕西新华出版传媒集团
太 白 文 艺 出 版 社

TO ROME

图书在版编目（CIP）数据

从长安到罗马：汉唐丝绸之路全程探行纪实：全2册 / 王蓬著. — 2版. — 西安：太白文艺出版社，2018.2
（从长安出发）
ISBN 978-7-5513-1335-3

Ⅰ. ①从… Ⅱ. ① 王… Ⅲ. ①纪实文学—中国—当代 Ⅳ. ①I25

中国版本图书馆CIP数据核字（2017）第278478号

从长安出发
从长安到罗马：汉唐丝绸之路全程探行纪实
CONG CHANG'AN DAO LUOMA：HAN-TANG SICHOUZHILU QUANCHENG TANXING JISHI

作　者	王蓬
责任编辑	彭雯
书籍设计	张洪海
出版发行	陕西新华出版传媒集团
	太白文艺出版社（西安北大街147号 710003）
	太白文艺出版社发行：029-87277748
经　销	新华书店
印　刷	陕西金德佳印务有限公司
开　本	787mm×1092mm　1/16
字　数	700千字
印　张	39.25
版　次	2011年1月第1版
	2018年2月第2版 第1次印刷
书　号	ISBN 978-7-5513-1335-3
定　价	96.00元（全二册）

名家推荐

陈忠实（中国作家协会原副主席，著名作家）

　　王蓬近十几年潜心于历史文化研究，由蜀道到丝绸之路，硕果累累。不下百万字的作品，奠定了由学者到作家的基础，完成了一次升华式的蜕变。

贾平凹（陕西省作家协会主席，著名作家）

　　要推举汉代之风，在霍去病墓前看石雕，汉代的艺术竟能在原石之上，略凿一些流利线条，石虎石马之形象就凸现出来，这才是艺术的极致。所以，在整个民族振兴之时振兴民族文学，我是崇拜大汉朔风的。王蓬近期的一系列作品，蜀道和丝绸之路是朝这个方向在努力并取得了显著成效，应该使我效法，陕西的其他作家应该向他学习。

阎　纲（《小说选刊》原主编，著名文学评论家）

　　陕西出了个徐霞客。王蓬先后 20 次沿丝路之路重镇西行到喀什，后来出访巴基斯坦，又周游欧洲各国，最后到达丝绸之路终点罗马。从长安到罗马，多么逶迤，多么神奇啊！我在季成家主编的《丝绸之路》上读到他大量的西域记行，为他的毅力和才情所叹服。

查　舜（宁夏回族自治区文联副主席，著名回族作家）

王蓬的这部作品给我们的启示是：对于一个想成就一番事业的人来说，大都要有一个比较宽广的胸怀。只有这样，才有可能对国内国外各个地区、民族和国家的人和事毫无偏见。这部书中仅是那每一份素材的获得，都不知跑了多少路、问了多少人、翻了多少书、下了多少苦，这是那种患得患失的小心肠人根本不可能完成的事情。

聂鑫森（湖南省作家协会副主席，著名作家）

这部作品不是一般意义上的文化散文或文化随笔，而是表现出了王蓬学养上的扎实功力，融实地勘查、史乘考证、文字叙述于一体，浪漫的抒情与严谨的辨析相携而行，久远的历史与亲近的现实息息相关，情境、文境、史境互为叠合，摇曳多姿。

赵本夫（江苏省作家协会副主席，著名作家）

在王蓬的作品中，我感到一种可贵的东西，就是敬畏。对历史，对山川，对百姓，对一切应当敬畏的事物的敬畏。一个狂妄自大、不知天高地厚、张牙舞爪的人，其实是浅薄的。而一个有着敬畏之心、平静而憨拙的人，才真正是聪明而有力量的。我有理由相信，王蓬会走得更远。

1

目录

4

序一

季成家

▲王蓬在西北师范大学《丝绸之路》编辑部与季成家教授交谈

办刊物，当编辑，我是半路出家。因为主编《丝绸之路》，疏远了此前的职业和专业，但也因此多了一些对丝绸之路历史和现实的了解，结识了一些以丝绸之路为研究和写作对象的史学界和文学界的朋友。王蓬便是其中一位。他是介于文学和史学两界的作家和学者。他著述等身，尤其擅长纪实性文学的写作；他尊重历史，许多作品都是建立在对历史的实地考察和史料的充分研究的基础上才完成的。眼前这部《从长安到罗马——汉唐丝绸之路全程探行纪实》（其中许多作品在《丝绸之路》上都曾编发过），就是他遵循"以史学的视角看丝路，以文学的笔法写历史"的原则，用十几年的时间，二十多次西行，不懈地努力探索，不懈地努力写作，可以说是"读万卷书，行万里路"之后，而完成的一部皇皇巨著。

阅读这部书稿，获益匪浅，给我印象最深的有三个方面。

首先是规模宏大。全书五卷近一百章，六百余幅图片，六十余万字，可以说包容了丝绸之路历史的方方面面：有许多影响历史进程的重大事件，比如河西归汉、海塞之争、张骞凿空、隋炀帝西行、土尔扈特回归祖国等；有许多曾经辉煌又消失的王国，比如楼兰国、西夏国、仇池国、吐谷浑国等；有许多富于传奇色彩的历史人物，如张骞、班超、霍去病、细君、解忧、冯嫽、王昭君、玄奘、成吉思汗、林则徐、左宗棠等；有历史上活跃在丝绸之路上的众多民族，如匈奴、回纥、党项、吐蕃、吐谷浑、蒙古等。如果说，他从长安出发，经关陇河西、塔里木河流一路考察，一路写来，是出于对祖国大好山河的热爱，那么，他笔下的国外部分则体现了对历史负责的态度。从与新疆接壤，直到濒临阿拉伯海的卡拉奇，这条中国通往古印度的丝绸之路；再是欧洲部分，与丝绸之路相关的国家与城镇，直到丝路终点罗马，他都下了功夫，依据典籍，实地考察，一丝不苟，十分认真。同时，对于今天丝绸之路沿线发生的巨大变化：连霍高速、敦煌研究、民勤绿洲、旅游边贸乃至于环境、生态、雪线、河流、沙尘暴、胡杨林……他都给予了极大的关注，从而使得这部书线繁、面广、人众、事多，有厚重之感，无浮泛之嫌。

第二，这部书稿虽然涉及历史事件和历史人物众多，线索纷繁，但作者对每一个章节所涉及事件的来龙去脉、人物的身世经历和重要贡献、关隘烽燧设置的年代及其发挥的作用、民族的演变和王国的消失，都下了功夫，做了深入的了解和思考，交代得清清楚楚，这也体现了他经过多年的探索和努力，对丝绸之路的历史和现实有了整体上的认识和把握。

王蓬认为，丝绸之路是在漫长的历史岁月中，由不同国家、不同民族、不同职业、不同目的的千千万万的人前赴后继踩踏和开创出来的。这当中除了负有官方和精神使命的官员、军人、僧人，更多的则是由于利益驱使，汇聚到丝路上来的商贸驼队。他们大多是短途贩运，货物从一个城市至另一个城市，商队从一个国家到另一个国家。丝路自身也会由于战争和自然灾害，此塞彼通，成网状发展，商品多次接力运送，道路多条通塞会合，最终组合构成长达七千公里，沟通欧亚的丝绸之路。在长达千年的过程中，不同国家、不同民族、不同信仰的人群，为达到交流、交易的目的，又会不断地互相适应、互相影响，各自以自己独特的文化背景，去影响对方，结果是人类的视野不断扩大，精神不断开放，文化不断积累，因而丝绸之路在学者们的眼中，也就成了一条海纳百川、沟通东西的"文化运河"。

以上这段话，较为符合丝绸之路的实际情况，应该说是王蓬多年探索丝绸之路后在思想认识上的结晶。由此，也可以看出王蓬探索丝路、写作丝路，在认识和思考上所达到的深度和高度。

第三，王蓬在探访和写作丝绸之路上十分用心、专注和执着。我从开始认识他到现在，已经十多个年头。这十多年里，他就十多次探访丝绸之路。几乎每次途经兰州，他都同我们见面。或是朋友相聚，或是他来看我，交谈的内容也多和丝路相关。他或谈一路的感受，或介绍新发现的某个烽燧和驿站，或议论曾对保护敦煌文物、沿途古迹做出贡献的某个人物，其对文化古迹的关注、对先贤的敬仰，都情不自禁，溢于言表。一次，朋友聚会间，说起兰州，王蓬激动地站起来，说这是黄河母亲的伟大创造，黄河母亲从天际流淌下来，日夜奔腾不息，硬是在青藏高原、黄土高原之间，形成一条近百公里的带状盆地，安顿下兰州这座省会城市，因而兰州应是中国西部最有气势和生机的城市。这段话被一个记者写下来，发在甘肃的报纸上。这一刻，我被这位作家的激情和灵性深深感动。

丝绸之路是内容丰富的大课题。把这个课题做好，对于提高我们民族的凝聚力和自信心，对于弘扬祖国悠久优秀的历史文化，有十分重要的历史意义和现实意义。从这个角度讲，王蓬这部《从长安到罗马——汉唐丝绸之路全程探行纪实》的写作和出版，其价值是不言而喻的。他邀请我写序言，从朋友，从事业，于情于理都义不容辞。写下这些话，也是表达我对王蓬这位学者型的作家的敬重和对这部厚重作品出版的最衷心的祝贺。

季成家，西北师范大学教授，文学评论家，《丝绸之路》主编，曾参编高校教科书《中国当代文学史》（三卷本），主编地方文学史《西部风情与多民族色彩——甘肃文学40年》和工具书《丝绸之路文化大辞典》，有《文学评论集》等著作出版。

序二
一轴精心绘制的丝路艺术长卷

韩梅村

▲王蓬与韩梅村教授探讨文稿

这无疑是一轴用智慧和辛劳精心绘制出来的关于丝绸之路的艺术长卷。著名作家王蓬从1983年到2009年，二十余年间，或自备车辆，或随作家代表团出国访问，或借助某些文学笔会提供的方便条件，先后二十次踏上昔日的丝绸之路，悉心观察并感受着沿途的城市或农村、高山峻岭或茫茫草原、衣食住行或风俗民情、历史遗迹或民间传闻、寺庙经院或各类民居。作家不惜重金，自购举凡有利于了解沿途历史沿革和现实风情的各种地方史志或相关图书，还"拥有从超广角鱼眼到长焦的各类镜头"，随时拍摄沿途自认为有价值的各种内容的照片。正是经过这种超乎寻常的努力和艰苦实践，作家每次出行才多有收获。于是每当他返家后，便立即将通过各种途径获取的资料拿来相互参照，辨析梳理，认真解读，以俾其融会贯通，激动于胸，然后再以色彩鲜明的感情做丝线，精心绘制着他的丝绸之路艺术长卷。这样，年复一年，经过二十多个春秋，这幅以丝绸之路为题材的艺术长卷终于以其特有的丰姿韵味出现于人们眼前。

这轴艺术长卷堪称画面宏阔，气势浩瀚。

这首先是由于作家依据丝路研究专家的界定，不仅对传统意义上的丝绸之路的国内路段经过的每一主要关隘、河山和城乡做了十分翔实的艺术描述，而且对境外沿线主要国家及其城市的各个生活层面，也进行了力所能及的考察和反映。平心而论，仅此一端，这轴艺术长卷的画面已经十分宏阔了。然而作家并未满足于此。在作家看来，"历经千年积淀，'丝绸之路'已成为一种沟通交流的文化符号"，因此，他认为，不仅传统意义上的丝绸之路，应当进入其表现的视野，而且"举凡草原丝路、回纥丝路、西南丝路都应纳入其范畴"（《引言》），成为其艺术观照的对象。作家不仅这样说了，而且身体力行。翻开《从长安到罗马——汉唐丝绸之路全程探行纪实》目录，除卷一"万里丝路起长安"和卷五"条条大道通罗马"外，中间三卷则分别为"河西走廊多诱惑""西域亘古非坦途""茫茫草原有丝路"。这样，丝绸之路的国外疆域不仅有所拓展，国内地域更是涵纳了差不多半个中国。笔者以为，无论学术界对于作家的这一界定是否完全认同，但有一点是毋庸置疑的，那就是，历史上先后兴起于草原地区的各个民族，青藏高原上先后崛起的吐谷浑、党项、蒙古、鲜卑、回纥等民族，他们与占据中原地区的历代王朝茶绢马匹互易，互通有无，则完全符合丝绸之路开通的初衷。至于吐蕃强盛，丝绸之路北移，在长达八十年时间里，由回纥主导与中亚和欧洲地区的贸易，应该说，也符合丝绸之路定义的实际内涵。这样，作家笔下丝绸之路覆盖的地域就达到了空前辽阔的地步。因此称其画面宏阔，气势浩瀚，可说是恰如其分。

二

传统意义上的丝绸之路，由长安出发之后，可经三条路线进入河西走廊，而在到达敦煌后，又出现了许多分岔，这就给作家对丝绸之路的叙说带来了很大不便。而作家在对丝绸之路的审美观照中，又依据自己对丝绸之路的理解，在原先丝路范围之外又增加了草原丝路与河西回纥道等多条路线，可说更是头绪繁多，难免治丝益棼。但作家对全书结构是经过认真考量的：本书第一部分为"万里丝路起长安"，先长安、渭城，然后陈仓（今宝鸡）、天水，自东而西，一路写来，当写至"黄河古渡越天险"却猛然打住，依据地理脉势把黄河以东划为卷一，然后依序是"河西走廊多诱惑""西域亘古非坦途"，从长安到边城喀什，回头再写卷四"茫茫草原有丝路"。从东起大小兴安岭、呼伦贝尔、锡林郭勒直到伊犁中哈边境。最后部分则以"条条大道通罗马"总收全书，从而使整个画面散而有序，清晰地显示了其画卷内容的逻辑层次，可谓条理分明，秩序井然。

三

本书的又一个突出特点，是作家面对繁复的丝绸之路能够做到正面切入，不躲不绕。笔者曾经阅读过一些描写丝绸之路的文学作品，首先，它们都是将丝绸之路上的某一细微局部作为观照对象。其次，丝绸之路上的某一细微局部又往往成为作家借以抒发某种感情或进行哲理思考的一个触发点，并未对其做出具体翔实的艺术反映。不用说，这也是一种艺术传达的方式，其中的优秀之作同样能给人情感上以极大触动和思想上以深刻启迪。然而王蓬的这卷表现丝绸之路的作品却没有沿用前人反复使用过的套路。在这卷系列散文作品中，尽管作家在对丝绸之路做移步换景的描述时，饱蘸感情的汁液，并且时有形而上的哲理思考流溢笔端，然而这一切，都是建立在对丝绸之路某一细微局部正面描述的基础之上，丝绸之路的某一细微局部则是作家真正的传达主体，而作家的抒情、哲思都是在正面传达表现对象的基础上或过程中自然而然地喷涌出来的。比如作家在《天山天池》中写新疆天山天池时，其中有这样一段话语：

> 天池广阔达数公里，水最深处竟有百米……因全系雪水融化汇聚，为真正之纯净水，也正应"水至清则无鱼"的古语，水中无任何杂物乃至生物，故晶莹碧绿，呈蔚蓝色。清风徐来，波澜微起，一只苍鹰在雪山湖水间盘旋，竟宛如一只小小的麻雀，愈发显出雪山天池的肃穆庄重与磅礴大气。尽管游人如织，语声喧嚣，但在博大的天地之间，只作嘤嗡之声，转瞬便被山风吹散，让人感觉到仍是雪山湖泊特有的宁静。

这里作家完全是从正面描述他所看到的天山天池的，而在描述过程中则自觉融视觉形象与听觉形象于一体，读之，恰如身临其境一般。与此同时，作品中所流溢出来的浓郁的情感和形而上的人生思索，也不难觉出。

四

由于作家是在掌握大量资料基础上正面观照丝绸之路上的每一个描写对象的，所以他对丝绸之路的艺术传达就给人以针脚细密、具体生动之感。试以作家解读丝绸之路重镇喀什（古疏勒）为例。为了全面表现对喀什的认知，作品采用了散点透视的方法，用一种"系列"的形式，分别对喀什的班超纪念公园、艾提尕尔清真寺等有代表性的景点进行了观照。

面对喀什城郊一片古遗址上修建的班超纪念公园，作家在具体描述了公园内以班超塑像为主体的英雄群雕后，笔锋陡然一顿，思绪一下子飞回到了两千余年前的两汉时期。作品先由西汉张骞出使西域，使西域正式纳入祖国版图，从而开通了丝绸之路写起，然后重点叙述了东汉时期班超随大将窦固讨伐匈奴，被指派率三十六名壮士招抚西域各国，出生入死，历经艰危，从而保证了西域局势稳定，使中断多年的丝路重新畅通的动人事迹。其笔法细腻生动，笔端溢满崇敬之情。

面对位于喀什市中心的艾提尕尔清真寺，作家先有意使用了一个缓笔，由著名学者季羡林"世界四大文化体系"观点写起，经过一番议论，然后才返回主题，细述艾提尕尔清真寺建寺历史、寺庙结构布局、总体面积以及信教群众做礼拜的情景等。画面开阔，宏观描述与微观点染相统一，既使人感受到了艾提尕尔清真寺总体规模的广阔、正殿的宏大和做礼拜场面的壮阔，也使人依稀看到了信教群众纷纷拥向寺院，赶去做礼拜的庄重肃穆情景，气氛热烈感人。

面对位于喀什市浩罕乡的香妃墓，则由香妃墓所处具体地理位置写起，然后依次写其所占土地面积、结构布局、主体建筑风格以及学术界对香妃其人的两种不同认定等。其中，既有严肃的历史考证，又融入了美好的民间传说，读来别是一种滋味。

作家在喀什市强烈感受到了只有丝路才有的那种妇女喜穿丝绸长裙的遗风，于是就由这里写起，洋洋洒洒，一路引领人们来到喀什城东的中亚国际贸易中心。在那里让人们见识到了来这里从事丝绸等贸易活动的印度、巴基斯坦、吉尔吉斯斯坦、哈萨克斯坦以及阿拉伯国家和地区的商人，观赏到了"各式各样，成捆整匹，悬挂摆放着"的各色丝绸及其制品，特别是看到了维吾尔族妇女"或母女为伴，或姐妹相陪，尽情观赏，尽情挑选，拿起各种丝绸在身上互相比试，眼神笑容毫无掩饰地流露出她们的喜爱"的动人情景，从而让人联想到绵延数千年的丝绸之路带给一代代人的那种欢欣和激动。

面对维吾尔族民族史诗《福乐智慧》，作品集中向人们介绍了这部凝结着"一个民族的辉煌与智慧"的史诗的基本内容及其对中华民族乃至整个人类精神文明做出的重大贡献，字里行间溢满了敬佩。

面对最具喀什特色的土陶，作品将其产生历史一直上溯至新石器时代，可见这块地方和广大中原地区一样，有其悠久的文明历史；然后则写他来到喀什"土陶一条街"，"一家挨着一家"地去观览品鉴那颇具地方特色的喀什土陶，悉心感受那古老的喀什土陶文化。

面对喀什集市，作品则由喀什"万邦商旅一途通"的地理位置写起，写其在历史上曾有的全疆政治、经济、文化中心地位以及今日仍是"南疆最大的城市"的荣耀。然后浓墨重彩地描述了喀什整个城市充满伊斯兰情调的各种建筑、风味名吃和歌舞弹奏以及别具特色的各种农副产品、手工艺品，特别是向人们述说了汇集了新疆全疆和印度、巴基斯坦、吉尔吉斯斯坦和众多阿拉伯国家商品于一市的独特集市风貌。

面对距喀什市仅八公里的疏勒县城，作品通过描述该县城的源起和历史沿革，充分折射出了数千年来喀什政治历史风云的变幻。如此等等，不一而足。这组作品通过现实和历史的错综转换，写到了喀什政治、经济、军事、外交、历史、宗教、雕塑、工艺、服饰、文学、建筑、陵园、考古等社会生活的各个层面。王蓬是一位擅于讲故事的著名小说作家。他在这组解读喀什的系列散文作品中，显而易见，充分发挥了他一贯擅长的讲故事的优势，尽量将他在喀什街市一路行走或伫立街头凝思时的见闻感受，以一种故事的形式，在细节的讲述中传达给广大读者，从而使这组散文显得极其生动具体，充满诗情画意，具有一种历史的纵深感。

翻开《从长安到罗马——汉唐丝绸之路全程探行纪实》，可以说整部作品都是以一种细节的方式，在娓娓的充满故事意味的叙说中，将其对丝绸之路的解读，艺术地传达给人们，从而使这轴艺术长卷充满了迷人的色彩。

五

笔者以为，王蓬精心绘制的这轴丝路艺术长卷不但形象生动，富有历史感，而且内涵深邃。

作家在《山河岁月》《中国蜀道》等关于蜀道的著作中，曾以"生命之路""智慧之路""战争之路""邮传之路""贸易之路""石刻之路"等一组短语表达了他对蜀道在中华民族发展史上所起作用的理解。笔者以为，丝路与蜀道一样，它最初并不是历史上某个王朝颁布诏命，以朝廷的名义修建起来的。那里本没有路，是那里的人们为了生存的需要而自发踩踏出来的；至于那里自发踩踏出来的小路逐渐演变为官道、大道，则说明它们是集中了行走者集体智慧的一种合乎情理的顺势开拓。而丝绸之路一旦出现，即彰显出其交通要道的地位，因此向来都是兵家必争之地，多个中原王朝与匈奴对河西走廊、西域的反复争夺就是显例。丝绸之路既为交通要道，所以承担起邮传任务也就成了题中应有之义，而丝绸之路名称本身就说明其主要职能是适应商品交易的需要而出现的。至于"石刻之路"，丝路上也有西汉时霍去病墓前的"马踏匈奴"等石雕，珍贵的居延汉简，东汉时造型精绝的青铜雕塑"马踏飞燕"，唐代的"昭陵六骏"浮雕，西夏王朝的"西夏碑"等这样的书法艺术作品。

除此之外，从作家对丝绸之路的艺术传达中，至少还表达了这样两个观点，即丝绸之路还是文化之路，统一、友谊之路。

文化，是一个含义非常广泛的概念，它是人类创造的物质财富和精神财富的总和。所谓"丝绸西去，佛教东传"，这一事实本身就清楚不过地说明了丝绸之路的文化内质。地下考古发掘雄辩地说明："中国的丝绸、瓷器、纸张、传统青铜器都曾大量输出，冶铁、打井、丝织、造纸、灌溉等技术也曾传到西域；西亚、欧洲出产的玻璃器皿、胡豆、西瓜、宗教、歌舞、音乐、绘画也曾被带往长安。"（《历史巨人的握手》）因此，可以毫不夸张地说，丝绸之路是一条不折不扣的文化之路。从作品中我们看到，丝绸之路不仅是沿路各种物质文明和精神文明的自然传递，而且还是各种物质文明和精神文明间相互交流、影响和推动。公元751年，唐朝大将、安西节度使高仙芝被大食国打败，"数万唐兵被俘，其中有不少会造纸的工匠。大食国便利用这些士兵开厂造纸，中国发明的造纸术由此传入西亚和欧洲"（《历史巨人的握手》）。这样，造纸术便也成了西亚、非洲和欧洲那些地方所拥有的技术。不用说这种交流和影响是以强迫的形式出现的，但不管怎么说，客观上总还是起到了交流的作用。《两幅马球图》一文向我们陈述了这样一个事实："悬挂在巴基斯坦国家博物馆的《马球图》，竟与陕西乾陵章怀太子李贤墓道的壁画《马球图》十分相似"，然而这"两幅作品的诞生地方却相距整整五千公里，一幅绘制于一千三百年前的皇太子墓道，一幅诞生于一千四百年前的古印度"，显然这不是偶然的巧合。在作家看来，这应当"归功于丝绸之路的畅通"，应当将其看成"是古代中外文化艺术交流的有力证明"（《两幅马球图》）。这一推断应当说是可信的。

是否可以这样说，丝绸之路在作家笔下，恰如一条形状特异的纽带，将我国各民族以及我国与世界其他民族紧密联系起来。当然，这种联系，在历史上既有顺向的，也有逆向的，有时或者从顺向联系转向逆向联系，或者由逆向联系转向顺向联系。但不管属于哪种关系的联系，都指向一个共同目标：那就是取长补短，互通有无。作品以其具体真实的艺术描述揭示出，正是在这种长期的各种联系中，历史上的中原王朝与其毗邻的草原民族和高原民族通过长期的相互砥砺、磨合，最终形成了一种相互信赖、谁也离不开谁的关系。于是，从作品中我们读到，早在两千多年前，由卫青、霍去病等率领的西汉军队，"取得河南、河西、漠北等三次决定性胜利，夺取河西走廊""列四郡，据两关"，这对我国版图的最初形成是具有重大影响的。而在卫青、霍去病等武装抗击匈奴的同时，汉王朝派遣"张骞出使西域""经过与匈奴的反复较量，最终取得胜利""建立了西域都护府"，这无疑是"西域正式纳入祖国版图的标志"（《班超"定远"边陲》）。而到了"隋炀帝时，青海境内吐谷浑壮大，不时骚扰河西，威胁关陇……隋炀帝御驾亲征……数次穿越祁连山……全歼吐谷浑主力……使青海省历史上首次归于中原王朝的郡县制度管理之下"（《河西走廊：丝路锁钥》），这是一方面。另一方面，从草原民族和高原民族方面来说，"公元4世纪，鲜卑人建立了统一整个北方的北魏政权；公元10世纪，契丹人以呼伦贝尔为后方基地，建立了辽国；公元12世纪，女真人则建立金国；公元13世纪，蒙古草原则涌现出'一代天骄'成吉思汗，建立了空前辽阔强大的蒙古汗国"（《英雄辈出之地》）；到了"公元17世纪，女真人的后裔满族入关，建立统一全国的清政权，创造过'康乾盛世'"（《英雄辈出之地》）；尽管自鸦片战争以来，清帝国国势式微，遭遇外国列强侵吞蚕食，当时新疆局势十分危急，但由于爱国将领左宗棠坐镇名城酒泉，很快挫败了各种侵略邪恶势力，收复了大片国土，加之清廷采纳左宗棠建议，"把新疆纳入和内地一样的省级建制"，"改西域为新疆"，从而"确保了祖国领土完整"（《河西通西域》），并且"最终为今日祖国版图奠定了基础"（《英雄辈出之地》）。可以说，正是中华民族这个大家庭中的每一个成员，通过丝绸之路这条"纽带"的连接，在长期的磨合中融合成了一个不可分离的民族大集体。王蓬的这部《从长安到罗马》通过对我国古代丝绸之路的悉心解读，不仅动情地叙说了丝绸之路对中华民族形成所发挥的重大作用，而且倾心讲述了在中华民族形成过程中诸多感人肺腑的动人故事：如作家在《班超"定远"边陲》中，讲述东汉班超投笔从戎，奉命率三十六名壮士"沿丝路西行，以招抚西域各国，摆脱匈奴控制"。他奇智大勇，经过卓绝努力，终使西域形势"渐趋稳定"。然而这时东汉皇帝鉴于中原地区人心浮动，决定放弃西域，诏命班超回京复命。就在班超要离开西域回朝时，作品以溢满感情的笔墨为我们展现了十分感人的一幕——"疏勒举国见依赖的柱石将倾，上下忧恐，许多民众挥泪挽留，竟有以死相劝者。班超一行至于阗国时，于阗国王竟跪拦班超马头"。可谓激动人心，令人眼热！作家在《蒙古英雄的壮举》一文中写"两个世纪之前"，一个名叫土尔扈特的蒙古族部落，由于"逐水草而居"的缘故，不知不觉地游牧到了沙俄境内的伏尔加河流域。尽管进入了异国他乡，却"一直认为自己是中国的属民"，因此当"沙俄认为土尔扈特在俄境内放牧，应属俄罗斯臣民"，并且要求他们"纳税和服兵役"时，则毅然决定离开已经"生活了一个多世纪"的伏尔加河流域，返回祖国。从1771年冬天开始，十七万土尔扈特男女在其首领渥巴锡汗率领下，不顾沙俄的武装追截，历时一年，终于把幸存的七万部众带回祖国，因此而受到了乾隆皇帝的盛情接待。这又是何等惊心动魄而又震撼人心的一幕啊！

通过作家动情的艺术传达，不仅充分说明，丝绸之路在中华民族形成过程中起到了十分巨大的聚合作用，而且说明丝绸之路也密切了我国与毗邻国家的关系。这正如作家在《历史巨人的握手》中所叙说的，"不仅是丝绸和造纸术，近年考古工作者在伊拉克境内的沙玛拉城遗址中发掘出大批中国陶瓷，其中有唐三彩、白瓷和青瓷"，而在我国的"吐鲁番、西安、太原等地也都出土过波斯乃至罗马帝国的银币和金币"。

完全可以说，王蓬不仅是一位丝绸之路上勤奋的行走者，而且是一位丝绸之路上睿智的思想者。王蓬在对丝绸之路的解读中形成的这些堪称深刻的认识，其在作品中，不是离开文本叙述的外部装饰，而是在对描述对象的动情叙述中自然而然表露出来的，是与文本浑然一体的，或者甚至可以说，它本身就是文本的一个不可分割的有机构成部分。

六

特别值得一提的是，为了适应丝绸之路内容表达的需要，作家寻寻觅觅，终于寻找到了一个与丝绸之路内容表达相符合的艺术形式。本书共五卷一百篇作品，每篇都是从表现对象的实际出发，予以各具特色的艺术表现，所以依次读来，只觉"乱花"纷呈，迷人眼目，一点都不会感到单调枯燥。作家将这一百篇作品细分为五个板块，依次标题为《万里丝路起长安》《河西走廊多诱惑》《西域亘古非坦途》《茫茫草原有丝路》和《条条大道通罗马》，显然，这既符合丝路分布的实际，又构成了本书总—分—总的整体结构。而作家适应本书结构的现实需要，首篇题名《汉唐长安多风采》，全书倒数第二篇则题为《罗马访古》，清晰地昭示了丝路的起点与终点；然后则以《历史巨人的握手》挽结全书各篇，从而使全书成为一轴内容丰实深邃而又层次井然的丝绸之路画卷。

作家在全书五大板块中每一板块的前面都绘制了该板块所收作品反映的具体丝路的考察路线图，而在每篇作品内，又分别穿插了与作品内容相照应的照片共计近六百张。这些，绝不仅仅是为了图文并茂。读者每当进入一个新的板块时，如果按考察图所标示，先粗览一下该部分作品内容所反映的大概地理位置，先留下一个大概"印象"，然后在具体阅读作品过程中，再依靠联想和想象，让原来的"大概印象"在一定时空中具象化、立体化，从而加深这种"印象"，待这一板块作品全部阅读完后，再返回来"按图索骥"，该板块丝路的方方面面，特别是那些美好的传说和动人的故事就会活脱脱地完整地呈现于读者跟前。这样，眼前的地图就不再是没有生命的地图，而是一幅幅不断在人们眼前出现的山水画或社会风情画。作家在作品中插入的每张照片，由于其形象的现场性，以及对作品基本内容所起的阐释作用，不仅可以为读者即时提供一个具体可感的审美形象空间，而且也有助于读者对作品蕴涵做进一步深入地发掘。由此可见，插入五个板块之前的"考察路线图"和每篇作品中的照片，完全不是为了装饰，以使作品满足市场的需要，而是为了方便读者的阅读。它们实际已成为这卷作品的一个部分，完全是为了作品内容的形象化和深刻化而存在的，它们和作品的文字部分共同决定着作品的整体价值，是无法、也不能将其从作品中分割出去的。

像本书这样，在艺术地观照丝绸之路时，敢于正面切入表现对象，对丝绸之路进行全程的、全面的、系统的、完整的艺术观照，而又能够达到宏观与微观的协调、统一，这在我国文坛上，此前似乎还不曾有过。因为这需要许多主、客观因素的配合：需要大量资金，需要相当长的时间，需要忍受孤独和寂寞，需要现代摄影技术；特别需要作家具备广博的知识，有着良好的文化素养，要能吃大苦、耐大劳，甚至需要不怕高原缺氧，"美国世贸大厦遭袭"，"巴基斯坦因临近阿富汗而搅进袭美恐怖事件之中"（《机翼下的丝路》）等现实危险；当然更需要作家具备良好的艺术感受力、领悟力和良好的艺术表现力；再加上"咬定青山不放松"的韧劲和狠劲，才有可能获得成功。因此这不是一本普通的报告文学集，它是由作家的勇气、才情、智慧、品质凝聚而成的，是在漫长的时间考验中，一点一滴打造而成的。正是在这个意义上，我们应该特别感谢王蓬，是他为我们提供了这样一部分量沉实、内容独特的好书，这样一轴用全部心血和才情精心绘制出来的艺术画卷。

相信王蓬连同他的这部《从长安到罗马——汉唐丝绸之路全程探行纪实》一定会被人们铭记于心的。读者不会忘记他，历史也一定不会忘记他。

韩梅村，文学评论家、教授，中国作家协会会员，已出版《走近唐音阁——霍松林研究四题》《王蓬的艺术世界》《人生多棱镜》等多种学术著作。

引言

▲作者在林则徐谪贬新疆日记中记载的河西走廊山丹定羌庙遗址拍摄

　　19 世纪德国地理学家李希霍芬曾七次来中国进行地理考察，在其多卷本的著作《中国》一书中，首次把"从公元前 114 年到公元 127 年间，中国与河中地区以及中国与印度之间，以丝绸贸易为媒介的这条西域交通路线"，叫作"丝绸之路"。这一提法由于率先概括，说明问题又富于色彩，迅速被各国学者所接受。

　　但后来，人们发现，这仅仅是一种"说法"，或者说有了一个较为统一的"称谓"，因为实际情况，无论是时间、空间，还是交易的货物，都远比李希霍芬提出的要丰富复杂得多，这也就为后来的踏访研究者留下了一个很大的探索空间。

丝绸之路起于长安。我的故乡也恰在长安，出于对先贤志士的敬仰，对汉唐辉煌的神往，从孩提时代就常听父辈讲述昔日长安，指点大小雁塔。母亲曾居住过的二府街正邻近唐时通济坊，此种情结，深藏心底。日后所居汉中，又系丝路开拓者张骞故乡，参观或陪人参观，也不知去了多少趟，其故里松柏森森，墓冢犹存。纪念馆舍，沙盘图表，将从长安到罗马的丝路赫然标明，每每细观，内心便被搅动。

推想两千年前，关山阻隔，车马不易，沿途地域多处正在敌对的匈奴辖区，凶吉难卜，充满险情，然张骞毅然前往义无反顾，先后两次被匈奴扣押，长达十余载，仍不忘使命，冒死西行，到达大宛国（今属乌兹别克斯坦的费尔干纳盆地）；又历千辛万苦，回国述职，百余随从，仅剩二人，但探明西域三十六国国情，为将占全国六分之一的新疆纳入祖国版图，打下先期基础，这是何等感天地泣鬼神的壮举。

探险猎奇，寻访未知原本是人类的天性，值得庆幸的是笔者日后又以写作安身立命，干乐意干的事情最为惬意，甘苦烦恼皆系自找。若从1983年西出兰州算起，至今已有二十次踏上西行之路，其中八次为自备车辆，从长安出发，沿古丝绸之路历经咸阳、宝鸡、天水、兰州、武威、张掖、酒泉、额济纳、嘉峪关、敦煌、哈密、鄯善、吐鲁番、阿克苏、喀什、伊犁、阿勒泰等丝路名城重镇。并在中国作家协会支持下，出访巴基斯坦的伊斯兰堡、拉合尔、犍陀罗，直到濒临阿拉伯海的卡拉奇市。之后，应法国文学院邀请，陕西省作家协会组团访问欧洲数国，最终到达丝路终点罗马。前后行程数十万公里，所行也恰为当年张骞、班超、甘英、法显、玄奘等先贤志士所经路线。

其实，踏上丝路方才知晓，丝绸之路不仅指的是从长安出发，越关陇河西、塔里木河流域直达欧亚的具体路线，历经千年积淀，"丝绸之路"已成为一种沟通交流的文化符号。不仅传统丝路，举凡草原丝路、回纥丝路、西南丝路都应纳入其范畴。唯其如此，才让人深感其广博无边，让人乐此不倦，探究不尽，学习不尽，也写作不尽。

几乎每次行前都检修相机，添置配件，拥有从超广角鱼眼到长焦的各类镜头，从胶片到数码的准专业装备，带足胶卷，不计重量，只求有用。沿途有祁连雪峰、瀚海大漠、葱茏绿洲、长城烽燧以及各类异国风情，南亚炽热的阳光、伊斯兰国度响彻城市上空的古兰经声、犍陀罗古文化遗址。再是欧洲的文明古国、卢浮宫与塞纳河、凯旋门与协和广场直至穿越阿尔卑斯山，在文艺复兴发源地佛罗伦萨徜徉，在丝路终点罗马访古……

在多次西行过程之中，印象至深的并非域外风情和罗马古迹，在那些地方，虽也激动，毕竟只是匆匆过客。真正让人魂牵梦萦的倒是关陇河西、天山南北，是圣洁的雪山和无垠的草原，是曾经行走过的海拔超过四千米以上的祁连山、阿尔泰山的腹地，草原丝绸之路穿越的额尔齐斯河流域。至于草原，则去过川西北的阿坝草原和若尔盖草原，甘肃的玛曲草原和甘南草原，青海的日月山草原和海北州草原，内蒙古呼伦贝尔、锡林郭勒及阴山大草原，宁夏贺兰山下草原，再就是新疆天山脚下那一望无垠的绿色草原、甘肃祁连山下那长长的没有尽头的草原……

那些山峰称得上峰峦突兀，座座都在蓝天白云映衬之下，逶迤而行，绵延不绝，整齐划一的雪线是它们永恒的一致。山顶雪龙蜿蜒，冰川壮丽；山腰冷松茂密，隐鹿走熊；山下大面积的油菜花怒放，青稞浪翻滚，构成无比壮观的画面。炽热强烈的阳光下，艳丽无比对比分明的色彩如同巨幅油画般逼人眼目，让人心灵震撼，让人自觉渺小，让人对苍凉辽阔的西部山水产生崇拜，产生一种挥之不去的敬畏！这种感觉一旦产生便会不断重复，往往在你惶惑不安时慢慢地不知不觉地在心头再现，提醒和呼唤你放下手中的一切，从喧嚣、从纠葛中悄然退身，不露声色地收拾行囊再次西行。

每去一次都有新的发现和震撼，灵魂也如同经过一次洗礼。你再也忘不掉那些巍峨的大山，皑皑泛银的雪峰，寥廓无涯的荒原和湍急咆哮的溪流，滴翠的冷松和铺满整个祁连山腹地的油菜花，映得天也成金，地也成金。正是那片灿若云霞的河湟谷地纠正了你对西部荒凉贫寒的偏见，由四千年前的三万余件乐都柳湾彩陶组成的庞大军阵，无声地告诉你，这里的先民在史前已开始了以农耕为主的定居生活。当你漫游于这彩陶世界时，看着如此奇特丰富的造型，如此艳丽多样的色彩而产生震撼与联想，绝不亚于在西安秦兵马俑与北京紫禁城带给你的震撼与联想。

探访丝路，绝非时尚。踏上古道，就必然要遭遇戈壁、炎热、严寒、缺氧和种种险情。大戈壁上，太阳只要升起，气温就迅速升高。在吐鲁番盆地，曾遭遇到地表达 64℃ 高温，沙里烫熟鸡蛋绝非妄语。尤其中午，明晃晃的太阳照耀着，四周的空气灼热流动，眼睛刺痛，嘴唇干裂，同行的伙伴抱怨动摇，是否再向前行，意志毅力备受挑战，但唯有此刻，方能体味古人坚韧不拔、探求不已的情怀。

其实，丝路也正是先贤志士如此一程程一站站打通的。在张掖草原，曾专程探访张骞被拘禁之故地，祁连山下，无边荒漠，漫漫十余载，如何度过？不亲身经历，绝无半点体味。还有高原缺氧，只要超越海拔三千五百米，空气就稀薄得只有内地的一半。每走一步都大口喘气，对决心、意志都是无情挑战，但眼望前面山峰，总想看个究竟，以至最高登上过海拔五千四百米的雪峰。为减少麻烦，有两次仅单车独行，固然利索，但全程却被一种孤寂与担心笼罩，因为要独自承担路途发生的种种意外和一切责任，事实是在祁连山腹地遭遇暴雪冰雹的后怕和车坏祁连山的焦灼，至今仍记忆犹新。

穿行于河西走廊、塔里木河流域、伊犁河谷，在 312 国道的尽头，中哈边境霍尔果斯口岸，远眺对面一望无垠原属中国的领土；在林则徐贬居边陲的惠远古城、伊犁将军府徘徊；在清代平定准噶尔叛乱的格登碑拍照记录；独自冒着细雨，在当年班超的驻地追寻先贤足迹；在遥远的边城喀什逗留达月余天，仍感时间仓促。觉得还需和当地学者交流，还需要去实地察看，因为这些丝路重镇不仅是长途贸易的转运点，也是东西多种文化的汇合点。正

▲作者在当年瑞典探险家斯文·赫定发现居延汉简的黑水城考察

如季羡林教授指出的"世界历史悠久、地域广阔、自成体系，影响深远的文化体系只有四个：中国、印度、希腊、伊斯兰，再没有第五个，而这四个文化体系汇流的地方只有一个，就是中国的敦煌和新疆地区，再没有第二个"。

借助这样的文化武器，再探丝路，就逐步感到：丝绸之路是在漫长的历史岁月中，由不同国家、不同民族、不同职业、不同目的的千千万万的人前赴后继，踩踏和开创出来的。这当中除了负有官方和精神使命的官员、军人、僧人外，更多的则是由于利益驱使，汇聚到丝路来的商贸驼队。他们大多是短途贩运，货物从一个城市到另一个城市，商队从一个国家到另一个国家；丝路自身也会由于战争或自然灾害，此塞彼通，成网状发展。商品多次接力运送，道路多条通塞会合，最终组合构成长达七千公里，沟通欧亚的丝绸之路。在长达千年的过程中，不同国家、不同民族、不同信仰的人群，为达到交流、交易的目的，又会不断地互相适应，互相影响，各自以自己独特的文化背景去影响对方，结果是人类的视野不断扩大，精神不断开放，文化不断积累，因而丝绸之路在学者们的眼中也成为一条海纳百川、沟通东西、探究不尽的"文化运河"。

拙著长篇报告文学《从长安到罗马——汉唐丝绸之路全程探行纪实》历时十二年完成，由五卷、一百篇作品、近六百幅图片构成，共约六十万字（五十万文字，十多万字版面的图片），全面展示的便是这个探寻过程。在具体写作中，则力求尽可能勾勒出丝路风貌、风物风情、历史事件与人物剪影；尽可能表达出自己亲历、亲见、亲闻的种种感受与心路历程。试图让读者看出从长安到罗马这个巨大的空间中丰富的历史文化内涵。

点滴之水固然不足以构成江河之澎湃，却可映日月之光辉；况且人类文明薪火相传，原本也系点点滴滴，不绝于缕。我把这样一句话作为写作本书的目标：如果您需要读一部关于丝绸之路的书，就请您阅读这本。不管是读完其中任何一卷或是随意的几篇，或者仅仅是欣赏作者拍摄的现场与遗址图片，深信，您都会为本书众多的真实人物的传奇经历和真实历史事件本身的魅力所吸引；同时还会感到全书自始至终充满对历史、对山川、对自然的敬畏之情和拳拳之心。深信，您只要打开本书，便会有意外且不俗的收获，或多或少……

卷一／万里丝路起长安

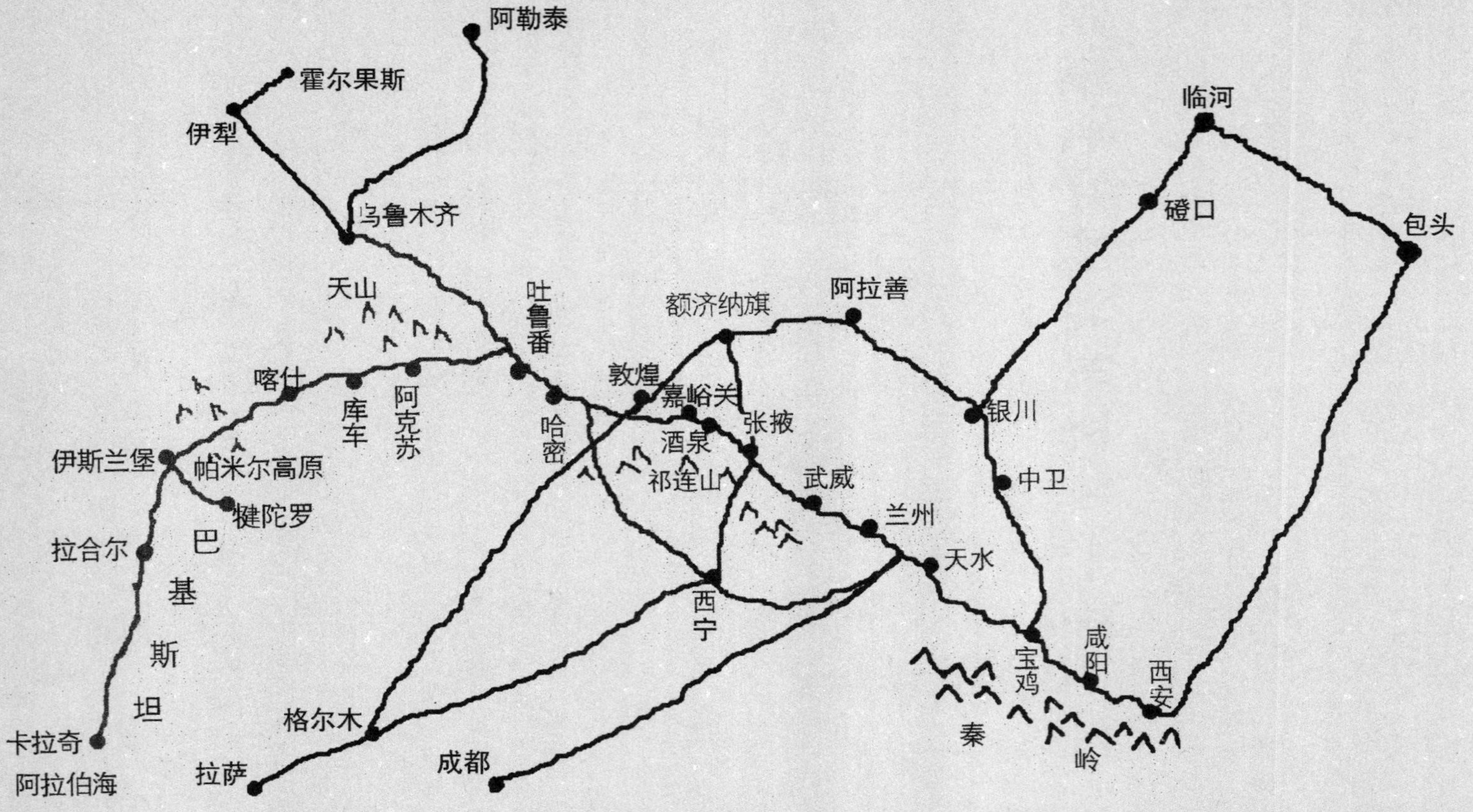

作者于 2000 年 5 月、2000 年 7 月至 8 月、2001 年 9 月、2006 年 7 月、2006 年 10 月、2008 年 7 月、2008 年 10 月、2009 年 9 月考察丝路路线示意图

包头
临河
磴口
西安
咸阳
宝鸡
天水
中卫
银川
兰州
武威
阿拉善
张掖
酒泉
嘉峪关
祁连山
西宁
额济纳旗
敦煌
哈密
吐鲁番
成都
格尔木
阿勒泰
乌鲁木齐
天山
阿克苏
库车
霍尔果斯
伊犁
喀什
帕米尔高原
犍陀罗
巴基斯坦
拉萨
伊斯兰堡
拉合尔
卡拉奇
阿拉伯海
秦岭

▲
陕西历史博物馆展出的唐代鎏金舞马衔杯纹银壶

汉唐长安多风采

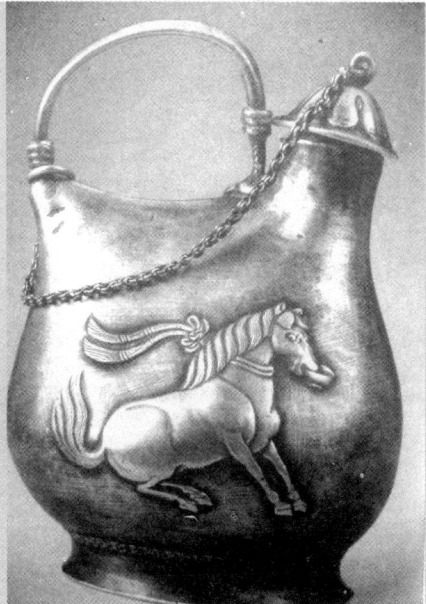

丝路起点

在中国古代交通史上，值得骄傲与称道的不仅有四通八达、沟通京都省府与边城远地的官驿大道；有宽阔笔直、足以与现代公路媲美的秦直道；由天梯云栈构成、穿越秦巴大山的古老蜀道；尤其值得大书一笔的，还有横跨欧亚、越历千载的丝绸之路。

边塞豪放瑰丽的风光，丝路众多神奇的传闻；张骞、霍去病、班超、玄奘等一大批历史人物的传奇人生；敦煌莫高窟、库车千佛洞、天水麦积山的稀世瑰宝；大漠驼铃、汉塞唐城，匈奴回纥、吐蕃党项，民族交融，扑朔迷离……构成一幅何等粗犷壮观、丰厚多姿、引人入胜的历史画卷。

这一切让人目不暇接，让人感慨惊叹，让人心驰神往，更让人倍生寻叩遗址、追昔怀古之情！

自从 19 世纪德国著名地理学家李希霍芬在漫游中国之后，写下的多卷本皇皇巨著《中国》一书中，率先提出了"丝绸之路"这一说法，由于其简洁、准确、富于想象和色彩，便迅速为各国学者和各类教科书广泛采用。

这条横跨欧亚、长达七千公里的丝绸之路不仅是古代欧亚互通有无的商贸大道，也是沟通东西、内涵丰富的"文化运河"。它的东方起点是汉唐都城长安，一路朝西，穿越关陇河西、天山南北、塔里木河流域，翻越帕米尔高原到达中亚、西亚诸国，最终经里海、黑海到达罗马。尽管，在漫长的岁月中，或因战火绵延，朝代更迭，比如吐蕃、西夏、回纥，都曾占据传统丝路河西走廊及塔里木河流域；或因河流中断、风沙淹埋，比如楼兰古国、精绝古国的消失；丝路却始终此塞彼

▶ 丝路起点——长安。此为钟楼

通、互相联结、纵横交错，成网状发展，被学者认定有名称的便达十四条之多。比如回中道、陇关道、羌中道、葱岭道、大海道等，不同时期、不同民族，则有不同的说法。其中不管有多少岔支分道、中转聚散，但东方的起点却始终如一：从长安出发！也即万里丝路起长安。

天下之中

万里丝路起长安与华夏民族的起源、生存、发展密不可分，也是由汉唐时期政治、军事、经济格局和当时国情所决定的。我们常说黄河是中华民族的摇篮，西安市东南发现的蓝田猿人遗址和大量的各种用途的旧石器，距今已有五六十万年的历史。近在西安市区的半坡遗址则表明，在六七千年前，这里曾生活着一个高度发达的母系氏族村落，他们用石头和骨头磨制出锋利的斧、刀、铲、箭头和鱼钩，烧制出碗、壶、瓮、罐、瓶等陶器。这些陶器，黑红两色描画的图案非常优美，简单的线条表现着飞奔的鹿和游动的鱼，栩栩如生，堪称古代先民的艺术杰作。再就是黄帝陵、炎帝陵都在陕西境内，说明我们的祖先最早就在黄河流域、黄土高原繁衍生息。人类进入文明史后，奴隶社会鼎盛时期西周所建立的镐京，即在今西安市长安区斗门镇附近。这是因为从当时人类的活动半径看，再也找不到一块比八百里秦川更为优越的形胜之地。同时，古人讲究国都应为"天下之中"，即位于全国内陆腹地的中心。时至今日，打开地图，便可清楚看出陕西位处河南、山西、湖北、重庆、四川、甘肃、宁夏、内蒙古八省区之中，这在全国三十多省市中绝无仅有。20世纪90年代初测定建设的中华人民共和国大地原点，距西安市直线距离仅四十五公里。可见古人眼光是何等智慧远大。

八百里秦川是由黄河最大支流渭河冲积沉淀而成的带状平原，它西起宝鸡，东到潼关，长达七百余里，宽一百余里，南有巍峨秦岭屏障，北有渭北高原襟怀，其间又有渭河横贯，水草丰腴、土地肥美，周人和秦人的祖先很早就在这里繁衍垦殖，加之四塞皆关，也被称为关中。当时，人类的开发相当有限，山川植被还保持着原始的风貌；汉唐时期，国都长安被渭水、泾水、灞水、浐河、沣水等八条河流环绕。其时这些河流的发源地秦岭与渭北高原都生长着茂密的森林，涵养着丰富的水源，因而河流丰腴，芦苇茂密，水鸟翻飞，鲤鱼肥鲜。汉武帝时还曾有凿通斜水、褒水，沟连起汉水和渭水实行漕运的设想。可见当时生态是何等良好。司马相如在《上林赋》中对长安四周的风景有出色的纪实性描述：八条河流各自以迷人风姿，流过苍茫无垠的关中原野。秦岭遍布着高大的栎树、白杨、毛桦和枫树，山脚下有山梨、柿子、枇杷、樱桃和酸枣，成群的野鹿奔驰在山林之间，猴子在森林间跳跃、觅食、玩耍。各种鸟类婉转地啼鸣，竹林成片，浓绿滴翠，有熊猫出没。《新唐书》有赠送日本使臣熊猫的记载。早在春秋战国时期，秦国便修筑了郑国渠，利用渭北高原二级台阶引泾水自流灌溉泾阳、三原、高陵、临潼、富平、渭南等县土地多达二百八十万亩，使关中大地连年丰收，水旱从人，不知饥馑，成为当时最为发达的农业经济区。古代的史书称关中为"海陆之地"和"天府之国"。司马迁在《史记》中写道："关中之地，于天下三分之一，而人众不过什三，然量其富，则什居其六。"又说关中"南山（秦岭）有竹木之饶，北地有畜产之利"，关中平原更是"男有余粟，女有余帛"，可以说是公元前10世纪至公元8世纪全世界经济最为发达、社会高度文明的地区。

帝王之都

八川分流绕长安，秦中自古帝王州。

正是由于关中地形之胜和物产之丰，长安常被作为建立国都的首选地。从公元前1000多年的西周开始，八百里秦川便为多个王朝修建规模宏大的都城提供了理想之地。西周时修建丰、镐二京时，已有"前朝后市，左祖右舍，街道则有九经九纬"的规定，把敬祖的宗祠、王宫、市场、道路统一规划，相当完备考究。既有城堡，又有街市，筑城卫君，造廓守民。这是最早诞生于中华大地上的城市。同时，西周对京畿之地的道路修建也有严格的规定和标准，把道路分为经、纬、

▲西岳华山

环、野，并根据田亩面积、水渠长短、城邑大小、物流多少进行统一规划，整齐而富于变化，统一中透出威仪，充分显示出礼仪之邦的高度文明。

秦王朝崛起后，更是在关中平原、渭河两岸大兴土木。在连年的征战中，每消灭一个国家，便在咸阳原上仿造这个国家的宫殿，并用这个国家的宫女填充其间。一时间，燕语吴声，越调楚曲，不绝于耳。同时，为了便于视察炫耀王威，满足虚荣，把这些宫殿"以空中阁道相通，自殿下直达骊山"，延绵百里不绝。秦统一后，秦始皇又以"咸阳人多，先王之宫廷小"为由，在渭河南岸修筑以阿房宫为主的庞大的建筑群落。唐人杜牧在《阿房宫赋》中描述："覆压三百余里，隔离天日。"这些琼台楼阁仙境般的建筑虽被项羽统帅的义军点燃，"大火三月不熄"烧为灰烬，但秦王朝修建的豪华陵墓以及陪葬的秦兵马俑却在数千年后，仍让世界久久地惊叹。

公元前206年，刘邦灭掉项羽后，统一天下，定国号为汉，并在秦都咸阳东侧，渭河南岸修筑了汉长安城。这是一座规模宏大、规划严谨、布局合理、结构完整的都市。皇家宫阙、官员行署、居民住宅、街道市场都安排在一定区域，形成"八街、九陌、三宫、九府、三庙、十二门、十六桥"的庞大建筑群落。四周则有高大雄浑长达二十六公里的城墙围定，加之十二座飞檐挑角、庄重巍峨的城楼，使得汉长安城无比雄伟，在当时世界上只有西方的罗马城可与之相比。汉长安城中，最宏伟壮观的要数未央宫，它是由四十多座不同风貌的宫殿组成，再以

▲汉长安城遗址

　　曲径回廊勾连，这些宫殿各自承担着不同的功能。比如，天禄阁便是宫廷藏书之处。司马迁便是在这里查阅典籍，写成史诗般的伟大名著《史记》。长安城中，不仅王公大臣各司其职，寻常百姓也安居乐业。汉代的冶铁、煮盐、纺织以及竹器、玉器、漆器的制造都十分兴旺。仅是长安城中市场便有九个，六个在西，三个在东，各有围墙，店铺林立，排列有序。班固在《西都赋》中描写道：货物堆积如山，市声如潮喧嚣，人头攒动，车辆拥挤，以至于尘烟四起，直冲云天。

　　汉之后，魏晋南北朝，五胡十六国。其中，前赵、前秦、后秦、西魏、北周仍以长安为国都，基本沿袭汉长安城格局。公元589年隋统一天下后，在汉长安城东南龙首原下新修大兴城，由至今都被推崇为世界级的建筑大师宇文恺主持修建。大兴城规模宏大、布局合理、结构严谨、宏伟壮丽。用我国建筑大师傅嘉年的话说："大兴城是人类进入资本主义社会以前所建的最大的城市。"唐长安城正是在隋大兴城的基础上，又经过几次大规模地修整而臻于完善。先后修建了大明宫、兴庆宫、大小雁塔、东市西市，使城市面积达八十四平方公里。其中，大明宫的修建把盛唐气象与中国工匠的建筑水平展示得淋漓尽致。唐大明宫是唐王朝建国定都后，贞观八年（634年）开工，历三十年始落成。修建的皇宫，相当于明清两代的紫禁城（即今日故宫）。但其气势和规模，却远超明清紫禁城。大明宫周长达7628米，面积便是紫禁城的6倍，高大巍峨的城门就有11座，俨然城中之城。其中相当于故宫太极殿，即民间说的金銮殿的含元殿长735米，宽

▲西安西大街的仿唐式建筑

588 米，其 26 根檐柱，每根直径 2.4 尺，高 2.8 丈，庞然大物，巍然耸立。其面积是紫禁城中太极、中和、保和三殿面积的总和，极为高大宏伟，巍然屹立在今西安城北之龙首原南沿之上。殿基高出地面四十余尺。这是唐王朝百官集会议事之处，为方便朝臣上殿议事，在殿前修筑两条斜坡阶道，各长七十余米，宛如卧虎垂尾，使得含元殿越发雄伟。每当朝会或庆典，百官与各国使节沿台阶逶迤而上，可同时供万人集会的含元殿肃穆庄严。肃立含元殿前，远处的终南山（秦岭）青翠欲滴，白云飘拂；以朱雀大街为中轴线的长安城尽收眼底，远道而来的各国使节无不为这座屹立在东方大地的宏伟建筑而震撼，大唐威仪真正四方辐射，万国来朝。当时中亚客商、留学生、日本遣唐使滞留长安城中多达三万多人。他们留恋长安的开放风气和繁华昌盛，更希望学习到唐王朝的典籍制度，仅在唐王朝做官的就达数百人。普通老百姓也能在长安城中安居乐业，各得其所。一条长达十公里，宽达一百五十五米的朱雀大街把长安城一分为二。全城有南北向大街十一条，东西向大街十四条，街道宽度都在几十米到上百米不等，这些整齐划一的街道把全城区划为一百零九坊。"百千家似围棋盘，十二街如种菜畦。"这是白居易对唐长安城的描述，从多年前发掘的唐长安城遗迹、专家的复原图纸看，诗人的描写十分真切。唐代还十分注重绿化，街道三丈而树，栽种国槐，从贞观到开元，百年间树木皆长成环抱巨树，浓荫如盖，整个长安城中宫殿巍峨，绿树掩映，曲江环绕，鸟语花香。"忆昔开元全盛日，小邑犹藏万家室。稻米流脂粟米白，公私仓廪俱丰实。""寻春与送寻，多绕曲江滨。""三月三日天气新，长安水边多丽人。"唐代诗人对当时社会的描写，让我们今天都为之振奋和神往。

▲陕西历史博物馆

▲大型群雕反映的正是万里丝路起于长安

其时唐王朝也确实国力强大，市井繁荣，文化昌盛，尤其诗歌、绘画、书法、音乐、歌舞、雕塑等内容丰富，风格多样，美轮美奂，绚烂夺目，达到经典性的完美，让我们今天都为之骄傲，为之自豪。

魅力四射

汉唐长安城的繁荣绝非偶然，一个历史悠久的民族，历经夏、商、周的迁徙整合，相济相融；春秋战国诸子百家，学术争鸣；秦代统一文字，设置郡县，到汉唐时期，基础已经牢固。这两个王朝又有非常突出的共同点，那便是对不同国家、不同民族、不同地域的文化兼容并包。秦虽统一，但很短暂，战国形成的齐、楚、燕、韩、赵、魏、秦真正融合是在汉代，以本土的周秦文化为其基础，广泛吸收楚文化、齐鲁文化、燕赵文化、吴越文化乃至北方少数民族的游牧文化，使得以长安为中心的汉文化更加广博宏富，深沉浑厚。到了唐代，更是风气开放、广采博纳，不仅中华大地上齐楚吴越、孔孟老庄各种文化思想汇聚长安，随着丝路畅通，"丝绸西去，佛教东传"，欧亚各国的宗教、文化也纷至沓来，被唐王朝以博大的胸襟兼容消化，使得唐代长安越发成为这东方大地上一座璀璨夺目、魅力四射的超级名城。依据史籍与考古证实，今日西安城仅是唐长安城面积的七分之一，其时古罗马城人口不过十万，已堪称繁盛，而唐长安城不仅建筑宏伟，人口也超过百万，是当时世界第一流的国际大都会。至今矗立于唐乾陵的外国使臣石雕便六十余尊，代表着六十多个国家，由此不难想象唐时长安城是何等的开放和繁盛，丝绸之路的起点从长安开始的原因，也就不难明白了。输出的不仅是丝绸、茶叶、纸张、陶器、竹器和漆器，还有汉唐时期东方的文化和文明。

如今，矗立于西安玉祥门外的大型丝绸之路群雕，那满载彩绸的骆驼、高鼻凹眼的西域商人、战马与狗，无不精神饱满，信心十足。他们刚在这个东方大都市开了眼界，长足见识，满载商货急着返回向故乡家人传递各种信息，分享荣耀。整组雕塑把当年丝路的繁盛表现得淋漓尽致。而两千年之前，那些满载东方商货的商贾，则需沿关陇、河西、塔里木河流域，越流沙、葱岭，过咸海、黑海、地中海，直达万里之遥的丝路终点罗马，那座西方名城正向古长安频频招手。

旅途小憩
◇赏购古玩◇

西安为多朝古都，古玩文物丰富，鼓楼一条街、城东八仙庵、城南朱雀路，皆有庞大古玩市场。举凡彩陶青瓷、明清家具、门墩石柱、名人字画、黄杨木雕、奇石印章、青铜面兽、紫砂茶壶，林林总总，数不胜数，让人眼花缭乱，目不暇接。每逢假日，整个古城嗜古收藏人士都会奔赴这里搜奇寻珍，于人头攒动之中，相熟者会心一笑，这一天便过得充实得意。我是经过若干次熏陶才有此体会。其实收藏古玩，全在心态，不必计较真假，计较亦无用，那是专门学问，专家尚且"打眼"，何况我等！只要能够"审美"，喜欢就行。比如这组陶俑，我仅花二百元购得，置于案头，时时观赏。岂料，5·12地震时震落在地上，损胳膊掉腿，辛亏妻子细心，用502胶复原如初。在我看来，经历了这次"沧桑"，也就有了"内涵"，何必再探究真假！探访丝路的朋友，尤其自驾车族，若到西安，不妨去古玩市场一试！

▲张骞出使西域（张重光绘）

张骞"凿空"西域

历史的呼唤

　　张骞，汉中人，建元中为郎。是时天子问匈奴降者，皆言匈奴破月氏王，以其头为饮器，月氏遁逃，而常怨仇匈奴，无与共击之。汉方欲事灭胡，闻此言，因欲通使。道必更匈奴中，乃募能使者。骞以郎应募，使月氏，与堂邑氏故胡奴甘父俱出陇西。经匈奴，匈奴得之，传旨单于。单于留之，曰："月氏在吾北，汉何以得往使？吾欲使越，汉肯听我乎？"留骞十余岁，与妻，有子，然骞持汉节不失。

——《史记·大宛列传》

　　司马迁与张骞均为西汉同时代人，尽管史家讲究"生不列传"，但由于张骞两次出使西域，出生入死，敢为人先，打击匈奴，交好西域，当时也为惊天地、泣鬼神之壮举，故司马迁在《史记·大宛列传》中，开篇即以数百字介绍张骞生平业绩及贡献。东汉班固作《汉书》时，则把张骞、大将军李广利并列建立专节作传，使得张骞"凿空"，开拓丝绸之路的历史功勋，名标青史，永垂后世。两千年间，丝绸之路非但没有被岁月淹没，反倒因为中西方政治、经济、科技、文化的交流，不仅在历史上对强汉盛唐的出现产生过积极影响，而且至今仍是中西交往的重要通道，被誉为"欧亚大陆桥"，在我国对外经济交流上发挥着重大作用。追思先贤，当年张骞不畏艰险，"凿空"丝路的精神也越发应该彰显、发扬光大，张骞当之无愧地被列为世界级的文化名人。

时势造英雄。张骞"凿空"西域的壮举并非偶然，是汉代那种敢于标新立异、气吞八荒的时代精神的集中突显，也是当时的国情、时势所造就的。秦汉之际，当中原经过春秋战乱，连横合纵，此消彼长，最终中国西部黄河流域的秦国崛起，战败诸国，"六王毕，四海一"。统一中原的当口儿，占据北方草原的匈奴人，以游牧狩猎为生，从小精于骑马射箭，且无任何礼仪束缚，一切以利益为转移，只讲目的，不择手段。每当秋高马肥之时，便南下劫掠。中原地域辽阔，农户居住分散，匈奴系马背上的民族，每攻一地，便大肆抢劫财物、牛羊和妇女，得手后迅速撤离，无法集中防御，更无法有效抗击。所以，临近北方的燕、赵、秦等国都曾大修长城。秦统一后，把各国长城连接起来，还派大将蒙恬率兵三十万迎击匈奴。匈奴大败，退回漠北，秦军占领河套，并修筑了秦直道，解除了匈奴对咸阳的威胁。孰料，匈奴趁秦末汉初中原动乱，卷土重来。匈奴骑兵甚至突袭太原，逼近长安，严重威胁立国未久的西汉王朝。汉高祖刘邦也曾进行反击。孰料，匈奴"控弦之士已达三十万"，正值兵强马壮之时，汉军在山西平城一带反为匈奴所败。此战使汉王朝上下均认识到暂时还没有实力与匈奴对抗，只能采取"和亲纳贡"绥靖匈奴，平息边患。这种状况一直持续到汉武帝时代。此时，汉王朝已不同于开国之初。经历半个世纪的"文景之治"，文帝、景帝均奉行"黄老无为"哲学思想，也就是今日所说"不折腾"，不争边功，尽量创造宽松环境，便于百姓休养生息。倡导冶铁煮盐、兴修水利，政府轻徭薄赋，百姓安居乐业，公私仓库丰盈，"京师之钱，累百万巨"，国家综合实力增强，有了进行战争所必需的雄厚的物力财力。汉武帝十七岁登基，年纪虽轻，却性格刚毅，心怀大志，不甘心向匈奴示弱，召集大臣商议，决心对匈奴改绥靖为反击。这一重大政策的改变，史称"元光决策"。

恰在这时，汉武帝从受降的匈奴人口中得知，匈奴攻占了原大月氏人放牧的河西走廊一带，杀死大月氏国王，还把其脑骨做成酒器。大月氏人被迫西迁伊犁一带，但难忘故土，非常想与其他部落联合，共击匈奴，以报前仇。得知这些情况，汉武帝喜出望外，他敏锐地把握住了这个历史机遇，因为匈奴此时已发展壮大到"精兵四十万骑"，绝不可小视，如果能够与大月氏人结成同盟，联合夹击，才能有取胜的把握。

▲作者在张骞当年被匈奴扣留的河西荒原

但派谁去西域联系大月氏人呢？茫茫西域无边无际，大月氏人在哪儿？虽有西周穆天子西行会见西王母的记载，但那也是千年之前的传说，当时人对西域的了解甚少，因为秦时的西部边境止于甘肃临洮。黄河以西的河西走廊、青藏高原、天山南北皆为吐蕃、胡羌、匈奴等游牧民族占据。沿途戈壁大漠，荒原激流，食宿无着，情况不明，且要经过正处敌对状态的匈奴辖区，凶吉难料，充满险情，非有大智大勇之人不可为之。为选拔能够出使西域的人才，汉武帝下令在全国张榜招贤。正是这个历史性的选择与呼唤，才使张骞脱颖而出，名标青史。

张骞，汉中城固人，其时仅为品不入流的"郎"，属预备性质的官员。但他曾为武帝伴读，洞悉朝野和天下大事，胸有大志且性格坚毅，办事沉稳敏捷。史书载，他"为人强力，宽大信人"，即坚忍不拔、心胸开阔，并能以信义待人事友。看到朝廷的招贤令后，他意识到这是为国家效力，也是施展自己抱负的机会，于是毅然揭榜应募出使西域，时年二十九岁。

冒险西行

公元前 139 年，张骞奉命率领百人使团，由一个归顺的胡人堂邑父做向导，从长安出发，穿越秦陇大地，从临津渡过黄河进入河西走廊。自大月氏被迫西迁后，千里河西已为匈奴控制，张骞一行不幸被匈奴骑兵抓获，并送往匈奴王廷（今内蒙古呼和浩特）。

匈奴单于为软化、拉拢张骞，打消其出使大月氏的念头，进行了种种威逼利

▲张骞陷匈奴境十年，手执汉节而不失（张重光绘）

诱，还给张骞娶了匈奴的女子为妻，并有了孩子，但均未达到目的。张骞"不辱使命""持汉节不失"，始终没有忘记汉武帝交给自己的神圣使命，没有动摇为汉朝通使大月氏的意志和决心。张骞等人在匈奴留居了十年之久，却一直在做着逃跑的准备并寻找逃跑的机会。

机会终于来了，张骞趁匈奴不备，果断地离开防地，带领其妻儿随从，逃出了匈奴王廷。这种逃亡是十分危险和艰难的。幸运的是，在匈奴的十年留居期间，张骞处处留心，不放过任何机会，不露声色地掌握匈奴习俗，了解通往西域的道路，并学会了匈奴的语言，他穿上胡服，混迹于匈奴人群，已无人能察觉到他是汉使。这样，他骑马带着妻儿逃走，没有被匈奴人查获。一方面，因为匈奴人辈辈逐水草而居，四处游牧，掩护了他们的行踪；另一方面，也归结于张骞始终不忘使命的坚强意志和随机应变的机智。多次遭遇风险都化险为夷，他们终于顺利地穿过了匈奴人的控制区。

但张骞在留居匈奴期间，西域的形势发生了很大的变化。大月氏人被迫离开河西走廊逃亡游牧的伊犁河谷，系乌孙国的地盘。乌孙国在匈奴的支持和唆使下，攻击大月氏。大月氏人又被迫从伊犁河流域继续西迁，进入咸海附近并征服大夏，已在新的土地上另建家园。张骞了解到这一情况，没有后退，而是坚定不移地坚持西行。他们沿塔里木河，过库车、疏勒，翻越海拔四五千米终年积雪的葱岭。这条道路十分艰苦，大戈壁滩上，飞沙走石，热浪滚滚；葱岭高耸入云，冰雪皑皑，寒风刺骨；沿途人烟稀少，水源奇缺；加之匆匆出逃，物资准备不足，张骞一行，风餐露宿，备尝艰辛。干粮吃尽了，就靠善射的堂邑父射杀禽兽聊以充饥。

▲张骞拜见大宛国王（张重光绘）

其艰难险阻，若非身临其境不能体会万一。

不辱使命

我所生活的汉中，又恰为张骞的故乡，出于对先贤志士的敬仰，参观和陪人参观，也不知去过张骞故里墓冢多少次。纪念馆内，从长安到罗马的图表赫然标明，每每细观，内心便被搅动，这也许便是我放弃文学，探访丝路二十余次的真正初衷。我还专程去了张骞被匈奴扣押过的内蒙古阴山草原与河西走廊祁连山下的荒原，这里海拔超过三千米，气候瞬间万变。我曾在盛夏遭遇暴风雪，但尚且有车可躲避，推想张骞当年如何度过漫漫十年？非有超乎常人的毅力，非能吃大苦者，不可为之！

张骞最先到达的是大宛国（即今乌兹别克斯坦），向大宛国王说明了自己出使大月氏的使命。大宛国王早就风闻东方汉朝的富庶，很想与汉朝通使往来，但苦于匈奴的从中作梗，未能实现。汉使的意外到来，使他非常高兴。热情款待后，派了向导和译员，将张骞等人送到康居（今塔吉克斯坦境内）。康居王又遣人将他们送至大月氏。

不料，这时的大月氏人，由于新的国土十分肥沃，物产丰富，并且距匈奴和乌孙很远，遭受攻击的危险已不存在，遂改变了态度。当张骞向他们提出建议时，他们已无意向匈奴复仇了。张骞等人在大月氏逗留了一年多，但始终未能说服大月氏人与汉朝联盟，夹击匈奴。元朔元年（前128年），张骞权衡利弊，决定动身返国。

归途中，张骞为避开匈奴控制区，改变了行走路线。计划通过青海羌人地区，以免遭匈奴人的阻留。于是重越葱岭后，他们沿塔里木盆地南部，循昆仑山北麓的"南道"，进入羌人地区。但出乎意料的是，羌人也已沦为匈奴的附庸，张骞等人再次被匈奴骑兵所俘，又扣留了一年多。

元朔三年（前126年）初，军臣单于死了，其兄弟争当单于，张骞便趁匈奴内乱之机，带着自己的匈奴族妻和堂邑父，逃回长安。这是张骞第一次出使西域，历时十三年。出发时是一百多人，回来时仅剩下张骞和堂邑父二人。虽然付出了很大的代价，但从其产生的实际影响和所起的历史作用而言，无疑是巨大的成功，具有划时代的意义。

建功西域

自周衰，戎狄错居泾渭之北，及秦始皇攘却戎狄，筑长城，以护中原，但其西界不过临洮。玉门之外的广阔西域，尚为我国政治文化势力所未及。张骞通使西域，使中国的影响直达葱岭东西。自此，不仅现今我国新疆一带同内地的联系日益加强，而且中国同中亚、西亚以至南欧的直接交往也建立和密切起来。后人正是沿着张骞的足迹，走出了誉满全球的"丝绸之路"，张骞的"凿空"之功，实不可没。况且，张骞还以政治经济的眼光对广阔的西域进行了实地的调查。他不仅亲自访问了位处新疆的各个小国和中亚的大宛、康居、大月氏和大夏诸国，而且从这些地方又初步了解到乌孙（巴尔喀什湖以南和伊犁河流域）、安息（即波斯，今伊朗）、身毒（即今印度）等国的许多情况。回长安后，张骞将其见闻向汉武帝做了详细报告，对葱岭东西、中亚、西亚以至印度诸国的位置、特产、人口、城市、兵力等，都做了说明。这个报告的基本内容被司马迁在《史记·大宛列传》中保存下来。这是我国也是世界上对于这些地区第一次最翔实可靠的记载。至今仍是世界各国研究上述地区和国家的古地理和历史最珍贵的资料。

汉武帝对张骞这次出使西域的成果非常满意，特封张骞为太中大夫，授堂邑父为"奉使君"，以表彰他们的功绩。张骞出使西域所获得的关于中原外部世界的丰富知识，在以后西汉王朝的政治、军事、外交活动和对匈奴战争中发挥了积极作用。比如，在张骞出使西域之前，汉代的君臣还不知道在中国的西南方有一个身毒的存在。张骞在大夏时，看到了四川的土产邛竹杖和蜀布。张骞敏锐地感到蜀地四川可能有通往身毒国的捷径，他向汉武帝报告了这一情况，引起了汉王

▲张骞向汉武帝报告西域产良马

朝对西南四川、贵州、云南一带的高度重视，先后派使节前往联系，并在公元前111年，先后设立汶山、武都、益州、交趾等郡县，把西南地区正式纳入汉王朝版图。

名标青史

在张骞通使西域返回长安后，凭借对西域的了解，直接参加了对匈奴的战争。元朔六年（前123年）二月和四月，大将军卫青两次出兵进攻匈奴，汉武帝命张骞以校尉从大将军出入漠北。当时，汉朝军队行进于千里塞外，在茫茫黄沙和无际草原中，给养相当困难。张骞发挥他有沙漠行军经验和丰富地理知识的优势，为汉朝军队做向导，指点行军路线。由于他"知水草处，军得以不乏"，保证了战争的胜利。事后论功行赏，汉武帝封张骞为"博望侯"。"博望"意为"取其能广博瞻望"。这是汉武帝对张骞博闻强识、识多才广的高度评价。

元狩二年（前121年），张骞又奉命与"飞将军"李广率军出右北平（今河北东北部地区），进击匈奴。李广率四千骑兵作先头部队，张骞将万骑殿后。结果李广孤军冒进，陷入匈奴左贤王四万骑兵的重围。李广率领部下苦战一昼夜，张骞兼程赶到，匈奴始解围而去。此战虽杀伤众多敌人，但李广所率士兵大部分牺牲，张骞的部队亦因过分疲劳，未能追击。朝廷论罪，李广功过两抵，张骞却以"后期"未及时到达的罪名被贬为庶人。

两年后，汉武帝再次启用张骞联合乌孙（今伊犁河流域）。武帝命张骞为中

▶ 张骞纪念馆

郎将，率三百人，马六百匹，牛羊金帛万数，浩浩荡荡第二次出使西域。此时匈奴势力已被逐出河西走廊，道路畅通。他到达乌孙后，请乌孙东返故地。乌孙王年老，不能做主，大臣都惧怕匈奴，又认为汉朝太远，不想迁徙。张骞派遣副使分别赴大宛、康居、大月氏、安息、身毒、于阗、抒弥（今新疆于田克里雅河东）等国展开外交活动，足迹遍及中亚、西南亚各地，最远的使者到达地中海沿岸的罗马帝国和北非。元鼎二年（前 115 年），乌孙王配备了翻译和向导，护送张骞回国，同行的还有数十名乌孙使者。这是西域人第一次到中原。乌孙王送给汉武帝数十匹好马，深得武帝欢心。武帝任命张骞为大行，负责接待各国使者和宾客。他所派遣的副使，也陆续带了各国使者来到长安，汉和西域诸国建立了友好关系。出现"使者相望于道"的繁盛局面，为日后丝路的畅通以及把远比今日新疆更为广大的西域纳入汉王朝版图打下了坚实的基础。张骞出使西域的历史贡献也永载史册。

张骞去世后归葬故里城固。抗战时，南迁汉中的西北联大历史系曾发掘张骞墓，发现有汉时信物与博望印，与史载相符，系真墓无疑。近年陵地得到修葺，并建立博物馆，其"凿空"西域开拓丝路的精神，将如同墓地森森古柏，四季常青，永远昭启后人。

汉匈争战拓丝路

▲ 酒泉胜迹

酒泉胜迹

秦王朝版图西至甘肃临洮，这也是秦长城的西部起点，丝绸之路却通往西域欧亚，其中最重要的路线是长达一千二百公里的河西走廊。时至今日，只要进入河西走廊，便能感受到一种与中原迥然不同的山川风貌，戈壁大漠、胡马北风、长云孤城，一派汉唐边塞诗歌的意境。行走于千里河西，更像沿着一条时光隧道，走向了历史深处，走向了汉唐时代。

武威、张掖、酒泉、敦煌、阳关、玉门关、古居延、黑水城……仿佛是一个个历史文化驿站，几乎每一个地名都有来历和出处，都能演绎出一串非同凡响的故事，都牵连着一个风云激荡的时代。

比如酒泉，现在城东有一个泉湖公园，园内一座高大石碑，镌刻着"西汉酒泉胜迹"几个遒劲大字。石碑后有波光粼粼的湖水，宽广数十亩，掩映于垂柳林木之间。湖面假山耸立、九曲木桥通幽，四周有成片芦苇，湖畔有长堤环绕，一派园林气象。关键是泉湖并非死湖，而是有活泉来水，汩汩泉水从地下岩缝流出，长年不断。早年有泉水三眼，如今两眼干涸，存留一眼经清理疏浚，积水成湖，因湖成园，已成塞外胜迹。

边患由来

山泉河流，本属自然。此泉之所以称酒泉，却与河西归汉的重大事件相关联。秦汉时期，蒙古高原与青藏高原之间的河西走廊，是游牧民族的天下，这儿原生活着大小月氏人。当时，占据着蒙古草原的匈奴发展壮大。据司马迁《史记》载："匈奴，其先祖夏后氏之苗裔也……逐水草迁徙……儿能骑羊，引弓射鸟鼠，少长则射狐兔，用为食。士力能弯弓，尽为甲骑。其俗，宽则随畜，因射猎禽兽为生业，急则人习战攻以侵伐，其天性也。其长兵则弓矢，短兵则刀铤，利则进，不利则退，不羞遁走。苟利所在，不知礼仪……贵壮健，贱老弱。父死，妻其后母，兄弟死，皆取其妻之。"司马迁这篇《史记·匈奴列传》是最早记载匈奴生存习性、生活状态的文献，指出了匈奴人所以屡屡侵犯秦汉边境的根本原因。匈奴人从小精于骑术弓箭，以游牧狩猎为生，一切以利益为转移，没有任何礼仪约束，只讲目的，不择手段。在他们心目中，到秦汉边境掠夺妇女财物牛羊，就跟从小猎取鼠兔狐狸一样。父兄死了，后母嫂子连同牛羊全继承下来，是天经地义的事情，没有什么不对。相反，谁能抢掠到财物，谁抢掠乃至杀戮的最多，谁就是英雄，谁就受到尊崇。这种氛围下，匈奴凡是青壮年无不想加入劫掠的队伍。早在春秋战国时期，每当秋高马肥之时，匈奴便不断南下劫掠。中原王朝地域广大，农户居住分散，匈奴又系马背上的民族，精于骑射，来去无踪，很难防御，这便是早在战国时期，北方的燕、赵、秦等国大修长城的缘由。秦始皇统一六国后，把各国长城连接起来，用于防御，虽然起到一定作用，但修筑长城，谈何容易。当时全国人口不过两千余万人，几乎青壮年全被征用服役，给底层群众带来极大灾难。孟姜女哭长城的故事，正是这种苦难生活的反映，也埋下秦王朝灭亡的种子。

由于秦王朝的势力并未到达河西，故秦长城西部起点是在甘肃临洮，史书所载与近年实地考察相符。秦建都长安，威胁最大的是正北方向占据黄河河套鄂尔多斯草原的匈奴。为消除威胁，秦国大将蒙恬曾率兵三十万出击匈奴，匈奴大败，北退七百里。秦军占领河套，并修筑了南起云阳（今陕西淳化），北至九原（今包头市西）长达九百公里的秦直道，解除了匈奴对长安的威胁。

匈奴虽在河套失利，却击败了在河西走廊生活的大月氏人，占据了祁连山下广阔的牧场。在匈奴势力最强大的时候，连青藏高原的胡羌都降服称臣，重新构成对中原王朝的威胁。秦末汉初，连年战乱，生产力下降，人口锐减，灾荒不断。此时匈奴人击败大月氏、楼烦、白羊、丁零等游牧民族，建立起强大的奴隶制政权，乘中原内乱，重新占领黄河以南的河套地区。史书上说，此时匈奴拥有"控弦之士三十余万"，到西汉初年（前206年），又壮大发展到"精兵四十万骑"，自恃强大，不断南侵，今属陕西、山西、河北临近边塞的城镇乡村深受其害。

和亲纳贡

公元前201年，匈奴的铁骑竟然攻占到今山西省太原一带，直接威胁到长安。汉高祖刘邦亲率大军三十万反击，结果在平城遭匈奴骑兵重重包围，无奈用重金贿买匈奴贵妇，方得突围。平城之围使汉廷认识到，在残破凋零的社会状况亟待恢复的情况下，根本无法与强大的匈奴抗衡。只好采取"和亲纳贡"的政策，即选取汉朝宗室女子，封为公主，远嫁匈奴首领单于，再陪嫁大量的丝绸、大米、茶叶、金银、器物等游牧民族十分喜好又不能生产的物品，并应允在边境开放边市。这些怀柔办法，虽不能完全制止匈奴南下劫掠，但由匈奴首领亲率铁骑大规模骚扰的情况确实较少发生了。这就为西汉王朝休养生息，发展生产赢得了时间。秦末汉初的社会动乱，也使朝野上下一致接受了黄老学说，即"无为而治"的思想，放弃了秦代"严刑酷法，横征暴敛，四处征战，劳民伤财"的做法，政府轻徭薄赋，百姓安心生产。这就像我们进入新时期，吸取"文革"惨痛教训，放弃阶级斗争，注重经济建设，仅用三十年，改革开放就取得非凡成就一样。西汉朝廷经过文景两代，半个多世纪的发展，人口与财富都成倍增长，公私粮库充裕，城镇商贸繁荣，乡村田亩相望，国家的综合实力空前提高，早已不是汉初面对匈奴骚扰无力还手的情况。

在文帝三年（前177年）和十四年（前166年）汉朝"和亲纳贡"期间，匈奴掠夺本性难移，单于亲率十余万铁骑两次大规模进犯，前锋甚至深入到汉甘泉宫附近，直接危及京畿，汉军被迫迎战。汉文帝亲上前线督战，虽然两次反击都取得胜利，但实际不过是把满载而归的匈奴送出边境。况且，这么一来撕破脸皮，匈奴索性无所顾忌，每当秋高马肥，就大规模南下烧杀劫掠，无所不为，边境军民深受其害，成为西汉王朝急需解决的一大外患。

抗击匈奴

随着汉朝生产经济的不断恢复，对匈奴实行抗击，解除边患的呼声也越来越高。就在整个社会都希望改变汉匈格局的当口儿，雄才大略的汉武帝刘彻登上了历史舞台。刘彻登基时只有十七岁，却经历了匈奴侵扰的甘泉烽火，姐姐和亲骨肉离散之痛，以及朝野宫闱种种权谋争斗的历练，更重要的是刘彻性格刚强，谋勇兼备，深受治国平天下的儒学熏陶，堪称雄才大略，千古一帝。他登基的第八年，公元前133年便实施马邑之战，派人诈降边城马邑，引诱单于率十万匈奴来

▲祁连山下古战场

攻，汉军却以三十万大军设伏。后因事情败露，两军没有交战，却由此拉开了长达十几年的对匈战争序幕，也标志着汉朝立国以来，对匈奴的战略发生根本转变，由被动防御到主动出击，直到解除匈奴对中原的威胁。

新形势与新战略也呼吁着与整体谋略相适应的新的军事人才。在对匈战争中，大批年轻将领脱颖而出，最杰出的代表人物是卫青与霍去病。正是他们作为汉军统帅取得了三次关键性的胜利。

第一次战役是公元前127年，匈奴到上谷、渔阳劫掠，汉武帝组织反击，卫青率军明救渔阳，行至今包头，却突然回军西扫，大败屯守黄河河套地区的白羊王、楼烦王，驱逐了匈奴，收复了黄河以南曾被秦将蒙恬攻占的广袤草原，解除了匈奴对长安京畿之地的威胁，史称"河南之战"。

第二次战役发生在公元前121年，即与酒泉相关的河西之战。这年春天，汉武帝命年仅二十岁的霍去病"将万骑出陇西"突袭匈奴。霍去病是名将卫青的外甥，从小进汉宫，喜骑射和剑术，深受汉武帝喜爱，亲加调教。两年前，他只有十八岁时，就跟随卫青出击匈奴，率八百轻骑追杀匈奴数百里，功冠全军。这次独自率领万余跟他年龄相仿的羽林军士，完全是年轻人一腔杀敌报国的热血在起作用。他们无多少军事经验也无负担，一路疾驰，越过焉支山千余里，大破匈奴军队，斩首八千余人，大获全胜。同年夏天，霍去病再率轻骑进攻河西。这次，他孤军深入，如狂飙突进，过居延海，攻祁连山，斩杀匈奴三万余人并俘获许多贵族和首领，迫使昆邪王率部众四万人降汉，匈奴势力退出河西，千里走廊历史上首次归入中原王朝版图。此举不仅切断了匈奴与西羌的联系，也打通了汉王朝

▲酒泉霍去病塑像

通往西域乃至欧亚的道路，为之后丝绸之路的开辟，起到了关键作用。因千里河西系丝路咽喉，丝路从长安起步，沿泾水和渭水道分南北，至兰州后，又分南、北、中三线，但均在河西走廊交会，若无河西走廊，丝绸之路便无从谈起。更何况，千里河西还勾连着广阔的西域，是汉王朝日后建立西域都护府管理西域的桥头堡。因为这个胜利非同小可，具有划时代的意义，所以汉室朝野都看清了这一点，在河西走廊"设四郡，据两关"来巩固胜利成果。四郡即武威、张掖、酒泉、敦煌，两关为阳关和玉门关。

各地名称均有讲究，取"武力威镇"之意而设武威；取"张国臂掖"之意而设张掖；敦煌则因濒临大漠，取"敦，大也；煌，盛也"之意，故名敦煌。至于酒泉，则是因霍去病大获全胜，为河西归汉立了头功，汉武帝为奖励霍去病，送去美酒，汉代人豪放，喜好饮酒，何况是皇帝亲赐的御酒，将士们当然都想品尝，但酒少人多，怎么办呢？霍去病驻军的位置必定在今日酒泉市的泉水边，靠近水源安营扎寨也是兵家常识。霍去病看看汩汩流淌的泉水，心中一亮，这位天才将军立刻有了堪称天才的主意。他传令三军聚集泉边，然后下令把御酒全倒进泉水，让全军将士汲饮泉水。掺酒的泉水自然带上了酒味，满足了全军将士为胜利痛饮的愿望。事情传开，朝廷索性在此设酒泉郡以示褒扬。这一切发生在那个处处标新立异、朝野生机勃勃的汉代，十分合情合理，也成为流传千古的美谈。

由卫青、霍去病两位天才统帅联手取得的第三次胜利，史称"漠北之战"。在汉军的连续打击下，匈奴将王廷迁往沙漠以北。为消灭匈奴有生力量，汉武帝毕其功于一役，全国动员，仅是承担后勤、转运粮草便多达十万余人，马十万余

▲ 霍去病墓前马踏匈奴石刻

匹。卫青与霍去病各率铁骑五万，分赴漠北，合歼匈奴。这次会战，双方展开激战，卫青歼匈奴近两万人，烧毁匈奴粮仓；霍去病斩敌七万余人，追击至瀚海，即今俄罗斯境内贝加尔湖。经此打击，匈奴有生力量丧失，"漠南无王廷"，困扰秦汉边境百年之久的边患基本解除。

美酒遗风

如今，徜徉河西走廊，便不能不遥想将千里河西首次划归祖国版图的年轻将领霍去病。他十八岁出征，六战六捷，是没有打过败仗的将军，去世时仅二十四岁，留下显赫战功，也留下"匈奴未灭，何以家为"的千古名句，留下了"酒入甘泉，三军痛饮"的千古佳话，更留下了关中茂陵霍去病墓前被鲁迅先生誉为"汉人极作"的"马踏匈奴"大型石雕群落，成为文学界、艺术界一个永远叙说不尽的话题。

也许正是受"酒入甘泉，三军痛饮"的遗风影响，甘肃人尤其河西四郡人，无不善饮，饮则豪爽，拳令急切，输则必饮。我的多次河西之行对此豪爽酒风皆留下难忘印象。故有人戏称河西走廊为"河西酒廊"。

我恰有嗜好，每去一地除购地图资料，还喜购酒存念，河西四郡各购酒一瓶，还特购了瓶"居延人家"。因为，正是霍去病追击匈奴，才首次发现了居延海的啊！

班超"定远"边陲

名将风采

在南疆边陲丝路重镇喀什城郊，有一座在古遗址上建立起来的盘橐城。盘橐是疏勒古国的宫廷，其实叫班超城更为响亮，因为名标青史、声震西域的名将班超曾在这儿戍边守疆达十八个春秋，为祖国版图完整、民族融和做出了不可磨灭的贡献。

这片遗址临近吐曼河谷，平地突兀，易守难攻，在一马平川的原野上称得上战略要地，与班超的赫赫声威颇为相符。目下，这座班超纪念公园的主要景物是以班超为主的一组大理石雕像。高达 3.6 米的班超塑像是以他晚年神采为基调创作的，身姿伟岸的班超身着汉代朝袍，束发冠带，一手握竹简书卷，一手朝后抚背，神情安详，长须飘拂，目光如炬，活脱脱显出一代安邦定边的名将风采。两边排列着当年追随班超出使西域的三十六位壮士的雕像。文僚面色沉着，深思远虑；武士横眉握剑，跃跃欲试。三十六尊雕像尽管职务不同，服饰各异，但安定边关誓扫匈奴的雄心却惊人的一致，众志成城，所向无敌。这是一支战则必胜、攻则必克的精锐铁军。曾在万里西陲，火烧匈奴，安抚鄯善，征姑墨，收乌孙，逼降龟兹，大败莎车，一战而永定疏勒，扬天汉威仪，播中原文明，为祖国版图完整谱写了一曲雄浑的乐章，书写了光辉灿烂的一页，因而理所应当受到后世尊崇。

投笔从戎

细雨之中，我独自徘徊于雕塑群落之下，远处的吐曼河水汹涌喧哗，登城楼

▲班超任职的西域都护府管理着西域辽阔的疆土

眺望,山形地貌古今想无太大变化,但那幕有声有色的历史风云却已逝去两千余载。

当年,张骞出使西域,使得汉王朝对整个西域有了系统了解,经过与匈奴的反复较量,最终取得胜利的西汉王朝于公元前60年建立了西域都护府。"都"是全部,"护"为保护,意即西域诸国都在西汉王朝保护之列。既防各国受匈奴之害,也防各国兼并攻击。各国国王官吏均由汉王朝颁发印绶,这是西域正式纳入祖国版图的标志。至此,西域安定,丝路畅通达七十年之久。

岂料,西汉末年,王莽篡位,在处理西域问题上倒行逆施,降国为侯,造成混乱,匈奴趁机卷土重来,要西域各国补交赋税,其负担比汉朝猛增多倍,各族人民不堪重负,怨声载道。"不乐匈奴而慕汉",纷纷要求重归汉朝。

公元73年,汉明帝选派大将窦固征讨匈奴收复西域。正是在这次出征中,班超脱颖而出,成为一代名将。班超出身书香门第,父亲班彪、哥哥班固、妹妹班昭皆为著名史学家。班超自幼熟读典籍,聪颖不在兄妹之下,家人亦对他深寄厚望。班超虽满腹经纶,却完全不同于那些咬文嚼字、清谈误国的腐儒。当时西域动乱,他心中仰慕凿通丝路、立功边陲的张骞。听说朝廷下令出征,他毅然辞亲别家,投奔大将军窦固麾下请求出征,这便是著名典故"投笔从戎"的由来。

深入虎穴

班超智勇双全,屡立战功,深得主将窦固赏识。时征西大军取得攻占伊吾庐(今哈密)的胜利,西域震动。趁此良机,窦固派遣班超带领由三十六名壮士组成的精干部队，沿丝路西行，以招抚西域各国，摆脱匈奴控制。

尽管人少势单，孤军深入，且要穿越不毛戈壁，种种艰苦，可想而知，但心怀高远志向的班超却视此为报国良机，毫无畏惧地向大漠深处进发。他们首先到达的是鄯善国。起初，鄯善国王对久盼而至的汉使班超一行招待十分热情周到，但刚过几天，态度又突然冷淡。班超敏锐地感觉到其中必有变故，通过巧妙地盘问驿馆人员，得知匈奴也派一个百余人组成的使团前来，胁迫鄯善国归附匈奴，这使得鄯善国王惶恐不安迟疑难决。

面对突发事件，敌又数倍于我，真可谓生死关头。班超却异常镇静，暗思机在人谋，遇在天赐，绝不能使收复西域良机因此而丧失，应该当机立断。他召集三十六名壮士，痛饮一番后，以实情相告，鼓励大家"不入虎穴，焉得虎子"，并拿出一个夜袭火攻匈奴使团的计划，壮士们齐声赞同。天黑之后，班超率全副武装的壮士直奔匈奴驿馆。他命十名士兵在使馆周围擂鼓、放火、呐喊，其余人则潜伏于驿馆大门两侧。那晚正好月黑风高，火趁风势，风助火威，加之鼓声呐喊，匈奴一片惊慌，纷纷夺路而逃。班超手执利剑，一马当先，勇杀三人。其余壮士也一拥而上，刀砍火烧，全歼匈奴使团，而三十六位壮士却无一伤亡。

翌日，班超带匈奴使节首级去见鄯善国王。国王和大臣们深深为汉使班超的神威所慑服，当即决定脱离匈奴，归附汉朝，一举稳定了鄯善国局势。

初战告捷，班超和勇士们信心倍增，继续西行。一路上，班超都凭借他超人的智慧和坚韧的毅力，讲明利害，安抚诸国，使其重归汉朝。在安定了于阗国后，班超又把目光盯到了数千里之外的边国疏勒，即今南疆喀什。疏勒虽然遥远，却是塔里木盆地南北丝路的交会之处，有葱岭天山雪水浇灌，农业发达，人烟稠密，若据此处，便能外抗匈奴，内联诸国，安定西域，保障丝路畅通。

智取盘橐

经过长途跋涉，第二年春天，他们来到疏勒。这儿是匈奴势力控制之处，原先亲汉的疏勒国王已被杀害，由匈奴选派的龟兹国兜题来做傀儡国王，完全按匈奴意愿横征暴敛，胡作非为，疏勒人民正处于水深火热之中。但是傀儡国王又占据着疏勒国的宫廷盘橐城，高垒深沟，班超远道而来，仅三十六人，如之奈何？

经过深思，班超认为只宜智取，不可力战，若尽皆前往，对方将因疑虑而紧闭城门。于是，他专门挑选身材单薄却勇力过人的田虑出马，仅带两人，扮作进贡模样，叩开盘橐城门。在见到伪疏勒国王兜题之后，田虑趁其不备，猛吼一声

▲喀什班超城塑立的随班超平定西域的三十六名勇士像

冲上去，活活擒拿了兜题。趁宫廷混乱之机，随从赶往城头发出信号。班超立即带人旋风般扑进盘橐城，转瞬之间便兵不血刃占领控制了疏勒国，成为载入史册的一个传奇。

之后，班超扶持原疏勒国王侄子为新疏勒王，对傀儡兜题并未杀害，而是送回龟兹以安定人心。随后，妥善处理各种矛盾，减免税赋，安抚边民，奖励农耕，发展生产，使疏勒经济很快恢复。影响所及，各国纷纷重新归附汉朝，西汉末年被迫中断的丝路也重新得以畅通。

班超刚在疏勒站稳脚跟，使西域形势渐趋安定。岂料，仅隔数年中原又逢灾荒，社会动荡，东汉王朝自顾不暇。汉章帝采纳了放弃西域的建议，窦固奉诏撤回驻守西域的大军，班超也要奉命回京。

班超深知汉军一旦撤走，匈奴必将卷土重来，西域又将因动荡而丢失。但放弃西域是朝廷的决策，自己位卑言轻，徒唤奈何。班超临行时，疏勒举国见依赖的柱石将倾，上下忧恐，许多民众挥泪挽留，竟有以死相劝者。班超一行至于阗国时，于阗国王竟跪拦班超马头，说："汉使如父母，诚不可去！"

班超深受感动，决心抗旨留驻西域，又回到疏勒。此时，匈奴知汉朝大军已撤，趁机作乱，班超一行孤悬塞外，形势十分险恶。但班超临危不惧，运筹帷幄，紧密依靠忠实于汉朝的鄯善、于阗、疏勒等国力量，采取声东击西、各个击破的策略，大败车师，逼降龟兹，还粉碎了葱岭西部大月氏七万大军的入侵，使西域一次次转危为安。

励精图治

汉章帝接到班超奏报，深感欣慰，不仅收回撤退的成命，还派兵增援，并正式任命班超为西域都护使。班超更加励精图治，注重发展当地经济，在积蓄充足后，又最后征服了北匈奴统治下的焉耆、危须和尉犁，使西域全境再次统一于东汉王朝。而且当时疆域远比现在辽阔，到达葱岭（帕米尔）以西咸海和今哈萨克斯坦的巴尔喀什湖一带。班超因赫赫战功被封为"定远侯"，几乎与因凿通西域封为"博望侯"的张骞齐名。以至每当边塞动乱，中原王朝都提倡要向"张博望""班定远"学习，号召投笔从戎，勇赴边塞。

班超在西域度过了整整三十个春秋，其中有十八年是在疏勒，其营地便是这片盘橐城。如今，漫步在这片空旷寂寥的古遗址上，已很难想象当年的城垣房舍格局。天边翻卷的云团，则把人带入一种肃穆久远的年代。两千年前，一介书生，投笔从戎，远离中原，跃马挥刀，所向披靡的英姿已定格为那尊大理石雕像。

三十个春秋，是个不短的时间，几乎是半生的黄金岁月。当年，这西陲边城无论如何不能同中原京都的繁华相比，加之语言隔膜、习俗不同、环境迥异、水土差别，那么漫长的岁月，班超是如何度过的呢？

父子英雄

翻阅典籍，还有人向朝廷举报诋毁过班超，其中说到班超在疏勒娶妻生子，"拥爱妻，抱爱子"。仔细推敲班超班勇父子年谱，这倒可能是真实的事情。

班超在西域三十年，回到中原后不足一年便去世，享年七十一岁。那么，当年班超投笔从戎时年龄则为四十岁，早有家室并生有两子。从公元 73 年班超进

▲ 2000 年作者在班超驻节之地喀什吐曼河畔

入西域，戎马倥偬，浴血奋战，加之大漠戈壁，关山阻隔，要把家眷从中原带往边关，几乎是不可能的事情。

在公元 100 年时，班超上书朝廷，其中提到，如有机会希望让自己第三个儿子班勇回到中原，目睹故乡风物亲人，并代自己了却祭祖心愿。

这说明当时二十出头的班勇是在西域长大，还没有回过中原，不认识故乡亲人。那么，班超在公元 74 年到达疏勒，安定下来之后就极有可能纳妾。虽说战争年月，但不可能天天打仗。漫长的岁月，有固定的驻节之地，主要的事务还是安抚联络诸国。诸多事务，起居饮食亦需要照顾，纳妾在很大程度上也是从当时实际情况出发，应是一件很自然的事情。

班超虽说已有妻室儿女，但当时并无重婚一说。再者，汉人豪放，当年汉高祖刘邦兵败时尚入赘作婿。比此稍晚的三国时代，军阵携带歌伎则为常事，比如赤壁之战前夕，曹操尚在军中让歌伎演唱他的诗作。

班超所娶的女子情况如何，典籍并无记载。但当初班超带三十六名壮士深入西陲不可能有女性。班超的如夫人只能是疏勒当地女子，而且不会是汉族，只能是少数民族女子。考虑到今喀什聚居生活的维吾尔族，是公元 10 世纪才定居西域的民族，而当时西域先后生活过大月氏、乌孙、姑师、丁零、乌揭、匈奴，甚而还有属白种人的塞人。

班超所娶女子属什么民族已很难考证，但按情理推测为疏勒当地女子绝无问题。那么汉使班超也就成为疏勒的女婿，这在客观上起到了密切与当地民族关系的作用。他由此更加得到西域群众的信赖和拥戴，出现了"西域诸国，莫不向化；大小欣欣，贡奉不绝"的安定时期，而古老的丝路也"驰命走驿，不绝于时月，胡商贩客，日款于塞下"的繁荣景象。

这期间，班超还十分关注周边国家，曾派下属甘英出使大秦，即古罗马帝国。甘英一路西行曾到达地中海，这是两千年前有史记载的中国人到达最远的地方。甘英虽因大海阻隔未到罗马，却到了安息，扩大了汉王朝的影响。

班超娶亲西域，还有个意外且重大的收获，那就是生育培养了继承班超遗志的名将班勇。公元 102 年，在西域操劳三十年，已七十高龄的班超因久居边塞而致风寒，手足麻木。他在《求代还疏》中说："臣不敢望到酒泉郡，但愿生入玉门关。"汉廷召回了班超。

岂料，班超离任仅仅四年，继任西域都护的尚任不听班超告诫，处置失当，引起西域动荡，被迫撤军。此时，班超已经去世，儿子班勇从小受班超教诲，"少有父风"，且在西域长大，熟悉了解情况，他被朝廷任命为军司马，接应撤退的

▲今日班超驻地西域小镇一角

汉军。

之后，班勇又正式出任西域长史，这是管理西域的最高长官。他率兵西征，在故乡军民的支持下，历时五年，再平匈奴，收复西域，使西域诸国重获安宁，丝绸之路也得以畅通。这种安定局面一直保持到东汉末年。

班超、班勇父子前仆后继，维护了边陲安宁。他们还凭借对西域的了解与挚爱，把亲历亲见亲闻的珍贵史料写进父子合著的《西域传》中，完整地保存在《后汉书·西域传》里，这也使班超、班勇父子真正彪炳史册，英名永存。

▲唐代三彩骆驼俑

大唐西市：声播欧亚

一

中外学者一致认为，丝绸之路起始于公元前 2 世纪的西汉，繁盛在公元六七世纪的唐代。是什么原因，让这条长达七千公里的商贸大道兴盛千年之久？这个问题一直让各国学者探究不已。其实简单，比如西部若无储量巨大的天然气田，便谈不上"西气东送"；若无汉水流域汇聚丹江口二百亿立方清泉，"南水北调"也无从谈起。同样，在中华五千年的文明史上，若无强汉盛唐，若无锦天绣地的汉唐长安"赇货山积"以及与黄金等价、让人眼花缭乱的丝绸，丝绸之路的历史也许会改写。且让我们撩开历史的面纱，到当年声播欧亚的大唐西市去徜徉，去领略万里丝路起点的风采和魅力。

二

我们知道，唐长安城是当时世界上最大的都市，人口超过百万（罗马当时人口十万），市区面积达八十四平方公里，被多条横竖有序、宽阔笔直的大街严谨地划分为一百零九坊。城中设有东西二市，这便是买"东西"一词的来历。东市为国内市场，西市为国际市场，也即丝路起点。两市各占两坊之地。考古实测西市大致为正方形，南北和东西长度均为 1051 米，面积为一平方公里，如此规模巨大的市场，即使在今日也堪称是"巨无霸"。实际上，大唐西市在长达三个世纪的岁月中，正是当时世界上最大的自由贸易港。从史料和西市考古发掘的文物得知，西市几乎包含了当时世界上流通的商品。各种满载货物的驼队车辆川流不

◀ 表现盛唐气象的雕塑

息，不同国家不同肤色的商人摩肩接踵，店铺林立，商幡招展，货物堆积如山。各种店铺与货物杂而不乱，整个市场规划严谨有序，市内设井字形街道，分为九区，每区四面临街，容纳相近的行业。据文献记载，进驻西市的有二百二十行之多，四万多家，分为邸、店、肆、铺、行等。如酒肆、茶肆、肉肆、书肆，珠宝店、瓷器店、蜡烛店、银器店，绢行、帛行、衣行、药行、铁行，再是竹木市、骡马市、家禽市、劳力市、奴婢市，西亚商人聚集的街坊叫波斯邸、回纥邸、大食邸等，还有占卜者、卖药人、杂戏艺人，数不胜数，所谓"四方珍奇，皆所积集"。大唐西市的规模之大和货物之盛，已无法再现，只能凭典籍去想象。《新唐书》记载：公元 843 年，东市大火，烧毁"曹门以西十二行四千余家"。西市规模远胜东市，仅是来自波斯、西亚、日本、越南的商人便达三万多人，西市商品几乎传遍世界各主要国家。罗马人把欧洲金币带到西市采购丝绸和瓷器；西亚商人翘着胡子，赶着骆驼，运来香料、银器、铜器，再带走茶叶和锦缎；东亚地区的日本、朝鲜和越南，则尽力采购各种典籍和医药，回去创造他们的文字，修建仿唐宫殿。盛唐时期的大唐西市真正四方辐射，万国来朝。如此巨大的市场，如山般堆积众多的商品，古代没有火车、汽车、轮船等大型快速运输工具，那是用什么样的办法集中到大唐西市来的呢？

三

不用担心，经千年城市建设的唐都长安已积累了丰富的经验。早在西周建都镐京时，便有"前朝后市"的规定，把市场规划在宫廷的后面，足见对其重视的

▶大唐西市一角

程度。长安作为全国的中心，必然要修筑四通八达的驿道把京都省府与边城远地勾连起来，政令方能下达，赋税才能集中，国家才能统一。

汉代不但开通了丝绸之路，还在隔绝中原与大西南的秦巴大山中修凿栈道，即李白咏叹的蜀道，使"玺书交驰于斜谷之南，玉帛践乎于梁益之乡"，货品交流已十分频繁。《汉书》中记载，大将赵充国驻军青海，距长安九百公里，向朝廷奏事，往返一千八百公里七天就能得到指令，充分显示出道路的畅通和邮驿的效率。唐代的道路和邮驿愈加完善发达，仅是遍布全国的水陆驿站便有 1639 所，真正把京都省府与边城远地连成了一片。

"一骑红尘妃子笑，无人知是荔枝来"，杜牧的名句讲的是从四川涪陵经蜀道给杨贵妃送荔枝的故事。长驱两千余里，荔枝依然新鲜，可见唐时物流之迅速畅达。真正把大批货物最快捷、最经济、最可靠的运输方式是唐代发达的漕运。隋代开通的沟通渭河、黄河、淮河、长江、钱塘江五大水系，把京都长安与东都洛阳以及幽州、扬州、杭州等省府要郡连接在一起的京杭大运河，真正发挥作用的时期是在唐代。据《旧唐书·韦坚传》所载：唐天宝初年（742 年），当时担任江淮租庸转运使的韦坚，在长安禁苑以东望春楼下开凿了广运潭，东西为广，南北为运，意为可四通八达，引浐河、灞河水注入。开通之日，韦坚请唐玄宗及大臣登上望春楼，满载苏杭、吴越、巴蜀、湖广、荆襄、会稽各地名优物产的船只逶迤而来，桅樯如林，百舸竞流，每地船只不仅标明产地，船夫也穿着各地所产丝绸绢布制作的不同服装，几百名美女盛装助兴，几百名乐工各操管弦。一时间丝管齐奏，鼓乐大作，赶来围观的长安百姓人山人海，各地向玄宗和大臣争献美食，玄宗龙颜大悦，宴会群臣，传令褒扬。这实际成为一次全国性名优特产博览会，也愈加促进了物资的流通和经济的繁荣。这些全国各地出产的物品，都可通过漕运抵达京都长安。据考古实地挖掘西市发现，在永安渠流经西市东侧时，向西市方向又伸出一段长约一百四十米，宽约三十四米，深约六米的支渠，这表明运抵长安的各种货物可直接运往西市卸载，这就保证了物流的迅速和畅达。正是这千行百业、五光十色，让人眼花缭乱的珍奇美物，吸引着世界各地的商人。来长安经商的最多时达到三万多人，加之吴越、苏杭、江淮、巴蜀、燕赵等全国各地的商旅会聚长安，极大地刺激了长安各类手工作坊的发展，如靖恭坊专司造毡，常乐坊以酿美酒闻名，崇仁坊善造各种乐器，通化门一带则会聚着能打造各种运货车辆的能工巧匠。其中涌现出不少精通商业运作，能操多种语言，谙熟各国商情的高手能人，也就很自然地出现了盛唐时期非同寻常的富豪，比如邹凤炽。据《广记》记载，这位富商，肩高背曲，人称邹骆驼，其貌虽不扬，家中财富却不可胜计。全国都开有分店，尽揽天下财富。家中男仆女婢成群，穿戴豪华惊人。这位邹骆驼出嫁女儿时，邀请了数千宾客，搭建了无数华丽的帐篷。唐时胡化之风起中原，许多达官贵人都以在院落搭建帐篷为时尚。住帐篷成为身份和地位的标志，能搭无数华美的帐篷，就像今日结婚包五星级酒店，是富豪才能有的做派。待到新娘出现，仅是陪伴的美女就多达数百名，全部绮罗叠翠、披金戴银、珠光宝气、美若天仙，令宾客惊讶无比，分不清哪位是新娘。邹骆驼的富有惊动了唐高宗，召见他询问有多少财富。这位富豪竟反问高宗，秦岭有多少棵树。完了自豪地宣称：即使每棵树挂一匹绢，秦岭的树挂完了，家中的绢还用不完呢！

四

这种如神话的传闻，在国力强大声望如日中天的盛唐，没有人怀疑其真实性。这类故事传到西方商人耳中，又会与流传于西方的阿里巴巴探宝的故事结合，大唐在他们心目中就是一座埋藏着无数财富的地方。于是，他们前赴后继，不屈不挠地踏上了通往长安的丝绸之路。出于人类永无止境猎奇探险的本能和追求巨额利润动机的驱动，在不断的实践和探索中，西亚商人也选择了能够征服戈壁大漠的骆驼作为运输工具，采取长途跋涉和短途转运结合，从西方运来大唐需要的香料、玻璃器皿、铜镜、水晶和化妆品，再从西市运走丝绸、茶叶和纸张。进出之间，自然获利丰厚。纵然穿越戈壁大漠，加上途中费用及损耗，即便有半数抵达，依旧是暴利。正因为欧亚各国从大唐西市获得了巨大的经济利益，才导致罗马和波斯、吐蕃与唐王朝还为争夺丝路发生过战争。当然获得利益的不仅是欧亚各国，巨大的丝绸需求，也刺激了唐王朝丝绸业的长足发展。当时，齐鲁、江浙、四川一带都是丝绸的重要产地。诗人白居易那首著名的《缭绫》对丝绸的精美做了出色的描述："缭绫缭绫何所似，不似罗绡与纨绮，应是天台山上明月前，四十五尺瀑布泉。中有文章又奇绝，地铺白烟花簇雪……天上取样人间织。织为云外秋雁行，染作江南春水色……异彩

▲ 古玩市场

奇文相掩映，转侧看花花不定……"堪与苏锦媲美的还有蜀锦，战国时修筑的都江堰使巴蜀早获蚕桑之利。蜀锦生产历史悠久，秦汉时已有长足发展；蜀汉丞相诸葛亮奖励耕战，尤重蚕桑；到唐时蜀锦作为流通货币使用。

《新唐书》载，安史之乱时，唐玄宗逃亡四川，正好遇着蜀郡向朝廷纳贡的"春采"（即蜀锦），玄宗当即分给经历"马嵬之变"的将士，稳定了军心。蜀锦品种繁多，华贵高雅，精美绝伦。最盛时仅是成都便有织机五千多张，织女数万。心灵手巧的川妹子在织锦上暗中较量，一比高低，做尽文章，用尽心机，把蜀人的灵性发挥得淋漓尽致，也为蜀锦争够脸面，使成都有锦官城的美誉。据记载，仅是红色便有水红、绛红、猩红、银红、狸红、深红、浅红之别，黄色又有淡黄、青黄、鹅黄、菊黄、金黄之异；至于图案，则有花卉、飞鸟、奔马、灵芝、牡丹……数不胜数，让人眼花缭乱，让人无法不喜爱，更让欧亚商人趋之若鹜，争相贩运，也使长达七千公里的丝绸之路上商旅不绝，驼队逶迤，"无数铃声摇过碛，应驮白练到安西"。在长达三个世纪的唐代，不仅强有力地拉动了欧亚各国的经济，也诚如《资治通鉴》叙述丝路沿线盛况时说："是时中国强盛，自安远门西尽唐境，凡万二千里，间阎相望，桑林翳野，天下称富庶者，无如陇右。"

▲大唐西市博物馆展出的唐马

意思是说丝路经过的河西四郡，武威、张掖、酒泉、敦煌以及陇山以西，天水、兰州，都如同今日沿海城市深圳、上海、天津及港、澳，由于商旅的拉动兴旺发达，繁盛富庶。

丝路沿线，驼队逶迤，驼铃叮当，人烟辐辏，村镇相望，城市富丽。

这是一幅多么让人神往的、充分展示大唐盛世风采的无比雄浑壮阔的风俗长卷，足以和宋代张择端的《清明上河图》媲美。戊子暮春，在友人指引下，我来到西安大唐西市故址。省市政府响亮提出：重建大唐西市，重振汉唐雄风。远处机声隆隆，眼前塔吊起降，一座庞大的古玩城已经落成，大唐西市博物馆也封顶在望……一派超越古人的气势，我毫不怀疑今天的科技力量和经济实力，但思绪仍在当年的大唐西市。

五

当年，五花八门不断滋生的千行百业，如山堆积让人眼花缭乱的各种商品，如潮水般涌来的各国商人，还有商界难以避免的游戏规则与潜规则……稍稍细想，

▲陕西历史博物馆展出的唐代伎乐纹八棱金杯

▲大唐西市博物馆展出的唐驼

便让人头皮发麻，唐王朝是如何规范管理这庞大的世界性的超级大市场的呢？

其实事情并不像我们想的那么复杂，古人办事，提纲挈领，抓住要害，删繁就简，反而简单易行。据《新唐书》记载，偌大的西市，设市署与平准局进行管理，两个单位的官员职数为：署令一人，从六品上；丞二人，正八品上。平准局令二人，从七品下；丞四人，从八品下。每日数万家，数十万人交易，管理官员不足十人，这也大致符合唐代三千九百人负担一位公务员的国情。市署与平准局的职能有三：一是定时交易，击鼓开市，击钲闭市；二是保证公平，统一度量衡具，凡粗制滥造的伪劣商品一律没官，交易的骡马和奴婢则要公验和立卷，防止欺诈；三是平抑物价，物价低落，官府收购，物价上涨，官府又以平价出售。正是这些切实可行又便于操作的措施，保证了大唐西市的有序、公正和诚信。这恰是任何时代商品交易所需要的最起码的条件，西市也成为最阳光最健康的商贸场所。正因为大唐西市这种如日中天的诚信声誉，使得各国商人和投资人纷至沓来，他们不用担心受到欺诈，更无须到官家"打通关节"，只需操心自己的买卖，把它做大做强。事实是大唐西市沟通了当时世界上最强大、最活跃的唐帝国和波斯帝国、罗马帝国以及阿拉伯地区，真正拉动活跃了大半个地球的经济，今天世界贸易组织的所谓"游戏规则"早在一千三百年前就被唐人运用得炉火纯青。重建大唐西市，再现大唐气象，愿望虽然良好，但时光不可倒流，历史岂能逆转，继承的只能是文化，是文明，是汉人那种标新立异、气吞八荒的志气，是唐人那种乐观自信、积极奋进的精神。但愿大唐西市这种抹不掉的记忆能激发和提醒我们去创造属于今天与世界同步前进的文明。

▲大唐西市商摊

旅途小憩
◇古城寻幽◇

西安作为汉唐古都，丝路起点，古迹遍布，景点众多，但也难免喧嚣。不妨抽出闲暇，独自寻幽。比如西安城墙，虽为明代所建，但经修补完整如故，城墙高大，城楼巍峨，为国内省会城市中仅见。而且，环城近二十公里公园，清水潺潺，树木葱茏，已成西安市民休闲晨练之地。不妨步入其中，倾听关中土语，那可是汉唐官话；再看市民挥动如椽巨笔，或练张旭狂草，或练肥颜瘦柳，恍然之间，岂不感受到汉唐遗风。若再沿城墙内圈独步，则有小巷通幽，皆明清古建，古香古色，徜徉其间，心中自是安然恬淡。不定又猛然一惊，因为你分明发现，这段并不起眼的城墙根下，竟赫然标明：汉代大儒董仲舒之墓！

▲ 婀娜多姿的维吾尔族歌舞

胡姬当垆：貌美如花

一

> 琴奏龙门之绿桐，玉壶美酒清若空。
> 催弦拂柱与君饮，看朱成碧颜始红。
> 胡姬貌如花，当垆笑春风。
> 笑春风，舞罗衣，君今不醉将安归！

李白这首《前有樽酒行》把当年京都长安的繁华，盛唐中外交流的升平景象描写得淋漓尽致。朝廷达官贵人，云集京城的客商，富家子弟，文人墨客，在酒肆迷醉于葡萄美酒，更迷醉于高鼻大眼、身材苗条、眸子黑亮、笑靥迷人的西域女子的殷勤招待。更何况，这些异族女子皆能歌善舞："弦鼓一声双袖举，回云飘摇转蓬舞。左旋右旋不知疲，千匝万周无已时。"

唐诗中描写胡服、胡姬、胡舞、胡乐者总有数百首之多，这种京都刮起的胡化之风来自丝路的畅通，更来自中西文化的交融。

对于唐代繁荣的程度，我们不妨做这样的推想：今天我们改革开放才三十年，京都省府的巨大变化、新辟多少空港、修建多少高速且不去说，就连偏远的城镇都宾馆、商店林立，商品琳琅满目，酒吧、歌舞厅、夜总会霓灯闪烁，常有哪家新开的火锅店门庭若市，哪家夜总会来了驻唱歌星的街谈巷议。英国学者威尔斯在《世界简史》中说："当西方人的心灵为神学所缠迷而处于蒙昧、黑暗之中，中国人的思想却是开放的，兼收并蓄和好探求的。"威尔斯是在比较欧洲中世纪与盛唐时代文明差异时，说出这番话的。唐代也确实是中国历史长河中最光彩夺

维吾尔族孩子表演「哈迪力」

目的一段，以博大的胸襟接受外来民族与外来文化。无论是一个国家一个民族或者是一个人，成功的原因很多，但有一点会相同，那便是善于吸纳。只有不断地吸收别的国家、民族或别人的长处，自己才能发展壮大。早在汉武帝时，凡归顺的匈奴人，都给予安置，有的还在朝廷为官，汉武帝临终托孤的大臣中，金日磾就是匈奴人。公元631年，唐太宗在消灭东突厥后，把归顺的一万多户突厥贵族安置在长安，让他们能安居乐业。唐代丝路畅通，欧亚商人络绎不绝，他们不仅贩运精美的丝绸、茶叶和纸张，还把长安的繁盛景象传播到欧亚，使唐长安城成为人皆趋之的"极乐世界"。当时，塔里木河流域的少数民族，天山以北中亚昭武九族的胡人，乃至波斯人、大食人、印度人都拥向长安、东都洛阳以及地处京畿的关中平原。比如，陕北榆林就有来自龟兹的移民，塔里木河中游的温宿人则移居关中乾县。再是文成公主进藏，唐蕃古道开通后，不少吐蕃人出入长安。帮助唐王朝平息"安史之乱"后，有大量的回纥贵族迷恋长安的繁华和开放，索性定居下来，形成长安城西规模庞大的"回纥营"。众多民族、众多国家，不同身份、不同职业的人交汇长安，必然会带来多种多样的文化背景以及多种多样的服饰、语言、饮食和生活习惯，使唐长安城呈现文化多样、服饰多样、习俗多样、生活多样、充满艳丽色彩与浪漫情调的盛世气象。

二

唐代从贞观之治到开元盛世，已达一百三十年之久，整个时期的生产力得到极大释放，达到封建社会鼎盛时期，在诗歌、绘画、书法、舞蹈、音乐、建筑等

▶ 流传至今的胡旋舞

领域都达到经典性的完美，市井生活的繁荣开放程度，我们今天也未必赶得上。当时来长安经商的印度人、波斯人、大食人以及西北各少数民族多达数万，更有一大批被称为"胡姬"的异族女子，就像今日农村姑娘拥进城市一样，在长安城中充当舞女歌女、招待厨娘，用自己的青春美貌、歌舞技艺来招徕顾客，繁荣酒肆，真正是"胡姬貌如花，当垆笑春风"，成为长安城中一道亮丽的风景。

"胡姬"是当时中原群众对西域各少数民族以及中西亚等国女子的泛称。在北方草原、河西走廊、青藏高原和新疆等地的少数民族先后有匈奴、党项、吐蕃、回纥、鲜卑、羌、氐等。来唐王朝经商、传教、留学的国家除日本、越南、朝鲜之外，还有来自南亚西亚的印度、波斯、阿拉伯等国家。我们从古代阿拉伯国家的文学作品《一千零一夜》的插图以及我国维吾尔族姑娘体型相貌来看，不难推测当年那些生活在长安城中的胡姬们一定是身材高挑、胸部丰满、高鼻亮眼、脉脉含情、满头黑发自然卷曲又瀑布般落下的绝色女子。

> 五陵年少金市东，银鞍白马度春风。
> 落花踏尽游何处？笑入胡姬酒肆中。
>
> ——李白《少年行》

当年，大唐西市、东市直到曲江池一带，酒肆歌楼，红灯高挑，声弦管乐，夜夜不息。胡姬们浓妆艳抹、明眸皓齿，舞姿旋转如飞，歌声婉转动听，歌舞升平，温柔富贵，吸引着大批的王公贵族、富商游客和文人雅士。

胡姬们的穿戴服饰直接影响着社会风尚，人们竞相以穿戴色彩鲜艳、翻袖紧身的胡服为时尚。唐代妇女本以丰腴为美，衣着喜欢宽松，也学胡姬把紧身窄袖翻领的胡服与宽松飘逸的唐装相糅合，把长裙束在胸前腰下，"粉胸半掩疑晴雪""长留白雪在胸前"，把唐代妇女的开放潇洒推向极致。这种风气也影响到上流社会乃至唐王室，宫廷妇女甚至学会骑马和打马球，一身紧腰胡装，手持球杆，骑马驰骋，或是踏青赏春。唐代国画《虢国夫人春游图》对此有着充分表现，从这幅纪实性的画卷上，可以看到春色明媚的原野上骏马肥壮，无论男女都服装艳丽，神情舒展开朗，处处都表现一种意气风发、繁荣发达、充满自信的盛唐气象。

▶临敦煌 57 窟壁画

三

　　千年逝去，此类情景在中国西部河西走廊、天山南北、宁夏城乡尚可发现。建国初期，我国文化大师、著名美术教育家王子云先生，在西北数省进行文物考察，出版有六十万字的美术专著《从长安到雅典》，其中载："1953 年 6 月 28 日早 3 时，因时差关系，此时为内地 5 时，时发鄯善，经北门外吃早点。馕饼（本地人称之为'馕'）铺中，二红衣少女当炉，双梳为多辫装扮，头顶花帽，热情地招待顾客。为拍照，则掩笑其面。"这与李白他们当年描写的情景何其相似。

　　在我多次的西部之行中，那种"胡姬貌如花，当炉笑春风"的景象，在青海、宁夏、甘肃河西走廊、新疆天山南北几乎是随处可见。宁夏多回民，在清真餐馆中，多是头戴小白帽、高鼻亮眼的女子，手脚麻利，端来一碗香气四溢的牛羊杂碎或是长长的牛肉拉面，让你在品尝西部美味的同时，也收获一份愉悦。

　　新疆乌鲁木齐市的二道桥是维吾尔族聚集经商的地方，那儿店铺林立，商幡招展，各种日用杂货、丝绸布匹、干鲜瓜果、风味小吃，应有尽有。经营者多为维吾尔族女子，皆身材高挑，穿戴艳丽，招徕顾客笑口常开。所以凡到新疆乌鲁木齐的"口内人"（新疆群众对内地人的泛称），莫不到二道桥去徜徉一番呢！

▲一位女郎出售西瓜

　　至于吐鲁番、阿克苏、库车、喀什一带维吾尔族世代生活的地方，不仅"胡姬当垆"随处可见，日常情景也皆能入画。

四

　　2000 年夏天，我乘车赴南疆，其时小麦正在收割，棉田也正碧绿，庄稼收获要比内地晚月余。车窗外收割小麦的多是维吾尔族妇女，且多穿红衣。整个田野绿、黄、红三种颜色，十分醒目耀眼，构成一幅内地绝难见到的塞外丰收图。

　　还有，列车经过大小的车站，瓜果摊边，多是身穿红衣或红黄相间衣裙的维吾尔族姑娘守候买卖，这种红绿颜色对比鲜明，让初来新疆的人感到十分新鲜。

　　在阿克苏停留期间，除参观博物馆、了解名胜文物，还专门游逛多浪夜市。这是一个巨大的专营各种风味小吃的饮食市场，一间间门面，便是一家家小吃店。白日歇业，夜晚开市，电灯明亮，炉火升腾，市声喧嚣，十分红火。最有趣的是经营者基本是维吾尔族，且多是小两口。男的在案头操作，切割羊肉，揉搓面团；女子则烧烤，加炭添火，烤馕饼烤羊肉串，乃至烧烤全羊，红裙飘逸，手脚麻利，

▲关中流传至今的唐乐

汉语也说得相当流利，说明经商已有年头。

我们选择一家烤羊肉串的火炉摊，这家男子是位剽悍的维吾尔族汉子，快人快语："要羊肉串嘛，马上就好！"

女人身材苗条，眼睛黑亮，十分漂亮，也很干练。她操起扇子，几下就扇红炉火，那长达二尺的铁签串起大团新鲜羊肉，在通明的炉火上一烤，顿时焦黄，香味扑鼻。女子再用细细长指，蜻蜓点水般极轻盈地撒着盐面、味精、孜然粉、辣椒面，看得人眼花缭乱。旋即就用托盘端来，拿在手中颇似北京冰糖葫芦，咬一口，油汁长流，香味满口，至今想起还馋涎欲滴呢！

五

时至今日，作为汉唐古都的西安，"胡风"遗韵尚存。踏进西安，迎面映进眼帘的便是"天下第一碗"——老孙家羊肉泡，再是锅盔、烧饼、腊牛羊肉……细究起来，食牛羊肉本是游牧民族的生活习惯，胡人进入长安，自然把"大块吃肉、大碗饮酒"的习俗带了进来。尤其冬季炖牛羊肉佐以葱、盐、胡椒等调料，不仅鲜美而且抵御风寒，再配美酒，正好迎合汉唐豪放的社会风气，很快为长安人接受，甚至还传到宫廷。据载，公元709年，韦巨源升任尚书左仆射时，向唐中宗献了一道烧尾宴，许多菜肴都是从胡人食谱中演变出来。其中"玉团露"为奶酥雕花，还有水晶龙凤饼、八方寒食饼，原本都是胡饼，经宫廷花样翻新，愈加精致而已。还有一道"贵妃红"，是以西域引进的石榴、葡萄为主做成的水果拼盘。

最为广大市民群众接受的是胡饼、油饼、麻饼、蒸饼、烧饼等大众食品，中原地区产麦，战国前直接煮吃麦粒饭，后来用石磨磨出面粉，吃各种面条馍饼。游牧民族为迁徙放牧方便，把面粉做成饼便于携带，这便是胡饼的来历。胡饼传入长安，与当地饮食结合，有了馅饼、包子、水饺等，并很快风行全国。白居易离开长安在外地看到胡饼，曾有诗曰："胡麻饼样学京都，面脆油香新出炉。"

当年，西域胡商大都生活在西安城西，因大唐西市就在城西，曾形成有数万人口的"回纥营"，如同今日北京城中的"安徽村""浙江村"。至今在西安西大街、桥梓口、广济街一带的回民居住区，依然商贸发达，饮食荟萃，"老铁家""老马家"腊牛羊肉依然驰名。大师傅们一律头戴小白帽，手脚干练忙碌在红白案上，伴着清脆的吆喝，是女老板俏丽的身影，恍然让人感受到唐长安城中"胡姬当垆笑春风"的情景呢。

旅途小憩

◇路边品瓜◇

人都知道新疆哈密瓜、葡萄干出名。其实，大西北由于深藏内陆，干旱少雨，且昼夜温差较大，这恰是多种水果优质高产的必需环境，因此，整个西部都堪称瓜果之乡，丝绸之路也是名副其实的瓜果之路。秦岭北麓、渭北高原是绵延百里的苹果林带，陇东蜜桃大如碗口、黄河两岸、河湟谷地、宁夏河套则是大西瓜、黄河蜜瓜、白兰瓜优生之地。收获季节，公路两边常常是牵连不断的瓜果长廊。几次探访丝路，都被堆积成山、香气扑鼻的瓜摊诱惑，索性停车，在树荫下大啖一气，二十元便可购得一大袋，一路远行，解渴又消暑，真乃踏访丝路一大享受。

◀ 李白塑像

月下豪饮马上诗

一

　　汉赋、晋字、唐诗、宋词、元曲、明清话本，汇聚着我国文学乃至文明的辉煌，这是人所共知的事情。但要具体说清楚一种文体辉煌到什么程度，又需下点功夫，比如置于案头这本选了近千位诗人代表作的《全唐诗精华》，厚一千八百多页，重两公斤，但收录诗作仅仅是《全唐诗》四万八千首的八分之一。唐诗当然诞生于唐代。而且，这些诗歌绝大部分是在唐都长安创作，或者和长安相关，即便在外省外地创作，也要带到长安来传播。比如孟浩然、李白、李贺。因此说长安是唐诗荟萃之地或者是诗歌之城，大概不会有什么异议。偶然突发奇想，假如唐代没有诗歌，唐代的辉煌与神韵、乐观与自信、积极与奋进、豪情与壮举、金戈铁马与霓裳歌舞、灞柳送友与曲江赏花、大漠孤烟与边塞秦月会不会被岁月淹没而无人知晓？翻着如秦砖般厚重的诗集感叹，我们真得庆幸，上至皇帝宰相、王公大臣，比如李世民、张九龄、张说、王维，下至布衣百姓、游侠僧人，比如杜甫、贾岛，不同阶层、不同职业、不同身份，成千上万的诗人在长达三个世纪的岁月中，前赴后继，不屈不挠，把亲见、亲历、亲闻和亲赴边塞、亲入宫廷的种种亲身感受，呈现在诗歌中，写下那么多精彩华章。内容涉及唐人生活的方方面面：帝后宫闱、宴集游乐、歌舞艺伎、诗文书画、山水胜迹、市井田园、咏史怀古、感时抒怀、日本安南、吐蕃回纥、边城塞外、战争动乱、感旧伤时、隐退燕居、宗教神话、民风土俗……林林总总蔚然大观，称得上唐代生活的备忘录和百科全书。

二

盛唐大诗人李白，用台湾诗人余光中的话说："秀口一吐，便是半个盛唐。"

有学者认为，李白自身便是丝路畅通、中西交流的结果。有资料表明，李白出生于唐安西四镇之一的碎叶城，其地在今吉尔吉斯斯坦之托克马克。当地驻军的各种需求提供了巨大的商机，李白的父亲在碎叶城经商致富，在外娶亲是很正常的事情。李白的母亲如众多的胡姬一样年轻漂亮，李白在血缘中便有中西民族结合的基因，所以才无拘无束，狂放不羁。"仰天大笑出门去，我辈岂是蓬蒿人。""天生我材必有用，千金散尽还复来。"一千两百年后，我们仍被这些坦率真诚、豪放进取的人生状态深深打动。

若没有唐诗，我们怎么知道长安城的格局：

> 百千家似围棋局，十二街如种菜畦。
>
> ——白居易《登观音台望城》

又怎么知道唐代富足的程度：

> 忆昔开元全盛日，小邑犹藏万家室。
> 稻米流脂粟米白，公私仓廪俱丰实。
> 九州道路无豺虎，远行不劳吉日出。
> 齐纨鲁缟车班班，男耕女桑不相失。
>
> ——杜甫《忆昔》

当然，也无法和唐人一齐去欣赏：

> 三月三日天气新，长安水边多丽人。
> 态浓意远淑且真，肌理细腻骨肉匀。
>
> ——杜甫《丽人行》

丝路通畅，大批西域商人、歌伎、艺人拥入长安，给生活带来的变化：

▶黄河远上白云间

自从胡骑起烟尘，毛毳腥膻满城洛。
女为胡妇学胡妆，伎进胡音务胡乐。

——元稹《法曲》

从诗中不难看出中原汉人喜爱异域歌舞，既有人类共同的猎奇心理，也不免有赶时髦、追浪潮的味儿。其实不仅寻常百姓，早在汉代，汉灵帝就十分喜爱西域的"胡床""胡座"。任何文明都有起根发苗的发展过程。中原原本没有床榻桌椅，早先人们都是席地而坐，席地而卧。三国时风云人物刘备就曾织编草席度日，说明草席用量很大，不仅晚间席地而卧，白天来客或议事均坐在草席上。但游牧民族，逐水草而居，时常迁徙，为避草地潮湿，做了便于活动拆卸的床具、坐具，也就是"胡床""胡座"。比如小板凳，由于在马背驮放，至今还叫"马扎"。丝路开通后，一些胡人骑马辗转数月才能到达长安，便也带上"胡床""胡座"。汉灵帝见了觉得很稀罕，觉得比草席好，十分喜爱。"上有所好，下必附焉"，原本简单的"胡床""胡椅"，经过中原能工巧匠的不断改造，雕镂美化，发展成为桌椅床榻，不仅为帝王将相，也为寻常百姓所接受。从席地而坐上升至桌椅床榻，绝不仅仅是生活方式的一种改变，而应该看成是人类精神境界的提升，文明程度的提升。这显然是由开放交流所带来的一种文明气象。

三

汉唐时代，丝路畅通，社会风气十分开放。由于长安城中西域人口不断增加，

▲一片孤城万仞山

胡化之风盛极一时，"胡服、胡床、胡饭、胡饼、胡歌、胡乐"，首先是"京城贵戚，皆竞为之"，使得不同国家、不同民族、不同宗教、不同文化都能在长安这座国际大都会相融相济，发扬光大，渗透到生活的各个领域。比如建筑，唐式建筑原本雄伟华丽、宏大精美，又吸纳外来的文化元素，在兴庆宫建造的厦殿，建筑仍是重檐覆顶、楼阁飞檐，但在四周蓄水，用水流冲动巨大的扇轮，造成雨帘飞洒，这便是吸纳了罗马建筑中的喷泉原理。再是佛教的传入，连造佛塔也采用了古印度佛国模式，至今矗立于西安南郊的大小雁塔，历千年风雨，依然巍然耸立云端，仿佛向后人叙说着永远讲述不尽的大唐盛世。

> 胡旋女，胡旋女。心应弦，手应鼓。
> 弦鼓一声双袖举，回雪飘摇转蓬舞。
> 左旋右旋不知疲，千匝万周无已时。
> 人间物类无可比，奔车轮缓旋风迟。

白居易这首千古绝唱《胡旋女》讲的是西域康居国（今中亚乌兹别克斯坦）流传的舞蹈。那时，西域中亚许多地方都在大唐帝国的版图之内，设康居都督府，属安西都护府管辖。普天之下，莫非王土，既然是自己的国土和臣民，官员或商

▲羌笛何须怨杨柳（张重光绘）

队带些能歌善舞的女子去京城献艺演出是很正常的事情。胡旋舞以动作轻盈敏捷，快如旋风，让人眼花缭乱，与唐代标新立异、喜新厌旧的社会风气十分合拍，传入京城便风靡一时，甚至连宫廷中都争相学舞："天宝季年时欲变，臣妾人人学圆转。中有太真外禄山，二人最能道胡旋。"可见胡旋传到何等程度，连唐玄宗宠妃杨贵妃（曾为太真道人）都加入其中。至于安禄山，虽贵为节度使，原本系胡人，跳舞自是拿手好戏。胡舞如此受欢迎，胡舞的发祥地西域自然成了人皆向往之地，就像佛教传入中国，引发玄奘、法显等高僧去佛教发祥地印度取经一样。再者唐人开朗、健康，向往边关要塞，滋生建功立业的豪情，其中唐诗的号召力与鼓动起了很大作用。

唐诗中，描写西域、边塞、军旅、丝路的诗歌多达两千多首，诗人则有李白、杜甫、岑参、元稹、李贺、李颀、王维、王翰、王之涣、刘禹锡、白居易、张祜、张说、张九龄、温庭筠等，可谓泰斗巨子群星灿烂，他们的作品许多都精选在《唐诗三百首》中，成为脍炙人口的名作。比如王昌龄的：

> 秦时明月汉时关，万里长征人未还。
> 但使龙城飞将在，不教胡马度阴山。
>
> ——王昌龄《出塞》

▲春风不度玉门关

青海长云暗雪山，孤城遥望玉门关。

黄沙百战穿金甲，不破楼兰终不还。

——王昌龄《从军行》

其实以西域、边塞、丝路为题材和内容的作品也极大开阔了诗人们的视野，给他们奔放的才情提供了一个广阔的平台。西域的辽阔、边塞的雄浑、丝路的壮美使他们的情感愈加奔放热烈，愈加笔走龙蛇，妙笔生花，写下千古绝唱，为西域，为丝路增添了多少不朽的光彩。

吾闻昔日西凉州，人烟扑地桑柘稠。

葡萄酒熟恣行乐，红艳青旗朱粉楼。

——元稹《和李校书新题乐府十二首·西凉伎》

在唐代那个性张扬、意气风发的时代，不定有人读了此诗，便热血沸腾，说什么也要逛一次凉州，哪怕是"北风卷地百草折，胡天八月即飞雪"，去了岂不又可欣赏到"忽如一夜春风来，千树万树梨花开"的瑰丽壮景。

一路的艰辛是肯定的，在我多次考察丝路的旅途中，一路坐着汽车、火车，穿行在数百公里的沙漠戈壁，炽热的太阳悬在头顶，到处都明晃晃地耀眼，眼睛看不了多久就干涩起来，不停地喝水，仍嘴唇干裂，上火难受。那么千百年前，商旅和诗人们是如何去西域的，且看岑参诗作："十日过沙碛，终朝风不休。马走碎石中，四蹄皆血流。"

然而到达凉州，一切辛苦都化为乌有，万丈豪情又融进酒杯之中：

> 花门楼前见秋草，岂能贫贱相看老。
> 一生大笑能几回，斗酒相逢需醉倒。
>
> ——岑参《凉州馆中与诸判官夜集》

若无坚强意志，高昂的情怀，去边塞建功立业的雄心，以苦为乐、积极进取的精神，丝路怎能绵延万里，持续千年之久，大漠孤烟，悠悠驼铃，温馨的记忆，难舍的依恋，都在大智奇才、妙笔神来的唐代诗人笔下痛快淋漓地表达出来。

可以说：唐诗因丝路倍添雄浑，丝路因唐诗而成为史诗。

▲
佛学大师玄奘塑像

佛学大师玄奘

佛教初传

　　佛教与基督教、伊斯兰教并称世界三大宗教。佛教发源于古印度，其创始人为释迦牟尼，生活于公元前6世纪的古印度，与中国老子、孔子、庄子属同时代人，是古印度伟大的思想家、伦理学家和布道者。就像孔孟之道能够传播开去，为东南亚及世界各国接受一样，随着丝绸之路开通，佛教也逐渐在两汉时期传入中国，所以有"丝绸西去，佛教东传"的说法。《后汉书》记载，永平七年（公元64年），汉明帝夜梦金人飞于殿前，次日乃问群臣。太史傅毅回答："西方有神，其名曰佛。"汉明帝于是派中郎将蔡愔等十八人前往西域求佛，蔡愔在西域巧遇印度僧人，得佛教经卷，以白马驮之，与僧人同归洛阳。汉明帝下诏建白马寺供佛经与僧人，并组织译经文，于是白马寺成为中国内地首座官办佛庙和最早翻译佛经的地方。这也是"汉明求法，佛教初传"说法的由来。但更接近事实的是佛教在此之前肯定已沿丝路传入内地，不然大臣怎么知道西方有佛。至于"汉明求法"一说，则是当时人们希望进一步了解佛法，由于是皇帝诏令，朝廷修庙，对佛教在中国传播则起到了极大的促进或者说是里程碑的作用。

　　诞生于古印度的佛教为什么能在中国传播、生根并为广大群众接受，应该有多方面的原因。首先对广大的群众来说，那些救死扶伤感人肺腑的佛教故事，与中国儒家提倡的仁义礼智有相通之处，很容易在质朴善良的底层群众中引发共鸣。再是那些端庄慈善、金碧辉煌的佛像能给人某种精神上的慰藉，尤其面临人生许多永远也难以摆脱的苦难烦恼时，有叙说或者转移烦恼的对象；踏进寺院，那柔软婉转的佛教音乐，也常常使人放松。至于深奥难懂的佛经，一般群众只需从佛教故事中明白其大义即可，但吸引知识阶层去精研和深究。不管从哪方面说，宗教作为文化的一种载体，传入中国后为中国固有思想文化输入了新的血液，打开了新的思路和窗口，则是不争的事实。由于佛教的传入，在丝路沿线形成的库车克孜尔千佛洞、敦煌莫高窟、麦积山佛窟、洛阳龙门石刻、大足石刻以及九华山、五台山、峨眉山、普陀山等众多

▲莫高窟第 328 窟局部

庞大的佛雕、佛塑、佛刻、佛家寺院，莫不成为集历史、宗教、文学、医学、壁画、雕塑、石刻、建筑为一体的文化与财富的重镇，几乎都是国家重点文物保护单位，也是吸引众多群众前往旅游观光的热点、亮点、重点，这应该是佛教传入中国意外且重要的收获。

曲折西行

佛教佛学在中国传播数千年之久，发展中自然会有起落兴衰，普及佛教需要兴修寺庙、开凿佛窟，耗费财力，绝非易事。因此，历史上那些兴旺发达的时期，也常是佛教获得较快发展的阶段。公元 7 世纪初，李渊、李世民在隋末社会动荡中，力扫群雄，脱颖而出，创建唐朝并在长安建都，历经"贞观""开元"之治，国力昌盛，幅员辽阔，四方辐射，万国来朝，不仅成为中国历史的鼎盛时期，也成为当时世界上少有的强盛大国。唐王朝又对各种外来文化兼容并包，胡化之风起中原。首先是一个昌盛的时代，多元文化构成的社会在呼唤着佛教的发展，呼唤着一位能够承前启后的佛学大师的出现，历史和时代十分严格地选择了一位大师，他就是玄奘。

玄奘原名陈祎，河南偃师人，出生于公元 602 年，玄奘是出家后的法号。据史载，玄奘祖上家世显赫，为豪门大户，广有资产，但到父辈已败落。玄奘仅五岁母亲去世，六岁父亲辞去江陵县令回乡隐居，不久便去世，故史书载他"少罹穷酷"。无奈之下，与二哥同去洛阳净土寺为僧，以解衣食之虑。其时，隋末动荡，群雄割据，许多人都卷进烽火狼烟之中，玄奘却因家道衰败，心中有"根"，在

▶ 玄奘曾穿越险峻的天山到古印度

寒寺中苦读经卷，研究佛理，以不变应万变，等待机遇，以求发展。公元 618 年，唐王朝在长安建都，玄奘认为京都人才荟萃，能够求拜高明佛师，和二哥一起来到长安。岂料，长安初定，百废待兴，佛事一时还难得昌盛，审时度势，他们当机立断，又去了相对平静、安定的成都。那里集中着许多高僧，开坛讲佛，争论佛法，玄奘在成都空慧寺潜心钻研，参加各种佛事活动，并登坛讲佛，几年时间，便誉满巴蜀。这时，长安已渐趋安定，玄奘认定，佛法艰深，必须不断拜高僧，于是，又离开成都，乘船穿越三峡出川，到湖北荆州，江苏扬州、苏州，河北赵州，遍访高师名僧，吸纳众家之长。当他于武德八年（公元 625 年）重返长安时，已是有相当知名度的年轻高僧了。当时，长安城中，最负盛名的高僧是法常和僧辩，他们经常开坛讲佛学，有许多门徒，玄奘也前往请教。但他很快发现两位高僧对佛学的根本问题，比如什么是佛，怎样成佛，并不能讲述清楚，这使玄奘对国内的佛学水平有了怀疑，"隐现有异，莫知所发"，而产生了不如"游西方以问所惑"的想法。

玄奘西行精求佛法并非一时冲动，而是"谋定而行"，其时已有晋代法显、智严等先贤西行求佛的先例；他自身也有游历半个中国积累的出行经验，又有坚定的求佛信念，西行求法，志在必行。

唐王朝立国之初，西部尚有突厥等敌对势力，对出国西行控制很严，尤其禁止私人出境。玄奘等人西行求法的要求，朝廷没有批准，也就没有通关文书，其他人都知难放弃，唯独玄奘不改初衷，夹在返回西域的胡商中混出了玉门关，在当地佛教徒帮助下，骑着匹曾往返西域的识途老马，冒死西行。其时为公元 627 年八月，玄奘二十八岁。

西行最大的危险是道路遥远，路途艰辛，大漠戈壁，食宿无着，随时都有生命危险。告别玉门关，首先要穿越"长八百余里，上无飞鸟，下无走兽，更无水草，时时顾影惟一"的大戈壁。独行两日后，祸不单行，又不慎打翻水囊，四夜五天无一滴水沾喉。"几将殒绝，不能复行"，幸而识途老马找到泉水，"水甘澄镜澈，下而就饮，人马俱重苏

▲ 2001年作者在玄奘当年求佛的古印度犍陀罗博物馆

息"。玄奘死里逃生，走出流沙，到达伊吾（即今哈密）。但这不过是拉开险途的序幕。在焉耆国时，与玄奘同路的商队，为赶路凌晨先走一步。当玄奘后来看见他们时，则是全部遇难的尸体，财物被匪盗抢劫一空。若玄奘同行，岂不是同样的结局。

在穿越天山时，玄奘写道："其山险峭，峻极于天，冰雪所聚，春夏不解，惟知悬釜而饮，席冰而寝。七日之后方始出山，徒侣之中，冻死者十有三四，牛马愈甚。"玄奘所记，不过几个片段，但已让人感叹，如此漫长的艰难求法之路，非有大智大勇、超出常人毅力意志的超人、伟人不能为之。玄奘历经磨难，穿戈壁，越雪山，遇匪盗，经酷暑，好在佛教东传西域各国，上至国王大臣，下至寻常百姓，普遍信仰佛教，为玄奘西行求法精神感动，提供不少方便和帮助，使玄奘在公元631年到达了古印度著名的佛教大国摩揭陀国的那烂陀寺。这可是玄奘梦寐以求的地方。

载誉东归

那烂陀寺是古印度最负盛名的佛教寺院，仅是僧侣便有一万多名，云集着许多著名高僧。古印度许多著名的佛学著作都出自这里，住持戒贤是全寺也是全国的佛学权威，年龄超过百岁。玄奘进入寺院后要求拜戒贤为师，戒贤本来因年高不再收徒，可他亦为来自东方的玄奘求法心切的精神感动，慨然答应。这位高僧用了十五个月的时间为玄奘讲述佛经最艰涩深奥的《瑜伽论》，玄奘非常感激，但又深知，只有认真求法，才是对恩师最好的报答。他废寝忘食，抓住一切机会

▶ 玄奘翻译佛经的慈恩寺遗址

和时间学习古印度的文字和语言，精研佛学的各类经典著作，向各个门类学有专长的高僧请教，直到把那些深奥艰涩的经典融会贯通，了然于胸。在那烂陀寺苦读精研佛学数年之后，玄奘又外出求学，开拓胸襟眼界，先后到达今孟加拉国、巴基斯坦、克什米尔地区，遍访高僧名寺，参观著名佛窟，经历几年时间。待到重返那烂陀寺，他已是享誉整个天竺的高僧了。

值得大书一笔的是公元642年，曷利沙国君决定举办辩法大会，邀请古印度十八个邦国国王和六千多名各教派的高僧参加，这是佛教史上一次盛会，玄奘应邀参加并担任主讲。他用梵文写了《破恶见论》，并在大会上宣读，所有与会者被玄奘精辟立论折服倾倒，玄奘成了大会最受尊重的高僧。此后，各法会都争相邀请这位中国佛学大师，以能请到玄奘为荣。转眼工夫，玄奘离开祖国已十多个年头，他环视佛国，已无让他精研的经典，他其实已站立在了整个佛学世界的制高点上，他清楚到回国的时候了。

公元643年，玄奘踏上了归国之路。与来时的潜行暗度不同，这次玄奘已是誉满西域的佛学大师，他的驼队满载着六百五十部佛经和印度各国国王相赠的礼品。有了充足的马匹和随员，沿途又得到西域各国的接待，顺利地进入新疆。在于阗停留期间，玄奘给唐太宗写了封信，汇报他去天竺学佛的经历和收获，苦行五万余里，历时十七年，请求回国。太宗接信，十分惊喜，下旨说："闻师访道殊域，今得归还，欢喜无量，可即速与朕相见。"太宗又对沿途迎接做了安排。这期间，玄奘又沿途讲学，于公元645年春天回到长安。这时，他离开祖国已整整十八年。

▲ 大雁塔成为佛教圣地

佛光千秋

载誉归来的玄奘受到长安百姓的夹道欢迎，还受到唐太宗召见和优厚的款待。太宗听玄奘讲述西域，大感兴趣，从治理国家考虑，让他还俗为官，玄奘却表示"愿得毕身行道"。太宗尊重了玄奘的选择，安排他在慈恩寺主持翻译佛经，并专修一座佛塔存放佛经，这便是今日成为见证盛唐气象的标志性建筑——大雁塔。

玄奘没有被富贵荣华，被炫目的光环吸引诱惑，他又踏上一条艰辛的人生征途，用了将近二十年的时间埋头翻译。他主笔翻译的《大般若经》长达六百卷，译成后被称为"镇国之典，人天大宝"。至公元664年，玄奘共主持翻译佛经七十五部，一千三百三十五卷，在中国佛教史上写下浓墨重彩的一笔。玄奘精通汉、梵、突厥等多种文字，又有亲历佛国的丰富阅历，所以译文优美流畅，明白通晓，又贴近原意，许多名词都有划时代意义，比如佛国人们常称"天竺"，经玄奘正式定为印度，沿用至今。还有，我们今天常常使用的缘分、完美、和谐、效果、成果、天意、诚恳等词语也莫不与玄奘翻译的佛经、弘扬的佛法相关。至于直接诞生于佛教的成语，比如"放下屠刀，立地成佛"等，更是不胜枚举。还有，经常出现在报刊、论坛乃至政府工作报告中的原则、现实、平等、绝对、真理、信仰、命运等，竟然也来自佛教。另外，在译经之余，玄奘还把西域各种见闻口授，由弟子辩机整理出来，又经玄奘修订成书，这便是最早记载西域历史文化、地理风俗的巨著《大唐西域记》。从《大唐西域记》看，玄奘有很高的文学修养，观人察事，细致入微，注重山川地貌、人文风情，把他到达过的一百一十个国家和了解到的二十八个国家的方位、疆域、人口、城池、名胜古迹、风俗人

▶ 佛家进行宏法活动

情、皇室贵族一一写下来，内容丰富，准确可靠。当时，许多国家都属于城池或部落小国，尚无文字，经千年演变，早被岁月淹没，于是《大唐西域记》几乎成为了解这些国家中世纪历史与人文风貌的唯一珍贵史料。所以《大唐西域记》在多个国家被译成多种文字出版。

笔者从事丝路考察写作，多次西行，所行道路，关陇河西、塔里木河流域，皆为当年玄奘所经，沿途均有与玄奘相关的寺庙景点，还附会上许多传说。2001年，笔者随中国作家协会代表团在巴基斯坦访问，这里曾属古印度，拉合尔、犍陀罗均是玄奘游历和求学之处，讲解人员多次提到玄奘，连他住过的房子都挂牌保护，可见玄奘影响巨大深远。

玄奘西行求法的故事，在中国民间广泛流传，明代文学家吴承恩，以玄奘西行为基本素材，写成长篇小说《西游记》，深受广大群众喜爱，位列中国古典四大名著。近年改拍为电视剧，更是妇孺皆知。遗憾的是大多数中国人，包括许多受过高等教育的知识分子，并不真正了解玄奘和他弘扬佛教的意义。梁启超曾称玄奘为"千古一人"，鲁迅更是赞誉玄奘为"民族的脊梁"。英国一位汉学家则评价玄奘："他不单是一个伟大的旅行家，像马可·波罗一样；他也不单是一个伟大的神学家，像耶稣十二门徒之一的圣马托斯；他倒像是特洛伊战争中的勇士，像中世纪传说中一往无前的国王，他是一位史诗般的英雄，勇往超前。"

不过，值得我们欣慰的是玄奘工作生活了二十年的西安大雁塔已成为全国重点文物保护单位和佛教重镇，每年都有上千高僧云集这里，研经讲法，弘扬佛学，也弘扬当年玄奘不畏艰辛、追求实践实证、追求佛学真理的精神，以纪念这位伟大的佛学大师。

▶丝路畅通后开始使用骆驼

西域遥远知马力

一

汉唐时代是大融合、大发展的时代，处处标新立异，事事气吞八荒；汉唐时代均以博大的胸襟海纳百川，不仅自身发展壮大，其文明之光都曾彪炳史册，惠泽中外。对汉唐人来讲，西域的陌生与遥远，西域的风沙与冰雪，西域的艰难与险阻，不仅没有成为阻力与障碍，反而因神秘遥远充满诱惑，其戈壁和绿洲，边关和名城，长河与落日，乃至于胡人胡风，胡乐胡舞，"胡姬招素手，延客醉金樽"，都使汉唐人对遥远的西域充满向往和憧憬。

但不管汉唐时代的人是如何不畏艰难、积极进取，开拓丝路、沟通欧亚，都面临一道无法回避的难题：西域遥远，如何到达？他们凭借的是什么样的道路和交通工具？倘若今日出行，纵然万里之遥，有公路、铁路相通，只需乘坐汽车、火车乃至飞机，穿越东西半球也只在昼夜之间。但在古代即使有驿道相通，也绝非易事。手边几则史料，便能说明问题：东汉名将班超，坐镇西陲，守护边关达三十个春秋，由于路途遥远，其间不曾也无法回家，七十岁时才要求返乡。他在《求代还疏》中说："臣不敢望到酒泉郡，但愿生入玉门关。"最后以七十一岁高龄荣归故里，不久即在洛阳辞世。公元640年，唐蕃交好，文成公主远嫁藏王松赞干布，从唐都长安到蕃都逻些（今拉萨）三千公里，车行马载，历时一年。

▶ 古代远行全藉马力

仅仅百余年前，林则徐流放新疆，由儿子陪同，雇用牛车十辆，乘马三匹，从西安出发，沿丝绸古道，走了整整四个半月。再是 20 世纪 40 年代，蒙藏委员会委员长吴中信代表国民政府，进藏主持十四世达赖喇嘛认定与坐床仪式，时值抗战，交通不便，竟绕道印度，加之需英帝签证，前后历时四个月，才到达拉萨。那么，当初汉唐人开辟丝绸之路，古道初开，并无驿站，衣食住宿，必备物品，是依靠什么来解决的呢？从多种史料记载看，最初只能依靠马力。只是在丝路繁盛、商队大量出现时才开始使用能负重且适应长途跋涉的骆驼。

公元前 138 年，张骞首次出使西域，手持汉节，率领百人使团，乘骑和驮运物品，全部用马。所以古代对马力的重视，需要我们抛开现代交通工具，设身处地替古人着想才能理解。张骞尽管没有完成联系大月氏共同对敌的使命，返回后却向汉武帝提供了不少关于良马的信息，这其中最重要的便是大宛国（今乌兹别克斯坦）所产的汗血马，"多善马，马汗血，其先天马子也"。还提供了乌孙（今伊犁）有好马的信息，"乌孙多马，其富人至有四五千匹马"。这些信息产生的直接后果是，为索取大宛汗血马，汉武帝竟派大将李广利两次出征大宛，不仅使汉王朝"得乌孙好马，名曰天马。及得大宛汗血马，益壮，更名乌孙马曰西极，名大宛马曰天马"。这次为马发动的战争，不仅打通了西域通道，还获取了大批良马。出现"天子好宛马，使者相望于道"的气象。

事实上，没有适应西域的环境气候且能够负重远行的充足脚力，开辟丝绸之路就是一句空话。无论张骞、班超、霍去病、李广利、法显、玄奘远涉西域，无论乘骑，无论载物，大量使用的只能是马，我们也有必要对马这个和人类相处几千年的伙伴有深入的认识和了解。

▶ 昭陵六骏之飒露紫

二

　　古代的出行工具，多限于马车、驴车及牛车。其中最为便捷、尊贵的自然非马莫属。早在汉代伏波将军马援就说："行天莫如龙，行地莫如马。马者，甲兵之本，国之大用"。所以古代历史上关于马的记载数不胜数。最出名当然是唐太宗李世民去世后伴随在昭陵九嵕山北麓祭坛的六匹骏马。也就是在历史文物美术界享有盛名的"昭陵六骏"。

　　"六骏"原型是唐太宗李世民在隋末太原起兵，平定刘黑闼、东征王世充、击败窦建德，转战南北时所骑乘过的六匹战马，它们都曾伴随着一代英主李世民在战场上左右厮杀，纵横驰骋，甚至不止一次拯救李世民于剑光刀丛、流矢飞箭之中。比如"飒露紫"是李世民东征洛阳王世充时所骑乘马。据《旧唐书·丘行恭传》记载，李世民与王世充在洛阳邙山的一次交战中，他自己跨上"飒露紫"，只带了数十名骑兵，突然猛冲到敌后。王世充的军队不知虚实，以为阵地已丢，无人敢上去交战，李世民与部下愈加胆壮，愈战愈勇，王世充部军心大乱，望风而逃，互相踩踏，死伤众多。恰在这时，一条长堤横亘面前，李世民和随从失散，只有丘行恭紧随。而敌方一队骑兵追上来，箭如飞蝗，恰巧射中李世民胯下战马"飒露紫"。丘行恭本系勇将，尤善射箭，他急中生智，连发数箭，箭无虚发，几名敌军官应声而倒，其余不敢上前。丘行恭把自己的坐骑让与李世民，他牵着受伤的"飒露紫"，手持大刀"巨跃大呼，斩数人，突阵而出，得入大军"。

　　《旧唐书·丘行恭传》记载：战后李世民为了褒奖丘行恭此次卓越的战功，特命将其在生死之间让马救驾的情形刻于石屏上。石刻"飒露紫"正是捕捉了

▲ 昭陵六骏之青骓

这一精彩瞬间。对于丘行恭和"飒露紫"，李世民都有很深的感情。李世民为其题赞文曰："紫燕超跃，骨腾神骏，气詟三川，威凌八阵。"

另一匹名马"拳毛䯄"是李世民与刘黑闼在沼水作战时所乘战马，此马骨骼均匀，四肢矫健，能奔善走，身毛卷曲，黑中透黄，故称"拳毛䯄"。这次战斗事关河北，双方都势在必得，战况空前激烈。李世民作战素来不避危难，奋勇当先，"拳毛䯄"身中九箭，战死阵前。战后，李世民深哀其勇，给它题的赞语是："月精按辔，天驷横行，孤矢载戢，氛埃廓清。"

还有一匹战马叫"青骓"，毛色雪白，白中透青，是武德四年唐太宗在虎牢关与窦建德激战时的骑乘。石刻"青骓"四蹄腾空，正疾驰间，冒着流矢，冲锋陷阵的瞬间。"青骓"身中五箭，虽是迎面射中，但多射在马身后部，正如那尊在唐时凉州、今日武威出土的"马踏飞燕"，表现的恰是骏马飞奔的速度。唐太宗所题的赞语是："足轻电影，神发天机，策兹飞练，定我戎衣。"

"昭陵六骏"所雕战马像，所题的赞语也正体现的是李世民与他骑乘过的六匹战马在血与火的岁月里结下了深厚的感情。所以，李世民在贞观十年（636年）兴建昭陵时下诏，将"朕所乘戎马，济朕于难者，刊名镌为真形，置之左右"。

"六骏"放置在唐太宗陵前，马头均朝向南边的陵寝。从南向北，西侧依次是"飒露紫""拳毛䯄""白蹄乌"；东侧依次是"特勒骠""青骓""什伐赤"。"六骏"每件宽204厘米，高172厘米，厚40厘米，重达3.7吨，均为青石质地。遗憾的是，"六骏"中的"飒露紫"和"拳毛䯄"两石刻在1914年时被盗卖到

▲古代最早通讯以烽火为号。此为丝路上的烽火台

▲唐代马俑

了国外，现藏于美国费城宾夕法尼亚大学考古与人类学博物馆，其余"四骏"，先是被搬运到陕西省图书馆，后来在 1950 年移藏于西安碑林博物馆至今。"昭陵六骏"是中国雕刻史上的瑰宝，一方面因其高超的艺术手法，另一方面也因为它是唐代石刻中少有的现实题材作品。曾得到鲁迅先生的高度评价："汉人墓前石兽多半是羊、虎、天禄、辟邪，而长安的昭陵上，却刻着带箭的骏马，其手法简直是前无古人。"

"昭陵六骏"也将成为中国文物史、美术史上永远绕不开的话题。

三

中国古代伴随着古道诞生的是与之配套的邮驿制度。据汉中褒谷口石门石刻最早的一方摩崖《大开通》记载：古道"五里一邮，十里一亭"，隔三十里则设建一"置"，即所谓"改邮为置"。有信史考证，快递在中国上古周代时便已出现。《汉书》载"立屯田于膏腴之野，列邮置于要塞之路"，表明当时通讯已成网络状态，十分发达。古代没有电报电话，国家政令、官吏升降、调度军队、流通货物、传递信息，全靠邮驿。邮驿有"健步"与"马步"之分、"快递"与"平邮"之别。"健步"即人力传送，《通鉴》注称，"健步，能疾走者，今谓之急脚子，又谓之快行子"。其实就是邮差，秦代叫"轻足"，汉代叫"邮人"，宋代叫"递夫"，明清叫"驿夫"。据《隋书》记载，陈末隋初有一位叫麦铁杖的"递夫"，"日

▲汉唐鼓励民间养马

▲河西走廊峡口驿遗址

行五百里，走及奔马"。日行速度与奔马相同，这几乎是今天长跑运动员的速度。《水浒传》中也有位以日行千里著称的"神行太保"戴宗。行行出状元，社会有什么样的需求，就会出现什么样的人才。这是潮流、也是规律。

古代快递，主要用于政令、军情的传递。若遇王命急宣，驿卒腰扎公文，策马如飞，每逢狭路或接近下驿则摇铃为号，沿途行人如今人躲火警车般避开。下驿则接力传送，夜则举火，"光明炫目，过如飞电，望之者无不避路"。西安至成都不过三天，几乎是今天汽车的速度。

到了隋唐，邮驿更为发达，由于大运河的开凿，水路快递更为突出。唐玄宗时期，全国有 1639 个驿站，其中水驿 260 个，陆驿 1297 个，水陆相兼驿 86 个。水陆配套，益发快捷。唐代诗人岑参《初过陇山途中呈宇文判官》写下了亲眼所见："一驿过一驿，驿骑如星流。平明发咸阳，暮及陇山头……"中国邮驿史上最著名当然是给杨贵妃送荔枝，杜牧诗云："长安回望绣成堆，山顶千门次第开。一骑红尘妃子笑，无人知是荔枝来。"

古代出行主要依赖邮驿，这当然是指出官差，沿途驿站一项主要职能便是接往返官员和肩负朝廷使命人员，比如奉送贡品、押运人犯等。官员长途出行，骑马或乘车，视情况而定。也是指中原王朝版图以内、政令所及之地。丝绸之路，从汉代开辟，中原王朝的势力也超越秦王朝的西部边境临洮，穿越河西走廊、天山南北，到达帕米尔高原乃至西亚。这漫长的道路，沿途要设多少驿站，安置多少驿丞驿卒，又需多少匹驿马！其中强健瘦弱、档次分类、饲草饲料、老弱病残、添购淘汰……又需创建多少贴近实际、便于操作的规章条例！

想想古人实在是不容易。尤其是马，不仅载人，更要驮货。所以在平原大道，

也设驿车，负责拉载货物和女眷。但挽力依然靠马，也用挽力更强的骡和好饲养的驴。古人西行，首先要考虑好交通工具，否则绝不敢贸然上路。当年，张骞奉诏西行，百人使团，不乏专载给养的驮马，还有胡人向导，再凭一腔热血，迈上西行之路。而法显、玄奘就无此幸运。玄奘固然志在必行，不乏勇气信念，在混入胡商中走出玉门关后，仅是到新疆哈密，便隔着荒无人烟的八百里流沙，即戈壁沙漠。若不是所骑老马识途找到泉水，让玄奘死里逃生走出死亡谷地，绝无日后学成归来之举，一代佛学大师也无从谈起。

所以，我从探访丝路开始，就把探访观察马作为一项内容。马当然多在草原，我先后去过内蒙古、青海、西藏、宁夏、新疆和甘肃的河西走廊、甘南，极想就近逼真地观赏草原精灵——骏马的威风和精神，了解它们的前世今生，以及目下的生存状态。在新疆伊犁草原、那拉提草原和昭苏牧场，我见到了伊犁马，这便是张骞当年向汉武帝报告中的讲到的马，"乌孙（今伊犁）多马，其富人至有四五千匹马"，以至引发汉武帝的"夺马之战"。近在咫尺，可以仔细观赏这些草原精灵。它们旁若无人，悠闲地吃草。无不身材高大，骨骼均匀，四肢矫健，皮毛闪亮，堪称完美。在昭苏牧场，一位壮实的哈萨克族小伙骑着匹黑中透黄色的高头大马，马的肌肉隆起，四蹄叩打着草地，喷着响鼻，按捺不住地想要奔跑。小伙大约也想露一手，翻身上马，一抖缰绳，转瞬工夫、人与马便混在远处的马群之中。

河西走廊山丹草原，号称是亚洲最好的草场，也曾是我国最大的军马场。我一位朋友西北农林大学兽医专业毕业便分配在此工作过十余年。我从探访丝路开始，就把山丹军马场列为目标，在认识山丹长城口陈淮后，念头益发强烈。因陈淮久居山丹，认识不少牧工。近年军马需求减少，骑兵只是边防线上还名义保留的军种，

▶ 如今马在草原多用于旅游

再就是仪仗队的需求，但数量有限。不少牧工也面临转产，陈淮曾帮他们联系过南方赛马需求，山丹马因体形健美，腰细腿长，四肢强健，很受欢迎。山丹马场也保持着较大的群体，是拍摄探访的理想去处。我们还真去过一次，目睹草原上漫山的马群，十分过瘾，也愈加深信路遥知马力，只有骏马才配承担古代先贤开辟丝绸之路的重任。

旅途小憩
◇草原试马◇

丝绸之路景点众多，不少地方都有一种旅游项目——骑马。开始，面对高过人肩头的庞然大物，由于陌生而心存畏惧。其实，只要脚踩马镫，抓紧马鞍，跃上马背的瞬间，信心就会增强，因为骑上马背就会发现并非想象的那么危险，披挂牢靠的马鞍坐上十分稳当。马非常灵动乖巧，善解人意，只要拉动缰绳，无论左右，稍稍示意，马就心领神会，当双腿夹叩马肚，马一溜小跑时，"骑手"的"虚荣"就会油然而生。自然，这与骑手驭马完全是两回事。不过，一次在青海湖，一位穿白衣牵白马的藏族姑娘招徕生意，我刚骑上，那姑娘竟调皮地抽了马一鞭，马立刻绕着湖边飞奔起来，马蹄踏得水花四溅，耳边风声呼呼。开始惊慌，伏身抓紧马鞍，也就无所谓了，索性任凭马跑，还真过了把瘾呢！

▲千古一帝秦始皇雕像

渭城朝雨送故人

一

渭城朝雨浥轻尘，客舍青青柳色新。

劝君更尽一杯酒，西出阳关无故人。

——王维《送元二使安西》

咸阳离西安很近，在古代也仅一驿的里程，不到五十华里，出长安城，到三桥驿，差不多也就到了咸阳。古代山川阻隔，车马不易，一旦分手离别，许多年中再难见面，所以古人对离别十分重视，在诗词咏叹中占了很大比例，且都情真意切。柳永的"执手相看泪眼，竟无语凝噎"、李白的"桃花潭水深千尺，不及汪伦送我情"、孟浩然的"孤帆远影碧空尽，唯见长江天际流"都堪称千古绝唱，但我以为，写得最好、流传最广则应首推王维这首《送元二使安西》。首先是用洗练的笔墨勾勒出如画景色，早春时节诗人送友人至咸阳古渡，细雨飘飞，客舍如洗，渭河边的古柳刚发出的嫩芽在细雨中分外嫩绿清新。此时，渭水呜咽，分别在即。诗人在此置酒折柳，为友人送行，这不是一般的出行，而是西出阳关，万二千里，大漠戈壁，举目无亲，所以一定要多饮一杯酒啊！全诗格调清新，内涵沉郁，深情厚谊，全在区区一杯酒中。千百年来，拨动人心的不仅是这杯盛满深情的酒，还勾连着偌大一片西域疆土。

咸阳，在历史文化积淀上稍逊西安。两千多年前，从秦孝公始历传惠文、悼武、昭襄、庄襄至秦始皇与胡亥，共七代秦王都以此为都。秦始皇并吞六国之时，每消灭一个国家就在咸阳原上仿造这个国家的宫殿，构成庞大的建筑群落。并把每个国家的特产珍宝装饰陈列，还选用这个国家的美女充当宫女，齐声楚语，燕调吴腔，无一不备。这些宫殿还筑空中楼阁相通，以备秦始皇随时从空中俯瞰他的战利品。史书载："周驰为阁道，自殿下直抵骊山。"这些连接六国宫殿的空中阁道，从咸阳可达临潼，绵延百里不绝。

不仅如此，秦始皇还强迁天下十二万户富豪于咸阳原上，使这儿成为两千年前全国乃至世界最繁华的都市，这样的繁荣一直持续到唐代。咸阳原上由于历代帝陵密布，也被称为五陵原，集中居住着豪门富户。李白有诗曰："五陵少年金市东，银鞍白马度春风。落花踏尽游何处？笑入胡姬酒肆中。"

的确，至今来到咸阳，给人留下至深印象的就要算汉家唐陵。在咸阳渭水以北横亘两百余里深厚的黄土原上，中国汉唐皇帝中顶尖的人物差不多都汇聚在这厚重的黄土之中了。

二

西周最有作为、开创过孔子毕生都赞叹仰慕的"成康之治"的几位帝王：周文王、周武王、周成王、周康王，都葬于咸阳市的周陵原。我曾前往探视，陵均不大，经历岁月风雨，显得荒芜低矮，但也许原本就如此。上古时期，崇尚简约，尧舜去世皆不树不封。周代刚由渔猎时代过渡到农耕社会，人们崇尚自由欢乐，这从周时产生的最富人性和感情的《诗经》中可以读出。这也为接下来春秋时代百家争鸣的自由学术空气打下基础。无怪孔子一生都怀念周代，嚷嚷着要"克己复礼"。

西汉十一位皇帝差不多全埋在咸阳。汉代帝王讲究平地起家，动员千万役工，经年累月修陵。比如汉武帝即位第二年就开始修陵，他在位五十四年，陵就修了半个世纪，待安葬他时，陵上植的松树都合抱粗了。秦汉时期，人的观念早从上古死后不树不封转换为视死如生。每座帝陵都修筑得如同皇宫，加上大大小小的陪葬陵墓，构成一片陵冢世界。

两千年风雨过去，现存汉陵最有气势也最吸引人的仍首推埋葬着那位生前就以文治武功扬名的汉武帝的茂陵。武帝在位的半个世纪中，冶铁煮盐，兴修水利，抗击匈奴，交好西域，把整个国家治理成实力充盈、幅员辽阔、四方辐射、万国来朝的第一号强盛大国。不仅中国以高度文明和富强闻名于世，华夏民族也结束齐、楚、燕、韩、赵、魏、秦的杂称，而定型使用延续至今的"汉族"称谓。

▲咸阳汉武帝茂陵

▲乾陵墓前石狮

　　汉武帝的陪葬墓中还有两位叱咤风云的人物，那就是抗击匈奴的名将卫青与霍去病。两人都曾多次远征漠北，大破匈奴。让人难以置信的是霍去病首次出征时年仅十八岁，英勇无畏，血气方刚，正好与汉代标新立异、气吞八荒的时代精神高度一致。他六次进军，皆获全胜，彻底解除了自秦汉以来不断骚扰中原的匈奴之患，使千万百姓能够安居乐业。霍去病还曾拒绝武帝赏赐的豪宅："匈奴未灭，何以为家！"千百年来激励了多少仁人志士。可惜，这位有大功于国家和人民的天才将军年仅二十四岁就病逝。其时注定天公垂泪，青山含悲，举国都为他致哀。汉武帝特令陪葬于自己墓旁以示褒奖，还在墓前雕刻了一组展示霍去病丰功伟绩的大型石雕，有虎、有熊、有牛、有马，还有最为著名的"马踏匈奴"。这组石雕风格粗犷，技艺精湛，是举世公认的国之瑰宝。

　　在咸阳境内，还有著名的唐太宗昭陵和唐高宗与武则天合葬墓乾陵。这是两座中外闻名的帝王陵墓，当然也和墓主的传奇人生紧密相关。唐太宗是皇帝中杰出的代表，一生文治武功，风云际会，马背夺取天下，开创"贞观之治"。陵前不仅有"六骏"国宝，陪陵更多达一百六十七座，包括魏徵、李靖、程咬金等重臣名将。

　　乾陵更是以规模宏大、布局严谨、体制完备，充分体现盛唐气象而著称，每年都吸引大量的中外游客。其陪葬陵章怀太子墓与永泰公主墓均已发掘开放，出土了不少珍贵的文物及壁画。

　　咸阳原上众多的帝陵陪墓绝大多数历经千年风雨剥蚀，地面建筑荡然无存，陵冢也仅存黄土一堆，被当地群众泛称为咸阳原上的"冢疙瘩"，诚如李白诗句："西风残照，汉家陵阙。"

► 渭河古渡

三

　　无水不成道，丝路也基本如此，沿河谷不仅避开山川之险，马帮驼队也离不开水源。丝绸之路至咸阳，道分南北两线，一支沿泾水经长武、平凉，越六盘山至兰州，此为丝路北线，也即今日 312 国道。被誉为"今日丝路""欧亚大陆桥"的中国东西大动脉，濒临东海的连云港至西部边境霍尔果斯口岸的连霍高速公路也基本是沿此线。另一支沿着渭水，经宝鸡、天水至兰州，此为丝路南线。自西汉丝路开通，两路并行，商旅不绝。南北两线穿越的均为周秦故土、京畿之地，除大量古遗址、古陵墓外，值得叙述的还有设在泾阳的中华人民共和国大地原点。

　　泾阳有泾河自北向南流淌，渭河则由西向东从八百里秦川划过，两河相交，竟产生一成语：泾渭分明。

　　凭此，也该称为风水宝地，更何况中国最早的诗歌总集《诗经》便在《小雅·六月》中直接写到泾阳："猃狁匪茹，整居焦获，侵镐及方，至于泾阳。"之后，周、秦、汉、唐均为三辅名区，京畿重地，风光辉煌，不必细述。

　　泾阳委实有许多出众之处，偌大的平原，置身其间，放眼环顾，四野直达地平线。即便上了北塬，也仅是比平川高出数丈的平原，并无山岭纵横。此外，从地图上看，泾阳大致在中国疆土的中心点上，无怪乎中华人民共和国唯一的大地原点选准了泾阳县永乐镇。

　　大地原点，是一个国家的地理坐标——经度、纬度的起算点和基准点。它不但在各项建设和科学技术上有重要作用，而且象征着国家的尊严。据说，我们以前使用的经度、纬度的起算点与基准点是参照苏联的大地原点，而今天，我们便

▲秦腔脸谱雕塑

可放心地使用自己的大地原点了。

车至永乐镇，老远便看见耸立在一片墨绿庄稼地中的银灰色塔楼，近了才看清大地原点是以二十三米高的塔楼为中心，以民族建筑风格为基调的建筑群落，规模不大，但踏过院落，便有种庄严感油然而生。登塔瞭望，四野尽收，圆形楼顶可自动启闭，以利天文测量。原点柱石在地下室，以整块花岗石凿成，重七百吨。原点标志则是用红色玛瑙石制成的，直径十厘米的小圆球，玲珑可爱，精美坚固，但也小得让人生疑："这名山大川、偌大神州的中心原点莫非真在这小不点上？"由此再联想，茫茫宇宙与沧海一粟，经天纬地与默默无闻，可就真让人玩味不尽了。

告别咸阳，就真正进入关中平原腹地，在暮春不炎不凉的暖风里，在金秋车窗外黄玉米、红辣椒的鲜明色彩中，不止一次，蓦然间我泪水盈眶，莫名感动，在心底默诵着咸阳文友马林帆那首《啊！我的关中》：

关中，我的先秦散文一样精严、大唐诗歌一样辉煌、凤酒一样醇绵、板胡一样粗犷的热土啊！从金箔般颤动的童谣音韵里，我就认识你了！你是郑国渠、李仪祉；你是泾阳的塔、咸阳原上的"冢疙瘩"；是一角锅盔馍的雪白，一碟野蒜的鲜辣；是花裹肚上爬着的小螃蟹的活泼；是朦胧的月色中，使人站酸双腿的灯影戏。

啊！我的热土关中……

▶ 宝鸡鸡冠山秋色

周秦故土陈仓

一

车轮飞驰，八百里秦川景物一一退后。渐渐地，塬尽山围，前面便是西秦重镇、历史文化名城陈仓，即今日陕西仅次于西安的第二大新兴工业城市宝鸡。

明修栈道，暗度陈仓，这是人们都熟知的历史典故，说的是秦末刘邦项羽联手推翻暴秦，又互相争夺天下的故事。当初，项羽军事实力远胜刘邦，刘邦被赶出关中到汉中为王。刘邦韬光养晦，烧毁栈道，借以麻痹项羽，表示他将永居汉中，不再与项羽争夺天下。其实却筑坛拜将，起用良将韩信，并采用"明修栈道，暗度陈仓"的计谋，声东击西，一举夺取关中，五载遂平天下。刘邦当了皇帝，陈仓也由此扬名。

其实，在此之前就有许多重要历史人物和重大历史事件发生在宝鸡。宝鸡南屏秦岭，北邻塬坡，渭水横贯其间，依山襟水，是古人类生息的理想环境。远古时期，姜、姬、嬴三氏族先后生息繁衍于此。史传神农炎帝姜姓部落就是在宝鸡地区起家壮大，与轩辕黄帝部落联盟融合，形成华夏民族的先祖炎黄部落。我们常称自己为炎黄子孙，宝鸡委实是中华民族的发祥地之一呢！

不仅如此，宝鸡还诞生了两支最早登上中国政治舞台的部族。周族以宝鸡的周塬为家乡，创建了长达八百年之久的周朝；秦人则以宝鸡千阳渭塬为故土，创建了中国历史上第一个大一统的秦王朝。秦国是中国春秋时期的一个小诸侯国。

据《山海经·海内西经》记载：秦与周均是黄帝后裔。秦灵公于公元前422年在今陕西省宝鸡市吴山建上寺，祭祀黄帝；建下寺，祭祀炎帝。秦人素以华夏族自居，奉炎帝和黄帝为其始祖。近年在宝鸡凤翔一带发掘的秦景公大墓也证明了秦人乃华夏族，其中一个编磬上铭文"高阳有灵，四方以鼐"，帝颛顼号高阳，是黄帝的孙子，与《史记》的记载一致。

▲ 商鞅雕像

相传周孝王因秦的祖先善养马，因此将他们分封在秦，作为周朝的附庸。前770年，秦襄公护送周平王东迁有功，被封为诸侯，秦始建国，占领了被戎人和狄人占领的原周朝在陕西的领地。从前677年起，秦国在雍建都近三百年，有宫殿区、居住区、士大夫与国人墓葬区和秦公陵园。

秦最初的领地在陕西省西部，即宝鸡一带。春秋时代早期，在当时中原崛起的大国眼中，它地处偏僻，属边缘地带，环境封闭，经济落后，国力弱小。就当时冶铁煮盐等科学技术、百家争鸣著书立说等文化而言，秦也比较落后。因此秦国一直没有受到其他国家的重视。这个形势一直到公元前361年秦孝公任用商鞅变法才开始发生变化。商鞅变法的要害是彻底废除世卿世禄制、鼓励人口增殖，重农抑商，奖励耕战，奖励军功，编制户口，犯罪要实行连坐之法，平民奴隶可凭借战功改变命运，这就极大地调动起最底层、最广大人群建功立业的积极性，同时也有利于建立中央集权制。全国上下，重视农产，天下百姓无不以为国家征战、荣立战功为根本，虽然后来商鞅被车裂而死，新法却并未废止。经过长达百年的惨淡经营，披荆斩棘，秦的实力与日俱增，出现了"家给人足"的繁盛景象。随着秦军战斗力不断增强，一个富国强兵的秦国崛起于西部，成为战国后期最强大的国家。

公元前325年秦惠文王称王。公元前316年秦派大将司马错灭掉巴蜀，秦太守李冰筑都江堰，使巴蜀成为水旱从人、连年丰收的天府之国。从此秦国拥有了八百里秦川与四川沃土两个钱粮基地，实力大增，成为战国末期一个咄咄逼人的大国。公元前246年秦王嬴政登基，前238年掌权，开始了他对六国不停止的征战。终于到前221年，"六王毕，四海一"，秦灭齐国，统一中国。秦王嬴政称皇帝，为始皇帝。在中国历史上建立了第一个统一的中央专制集权国家——秦朝。

秦统一后，采取了一系列加强中央专制集权措施，车同轨，书同文，统一度量衡，收缴天下铁器，焚书坑儒，加强专制。秦始皇还采纳李斯的建议，废除原六国疆界，划全国为三十六郡。废除传统分封制，地方行政机构分郡、县两级，

▲秦兵马俑

郡县官吏一律由中央任免，也就是延绵千年的郡县制。中央从既能集权，也易运行考虑，设丞相、太尉、御史大夫，三权分设。丞相有左右，为百官之首，掌管政事。太尉掌军事，战时起用，不常置。御史大夫掌图籍秘书，监察百官。这套始于秦王朝的中央集权机构，由于确能保障中央集权，也易保障庞大的国家运行，所以秦王朝虽然短暂，仅传二世，其制度一直被历代王朝所仿效。其中汉代的"三公九卿"制，基本上是照搬秦制，所以有"汉承秦制"之说。

二

周与秦的文治武功彪炳史册，秦留下被誉为"世界第八大奇迹"的兵马俑，宝鸡的周人故里也因多次出土国宝级的青铜器而被誉为"青铜器之乡。"周原的岐邑遗址是周人家庙、墓葬、府库与三世都城所在，在面积二十平方公里的地面上早在秦汉就有青铜器出土，之后历代发现不绝于史，仅是近年就有多起震惊文物考古界又十分传奇的发现。1975 年董家村一位农民挖红薯窖时，一镢头挖下只听叮咚之声，再刨竟挖出精美青铜器三十七件；仅隔一年，一位农民修屋取土又无意中发现窖藏青铜器一百六十三件；之后农民耕作、修渠、筑路都不时有青铜器发现；还有一件被定为国宝级的大方鼎竟是位农民犁地归来，懒得扛犁，让牛拖着在机耕道上挂带出来的。这类传奇事件在周原一带因常见而不稀罕。

宝鸡青铜器不仅种类齐全，造型精美，且多有铭文。一个铜鼎有铭文 28 字，反映西周的土地转让制度；一件卫鼎有铭文 207 字，反映大臣有功受赏；一个墙盘铭文长达 284 字，追述文、武、成、康诸王事迹。再是在考古界、古文字界享

▲临潼出土的秦代瓦当

▲宝鸡出土的青铜器

有盛誉的散氏盘、毛公鼎、虢季子白盘皆出自宝鸡周原。这些带着铭文镂于青铜，无法更改，堪称信史。因可以起到"补史之缺，详史之略，参史之错，继史之无"的作用而堪称国之瑰宝。在京展出期间，美国前总统尼克松和法国前总统蓬皮杜都亲往参观，赞不绝口。

唐初，在宝鸡古陈仓道口还发现西周时期的十面鼓石刻字，即石鼓文，被书法金石界认为是"石刻之祖"。曾引起杜甫、韩愈、欧阳修、苏东坡、康有为等历代大学者的热忱关注，形成一门历久不衰的学科：石鼓学。

宝鸡市出土青铜器以毛公鼎、散氏盘最为出名，关键是围绕毛公鼎、散氏盘发生过一系列一波三折、堪称惊心动魄的故事。毛公鼎是西周晚期所铸的青铜器，清道光二十三年(1843年)出土于陕西岐山，因鼎内铭文系毛公向周宣王献策而得名。此鼎通高近54厘米，重近35公斤，大口圆腹，造型大器、端庄稳重。饰纹简洁有力、古雅朴素。关键是鼎上刻的铭文有32行，长达499字，是迄今出土西周青铜器铭文最多的。记载了毛公向周宣王献国策，被誉为"抵得一篇尚书"。其书法为西周金文风格，气象浑穆，古意悠然。此鼎无论造型、铭文内容，还是书法均是研究西周晚期政治、经济、文化的重要史料，有不可估量的价值，所以一出土便备受国内外文物、考古、学术界关注。

毛公鼎被陕西岐山县董家村村民董春生在村西地里耕作时发现挖出，即有古董商人闻讯而来，以白银三百两购得。但运鼎之际，被另一村民董治官所阻，买卖没有做成。古董商以重金行贿知县，董治官以私藏国宝被逮下狱。鼎被古董商人悄悄运走，辗转落入古董商苏亿年之手。

咸丰二年(1852年)，北京收藏家陈介祺又从苏亿年之手购得，将鼎深藏密室。

▲毛公鼎

陈介祺病故后，鼎被后人卖出，为时任两江总督端方所得。1911年，四川保路运动爆发，端方被派去镇压，与川督赵尔丰一起，先后被革命军所杀，成为辛亥革命丧命的清廷级别最高的官员。

之后，端方后人因家道中落，将鼎典押给天津华俄道盛银行。得力于当时国人呼吁保护国宝，毛公鼎辗转落入时任北洋政府交通总长、大收藏家叶恭绰手中，应该说物归至当，国人皆可安心。岂料，日后又有一番大曲折。

叶恭绰（1881—1968），字裕甫。祖籍浙江余姚，书香门第，家学渊源，祖父两辈诗、书、文俱佳。早年毕业于京师大学堂仕学馆，力行交通救国。抗战前夕，修筑军备命脉西汉公路时，为保护汉中褒谷古石门，凿通新石门后，时任全国公路处处长赵祖康还专门请叶恭绰题写了"新石门"镌刻于岩石，与古石门遥相呼应，至今尚存。民国后，叶恭绰历任交通部总长、交通部部长。中华人民共和国建立后，任北京中国画院首任院长，中央文史研究馆副馆长、代馆长。叶恭绰于考古、书画、鉴赏无不精湛，堪称一代大家；为保存国宝亦不遗余力，留下无数佳话，尤以保护毛公鼎为最。

1937年抗日战争全面爆发，叶恭绰曾为政府要员，名声显赫，为避不测，潜去香港，但毛公鼎笨重无法带走，只得藏于上海寓所。上海沦陷后，日本久慕毛公鼎大名，利用汉奸多方寻查，幸亏当年叶恭绰采用假名购得毛公鼎，让日本人一时无法查知。不幸的是有汉奸提供信息，日本军方还是找上门来。此时，毛

▲叶恭绰题字的褒谷新石门

公鼎被其侄叶公超保管，叶恭绰还嘱咐有朝一日将鼎献给国家。所幸叶公超拼死保护，誓不承认知道宝鼎下落。恼羞成怒的日本军方为得毛公鼎扣押了叶公超，叶恭绰为救侄子，制造了一只假鼎上交日军，叶公超才被释放，于 1941 年夏密携毛公鼎逃往香港。太平洋战争爆发后，香港被日军攻占，叶家托德国友人将毛公鼎辗转返回上海。在经历了一波三折、惊心动魄还差点丧命的大变故后，1946年叶家将毛公鼎捐献给政府。 1948 年，国民党退守台湾，大量故宫博物院珍贵文物迁至台北。毛公鼎成为台北故宫博物院的镇馆之宝。

另外一件宝鸡出土的散氏盘也极富传奇色彩。此盘高 20 厘米，口径近 55 厘米，盘底直径达 40 厘米，重 20 多公斤。盘内所铸的铭文 19 行，共 357 字，记载矢国侵略散国的田邑，后来议和，矢国割田地赔偿散国，在周王派来的史正仲农监交之下，双方订立协约。契约内容铸刻铭文于盘内，成为宗邦重器。是研究西周土地制度的重要史料。

西周时期的矢国和散国均在宝鸡境内，散氏盘于清康熙年间于宝鸡凤翔出土，曾被多人收藏。嘉庆十四年（1809 年），嘉庆皇帝五十岁寿辰， 湖南巡抚阿林保得到散氏盘，敬献给皇上做寿礼。经由内务府著名金石学家阮元制作铭文拓片，鉴定为西周时期物品，收藏于内务府库房。嘉庆皇上也赏给阿林保两江总督的高位，但嘉庆不像其父乾隆那样酷爱字画和古玩。散氏盘入贡内府，历经嘉庆、道光、咸丰、同治、光绪、宣统六朝，久藏宫中，时间太久，以致被人遗忘。直到

▲中国首条电气化铁路穿越的宝鸡大散谷　　　　▲山村农家

咸丰十年（1860年），英法联军火烧圆明园后，才有人想起散氏盘，还传出散氏盘已在圆明园被烧毁的消息。

辛亥革命爆发、清朝垮台十多年之后，1924年，时任清室善后委员会委员的马衡在清查故宫物品的时候发现了散氏盘，又在古籍中找到散氏盘拓片，鉴别考证，确认为散氏盘原件。后随文物南迁离开故宫，现于台北故宫博物院收藏。

三

宝鸡之所以成为历史文化名城关键在于地形之胜，既是关中平原京畿之地西部门户，又是丝绸之路西去所必经的孔道，还是联系西南川滇的蜀道、沟通宁夏内蒙古的古回中道交会之地，堪称秦蜀关陇锁钥，系四通之地，历为兵家必争。

楚汉相争，创造了"明修栈道，暗度陈仓"的经典战例。三国时期，蜀魏争夺汉中，曹操两次兵临陈仓，经大散关率军南下。日后诸葛亮伐魏，兵临陈仓，攻坚城不下退兵。最后一次则在宝鸡眉县五丈原与魏军相持百日，病逝军中，留下葫芦峪、五丈原等遗迹，供人凭吊。

南宋时，宝鸡成为抗金前线，爱国将领吴玠吴璘兄弟凭借秦岭天险，曾在和尚原、大散关、仙人关一线多次大败金兵，险乎活捉金兵统帅金兀术，吓得金兵几十年不敢进犯。爱国诗人陆游曾襄赞军务，留下"铁马秋风大散关"的千古绝唱。

抗战前夕，为防日寇模仿八百年前蒙古铁骑越秦岭灭南宋，中国政府于1934年由国家投资，抽调赵祖康、吴必治、张佐周等我国公路界元老，修筑了第一条

▶西秦大地

穿越秦岭的宝汉公路，使抗战军力深藏汉中四川腹地，故宫七千箱文物便由此路运往汉中妥藏。这批文物中便有在宝鸡发现的石鼓十面。北师大等华北西北高校也由此路翻越秦岭，在汉中组建西北联大，一大批文化名人云集汉中，使之成为与重庆、昆明并列的全国抗战三大文化区之一。

中华人民共和国建立以后，宝鸡的交通枢纽地位愈加突出，全国第一条电气化铁路宝成铁路从这儿起始，变天堑为通途，使李白咏叹的蜀道由难于上青天变成轻松可达。陇海、兰新、南疆等多条铁道的修建，更使千年丝路改变为现代化的欧亚大通道。汉唐时期，骆驼骡马需半年的行程，如今往返也只在旬日之间。加之西宝高速公路的修筑，宝中铁路的开通，宝鸡与宁夏、内蒙古连成一片，真正成了联结四方、迎客八面的重镇。

中华人民共和国建立半个多世纪，尤其近三十年来，一大批现代化桥梁、家电、化工、卷烟、服装、食品企业相继建成；市区道路拓宽，高楼林立，白日人潮如流，入夜灯火辉煌，把这西秦重镇、丝路名城衬托地分外壮丽。这样，在你踏上丝路旅途，即将告别陕西的时候，不仅会留下美好的印象，还会满怀信心地期待下一个驿站——陇东名城天水。

▲ 天水为秦人崛起之地。此为秦扶苏墓

天水流韵有"麦积"

秦人故地

有的地名很有蕴涵，值得品味，比如天水。"天水"之名始于汉武帝元鼎三年（前114年），得名则源于"天河注水"的美丽传说。远在先秦时代，天水植被茂密，田畴相连，村舍相望，人烟辐辏，是片人皆向往的神奇之地。然而秦末汉初，战火延绵、连年干旱，民众苦不堪言。传说，一天深夜，人刚入梦，忽然大地震动，瞬间狂风呼啸，随着一声巨响，地裂巨缝，天水倾泻，注入缝中，遂成一湖。而且湖水"春不涸，夏不溢，四季滢然"。此事惊动朝廷，汉武帝闻奏，想到其先祖刘邦被项羽赶出关中封汉中王时，本疑虑不定，手下萧何却说："汉中语曰天汉，其称甚美，愿大王王汉中。"其时人皆信"天命"刘邦果真在汉中筑坛拜将，起用大将韩信，一举夺得三秦，五载遂平天下。可见天意不可违，汉武帝索性将陇西郡一分为二，在天湖旁新设"天水郡"。此即天水来历。

其实天水历史悠久，是中国古代文化的发祥地之一，享有"羲皇故里"的殊誉。境内古代先民遗迹甚多，挂牌标名国家和省、市级重点保护的文物多达一百六十九处，其中大地湾遗址因出土八千年前大量新旧时代石器而负盛名，其中有许多石器为国内仅见，属仰韶早期文化珍品。天水市西关伏羲庙，首建年代距今已有七百多年的历史，是国内唯一有伏羲塑像的伏羲庙。庙内南天殿天花板上绘有完整的六十四卦及河图图形，在全国绝无仅有。整座庙宇规模宏大，极有气势，建筑雕梁画栋，院内古柏森森。伏羲是中华民族的始祖，所以天水素有"羲皇故里"之称。

自古秦陇山水相依，天水在甘肃省的地位与其东邻宝鸡在陕西的地位十分相

似。两地无论规模、人口、经济总量都是仅次于省会的第二大城市。两地还有许多相似之处：丝绸之路自汉代开通，天水、宝鸡都因地处要冲成为丝路重镇；汉唐建都长安，两地都因屏障京畿设关置塞，天水有"陇右门户"之称，宝鸡有"西秦重镇"美誉；同时，天水、宝鸡也都历史悠久，为上古先祖繁衍之地。天水为"羲皇故里"，宝鸡为"炎帝生地"；再有，天水、宝鸡都与秦人关系密切。

天水古称秦州，是秦人先祖繁衍生息之地。远在西周，天水河谷地势开阔，土地肥沃，水草丰茂，最宜牧马养畜。秦人祖先伯益，因替舜养马得力，繁殖成群，遍于四野，得到舜的嘉赏，赐嬴姓并获得封地。西周时，伯益的后代非子又因替周孝王养马有功，受到孝王赞赏。孝王让其继承"嬴"姓，还封其地为附庸，叫"秦地"。日后东迁到宝鸡凤翔、岐山一带，励精图治，改革变法，最终成就了统一华夏的大秦帝国。

天水是"秦"的发祥地，以"秦"字命名的地方很多，如秦安、秦亭、秦城、秦州等，尤其巍然横亘于中华大地的秦岭，更是区划南北，界定江河。三国时期天水一带为蜀魏必争，诸葛大军首出祁山、痛失街亭、智收姜维、计射张郃、空城退敌等一系列有声有色、流传千古的三国故事为天水增光添彩，广为人知。

唐时，秦州是长安西去的重镇，也是古丝绸之路必经之地，是陇原大地最有影响的历史名城，被称为"千秋聚散地，西去第一镇"，名噪一时。《资治通鉴》记载盛唐时"自安远门西尽唐境万二千里，间阎相望，桑麻翳野，天下称富庶者无如陇右。"表明以天水为中心的陇右地区，由于丝绸之路畅通，这里又因地理位置、物产商贸、人文风情为唐王朝关注，设州置郡，给天水带来经济商贸、文化交往的长久繁荣，犹如今天的"北上广"以经济总量排头领先引人注目，否则不可能名标青史。据《大慈恩寺三藏法师传》载，唐玄奘西去印度拜佛取经，曾途经天水，"过秦州，停一宿"，至今天水多有唐僧取经轶事流传。唐代"安史之乱"，杜甫也曾弃官携家避乱秦州，留居三月，再去同谷（今陇南成县）。诗人目睹国破家亡、百姓遭殃的沉重现实，一路写成《秦州杂诗二十首》。还有由陇入蜀的十二首纪行诗，诗风大变，悲壮沉郁，在他一生创作中至关重要。"悲愤出诗人"，在某种意义上说，杜甫的天水之行最终成就了一代诗圣。

▲作者与天水作家王若冰

伏羲、大地湾、秦人先祖、三国故事、诗圣流韵、石窟佛塑等历数不尽，丰富多彩的文化历史古遗址、古遗存、古建筑、古战场、古关塞铸就了天水深厚的文化底蕴和敦厚多姿的陇塬民俗风情，使天水犹如一颗璀璨的明珠镶嵌在丝绸之路必经的陇塬大地，熠熠生辉。

魅力麦积

我以为，给天水带来巨大声誉的应首推中国四大石窟之一、被誉为"东方雕塑馆"的麦积山石窟。"丝绸西去，佛教东传"，丝绸之路自汉代开通，便在沿途造就了新疆克尔克孜石窟、敦煌莫高窟、安西榆林窟、张掖马蹄寺、武威天梯寺、麦积山石窟、龙门石窟、云冈石窟、大足石窟、广元千佛崖等一系列佛教圣地。其中敦煌莫高窟、麦积山石窟、龙门石窟、云冈石窟以规模宏大、造型精美、影响深远被誉为中国四大石窟。位于天水的麦积山石窟更以佛塑精美、内涵独特被誉为"东方雕塑馆"。麦积山石窟与敦煌莫高窟、龙门石窟、云冈石窟相比，其特色首先在于地形之胜。

麦积山石窟位于天水市区东南四十五公里处，系秦岭山脉西部，小陇山林区，因有南北山坡溪流分别流汇进渭河与嘉陵江，恰好处在长江流域与黄河流域的分水岭上。更为奇特的是一条开阔的河谷之中，层层的山峦与滴翠的松柏丛中，一座状如农家积麦之垛的山峦，鬼斧神工，一峰独秀，拔地而起，高耸入云。此地虽处西北，秦岭小陇山却保留着八十万公顷的森林，年降雨量达八百毫米，湿润

▲麦积山因状如农家积麦之垛而名

多雨，形成多云多雾的气象特色。使得状如农家积麦之垛的奇特山峰常处云雾之中，时隐时现，让人如临仙境，凡见者无不称奇。这也正是吸引佛僧在此凿窟塑佛的根本原因。应该相信，麦积山石窟的诞生，首先得力于地形之魅力。如同敦煌莫高窟的诞生是由于夕阳西下，三危山的灿烂金光打动了前秦禅僧乐僔，冥冥之中，受佛祖佛光启示，在三危山开凿了第一个佛窟。乐僔没有想到正是三危山的奇异光芒，启迪他开启了一座世界性文化艺术宝库修建的序幕。

尽管麦积山石窟的开凿年代和开启人物没有像敦煌莫高窟的诞生那样留下近乎神奇的记载，但依据种种实物和典籍，多数学者认为后秦（384年—417年）开窟之说比较接近事实。其全部佛窟佛龛皆开凿于高20至80米、宽200米的垂直崖面上。从公元4世纪的后秦开始，发展大兴于北魏时期，佛窟的发展近乎泛滥，共开佛窟88个，占全部洞窟的近半数。这一时期的窟龛数量多，规模大，是麦积山开窟造像的最盛期。特别是其经变画是目前国内石窟现存最早、最成熟的经变画，对敦煌莫高窟隋唐以后的大型经变画产生了积极的影响。从后秦到清末，麦积山石窟的开凿历经北魏、西魏、北周、隋、唐、五代、宋、元、明、清多个朝代，荟萃了约1600年间的佛塑、绘画、雕像群落。现在存有窟龛194个，其中东崖54窟，西崖140窟，泥塑、石胎泥塑、石雕造像7800余尊，最大的造像东崖大佛高15.8米，壁画1000余平方米。

更为奇绝之处在于麦积山的全部石窟都开凿在悬崖峭壁之上，不仅开凿时需要搭建层层脚手架才能开凿洞窟，日后供养人祭奠、举办佛家盛典，善男信女也需盘旋而上，进入洞窟祭拜佛祖菩萨。所以麦积山石窟自开凿之始，便吸收古代

▲ 麦积山泥塑

▲ 麦积山栈道

先民在秦岭开凿栈道的经验和技艺，先开道路，后凿洞窟，再进行塑佛彩绘的工序流程。其结果是完成了一座密如蜂房的洞窟佛教艺术宝库的同时，也在麦积山造就了"飞梁架绝岭，栈道接危峦"的古道景观，其凌空飞架的栈道，层层相叠，直临悬崖，其惊险陡峻世所罕见，形成一处由飞架的栈道、凌空的殿堂、密集的洞窟共同组成又相互映衬的宏伟壮观又立体交叉的古建筑群体。

麦积山东崖的石窟以涅槃窟、千佛廊、散花楼上的七佛阁等处佛窟建筑最为精美。涅槃窟用四根粗短的石柱支撑，柱头有莲瓣形的浮雕，柱顶不用传统斗拱，却以浮雕的"火焰宝珠"装饰，设计构思极其巧妙，这座崖阁是北魏晚期建筑的，是石窟寺建筑中的珍品。千佛廊长达 32 米，开凿的崖壁上分两层，按照佛界理念有序地排列着 258 尊神像，职能不同，神情各异，却全都栩栩如生。

麦积山石窟西崖则聚集着万佛堂、天堂洞等佛窟，集中塑造着佛像千余尊。窟龛中有许多制作精巧堪称袖珍的弥勒、沙弥、供养人的雕塑。天堂洞是两崖上最高的石窟，窟内有大型的石刻造像，最高一尊 1.95 米，左右两尊也高达 1.28 米，每尊像重达二至三吨。

麦积山石窟群中最宏伟、最壮丽，也最吸引人的是一座被称为"散花楼"的建筑，它位于麦积山东崖大佛上方，距地面约百米，高耸入云，巍然壮观。面阔达七间，长约三十米，庑殿立八根八棱大柱，雕有莲瓣形柱础。层高近九米，进深足有八米，分前廊后室，充分利用地形，构件恰如其分，帐幔层层重叠，处处

▲ 麦积山佛窟

▲ 以微笑著名的小沙弥

精雕细琢，整座建筑浑然一体，无处不精美，无处不体现匠心独运，吸人眼球，让人感叹。麦积山石窟与天水境内的大象山、水帘洞、拉梢寺、木梯寺等佛寺、佛窟、佛塑群落共同组成了古丝绸之路东段的"石窟艺术走廊"。同时，小陇山麦积山方圆数十里植被葱茏，泉溪遍布，朝晖夕阴，气象万千。人文景观与自然秀色交相辉映，天然形成一处风景名胜，吸引着无数海内外游人。

东方微笑

麦积山石窟艺术，以其精美的七千余尊泥塑艺术闻名中外。历史学家范文澜曾誉麦积山为"陈列塑像的大展览馆"。如果说敦煌是一个大壁画馆的话，那么，麦积山则是一座大雕塑馆。这里的雕像，大的高达十六米，小的仅有十多厘米，体现了千余年各个时代塑像的特点，系统地反映了中国泥塑艺术发展和演变过程。这里的泥塑大致可以分为突出墙面的高浮塑、完全离开墙面的圆塑、粘贴在墙面上的模制影塑和壁塑四类。其中数以千计的与真人大小相仿的圆塑极富生活情趣，被视为珍品。这些佛像或供养人顶蓄高髻，戴华髻冠，面容丰满，形体修长，双手自然交叉于胸际，姿态优美，表现手法简练、生动，是麦积山隋代造像的精品，也把中国古代雕像技艺推向了极致。

麦积山石窟艺术趋向世俗与其所处地域紧密相关。敦煌莫高窟地处中外交汇

▲ 2010 年作者第三次去麦积山

▲ 工艺品东方微笑——仿 133 窟泥塑

要冲，历时悠久，因汇聚多种文化而灿烂厚重，能够形成多元文化汇聚的敦煌学。龙门石窟和云冈石窟所在地洛阳和大同都曾为国都，开凿佛窟为皇家倡导，权贵投资，雍容贵气，在所难免，也就呈现一派皇家气象。

麦积山的塑像则完全不同，没有皇室背景，缺乏权贵支持，更多是民间的行为，所以就有两大明显的特点——强烈的民族意识和世俗化的趋向。除早期作品外，从北魏塑像开始，差不多所有的佛像都是一派俯视人间的神情，都有和蔼可亲的面容。再从塑像的体形和服饰看，也在逐渐摆脱外来艺术的影响，体现出本土传统的特点。

2001 年，我曾作为中国作家代表团成员出访巴基斯坦，这儿属古印度佛教圣地犍陀罗国，也是唐代高僧玄奘到达过的地方。犍陀罗曾在公元前 4 世纪被希腊君主亚历山大率军入侵，古希腊雕像艺术与佛教很自然地结合起来。之前，佛教的崇拜物只是菩提树一类植物，但和希腊艺术结合便出现了和人像十分接近的释迦牟尼、菩萨、罗汉及供养人像。这些雕塑很自然地具有高挺的鼻梁、有棱角的嘴唇、卷曲的头发、明亮的眼睛等，完全是古希腊人的特征。犍陀罗也因此成为佛塑的源头。

但后来，佛教东传，佛像逐渐融入东方人的特征，比如棱角线条的减弱，宽容慈祥的增强，这从敦煌的佛塑中可以得到印证。麦积山的塑像把东方人的特征愈加世俗化了。来到这里的工匠大多出自寒门，没有佛家清规戒律束缚，更多是世俗生活的熏染、工匠实践经验的发挥，他们塑造的佛像，很自然地也以接触的

▲各式各样小沙弥像

寻常百姓为原型，神情动人，富有生活气息。从麦积山各时代造像可窥见当时艺匠们突破佛教固有形象，以现实生活中的人物为主要素材，加以艺术的夸张、想象、概括、提炼而创作出来的具有浓郁生活气息的宗教人物：佛、菩萨、弟子、供养人等形象。第121窟中窃窃私语的佛家弟子，第123窟中童男、童女所表现的童稚的真诚和愉悦，无不流露着生活气息。

其中，以北魏开凿的133窟中所塑造的佛家小沙弥最为经典。小沙弥年纪轻轻，十七八岁，秀骨清像，一派超凡脱俗的佛家仙骨；却又身体前倾，俯首下视，面含微笑，贴近凡尘，可亲可爱，顿时让人无比放松，也无比愉悦。这尊小沙弥的微笑打动了无数游人，含蓄的东方式微笑几可与名画蒙娜丽莎媲美。近年，这尊小沙弥被冠名"东方微笑"获得开发，麦积山旅游商店摆满大大小小的小沙弥。我曾三次去麦积山，都被小沙弥的东方式微笑打动，先后购得不下十尊，又屡屡用这"东方微笑"去打动朋友，送得一个不剩。失落中又想假如生活中充满微笑，又何必送呢？

2014年6月22日，在卡塔尔多哈召开的联合国教科文组织第三十八届世界遗产委员会会议上，麦积山石窟作为中国、哈萨克斯坦和吉尔吉斯斯坦三国联合申遗的"丝绸之路：长安－天山廊道路网"中的一处遗址点成功列入《世界遗产名录》。

临夏话三绝

▲临夏市一角

　　丝绸之路自汉代开通，凡被激活者，或为商埠，或置要塞，自有不可取代的优势，比如临夏。临夏古称河州，位于黄土高原的西端与青藏高原衔接的要冲，北有黄河天险，东有洮河环围，西南层峦叠嶂，是青藏高原向关陇过渡地段。素有"关陇锁钥""青藏门户"之称。

　　临夏历史悠久，春秋时期，先为羌、戎民族游牧之地，后为吐谷浑、吐蕃经营多年。临夏境内有积石山高耸，有大夏河贯穿，形成宜耕宜牧的河谷盆地。由于山川富庶，形势险要，亦是古代羌、戎、吐谷浑、吐蕃等游牧民族进入中原的必经之地，与今甘肃省会兰州仅相距一百五十公里。所以自秦汉始，中原王朝便在这里设州置郡。在长期的开发经营中，由于战争、移民、屯田、"茶马互市"等多种历史原因，加之丝绸之路畅通之后，大量中亚阿拉伯人、撒拉人、回纥人、维吾尔人留居这一带，河州成为多民族聚集之地，近年人口普查，有二十二个民族汇聚于临夏。据《甘青宁史略》记载，伊斯兰教在"唐天宝后，从西域流入甘肃，其教徒多西域人"。唐代早期就有大食、波斯等国的商人留居河州。到明清时代聚族而生的回族便成为古河州，即今临夏的主要居民。

　　由于这里自古以来就是沟通中原与青藏高原乃至西域政治、经济、文化的纽带，历来商贾云集，商贸流通繁荣，素为西部"商埠"。自唐宋始、延续至明清的"茶马互市"更是兴盛千年之久，堪称陇上古丝绸之路南线上的明珠。因而还享有西部"旱码头"之美誉。

　　宋、元以后，从西域迁来众多的阿拉伯人、波斯商人、工匠、传教士散居八坊及全州各地，与当地汉族等各民族共同生活、联姻，在河州久留或定居。据《甘

► 临夏的撒拉族姑娘

青宁史略》记载，"甘肃回族，以河州为总汇之区"，回族"惟河州为最多，其种类亦最强"。伴随着历史变迁，繁衍生息，河州形成了以回族为主，东乡、保安、撒拉族等信仰伊斯兰教的民族聚居区，在历史长河中，他们与由于战争、移民、屯田、商贸等多种原因流入临夏的中原汉族群众朝夕相处、患难与共，为临夏的长足发展做出了奠基式的贡献。

临夏的回族、东乡、保安、撒拉族等信仰伊斯兰教，中原华夏民族则尊崇孔孟之道，在长期的融合中，产生了许多共同的理念，比如热爱国家、孝敬父母、怜惜孤儿、扶危济困、尊重知识、清正廉洁等。这些行为准则和道德规范，对于塑造临夏各民族人民的情操产生了不可低估的作用。临夏的主体民族回族在饮食上讲求卫生，待人真诚耿直，敬重朋友，讲诚信，重友情，"人敬我一尺、我敬人一丈"、知德感恩等美德也对其他民族产生了深远影响，最终共同融入了中华民族的大家庭。20 世纪 30 年代《大公报》记者范长江深入陕甘宁青采访时到过临夏，其时还称河州，后来在他新闻通讯集《中国的西北角》中写专门有章节写到这里："河州是中国西北回教圣地。中国西北回教中主要的宗教、军事和政治人物以出于河州者为多。河州名气震动着西北各族人之耳鼓。回人听到河州，非常的高兴，这是他们的老家，是他们财产的集中地，是人口的集市地……"也有学者曾说，河州是研究中国伊斯兰教的百科全书。

中华人民共和国建立后，人民政府尊重各民族的信仰和风俗习惯，多种宗教信仰、多种教派并存。遵照民族自治原则，经中央人民政府批准，在 1958 年正式成立了甘肃省临夏回族自治州。多年来，临夏州各民族团结和睦、和谐共荣。

▲临夏仿大肚人面彩陶

改革开放以来，临夏许多传统工艺受到重视，重放异彩，其中"临夏彩陶""艺术砖雕""葫芦雕刻"更以源远流长、精妙绝伦著称于世，这三项民间工艺，被誉为"临夏三绝"。

临夏彩陶

临夏独特的地理位置，使其成为远古人类生息繁衍地之一。有资料表明，羌人先民八千年前就生活在濒临黄河的这片沃土，凭着坚韧、吃苦、耐劳的精神，创造了灿烂的古代文明，为今天留下极为丰富的古文化遗存。临夏是中国新石器文化遗存最集中、考古发掘最多的地区之一。这片古代黄河文化发祥地上以"马家窑文化""半山文化""齐家文化"为代表的各类文化遗址星罗棋布，都因最早在这里发现而命名。据考察，目前临夏全州境内有文物遗址五百四十八处，尤以出土各类彩陶数量大、品种多、纹饰精美著称。其中，马家窑彩陶表面光洁，陶底橙黄，以线彩绘，花纹瑰丽，彩绘多以平行线、同心圆、涡形花纹组成各种图案；被命名"齐家文化"的彩陶常饰水波纹、平行弧线纹、宽带纹、锯齿纹、三角纹以及葫芦形的网状鱼，栩栩如生；而半山彩陶有黑红两彩相间，纹饰以锯齿纹为特点，两色相间成漩涡纹、水波纹、葫芦纹、菱形纹为其特色。临夏下属积石山县出土的漩纹罐，通高49.3厘米，造型浑厚典雅，纹饰繁密优美，距今约五千年，被誉为"彩陶王"，作为国宝现珍藏于中国历史博物馆。因而临夏被誉为"中国的彩陶之乡"。

临夏彩陶以花纹瑰丽、造型独特惹人喜爱。但出

▲临夏仿人腿双耳彩陶

土彩陶属国家珍贵文物，数量有限，市场上流通的也价格昂贵。近年，为了满足人们对彩陶的喜爱，临夏的民间艺人们通过探索研究，按4∶1或1∶1的比例复制出不少精美的彩陶手工艺品。比如彩陶瓮、罐、盆、瓶和素陶等，一些技艺精湛的仿古彩陶高手制作的仿古彩陶古朴逼真，真假难辨。彩陶复制品的生产，已经成为临夏的一个新兴产业，为了解祖国悠久历史和传统文化、增进中外文化交流起到了积极作用。

临夏彩陶制品多为盆、壶、钵、瓮、罐等日用品，在马家窑文化、齐家文化、辛店文化和寺洼文化中都有出土。因而可供模仿的种类很多，为民间艺人提供了展示身手的广阔天地。在多年实践中，许多家族前赴后继掌握了一套成熟的加工制作工艺，有人数众多的民间艺人，有从古代先民的生活用品到今日点缀美化生活的工艺美术品。有源远流长广泛的群众基础，自然会有广阔的市场，目下临夏彩陶由于古朴逼真，能够满足人们的审美需求，已在国内外有较高的声誉。

临夏北大街是甘肃省首家文物监管物品市场，众多店铺摆满各式各样的仿古彩陶，其形制有双耳、尖底、大肚、孕妇、人面、猪脑、羊首、牛头，数不胜数；其花纹有漩涡纹、水波纹、葫芦纹、弧线纹、宽带纹、锯齿纹、三角纹、菱形纹，让人眼花缭乱；其色彩有深黄、浅黄、桃黄、麦黄、深红、浅红、桃红，红黄搭配、

▲汉画像砖

红黑搭配，真是五彩缤纷；更有高仿"彩陶王"、仿大肚孕妇罐、仿五人拉手舞盆、仿高脚人面等著名彩陶。仿制水平足以以假乱真，让人爱不释手。2006年，第二次去临夏，我在一个个彩陶店铺徘徊不去，被那些花纹瑰丽、造型独特的彩陶吸引，觉得每件都有内涵，都吸引人。后来，在老板推荐下，用六百元购了一套五个彩陶仿制品。有仿彩陶王、有大肚人面，还有五人拉手舞盆，皆古朴典雅，与标价数万的一件真品相比，堪称价廉物美。

这次临夏之行的意外收获，是让我许久都沉浸在彩陶的审美之中，只要看一眼摆在书柜顶上的一组彩陶就眼热心跳，想起高原古城临夏，联想起我们的祖先在河湟谷地开创的彩陶生活，竟是那样五彩缤纷，充满活力……

临夏砖雕

我国建筑素有自己特点，其中木雕、石雕、砖雕作为建筑的补充与装饰发端于秦汉，发展于隋唐，鼎盛于两宋，成熟于明清，在江南民居、徽派民居乃至晋商宅院中都大放异彩，蔚为大观。建筑雕饰不仅是市井繁荣、经济实力的展示，更是一方群众审美趣味与生活情趣的流露。从这个意义上看，地处西北的临夏历史上便以"河州砖雕"闻名，也折射出临夏作为丝路商埠的经济活力和多种文化汇聚的特色。

临夏砖雕，发端于北宋，其时与临夏相邻的吐蕃、吐谷浑、党项、蒙古均为无法生产茶叶的游牧民族，而北宋王朝也借"茶马互市"与游牧民族通商交好，

▲ 临夏经典砖雕

▲ 临夏砖雕

临夏自然成为首选之地。有此优势，在北宋时期临夏便形成规模巨大茶马交易市场，为之配套服务的客栈、酒楼、茶肆也应运而生，商号杂陈，商幡招展，形成一派繁荣气象。而内地开封、成都、西安、太原等地的商帮驼队也进入临夏，开店铺，建会馆，把这些城市的建筑装饰传入临夏也就成为很自然的事情。据考古发掘，在宋代，临夏砖雕艺术已相当成熟，到元明时代，精美的砖雕已广泛使用于各种建筑之中。而中原城市已经成熟的各类砖雕题材，比如传统故事中的"桃园结义""三顾茅庐""八仙过海""麻姑献寿"、传统绘画中的"梅兰竹菊""岁寒三友""十二生肖""福寿三星"等也随之传入。在之后的岁月中，临夏的民间艺人也很自然地把西北的山水花鸟、珍馐佳肴、八宝博品等物象题材融入其间，又吸收了绘画、木雕的艺术特色，使这一民间艺术形式更加完美，有了更多西部特色与民族风格，这也是河州砖雕趋于成熟的体现。

临夏原本就是我们的祖先烧制彩陶的地方，河湟谷地，黄土积淀深厚，土质细腻，柔韧黏滑，是制作水磨青砖即砖雕的最佳原料。这也是木雕、石雕、砖雕三种建筑装饰中，唯独砖雕在临夏大放异彩的一大原因。临夏砖雕有捏雕和刻雕之分，又有整烧与组装之别。"捏雕"是用手和模具把泥料捏成各种造型入窑焙烧而成；"刻雕"是在烧好的青砖上按图纸用刻刀根据画面需求，采用凸面线雕、凹面线雕、镂空雕、浅浮雕、高浮雕等各种手法手工雕制而成。整烧件一般不大，用模具制好，一次烧制。组装则系大件，比如高宽皆有数米的照壁一类，则需精心设计部件，烧制好后再组装。

历经明清，临夏砖雕艺人辈出，砖雕艺术更趋成熟。临夏现存砖雕的精品，首推八坊清真北寺门前的"龙凤呈祥"影壁。此影壁始建于明末清初，经三百年风雨仍保持完好，砖雕艺人运用浅雕、浮雕、深雕、镂空雕多种技艺，把龙凤神态表现得毫发毕现，栩栩如生。纳云吐雾，蓄势待发，有临空飞翔之感，有凌云奔腾之势，影壁整体恢宏，气势不凡，让人深感震撼。

在临夏市，无论回族信教群众的礼拜殿、汉族群众的祠堂社庙、昔日的达官显贵的公馆府第还是寻常百姓人家的房舍小院，

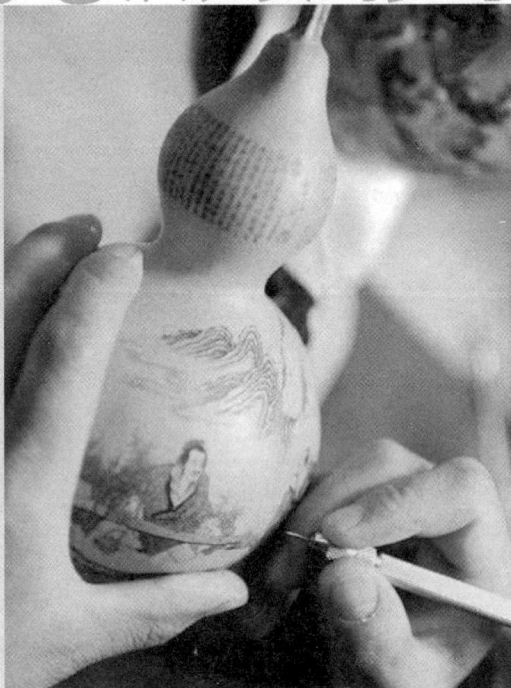

▲绘画葫芦

大都饰有精美的砖雕，不仅是一个地方的建筑习俗，更表达的是一方群众的生活情趣。临夏红园一字亭南侧壁上的《泰山日出图》是老一代艺人佳作，而红园广场等一些新建的大型砖雕作品则展示出河州新一代砖雕艺人的精湛技艺。

临夏砖雕将绘画和雕刻融为一体，民间艺人把浓厚的生活气息带进砖雕领域，构思新颖、富有诗意，融合了临夏民间风俗风情，也是对临夏民俗风情的惬意描绘，使临夏砖雕有了更浓郁的地方特色和民族色彩，也为砖雕这一古老的民间艺术注入了活力。

葫芦雕刻

葫芦雕艺术品，是采用细腻的雕刻技术，将平常用于建筑上的砖雕题材描绘雕刻在碗口大小的葫芦上面。这种把雕刻技艺与生活日常用品结合产生的艺术品更适合在喝茶、聊天的现实生活中品赏和收藏，这也成就了葫芦雕艺术这朵临夏民间艺术中的奇葩。

葫芦雕刻讲究构图严谨、刻画细腻、线条流畅飘逸、着色清新淡雅，要在方寸之间展示万千气象，用小小刻刀赋予普通葫芦以无穷的魅力，是件很不简单的事情。

雕葫芦的材料，都来源于普通农家种植的葫芦，长成可以食用，煮汤炒肉皆

▲ 圆葫芦雕

宜。长老晒干外壳比较坚硬，过去被用来做水瓢子，或是用来装酒，也就是酒葫芦，是一种生活用品。葫芦外壳坚硬的特点被民间艺人发现并加以利用，也就成了雕刻葫芦。

历经岁月积淀，不断总结改进，雕刻葫芦有了一定程序、规范和讲究，并且在种植葫芦时便注意优选培育所需要的品种。选择大小均匀、表面光滑、无疤痕斑点者，即所谓"小如珠，大如拳"。可供雕葫芦的材料大体有三种：一是小圆雕葫芦，最小的仅有算盘珠大，类似于文玩佛珠，常制作成旅游纪念品；二是单吊葫芦，这种葫芦较大，甚至有尺把长，用于养蝈蝈和秋蝉、蚱蜢；三是天生的疙瘩葫芦。浑身长满隆起的疙瘩，是葫芦种子变异又经优选培育所造就，比较罕见。疙瘩葫芦只需稍加雕琢修饰，在把玩中用手越摸越亮，有种天然的拙趣。

雕刻葫芦的图案与临夏砖雕相似，多取材于传统的戏剧、文学、神话故事、民间传说，也有艺人以临夏的名胜古迹、花草虫鸟、民族风情为题材。在表现形式上，艺人根据个人喜好和习惯，有一人一物一个场景，也有采用连环画的方式，人物场景众多，用多幅画面连贯。

美的雕刻葫芦，能在手中随时欣赏，给人以美好的享受。

"临夏三绝"，源远流长，充分展现了临夏这方由不同民族、不同生活习俗和宗教礼仪的人所形成的灿烂文化。造型独特的仿古彩陶，精妙绝伦的雕刻葫芦，古朴精美的艺术砖雕，丰富了临夏的群众生活和民间文化。时至今天，"临夏三

▲临夏风味饮食

▲河州包子

绝"已发展成独具特色的旅游纪念品，使临夏这方丝绸之路的商埠重镇再次焕发出光彩。

其实，临夏除了彩陶、砖雕和葫芦，各种饮食小吃，如河州包子、油炸馃馃、河州面片、牛羊杂碎也极美味，在西北很有名气。

回族群众做饮食素以讲究卫生、讲求精美著称。比如油炸馃馃、河州包子、河州面片，原本都是临夏回族群众日常的面食品点。一旦进入市场，在选择面粉、食油、馅、盐和白糖上就有许多讲究，油炸馃馃还要做成不同形状。

▲今日临夏生机勃勃

　　河州包子以牛羊肉、鸡蛋韭菜、粉条肉末或黄白萝卜混合剁碎搅匀为馅，大小一致，皮薄馅满，装笼蒸熟，盛入盘中，再淋以椒油，白中带红，晶莹剔透。咬一口，满口是香。

　　河州面片按制作工艺可分清汤、酸汤、羊肉汤、炒面片等。河湟小麦原本就因生长期长，柔韧绵细，麦面味浓。河州面片选用上等面粉，用水调和、揉搓、捏团，捏成条状之后，又掐成小团，蘸油搓条，还要搁置片刻，压扁之后才在沸水中揪入面片。煮熟再用笊打入碗中，而碗里已根据顾客需求放入牛羊肉丁、鸡肉丁、洋芋丁、萝卜丁、豆腐丁等多达几十种原料的臊子，再是食盐、味精、香油、陈醋、胡椒面、花椒粉、蒜苗丝、香菜花等调料，亦多达几十种。做好后香气扑鼻，逗人食欲，尚未入口，涎水早已四溢。

　　毕生都生活在黄河之畔，曾以写黄河筏工、黄河女子出名，写《敦煌大梦》获各种奖项，连任数届甘肃省作协主席的王家达不止一次对我说：喜欢一个地方常从喜欢这个地方的饮食开始，来，尝个河州包子。一大盘各式各样，水煎、油炸、羊肉、粉条的河州包子晶莹剔透，小碟中的佐料也是五花八门，让我们一行人都胃口大开，我们曾不止一次在黄河之畔的兰州大快朵颐。

　　临夏对我的诱惑也肇始于此，2004 年、2006 年、2016 年的三次临夏之行，给我的丝路探访增加了无穷的乐趣。

▲圆锥

▲双耳

▶柳湾彩陶

高原古城西宁

西陲重镇

  无论是古代的丝绸之路南道，还是今天的青藏公路、青藏铁路，西宁都是必经之处。西宁是青海省会，青藏高原上的古城，位于三百里湟水川道的中游，这里两山夹峙，湟水中流，居通往新疆、甘肃、西藏的交通孔道要冲，青海虽不直接与周边国家接壤，但地理位置相当重要。唐时通往拉萨的唐蕃古道，延伸至印度与尼泊尔，被专家们认定为南丝绸之路，向东接兰州与关陇，向西或越祁连山进入河西走廊张掖，或沿古羌中道直达新疆且末。西宁是三条古道交会之处。历史上谁占据青海，便会控制通往西藏与新疆的丝路商道，乃至于新疆、西藏的安危。比如唐安史之乱时，抽调河西精兵，结果河西走廊与新疆塔里木河流域被占据青藏高原的吐蕃攻占，朝廷被迫撤掉安西四镇。再是 20 世纪 30 年代，英国趁日本侵占东三省之机，也挑拨西藏亲英势力惹起事端，策动藏军向青海玉树进攻，后虽在青海驻军与西康刘文辉部夹击下惨遭失败，但青海位置之重要可见一斑。所以西宁历史上长期被视为西陲重镇。西宁的行政建制始于汉武帝时"汉开河西"，最早设西平亭，后为西平郡。西汉名将赵充国平定羌乱后，在湟水流域开"军屯"之先，之后历代设郡置府，直到 1929 年青海正式成为省级建制，西宁市作为一座历史悠久、积淀深厚的古城，也自然成为省会城市。从西汉设亭筑西平郡城算起，已有两千年历史。但在这里生存的古代先民则可追溯到万余年前新旧石器时代。那时，湟水流域是古羌人生活的地域。羌人最早生活在中国的西部，在以西宁为

▲仿面

▲带嘴

▲双带

▲彩纹

▲尖底

▲大肚

中心的地区，20世纪发现了大量文化遗址。著名的如西宁以东六十公里的乐都柳湾，发掘出距今四千多年的规模宏大、包含文化类型多样的一处原始先民墓葬群，已发掘墓葬1762座，面积达十万多平方米，出土彩陶多达四万余件，品种之多、数量之大、形态之精美、色彩之艳丽，给人的震撼绝对不在秦兵马俑之下。且不说彩陶各种形态圆、方、扁、人型、双耳、单耳、提梁、葫芦，仅是黑红为主的纹饰图案便有圆圈、平行、锯齿、三角、回纹、雷纹、曲线纹、半珠纹、叶脉纹、菱形纹、蛙泳纹、牛角纹多达百种以上，纷繁瑰丽，精细新颖，别具匠心。其中一尊人像彩陶壶，巧妙地凸起的壶体表现一位孕妇，肥耳巨口，高鼻短躯，憨态可掬，让人过目难忘。还有一双用彩陶制成的靴子，虽是容器，但反映了当时先民制靴的工艺水平，足以和在新疆楼兰出土的羊皮靴（距今三千八百年）、或古埃及壁画中的靴子相媲美。

柳湾古墓中还有一个突破纪录的发现，那就是把人类吃面条的历史提前了一千多年。两千多年前，意大利古城庞贝因火山突然爆发被掩埋，后来出土一碗煮好的面条被认为是面条始祖，但在柳湾墓葬中出土的面条却距今将近四千年，说明那时湟水流域的农耕水平和先民生活已达到相当高的水平。另外，20世纪70年代初，在西宁北川子橡寨出土了一件距今五千年的彩色陶盆，盆内壁绘有舞蹈花纹图案，画有三组人像，每组五人，手拉着手，翩翩起舞，每人头上还有发辫状纹饰，向同一方向摆动，画面生动，线条流畅，十分漂亮。这件彩陶的出现引起国内外考古界与史学界的震惊和注目。这表明以西宁为中心的

▶ 西宁自汉时便为西陲要塞

湟水流域，早在远古，在这里生存繁衍的古代先民创造的灿烂文化绝不在中原古代先民创造的仰韶文化水平之下，而是与华夏文明一脉相通，或者说共同丰富了华夏文明。

"军屯"先驱

湟水流域的农耕发展与"军屯"关系密切，正是"军屯"，来自中原地区、年富力强的士兵把先进的农耕技术带进湟水流域，有力地促进了边陲的发展与繁荣。这与一位被誉为"军屯"先驱的西汉名将赵充国紧密相关。《汉书·赵充国传》记载："赵充国，字翁孙，陇西上邦人也，后徙金城令居（今甘肃永登）。"由于地临边陲，战火濒仍，又有先辈飞将军李广事迹流传，习武之风浓郁，受其影响，赵充国自幼练习骑射，喜读兵书，以从军为毕生志向。从军后，严守军纪，学习刻苦，英勇善战。三十四岁时，因武艺超群入选皇家御林军，直接保卫汉武帝建章宫。在其后军事生涯中，先后经历汉武帝、昭帝、宣帝三朝，多次参与汉王朝对大宛、匈奴和羌族的作战，屡立战功。尤其是汉武帝天汉二年（公元前99年），赵充国随贰师将军李广利在五月率三万骑出酒泉，击右贤王于天山，与匈奴作战。反遭匈奴包围，匈奴大围贰师将军，汉军乏食数日，死伤者多。危急关头，赵充国与壮士七百余人冲入敌阵，奋力打开缺口，贰师将军李广利引主力得以突围。此战赵充国周身负伤二十余处。听到贰师将军李广利奏报后，汉武帝亲自接见赵

▲河湟自汉代屯田

充国，探视其创伤，赞叹其英勇，拜赵充国为中郎将，封车骑将军。

　　然而赵充国并未因为作战英勇，受到汉武帝赞赏封赏获得荣华而满足陶醉。相反，历次战争的惨烈，双方损失的重大使他深受刺激，认为双方交恶终非长久之计。一场大战，即使获胜，也成本太高，赵充国以为，兴师动众，长途进兵，仅是粮草供给便难以接济，一匹马只能驮负三十日的粮草，而逐草而居的游牧民族并无定居，来去无踪，很难对付。这也是赵充国"不战"的一个原因。他逐渐产生了"寓兵于农，屯田戍边"的念头，即通过以"非战"的方式解决当时的"边患"。赵充国屯田戍边战略思想的形成，源于西汉王朝对大宛、匈奴和羌族的长期作战和他对匈奴、羌族情况的熟悉。但赵充国屯田戍边战略的实施却并非一帆风顺。他只是区区边将，"寓兵于农，屯田戍边"则是国策，需要汉王朝乃至皇帝认可才行。

　　事实是赵充国欲罢兵屯田的念头与皇帝下诏进兵几次发生冲突，连他的儿子赵昂也为他违背皇帝圣旨的行为担忧。但赵充国却不计个人利害，始终以国家利益为重，坚持自己的主张，甚至"不以余命"向皇帝陈述利害关系。

　　我们得感谢《汉书·赵充国传》中详细记载了赵充国对皇帝的《屯田十二便》，恭录于此："臣闻帝王之兵，以全取胜，是以贵谋而贱战。百战而百胜，非善之善者也，故先为不可胜以待敌之可胜。蛮夷习俗虽殊于礼仪之国，然欲避害就利，爱亲戚，畏死亡，一也。今虏亡其美地荐草，愁于寄托远循，骨肉心离，人有畔志。而明主班师罢兵，万人留田，顺天时，因地利，以待可胜之虏，虽未即伏辜，

▲河湟谷地宜农宜牧　　　　▲引湟灌溉

兵决可期月而望。羌虏瓦解，前后降者万七百余人，及受言去者凡七十辈，此坐支解羌虏之具也。

　　"臣谨条不出兵留田便宜十二事：步兵九校，吏士万人留屯，以为武备，因田致谷，威德并行，一也；又因排折羌虏，令不得归肥饶之地，贫破其众，以成羌虏相畔之渐，二也；居民得并田作，不失农业，三也；军马一月之食，度支田士一岁，罢骑兵以省大费，四也；至春，省甲士卒，循河湟漕谷至临羌，以示羌虏，扬威武，传世折冲之具，五也；以闲暇时，下先所伐材，缮治邮亭，充入金城，六也；兵出，乘危缴幸，不出，令反畔之虏窜与风寒之地，离霜露、疾疫、瘃堕之患，坐得必胜之道，七也；无径阻、远追、死伤之害，八也；内不损威武之重，外不令虏得乘间之势，九也；又亡惊动河南大拜使生它变之忧，十也；治隍陕中道桥，令可至鲜水以制西域，伸威千里，从枕席上过师，十一也；大费既省，徭役豫息，以戒不虞，十二也。留屯田得十二便，出兵失十二利，唯明诏采择。"

　　赵充国系统地陈列了留兵屯田的十二个好处，也指出了出兵无利的十二条害处。最初，皇帝让大臣讨论，赞成者少，反对者多，赵充国不为所动。"上于是报充国，嘉纳之""诏罢兵，独充国留屯田"。几经坚持观点，屯田十二策终于得到朝臣和宣帝的赞同。得到朝廷批准后，赵充国亲带万余将士到湟水流域屯垦。由于他对边境情况十分熟悉，屯垦进行得十分顺利，其中心便是今天的西宁地区，当时地广人稀，屯垦达到两千多公顷，这是个很大的数字。同时，利用湟水修渠灌溉，精壮士兵多系农家子弟，熟悉农耕，且不乏铁工木匠，仅数年光景，便五谷丰登，六畜兴旺。戍边将士再无须费千里之劳，从内地运送给养，减轻民

▲ 河湟山村风貌

▲ 河湟牧场

▲赵充国雕像

众负担，使汉军"内有无费之利，外有守御之备"，不仅巩固边防，还吸引氐羌、匈奴人学习农耕、开化风气，民族之间得到互相渗透、学习、融和。赵充国的屯田主张，解决了军粮转运之难，既减轻了老百姓的负担，又适应了边疆战事的需要，同时，给羌、汉人民在连年战乱过程中创造了休养生息的条件，使西汉王朝的边防得到长久的巩固，陇右、河湟得以保全，丝绸之路得以畅通，具有极其积极的历史意义。

赵充国八十岁时告老还乡，宣帝赐驾驷乘，黄金六十斤，以之慰劳，封营平侯。他的业绩，尤其他的屯田之策在中国历史上由于开风气之先而影响深远。西汉文学家扬雄曾撰颂，歌其功绩。三国时，曹操平徐淮、定关陇后，曾借鉴赵充国的主张募民屯田，效益"得谷百万斛"。《资治通鉴》也评价赵充国的屯田"遇敌则战，寇去则耕；屯田一开，西域即通；屯田废置，西域便塞"。明代思想家李贽认为赵充国的"屯田是千古之策"，这是极高的评价。

赵充国逝世后，归葬于邽山之阳今清水县永清镇李崖村石佛坪。汉代便大加兴建其墓，历代都有增建。1962 年，被公布为甘肃省重点文物保护单位。

追溯历史，赵充国可谓中国"屯田"先驱，也应是西宁这座丝路重镇、高原名城的开发先驱。

▲ 宗喀巴大师故院

古城名寺

　　1997年第一次去青海，觉得西宁在全国省会城市中是比较小的，仅七十万人口，中等城市模样。但没想到近年发展势头如此之快，几乎一年一个样，路通高速，城市改建，到处高楼林立，草坪广场，入夜霓灯闪烁，延绵不绝，俨然一座"夏都"屹立于西部高原。

　　每年吸引大批游客的除了青海湖和大草原，还有两座著名的寺院：一座是距西宁二十五公里，全国著名的藏教黄派发祥地塔尔寺；一座是全国最大的西宁东关清真大寺。

　　我深信，任何来此二处观光的游客，无论有无宗教信仰，都会有种内心的震撼。尤其是塔尔寺，那宏阔的规模，金碧辉煌的建筑，完备考究的宗教设施，成千上万虔诚的信徒以及香烟缭绕、经声琅琅所构成的那种浓郁的宗教氛围。漫步其间，会不由自主地屏气敛息。

　　塔尔寺为明代所建，至今已有五百余年的历史，此地是藏传佛教黄派创始人宗喀巴的故乡，寺庙最初也是为纪念他所建。历代班禅都与该寺关系密切。据介绍，班禅额尔德尼·确吉坚赞生前最后一次来塔尔寺时，数以万计藏民信徒从方圆几百上千里的地方赶来，排成长达数十里的队伍，夹道欢迎班禅大师。十几万人没有喧嚣没有嘈杂，一片静穆。大师经过时，两边信徒一律低下头，吐出舌头，来表示对大师的无限尊崇。大师走过就赶紧把携带的多年积攒的几百、几千甚至上万元人民币一律换为崭新的百元大票，投向四名藏汉张开的布袋。根本用不着

▲祈祷　　　　▲清真寺礼拜散场

号召动员，全是那么自觉自愿心甘情愿。当然，这大笔的捐款都用来维修了寺院。

塔尔寺有个专门展厅，展有所有党和国家领导人参观塔尔寺的照片，国家曾拨数千万元巨款维修塔尔寺。这里还有一座建制完整的经学院，不少高僧活佛在此传经讲学，还有莘莘学子在此攻读学位。

在塔尔寺，我还见到了影视书刊上多次介绍过的酥油花。这是用酥油为原料特别捏制塑造的以宗教故事为蓝本的各种人物以及其生活场景，类似天津泥人张用泥巴捏制的人物。但要比泥人张的作品气势规模宏大，且色彩艳丽，能表现完整的宗教故事。无论从哪个角度讲都堪称精美的艺术品。我还注意到酷暑盛夏，塔尔寺尽管地处高原，中午气温也在三十摄氏度以上，为保证酥油花维持原状不至于融化，在保护酥油花的大玻璃柜中安置着一台昼夜工作的空调，再加上录音机播放的经文，让人感觉到即便庄重如寺院，也在积极吸收现代文明。

一个拥有自己宗教信仰的民族总让人尊重。无论如何宗教总属于文化范畴，深深包容涵盖着一个民族深厚的历史与文化，对整个世界的文明是一种丰富。无论在塔尔寺还是在西宁和银川的清真寺中徜徉，我又依稀感到一个在精神上能够自给自足的民族，外人很难介入，心灵深处有种遥远的距离。

我还专门去了西宁市东关的清真寺，这是全国最大的伊斯兰教寺院。教徒基本上为回民，由于语言相同，加之青海省文联的同志引导，得以详尽地参观了这座名寺。也遇到几个进修生，得知寺院设有学位，有严格的考试制度，获得学位要进行答辩。即便日常做礼拜，信徒的位置也因地位身份有所区分。每个星期五，西宁市有数万回族群众来做礼拜，我在大街购物正好遇着他们散场，一律戴着小

▶西宁一座清真寺

白帽，如片片白云散落街头，成为高原古城的一道景观。

　　在西宁的日子，我发现高原的星星亮得晶莹，亮得尖锐，月亮也出奇的圆。高原略带凉意的晚风吹过，让人心中泛起一种莫名的庄严。大自然的威力如此强大，人类便显得渺小，无法掌握自己命运的时候，只得借助于宗教。这样理解宗教当然很浅薄，但是在我看来大自然的神力超过任何宗教，我只愿意做大自然虔诚的信徒。

丝路重镇兰州

▲兰州夜景

一

在我多次的西部之行中，去的次数最多的城市应数兰州。因为西去敦煌、新疆要过兰州，去青海西宁、宁夏银川，兰州也是必经之地。

记得 1983 年冬天第一次去兰州，那是中国作协文讲所第八期招生，首次通过考试选取学员。三天考试，弄得头昏脑涨，一切都且扔开，且去寻访古迹，叩问市井。

先上白塔山，登高眺望，俯瞰兰州。只见黄河西来，穿城而过，浩浩荡荡一河大水，波光粼粼，一河银光，携风挟雷，奔腾而来，真有种"黄河之水天上来"的气势。其实，兰州给我留下的最初印象就是气势。兰州是一处盆地，这个盆地四面都非同小可，它们是青藏高原、内蒙古高原与黄土高原，各自代表着一个气势磅礴的世界。我甚至怀疑在远古时期，它们原本就坚不可摧地连成一片，只有从青藏高原奔腾而下、日夜咆哮的黄河才能把它们割裂开来，变成现在这副模样。

黄河冲出的兰州盆地长达百余公里，中间又被柴家峡和金城关峡分隔为河口、西固、兰州三个河谷平原。整个兰州市区便一字长蛇阵般摆布在这带状的平原之中，黄河则如条巨龙游弋其间。

二

兰州历史文化积淀十分深厚。秦汉隋唐定都长安，丝路畅通，往返商贾西出长安后，无论道分几岔，兰州都为交会之处。然后，或西出阳关，或北去宁夏，

▲兰州因黄河而倍添气势

南至青海，均需从兰州休整出发。故早在西汉，兰州便设金城县、郡，故兰州有金城之谓。汉时抗击匈奴，唐时戍边守关，兰州均为途中补给重镇。位于今兰州市区的五泉山，相传西汉大将军霍去病远征匈奴，在此驻军，因缺水，士兵疲竭，霍去病深为焦灼，祈祷上苍赐水。其心诚意恳，结果，霍去病"著鞭出泉"，用马鞭连掘五泉，水涌不已，将士疲惫顿解，以为天助，士气大振，一举大破匈奴。

至今，五泉犹存。后经历代修祠建庙，植树造景，满山绿树相映，泉溪叮咚，殿宇轩昂，气象宏伟。尤其八百年前所铸之泰和钟，体高九尺，口阔两米，重达万斤。其体雄伟，其声洪亮，每日清晨，若敲响时，洪亮钟声在山崖河谷间回响，经久不绝，故"古刹晨钟"素为兰州美景。今钟已移置五泉山上，每逢年节之日敲响，激励金城群众愈加奋发，建设今日之新兰州。

白塔山临黄河耸立，锁金玉两关，是丝路通往西域必经之处，也是拱卫兰州的军事要冲。白塔为元代所建，是佛教东传的产物，曾遭地震，岭塌地裂而塔屹立不动，人皆称奇，故以白塔命山名，现为省级文物保护单位。白塔山附近还有元昊台，为创建西夏国的皇帝李元昊所命名。台下黄土厚达三百米，在世界上也属罕见。

白塔山下的滚滚黄河之上，还有座久享盛誉的黄河铁桥，是通往西域、青海、宁夏的必经之道。早年这里是著名的古渡，汉时开通丝路、商贸驼旅，唐代王维、岑参、王之涣、王昌龄、高适、元稹等众多边塞诗人也是由此西渡。正是由于与

▲兰州黄河边的水车

黄河贴近，感受到黄河那种雷霆万钧之力，诗人们才有"黄河远上白云间""黄河之水天上来"的感叹与描摹。

明洪武年间曾在这里修铁索桥，碗口粗细的铁链飞架黄河，成为万里黄河第一桥。在当时条件下，历三十年才完工，取名镇远桥，历经明清两代，四百年之久。现存黄河铁桥为1909年建成，是继1907年在上海苏州河上建成的外白渡桥之后，国内第二座跨越大河且能通汽车的现代化桥梁。铁桥曾于1954年加固，沿用至今不失风采。

三

兰州作为丝路重镇，汉唐时期，驰驿奔诏，商旅络绎，几度繁华。仅是兰州市区便曾有唐建寺庙两座，一为庄严寺，一为大佛寺。庄严寺正殿观音画像姿容端庄，所披衣裙，轻薄似能透体，足以体现唐代丝绢精美。此画据说出自唐代大画家吴道子手笔。我国现代著名历史学家和社会学家顾颉刚先生1938年在西北考察时，在其著作中记载："大佛寺中，有大佛一尊，乃唐贞观年间所塑，容貌极宽博。寺内藏有明藏经书五千零四十八卷。寺内还有法轮一座，层层宝盖涂以金。"顾先生还记载了兰州庄严寺三绝："一为壁画观音像，相传吴道子之笔，在殿面前；其像以幔蔽之，女像而面极宽阔，与南方所塑观音不同，所画手法极

▲兰州街头小品——牛肉拉面

佳，戴一金钏，诚所谓兜罗锦。一为门外横匾，乃元李溥光书'敕建大庄严禅院'，字体酷似鲁公。一为塑佛像，停匀生动衣褶细叠，临风欲举。——所谓画绝、写绝、塑绝。"之后，20世纪40年代，我国美术界先驱王子云先生前往敦煌考察文物时曾临摹过此画。可惜原画今已毁坏，连庄严寺也面目全非了。

兰州城中古迹还有明代肃王府，后来成为陕甘总督驻节之地。林则徐流放新疆时过兰州，曾来此赴宴，日后在其《荷戈纪程》中记载："其署后院甚宽阔，连及北城，之上有楼曰佛云楼。登楼望北岸诸山，俯瞰黄河，眼界颇佳。"之后，左宗棠坐镇陕甘，又对此进行扩建修葺，亭台池榭，布置得体，加之百年巨树，浓荫遮罩，登楼眺望，远从天际奔腾而来的黄河就在窗下奔流，造成一种磅礴的非凡气势。著名作家张恨水20世纪30年代初来兰州参观过陕甘总督府后说："这个地方，在全国也是精华的一部分。"

四

最为兰州这座丝路重镇添彩的当然要数黄河，从地理学上说无黄河就无兰州，正是黄河造就了兰州这块长达百余公里的带状盆地。我的朋友、甘肃省作家协会主席王家达多次对我说，因黄河水泥沙压碱，浇灌后土地肥沃，沿岸群众历代都用黄

▲兰州雕塑《黄河母亲》

河水浇地。他儿时见到黄河流经兰州一段竟有近百架水车，巨大的木轮在黄河激流冲击下，携带着水花，昼夜不停地转动，在蓝天黄河之间倒映，形成一道壮阔无比的风景。他还讲黄河沿岸林荫处，是寻常百姓寻乐的地方，有大碗茶座和民间草台班秦腔。每每唱腔激越之处，便有观众向演员扔十元一条的被面，唱得越好，获得的被面越多，完了，拿被面换钱便是报酬。听得我热血沸腾，便与王家达约好下次去兰州，好好甩些被面！我觉得最让兰州受益的除了黄河还有丝绸之路的千年文化积淀。兰州不产桑蚕丝绸，清时左宗棠还说"陇东为天下甲苦"，然唐代则是"天下称富庶者，无如陇右"，这是因为丝路畅通，商机使然。这就留下文化记忆，典型如《读者》杂志，无须培养作家，无须自写华章，谁的好，拿来选登就是，捷足先登创造了发行千万份的奇迹。之后，各地仿效，即使比《读者》还《读者》也不行，因为"先入为主"。再就是《丝路花雨》《大梦敦煌》等剧目均在舞台大放光彩，全国也无出其右者。当然，兰州也创造了属于今日的辉煌。

多次兰州之行，给我印象至深的是这座丝路重镇面貌的日新月异，每次来都让人大吃一惊。街道大幅扩宽，高楼成片林立，尤其沿黄河建成长达四十公里的滨河大道，开阔平整，两边林荫如带，入夜霓彩闪烁，一片璀璨，映入黄河，滚滚东去，真让人"疑是银河落九天"了。

黄河岸边，黄河水车、奇石、林带不绝，吸引了不少老人孩子休闲观赏，最吸引人的莫过于那座出自女雕塑家何鄂之手的《黄河母亲》雕塑。

雕塑用的是花岗岩，与四周黄土高原和滚滚黄河保持一种自然的和谐。年轻的母亲正哺育着自己黄皮肤的孩子，母亲端庄秀丽，慈祥坚强，孩子健康顽皮，憨态可掬。整座雕塑深刻表现了黄河是中华民族的母亲河，黄河孕育了中华民族这一寓意和主题。整座雕塑粗犷与细腻结合，两个人物相互衬托，堪称达到经典般完美的艺术雕塑，人们称赞大型雕塑《丝绸之路》展示古城西安汉唐风采，那么这座让人百看不厌的《黄河母亲》也给丝路明珠兰州增添了一道夺目的光彩。

旅途小憩
◇黄河弄水◇

黄河因兰州进入都市，兰州因黄河倍添气势。到兰州若不零距离接触黄河，实为憾事。在兰州长大的友人陈淮讲，早年黄河水大，吞没两岸滩地，正好游泳。少年时代，三伏天气，游完黄河，爬上岸来，在垂柳下遮阴，又去瓜田弄来黄河蜜大饱口福，何等惬意！如今两岸砌护，垂柳砍光，要去黄河弄水，只能花钱乘羊皮筏了。羊皮筏是把羊皮整张扒下，晾干涂油防水，吹胀后利用浮力，八只十只连排载人。黄河中山桥下，正有这样的旅游项目。程序是先花二十元乘冲锋舟逆水而上，从黄河铁桥至上游三公里处河心岛下船，再花二十元改乘羊皮筏顺流漂下。尝试一回，感觉是坐冲锋舟逆水而上如箭出弦，舟尖翘起，穿越晶亮灿黄的浪花之间，惊险刺激。乘羊皮筏则紧贴水面，真切感受黄河波浪汹涌澎湃，仿佛有千钧之力，无坚不摧。浪花不时溅到筏上，打湿衣裤，冰凉渗肤，却又让人感到无限快意！

▲坐落于兰州黄河之滨的《黄河母亲》（何鄂作品）

母亲河的史诗雕塑

一

2016 年 5 月 8 日，是母亲节，也恰逢大型雕塑《黄河母亲》落成三十周年。兰州市举办了隆重的纪念仪式，郑重发布了题为《黄河啊，母亲！我们感恩您，赞美您！》的《兰州宣言》，号召"在这样一个特别的日子里，让我们胸怀一颗仁孝感恩之心，敬爱她，赞颂她，呵护她，守望她！"

《黄河母亲》是 1986 年由我国著名女雕塑家何鄂创作完成的大型雕塑，同年 4 月 30 日在黄河之畔的兰州落成。作品雄浑大气、庄严敦厚，重达四十余吨，雕塑采用花岗岩石，与中国西部黄土高原和从青藏高原奔腾而下的黄河色泽高度一致。雕塑主体由"母子二人"组成，健美年轻的母亲正仰卧着哺育自己黄皮肤的孩子。母亲端庄美丽，孩子憨态可掬，构图完美，自然和谐，深刻表现了黄河是中华民族的母亲河这一深沉博大的寓意。整座雕塑粗犷与细腻有机结合，母亲与儿子相互映衬，又恰好坐落于黄河滚滚激流之畔，益发突出了主题。这是一座堪称达到传世经典的艺术雕塑，让人百看不厌，常品常新，也给丝路明珠兰州增添了一道夺目的、不朽的光彩。

所以，兰州市市长袁占亭在纪念仪式庄严致辞：黄河是中华民族的母亲河，这条奔流不息的大河孕育了一代又一代的中华儿女，也滋养了兰州这片充满生机的土地。让我们向所有的母亲致以节日的祝福，也向《黄河母亲》雕塑者何鄂女士表示崇高的敬意。

大型雕塑《黄河母亲》对于兰州这座城市有非同寻常的意义。

兰州位于黄土高原与青藏高原的衔接地段，正是黄河从青藏高原奔腾而下，冲积出来一条长达百余公里的

▲雕塑艺术家何鄂

带状盆地，为兰州构筑了安身之地。而兰州也成为迎接黄河的首座省城。黄河穿越中华九省大地，唯一穿越的省城便是兰州。在中国没有那座城市比兰州与黄河的关系更为密切，可以说兰州因黄河而倍添风采，黄河因兰州而名声愈显。早在明代万历年间，兰州人段续借鉴南方技术发明了黄河水车，提水灌溉，使黄河沿岸农田大受其益。至清代兰州黄河两岸水车多达三百多架，巨大的水轮飞珠溅玉，宛如彩虹，构成黄河兰州段的独有风景。黄河水车也成为兰州农业文明的标志。

黄河穿越的兰州，自古便为沟通西域要冲，明洪武五年（1372年）在兰州金城关修镇远浮桥，历五百年之久，至清末汽车、火车传入中国，浮桥已无法适应社会发展。1909年，清政府请德国人在兰州修建黄河铁桥，至今已历百年，黄河铁桥也成为兰州跨进现代社会的标志。

改革开放以来，兰州路通高速，空辟新港，高楼林立，变化巨大。

袁占亭市长在纪念仪式上郑重宣告：何鄂女士创作的大型雕塑《黄河母亲》问世三十年来，伴随着这座城市走向繁荣发展，《黄河母亲》以她博爱、慈祥、包容的形象见证了兰州日新月异的发展变化，也给我们拼搏向上给予了精神动力，不仅成为闻名海内外的雕塑精品，也成为兰州拥有"黄河水车""黄河铁桥"等标志之后、兰州进入文明城市的标志。创作了这个标志的何鄂女士理所应该受到全社会的尊重和敬仰。

庆典活动隆重热烈，电视媒体介绍，国家邮政专门印发首日封，展示了崇高的礼遇和规格。一时间，何鄂女士成为社会各界注目焦点，记者争相采访，报刊纷纷载文，各类"访问记""一夕谈""对话""论坛"迭见媒体报刊。

何鄂的雕塑生涯、人生点滴，再次引发社会各界关注。

二

司马迁在《史记·六国年表序》中言："夫作事者必于东南，收功实者常于西北。"史圣的判断显然受到西汉开国君臣刘邦、萧何、韩信等人生轨迹启示。然而，笔者发现两千多年后，收功于西北敦煌者张大千、王子云、常书鸿、段文杰、樊锦诗、李正宇、谭蝉雪、席臻贯等多位大家也皆东南人氏，本文传主何鄂亦不例外。

何鄂原籍江苏金山县（今已划进上海市），何鄂 1937 年在湖北出生，她名字中的"鄂"字就代表了那个长江中游的省份。这年注定要载入史册。7 月 7 日凌晨，蓄谋已久的驻华日军向卢沟桥悍然发动进攻，遭到驻军 29 军官兵的英勇抗击，由此拉开中国人民全面抗战的序幕，上海作为淞沪抗战的爆发之地多次遭日寇轰炸，老百姓已无法生存。何鄂少年时代伴着抗战在漂泊中度过，后全家辗转至古城西安生活。

1950 年，靠"枪杆子、笔杆子"夺得天下的共产党在中华人民共和国建立之初，便在当时的六个大行政区，各设一所艺术学院。西北艺术学院便面向西北五省区所设立。首任院长是"新文学"运动中的"狂飙诗人"柯仲平，副院长亚马、教务长钟纪明，各系主任和老师也大都来自延安鲁艺，经历过战火的磨炼，他们带来一种生气勃勃的学习风气，与建国初期简朴清新的社会风尚十分合拍。

何鄂她从小喜欢画画，她能在十五岁时进西北艺术学院学习，事情还有点传奇。由于在银行工作的父亲喜爱书画，与大画家赵望云是好友，家中常能见到齐白石等名家书画，母亲为知识女性，当过老师，从小受到书画熏陶的何鄂也喜爱上绘画，长辈便让小何鄂带上习作去赵望云家中请教。赵望云不仅是西北局文化处领导，也在西北艺术学院教美术，便鼓励何鄂去学美术。在赵望云的支持下，当时才上高一的何鄂进入西北艺术学院，先是读预科，之后半是好奇半属命运，何鄂成为美术系雕塑专业第一个女生。更加幸运的是教西洋美术史、中国美术史的老师为我国鼎鼎大名的美术家王子云，他留法九年，曾与法国著名雕塑家朗多维斯基共同完成南京中山陵孙中山坐像。1940 年抗战中，王子云担任西北艺术文物考察团团长，对敦煌莫高窟壁画进行过调查和临摹。本书卷二有专章介绍，这里只说由王子云担任老师是何鄂的幸运。名师出高徒，这是规律，使何鄂在一起步便学到西洋与中国美术发展的历史，明白了应该具备的

▲ 1955 年何鄂从西北艺术学院毕业　　▲ 何鄂全家福

修养和目标，从而树立起人生的远大风帆。何鄂曾自豪地说："我是新中国第一批雕塑人，也是当时西北第一个投身雕塑的女性，当时才十五岁。"之后则是对雕塑的"热爱和执着"支撑她走过了这六十多年漫漫求索的艺术之路。

　　1955 年，十八岁的何鄂从西北艺术学院美术系毕业，当时一腔热血，一切听从党的安排。在支援大西北的热潮中，何鄂被分配到兰州，先后在甘肃省工艺美术厂、兰州艺术学院工作。六十多年前，兰州还十分落后，房屋陈旧，电灯昏黄，空气干燥，风沙弥漫，关键是正处在一切物资都短缺的票证时代，吃碗牛肉拉面便是奢侈。好在何鄂从小懂事，沉稳干练，不怕吃苦。她在这座城市恋爱结婚了，丈夫张玄英也是西北艺术学院美术系毕业，比何鄂高一级，在中学教美术，志同道合。不久大女儿出生，更给她们生活增添了乐趣和希望。

　　岂料，孩子出生不久，便进入共和国的历史上极不寻常的严峻时期。三年灾荒，甘肃为重灾区，夹边沟劳改农场、定西孤儿院都是沉重的话题。许多单位解散，全国缩减两千万职工。1962 年何鄂所在兰州艺术学院撤销，人员要遣散。时任艺术学院院长的常书鸿同时也在敦煌文物研究所担任所长，号召老师去敦煌。但当时的敦煌的情况远不能与今天的敦煌热、旅游热伴随的浪漫相比较。敦煌距兰州一千二百公里，虽有兰新铁路相通，其时蒸汽机头，速度慢，设备差，三天三夜到酒泉再转乘汽车，又是几天折腾，才能到达敦煌。敦煌即使对同在一省的兰州人来说也遥远的如同天边。何去何从？女儿才两岁，家怎么办？对何鄂、对小夫妻俩都是严峻的挑战。这期间，何鄂也曾在西安找单位，但解散压缩是全国性的，自然没有结果。在无奈的挣扎时，冥冥之中，似乎有某种召唤，让

▶走上雕塑道路的何鄂

何鄂选择了敦煌。著名作家柳青说过：人生的道路虽然漫长，但紧要处常常只有几步。我们得庆幸何鄂选择的是何等正确，作为雕塑家何鄂若无去敦煌这一步，之后的一切辉煌都无从谈起。遗憾就不仅仅是何鄂了。

三

尽管敦煌对从事雕塑的何鄂来说并不陌生，但真正踏上西行之路，她还是要对敦煌莫高窟从头了解、重新认识。敦煌已在河西走廊尽头，是祁连山积雪孕育的最后一片绿洲，远古已有先民生存，后为匈奴占据。公元前121年，天才将军霍去病"将万骑出陇西"夺得千里河西，西汉王朝"设四郡，据两关"，此为敦煌建置之始。之后，"丝绸西去，佛教东传"，敦煌得佛教东传先机，从前秦建元二年（公元336年）始，一个名叫乐僔的僧人受到三危山夕阳反射启示，在此开凿佛窟，历经东晋到隋唐、明清十几个世纪，尊崇佛教的达官贵人雇用工匠，前赴后继，开凿上千个佛窟，创造出数量惊人的彩塑和壁画，经卷与文书，为研究我国和欧亚众多国家、民族的历史文化交流提供了珍贵史料，也造就了一座举世无双、内容丰富的艺术宝库。

近年，提到敦煌总绕不开清末王道士，把敦煌文物流失的罪名也都推给王道士，但假如发现藏经洞的不是王道士而是红卫兵，结局又会怎样？事实却是藏经洞的发现才引发中外各界的关注，从而导致一门世界性的敦煌学诞生。这门显学有多庞大？按照敦煌学者李正宇的分类，应包括如下分支：1.敦煌史地学；2. 敦煌考古学；3. 敦煌民族学；4. 敦煌宗教学；5. 敦煌艺术学；6. 敦煌民俗学；7. 敦煌语言文字学；8. 敦煌文学；9. 敦煌文献学；10. 敦煌古代科学技术；11. 敦煌文物保护科学；12. 敦煌学。

　　这还是侧重于文字方面的归纳。敦煌艺术宝库的主体是佛窟、佛塑与壁画。千百年里，没有留下姓名的民间画家把人世间的寺庙教堂、亭台楼阁、回廊水榭与佛国极乐世界中的莲花宝座、庭园花坛、佛堂仙境结合起来，绘成壁画，先请进佛祖，再绘上菩萨，环围上天王、力士、仙女、飞天，千姿百态、五彩缤纷、美妙绝伦，只要进入石窟，便如进入天国，庄严神圣，一种完全被吸引、被倾倒、被征服的情感不由自主从心头升起，催人泪下……所以先后到达敦煌莫高窟的张大千、于右任、王子云、常书鸿、段文杰、樊锦诗、李正宇、李仁章、毕可、席臻贯们才会抛亲别家、为之献身，不顾一切地为敦煌呼吁宣传，经过这些"敦煌保护神"几代人、几十年的不懈努力，终于使敦煌莫高窟由研究所而研究院，由学界瑰宝而成为与国际接轨的旅游胜地，成为人皆向往的艺术天堂。

　　但半个多世纪之前，这一切还如同梦境。何鄂告别了已经生活七年的兰州，告别了丈夫和刚刚两岁的女儿，踏上荒凉炽热的戈壁滩，到敦煌文物研究所工作。莫高窟离敦煌县城还有二十多公里，旷野寒郊，放眼望去便是一望无际的戈壁，仿佛天设地造，疏勒河一支脉流正好流经三危山下，创造出这条约三华里的一线绿洲后便潜入地下。唯一的绿色是被诟病的王道士从几百里外的新疆哈密购来栽下的杨树苗，百年过去，树干参天，绿叶遮阴，树上节疤在初去的何鄂眼中仿佛都是眼睛，正对家人望眼欲穿。

　　至于敦煌文物研究所，其时初创，缺水缺电，缺菜缺粮，一切全凭票证，饥饿年代的艰苦非亲历不能体会。对何鄂来说，最大的痛苦则来自家人的分离，对孩子的思念，最深的感受是孤寂。何鄂分在美术组，从事雕塑只有两人，各干其事，工作就是临摹洞窟的佛塑，整天一个人待在冰冷阴暗的洞窟，安静地能听见一张纸掉在地上的声音。当时敦煌研究所只有一辆卡车，负责全所人员的粮食蔬菜补给。整个莫高窟唯一的娱乐是有台留声机，由于安静，在三百米外都能听见。研究所人也不多，好在常书鸿、段文杰等前辈几十年坚守莫高窟便是无声的榜样，何鄂与樊锦诗当时都算年轻人，在老一辈带动下，大家也都认真做事，随遇而安。

　　一个偶然事件却给了何鄂启迪。一次研究所给大家分了些杏子，困难期间已是不错的福利。何鄂没舍得吃，想晒干带回兰州给孩子。翻晒时发现有只蜜蜂叮在杏上，她用树枝赶走蜜蜂时可能伤到了蜜蜂，当时她没在意。岂料，到

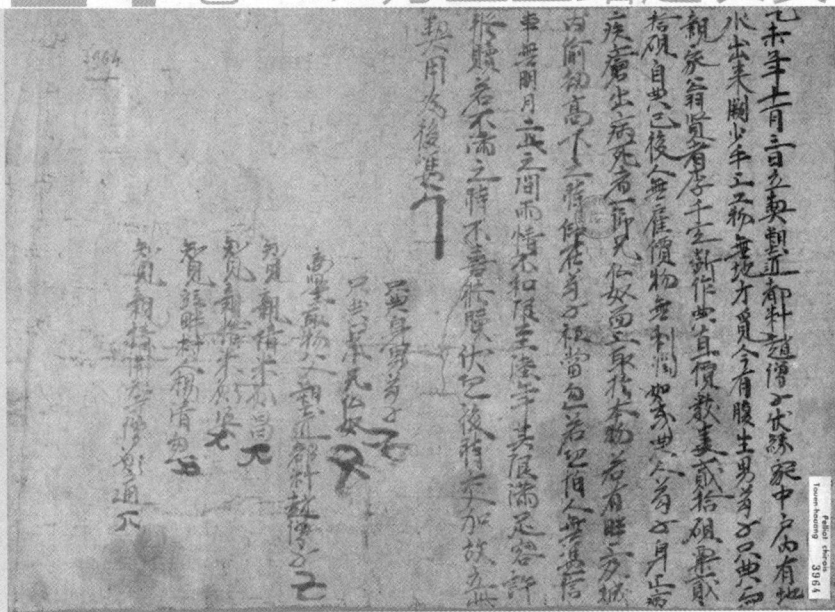

▶敦煌文献——《敦煌赵僧子典儿契》

下午时，成千上万只蜜蜂飞来找她复仇，在她住的宿舍外上下飞舞，封锁了门窗。幸亏她用衣衫包着头脸才逃离现场，否则后果不堪设想。

这件事使何鄂意识到，荒漠中的孤岛并不乏复杂纷扰，也是个生机勃勃的世界。她开始睁大眼睛关注这里的一切。敦煌莫高窟正好为她展示的是人类文明史上最为宏阔丰富的雕塑。仅是 492 个洞窟中，就基本完整地保留着 2414 尊佛塑。这是怎样一尊尊优美的彩塑啊，这一尊面如满月，那一尊眉似柳叶，眼细，鼻秀，身修，臂长，含而不露，美而丰仪；衣纹流动如水，秀手如风拂动；纵然残破，犹存从容之韵；半截手臂，仍有丰腴之美；从高达几十米的巨制到仅十几厘米的微雕，无所不有却绝不雷同，神形兼备又各具千秋，让年轻的何鄂受到前所未有的震撼。

学习过雕塑史的何鄂知道佛教诞生之初，崇拜物只是菩提树及其树叶、鲜花一类植物。但公元 3 世纪印度被希腊人征服后，便出现了释迦牟尼、菩萨等雕塑，很自然地具有希腊人特征，比如高挺的鼻梁、卷曲的头发、明亮的眼睛等。佛教东传之后，逐渐融东方人的特征，比如鼻梁线条的减弱，宽容慈祥的增强，这从敦煌的佛塑中可以得到印证。民间的工匠没有清规戒律束缚，他们塑造的佛像，以接触的寻常百姓或者他们尊敬的长辈为原型，或威严、或慈祥，无不神情动人。那些天王、力士则有男性的健美，表现出不畏权势的正气和力量。佛塑中最为出色的是女性，可以想见工匠基本是男性，他们抛亲别家，在大漠戈壁冰冷的佛窟中，把对妻女的思念转移在雕塑上面，所塑菩萨多为端庄少妇，身段婀娜，气度娴雅，胸臂坦露，微笑传情，让人感受到家庭的温馨。飞天皆妙龄少女，身材曼妙，身姿飘逸，眉眼修长，嘴唇乖巧，又让人生出惜儿怜女的情怀。尤以唐代的彩塑技艺精妙，衣裙薄似轻纱，却有圣洁之感。其中一尊释迦牟尼睡塑，姿态舒展，衣纹流畅，活脱展示生死轮回、安静平和的境界……

只要迈进佛窟，便无法不迷恋、不陶醉，不走进她们中间。"天哪！"何鄂忍不住感叹，觉得能创作这些雕塑的人全是天才。

但敦煌文书中发现的一件关于古代雕塑工匠的契约却使她深受刺激。后唐清泰二年（935 年）《敦煌赵僧子典儿契》分明记载塑匠赵僧子家中被水淹没，衣食无着，无奈之下，将自己未成年的儿子典卖给别人家抚养。这份千年前的典约清楚表明：一方面，大量没有留下姓名的画匠创造了非同寻常的传世经典；另一方面，他们身份卑微，贫困坎坷，寂寞清苦。还有文书表明工匠们一天只有两顿饭，早饭是带水面食，晚饭只有两枚胡饼。敦煌遗书中还有一首诗："工匠莫学巧，巧即他人使。身是自来奴，妻是官家婢。"说明工匠世代为奴，手艺则辈辈传承。

国学大家陈寅恪曾说："夫士族之特点，既在其门风之优美，不同于凡庶。而优美之门风，实基于学业之因袭。"

其实，不仅是文化世家有学业学术的因袭继承，许多行业，比如梨园戏曲、绘画雕刻，乃至包容精绝技艺的各类工匠都由于世代相传而源远流长。由此可以想见，在漫长的历史岁月中，正是那些大量没有留下姓名的画匠，世代相袭，把绘画雕塑技艺推向极致，创造了敦煌莫高窟这座人间罕见的艺术宝库，而他们的命运却是如此的不堪……

不知不觉间，年轻的何鄂浮躁远去，心态平静下来，脚步变得沉稳，困难似乎也算不得什么了。在敦煌的日子，对于学雕塑专业的何鄂而言，最大的收获是渐渐地找到了雕塑专业的归属感，也找到了人生的自信。

她对塑有佛塑的洞窟进行考查、登记和研究，分清塑造的时代和表现出的风格。她先后临摹了 194、197、416 等五个洞窟的敦煌彩塑。这些从北魏到隋唐的彩塑，让她屏气敛息，用心去感受，仔细地研究，再忠实地临摹，从中领略到北魏彩塑的淡雅、恬静、敦厚，唐代彩塑的热情、奔放、灿烂辉煌。何鄂在日复一日的枯燥临摹中，经验也在不知不觉地积累，眼光在无数比较中提高，这种深厚民族文化艺术的直接熏陶，使何鄂的眼界变得开阔，修养获得极大提高，为日后的雕塑艺术创作打下坚实的基础。

何鄂终于迎来期待的曙光。一天，在摹制完一尊天王后，开始摹制第二尊天王时，她意外发现，这一对天王身上居然有十三处不同之处，在那一瞬间她

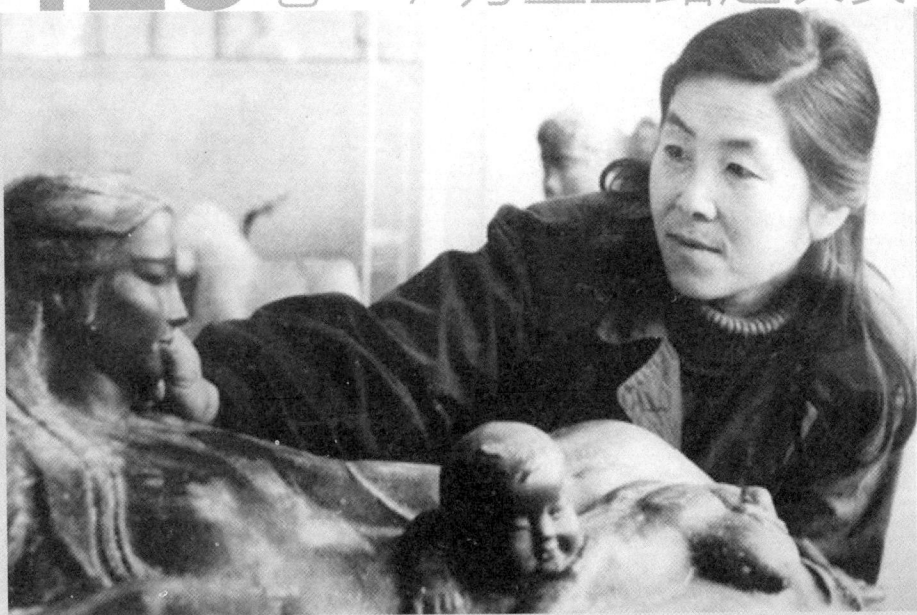

▲何鄂反复修改《黄河母亲》

像被人猛砸了一拳，似乎窥见了千年前的那位雕塑家的心思：我就是要与别人作的不一样！

同样在那一瞬间，开启了她和那些古代雕塑家心灵的对话，仿佛听到那位不知名的雕塑家的倾诉，这令何鄂非常兴奋。从此，何鄂开始认真分析每一尊雕塑的特点，从中去领悟那些古代雕塑家的创造与才华。她自身摹制的技艺也不断提高，尽管是缩小版，也达到酷肖神似、以假乱真的地步。研究所把这些仿制品用于对外交流，引起外宾极大的兴趣，一位日本客人竟三次到敦煌购买何鄂摹制的佛塑。

一件事让何鄂有了另一次感悟。在古都西安的一次中外艺术交流活动上，何鄂看到自己摹制的作品被收存在一本画册中，还清楚地写着何鄂摹。刚看到的时候，她很高兴，觉得自己的劳动受到别人的尊重。但突然之间她感到有点别扭、有点沮丧，开始，并不强烈，但慢慢地却在心头凝聚成了个事。因为何鄂渐渐地想清楚了，尽管她可以把古人的作品临摹得以假乱真，但是这艺术的光芒仍然属于古人不属于她。

这种感悟让她开始反省自己的雕塑道路，意识到作为一个雕塑家如果不去创造，不去探索出属于自己的雕塑语言，就绝不会有真正属于自己的作品。而那些历史深处的艺术家，他们通过自己的作品给后人留下的最为可贵启示，便是两个字——创造。

这种反思其实是平庸和卓越的分水岭，是任何有出息的艺术家必然要经历的里程碑。这也可以说是何鄂在敦煌十二年里最宝贵的收获。

▲《黄河母亲》雕塑与黄河

四

任何一个国家、任何一门艺术为各界民众公认的名作，其诞生过程都有深刻的社会背景。1976 年 10 月，党中央一举粉碎"四人帮"，结束了八亿人八个样板戏的沉闷时代。文艺作为时代的号角，话剧《于无声处》、小说《班主任》、电影《黄土地》、油画《父亲》等拉开新时期文学艺术波澜壮阔的序幕。在朦胧诗、意识流、现代派、流行音乐充分表演之后，恰如真正的名家大腕最后才登场一样，能够弘扬民族文化，成为时代精品的力作终于出现，比如陈忠实的长篇小说《白鹿原》、何鄂的大型雕塑《黄河母亲》。

但何鄂创作《黄河母亲》却并非一帆风顺。

20 世纪 70 年代中期，为了解决夫妻两地分居的困难，已成为三个孩子母亲的何鄂调回兰州，在甘肃省工艺美术研究所工作。

其实，在创作《黄河母亲》之前，何鄂已十分清醒地在雕塑实践中不断探索，寻找着自己的突破口。早在 1978 年夏天，新时期文学艺术开启，进入不惑之年的何鄂就背上雕塑用品和画夹，只身走进了甘南草原。得力于甘肃地形之胜，千里河西、莽莽祁连、莫高窟、麦积山，都为艺术创作提供了广阔天地。甘南草原更是一处神奇之地，背靠青藏，沟通川康，原汁原味保持着藏区习俗。20 世纪 70 年代，画家陈丹青深入藏区，以藏区组画一举成名。但甘南地区的交通不便，道路皆是沙石路面，客运车辆陈旧，沿途食宿困难，尤其是牧区藏民语言不通，条件极差，没有毅力和吃苦精神，绝对无法涉足。但对何鄂来讲，

吃苦耐劳都已不在话下，
她心怀壮志，有备而为，
这次远行，将近两月，她
凭着坚韧与真诚，结识了
一位藏族姑娘和一位藏族
老奶奶。许多年后，何鄂
还清楚地记得，她在藏族
姑娘引导下，进入草原牧
民帐篷，里面一位藏族老
奶奶原本赤裸着上身，见
到她这位陌生人，很自然

▲ 2016 年何鄂获全国三八红旗手标兵称号

地披上宽大的藏袍，看她的眼光里充满慈祥、和善，使何鄂一下想起自己的母亲。
老人宽厚、坦荡，心怀慈悲，尤其粗壮又布满皱纹的双手，给何鄂留下毕生难
忘的印象。一位平凡、刚毅、慈祥又伟大母亲的形象在心中树立，成为何鄂创
作《晚年》的生活原型。

之后，她又先后参观了云岗、龙门、麦积山、兵马俑、乾陵等多处文化遗迹，
凡有雕塑，何鄂就会把存于脑海的敦煌泥塑与之比较，一个朦胧又渐次明晰的题
材涌上心头，欲罢不能，何鄂终于迎来一次真正创作意义上的冲动，这便是雕塑
《巨匠》。为了表达对古代雕塑家的敬仰，她还在塑像背后恭恭敬敬地刻了一行
字：献给古代优秀文化创造者。这个作品获得了 1979 年甘肃省美展一等奖。另
一件表现陇东乡村妇女织绣的作品《绣花女》，由于吸收了民族传统敦煌彩塑和
马家窑彩陶的风格，既有传统性，又有现代感，受到广泛好评，被美术界公认为
何鄂的代表作。另一件雕塑作品《羊娃》则在法国卢浮宫入展，还获得了评委奖。
这些作品的问世，标志着作为雕塑家的何鄂已由单纯的临摹走进了创造的自由天
地，并出手不凡，让人刮目相看。

这期间，何鄂陆续创作了雕塑作品《绣花女》《卖火柴的小女孩》《黑人少女》
《晚年》等。也就是说何鄂在创作《黄河母亲》之前，已在甘肃省美术界崭露头角，
她以扎实的雕塑功底，不断推出极富创意的作品，给陇原大地美术界带来一股
清新刚健的风气，受到观众喜爱，也赢得同行的敬重。此时，对一个雕塑家来
说，在敦煌的阅历，摹制的实践与感悟，犹如祁连山中的积淀深厚的冰雪，春暖
花开，滴水成溪，汇纳百川，峰回路转，已积蓄了足够的力量，只待展示的平台。
机会永远是为有准备的人留下的，何鄂对此深有体会。

▲何鄂作品《和睦》

▲何鄂作品《张芝》

▲何鄂作品《唐乐》

▲何鄂作品《希望星辰之七·失学女》

1985 年，何鄂创作《黄河母亲》的初稿叫《黄河儿女》，意在抒发"追根寻源，继往开来的追求与抱负"，表达甘肃人民世代与黄河结下的不解之缘。初稿有三个人物，在母子俩后面还有一个西部汉子。她几度推敲，感到儿女总是代代交替，而黄河母亲则是永恒的。心中顿时明亮，去掉了西部汉子，形象愈加集中，寓意却更为壮阔。从《黄河儿女》到《黄河母亲》不仅是一件雕塑作品的提炼和概括，更是何鄂在创作道路上的一次极大的、涉及艺术本质和规律的突破与升华。

▲何鄂为作者介绍代表作《绣花女》

▲左起：甘肃省文联原党组书记冯树林、何鄂、作者

《黄河母亲》在形象刻画上，敦煌古代工匠塑造人物的高超技艺给了何鄂极大启发：删繁就简、突出重点。充分调动各种元素，把着力点放在表现东方女性的端庄、善良、朴实、秀美；利用母亲的胸部与腹部的波状线，形成柔美的流动之感；依托在母亲身上的幼儿，取游泳姿态，更给人以母体宽广、无限博大之感；改立式为卧式又与侧畔滚滚流淌的黄河方位一致；就连塑像底部，也借用了新石器时代的河湟彩陶上的水纹与鱼纹，寓意中华民族五千年文明从黄河发源，使整座《黄河母亲》雕像与黄河共同鸣奏起生命的韵律。

反复提炼、反复修改后的《黄河母亲》先是在北京展出，好评如潮。而此时兰州市政府也有意在市区黄河之滨建造能够代表城市精神的大型雕塑，何鄂的《黄河母亲》深得好评，这就为名雕坐落名城提供了历史性的机遇。

▲何鄂深情回顾敦煌岁月

何鄂至今记得，当四十多吨的花岗岩组件用大型吊车在现场组装时，她心都提到了嗓子眼。作为已有多次创作实践的何鄂深知在雕塑室完成的作品，放大若干倍后再组装，由于方位、空间及光线作用会有许多差距，正是这种"差距"让她忐忑不安。直到最后一块花岗岩安装到位，她才放下心来。在制作的八个多月，她坚守现场监制，一丝不苟，如今组装好的《黄河母亲》由于放大，愈加气势恢宏、光彩夺目，几乎无可挑剔。可以说整个雕塑达到经典般的完美，与世界上任何一件表现母亲的名画名塑相比都毫不逊色。

《黄河母亲》雕塑在兰州落成后，其影响远远超越雕塑界和兰州市，赢得国内外各界群众，尤其是海外华人的强烈反响和广泛好评。凡是到兰州的党政要员、海外赤子、游人旅客都要来此参观留影。诺贝尔奖得主李政道、台湾雕塑家李再钤看到《黄河母亲》后激动不已。万里站在《黄河母亲》像前凝思良久，对随行的甘肃省领导同志说："来，来，咱们在母亲的怀抱里照张相。"赵朴初携夫人来到《黄河母亲》雕像前，也由衷吟诗赞叹。兰州市几乎家家户户都有在《黄河母亲》雕像前的全家留影。可以毫不夸张地说，《黄河母亲》对我国城市雕塑的发展产生了"革命性"的影响，成为我国城市雕塑的一座名副其实的里程碑。

雕塑了《黄河母亲》的何鄂希望听到的是哪怕一星半点的批评和建议，但是没有。她不放心，有几个月，下班一有空闲，她都不由自主去《黄河母亲》像前转悠，没有人想到这个衣着寻常的中年妇女和这座伟大雕塑之间有什么关系。直到一天，一看就是兰州人的一伙女人来到《黄河母亲》前，一个老奶奶指着雕塑的孩子用兰州话说："这不是我们家铁蛋嘛！"

所有在场的人都笑了。这下，何鄂放心了，她明白《黄河母亲》已经融进兰州市的千家万户，也融进了这个时代。

▲为铭记敦煌岁月何鄂创作的《巨匠》

五

1994年，五十七岁的何鄂又处于人生十字路口，面临抉择。根据相关政策，拥有高级职称的她可以继续担任甘肃省工艺美术研究所所长，但为培养新人，她决定退休。此时，一方面《黄河母亲》获得巨大声誉，功成名就，她完全可以含饴弄孙，安度晚年；另一方面，作为雕塑界资深专家，何鄂从改革开放后的宽松环境预见到雕塑艺术即将进入中国历史上最好时期，没有比自己做主干想干的事更为惬意。她毅然决定成立何鄂雕塑院，至于场地、资金、项目、人手等种种困难，别人想着都头皮发麻，何鄂却胸有成竹，不是她会变戏法，而是善于从教训中总结经验。

20世纪90年代，何鄂去深圳参观雕塑展览，当时所里经费有限，只敢住每晚二十元的招待所。那天有去珠海的参观券，却没有车送。别人告诉她街上有"招手停"很方便。但那时，她久居内陆，观念保守，想的竟是人家凭什么给你停车！眼看一辆辆面的开过去，时间也不停逝去，但手臂却如同灌了铅，沉重得怎么也举不起来。眼看时间已不多，她终于鼓起勇气，对一辆面的招了手，没想到面的马上就开过来停下。她上车后才发现司机一面开车，一面盯着路边看谁招手。根本不存在"凭什么给你停车"的问题。

▲ 何鄂对雕塑作品一往情深

　　她由此总结出的经验是人生最大的障碍其实都来自身，那一步只要跨出去便会天广地阔。她顶着各种置疑和艰难，利用一家木器厂的库房成立何鄂雕塑院，从开始就以"弘扬民族文化，创造时代精品"为建院宗旨。这其实也是她多年在雕塑艺术创作上的追求与目标。雕塑院建立以来，历经艰辛，披荆斩棘，终于带出拥有二十多名骨干的团队，先后完成了一百六十余项各类大、中型城市雕塑，如《黄河·黄土》《成吉思汗雕塑群》《边塞新乐章》《和睦》《梦境》《艾黎何克与中国孩子》等等，这些雕塑作品分别坐落于北京、上海、长春、乌鲁木齐、包头、鄂尔多斯等十八个城市。仅甘肃省，从陇东门户天水到河西尽头敦煌，延绵千里的陇原大地，就有二十五个市县矗立着何鄂的雕塑作品。

　　转瞬之间，二十多年过去，何鄂雕塑院由小到大，几经搬迁，更上层楼。我经甘肃省文联原党组书记、书法家冯树林介绍，与何鄂取得联系，由兰州军旅作家冯德富引导，在位于雁滩新开发的欧式格林小镇，找到何鄂最新的雕塑院。何鄂刚从敦煌回来，她的团队承办了2016丝绸之路（敦煌）国际文化博览年会的雕塑展，力作荟萃，名家云集，为敦煌首次承办国际盛会增添无限光彩，赢得各方肯定和赞赏。载誉归来的何鄂，根本看不出来是年近八旬的老人，她身着普通服饰，举止从容优雅、精神矍铄、步履轻快、思路清晰，言谈则简洁明快，如同所有永远沉迷于创作的艺术家，对自己付出心血的作品充满情感，领着我一处处地看，一件件地介绍。

何鄂雕塑院上下两层，有六百多平方米，从楼上到楼下，摆满何鄂六十多年创作的大大小小的雕塑作品，有她的成名作《黄河母亲》、有她的代表作《绣花女》、有铭记敦煌岁月的《巨匠》、有对草原老奶奶深切怀念的《晚年》、有她引以为自豪并被业界誉为创造了新时期雕塑奇迹和"何鄂模式"的《成吉思汗雕塑群》，还有她最钟爱的一组不同年龄、不同民族、不同家庭环境的少年儿童……俨然一座别具风采的雕塑博物馆。

对每一件作品，她都无比钟爱，从素材的来源、创作的过程、突发的灵感、意外的感悟、心血的煎熬、最终的升华，如数家珍，侃侃而谈，至于那数不清的奖项和荣誉，却完全忽略不计。也许，在何鄂眼中，那只不过是她六十多年雕塑生涯的印迹和脚步的记录。

听着这些由心血凝成，由心底流淌出来的关于艺术、关于人生、关于大千世界的倾诉，让我意识到已经准备好的任何提问都属多余。

我已经感觉到，对于眼前这位年近八旬，历经六十多年的创作生涯却依然保持着旺盛生命状态的雕塑艺术家何鄂来讲，生命不仅在于运动，更在于创造。她的一生都会在创造中度过，因为这是她喜欢做的事情，也是她喜欢的生活状态。诚如女作家陈学昭所说：工作着永远是美丽的。

▶ 黄河景泰绿洲

黄河古渡越天险

一

　　丝绸之路离开汉唐古都长安，一路西行，无论是走北线、中线，还是走南线，都要面临一个避绕不开的问题：从青藏高原奔腾而下的黄河如巨龙横在眼前。中国地形由地球第三极青藏高原到东南沿海，西高东低，所以发源于青藏高原的长江、黄河也莫不向东流，隔断的是南北交通。但偏偏黄河从兰州到银川却是由南朝北流淌，隔断的是东西交通。黄河也就成为隔断青藏高原、河西走廊与西域新疆的一道天险。到了兰州，若要继续西行，无论去西宁还是去新疆都必须先渡黄河。现在当然不成问题，仅在兰州越渡黄河的铁路、公路桥梁就有四五座之多，几乎没有人把渡黄河看成一个问题。

　　但是古代呢？我在踏访丝绸之路时，曾多次思考过《史记》上的记载：元狩二年（前121年），春、夏两次以冠军侯去病为骠骑将军，将万骑出陇西，大破匈奴，使千里河西归汉。这个重大的历史事件，史学界并无争议，但霍去病从哪儿过的黄河却让人生疑，万人万骑要过黄河，当然过桥最为便捷。但黄河有桥的最早记载见《许氏方域考证》，说西秦时曾在黄河造过"飞桥"，地址是在古临津关，只说"桥高五丈，三年乃就"。那也是霍去病过黄河六百多年后的事情。从桥上

▲黄河古渡沿用至今的羊皮筏子

过黄河当时绝无可能。那么乘船呢？黄河上游人烟稀少，何况从先秦始黄河以西便是游牧民族的天下，氐羌、吐蕃、吐谷浑、匈奴都先后占据黄河以西的广大地盘，秦王朝的西部边界只在今甘肃临洮。黄河以西在古人眼中便属西域。"西域"最早出现在《史记·卫将军骠骑列传》中，称"骠骑将军率师攻匈奴西域王浑邪"。随着汉开河西，"设四郡、据两关"，唐拓疆土，设安西四镇，到清乾隆时期，随着对新疆准噶尔政权及大小和卓叛乱的平定，疆域直追汉唐，清代《西域图志》才赫然标明"其地在肃州嘉峪关外，东南接肃州，东北至喀尔喀，西接葱岭，北抵俄罗斯，南接番藏（青海、西藏），轮广二万余里"。即指今天新疆包括被沙皇俄国强行割去的巴尔喀什湖以东以南的五十一万平方公里。这应该是汉唐以来，西域历尽沧桑，在国人心目中定型的"西域"概念。但这是后来的事情。

问题再回到霍去病的征战大军从哪儿过黄河的事上。既然当初中原农耕民族与游牧民族以黄河为界，黄河天险也正好成为保护农耕的屏障，设立有专门渡船的渡口即便有，过河也只可能是就地取材，采用羊皮筏子。事实在黄河上游羊皮筏子沿用至今。但绝不可能有那么多船供霍去病的征战大军渡河。况史书记载，"转战六日，过焉支山千有余里"。霍去病"将万骑出陇西"，加上武器、粮草、给养，采用羊皮筏子也来不及呀！

联想 1935 年 10 月由红四方面军组成的西路军 21800 多人，在徐向前、陈昌浩领导下西渡黄河失败，幸存的将领程世才和李天焕，写过一本报告文学《气壮山河》，讲西路军是利用十六只渡船，在甘肃靖远虎豹口古渡过的黄河。全军仅是渡河就用了五天五夜。霍去病却"转战六日，过焉支山千有余里"。焉支山

▲ 黄河第一桥

在今天河西走廊山丹境内，距黄河有千里之遥。西路军 21800 多人，渡河就用了五天五夜，霍去病万人万骑即使有船，渡河时间也不会少于西路军的五天五夜，还谈何"转战六日，过焉支山千有余里"。

我又想那霍去病是否利用黄河结冰，直接踏冰而过呢？北宋时，金人铁骑便多次利用黄河结冰南下劫掠，但《史记》却明确记载，霍去病是元狩二年春、夏两次将万骑出陇西的，春夏时节，黄河不会结冰，也就无法踏冰而过。霍去病究竟如何西渡黄河，成为困扰我的一个问题。

二

"君不见，黄河之水天上来，奔流到海不复回。"李白的千古绝唱表明，没有哪条河流与华夏民族的关系如此密切。黄河全长 5464 公里，流域面积约 752443 平方公里，是中国境内仅次于长江的河流。它发源于青海省巴颜喀拉山，呈"几"字形流经青海、四川、甘肃、宁夏、内蒙古、陕西、山西、河南、山东九个省区。由于河流中段流经中国黄土高原地区，因此挟带了大量的泥沙，所以它也被称为世界上含沙量最多的河流。水利专家黄万里曾精确计算，认为黄河流经土质疏松的黄土高原，虽然携带了大量的泥沙，但为下游冲积出一块面积达二十五万平方公里的肥沃平原，这对于一个人口众多、可耕地面积有限的国家和民族来讲，是天赐福分。

另外，在中国历史长河中，黄河是华夏民族最主要的发祥地之一。炎黄二帝

▲黄河源牛头碑

和夏、商、周三代都在黄河流域萌生、发展、繁荣，古代先民创造的所有文明都与黄河相关。在华夏民族的形成过程中，黄河产生过举足轻重作用和无与伦比的影响，黄河流域也当之无愧是中华民族的摇篮。作为一条曾经承载过华夏民族萌生、发展、兴旺的大河，古往今来，大量有关黄河、黄河古渡、黄河儿女的黄河歌谣数不胜数，为我们记录了黄河的兴衰，黄河的荣誉和骄傲，自然，也难免有无法忘怀的伤痛。比如抗日战争中，这个古老的民族采用古老的谋略，"壮士断腕""宁为玉碎，不为瓦全"，以水代兵，以数百万民众丧失家园的代价，在黄河花园口决堤，愤怒的黄河一泻千里，有效阻止了日军进攻，使日寇最终没能进入潼关，黄河哺育的华夏民族最终取得胜利。

说不尽的黄河留给我们无数的未解之谜。仅是一个霍去病究竟如何西渡黄河便让我在十多年中，二十多次的西行中思量不已，甚至关心起所有的黄河古渡。

在黄河中游，黄河激流冲刷拍打着秦晋交界的晋陕峡谷，黄河艄公在惊涛骇浪中，稳掌船舵，他们袒胸赤膀从胸腔深处吼出的号子，昂扬苍凉，响彻黄河九曲十八湾的河道，也自古就吸引着秦晋交好，吸引着黄河两岸儿女的友好往来。黄河割断两岸，渡口却让天险变为通途。黄河从上游到下游，有风陵渡、大禹渡和茅津渡三大著名渡口。自古到今，便是山西、陕西与河南的往来要地和客商码头，地理位置十分重要。甚至，中国东西部分界便由此划分。中华大地，自汉唐拓疆，东西延绵万里，自然就有东西南北的方位区划。若按地形划分，西部通常是指黄河与秦岭衔接处，即陕豫交界的风陵渡以西，含陕西、宁夏、甘肃、青海、新疆、重庆、贵州、云南、四川、西藏等广大地域。风陵渡位于黄河从北到南继

▲作者探访玛多黄河源头

▲兰州明代镇远桥铁柱

而从西折东的转折处，正好成为地理连接点。

自然，早在秦汉时期，中原王朝的地理版图还仅限黄河以东。

所以，当年霍去病西渡黄河只能是黄河的上游，青海、甘肃、宁夏境内的某一个渡口。从青藏高原上奔腾而来的黄河究竟诞生过多少渡口，典籍方志中记载的注定不可能是全部。不仅如此，对黄河渡口的关注还引发了我对黄河源头的兴趣。

从近年《中国国家地理》得知黄河源头的情况发生很大变化，不容乐观。扎曲、约古宗列曲、卡日曲三条小溪组成黄河最初的源头。曲在藏语中就是溪水河流。扎曲水量最小，一年多半时间干涸；卡日曲以五个泉眼开始，最长流域面积也最大，从不干涸，被科学家认定是黄河的正源；约古宗列曲仅有一个泉眼，但水还不断。这三条小溪最初汇聚于一个东西长四十公里、南北宽约六十公里的圆形盆地，形成一百多个大大小小水坑和水塘，灿若繁星，故被称为星宿海，也被用来表示黄河源头地区。由于无人类开发惊扰，灌木成片，牧草茂密，鱼类繁多，水鸟成群，草滩上还有黄羊、野驴出现。

黄河上游最大的湖泊是扎陵湖与鄂陵湖，位于青海高原玛多县境西部。鄂陵湖东西长 35 公里，南北宽 21.6 公里，面积 526 平方公里，湖面海拔 4294 米，水深平均 8.9 米，蓄水量 46 亿立方米。扎陵湖东西长 35 公里，南北宽 21.6 公里，面积 526 平方公里，平均水深 8.9 米，蓄水量达 46.7 亿立方米。鄂陵湖与扎陵湖由一天然堤相隔，被称为姐妹湖。

毕竟，百闻不如一见，我曾六次去青海，三次去甘南，两次探访黄河源头地区。打开青海省地图就能清楚看到黄河从青海省巴颜喀拉山发源，在上游星宿海汇流

▶ 作者在宁夏河套

成河，又于玛多县境扎陵湖、鄂陵湖汇成湖泊，积蓄了最初的力量向东南方向一路奔腾而下。迎接它的第一座县城便是玛多，藏语译意为黄河沿，从文成公主进藏至今一直沿用至今，这是唐蕃古道上重要的渡口。据介绍早年冬季踏冰过河，或用羊皮筏过河，水枯时节，牛羊便能直接踩水过河。如今一座钢筋水泥大桥已横卧黄河，因为沟连着青海、西藏、川康与云南的214国道从此经过，这条国道几乎穿越了藏区东南腹地，也沟通着黄河源玛多县和鼎鼎大名的玉树，这桥上也就车水马龙，相当繁忙，被称为"天下黄河第一桥"。玛多这个草原深处的县城由此也获得"黄河首县"的美誉，每年都有不少游客、画家、摄影发烧友来此探访。

自从疑惑霍去病如何西渡黄河就引发了我就对黄河渡口的关注，还产生了探访黄河源的念头。先是2004年去了甘南的玛曲，那儿是黄河首曲所在，探访领略了黄河第一弯的丰采。蹉跎至2011年7月，才约上古建筑专家卢惠杰、作家吴全民，一行三人来到青海黄河源所在县玛多，实现探访黄河源的愿望。

自然，我们对黄河源的探访不能同科考队相比，从《中国国家地理》得知，仅是星宿海上游三条支流的探访，就需一个星期左右，完全骑马，食宿无着，都不是我们能够做到的事情。我们的目的就是到"三江源"自然保护区的核心地玛多县，再去距县城九十公里的鄂陵湖与扎陵湖，因为那儿山顶上耸立着牛头碑，碑上有胡耀邦与十世班禅分别用汉、藏文写的"黄河源"。这对我们来讲，就足够了。

这次行动前后历时十天，应该说十分顺利，我们看到了如大海般蔚蓝广阔，近六百多平方公里，水深达三十米，蓄水四十三亿立方米的鄂陵湖，上面的扎陵湖，略小一点，也蓄水三十多亿立方米。我们实在庆幸，看到黄河母亲在这儿积

▲ 临津古渡存留的烽火台

▲ 作者在磴口古渡

蓄的"私房家底"。我们还看到藏羚羊、藏野驴、黑颈鹤、野鸭子等珍稀禽兽，看到十分辽阔平坦好玛多大草原。在这儿，黄河像一条小溪，在草原上蜿蜒。准确地说黄河上的第一个渡口应该是鄂陵湖和扎陵湖的连接地段，那里的河水清浅，河床也不太宽，藏民放牧的牛羊可以直接踩水渡过黄河，没有任何障碍。我不由想起千百年来，人们为渡过黄河，所采用的种种办法，从直接踏冰到羊皮筏子，从西秦垒石压木修桥到明万历时在兰州所修铁索浮桥，再到风陵渡黄河铁桥，为渡过这条大河，我们的祖先用尽心血与智慧。

三

在先后去过黄河上游的青海、甘肃、宁夏，亲眼目睹了黄河第一渡、玛多第一桥、永靖莲花渡、积石临津渡、兰州金城渡、靖远虎豹渡，以及宁夏磴口渡等多处古渡口后，关于霍去病的征战大军从哪里过黄河的命题，在我心中变得日渐

▶ 霍去病到达的古居延的胡杨

▶ 黄河壶口

明晰。如果再设身处地替霍去病思考，霍去病十八岁征战，正属初生牛犊不怕虎的年纪，血气方刚，汉代又是一个气吞八荒的时代，兵贵神速，选择较大支流尚未汇入黄河的上游，趁水势较小直接涉水过河，进入青海境内，再沿大通河越祁连山，进入河西走廊，这样才有可能在六日之内"过祁连、抵焉支山"，突袭匈奴，夺得千里河西。俗语"马浮江，牛浮海"，意思牛马都有一定的涉水本能，若组织有序，选择河水平缓无激流险滩之处，涉渡黄河是可能的事情。我在西藏博物馆看到一张骑兵骑马涉渡长江上游沱沱河的情景，图片是1951年解放西藏时西北军区骑兵团从青海方向进入西藏，从图片上看其河口水量不比黄河少。这说明战马直接渡河有可能性。

若这些理由成立，霍去病当年渡过黄河的渡口，只能是临津渡。

这个推测得到了证实。一位曾在河西走廊驻军任过团职干部的文友，送我一本由原兰州军区编印的《西北历代战争汇编》，其中收入的战例就有霍去病两次河西之战，并画有进军路线图，赫然标明公元前121年霍去病万人万骑，正是从

▲晋陕峡谷黄河冰凌

临津渡过黄河，沿大通河谷，经扁都口，穿越祁连山，采取突袭方式战胜匈奴。同年秋天，第二次进兵则从北地（今甘肃庆阳）出发，从宁夏境内的磴口古渡过黄河，直扑今内蒙古额济纳旗（即汉时古居延）再南下，采取迂回包围战术，一路横扫，至酒泉大获全胜，犒赏三军痛饮美酒，此亦是酒泉来历。

霍去病两次进军路线我都走了一遍。2004 年 7 月，从临津渡过黄河。自然今天已有钢筋混凝桥梁，汽车几分钟便穿越天险黄河，沿西宁至张掖的 227 国道，从大通河谷进入祁连山，全程两百多公里。从扁都口出来，正好是河西走廊最为开阔的张掖绿洲，焉支山便在山丹县境，这条路线便捷且隐蔽，以霍去病血气方刚，建功心切的精神，带领快速骑兵，一两天急行军是完全有可能穿越祁连山，达到突袭匈奴的战略目的。2008 年 10 月，从陕北走三边，经宁夏沿中蒙边境七百公里腾格里大沙漠，从早到晚，在夕阳的余晖中赶到额济纳，陶醉于胡杨林的欢乐至今难忘。也真切感受到两千多年前，霍去病这位天才将军选择路线是何等智慧和出人意料，也真切感受到汉唐时期人们那种不惧困难，积极进取的豪情壮志。更值得庆幸的是，就是从那时起，中国西部偌大的疆土真正进入了祖国的怀抱。

卷二／河西走廊多诱惑

作者多次考察察西部及河西走廊路线示意图

▲草原牧民

河西回纥通商道

一

横贯欧亚大陆的丝绸之路，持续千年之久，其中有相当长的时间是由盘踞河西走廊或漠北草原的游牧民族来经营、控制的。因此，谈及丝绸之路，就不能不谈及丝路之上的游牧民族。

比如回纥，这是古代蒙古高原上游牧民族零丁人的后裔，先后受到匈奴、鲜卑、柔然的统治。这反而激起其自强和反抗并不断壮大，总人口最多达十几万，拥兵五万，分九部，被称九姓回纥。唐时改称回鹘，与唐王朝交好。唐初，回纥首领菩萨，谋勇兼备，受到部族拥戴。公元627年，在唐与东突厥的战争中，菩萨率五千回纥骑兵进攻东突厥，追击至天山，大获全胜，对唐王朝灭东突厥起了不小作用。回纥主要生活在蒙古高原的西北部和漠北一带，那里并不生产丝绸，回纥人自己使用或运往罗马欧洲的丝绢，主要由唐王朝提供，回纥则以马匹交换。这便是常被史籍记载的伴随着"茶马互市"的"绢马互市"。

二

回纥是唯一没有同中原王朝发生战争的游牧民族。他们的可汗有十一位接受过唐王朝的册封，唐王朝也把四位公主嫁给回纥可汗。受中原汉文化影响，或者说回纥高层已有通晓汉文的官员，回纥在唐时专派使臣朝见唐德宗，要求把"回纥"更名为"回鹘"，取"回旋轻捷如鹘"，意思他们如同天空大鸟鹘一般矫健。他们当时是臣属于唐王朝的部落，唐王朝对他们优遇有

▲历史上胡商始于牛马交易

嘉，常常赐予他们大量丝绸金银、粮食和茶叶。唐王朝发生"安史之乱"时，回纥曾派兵协助平叛，并收复两京。

这个时期，历经八年战乱，唐王朝由盛而衰，实力大减。而回纥则正处兵强马壮的上升时期，尾大不掉，唐与回纥关系发生了微妙的变化。

新旧《唐书》皆载，回纥自恃助唐平叛有功，不断要求用马来唐易绢。这种交易对回纥有利，对唐则少利或无利。因为交易并不公平，一匹马可换四十匹绢。汉唐时期，中国丝绸在罗马与黄金等价。即一两丝绸可抵一两黄金，一匹绢重二十五两，就是二十五两黄金。唐代一两黄金值银十两，一两银则可购一匹绢，这样换算倒运之间，利润便可高达两百余倍。

这也正是许多欧亚商人不远万里，穿越荒无人烟的大漠戈壁，甘冒风险来中国贩运丝绸的根本原因。

由于当时草原面积广大，水草丰茂，占据着大小兴安岭、蒙古高原与漠北草原的游牧民族养马则是相对容易的事情，都争相与唐王朝以马易绢，形成所谓"绢马互市"。

当初，唐王朝与回纥开展互市，也含有答谢怀柔的意思，而回纥却抓住这个

机会，每年以十万匹马来易绢，实际类似今日国际贸易中的"倾销"。

其时，唐王朝平息安史之乱的战争结束，对战马需求减少，由于战乱生产力又受到很大破坏，国库空虚，根本拿不出那么多绢来易马。所以《新唐书》上说："蕃得帛无厌，我得马无用，朝廷甚苦之。"

从这段记述可以看出，这种不公平的交易简直成了唐王朝的灾难！积欠回纥马绢高达一百八十万匹。用今天的话说就是赤字攀升，债台高筑。

▲从出土的陶俑看胡商贸易

三

回纥原是穿皮毛、食牛羊、逐水草而居的游牧民族，之所以贪得无厌地与唐王朝以马易绢，根本原因是利益驱动。另外一个原因是唐平定安史之乱时，抽调了河西精兵平叛，青藏高原的吐蕃人乘机占据了河西走廊和塔里木河流域，使汉唐以来传统的丝绸之路中断。沟通欧亚的商道不得不北移，沿回纥占据的蒙古漠北一带，翻越阿尔泰山再进入中亚和欧洲，此路也被称为回纥道，与古代的草原丝路方位大致相同。回纥人正是利用这一良机，坐享其成，把自己占据的地方变成了一个"自由贸易港"。把从唐王朝得到的大量丝绸通过西方商人运往欧洲，又把他们带来的货物发往中原，这样一进一出，全是暴利。

史学家们计算，回纥控制草原丝路达八十年之久，向唐王朝倾销了三百万匹马，换回了两千万匹丝绸，不仅刺激了养马业的快速增长，也促使了回纥从游牧向定居经商发展。在中原先进的农业、水利、冶铁技术传播和影响下，已有回纥人定居从事农耕，考古发现有铁犁铧。考古专家还在漠北（即今蒙古国境内）发现多处回纥人居住的城镇遗址。特别是位于鄂尔浑河畔的回纥都城遗址，规模宏大，街道整齐，宫殿建筑华丽，还有浴池遗迹。城池占地达二十五平方公里，残存的瓦当、滴水及建筑风格都明显受到唐长安城影响。从发掘的多处遗址看，在回纥境内出现了不少固定的城镇，这些城镇修建了大量供来往客商马帮食宿的客栈、酒肆、茶楼。农业和手工业也开始兴起，尤其锻炼出了大批经商能手和干练的经纪人。他们不仅往返于欧亚之间，还直接去唐王朝京都长安经商，不少人还在长安城中置房产，开店铺，出入酒肆茶楼。如同今日北京城里的浙江村、安徽村一样，在长安城西门外也有了回纥人聚居而成的回纥营，成为延续至今的西安市西大街一带的回民先祖。

四

但事物总有不可逆转的内在规律，回纥丝路的开通，绢马互市的繁盛，使回纥汗国迅速暴富，贫富差距也迅速拉大。回纥贵族们像没有多少文化修养的暴发户一样，飘飘然找不着北，整日酒池肉林，夸富比阔，连可汗议事大厅都配备美女，比中原王族女子穿着还要华丽。"上有所好，下必附焉"，整个社会风气迅速败坏。贵族们争权夺利，尔虞我诈，一个原本风俗敦厚生机勃勃的马背民族，被搞得乌烟瘴气，削弱了综合国力，也播下了亡国的种子。

公元9世纪初，回纥国发生内讧，先是首领可汗被其弟杀掉，接着汗国丞相又密谋篡位，引发一连串的互相残杀。其中一位叫勾录末贺的将军，索性内外勾结，串通与回纥素有矛盾的黠戛斯首领。黠戛斯也是北方草原的游牧民族，有资料表明是柯尔克孜族的先祖。在长达千年的岁月中，游牧民族也如中原王朝，各种势力此消彼长，是常见事情。偏巧蒙古草原又连降大雪，牲畜大量死亡，发生瘟疫，回纥正危难之际，黠戛斯部落的十万铁骑由于回纥将军勾录末贺的引导，乘虚而来，大破回纥汗国。已在蒙古高原生活了几个世纪的回纥人只好放弃家园，被迫分裂为三支西迁。一支流落至河西走廊，王廷设甘州（张掖），被称"甘州回纥"或"河西回纥"，后与祁连山中唐古特人（藏民一支）及当地民族融合为今日的裕固族。现设有肃南裕固族自治县，因临近青藏高原信仰藏传佛教。一支长途迁徙至帕米尔高原以西的中亚。帕米尔高原海拔四五千米，遍生高寒野葱，故古称葱岭。这支回纥亦被称为"葱岭西回纥"。一支在今吐鲁番高昌附近定居，被称为"高昌回纥"。

整整一个世纪后，逐渐恢复重新崛起的葱岭西回纥东返喀什噶尔，建立了新

▲当年西迁的回纥人是新疆维吾尔族的先祖

的王朝，把伊斯兰教奉为国教，发动战争，统一了全疆。在西迁的回纥中，有两支流入新疆，在新疆人口中占有了较大比例。生活在新疆的游牧民族与同样游牧的回纥人在语言、心理、习俗上多有相近之处，很容易融合，逐渐成为新疆的主体民族。元代时，他们被称为畏兀尔，也就是今天新疆维吾尔人的先祖。

天山南北的大片草场和绿洲为他们提供了放牧牛羊和定居农耕的可能，商业和手工业也渐趋发达。至今，在维吾尔族聚居生活的南疆城市喀什，商业的繁荣与手工业的发达依然蜚声中外。这种善于经商的天分与河西回纥路在丝绸之路上经商经验不无关系，这种文化记忆，若追溯起来，还能找到先民遗风。

这表明，草原回纥路和绢马互市的开辟在维吾尔族的历史演变中有极其重要的划时代的深刻意义。

▲乌鞘岭上的烽燧是进入河西走廊的标志

河西走廊：丝路锁钥

一

　　河西走廊因处丝绸之路关键地段，被史家称为丝路锁钥。我们有必要对其地理位置、山形地貌、历史沿革、城镇变迁以及历代先贤做尽可能详细的介绍。河西走廊位于中国西部甘肃境内，打开地图便可看到，甘肃省版图轮廓像中国古代的一柄中间细长两头宽阔的长长的如意，又好像一位拳击手伸出胳臂打出的一只拳头。早在两千年前，霍去病率汉军"将万骑出陇西"，便犹如一只铁拳大破匈奴，河西走廊首次划进中原王朝版图时，便被史家称为"张国臂掖"，并由此命名河西名城张掖。这条长达千余公里，宽几十公里到百余公里的狭长地带，南边是逶迤不尽的祁连雪山，这是甘肃与青藏高原之间多条东西绵延山脉的总称。走廊北边则是龙首山、合黎山，与蒙古高原相连，也正好挡住来自北国的风沙。这样，从兰州过黄河，经永登，从我国气象标志山脉乌鞘岭开始，经过武威、张掖、酒泉、敦煌等历史名城，越过玉门关、阳关两道名关，直到与西域新疆接壤的大片戈壁，形成了一条名副其实的地理长廊；又因这条长达一千二百多公里的天然走廊在黄河以西，故称河西走廊。这在世界地理地形上也是绝无仅有的特殊现象。

▲祁连山的天光云影

二

出兰州城过黄河西行，车过永登，便见两边山岭逶迤不断，尽皆缓坡慢岭，与陕北黄土高原类似。一路慢行，空旷苍凉，已有牧区景象，胸口亦微感压迫。爬上制高点，见路边养护段墙壁大书乌鞘岭，方知此山岭海拔近三千米，是影响我国气候的山岭之一，在天气预报中常被提及。因其坐落西北高原，不显其高大，以此高度，若是在秦岭，当是高山之巅了。这里属天祝藏族自治县。下车拍照，空气稀薄，气温骤降，只能迅急离去。后知乌鞘岭系乌梢林之讹，早年山岭遍生丛林，清代还很茂密，后砍伐放牧，唯剩光秃山岭，便只能称乌鞘岭了。

越乌鞘岭，便真正进入了一条两山夹峙长长无尽的走廊。南边横亘着祁连山、焉支山。焉支山据说是胭脂山的讹传，早年此山野花烂漫，艳若胭脂。当年汉武帝打败匈奴，夺得河西时，匈奴曾有"失我胭脂山，使我嫁妇无颜色"的哀叹。我国美术界先驱王子云先生20世纪40年代曾来此地考察，后著文说："祁连、焉支两山，一是白雪皑皑，一则红胭似花。"景色之美，可与上述匈奴谣相对照，说明歌词的真实。

走廊北部的龙首山、合黎山由于来自蒙古高原风沙侵蚀，山势低矮平缓，但也形成一条屏障，减弱了北部沙漠南侵。与之相对，走廊南侧的祁连山则称得上是崇山峻岭。它时近时远，时而巍峨高耸、隐没云天，时而却像堆积于戈壁之上的微型积木，若整体运回，真可做城市街头雕塑。从兰州、武威、张掖、酒泉直到敦煌，祁连山一路拱卫着沿途城镇、绿洲、戈壁、兰新公路和铁路以及延伸至敦煌以西的戈壁。可以说，若无祁连山，河西走廊就无从谈起。

三

祁连山是条东西绵延千余公里的巨大山脉，它横亘在青海与甘肃之间。在甘肃见到的是祁连山北麓。在武威、张掖一带开阔地段，能远远眺望积着皑皑白雪的层层山岭，暗雪长云与天光云影融为一体。唐代诗人王昌龄有"青海长云暗雪山"

▲河西名城张掖街景

的诗句，确实精美。祁连山也如同秦岭一般宽阔广袤，又处西北高寒地带，高出雪线的山峰数不胜数，积下千年难消的冰雪，贮水量据测算有近千亿立方米。每当春夏，冰雪消融，淙淙溪水汇聚为河流出山，滋润了山谷间的草场和茂密的森林以及山下大片土地牧场。河西走廊的几座名城，武威、张掖、酒泉、敦煌以及大大小小的城镇无不建在雪水滋润的绿洲之上。可以说若无祁连山的雪水，人类便极难在干旱少水的河西走廊生存，整个河西历史就要改写。

正因为如此，不仅河西走廊，整个祁连山自古便是北方游牧民族与中原王朝争夺的对象。早在汉代，屡犯中原的匈奴被汉武帝派出的霍去病、卫青大军所败，发出悲叹："亡我祁连山，使我六畜不蕃息！"而中原王朝则认为夺得祁连山便可"断匈奴之臂，张中原之掖"，足见祁连山位置的举足轻重。

巍巍祁连山也有类似秦岭褒斜谷那样的通道。张掖附近的扁都口便是穿越祁连进入青藏高原的通道。这些通道很早就被占人发现并加以利用，成为连接青海、西藏、甘肃、内蒙古、新疆的要道。战争中，要道又成为要塞，常有重兵守卫，以扼制对方进退。扁都口内至今还留存着汉时名将霍去病屯军的遗址霍城。霍去病去世后，不仅陵前有"马踏匈奴"等巨型石雕，连陵墓都仿建这一带祁连山模样。既纪念这位名将，也显示着祁连山对中原王朝的重要。

为经营河西，拓展西域，中原王朝每对西用兵，因戈壁无险可据，祁连山便

成为拉锯攻守的战场。隋炀帝时，青海境内吐谷浑壮大，不时骚扰河西，威胁关陇，引起在长安建都的隋政权高度不安。为一战永固，安定西陲，隋炀帝御驾亲征，率军四十余万，连营三百余里，前后历时半年，数次穿越祁连山。一次，尽管是盛夏，祁连山中却突降大雪，冻死不少士兵，甚至包括隋炀帝胞妹乐平公主。但因有祁连山掩护，几次突袭合围，全歼吐谷浑主力，大获全胜。隋炀帝设郡立县，使青海省历史上首次归于中原王朝的郡县制度管理之下。这是隋炀帝一个不可磨灭的功劳。

消息传开，西域高昌国等二十七国皆来河西张掖朝拜祝贺。隋炀帝为显示中原威仪，特令武威、张掖仕女皆着华丽衣衫，乘彩饰车马，参加招待西域诸王的盛大酒宴。前几年甘肃创作演出的舞剧《丝路花雨》在全国都产生了很大影响，即以此盛会为背景。中原王朝皇帝亲临河西，这是唯一一次，因而影响深远，赢得很长时间的和平。

四

从河西走廊归汉、张骞开通西域，开丝绸之路，河西走廊便是丝路交会与必经之地，强汉盛唐，千年积淀，不仅成为举世闻名的重要商道，也成为一条记录历朝历代的历史走廊和沟通东西方的"文化走廊"。

丝绸西去，佛教东传。汉唐时期，丝路畅通，汉唐王朝出产的丝绸、漆器、铁器、金银器以及冶铁、打井技术、先进的农耕经验输入西域。西域所产的骏马、葡萄、石榴、西瓜、胡豆、歌舞伎艺，尤其是古印度产生的佛教则沿丝路传入中原大地。历经千载，佛教寺庙、佛塔、佛窟、雕塑、壁画宛如明珠般遍撒丝路，至今河西走廊还存留着张掖马蹄寺、大佛寺，安西榆林窟等佛教胜迹。尤其敦煌莫高窟那鳞次栉比犹如蜂窝般整齐排列的佛窟，那高达九层、重檐覆顶、气势壮观的楼阁，那栈梁飞架、蜿蜒曲折的通道，宛如一颗颗璀璨夺目的艺术明珠，镶嵌在河西走廊。仅是把现存的洞窟的壁画连接起来，就可以组成一组长达五十公里的色彩瑰丽、包罗万象的艺术画廊。而百年前在敦煌藏经洞发现的数以万计的经卷、绘画、文书、法器，则经中外学者共同努力，成为一门全新的学科：敦煌学。

再就是长城。国人但凡从小读书，都知道秦始皇修长城，但秦时疆域只达甘肃临洮，所以秦长城的西部起点便在临洮，这与秦岭的西端起点一致。先秦时代整个河西走廊都属塞外，是游牧民族驰骋的地方。汉时拓疆万里，张骞凿通西域，为保障边民安宁和丝路的畅通，汉时所修筑长城，沿着河西走廊直达新疆库车。

▶长城在河西走廊如巨龙蜿蜒

长城巍峨，烽燧相望，嘉峪关、阳关、玉门关一座座雄关犹存，构成一幅无比壮观的历史画卷。

进入河西走廊，到达武威，即唐时古凉州时，便可在大戈壁滩上看见长城。尽管历千年风雨，许多地段经风雨剥蚀已十分矮小，但仍如一条巨龙蜿蜒不尽，不由让人想起那些伴着长城的千古名句：

> 秦时明月汉时关，万里长征人未还。
> 但使龙城飞将在，不教胡马度阴山。
>
> ——王昌龄《出塞》

五

河西走廊还是中国西部民族融合的大舞台，历史上羌人、月氏、匈奴、吐蕃、党项、蒙古和汉族群众在这里繁衍生息。至今这里除了汉族，还生活着回、藏、裕固、蒙古、哈萨克等众多的少数民族。胡汉杂居，相互影响，相互传播先进的农耕、放牧、医药乃至娱乐、饮食经验。

同饮一江水，同在一片绿洲上生活，各民族又保持着各自在饮食、服饰、婚丧、风俗乃至宗教信仰上的特色。藏族、裕固族、蒙古族信仰藏传佛教，进入草原便可看见临近村落的山垭或河边耸立着玛尼堆和五颜六色的风马旗、插在屋顶的经幡。回族、哈萨克族等民族则信仰伊斯兰教，在他们聚居的地方，常有高大的清真寺，灵巧的塔尖顶着一弯新月。这样，我们在河西走廊，便能看见风格迥

祁连天祝风光

异、特色明显的各式建筑。当然还有服饰。善于经商的回族群众多聚居于城镇，无论男女，头顶的小白帽是永恒的标志。瓜果摊上，饮食店里，蒸汽中，但有小白帽晃动，注定是回民在经营，牛肉面、羊肉包、大盘鸡尽可放心食用。回民是非常讲究卫生的民族，各种饮食香辣且干净。若是恰好遇到他们做完礼拜，一大群戴着小白帽的群众从清真寺拥出，便宛如片片白云飘落人间。要讲色彩则是藏族、蒙古族和裕固族，尤其是过节聚会，男女皆盛装前往，袍裙艳丽，靴帽整洁，再加上各种装饰，载歌载舞，足以让人眼花缭乱。这几个民族饮食有共同之处，论特色则要推手抓羊肉与酥油茶。初次接触可能因陌生而畏怯，但只要一沾口唇，便再难忘却。尤其手抓羊肉，味道鲜嫩无比，我曾在河西牧区目睹一个藏族小伙，从纵马套羊到按倒、放血、剥皮、开膛、切块、下进锅中，前后不过十来分钟，利落神速，绝无操作过程中的种种污染。如此羊肉带着大草原的清风流云、牧草芳香，怎能不鲜美诱人，滋味长久，令人回味！

河西走廊让人回味的当然不仅仅是手抓羊肉，那对比强烈的大漠与绿洲，浸透沧桑的长城和雄关，让人流连的石窟壁画与古寺佛塔，民族风情的浓郁浪漫，气势雄浑连绵不断的祁连雪峰，望不到尽头的草原与牛羊都无不让人流连忘返，魂牵梦绕！

数年间，我曾多次探访河西走廊。或乘火车，隔窗贪婪地望着窗外美景；或乘飞机，俯瞰拍摄祁连皑皑白雪堆积的山峰；或自备车辆，一站接一站地探访，但总也探访不完寻觅不尽，仿佛那是一个长得没有尽头的梦境。

▶由祁连山、焉支山与连霍高速公路构成的景观

祁连史话之一：河流

一

进入河西走廊，那伴着你如影相随，无处不在且又绵延不绝的巨大身影便是祁连山。永登一带，山谷形成的走廊还嫌狭窄，宽不过十余公里，祁连山近在咫尺，可以清楚地看见地貌山色。山体并不见其伟岸巍峨，相对高度五六百米，土黄色的山峦重叠，寸草不生，仿佛没有生命，时常在整面山坡上仅孤零零地长着一棵小树，显得苍凉悲壮。

渐渐地，公路一直升高，祁连山谷变成一面面巨大的山坡，公路便在这些山坡上盘旋。有了羊群，羊群在山坡上啃草，缓缓地移动，显出牧区景象。尽管是盛夏，山风吹来，透着凉意，远远近近的山峦有骑着马的藏民，挥动鞭子赶着牛羊，这里已能看见黑色的牦牛和三五成群的骏马。远处则能见着搭在山坡的帐篷和熬煮奶茶的炊烟，仿佛进入青藏高原。天祝正是藏族群众聚居的地方，这也是河西走廊的一大特色，民族荟萃，五方杂居，互相影响。七月，天祝一带大片的青稞翻着绿浪，油菜则开着金灿灿的黄花。天祝还有布满藏式建筑的古镇，字号杂陈，店铺林立，出售藏区各类产品，如毛皮、酥油、藏药，十分繁华，风情浓郁，吸引了不少旅游者前来观光。

车过古浪，地形渐次开阔，两边山岭都退到遥远的天边，但祁连山那巍峨的

► 作者在祁连山腹地大通河畔

山体依然牵连不断。高低起伏的山峰上，有大团的云团飘浮，十分洁白，白得耀眼，白得可爱，白得无一点尘埃，无一丝杂染，在内地城市上空根本见不着。这些云团朵朵相连，牵连成片，形成剪不断的云带，飘浮在山峰的上空，透着晶莹的蓝天。于是，白云、蓝天与黛苍的山峰构成一幅长得没有尽头的画卷，始终与人相伴，让人百看不厌。祁连山越退越远，武威、张掖一段是河西走廊最为开阔的地方，也是祁连山脉的主峰所在。远眺天边，只见巍峨的山峰披着皑皑白雪直插云端，这些高大伟岸的山峰海拔均在四五千米，亿万年所积冰雪使山峰常年都银装素裹，是河西走廊一大景观。

二

祁连山是我国著名的十二大山系之一，和秦岭一样，都是东西延绵一千多公里，由多条山岭构成的巨大山脉。与秦岭相比，祁连山偏北，且海拔在 3000 到 5000 米之间，其主峰团结峰 5826.8 米，远高于秦岭主峰。其山峰海拔 4000 米以上便终年积雪，有冰川 2800 多条，贮水量有近千亿立方米，相当于五个丹江口水库（贮水 209 亿立方）。祁连山朝南流出的主要有湟水、大通河等，滋润了青海的粮仓——300 公里的河湟谷地以及青海湖。祁连山向北流出的主要是石羊河、黑河、疏勒河等三大水系 56 条脉流。每当春、夏，冰雪融化为淙淙溪水，首先滋润祁连山腹地及山脚大片草场。水草丰美的山丹马场，裕固人放牧的皇城草原、老虎沟草原便是祁连山雪水带给人类的恩泽。众多的溪流闪耀着浪花，汇纳百川形成石羊河、黑河、疏勒河，又分别养育了武威绿洲、张掖绿洲和酒泉敦煌绿洲。

河西走廊属内陆干旱气候，年降水不足一百毫米，农牧业、工业和群众生活用水，只能依靠祁连山冰雪融化的河水。换言之，若无祁连山流出的河水，河西走廊便无绿洲，只能是不适合人类生存的戈壁荒滩。我们得庆幸，正是因为有像父亲一般威严的祁连山脉，像母亲一般慈祥的祁连河水，才养育滋润了千里河西。

▶从祁连山中流出的疏勒河养育了敦煌

据史书记载，秦汉时期，祁连山脉曾生长分布着广袤的森林，西至敦煌与西域相交的伊吾（今哈密），东至天祝乌鞘岭，森林绵延一千多公里。直到明末清初，因河西走廊人口较内地为少，开发有限，祁连山森林覆盖面积仍很巨大。由于生态良好，对水源涵养十分有利，不仅河西走廊沃野连片，村镇相望，祁连山腹地和山脚更是呈现出"天苍苍，野茫茫，风吹草低见牛羊"的壮阔美景。

三

不幸的是祁连山的森林遭受多次人为的巨大破坏。首先是清雍正年间，征西大将军年羹尧率领大军征讨青海反叛的罗卜藏丹津，叛乱势力失败后潜逃至祁连山密林之中。由于山大林深，不易追剿，年羹尧下令放火烧林清匪，导致数万亩森林化为焦土。西北高寒，生态一经破坏，很难恢复，事实是两百多年过去，当年烧毁的地方仍然焦土一片，山石裸露，还引起周边地方植被萎缩和退化。再就是马步芳部队占据青海、甘肃时，打着修建学校、营房等名义，对祁连山中的森林进行连片砍伐，导致祁连山中幸存下来的天然森林在 20 世纪 50 年代初仅余不足两百万亩。但之后人们并没吸取教训，过度砍伐和毁林开荒的行为从没停止，尤其是 1958 年，数万群众进山砍林，使祁连山森林遭到很大破坏，石羊河主要水源涵养地冷龙岭北坡的油松破坏殆尽。在黑河主要支流肃南县境内的畅隆河岸，也几乎看不见成片的树林。2004 年笔者到祁连山考察时，看到光秃秃的山坡上矗立着大炼钢铁的遗物小高炉，小高炉前竖立着重点文物保护单位的牌子，但愿能成为一种永久的警示。

▲祁连山雪水养育滋润了千里河西

　　祁连山森林破坏严重，冰川日益萎缩后退，造成河流来水减少，甚至断流。比如石羊河早年不仅养育武威绿洲，还滋润着下游的民勤绿洲，并在终端形成历史上曾叫"白亭海""青土湖"的湖泊与湿地，把沙漠隔绝在绿洲的外围。民勤由于临近内蒙古，早年也有如山西晋商那样因经商致富的人家，在民勤留下类似乔家大院那样的瑞安堡、张梅少堡等。可惜，近年由于河水减少，湖泊干涸，沙漠不断侵蚀耕地和村落，许多农民已无法在故土生存，被迫背井离乡。情况的严重程度惊动了国务院，温家宝总理曾不止一次说，决不能让民勤变成第二个罗布泊。

　　发源于祁连山最大的河流，也是我国仅次于塔里木河的第二大内陆河黑河，情况也不乐观。黑河发源于祁连山腹地祁连县境内，由于临近主峰，多条雪峰与冰川汇聚百川，历史上曾形成较丰沛的河水，史书载"弱水三千入流沙"便指黑河。整条河水长驱八百多公里，流经青海、甘肃、内蒙古三省区。黑河年径流量达十五亿立方，滋润着亚洲最大的一片山丹草原，河西最大的一片绿洲张掖。

　　据方志记载，历史上张掖所属各县河流开凿有五十二条干渠，根据沿途村落人口多少、田亩大小及赋税承担有序定量放水，保障了河水公开、公正、公平使用。陶模、左宗棠等清廷要员主政甘肃时均对水源生发之地祁连山的树木十分注意保护。例如清嘉庆年，甘肃提督苏宁阿，把祁连山森林视为"甘人养命之源"，并立碑公示："若无八宝山之松树，冬雪至春末一涌而融化，黑河涨溢五十二渠不能承受，则有冲决之灾；至夏秋二次融化之雪水微弱，黑河水小而低，不能入渠灌田，则有极旱之灾。甘州居民之生计，全仗松树多而积雪厚。若树木被砍伐而不能积雪，必致民患，自当永远保护。"并规定"砍树与杀人同罪"，故历代

▶ 祁连山下群众吃水相当困难

百姓也注意生态保护，才使张掖绿野无垠，田畴相望。古人有诗赞叹："不见祁连山上雪，错疑甘州是江南。"

四

可惜，如前所叙，朝代更迭，新旧交替，这些行之有效的保护环境、保护生态的法规并未承继下来。笔者曾三次穿越祁连山：2004年从西宁经大通、峨博至张掖；2006年从柴达木盆地经大小柴旦，越党金山口至敦煌；2008年从张掖经民乐、扁都口至西宁。几条线都穿越祁连腹地，见到的情景并不乐观。草原过度放牧，鼠害、沙化比比皆是。大通河及黑河上游由于挖沙淘金，河床破坏严重，高低不平，水流下泄不畅；黑河断流，导致下游数百平方公里的居延海干涸，大片胡杨林死亡，额济纳和民勤下游成了沙尘暴沙源地。由国务院主持实施"引黑济纳"，连续几年向额济纳调水，才使居延海恢复了水域。在付出惨痛代价之后，我们终于认识到人类要与自然和谐相处。20世纪末，祁连山建立了国家自然保护区，编制了天然林保护工程方案，平均每年有十万亩山林纳入封育范围。相关专家还建议，祁连腹地水源地区要严禁开垦、填埋、采矿和污染，促使生态自然恢复。鉴于祁连山地严寒，植被生态恢复缓慢，又面临全球变暖、雪线上升等复杂因素，对祁连山林的保护与发展是一项长远的系统工程，只有一代接一代地坚持不懈地做下去，才可迎来希望的曙光。

祁连山寺庙佛像

祁连史话之二：穿越

一

　　几乎从第一次见到祁连山时起，我就产生了穿越的念头。不仅因为那直插云天的皑皑雪峰，云绕雾缭的神秘面纱，茂密的森林和丰饶的牧场，还在于伟岸雄浑的祁连山有可以穿越的天然孔道。霍去病与隋炀帝都曾利用祁连山中长达四十公里的天然峡谷扁都口穿越祁连山。这条古道现已修建为从西宁至张掖的 227 国道。甲申年（2004 年）盛夏，我们便沿此道穿越了祁连山。

　　那天天气晴朗，天色瓦蓝，只有几缕鸡毛般的浮云在天空游弋。尽管时值酷暑，可海拔两千多米的高原却丝毫感觉不到炎热。车一开出西宁，一阵清凉的风便迎面吹来。沿着白杨夹峙的 227 国道，我们来到祁连山南麓大通土族自治县的一个小镇吃饭休息。饭店老板是土族，会讲汉语，在聊天中得知，这一带以土族为主，还有回族、藏族、撒拉族和蒙古族，绝大多数务农和放牧。我注意到沿途的青稞和油菜都长得十分茂盛，河谷两岸的田块也十分平整，有三五成群头披黑色纱巾的妇女正在田地间劳作，还有戴着小白帽的孩子在放牧、嬉闹，从服装看可能是回族。老板讲农闲时农民也进城打工。这家老板的房子在公路边，开饭馆卖牛肉拉面，一年能赚两万多元，言谈间十分满意。当我们告别老板准备上路时，车却打不着火了。这辆捷达车，几年中多次载我在西部奔波，最大优点是皮实，

乌云悬吊的祁连山谷口

几乎没出过什么毛病，眼下计程表尚不足十万公里，应属壮年，这次闯西部前刚做过检修，应无大问题。先前在塔尔寺曾打不着火，请来修理工，又不修自好。此地已距西宁百余公里，怎么办？是返西宁维修，还是继续穿越祁连山？正犹豫间火又打燃，司机年轻胆子也大，说："不要紧，开！"于是抱着一丝侥幸上了路。

告别小镇，伟岸磅礴的祁连山，已高耸眼前。高原气候多变，刚才还是晴空万里，此时却有大团乌云覆盖着山巅，谷口上空更是浓云密布，谷口外的坡地却盛开着大片的油菜花，形成强烈反差，更使祁连山蒙上一层神秘色彩。但此刻，我们也只好硬着头皮闯关了。

二

古语说，无水不成道。古今道路大多沿着河谷修筑，穿越祁连山的国道也不例外，沿着大通河直插祁连山腹地。大通河是祁连山众多的冰川雪峰融化，汇纳多条淙淙细流而成的一条大河，也是黄河上游较大的支流，河水泛着白沫咆哮湍急，在两山夹峙的山谷间奔腾而下。其实山谷多系河水冲刷而成，亿万年间，滴水穿石，让人真切体会到大自然的鬼斧神工，否则能否穿越如此雄浑的祁连山还未可知。说是国道，却是沙石路，可能刚暴发过山洪，不时有塌方和冲毁的路段。车小心翼翼在山谷间爬行，头顶便是嶙峋的山崖和突兀的巨石，有时几乎紧擦着车窗唰地掠过，憋压得人透不过气。只听到车轮在沙石路上的摩擦声。糟糕的是愈向山谷深处行进，天色便愈昏暗，气温也骤然下降。转瞬之间，又落起雨，雨点足有铜钱大小，击得沙石土路上的浮尘扑扑冒烟，击得车顶也砰砰直响。一股

▲山顶玛尼堆

浓浓的土腥味钻进窗内，四周全被雨幕笼罩，车虽然没有停下，可让人把心都悬吊起来——可千万别熄火啊！

终于走完长长的河谷，开始翻越海拔超过四千米的大坂山。强劲的山风吹过，风雨小下来，公路却像条残缺不整的飘带在山坡上缠绕，大团的乌云就在四周急急驰过。车一会钻进云里，一会又钻出来，简直像腾云驾雾。我们的车像一头疲惫的牦牛，喘着粗气，在高低坎坷不平的公路上颠簸，司机咬紧嘴唇一声不吭，车里紧张得没人说话。庆幸的是车没有再熄火，不停地朝前飞驰，只听到车轮擦着路面的沙沙声。幸亏，大坂山道路靠近山巅部分已凿通了隧洞，洞口高耸着的路标赫然写着：大坂山隧洞海拔三千七百米！

三

让人压根没有想到的是，穿过长长的隧道，呈现在眼前的却完全是另一种情景。山梁这边没有下雨，也可能是雨已下过，一派晴朗，天空上有大团大团的白云浮游，火红的太阳悬挂在蓝天，明朗的日光照射下来，明晃晃地耀眼。无比伟岸的祁连山至此才显露出真实面貌，远方高耸着群峰排列的雪山，白雪皑皑，雪线分明，那才真正是祁连山的主峰，全是海拔四五千米的雄浑大山。在雪峰与我们刚刚穿越的大坂山之间，竟然有宽达十余公里的川道，大通河水九曲回肠，从远处云雪深处流出来像一条明晃晃的玉带，蜿蜒在祁连山腹地。两岸是大片大片正怒放着的油菜花，在阳光之下，浮光跃金，分外耀眼，连扑面而来的阵阵山风中都满含菜花香味。起伏的丘陵地带种着的青稞，在山风中起伏，像是为金黄的菜花镶着青色的花边。再往上便是绵延不绝的草场了。盛夏正是牧草旺盛时节，放眼远眺，整个天地之间，无一处裸露的土地，无一处裸露的岩石。金黄的菜花，油绿的青稞，白云般滚动的羊群，黑色的牦牛，矫健的骏马和星罗棋布的牧民帐篷，构成了一幅壮观无比的祁连山水画卷。一阵阵清风扑来，让人心旷神怡。我得承认，这是我有生以来看见的最壮阔也最美丽的西部景色。兴奋之余，把三部相机全搬出来，手忙脚乱地拍摄。真得感谢我们的捷达车，居然没

▲祁连山腹地牛羊布野

▲骑摩托车穿越祁连山的蒙古族一家

出问题，在徐徐开动之中，抓拍了不少难得的场景：飘动的藏族经幡，布着五颜六色风马旗的玛尼堆，洁白密集的羊群，黑色的牦牛，静静啃草的骏马，低低盘旋的苍鹰，甩着石子放牧的剽悍的藏族汉子，打酥油茶与捡牛粪的藏族妇女，与小羊羔嬉戏的藏族孩子，一户赶着大群牛羊转场的牧民，蓝天下飘起缕缕炊烟的牧民帐篷，三个策马疾驰的藏族小伙，还有一个放牧牛羊、发现我在拍摄含羞掩面的藏族姑娘……

四

一口气拍摄完五六个胶卷，心满意足地驰离川道，车便又开始爬坡。一座雪峰逼至眼前，这便是著名的冷龙岭。公路盘旋而上，要翻越冷龙岭主峰了！这段路正在改建，沿途都在施工，看模样、服装是藏族民工，还有不少是妇女。虽说是盛夏，但在海拔三四千米的高山施工，寒暖不定，她们还穿着皮袍，头上都戴着毡帽，与男人一样搬运沙石，看去十分劳累辛苦。正感叹间，天色阴暗下来，透过车窗，前面山巅笼罩着大团乌云，正有股雨云落下。不好，肯定非雨即雪，

让人心又悬挂起来，车内温度也骤然降低。突然，车里一片模糊，什么也看不清楚。原来车窗已结了层冰，人心里都咯噔一下。司机机警，赶紧打开暖气融化，再看四周已是纷纷扬扬的大片雪花，天地间一片混沌。我看见几个放羊的藏族妇女在路上躲避，便取出相机抓拍，没想到海拔高气温骤降，几台相机全失灵不工作了。这时，车顶又被砸得砰砰直响，透过车窗看时，竟下起冰雹，足有核桃大小，砸在车上又弹起来。转瞬之间路上便积上冰雪，车轮碾上吱吱作响，几乎每一声都让人提心吊胆，都担心车要熄火。行前阅读资料知道祁连山属青藏高原，气候恶劣，变化无常。当年隋炀帝御驾亲征，率四十万大军，连营三百余里，穿越途中突降暴雪，冻死不少士兵，其中包括隋帝胞妹乐平公主。想想当时没有公路，没有任何现代交通工具，几十万大军的粮草辎重、武器装备、各种给养全靠马驮人扛，如此陡峭山岭，给养接济不上，再突遇暴雪，气温骤降，冻饿而死完全可能。写过长篇小说《保卫延安》的著名作家杜鹏程在《战争日记》中记载："过祁连山时，我们先头部队五师通过这数百里荒无人烟的地区时死伤160余人，有的全班全排一块冻死了；有的马兵把马缰绳挽在胳膊上躺倒就死了……"

这仅仅是半个世纪前的事情。即便今日，坐在车上，倘若熄火，荒山野岭，几十里没有人烟，也相当危险。还真让人后怕！

五

幸亏，那团雪云处于移动状态，我们终于钻出雪云，车也走下坡路了，看路标在峨堡县境。我们终于越过冷龙岭主峰，接下来的峡谷便是四十里扁都口了。果然，公路伴着一条仿佛没有尽头的峡谷，伴着一河奔腾不息的雪水，一直往下行走，仍不时有云团飘过，所幸再没有下雨雪。沿途黑黝黝的山崖，布满河谷的巨石，寸草不生的裸岩，间或还有一两户牧民的黑色帐篷都一掠而过。在稍显开阔的河谷，还残存着一圈巨石垒起的古堡，我怀疑那便是当年霍去病大军突袭匈奴的遗迹。转过最后一道山弯，豁然一亮，呈现在眼前的竟是广阔得没有边际的原野。金色的麦浪铺满大地，晚霞正在西天燃烧，夕阳迸出万道霞光，尽情铺洒在正值收获季节的大地上。路标显示这儿属民乐县，距张掖市六十公里，是河西走廊最开阔、雪水流量最大、牧场最辽阔、土地最肥沃也最富庶的地方，"金张掖"是也。

回首祁连山，那白皑皑的雪峰正展示着伟岸的剪影，在夕阳下晚霞中熠熠生辉。

▶ 扁都口

祁连史话之三：游牧

敕勒川，阴山下。天似穹庐，笼盖四野。
天苍苍，野茫茫，风吹草低见牛羊。

一

　　这首《敕勒歌》出色地描绘了北国草原的辽阔壮美，且意境高远，气势恢宏，可以说是描写北方游牧民族生活的千古绝唱。"天苍苍，野茫茫，风吹草低见牛羊"的壮丽草原风光，不仅仅单指阴山一带。最晚在两个世纪之前，整个地球上的草原分布还相当广阔，东起我国东北大小兴安岭，越过蒙古高原、阿尔泰山，直到欧洲的伏尔加河畔和多瑙河畔，几乎是连绵万里的带状草原。在漫长的岁月中，曾养育过众多的游牧民族，差不多每个游牧民族的诞生与发达都与一块辽阔壮美、水草丰茂的大草原紧密相关。比如绵延千里、辽阔雄浑的祁连山牧场就曾养育过几个见诸史册久负盛名的游牧民族。先秦时期祁连山北麓的广阔牧场，即今日甘肃河西走廊，养育大月氏和柔然等游牧民族；祁连山南麓，即今日青海一带，则养育过吐谷浑、羌、吐蕃等靠游牧为业的民族。游牧业与农业的根本区别在流动和定居。农业只要有固定的土地，便会产生固定的村落，春播秋收，世代相袭。游牧业则不同，必须根据季节的变化和牧草的生长以及水源的分布来决定放牧的地方，所谓"逐水草而居"。于是水草丰茂的牧场往往成为争夺的对象。一方面游牧民族文字产生较晚，很少受传统礼仪束缚，居无定处，不去考虑与邻里长期相处的关系；另一方面与恶劣自然环境抗争，又必须合伙抱团。这样，由亲缘关系联结的部落虽精诚团结，但又常会因为本部落的利益与另一部落甚至民族发生纠葛乃至战争。加之游牧部落常一边游牧，一边狩猎，崇尚武力，善于骑射，一旦战争爆发，常在速度和骑射方面占有优势。比如匈奴就曾在西汉开国初期长达半个世纪的岁月中骚扰中原，迫使汉代皇帝和亲纳贡。初唐时，占据青藏高原的吐蕃人和蒙古草原的突厥人也曾对唐王朝构成威胁。汉唐两朝都曾对入侵者进行反击，反击的措施也大致相同，就是建立足以同匈奴、突厥骑兵抗衡的强大的骑兵军团。建立骑兵劲旅的关键是获得良马，汉唐采取的办法不外两种：一是开通马市，用中原生产的粮食、丝绸、茶叶、生活用品同游牧民族展开边贸，换取良马；二是颁布积极的养马政策，鼓励民间养马。从实际效果看，汉唐采取的这些办法都取得很大的成功，尤其自己养马成果更为显著。养马就必须有优良广阔的牧场，而且必须是离中原较近又比较安全，祁连山牧场就恰好具备这诸多优势。

自汉武帝组织反击匈奴，卫青、霍去病等名将连续取得河南、河西、漠北等三次决定性胜利，夺取河西走廊，"列四郡，据两关"，再加上实施修筑长城烽燧、迁徙汉民实边、奖励耕战等切实可行的措施，把河西走廊牢牢巩固于中原王朝庇护之下。不仅断匈奴之臂，切断了匈奴与吐蕃、羌、氐的联系，也夺取了祁连山的优良牧场。以致匈奴悲伤地叹息："亡我祁连山，使我六畜不蕃息！"

二

今日，我们已经不能用道德的观念去评判先祖们的对错，尤其是华夏大地上众多古老的民族，最终都融入了中华民族这个伟大又生生不息的群体，但祁连山的贡献却是功不可没。祁连山并非一座大山，而是绵延千里、横亘于青藏高原与河西走廊之间多条东西走向的山脉的总称。我在穿越祁连山的过程中就曾目睹青海大通县境内的大坂山与冷龙岭之间，竟有宽达二十公里的川道，不仅安顿了祁连、门源两座县城，还天然形成辽阔无垠的牧场。至今，在这壮阔无垠的祁连山腹地，生活着藏族、蒙古族、裕固族、哈萨克族等民族。这些民族的语言、信仰、服饰和习俗有所不同，比如藏族、蒙古族。裕固族群众信仰藏传佛教，祭鄂博，

▲冷龙岭下的河西风光

转经筒，屋前房后插风马旗是其明显的标志；哈萨克族人却同回族、撒拉族、东乡族一样信仰伊斯兰教，如果可能，他们一定要在屋顶竖起一弯新月，并早晚朝着麦加的方位祈祷。但只要在祁连山中生活，只要是以游牧为主业的民族，便有许多规则要共同遵守。比如游牧，他们不会固定在一条山沟或一面山坡，要根据不同季节、不同方位选择"夏牧场"和"冬窝子"。夏季，当海拔四五千米的高山坡上冰雪融化草木发芽开花，广袤的山岭被青草覆盖，热烈的阳光驱散了山崖间的寒气，他们便赶着牛羊，按照一定的线路，逐渐向高山游牧，以便把山脚的牧草留给寒冷的冬季。他们游牧的时间是计算好的，每天赶的路程不会有太大的差异，而且宿营地也尽量反复使用，免得践踏损坏更多的牧草。祁连山靠近雪线的地方，往往有最优良的牧场，这里人迹罕至，除了牧人，一切保持着原始状态，很少有瘟疫发生。当然在转场时都要赶着牛羊从浸泡着消毒药液的池子走过，免得细菌扩散。牧人在避风向阳的山崖下搭起帐篷，夜间会很寒冷，他们去树林拣来枯枝生火，煮奶茶和揪面片。这样的日子要过三个月左右，视天气或草场情况，直到高山牧草枯黄，才慢慢赶着牛羊下山。祁连山谷海拔一般不超过三千米，河谷还低一些，冬季仅有小雪，不会覆盖牧草，有太阳的时候还很温暖，是极好的"冬

▶祁连山的牧民正在寻找『夏窝子』

▶牧民妇孺都是骑手

窝子"。牧民常选择河谷过冬，在这里盖有固定的房子和暖炕，还有圈牛羊的矮墙，避风，能晒太阳，便于接生羊羔和牛犊，牧人也在温暖的毡房做较长时间的休整。

三

我们经过的应该是祁连山的"夏牧场"，因为要翻越海拔近五千米的冷龙岭，此处公路牌标着海拔三千七百米。只见四处溪流纵横，坡塬起伏，全被绿茵茵的牧草覆盖。苍穹之下，帐篷星罗棋布，炊烟袅袅飘升，远远近近的羊群像云团般聚集移动，三五成群的马匹在溪水边饮水。一大群黑色牦牛大约已经吃饱喝足，在阳光充足的山坡上静卧，只有几头不知疲倦的牛犊在嬉戏撒欢，一只硕大无比的牧羊犬则吠叫阻止着牛犊远离。几个藏族妇女在帐篷边弹羊毛，一个骑在骏马上的牧人挥动鞭子，引吭高歌，引得那几个弹羊毛的妇女咯咯直笑。这如诗如画的祁连牧场风光，看得人直发呆，看得人直感叹：此景只应天上有，何人遣使落人间！

▲ 祁连地貌

祁连史话之四：驯鹿

一

　　绵延的祁连山有高耸的雪峰、茂密的森林、无数的山岭和溪流，不仅为骏马牛羊提供了辽阔优质的草原，也是多种野生动物繁衍生息的乐土。在并不遥远的年代，祁连山还随处可见黑熊、野猪、香獐、狍子、黄羊、青羊、盘羊、豹子、野牛、野驴、雪鸡、蓝马鸡，凶狠的狼群和盘旋的苍鹰。这里存在着一个纷纭热闹的动物世界，弱肉强食是自然规律，也是自然界生物链条。那时，在祁连山中游牧的藏族、裕固族、蒙古族、哈萨克族，凡是男人，差不多都是优秀的猎手，一边游牧一边狩猎，是祖先传下的生存方式。他们自制弓箭和火枪、土枪等，只要外出，除骏马之外就是狩猎的武器。冬天大雪覆盖了山岭，是狩猎的最好时机，因为任何野兽都会在雪地留下踪迹，猎手不会扑空。遇到毛皮蓬松，拖着美丽长尾的狐狸，优秀的猎手讲究枪子从眼睛射进，免得损伤毛皮，因为他一直想戴一顶狐狸皮帽子。当然狼皮也可以替代。雪地上也会留着大型动物的踪迹，比如黑熊，常有四五百斤，蛮勇咆哮，几条猎狗也奈何不了，那就需要十几个猎手合围。那是在祁连山流传了几百年的古老的谋生手段，有一整套猎手们共同遵守的规则。一旦发现情况，猎手们各司其职，根据地形，勇敢的猎手负责撵"后掌"，即潜伏在野兽的背后，用吹牛角或呐喊来惊动它，把它赶往埋伏圈中，四周则有猎手执枪守候。野兽最有可能逃跑的山垭埋伏着最优秀的猎手，他必须胆大心细，等黑熊跑到距他三五丈，已经清楚看见黑熊拼命夺路的怒容，胆小鬼会被这暴怒的野物吓死，这真是千钧一发的时刻。咔嚓一声，猎手先是踩断预先放置在脚下的树木枯枝，这突然的声响会惊得黑熊停止奔跑，站立起来眺望，这就把胸前的一片白毛暴露出来，那正是挨着心脏的护心毛。咔嚓，就在这一刹那，惊天动地的一响，是真正的枪响，几乎百分之百，黑熊被击中要害，陡然倒地，滚下山坡。

"滚了！"第一个看见的猎手大声呼喊，报告着胜利。"滚了！""滚了！"所有的猎手都传递着信息，一时间群山回响，经久不绝。当然，这一幕绝不发生在春天，那是各种母兽生崽的时节，这时狩猎会受到山神的严惩。狩猎这种古老的谋生手段其实也给祖祖辈辈生活在祁连山中的百姓带来许多娱乐性质的欢乐，可惜的是，这些古老的游戏几乎在一夜之间消失。先是游牧人口增加，牛羊也就增加，森林减少，野兽也越来越少。猎手出门，几天连兔子都见不着影子，挂在墙上的猎枪生了锈，年轻人都外出打工，连枪望也不望一眼。再是政府也开始禁猎，这就意味着这种古老谋生手段随着禁止而消失。这些是属于祁连山腹地的故事。至于人类开发较早、濒临河西走廊的祁连山北麓，延续的则是另一种故事。

二

祁连山北麓，在苍凉的戈壁瀚海间，自古便繁衍生息着西部特有的野马、野驴、野骆驼、滩黄羊、藏羚羊等珍稀动物。早在汉时，祁连山的野马便有史书记载，曾有人捕获驯养后献给汉武帝。有学者考证，汉时捕获野马处，即今日敦煌月牙泉。这里的野马与新疆普氏野马一样，是世界上仅存的唯一种群，在研究马的起源与演化上很有价值。

野骆驼、野驴也都是祁连山北麓特有的大型野生动物，由于数量少，追捕不易，也曾有祁连山牧民捕捉幼崽驯养并与家养骆驼、驴杂交成功的事例。但都比

▲祁连山中的鹿群

较少见，驯养较为成功的要数祁连山特有的白唇鹿和梅花鹿。

梅花鹿在东北山林、秦岭山区、蒙古草原都有生长，祁连山却是白唇鹿的唯一故乡。白唇鹿体形较梅花鹿大，与蒙古马鹿相似，成年鹿有三四百斤，尾短，耳长而形尖，蹄大宽短，因嘴唇四周为白色且非常明显，故得名。白唇鹿仅雄性有角，角型发达，多至四五叉，还有六七叉的，十分雄健漂亮。鹿毛色常随山色转换，春夏暗褐，与草色近似，秋冬则变黄，当地群众也称为黄鹿。

鹿喜群体生活，少则七八只老幼成群，多至十几只成群。鹿有极高的经济价值，鹿茸为名贵中药，血、胎、筋、骨均可入药，毛皮柔韧，为制帽、靴、衣的上等皮革，肉可烹为佳肴，可谓通体皆宝。早年猎手滥捕滥杀，造成祁连山白唇鹿、梅花鹿种群锐减。近几十年禁捕禁猎，鹿的种群数量有明显回升。尤其祁连山北麓肃南裕固族自治县采取人工驯化野鹿、人工放牧饲养，获得极大成功，为保护珍稀野生动物，合理开发利用，探索了新的途径。

三

我多次河西之行，一直想去肃南看鹿，直到 2004 年盛夏才了却愿望。裕固族姑娘小安为我当向导。安姓为裕固族大姓，小安的祖上曾为裕固族一支部落的头人，至今小安的父亲还在祁连山腹地放牧，而且是位驯鹿能手，也是最早养鹿的人家。这得益于她家牧场的位置，海拔最高且在青海甘肃两省交界，距家不远

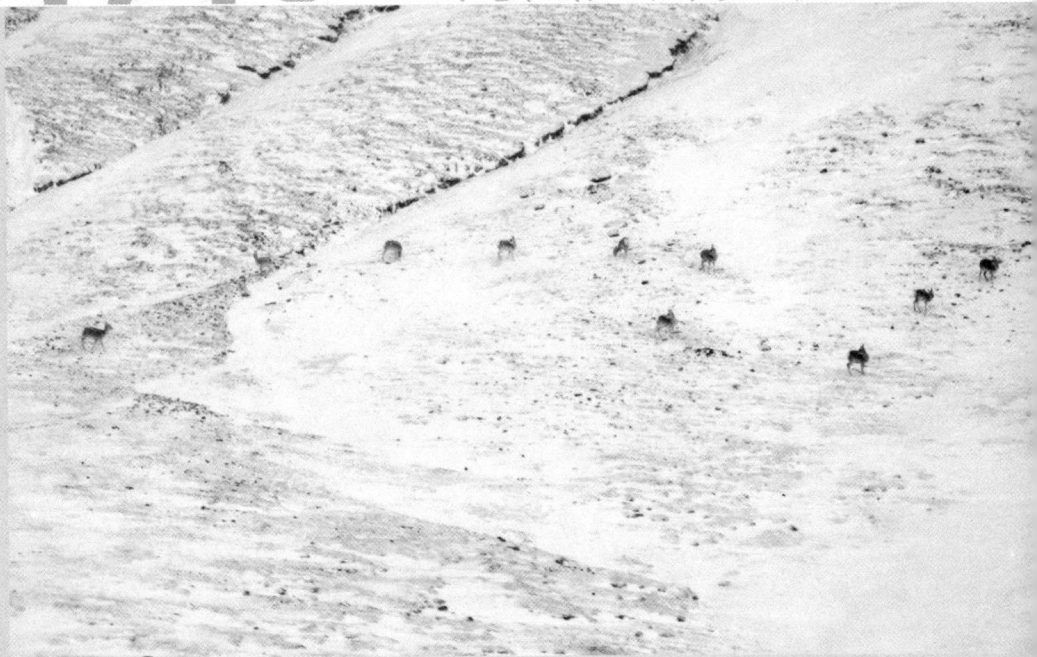

▲冬季是捕获驯鹿的最好季节

就是祁连山主峰，翻越过去就是青海省的属地。站在自己院落就能看见终年不化、白得耀眼的雪峰，家中火塘也终年不熄。虽居深山，小安父亲读过书，很能干也开化，最早购小型水力发电机，利用溪水发电，最早购电视机，在屋顶安装接收器，还用上了液化气灶，这一带许多新鲜事都是小安父亲的带头。

裕固人早年也有人养鹿，是偶然碰上受伤或失踪的幼鹿带回随羊羔长大，并不刻意驯养。大多还是猎手们显示剽悍和枪法的猎物，能猎得多叉雄鹿的猎手常被人羡慕并受到尊敬。猎手也煮大块鹿肉与邻里分享作为回报，完了还要把鹿角悬挂于墙壁炫耀。

驯养野鹿绝不是件简单事情。鹿不像虎豹那么凶猛，但能在严酷的高山密林中生存的动物，也就具备战胜风霜严寒、天敌险情的能力。鹿善奔逃，在陡峭的山崖与密林中奔驰时，骏马也未必能追上。真要狭路相逢，为保护母鹿幼崽，雄鹿敢于同黑熊恶狼较量，那威风凛凛的鹿角舞动起来足以逼退对手。每年秋高气爽时，母鹿开始发情，不停地在山林奔走低鸣，绕着山林溪水撒尿，在树上摩擦，留下自己的气息，发出寻求爱情的信号，整个山林此刻充满情爱气息，变成一个巨大的爱情磁场。接收到信息的公鹿会从方圆近百公里的山林赶来，参加这盛大的配偶聚会。经过淘汰选择，最终会划分为若干求偶单位，常以母鹿为中心，形成几只公鹿相持争魁的格局。这是体形体力与智慧的较量，愈到最后也愈显出精彩与高潮。为争夺配偶，雄鹿之间会展开你死我活毫不相让的决斗。在僻静的丛林深处，双方都憋足了劲冲向对方。当然，也有临阵脱逃的角色，那也是充分估

▶ 裕固族群众驯养的鹿群

计了对手，首先在心理的较量上败下阵来的缘故。大多数则会奋力相搏，凭借着整个夏秋丰茂水草养足的体力和美丽多姿的叉角，奋不顾身地刺向对方。势均力敌时会打若干个回合，顶撞得难分难解，四周山林草丛一片狼藉。此刻的母鹿最为矜持，像骄傲的公主一样观战，不偏不倚，态度公允，直到最强健有力的公鹿击败所有对手，母鹿才会温顺地走到胜利者面前，然后再往丛林深处去度蜜月。

母鹿孕期为八个月，第二年六七月份产幼仔，一般一只，也有产双仔的。幼鹿要到三岁才成熟。此期间就是驯养的最佳时期。一般猎手常趁母鹿外出觅食或幼鹿单独玩耍的机会捕获幼鹿带回驯养。鹿在幼年时，胆小，不会瞎跑，关在圈栏饲养，与人相熟后便不再惧生，若公母相配就能繁衍家养了。

还有一种更为高明的办法就是围栏驯养整个鹿群。鹿恋群，常是以家族为单位，七八只、十几只群体生活。高明的猎手在观察鹿群经常生活的山林后，慢慢用栅栏或铁丝网把整座山林都围圈起来，这当然需要智慧、耐心和坚韧。圈小了，鹿群活动不开；圈大，则费工费料，一切要凭鹿群大小和经验掌握。整个祁连山中只有最出色也最能干的山林通才会掌握围栏驯鹿的技巧并获得成功。小安的父亲便属此类能手。目前，她家在祁连山腹地拥有二十多只的鹿群，十多匹骏马，三十多头牦牛和二百多只改良长绒毛羊。而整个肃南县家养的驯鹿已经有数百头之多了。

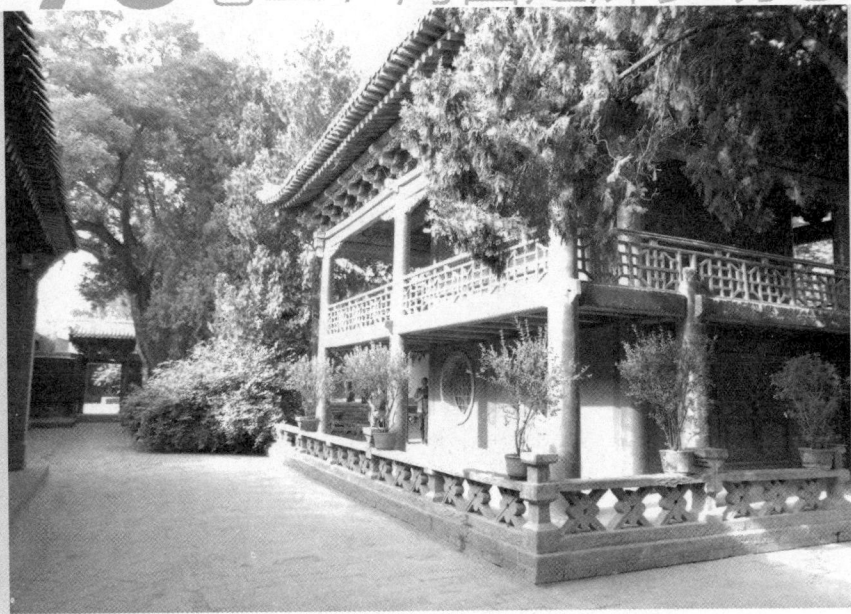

▶武威文庙一角

河西名城：武威

吾闻昔日西凉州，人烟扑地桑柘稠。

葡萄酒熟恣行乐，红艳青旗朱粉楼。

——元稹《西凉伎》

　　这是古人歌颂咏叹武威的厚厚一本诗集中的一首，也许不是最出名的，但是最形象地描绘了武威的繁华风景。

　　自西汉名将卫青、霍去病大破屡犯中原的匈奴，夺得河西走廊，为守卫这片来之不易的疆土，更为切断匈奴与胡羌的联系，汉武帝在千里河西设立四郡。武威作为进入河西走廊的第一要镇，取"武力威镇"之意而设立。

　　张骞凿空，班超定远，丝绸之路的开通给武威这个塞外边城几度带来繁荣。不管是西出阳关的客商、戍守边关的将士，还是往来的使节、传教的僧侣，告别繁华的长安，一路西行，黄尘漫漫，戈壁流沙，日渐苍凉，疲惫与乡愁，俱上心头。

　　此刻，踏上一片绿洲，远眺城垣，喜悦顿上心头，可以获得歇息，有热乎可口的饭菜，有佳肴美酒，所赶骡马能加添草料，缓解疲惫，心中该有多少安慰。尤其是那些路途艰辛迟迟赶到的驼队马帮，暮色中响着焦急的铃声，赶马人粗犷高亢的吆喝，一串亮起的火把在戈壁滩上移动。此刻绿洲上的任何一处驿镇都会寄托陌路人的希望，何况是设郡悠久、名播古今的武威！

凉州古城楼威武高大

　　武威首先在于形胜。离开兰州，进入河西、永登一线，两山夹峙，地形局促；天祝海拔三千米，只宜藏民放牧；至古浪，两边山脉方才渐次退开；到武威南面，祁连雪峰已远在天边，与北地龙首山拱卫着百里开阔的平原，祁连积雪也化为溪流，滋润了广袤的牧场与绿洲。山脚下是雄浑壮阔、苍凉悲壮的草原风景，如带的溪水蜿蜒，胡杨成片，茂密的牧草覆盖着起伏的冈峦山坡，完全是一派"天苍苍，野茫茫，风吹草低见牛羊"的壮阔气象。每临晨昏，朝霞夕阳似火，照亮草原每一处角落，大群的牛羊放牧或归来，牧人甩动响鞭，牛犊羊羔撒欢，一顶顶帐篷上飘起长长袅袅的炊烟，奶茶的香味在草原飘拂，召唤着家家牧人。祁连牧场秋季景色最为壮观，石羊河水量充沛，蜿蜒而来，两岸牧草茂密齐腰，胡杨树叶黄了，在阳光中金黄透亮，秋高马肥，晋时就有"凉州大马走遍天下"的美誉。一群群剽悍的骏马，疾风般掠过草原。远处的雪峰耸立似屏，近处的秋阳牧草如诗，它们与秋风中奔驰的骏马构成一幅塞外草原壮阔的图画。

　　武威不仅自然风光壮美，两千多年来不仅设郡建州，还曾数度成为割据政权的国都，留下众多的古建筑、古佛寺、古墓葬、古长城、古遗址，为武威平添一道人文风景。

　　武威自西汉设郡起便筑长城，在塞外荒山大戈壁上利用苇草沙石筑就坚固边城，还配以烽燧狄楼、城堡瞭望台，若有敌情，便点起苇炬报警。晴空之下，狼烟冲天，可迅速调集军队拒敌，有力保障边塞丝路安宁。历千年风雨，武威境内至今尚存长城百余公里，有些地段仍巍然高耸，让人感受到当年的御敌雄姿；有些地段则仅存残垣，亦给人岁月沧桑的强烈印象。目睹荒岭大漠的蜿蜒边城，对先贤志士的崇敬会油然而生。

▲ 武威白塔寺——元初西藏归属祖国签约之地

　　武威城北有座高台，虽已荒芜，却来历非凡。宋时，党项羌人占据宁夏，立国西夏，屡犯河西。北宋王朝派大将狄青镇守武威，在城北筑高台瞭望敌情，为纪念这位爱国将领，人们将其称为狄台。如今已成为一处凭吊古迹、缅怀先人业绩的去处。登台远眺，武威街市、绿野平畴、祁连雪峰尽入眼底，让人心胸也顿为开阔。

　　武威西南方向则有一座金塔寺，寺内有塔，原本砖石砌衬，青灰之色，因塔寺背景为祁连雪峰，每逢晴日，夕阳西下，彩霞满天，在大片紫红色彩霞映衬之下，寺内高塔熠熠生辉，云蒸霞蔚，如披佛袍，一片金色，索性就称作金塔寺了。武威原为佛教东传必经之地，建有不少庙宇，前秦时还把西域高僧鸠摩罗什留在武威传教。罗什不仅是佛学大师，还精通汉文，曾在武威翻译经典三百多卷，对佛教传播起了很大作用。他去世后，为纪念这位大师，武威修了罗什塔，至今还矗立于武威城区。武威城区东南二十多公里的白塔村，耸立着一百多座高低参差的佛塔，不仅在祁连雪峰映衬下十分壮观，更是因在元时，是西藏萨迦派第四任法王萨迦·班智达与镇守凉州的蒙古窝阔台汗之子阔端举行"凉州会谈"之地，是西藏归属祖国七百六十多年的历史见证。白塔寺系全国重点文物保护单位。还有天梯山中历代所凿佛窟，留有大量佛塑、佛雕与壁画，其精美程度，足以和敦煌艺术媲美。

陇右言学之冠

　　到武威必去文庙。这座规模宏阔，已有七百多年历史的古建筑群落是武威，

武威文庙

甚至可以说是整个河西走廊文化教育发展的缩影。进文庙则必参观《西夏碑》，因为此碑见证了一个建立国家达二百年之久的少数民族政权西夏国，还见证了他们创造的比繁体汉字还要复杂的西夏文字。游览武威，阅读明白了文庙与西夏奇碑，也就明白了半个武威。

武威文庙素有"陇右言学之冠"的美誉，用今天的话说是河西走廊的最高学府，这也是由武威在河西的特殊位置决定的。自河西归汉，武威作为联系中原与西域的要镇，在设郡立县、迁民实边、兴修水利、垦荒生产、站稳脚跟之后，当时已被尊为国学的儒家文化必然要随疆域的开拓巩固而在此传播。在之后几千年中，武威正是作为华夏文明、儒家文化在河西乃至整个西域的一个支撑和传播重镇，成为河西群众对中原文化一种精神的认同和情感的依托所在。武威的文庙，东、中、西三组规模宏阔的建筑，与整个中原华夏大地的文庙格局一致、一脉相承。那供奉孔子的殿堂，那魁星楼和文昌宫，那高悬于梁柱的碑匾楹联至今让人望之肃然。整个文庙建筑群，深深体现着儒学的中庸与平和，布局绝对对称，结构务必严谨，整体则庄严雄伟。前殿匾联林立，后院松柏参天，一派雅静肃穆。遥想当年官吏使节、出征士卒、往来商旅，来到河西，见到这与内地并无二致的文庙，精神情感会何等亲切，会感叹"普天之下，莫非王土"，会觉得这塞外边城如同故乡一般可亲，一种凝聚感会油然而生。河西群众与学子则正是通过去文庙学宫学习与深造，才历代学人辈出，薪火相传。这样，文庙所代表的中原儒学文化也就在千里河西传播开来，生生不息。

武威或者说河西文化如果仅仅局限于文庙也就无了生机，恰是通过文庙传播开来，在广阔的河西大地上绽出了瑰丽的奇葩。汉唐时，张骞凿空、班超定远，卫青、霍去病征战大军的战旗想必掠过祁连山的流云，万骑战马铁蹄叩击过河西大地。仅是唐代诗人到过武威、写过凉州的就能列出长长一串：岑参、高适、王维、元稹、王之涣、王昌龄……以至《凉州词》《西凉伎》《凉州乐曲》风靡长安，倾倒宫廷。王翰的"葡萄美酒夜光杯，欲饮琵琶马上催。醉卧沙场君莫笑，古来征战几人回"，元稹的"吾闻昔日西凉州，人烟扑地桑柘稠"，都是咏叹凉州、赞美河西的千古绝唱。

武威文化的繁荣绝非偶然，强烈的地域特色，祁连千年雪峰，戈壁大漠烟尘，边城塞外瑰丽的自然景观，汉唐"文治武功"的千年积淀是其发展的必要条件。再就是多个游牧民族匈奴、大月氏、党项、吐蕃与中原汉民族的融合，"凉州七里十万家，胡人半解弹琵琶""凉州女儿上高楼，梳头已学京都样"的胡汉杂居，多种生活习俗，多元文化的汇集交流，使得武威河西的文化脉流益发丰富多彩，充满生机。千年岁月已使文庙成为武威文化的象征与见证。

目前，文庙除保留相当的建筑规模，历代匾额、碑刻、藏经、字画，弥足珍贵的汉代竹简、唐朝木雕之外，还有一通被列为国家首批重点文物的西夏碑刻。正是这通无比寻常的碑刻，见证了武威乃至河西非同寻常的一段历史。

中外闻名西夏碑

北宋时期，西部羌人的一支党项羌发展壮大，有十几万拥有马上优势的骑兵，占据了以宁夏为中心，包括陕西北部和整个河西走廊的地区。敦煌莫高窟的藏经洞就是在党项人占据河西，动乱中驻寺和尚仓皇逃难时把经卷藏起来的。原想动乱过后再回来，不想党项建立了西夏国，长达两百年，和尚再没回来，藏经洞也就封闭了近千年，直到1900年被王道士发现，这是后话。

西夏国虽然由游牧民族党项人所创建，但其开国皇帝李元昊十分杰出。他通晓汉语，熟悉北宋的典章制度，了解中原发展生产、商贸情况，尤其吸取宋朝统治经验，对佛学也不排斥，在建国前后还常礼遇中原流落河西的士人，注意发挥他们的专长。西夏文便是汉族知识分子在汉字基础上为其创造出来的，用以记载西夏的典章与法律。可惜的是西夏后来被成吉思汗大军荡平，西夏文毁于战乱，存留极少。历经千年，这种比繁体汉字还要复杂的文字也无人能识，目前国际上也仅有几位专家能够部分破译，成了千古之谜。

现存武威文庙的这通石碑全称为《重修护国寺感应塔碑》，正面用西夏文书写，背面用汉文书写，这就为破译西夏文提供了可能。此碑在清嘉庆年间为武威

▶武威街头下象棋者厮杀正酣

籍金石学家张澍发现，当时就在金石界引起轰动。之后，虽还有零星西夏文镌刻发现，但就时间来讲，都较西夏碑晚，且没有西夏文与汉文对照，所以西夏碑就不仅是块碑刻，还成为破译一种少数民族语言，乃至一个少数民族政权和国家的"字典"，无怪乎被列为全国第一批重点文物。

今日武威胜凉州

今日武威颇具现代城市规模，高楼林立，街道宽阔，市容整洁，商贸繁荣。印象至深是首次探访武威时参观一处沙漠园林，沿途二十余公里，得以饱览农舍田野。完全出乎想象，极目田畴绿野，沟渠纵横，渠水满溢，渠岸栽满笔挺粗壮的参天白杨，一派塞上江南风光。所经村落，家家皆四合院落，干净清爽，和关中平原八百里秦川富庶村落并无二致。据介绍，武威人口逾百万，若是唐人作诗，该写"今日武威胜凉州了"。

在漫长的岁月中，像武威这样一座历史悠久、文化深厚的名城，会有些独特的文化积淀渗透到群众日常生活之中，比如端午这天，武威人相信去唐代始建的大云寺钟楼摸钟会一年吉祥。于是每当这天，大云寺万头攒动，甚至要出动警察维持秩序。河西的文友陈淮告诉我，武威城区的茶馆常常会有许多结伴的农村老太太，她们十分闲适地品茶、聊天、度过半天闲暇时光。他还拍了些照片，收进作品集。果然，那些老太太脸上都雍容大气、安详笃定。

沙漠绿洲：民勤

▲民勤放驼人

危局民勤

　　来到古凉州武威，或者说来到河西走廊乃至中国西部，听到用最焦虑的语气说得最多的便是民勤。2000 年到河西走廊，我的朋友——时任武威市委书记张余胜不止一次说，我这里人气旺，就是缺水。但我们沿途看到的却是满当当的渠水、黑油油的庄稼。"这是武威的精华，你去民勤看看就知道了！"坦诚地说，我真正关注民勤从这时才开始。甘肃地处西北，历史上便缺水，但主要是指陇东，早在清代左宗棠坐镇陕甘时就说过"陇东甲苦天下"。苦在无水，一盆水反复使用，最后还要喂猪，宁可给乞丐馍不给水，过年节才能洗脸，结婚时才能洗澡等等绝非传闻，而是纪实。笔者多次西行就曾目睹大雨滂沱时，没人避雨，全村男女都出来，端盆提桶抢接雨水，开沟铲土堵水，引进水窖。就连公路沿途都被村民用泥土一段段挡截，把那些混着泥土、沥青各种杂物的脏水宝贝似的挡蓄起来，再设法引进水窖，那可是全家人一年的救命水啊！全国妇联倡导，刘少奇夫人王光美生前曾号召的爱心母亲活动，就是捐助一千元即能帮助西部贫困缺水地区打一口水窖，就是指储这种雨水的水窖。在我的印象中，河西走廊可应该是好地方，金张掖、银武威，"不见祁连山上雪，错疑甘州是江南"嘛。"你说的是什么年代的事，沙尘暴都刮到兰州、西安、北京了！"不止一位甘肃朋友口气严肃地教导我，"水窖还有雨水可接，民勤人上哪儿去接雨水呢？"地处西北干旱区的民勤，年降水量不足一百一十毫米，常是雷声大，雨点小，地皮都打不湿，一阵风就能吹干。太阳只要一出来，炽热的阳光照耀大地，年蒸发量高达两千六百毫米，是降雨量的二十四倍。历史上民勤主要靠祁连雪水融化后形成的石羊河水系灌溉，

▲逐渐被沙漠吞没的村庄

由于民勤地处水系末端，随着全球变暖，雪线上升、水量减少，上游武威绿洲人口用水激增，加之无序开发，20 世纪 50 年代，石羊河流入民勤的水还有五亿立方米，之后每年递减，到 2005 年时，全部来水只有 0.61 亿立方米，全县三十万人以及数百万的牛羊马猪鸡狗，喝水都不够，哪还能奢谈洗脸洗澡，讲求文明。种植庄稼，四时灌溉，发展经济，工业用水等只能打井取水，饮鸩止渴。20 世纪 60 年代，民勤地下水位不到三米，恰是树木、庄稼根须能延伸的地方，如今过量开采地下水，导致水位不断下降。2006 年民勤盆地中心水位深达将近二十米，沙漠边缘已要打近百米的深水井了，地下水位下降的深度远远超过树木植物根须的吸取深度，造成大面积的树木、庄稼、植被枯死乃至荒漠化、沙化。面积 1.6 万平方公里的民勤，面临东、西、北三面，长达四百公里的沙漠日夜不停地侵吞最后的土地和绿洲，每年以十公里的速度推进，如今只剩下八百平方公里、不到全部面积的二十分之一的土地还有绿色和人口。许多农民在祭奠祖坟之后，必须插上树干做标记，不然，第二年来漫卷过的沙丘，会把祖坟都掩埋得找不到了。最让民勤人难忘的是 1993 年 5 月 5 日，骤然而起的沙尘暴整整刮了一天一夜，临近沙漠的村落都遭了大灾，多户人家的房顶被掀翻，小树连根拔掉吹跑，牛羊失散。最痛心的是黑风扬起的沙尘吞噬夺走了三十多名小学生的生命……

　　每年临近沙漠的村落都有不少人迁走，实际是逃走，怕一夜之间被风沙掩埋。原来四百多人口的辉煌村，只剩下一对老兄弟，故土难舍。相邻的字云村，也是大村，全村人都走了，只剩下八十多岁的聂云山老人和照顾他的孙女聂海燕。2006 年，老人去世，孙女出嫁，这个村子再也不见人影，唯见拆空了的房子，

▲被迫撤离家园的民勤人

陡然立着四面墙壁，大白天都阴森森的没人敢去。据全县统计，近十年民勤有近八千户人家、三万五千多人成为生态难民，拖儿带女，车拉牛驮，恋恋不舍地离开故土。民勤人也曾向命运抗争，20世纪60年代，举全县之力，大搞人海战术，硬是凭车拉肩挑，在石羊河下游沙漠之中，修起三面人工堤坝，面积三十平方公里，库容过亿（立方米），据说是亚洲最大的沙漠水库，曾被中央电视台称为"中华之最""瀚海明珠"。但熟悉情况的人却讲，自从红崖山水库修好，下游的青土湖就完全干涸，河道也成了沙漠。由于石羊河来水减少，2004年被称为民勤人母亲库的红崖山水库首次出现干涸。这时民勤人面临的是上无雨水，下无井水，也无河水库水可资利用的三无状态。拯救民勤，拯救民勤人！也就是那时惊动了中央领导，也惊动了大半个中国。因为跨进新世纪后，连续几年春季频频发生的沙尘暴，滚滚黄沙不仅遮罩了兰州、西安、郑州、石家庄、天津，也笼罩了首都北京。尘埃落定，经来自全国的专家实地考察分析，造成沙尘暴频起的灾害源头之一就在民勤！其实，对于民勤问题，温总理前后做过六次批示，其中最掷地有声，也传播最广的是：决不能让民勤成为第二个罗布泊！

这句看似普通的批示中，其实有着深刻的内涵与准确的把握。温总理在大学所学为地质专业，又曾在甘肃工作多年，对中国西部山川地貌、气象物候都了解得十分透彻，更清楚民勤问题的典型性、紧迫性和关键性，可以说是一语中的。中国西部干旱少雨，几乎所有用水都来自高山积雪融化形成的河流，著名的有新疆塔里木河，河西走廊的黑河、黄羊河、疏勒河等，几乎全是内陆河。从古至今，有水便有人烟，有城镇，有村落，有生机勃勃的绿洲；无水便成废墟，成戈壁，成荒漠，成为一种彻底的荒凉。比如塔里木河水的衰减使上千平方公里湖水荡漾的罗布泊干涸，造成繁盛一时的楼兰古国、精绝古国沦为废墟乃至被风沙掩埋。河西走廊几大河流造成几片绿洲，从东到西，石羊河造就武威（含民勤）绿洲，黑河造就张掖、鼎新绿洲，疏勒河造就酒泉绿洲等。民勤绿洲的关键性还在其特殊位置，民勤位于河西重镇武威，正好隔断中国西部腾格里沙漠与巴丹吉林两大沙漠。目前这两大沙漠的面积都超过了四万多平方公里，正因民勤绿洲像一把楔子镶嵌在两大沙漠之间，才使它们不能合拢和南移，所以许多专家都一针见血地指出，在中国地理环境的寒暑表上，民勤处于对沙漠监控的前沿阵地，是风沙线上极为关键的桥头堡。民勤绿洲的存亡关乎整个河西走廊的安危，民勤不保，必将危及河西，河西不保，必将危及中国。

武威市委书记张绪胜认为，一旦民勤失守，河西走廊便会被拦腰斩断，东起连云港、西至荷兰鹿特丹的亚欧大陆桥将名不副实，内地与新疆只能隔沙漠相望，古丝绸之路也将不复存在……

国家林业局专家李怒云说，从生态意义上讲，民勤不仅是民勤人的民勤，也不只是武威人的民勤，而是中国乃至世界的民勤，民勤对整个大气环境都会产生影响。

如何拯救民勤、拯救生态，不仅是摆在民勤人、武威人面前的难题，也是摆在西部人、中国人面前一道刻不容缓的难题。

曾是绿洲

民勤的生态并非天生如此恶劣，相反，民勤曾经是镶嵌在中国西部沙漠之中一片浓绿滴翠的绿洲，有"瀚海明珠""鱼米之乡"的美誉，曾是甘肃乃至全国著名的产粮大县、粮油基地。这同样得益于民勤所处的环境。

日月经天，江河行地，宇宙天地之间，自有运转之道。中国西部干旱少雨，却有巍然的雪山耸立，补充水源。天山冰雪融化为塔里木河水系，祁连山冰雪融化为石羊河、黑河、疏勒河水系，远古人烟稀少，开发有限，这些内陆河便形成湖泊。塔里木河积水为面积达上千平方公里的罗布泊；黑河流至内蒙古额济纳，"弱水三千入流沙"，形成两千六百平方公里的古居延泽；石羊河则在民勤形成 1.6 万平方公里的大湖，即今民勤县境全为湖泊。到秦汉时期，此湖还有四千平方公里，为我国最早的地理著作《尚书·禹贡》所记载的全国十一个大湖之一，《水经注》也称其"碧波万顷，天水一色"。由于四周植物腐烂积

▲民勤历史上曾有众多如图中的湖泊和湿地

淀的泥土为青色，故此湖称青土湖，隔祁连山与青海湖遥遥相对，也可以说是祁连山孕育的一对姐妹湖。有水自然水草丰茂，宜牧宜耕，西汉时武威民勤一带为匈奴休屠王占据。西汉使节苏武出使匈奴被扣十余年，流放北海牧羊。北海便是指武威以北民勤境内的青土湖，明代曾修苏武庙，近年得到修葺，巍然耸立。汉开河西，至隋唐武威改称凉州，成为丝路重镇，所属民勤由于有湖泊，水草丰茂，利于放牧，遂有"凉州大马，走遍天下"的美誉。"凉州七里十万家"，随着人口增多，垦荒种地，流入青土湖的来水日益减少。史料记载表明，1924年青土湖最后一次注入洪水后，再无来水增加，但直到20世纪50年代，民勤县境仍散布着上百个湖泊，青土湖仍有一百多平方公里的面积，水最深处达六十米。至今民勤还有许多老人回忆，小时候水草丰茂得吓人，平时不敢进去，怕被狼伤着，跟着大人才敢进，骑在骆驼上也看不见人影。一位叫张继勇的老人回忆儿时放牛，牛贪湖边草嫩，他也贪玩，待到想起牛，跑到湖边看时，牛已隐进没顶的沼泽，再也看不见了。湖里野鸭成群，人一进去就扑棱棱惊飞一大片，每次进去都能捡到成筐野鸭蛋。不光青土湖，那时全县有上百个湖泊，每个湖泊的情形都差不多，湖周边的人浇地方便，放羊方便，都富裕着呢。民勤也确实富过，由于临近内蒙古，打开地图就能看清民勤与陕西榆林、山西大

▲被誉为"塞外故宫"的民勤瑞安堡

同在同一纬度。临近边地，商贸活跃，民勤人善于经商，也与相邻的晋商一样，出过许多商界高手，活跃在西部古老丝路上的驼队就有著名的民勤帮。在民勤也有如晋商富豪们修的祁家大院、渠家大院一样的豪宅，鉴于河西民风剽悍，这些豪宅都修得高大坚固，宛如城堡，所以叫张梅少堡、王参谋堡、瑞安堡。保存较完好的瑞安堡，占地五千多平方米，从外边看，俨然一座小紫禁城，据说是目前中国西部最大的地主庄院。但熟悉情况的老人却说，比张梅少堡小多了，后者由于年代久远破败了。民勤在外读书做事的人也不少，有"天下有民勤人，民勤无天下人"的说法。一次在兰州，与《丝绸之路》主编季成家教授说起民勤，季教授说他老家就是民勤。明清两代，开科取士，民勤中举之人历来甲于河西，获得"人在长城之外，文居诸夏之先"的美誉。民勤人由于外出经商、读书，晚年致富回家眼界开阔，不仅修堡子，还需娱乐，逢年过节，修房造堡，红白喜事，兴唱堂会，就请剧团来村里演出，久而久之，居然形成一种地方戏种——民勤小曲。民勤小曲类如秦腔，但不暴烈，盖因民勤有水，在刚烈中添入了婉约，不仅在民勤、武威备受欢迎，还传到相邻的内蒙古临河、磴口、阿拉善高原。

民勤的悲剧在于美梦消失得太快。水利部前部长、著名水利专家钱正英两次民勤考察过后，叹息青土湖是中国历史上在最短的时间里消失的最大湖泊，罗布泊的消失用了漫长的一千年，青土湖只用了短短的五十年。1958 年，甘肃的口号是"百库千渠万眼井""无雨大增产，大旱大丰收"。石羊河水系上修了二十多座水库，使流入民勤的自然河水陡然减少。当号称亚洲最大的沙漠水库红崖

▲作者在大片枯死的树林中

山水库在20世纪60年代初建成之日，也就是绵延数千年的青土湖彻底干涸之时。湖底现在沙丘成堆，两大沙漠已经在那里合拢了。民勤人不傻，早有人料到这种结局。当年一位姓李的县长就多次向上反映，中上游不能滥修水库，要考虑全盘利益，但反映无用，这位县长居然带了两卡车人，要去上游炸坝，结果县长被判刑。这件事的负面作用是再无人敢反映真实情况。地表水没有了，就用地下水，开始地下水积蓄千年之久很旺，打下几米就有水，有水就能浇地，浇地就能增产。20世纪70年代，民勤进入最后的辉煌，全县打了上万眼机井，年年粮食丰收，成了甘肃省第一个年产过亿公斤的产粮大县，在全国也挂上了号，每年给国家贡献三千万公斤商品粮，这在干旱少雨的甘肃乃至西北可是个天文数字。

民勤的好日子几乎是戛然而止的，这也符合规律，福兮祸所伏，高峰过后便是低谷。问题从20世纪90年代开始显露，打的机井深度达一百米、二百米，最深三百米水才能喝。人喝水都如此艰难，植物根系再吸不到地下水了，全县五千多亩美丽粗壮的胡杨全部死光。五六十年代，全县人在沙漠边缘栽下十三万亩沙枣林和三十五万亩红柳林，都是已被证明抗旱耐旱可以防沙固沙的最好的树种，结果逐年枯萎，已处于死亡和半死亡状态。固防沙漠前沿的藩篱既失，环绕民勤的腾格里沙漠和巴丹吉林沙漠长达四百公里，出现近四百处风沙口向已经十分脆弱的绿洲挤压，致使大批生态难民在民勤出现，情况严重到惊动中央领导。改变生态、拯救民勤已经到了刻不容缓的地步。

拯救家园

其实，历代民勤人都在为保护生态、拯救家园做着不懈的努力。尽管历史上民勤有众多湖泊存在，但民勤地域面积一万六千平方公里，并非所有民勤人都环湖而居，况且极度的少雨干旱，过量的水分蒸发，频起的风沙天气自古就有，并非始自今日。一方水土养一方人，地处沙漠边缘的民勤群众自古便以勤做苦吃、与风沙做斗争著称，"民勤"也因此得名。明末北方大旱，造成大面积庄稼颗粒无收，就有民勤人被迫撤离家园，去内蒙古阿拉善地区谋生的事情发生。清代坐镇甘肃的提督苏阿宁已注意到生态是个系统环境，对河西走廊赖以为生的祁连雪山十分关注，视祁连山的森林为"甘人养命之源"，立碑公示"砍树与杀人同罪"。

民勤地方志明确记载，截至民国期间都对湖区有严格保护措施，全县每年仅有一天开湖，可以进入湖区打柴、砍芦苇、捕鱼、捡鸭蛋……其实也仅是一种保护性的清理。过去，就在民勤以产粮大县声名鹊起时，不少有识之士已注意到民勤脆弱的生态。20世纪80年代，对民勤水系长期关注的兰州大学地理系冯绳武教授，就对民勤地下水严重超采忧心忡忡，多次建议应限制打井开荒。他还认为民勤的生态只能养育20万人，1949年民勤人口为19.9万，现在为31万，要进行生态移民。事实证明，正是过量的人口和经济利益驱使，让生态付出了代价。20世纪90年代，甘肃电视台在拍摄《沙漠民勤》时，也感到民勤的生态问题严重，之后，几乎每年都去，及时通过媒体提醒人们关注。进入新世纪后，几乎每年的两会，甘肃的全国人大代表和政协委员提案涉及最多的便是民勤的生态。让甘肃人大代表印象最深的是，连续几年，温家宝总理都以甘肃人大代表的身份参加甘肃组的讨论，多次发言，对民勤绿洲极为关注，并先后对民勤生态绿洲的恢复做出多次批示。2006年全国人民代表大会期间，温家宝总理听完甘肃代表发言，提出希望甘肃做好四件事，全部谈的是河西走廊生态保护，第一件就是决不能让民勤成为第二个罗布泊。2007年，在多年反复考察、论证、修改后，由国家发改委、水利部联合审批的《石羊河流域重点治理规划》正式通过，《规划》总投资47.49亿元。鉴于民勤生态多年形成，积重难返，欲速不达，只能分为两个阶段：第一阶段是截至2010年，民勤地下水位不再下降，地表来水由每年不足1亿立方增加到每年2.5亿立方米；第二阶段是到2020年，北部原来的湖区出现一定范围的湿地，以利于防风沙和植物生长，形成林带，阻止腾格里和巴丹吉林沙漠的合拢和南移！每年每人必须栽草种树治沙一个月。已与风沙干旱做过多年抗争的民勤人面对厚厚一摞规划，具体到实践中归纳为简单的八个字：关井、压田、

▲民勤许多土地只能种耐旱的棉花

建棚、移民。按计划每年要关掉两百口井，减少对地下水开采；压田还草，减少耕地，也就减少了对水的需求；建日光大棚，种经济作物，改变单一粮食种植，还可大量节水。前三项治理已初见成效，但是移民十分困难，一是群众故土难离，二是没有地方愿意接收⋯⋯

再困难也要启动和推进，因为民勤人已经没有退路！不止一位武威和民勤的党政领导这么认为，"天下有民勤人，民勤没天下人"，民勤群众说，古时候大旱风沙没人管都敢闯天下，现在有人管怕啥！现在天下人都来帮助民勤人，说不定治理好了还能回来！越是底层越是处于风沙前沿的群众对治理的信心倒越充足，这也许就是民勤的希望所在呢！

2009 年 8 月，我约了伙伴再次走访民勤。夜宿武威时，喜逢降雨，连夜不止，让人惊喜不已，几次爬起来隔窗观望，淅淅沥沥，地上有了流水，应该是中雨了。清晨，急不可待赶往民勤，沿途庄稼地湿漉漉的，雨痕明显，民勤县城马路两边居然有了积水，汽车驶过，水花四溅。那天，正是中学生开学报名的日子，许多家长和孩子都披戴着雨具聚在学校门口。我们又特地赶往红崖山水库，这座亚洲最大的沙漠水库曾在 2004 年干涸，引发民勤人的恐慌，这里蓄的可是民勤全县

▲民勤红崖山水库正恢复库容

三十万人的生命之水。也就是从那时起，根据温家宝总理决不能让民勤成为第二个罗布泊的指示，加大了调控石羊河水系的力度，每年往民勤调水已从六千万立方米增至近两亿立方米。我们看到的情景是红崖山水库蓄水已达最高水位，水天一色，无涯无际，四周树木茂盛青绿，水面鱼跃鸟飞。但愿这情景能天长地久，能让民勤人有永远的明天。

▲快马信使

凉州大马走遍天下

一

在漫长的古代社会，马匹不仅是最好的交通工具，也是军力、驿力，乃至国力是否强盛的重要标志。几乎从秦汉始至清军入关，中原王朝在同周边游牧民族的反复较量中，胜败的关键之一就在于是否具备马上优势。

"出师之要，全资马力。"古代马力在战争中的重要不亚于现代战争中的坦克与装甲车组成的快速部队。比如西汉初期，匈奴大举南下，打到山西太原附近，朝野震惊。汉高祖刘邦亲率三十万大军迎战，却被匈奴来去迅速的马队团团包围，东面一色青马，西面则是白马，北面是黑马，南面则是红黄杂色马，整整七天七夜，汉军无法突围，后用重金收买匈奴贵妇，才得以撤退。

中原王朝为巩固边防，吸取了教训，无不注重充实马力。尤其汉唐，其强盛之际，在很大程度上也是指这两个朝代注重马政，马业发达，军力驿力充盈，综合国力也就空前强大。

汉唐几位有作为的皇帝，汉武帝、唐太宗、唐玄宗无不喜爱名马良马。不仅是性格使然、个人喜好，更是当时需要大批良马的国情促使。汉武帝为获西域所产大宛良马"汗血马"，不惜遣使万里求索。咸阳出土的镏金马据说就是依照"汗血马"的体型而制作。唐太宗马上夺得江山，更是视良马为知己，对伴他征战的六匹战马十分怀念。曾亲写《六马图赞》盛赞其功，还令工匠制作写真雕像，置于陵前，这便是闻名中外的"昭陵六骏"。

▲武威雷台传统礼仪

二

　　从历代在中原建立政权的王朝所积经验来看，要建立强大的骑兵队伍，解决马匹的途径基本有两条：一是制定符合实际情况的养马政策，即勤于马政。比如唐高宗时，禁止民间养马，国家公养又难以满足需求，一遇战事，到处购马，结果用高价向回纥人购来的却是劣马，皆不能用。唐玄宗执政后，针对前朝之弊，大力号召民间养马，并颁布奖励政策，能养三十匹壮马者则可当哨长一类下级军官。结果，不出数年，全国马匹充盈。其二是与周边游牧民族开展"互市"获得马匹，这便是起始于汉唐，盛于宋，延续至明清，持续千年的"茶马互市"。

　　用游牧民族需要又无法生产的丝绸茶叶换取牧区良马，可以起到外安抚边民、内充实军力、活跃边贸的多重效果。唐代名将王忠嗣在任朔方节度使时，曾采取高于市价的方式易马，结果胡人争相交易，时间一长，胡人马匹相对减少，王忠嗣却兵强马壮，边境多年安定。

　　此外，占据适宜养马的优良牧场，也是马业发展关键。有祁连山为屏障且有雪水灌溉的河西走廊自古便是天然牧场，汉唐强盛时期都曾占据河西发展马业。两朝情况有些类似，汉初受匈奴袭扰，唐初也曾遭东西突厥威胁。两朝都曾忍辱负重，和亲纳贡，休养生息，积蓄力量；也都曾经历由弱至强，反败为胜，击溃强敌，最终夺取河西走廊乃至整个西域。不仅保障了丝绸之路的畅通无阻，还

▲曾在河西走廊生存的普氏野马

在河西大规模地发展马业。不仅满足军队，还用于邮驿。汉唐邮驿之所以发达，就是因为有充足的马力。"凉州大马走遍天下"成为当时盛传的民谣。古时，没有电报电话和任何电传手段，公文下达、边关告急、王命急宣都只能依赖邮传。驿卒腰扎公文，策马如飞，接力传送，有日行"三百里快马""四百里快马"乃至"六百里快马"的区分，视公文情况而定。汉将赵充国驻扎河湟，距长安九百公里，向朝廷奏报军情，往返一千八百公里，七天就得到指令，这是何等迅速，几乎是今天汽车的速度，也只有河西优良的牧场才能养育出这样优秀的马。

古时的马匹也相当于今日的轿车，王公大臣讲究使用名马良马，府邸前皆有拴马桩、上马石之类配套设施，类似今日的停车场。今日机关小车班司机聚在一起议论小车性能、速度，恐怕也和那时骑手们比较马匹的毛色、牙口、役力相类似。

盛唐时，河西走廊公私马匹多达两百多万匹，成为全国良马的供应基地。真正是凉州大马走遍天下，使河西成为当时全国最为富庶之地。今日哪个省区能产两百万辆汽车，恐怕也是富甲天下！

千载风云逝去，如今最能表现河西走廊繁盛马业的要算那尊已成为我国旅游标志的"马踏飞燕"。我多次河西之行也均参观过这尊奔马的出土之地。

1969年，群众挖防空洞时，在武威北郊雷台发现一座东汉大型砖墓。发掘出一套国内罕见、青铜铸就的武装车马仪仗队。这个仪仗队由四十五尊武装铜俑、

▲武威雷台出土的车马仪仗队

三十九匹骏马、十四辆铜车组成，排列严整，气宇轩昂，最为精绝的是一匹带头的骏马。

此马一足踏着一只飞掠的飞燕，三足凌空，昂首翘尾，突奔向前，把骏马威武矫健、奔腾如飞的精气神表现得淋漓尽致。在国内外已发现的文物中绝无仅有，此马出土真正可称震惊中外！

因为此前，古今中外许多艺术大师都试图在一幅作品中同时表现马的威武与马的速度。中世纪有位外国画家曾让马的两足落于滚动的圆球之上，曾引起人们称赞，认为构思巧妙。我国长于画马的国画大师徐悲鸿画过不少走马奔马，但终其一生也没找到最巧妙的构思来表现奔马。所以"马踏飞燕"出土后便以构思巧妙、造型精绝让文物考古界、艺术界大开眼界，真没想到我们祖先早在两千年前就如此成功地同时表现出马的速度与马的威武，连时任中国科学院院长的郭沫若都亲自鉴定，大为赞赏。

我一直对马有种深深敬意，觉得马是力量、威武和健美的化身，看见马就感到亲切和愉悦。因河西走廊至今还有全国最大的军马基地，所以，在考察丝路中，也把去马场列入计划。可惜几次都阴差阳错，失之交臂，不是向导突然有事，就是又被突如其来的事打断。甚至有次没有向导，我们自己前往，已经到了山丹马场总部，却被告知马群都到高山夏牧场去了，海拔四五千米，并不通车路。看着近在眼前的祁连山，实在不甘心，硬着头皮沿着简易公路又前进十几公里。不想突然下雨，海拔已超过三千米，气温骤然下降，无奈只好返回，但总算看见零散

▶武威出土后成为全国旅游标志的《马踏飞燕》

放牧在山坡的三五成群的马。山丹马体形高大，腰细腿长，通体匀称，剽悍骏美，兼有驮、挽、乘骑多种功能。几匹枣红、赭黄的骏马，在一望无垠碧绿滴翠的大草原上一边安详啃草一边甩动长尾，真正是天地之间的精灵，看着很让人过瘾。考察丝路，每到武威，必去雷台参观铜奔马，并花费千元购置两尊原大"马踏飞燕"置于案头，时时观赏，百看不厌。

其实，伟大的艺术来源于广阔的生活。从河西地貌、史志记载以及"天苍苍，野茫茫，风吹草低见牛羊"的歌谣中，我们完全可以想象出两千年前的一幅图画：白雪皑皑的祁连山下，山峦起伏，绿草如茵，各种野花盛开，如带的溪水波光粼粼。明朗的日光之下，白云般的羊群缓缓移动，黑色的牦牛与老实的黄牛在溪水边啃草，唯有吃饱的马群需要用奔驰来展示充盈的精力，辽阔的草原恰恰需要这样的精灵。转瞬之间，一群黑白相间的骏马就从天地尽头奔跑过来，像一阵疾风，惊动了整个草原。牛羊抬起头来呆看，苍鹰在高空盘旋，一群紫燕低低地掠过草原，箭一般地在马蹄下射出……

这是草原上常见的景象。也许戏耍的牧童日后便是那个没有留下姓名的卓越的工匠，也许压根不是。但铜奔马的诞生却注定离不开长长的河西走廊、白雪皑皑的祁连山峰，还有辽阔得没有尽头的草地……

▶ 张掖山丹长城

河西名城：张掖

"金张掖，银武威。"在著名的河西四郡之中，张掖地处河西走廊，虽不是最开阔的地段，但是祁连山雪水融化汇聚的最大河流黑水所经流域，形成的牧场和绿洲面积最大。经历代开发，田亩相望，人烟辐辏，且又为四通之地，东接武威、兰州，南穿扁都口越祁连山可达青海西宁，西则连接酒泉、新疆，北达蒙古高原，故自古商贸繁荣，数度成为甘肃都会及回纥王庭所在地。遗留下不少古建筑、古寺庙、古佛窟、古墓葬，是一座名副其实的历史文化名城。在我多次的河西之行中，曾数次辗转来到张掖休整，对其留下深刻难忘的印象。

街　市

我几次都是在华灯初放时进入张掖市区的。毕竟是在塞外，车在大戈壁滩上赶路的当口，日暮黄昏，凉风骤起，一种乡关何处的寂寥伴着乡愁便悄然上了心头。

恰在这时，前方有了灯火，张掖到了！顿时心中有了依托，感到温暖。开着车在灯光璀璨的街市寻找旅馆，看着外边街道宽阔整洁，新楼成排林立，商店霓彩炫目，夜市灯火通明，饮食摊点众多，人头攒动，还有道边垂柳依依，广场开阔现代，有情侣携手散步，有夫妻推着坐着孩子的童车闲逛，一派悠然，与省府都会几无差别，让人生出"一笑忘羁旅，还如在京华"的感觉。

张掖街头垂柳依依

　　史书确有记载，张掖因城垣巍峨壮观，街市整洁繁荣，曾被西域商人误以为到了中国国都。据10世纪初一位大食国商人记载张掖，说城池之大，一天才能穿越，城内有六十条大街，每条街都有两条水渠，一条引城外清水供饮用，一条容纳城中污水出城外，可见城市之恢宏。张掖唐时称甘州，几度为省会所在。我国美术大家王子云先生建国初期曾在西北考古，途经张掖，曾著文说："由于张掖经济富足，城垣建筑也非常壮丽，尤其巍峨的城楼，似可与北京、西安媲美。"他又说："张掖城郊，白杨夹道，流水潺潺。绿树丛中，隐现着喇嘛教寺的黄彩瓦顶，衬托出一幅塞边罕见的图景。"

　　可惜，我们没有看见这些，尤其是城垣楼阁，可能早毁掉了。不过，至今矗立于市区中心的钟楼仍为河西最大的钟楼，也是仿西安钟楼样式于明代所建，为塔形三层砖木结构，雕梁画栋，飞檐斗拱，典雅庄重，完全是中原都市省府建筑规格。城楼则有大钟高悬，钟为唐时所铸，造型纹饰大气端庄，有盛唐气象。遥想当初，若逢盛典，大钟敲响，其声远播，音宏韵长，群情亢奋的场景，何等令人神往。历史上隋炀帝征吐谷浑，曾亲临张掖。据载，隋炀帝此次亲临河西，为展示中原王朝威仪，让建筑大师宇文恺设计了一种能够拆卸、类如活动板房样的宫殿，一夜之间，在当时还是荒芜的大地上建起了一座达数千平方米的宫殿，亭台楼阁，覆顶飞檐一应俱全。西域二十七国国主来祝贺时，惊叹不已，皆愿纳贡臣服，所谓"四方辐射，万国来朝"。隋炀帝下令河西四郡仕女皆华服冠盖云集张掖。一时间，驰驿奔诏，车马相望，锦旗如林，美女如云。威武雄壮的号角，扣人心弦的马蹄，冠盖如云的排场，翠华摇曳的仪仗，真正载入史册，彪炳千古，给张掖留下空前绝后、浓墨重彩的一笔。甘肃屡获大奖的歌舞剧《丝路花雨》便

▲张掖木塔下已建成现代时尚的广场

是以此次盛会为背景创作的。

时至今日，张掖以钟楼为中心，辐射出四条大街，成为城市主干与框架。其余大街小巷则分别依附其间，自然形成市政、文化、教育、商业区域，规划严谨，井然有序，但又不失繁华。我曾在商业街闲逛，只见各种水果如鲜桃、黄杏、枇杷、西瓜皆新鲜诱人，个大味甜；各类时鲜蔬菜如萝卜、豆角、黄瓜、白菜、葱蒜应有尽有；水产禽肉亦不缺乏，鸡鸭鱼虾，欢蹦乱跳。满街男女衣着时尚，神态舒展。再仔细看时，男女体形颀长健美，男子脸形棱角分明，充溢一股塞外豪气；女子则身形苗条，脸庞秀丽，大多长发披肩，与张掖街头的垂柳十分和谐，有种飘逸之美。恍然之间，不像置身塞外，倒仿佛游览于江南水乡，可见"金张掖"果然名不虚传。

木 塔

据说张掖曾有金、木、水、火、土五座塔，成五角状分布市区，堪称河西一绝。今虽仅存一座，但巍然耸立于张掖市区，历千年岁月，揽河西风云，名扬遐迩，凡到张掖的人莫不慕名前往游览。

▲张掖大佛寺

现存木塔原名万寿寺塔，塔与寺始建于北周，至今已有一千五百多年的历史。根据《重修万寿碑记》的说法，释迦牟尼涅槃后，形成八万四千颗舍利子，每颗舍利子建一塔安置。唐时宝鸡著名的法门寺也因此修建，20世纪末从地宫中发现数层金棺中存放的舍利子，还曾到台湾港澳各地巡展，可见此说不虚。隋文帝时，为安置舍利骨，万寿寺重修了木塔。原塔高十五层，塔基下开挖有地下空间，空间中心则竖铁柱，整座塔全部受力于铁柱之上，用力推，木塔则绕铁柱旋转。当时往返于丝绸之路的西域使臣胡商皆为之赞叹，故隋建木塔名声远播。

历经千年漫长岁月，河西又曾屡遭战乱，木塔亦屡毁屡建。现存木塔有九层，高32.8米，约十层楼高，为清代所建，近年又曾维修。整座塔无一钉一铆，全靠斗拱、大梁、立柱纵横交错，相互衔接，保持力度与平衡。木塔每层皆可登临，"欲穷千里目，更上一层楼"，随着一层层攀登，凭窗远眺，祁连雪峰、张掖市景尽收眼底，微风徐来，让人心旷神怡。

之前，去张掖时，木塔尚在围墙之内，需购票参观，凭票登临。近年再去张掖，木塔外不仅围墙拆除，而且依托木塔这座积淀着深厚历史文化的古代建筑，修建了一个十分宽广现代时尚的广场。这种借古修今的做法十分成功，古今互为衬托，结合得和谐完美。在张掖休整的几天，几乎每天下午都去木塔广场徜徉，古塔披

▲巨大的卧佛（局部）

夕照霞光，广场则凉风习习。再踱到夜市，要一碗张掖名吃漏鱼儿，可谓惬意至极。河西为小麦产区，面食柔韧筋道，多年积淀，漏鱼儿与张掖木塔都十分有名。

卧 佛

张掖大佛寺始建于西夏。西夏是一个少数民族建立的政权，在北宋时期崛起，占据了银川、陕北及河西走廊广大地区，修筑城池，制定典章，立国近两百年之久。西夏政权奉佛教为国教，距今已经有近千年历史。西夏之后，先后占据河西的回纥、吐蕃以及后来的明清政权中，佛教基本占主导地位，所以大佛寺没有遭受较大破坏。"文革"时期，由于群众与僧侣的保护，一些经典文物得以保存。近年国家拨款维修，使大佛寺重放光彩，成为张掖一处名胜。

其实，佛教寺庙越独特就越出名，张掖卧佛寺之所以名驰河西，关键是卧佛不仅巨大而且雕塑艺术性很高。在全世界卧佛排行榜上它名列第六，在中国名列第二；但若要论室内卧佛，它就名列全国第一了。这尊卧佛全长 34.5 米，竖起来约十二层楼高，耳朵长约 4 米，脚长 5.2 米，中指上能平躺一个人，耳朵上则能容纳八个人并排而坐。张掖卧佛不仅体型巨大，关键这庞然大物，身体各部分比例却掌握得十分准确。比例匀称，线条粗犷流畅，体态丰满端庄，尤其面部表

▲祁连山下自古便是牧场

情恬静安详，两眼微睁，似睡非睡，"视之若醒，呼之则寐"，整个塑像十分含蓄，把佛祖的神情刻画得惟妙惟肖，让人久久不愿意离去。

大佛寺庭院宏阔，建筑壮丽，又近在张掖市区，四周规划出古玩一条街，古色古香，闹中取静，不仅为张掖市民，亦为中外旅游者提供了一方典雅的休闲天地。

原　野

在张掖一带，最能见到河西走廊极具地域特色的风光美景。我曾多次途经河西，有一年五一，内地已是小麦抽穗、油菜结荚，但河西正值春耕，一树树粉嘟嘟的桃花和洁白的梨花树下，小麦刚刚返青，到处都是施肥春耕的男女。穿红花棉袄的妇女在麦地锄草，头裹羊肚毛巾的男人则往地中运肥，鞭声脆响，牛车蹒跚，一幅活脱脱的绿野春耕图。祁连山下，雪水融化了，淙淙的溪水滋润了山下大片的绿野，牧草长起来，覆盖了一望无垠的原野，远近的羊群如云团般在草地上缓缓移动。往下便是农耕地带，历代多年修筑的纵横交织的渠道容纳着满满当当的祁连雪水，浇灌着数万亩的农田。记得初次看着那泛着白色泡沫的雪水，还真担心，如此冰冷的雪水浇灌庄稼能行吗？几次河西之行很快消除了疑虑。每年暮春，祁连山冰雪消融之际，整个河西走廊的气温也会骤然升高，河西走廊一千多公里的狭长地带，夹在南北两山之间，戈壁与绿洲相间，平坦舒缓，一览无余。整个暮春夏秋半年，干旱少雨，常常是一轮炽热的太阳悬于碧蓝的晴空，火辣辣的阳光晒着大地，大戈壁和两边山岭聚热，这正是庄稼瓜果菜蔬所需要的。在我几次河西之行中，留下至深印象的便是灿烂炽热的阳光，中午时分晃得人眼睛都难以睁开，尽情地洒向大地，照耀着河西的绿洲戈壁，照耀着祁连山的皑皑雪峰。正是由于阳光充足，张掖、武威一带盛产小麦、蔬菜瓜果，尤其产优质水稻，早在明清，便成为宫廷贡米了。

无怪古人曾作诗咏叹张掖：不见祁连山上雪，错疑甘州是江南。

旅途小憩

张掖城中木塔，始建于北周，历史悠久。如今塔下辟为广场，每临黄昏，华灯初上，塔下市民云集，休闲散步，翩翩起舞，塔上紫燕成群，绕塔翻飞，堪称一绝，不可不观。观则讲究最好雨后，好在河西夏多阵雨，不时便可巧遇。其时天朗气清，紫燕分外稠密，可去广场寻台阶坐定，便见大群紫燕密如蜂群呼啸而来，始无目标，铺天乱飞，少顷，便见有燕子寻定目标，绕塔而飞，三五只，七八只开始加入绕飞，末了便大群而至，构成若干形状，或如饿虎、如游龙，或似天女散花、似飞弹流星。正看得入迷，近旁一老者告知，紫燕也叫龙雀，为河西特有，凉州出土的那尊几千年前的马踏飞燕，马蹄下踩的可就是它呀！

▶ 马蹄寺飞天泥塑

佛教东传马蹄记胜

一

　　"丝绸西去，佛教东传。"一条延续千年之久的商品流通与文化交流的"运河"，千年尘埃落定，在丝路沿线留下敦煌莫高窟、榆林千佛窟、张掖马蹄寺、天水麦积山等一系列精美的壁画、佛塑、寺院和石窟，宛如一串绚丽多彩的明珠，镶嵌在千里河西，给这条历史文化长廊增添许多闪光的亮点。甲申年（2004年）夏，我们专程探访了张掖马蹄寺。

　　马蹄寺位于张掖市南的祁连山中，在张掖市区就能远眺祁连雪峰，给这个塞外边城平添出一种壮美。其实祁连山还在百里之外，距张掖整整六十公里，车驶出市区朝南一路向上，约有三十公里的田野村庄，之后就是一望无垠的大戈壁了，从绿洲的边缘一直铺展到祁连山下，这非常有利于观察河西地形。因为祁连山横亘于青藏高原与蒙古高原之间，在河西走廊的南侧，就形成南高北低的地势特点，水往低处流，黄羊河、黑河、疏勒河几条水系滋润出几片绿洲城市的生态景观。张掖由于临近祁连山主峰，水量最大的黑河养育了河西最大的绿洲。地形开阔，戈壁聚热，水量又充沛，所以产稻米和蔬菜，并滋养了河西也是亚洲最大的山丹牧场，所以有"金张掖"的美誉，恐怕也是产生马蹄寺佛窟群的重要原因。无论如何，古代开凿佛窟，耗资巨大，无富豪大户做经济资助是绝不可能完成的事。

▲镶嵌在祁连山南麓的马蹄寺白塔

▲河西原本便是良马故乡

途中，几次停车观察，只见祁连山巍峨高耸，山下几乎没有丘陵地带过渡，是倾斜度十分明显的戈壁滩，大小不一的河石紧紧依附地面，表层则有无数道深浅不一的水槽，这是暴雨山洪留下的痕迹。再向下望去，云烟苍茫的地方，形成偌大一片郁郁葱葱的苍绿，那便是河西最大的绿洲张掖了，与荒凉的戈壁形成鲜明对比。此刻，让人觉得"绿洲"的称谓真是恰如其分。

二

到了祁连山下，进入一条山沟，也就到了马蹄寺。马蹄寺不是一座独立的寺院，而是包括金塔寺、千佛洞、上中下观音洞等在内的绵延七处，大小七十多个洞窟群落。马蹄寺因一座大殿内有天马足印而得名。相传汉武帝求天马心切，得天马于敦煌渥洼。天马东去长安，见此地甚佳，刚落下一只马蹄，又受惊腾空而去，遂有僧人在此凿洞、塑佛、建寺。

传说固然美丽，但在我看来，马蹄寺的魅力大半来自地形之胜。与同处河西走廊的敦煌佛洞、武威天梯寺、安西榆林窟等处相比，马蹄寺的地形最为优越，几处洞窟分布于一条幽静隐蔽的山谷之中。谷口并不开阔，且有一道山梁正好像堵照壁，给人一种山环水绕之感，也仿佛成为人间与佛境的界线。进入谷口，立刻豁然开朗，竟是一片数百亩面积的山间盆地，祁连山峰环立，远处雪峰皑皑，云雾弥漫，颇似仙境。一条冰雪融化的溪水从祁连山深处流出，湍急清澈，蜿蜒曲折，正是这看似温柔明净的溪水凭亿万年的努力，竟然冲刷切割出这么一条幽

▲马蹄寺的魅力在于地形之胜

▲与马蹄寺遥相呼应的明长城城堡

深达几十公里的洞天福地。更吸引人的是，祁连山地处西部高寒区，树木牧草皆显苍凉萧索，这条山谷却因小流域环境优越，有高山遮蔽风沙，有溪水滋润沃土，植被茂盛，满目青绿。雪峰下面的山峦长满挺拔的松树和俊秀的云杉，溪水边镶嵌着灌木丛，错落有致，枝叶茂密。河谷两岸绿草如茵，开满各色野花，淡紫深黄，橘红洁白，交相辉映，仿佛五彩缤纷的地毯。在这样的山谷间徜徉，给人的感觉，不像是在严酷的西部，倒像是在江南山阴道上。

马蹄寺的几处洞窟便一字儿排列在这条画廊般的山谷，沿着与溪水交错相伴的山道便可一一造访。洞窟大都开凿在山崖半腰，有蜿蜒于山腰的石梯可达，洞窟与洞窟之间则有栈道相连，悬空飞架，平添气势。马蹄寺的佛窟群落，始凿于北魏，距今已有一千五百多年历史。在丝路繁盛期间，受东传佛教影响，历代凿窟不止，开凿成规模宏大的洞窟群落，历代留下大量风格不同的壁画与塑像。洞窟虽有损坏，仍有许多保持完好，尤其是金塔寺的洞窟，有大型佛塑一排，配有菩萨立像，群像之间，饰满飞天和供养菩萨。这些飞天和菩萨虽然仍采用木头做骨架、黄泥塑身躯的传统办法，但佛教传入日久，凿洞塑佛的经验也就日臻圆熟，加之世俗观念的渗透，工匠们表现出高超的艺术水平，所塑菩萨立体感很强，躯体结实丰满，神情生动自然，惟妙惟肖。飞天酷似河西一带的女子，身材苗条，相貌秀丽，嘴唇小巧性感，胳臂修长圆润，具有很强的艺术感染力，似乎比敦煌泥塑还有魅力。

众多的泥塑和画像，神态各异，绝不相同，有的沉思，有的端庄，有的朱唇微启，似有所语，有的面带微笑，和蔼可亲，有的目不斜视，神色威严。菩萨之间还塑有凌空欲飞的飞天少女像，生动活泼，栩栩如生。整个塑像群落静中有动，坐中有站，层次分明又富于变化，构成了一个佛的世界，一方天国，漫步其间，会深受感染。遥想当年，那些远离家乡亲人的工匠蜷伏于这偏僻的洞窟，在制作佛像的同时，渗进了多少对家乡亲人的思念，对美好幸福生活的向往，这正是马蹄寺佛塑最有艺术价值也最为成功的地方。

三

马蹄寺位于肃南裕固族自治县境内。裕固族是一个历史十分悠久的民族，原本是以游牧为主业，但近年已发生不少变化，出现定居务农，外出经商、打工的多种趋向。裕固族自治县城坐落在祁连山中，机关干部、学校教师也有很多是裕固族人。尤其年轻一代，已不愿再过单纯放牧的孤寂生活。裕固族原本就是能歌善舞的民族，许多人天生就是优秀歌手，马蹄寺作为风景区，商店、酒楼一应俱全，其中就有裕固族男女进行文艺表演。尽管我们在马蹄寺只逗留了一个上午，却留下难忘印象。

万没想到，返回后的一天，打开电视，法治频道正播放一起文物被盗案件，偷盗的文物正是马蹄寺内金塔寺的北魏所塑红裙和绿裙飞天。那是一对雕塑得最漂亮也最可亲可爱的秀美女子，被犯罪分子整体盗走，留下的残迹一片狼藉。看着荧屏上那熟悉的马蹄寺山谷、蜿蜒的溪水与庄严神圣的洞窟，脑子里一片空白。

幸好，节目下来播放了抓捕犯罪分子的过程。甘肃省公安厅与张掖市公安局的侦破人员，费尽心智，最终在西藏拉萨抓捕到两名犯罪分子，被盗的文物，包括已运出境的一尊飞天都完璧归赵。马蹄寺文管所所长感叹，为破这起大案，行程万里，历时一年，花费近五十万元。新中国成立五十多年来，马蹄寺全部文保经费用于安全方面的还不足十万元。这次亡羊补牢，刚争取到五万元经费，给佛洞都安装上了防盗护栏。但愿这类事情不再发生，但愿这已有一千五百年历史的美丽佛像不要毁在我们这代人手中。

▲ 酒泉钟楼

河西名城：酒泉·敦煌

一

　　古丝绸之路从长安出发，一路西行，历经一万四千里，直达西亚乃至欧洲诸国。沿途不仅仅是山川阻隔，道路崎岖，雪山耸立，流沙横卧；幸而还有水草丰美、牛羊布野的片片绿洲，酒幡高挑、灯火通明的商铺驿站；更要紧的是一座座城楼巍峨、街市繁华、人烟辐辏、商贸发达的商埠名城宛如颗颗璀璨明珠，镶嵌在漫长丝路，方使丝绸之路能几度繁盛，逾越千载，为沟通中西商贸、经济、文化做出不可磨灭、彪炳青史的贡献。

　　在丝路经过的大大小小的百余座城市之中，由武威、张掖、酒泉、敦煌构成的河西四郡，素以设郡悠久、风云际会、蕴含深厚而备受关注。在介绍了武威、张掖之后，还需说到酒泉与敦煌。

　　酒泉已临边陲，早年曾为汉军战胜匈奴之古战场，四周皆为戈壁。但由于建有酒泉钢铁基地及卫星发射基地，不仅知名度高，也给人以现代工业城市的感觉。毕竟设郡建府已两千年，故存古迹不少。当年霍去病倒美酒于泉中，让全军将士痛饮的地方，如今建为泉湖公园，湖面数十亩大，水中假山曲桥，绿树掩映，塞外有此美景也属奇迹。市中心，钟楼尚存，且规模宏大，四周皆悬匾额，题"东迎华岳""南望祁连""西达伊吾""北通沙漠"，贴切反映了酒泉在河西走廊

▶敦煌莫高窟

的重要位置。再就是，天下雄关嘉峪关仅距酒泉市区二十公里，游人如织，亦为酒泉增色不少。

敦煌在人们心中，包括我心中都一直有个误会，以为莫高窟千佛洞就是敦煌，而敦煌就是指那些洞窟、佛塑、壁画、遗经等文化遗产。

其实，这是两码事情。莫高窟千佛洞距敦煌市区尚有二十五公里，由于20世纪初洞藏经书的发现，这座人类文化宝库受到举世瞩目，中外学者共同开拓了一门全新的交叉性学科，因莫高窟在敦煌境内，故称敦煌学。盛名之下，几乎取代了敦煌本身。

敦煌本为汉时所设河西四郡之一，处于河西尽头，又系甘肃、新疆、青海三省区交会之处，不仅是中西交通的"咽喉锁钥"，还曾成为割据政权的西凉国都。历经沧桑，几度盛衰，如今虽属酒泉市所属县级市，但系国家级历史文化名城。

敦煌市区不大，人口不足五万。但由于敦煌莫高窟的巨大影响，成为一个典型的旅游城市。宾馆林立，动辄星级。在我不下十次敦煌之行中，记忆最深的还是首次。我站在下榻的宾馆门前，数了周围竟有六家宾馆，就这样旺季尚不能满足需求。街头酒吧咖啡厅多，颇具异国情调。夜市极为繁华，白兰瓜、哈密瓜、葡萄干等新疆特产摆满街头，烤羊肉串则香味四溢。天南海北的人都汇聚于此，服饰各异，南腔北调，购物散步，至深夜街头灯火尚通明，人们还恋恋不舍地徜徉街头，这也充分表现出敦煌的魅力。

二

敦煌之所以有世界性的知名度，是因为距敦煌市区二十五公里的莫高窟是世界上年代最久远，内容最丰富，保护最完整的集建筑、雕塑、壁画于一体的艺术宝库。仅是把现存的四百九十二个洞窟的壁画连接起来，就可以组成一组长达五十公里的色彩瑰丽、包罗万象的艺术画廊，这在世界是唯一的，也是无与伦比

和空前的！

很大程度上，敦煌已经成为一种文化的符号与象征，一旦知晓，便会在心灵深处产生一个挥之不去的情结。宛如"不到长城非好汉"一样，"不去敦煌死不休"。

早在 20 世纪 60 年代，我还在读中学时，看了徐迟以敦煌艺术研究所首任所长常书鸿为原型的报告文学《祁连山下》。这篇作品无论从哪方面都不亚于徐迟后来引起轰动的《哥德巴赫猜想》，只是限于当时禁锢的环境，只在文学界和读者中引起了关注。文章中对敦煌壁画的精彩描绘和常书鸿等人为艺术贡献出毕生心血的殉道精神，却在人心灵深处扎根，可以说从那时就萌生出去敦煌的念头。

1997 年，敦煌之行还真付诸行动。行前搜罗资料，并一厢情愿地设想到某某洞窟观赏某某壁画（到现场方知四百九十二洞窟仅开放二十余孔，并非想看什么就能看到什么）。可惜到兰州后，因女儿流鼻血旧病复发，想着敦煌干燥不易治病，就改去了青海。不想 2000 年，正好是敦煌藏经洞发现百周年时，利用五一休假，圆了去敦煌之梦。

我们一行两车越过长长的河西走廊，赶到敦煌莫高窟时，正值中午时分，大戈壁在强烈的日光照射之下，热力灼人。但莫高窟外的停车场仍无虚席，游人如织，一股"敦煌热"扑面而来。

莫高窟实际是大戈壁上一段河谷，这段河谷是祁连山西端雪水最后流出的一股泉水冲刷而成的，而泉水在流过这段短短的河谷之后就潜入了地下。正是这股好像专为莫高窟的生存流淌的泉水造就了长约三公里的绿洲，生长着参天白杨，带来一丝湿润气息，使历代僧侣在干燥的大沙漠中能够生存。从公元3世纪起，古人就利用沙石相夹十分坚固的河谷断面，开掘洞窟，塑佛像，绘壁画，历经千年，最盛达千孔洞窟，所以莫高窟也叫千佛洞。与广元的千佛崖类似，但规模要恢宏得多。这可能与敦煌临近西陲，又为丝路要冲，佛教较早传播到此有关。

来到敦煌的人莫不想看到16号洞窟中的藏经洞，因为正是藏经洞的发现揭开了"敦煌学"的序幕，而且伴随着一系列让人惊讶、感叹、惋惜乃至伤心的故事。

敦煌莫高窟从公元3世纪起就开窟塑佛，但从西汉建郡始又历来是兵家必争之地，每次战乱，管理莫高窟的和尚便要外出避难。北宋时，党项人在银川建西夏国并祸及河西敦煌，再就是西域于阗一带兵祸战乱。消息传到敦煌，莫高窟僧人逃难时便把大批汉唐以来的经卷、文书、绘画、法器等封闭在16号洞窟的密室里，外边用泥封堵，并绘上壁画。但这批和尚不知何因再没有返回，于是这藏有五万余件汉唐的经书、画卷、文物的洞窟就隐藏了九百余年。

这是大多数学者对敦煌藏经洞由来提出的"避难说"。但也有学者经过研究提出另外一种说法，认为敦煌莫高窟作为佛教圣地，不仅有众多的佛窟，兴盛时四周还密布寺院，日常使用流通的经卷很多，也常有损毁，需进行清理，但佛教圣物，又不能随意丢弃，于是便集中妥藏密室，这便是"废弃说"。还有专家认为藏经洞诞生的真相还需要进一步研究才能破译。但无论如何，老祖先为我们留下一座艺术宝库却是不争的事实。

清末时，一个湖北麻城籍的道士王圆箓来到莫高窟，成为这儿的住持。他还节约、积攒钱财，来清理洞中流沙。1900年6月22日（一说是5月21日，这里权以《敦煌史话》所载日期为准），王道士雇用的一个手下在休息时，用草点烟，把剩余草节插进墙缝，发现深不可测，而且余烟被吸进其中，敲着则有空声，深感惊异。于是叫来王道士，破壁挖洞，震惊世界的敦煌遗书就这样被发现。当然，文化很低的王道士并不知道这些文物的价值，但是一系列的伤心故事却和王道士有关。先是英国人斯坦因从他手中骗走了九千件文物，接着是法国人伯希和带走了六千件，俄国人奥登堡心最狠，他居然弄走了一万件。下来还有日本人吉川小一郎，竟用胶布剥走了洞中最精美的唐代壁画26方！后来，在经书发现十年后，经我国学者一再呼吁，清政府才下令把剩余的八千余件押运至京，但沿途又被大小官员强取豪夺，最后仅剩四五千卷保存在国家图书馆。用国学大家陈寅恪先生的话说："敦煌者，吾国学术之伤心史也。"

三

近年，随着"敦煌热"兴起，人们痛心疾首地谴责王道士，他几乎成了罪魁祸首和死心塌地的汉奸！但也有学者深入调查后指出，王道士在长达七年的时间里多次求助官方，甚至在荒凉的沙漠，冒着狼吃沙埋的危险，步行八百里到设在酒泉的甘

▶ 发现藏经洞的王圆箓道士

肃兵备道汇报，但没引起重视。此外，我在阅读军旅作家王树增所著长篇纪实作品《1901年》时偶发联想，就在王道士发现藏经洞的同一年的8月14日，也就是藏经洞发现还不到三个月，八国联军攻占了北京城。一个历史悠久的民族，一个在世界上领先了几千年的庞大帝国，连首都都让西方列强攻陷占领，谁还能顾上远在西陲荒漠中的一个洞窟。那段时日，可以说是古老的中国自汉唐以降最黑暗的日子，诚如戊戌六君子之一的谭嗣同的血泪控诉："世间无物抵春愁，合问苍溟一哭休。四万万人齐下泪，天涯何处是神州。"国是如此，又怎好苛求一个地位身份卑微的王道士呢！再说敦煌文物流失在国外后，全部收藏在国家级的博物馆、图书馆，无一损坏，连我国学者都对查阅的迅速方便感叹不已。

研究敦煌的学者认为，无论什么人，发现藏经洞都是一种贡献。因为藏经洞的发现预示着"敦煌学"的诞生。

事实证明，正是由于藏经洞的发现才引起人们对莫高窟的重视，才从20世纪40年代起成立了专门保护机构，否则对莫高窟的保护不知要推迟多少年，造成的损失更无法估量。所以《敦煌史话》开篇就说："自1900年敦煌莫高窟藏经洞被发现后，这座人类文化宝库受到举世瞩目，中外学者共同开拓了一门全新的交叉性学科，称为敦煌学。"

这其中的是非曲直注定还要引起评说，却让人能感受到敦煌学的学者们兼容云水的襟怀！事实上，没有对外来文化的兼容并蓄，唐代的诗歌、音乐、绘画、

▲敦煌堪称经典的 45 号窟盛唐雕塑

舞蹈就不可能达到经典的完美，盛唐文明就无从谈起。而敦煌壁画最有价值的便是真切地反映了对外来文化开放、兼容、演变、吸收然后自己再壮大的过程！

四

十分庆幸，那次同行的汉中博物馆馆长张保德与敦煌研究院接待处处长马竞驰是朋友，两个单位还有联谊关系，故我们受到热情接待。除派一位年青学者讲解外，还专门打开有代表性的洞窟让我们一饱眼福。从北魏、西魏、北凉、初唐到盛唐、晚唐的经典壁画《九色鹿救弱人》《萨埵舍身饲虎》《尸毗王割肉贸鸽》《张骞凿空》《胡人驯马》《胡商遇盗》，还有那些天衣飘忽的仙女、反弹琵琶的官伎，千姿百态，千变万化，让人目不暇接，眼花缭乱。

印象至深的还有 45 号窟的彩塑，这组盛唐时期的雕塑是敦煌两千余尊彩塑中的精品。这组彩塑共有七身，不仅总体互相关联，布局和谐，关键单身雕塑也极具个性。佛祖、菩萨、迦叶、天王都因各自不同的身份、地位而表情各异。或神情庄重，或双目慈祥，或老成持重，或堂皇威风，皆神情飞动，栩栩如生。漫步在这样的艺术殿堂，一种自豪感会油然而生，只觉一股暖流在心胸间激荡，鼻腔也酸酸的许久不能平息。恍惚之间，仿佛触摸到古今中外各种文化交融互补、薪火相传、源远流长的脉搏。

　　当然，我们也去看了 16 号洞窟的藏经洞，并听了发现藏经洞的详细经过，却无太多的感叹，因为该发生的事都已经发生过了。只是，临行却忍不住回头一瞥，因为正是这普通不过的洞窟揭开了敦煌新的百年。而下一个百年正扬帆起航，我们需要把更多的目光投向未来，投向新的百年。

旅途小憩

◇敦煌夜市◇

　　敦煌城市不大，夜市却繁华。作为旅游城市，每临夏秋，游客纷至，一条辟为夜市的长街上，出售夜光杯、飞天像、布骆驼、古钱币、奇石、根雕、布艺、绒绣等工艺品的摊位一家挨着一家，游人接踵摩肩，灯火彻夜不熄。最吸引人的莫过于小吃城，偌大的一片广场，摆定百十张桌椅，炉火熊熊，油锅翻滚，蒸气升腾，烤肉、炒菜、扯面、水饺，香味扑鼻，吆喝声、猜拳声干脆热烈，洋溢着一股按捺不住的塞外豪情。只要走近，便会受到感染，不饿也馋，索性寻找空位坐定，一杯冰镇扎啤，数串焦黄烤肉，便会不由自主融入这夜色之中。

▲ 1940 年王子云、何正璜结为伉俪

学人夫妇：敦煌往事

成　就

　　敦煌莫高窟、敦煌壁画、敦煌学已经成为国人的骄傲，与此相关的，还有一系列让人肃然起敬的人物：常书鸿、张大千、段文杰、樊锦诗……他们前赴后继，在长达半个世纪的时间里，给了敦煌莫高窟这座人类艺术宝库以切实的保护。因此，他们被尊敬地称为"敦煌保护神"。

　　但是，还有一对敦煌学研究的先驱王子云、何正璜夫妇却被淡忘。许多介绍敦煌的书籍、论文、图片、展览会、研究会，很少有人提及王子云、何正璜二人。偏偏却有这样一些事实：抗战时期，为唤起民众的爱国热情，在国民党元老于右任的呼吁下，1940 年 6 月，国民政府成立了西北艺术文物考察团，编制十一人，成员多为"国立杭州艺专"毕业的学生，其中一位是刚从日本东京多摩川美术学校回国的何正璜女士。任务是以敦煌为重点，对西北陕、甘、青等省丝绸之路沿线文物进行艺术考察，为保护文物打好基础。这是我国历史上第一次官方行为的敦煌考察，也是首次运用科学方法和技术手段对敦煌莫高窟全面的调查和清理，为日后保护敦煌做出了不可磨灭的贡献。而西北艺术文物考察团团长正是从欧洲留学多年回国的著名美术家王子云先生。正是在这次考察中，王子云、何正璜两

▶王子云亲手绘制的莫高窟第一幅全景写生长卷（局部）

人喜结连理，由此开始了他们长达半个世纪患难与共、相濡以沫的夫妻生涯。在这次考察中，何正璜以女子的坚毅机敏和留学国外积累的学识成为王子云最得力的助手，夫妻俩珠联璧合，取得了几项骄人的成果。考察团于 1941 年到达敦煌，在近三年的时间里，临摹了大量有代表性的壁画，其中多幅出自王子云的手笔。最值得一提的是王子云亲笔绘制了莫高窟第一幅千佛洞全景写生图长卷，该长卷长 5.5 米，宽 0.233 米，采取艺术与写实相结合的技法，是一幅绘画艺术和考古工程完美结合的产物。最可贵的是，图下标有准确的距离尺寸和比例，真实、完整、准确地保留了 20 世纪 40 年代莫高窟的山川地理风貌和历史形象。截至目前，世界上还没有如此规模和水平的莫高窟外景巨制。这次考察团的重要贡献还有王子云和夫人何正璜合著的《敦煌莫高窟现存佛洞概况之调查》，这份文献对莫高窟历史沿革、现状、佛洞格局位置、年代、风格、编号进行了全面梳理和介绍，共三万余字，发表在 1943 年重庆出版的《说文月刊》上，是我国第一份"莫高窟内容总录"。他们还使用现代摄影技术在敦煌拍摄了大量照片，准确地记录了 20 世纪 40 年代初期敦煌壁画、泥塑、佛雕、佛窟、洞窟的状况。照片共编为十辑，每辑一册，上图下文，有总论和说明，体现着王子云先生的学术观点。文笔优美流畅，与何正璜 40 年代写作的大量文物考古游记相仿。有专家推断，这套珍贵的图册在王子云指导下，由掌握现代拍摄技术的艺专学生操作的，编排和说明则由何正璜女士执笔，是套珠联璧合的艺术杰作。半个多世纪的岁月流逝，这些图片成为解读敦煌壁画最珍贵的资料。

王子云在考察期间，曾郑重地向国民政府报告，请求成立敦煌艺术保护研究所，还在重庆等地多次举办敦煌壁画摹本展览等保护、弘扬敦煌文化的业绩，受到国学大师陈寅恪的推崇等，仅据上述列举，王子云、何正璜夫妇理所应当进入敦煌学先驱者的行列，但遗憾的是没有。

静心细想，在历史的长河中，这样的事情并非鲜见。许多人物往往开风气之先，但大潮迭起、风啸林莽时往往因性格，或因命运，或因不谙游戏规则、潜规则，从公众视野消失复被岁月湮没。比如中国共产党接受马列主义将我国建成社会主义国家，但最早把马列主义经典文献《共产党宣言》翻译到中国的陈望道先生却鲜有人知。还有20世纪80年代末早春的一个清晨，北京市开出首班公交汽车，当开至北师大附近时，由于晨雾，汽车撞倒了一位寻常不过的晨练老头，到医院抢救无效死亡。查证身份时，才知道这老头是十二位中共一大代表中唯一活到当时的刘仁静先生。

缘　起

坦诚地说，隔行如隔山。笔者虽也从文，但并非文博，也是因偶然机会才知道了王子云、何正璜夫妇及其辉煌业绩。将近十年前，我被推举为陕西省政协委员，分在文艺界。也许王蓬、王蒙叫着方便，每年都被安排与一位叫王蒙的书法家同住一个房间。我赠他拙作，他回赠书法作品。我惊讶这位新中国成立后出生的年轻书法家的笔墨，除富有天然情趣之外，还有汉唐金石余韵。他告诉我，他从小在西安碑林博物馆长大，夏天酷热，中午就睡在唐宋石碑下面，先是无意中用手指描摹，后来真喜爱上了书法，作品几次在全国入展夺奖，现任职陕西省青年书法家协会主席。我更惊讶他何以如此幸运。他回答说，母亲何正璜时任碑林博物馆的专家、陈列室主任。之后，王蒙又赠我几种全系他父母编著的辞典般厚重、堪称巨著的专著画册、碑刻集萃等。印象至深的是由他母亲何正璜主编的画册《古都西安》，几百个页码，图文并茂，用中外几种文字全面介绍了古都西安的历史、古迹和文物。图片精致，文字准确、简练、优美，非有深厚学养不可为之。此时，我才知道王蒙的母亲何正璜是全国文物考古界杰出的专家和学者，作为文博大省的陕西，何正璜接待过中央许多领导和几十个国家的元首。规模宏大的陕西历史博物馆便是她1973年率先向陪外宾来西安的周恩来总理建议并获得同意立项修建，她生前一直是全国政协委员。再有一册十六开本，由六十万字和五百余幅图组成的巨著《从长安到雅典》，系王子云著。此前，依稀知道王子云是我国老一代美术家，西安美院教授，详情并不知道，更不知道是王蒙的父亲、何正璜的丈夫。面对这些巨著，顿生一种高山仰止之情。

之后，每年的政协会议，我和同室王蒙便有了永恒的话题，那就是谈他的父亲和母亲，常常聊至深夜。一次，王蒙说及 20 世纪 50 年代，他刚懂事，年已花甲的父亲被打成右派，理由是：你到法国留学那么多年，吃过洋面包，你不当右派谁当右派！明明是把几十年节衣缩食购买搜集的文物全都捐献给国家，却惹出一大堆麻烦。王子云 1937 年回国后，即为一级教授，月薪三百六十块大洋。当时，这对普通百姓来讲可是个天文数字，因为二十块大洋足够城市中等人家一月的生活费用。其实王子云生活俭朴，节省的钱全买了文物，他曾在西安用七万元购得一尊唐代公主墓陪葬女俑。因为王子云根据服饰、神情判断，这尊女俑极有可能是以公主生前模样烧制而成，有重要价值，才花巨款购得。新中国成立后，王子云夫妇捐给国家的文物多达一千多件，却被诬告为盗卖文物，何正璜被逼得险些自杀。何正璜后来感叹那时："一个中国真正肯投入全部精力做学问的知识分子，奉献也是奢望！"王蒙大姐毕业被发配至陕北，大哥初中刚毕业就被整到农村，一家人四分五裂，不能团圆。当时美院在长安县，城郊很荒凉，每个星期天，六十多岁的父亲骑着自行车带着他来回奔波。现在每过草滩农场，看着那一抹残存的赭黄，就会想起当时的情景，泪水就忍不住流出……

王蒙还告诉我，"文革"期间，父母双双进了牛棚，家中被抄得一干二净。临到他初中毕业时，去修襄渝铁路，大冬天没有棉袄，临走母亲戴着老花镜，一连几个晚上凑在灯下，把姐姐穿过的棉袄改缝给他穿。母亲在灯光下穿针引线的情景，想起来就难受……一个大家闺秀、文博专家，却与乡间老妇"临行密密缝，意恐迟迟归"的古诗意境重叠。其实这种风里也去得、雨里也去得，上也能上、下也能下，威武不能屈、贫贱不能移的精神风范，正是中华民族历经苦难却生生不息的根本所在。

往　事

这种敞开心扉的多次长谈，使我对王子云、何正璜两位大家的人生轨迹有了较为系统的了解。王子云先生 1897 年出生于安徽萧县的耕读世家，"国立"上海美专毕业后回乡任教，诗人艾青、雕塑家刘开渠、画家吴作人都是他教过的学生。五四运动后，王子云又进入北京美术学校，与中国现代美术史上的一批先驱成立了中国最早的美术团体"阿博洛学会"，并于 1926 年担任南京中山大学艺术部主任。1928 年协助林风眠筹建国立西湖艺术院（现中国美术学院），并与林风眠、潘天寿赴日本举办中国画家三人展。王子云的《杭州之雨》因融会中西画法备受关注。作品传入法国后，法国几十家报刊予以评介，王子云因此入选巴黎《现代美术家辞典》。由此王子云萌生赴法留学愿望，并于1931年成行，一去八年，专攻美术史和雕塑并遍游欧洲，结识许多欧洲一流画家并创作发表了《巴黎协和广场》《巴黎老街》《少女》等作品，在法国美术界有了一定

▲ 1929年，王子云创作油画《杭州之雨》

影响。其绘画修养功力及学识眼界都达到了当时国内一流美术家水平。1937年抗战全面爆发，忧国忧民、一心想以学识报国的王子云舍弃巴黎优厚待遇和同居的法国女友，毅然回国，即被林风眠聘为国立杭州艺专一级教授并受南京中央政府委托，与曾经师从的法国雕塑家朗多维斯基共同完成南京中山陵孙中山坐像。

1940年秋，王子云被聘为中央政府教育部西北艺术文物考察团团长，任务是大敌当前，调查以敦煌为中心的国粹，弘扬中华悠久文化，坚定民众抵御外寇的决心与信念。考察团运用当时国内外最科学先进的考察办法，选拔一批美院毕业有志于文物艺术的青年组成考察团，全团十人，分为模制、拓印、摹绘、测绘、摄影和文字记录六个作业组。仅此就不难发现这是一支各尽其才、小而精干的科考队伍。其时国难当头，大家都满怀一腔爱国热情，西北又系周、秦、汉、唐发祥之地，考察历史文物，弘扬民族精神，增强抵御外寇决心，是学人报国最好途径。故1940年6月考察团一经成立，在成都整训一月，大家便急不可待奔赴西安。

这年王子云四十三岁，作为著名画家、雕塑家、一级教授，正是才情饱满、精力充沛、施展抱负的大好时机，他在国外专修过美术史，深知此行机会难得，意义更为重大。作为团长，所有考察中要遇到的问题，选择线路、沿途接洽、食宿安排、文物选点、艺术指导，均需王子云周密思考，统筹调度。加之西北高寒，野外艰苦，尤其敦煌戈壁极度荒凉，设施全无，缺水缺电，缺菜缺盐，一切自理，其艰辛非亲历不能体会。但是，王子云作为一位曾去法国留学八年之久，且游历欧洲，饱览各类堪称美术经典的油画、雕塑，艺术修养和鉴赏水平都相当高的美术家，心中时时激荡着一颗为艺术跳动的心脏。尽管工作繁重，古丝绸之路沿线

▶ 1941年，陕西省政府主席蒋鼎文接见西北艺术文物考察团全体成员

▶ 20世纪抗战时国民政府成立的西北艺术文物考察团

古建筑、古寺庙以及独特的风俗民情、山川风景，常激起他创作的愿望。常常忙中偷闲也要画上几笔。岁月沧桑，从保留下来的作品，仍能感受王子云的才情与不同寻常的艺术眼光，比如水彩速写《长安市上之元宵节》《兰州西门外渥桥》以及《祁连山下牧场田园风光》《嘉峪关城楼》等，不仅真实反映了20世纪40年代丝路沿线风物风貌，有些绘画还具备了史料价值，比如兰州西门外的渥桥系明代所建，榫卯结构，全桥无一根铁钉，有极高的工艺建筑价值，可惜后扩路拆毁，遗迹荡然无存。这幅图便成了渥桥曾经存在的历史见证。对此，王子云巨著《从长安到雅典》有详尽描述。为去久已仰慕的敦煌千佛洞，可说艰苦备尝。漫长的戈壁滩白天奇热，便改在夜晚行走，白天在戈壁草棚中休息。草棚中牛粪有半尺厚，烈日暴晒下，臭气熏天，让人难以忍受。经过三个日夜艰苦历程，总算由安西到达敦煌。王子云从1941年到1943年，经常往返于兰州敦煌之间，每次都要在牛粪棚中住宿，牛车沙窝走多次，为探求千佛洞奥秘而受的苦是叙说不完的。加之抗战期间，物价上涨，经费贬值，有队员难以适应而离去，又得招聘合适人员，许多意想不到的麻烦无处不在，无处不有。王子云几乎每天熬至深夜，几年最终取得煌煌成就，除了能够归结可以想到的种种理由之外，得感激上苍，安排何正

▲ 1942年，王子云在嘉峪关和祁连山考察时所作水彩速写

璜女士走到他的身边，走进他的命运，乃至伴着他走完整整半个世纪的艰难岁月。

伉 俪

　　何正璜1914年出生于湖北汉川一个书香世家，是受五四运动影响第一代进入学校的女生，高中毕业后赴日本东京高等教育学校专攻美术。1940年学成回国，恰逢教育部组建王子云为团长的西北艺术文物考察团，留学归来的何正璜前往应聘成为最佳人选。其时，何正璜二十六岁，身材、面容、学识、气质堪称国内一流。我曾在王蒙家中见过何正璜先生年轻时的照片，用天生丽质、仪态万方形容恰当确切。即便晚年，何正璜先生担任全国政协委员，在人民大会堂外台阶有一帧照片，饱经沧桑仍不失睿智，神情安详又充满自信，活脱脱显露一代学人风采。

　　何正璜专长不仅在于文物在于美术，还在于文学造诣。参加西北文考团，她不仅成为王子云最得力的助手，野外考古也使她文学才情得以充分展露。我案头搜罗有其20世纪40年代在文物考古期间所写的几十篇散文，任何一篇都文字优美，生动亲切，洋溢着才情学识，不妨随手摘录两段：

　　今日长安初雪，一片白银世界，而雪片还像鹅毛似的继续往大地上漫漫直飞。这雪景诱惑着我们，我们想做一次雅人，想有一个短途的雪中旅行。

　　"长空雪乱飘，吟鞭指灞桥。"这两句古诗早就使我们神往，今天恰巧凑齐了，又身羁长安，灞桥近在东郊，有如此大雪助兴，立刻与云（指王子云）决定了今日冒雪赴灞桥一游。

▲ 1943 年，王子云先生为蒙藏联姻的新人所绘图像　　　▲ 王子云作品《手艺人》

　　出西安城东门，在骡马店雇了小驴二头，俟脚夫喂好了这温驯的行骑后，我们即披上毛衣，系好头巾，骑上了驴背，直向白雪漫漫的东方出发。

——摘自《吟鞭指灞桥》

　　我们静静地伫立在陵前，遥想当年之经营，至今已榛芜满目。山峰既高，与尘世如隔绝，每一咳叹，四周似回奇响。但一切实述于难以置信的死寂中，大似天方夜谭中之术士入城，城人皆在为石偶者，其景况之神秘凄凉，令我为之沉默。加以白雪萧草、秋风肃肃，使这座天然的金字塔，于凄凉中又显出一种幽森的庄严，我悄悄走近，抚碑小立，默想着墓中人一生的事迹，不觉悠然神往。

——摘自《女帝御寝》

　　何正璜先生所写散文不做作温暾，不炫耀卖弄，是学识才情的自然流露，任何一章一段都让人击节掩卷叫好。春日徜徉昭陵，叙说不尽太宗与"贞观"，踏看泾水，探访丝路遗迹，终南山寻梦，永乐宫观画，处处弥足流连，感叹"衣冠华夏礼乐家邦"。长安自古帝王都，细思量，关中大地八百里秦川数千年间，英才辈出风云际会，演绎过多少惊天动地的活剧：周创典章，秦扫六合，大汉拓疆万里，盛唐锦天绣地……转瞬间，西风残照，汉家陵阙，引发人多少感叹兴亡！那遍及黄土高原、渭河流域的古帝陵、古遗址、古碑刻、古庙宇、古建筑，以及大量散落于民间的碑刻、瓦当、陶罐、砖画、石雕、字画，无不气韵生动，留人脚步，牵人魂魄。要说那应该是王子云、何正璜一生中最充实愉悦，最有意义，也最值得怀恋的一段。他们原本都因热爱生活中的色彩热爱上了美术，关中大地

何正璜接待日本前首相大平正芳参观碑林博物馆

的汉唐遗物又使他们热爱上美术史，热爱上了文博。何正璜的散文最为可贵之处在于让我们从中读出了历史，读出了文化，也读出了他们的人生轨迹。

近年，标榜历史文化的散文颇走红风行，但不知看了早在半个多世纪之前的何正璜先生这些散文做何感想。遗憾的是时值战乱，何正璜先生这些撰写于考察之途的散文，并未结集，而是散见于各种报刊。时隔半个多世纪，即何正璜先生离世的前一年，上海有老读者王鸿森先生，竟然花了半生的心血，几乎搜集到何正璜全部文章，退休之后，用毛笔小楷端庄抄录出来，整装成册，托人捎给何正璜先生，真正天涯知音，这才是对一位学人的最大安慰与褒奖。不知当今学者作家中谁还能获此殊遇。

回首当年，这么一位才女走进王子云的生活，两人虽相差十七岁，但未构成任何障碍，绝不可用"郎才女貌"俗语概之，只能是视文物美术为终极归宿的共同高雅志趣，均曾留学国外的深厚造诣，国难时期文物艺术考察这种最易唤起历史沧桑感的特殊环境，使双方感到，对方是上苍的特殊赐予，会百倍珍惜和感激命运，会进发真正的爱情，包括在极端艰苦的环境中，工作都成了爱情的组成部分，最后则转化表现为辉煌的考察成果。说敦煌考察研究有开创性质、得风气之先的几项成果——我国历史上第一份《敦煌莫高窟内容总录》、第一幅千佛洞全景写实长卷、第一次大规模临摹壁画、第一次拍摄千佛洞照片，是王子云、何正璜的爱情结晶亦不过分。稍微联想，在五四时期老一代学人中，还可举出梁思成林徽因夫妇、沈从文张兆和夫妇、巴金萧珊夫妇，都是志同道合矢志不渝，堪称百年爱情典范。我们今日有现代社会带来的种种方便，有物质文明产生的煌煌气象，却唯独缺了志同道合的伴侣、铭心刻骨的爱情。

西北艺术文物考察团，从 1940 年 6 月成立到 1944 年 6 月因物价飞涨、经费难以为继，所剩人员、资料并入西北大学历史系而终止。四年间，有两年半在敦煌度过，成为敦煌现代研究的先声和起点。正是在这次考察期间，王子云凭着美术史家的锐利目光洞察敦煌千佛洞在中华民族艺术史中弥足珍贵的价值，正式打报告向国民政府建议成立敦煌文物管理机构，使千佛洞最终得

▶王子云 90 岁时所拍，身后为画家孙振庭所绘其画像

到保护，此举应属历史性的重要贡献。其中，王子云与何正璜夫妇功不可没！

晚 霞

历史是公正的，改革开放之初，已八十二岁高龄的王子云先是被摘掉"右派"帽子，接着各种荣誉纷至沓来：中国美术家协会顾问、陕西省美协名誉主席、陕西省文联顾问……其实，建国初期王子云留法学友、国画大师徐悲鸿就以中国美术家协会副主席、中央美院雕塑系主任的显赫身份邀请王子云赴京，但王子云、何正璜皆为性情中人，他们已迷恋上汉唐古都古迹文物的大千世界，婉拒了徐悲鸿，仍坚持干自己喜欢干的事情。在身处逆境风雨如晦的日子里，依然伏案斗室，写作着《中国古代雕塑百图》《中国古代石刻线画》《中国古代雕塑史》《汉唐陵墓图考》《中国古代装饰艺术》《秦汉瓦当图录》，尤其是巨著《从长安到雅典》……

仅看这些书目，都非有深厚学养，非倾毕生心血不可为之。王子云多年在西安美院任教，桃李天下，即便文博大省的陕西，人才济济，但至今，汉家唐陵历代石刻画像诸多解说，依然沿袭王子云的"说法"。新中国成立后，诸多美术大家来西安，若请讲课，则必婉拒，"此处有景道不得"，王子云前辈在西安，我们有什么好说！

经历将近一个世纪的风云，王子云早已处乱不惊。九十四岁高龄仍伏案写作，挥笔之间，头一沉，便平静地离开这个世界，离开了他一生为之献身的美术事业，其时为 1990 年 8 月。仅仅四年之后，他的夫人何正璜先生也以八十岁高龄离世。

▲王子云雕像

何正璜先生晚年也获得许多殊荣，历任碑林博物馆馆长、陕西历史博物馆顾问，连续几届任全国政协委员，所有关于古城西安的古建、规划改造都少不了请教文博专家、权威何正璜。但老人历经坎坷，心态平和从容。一位美术家回忆1982年中国美术家协会组织活动，何正璜年岁最大，衣着也最朴素。会议组织参观云冈石窟、应县木塔、悬空寺等，大家提出些问题，何正璜把每处文物包括细节表现出来的风格演变都讲得头头是道，其渊博的文史知识和高雅不俗的美术鉴赏力，让所有的人，包括王复羊、麦秆这些大家都大吃一惊，这位老太太竟有如此大的学问！之后，天天围着老太太问个不停。

1998年，陕西省相关院校单位举办王子云教授一百周年诞辰纪念大会，当年王子云、何正璜率先考察敦煌的许多资料，包括千佛洞写生长卷、皇皇十大册图片、当年描摹的壁画也从西北大学文博资料室发现，展出引起轰动。人们惊叹、敬仰、感谢王子云、何正璜夫妇留下了这些关于敦煌早期的珍贵的文献！

王子云教过的学生刘开渠、李可染、艾青、王朝闻、吴冠中等纷纷题字写信，对恩师做出热情评价，著名画家孙振庭则创作油画《文化大师王子云先生》。一时间，报纸电视、期刊也都纷纷载文，各种回忆录、印象记、一夕谈迭见于报刊。

纵观王子云、何正璜二位先生一生，寓爱国爱家之心、传递文明薪火之情于读万卷书、行万里路的学人生涯之中，一旦认定目标，便执着追求，锲而不舍，陷逆境不馁，处风雨不惊，保持书生本色，坚守学人风范。这种宝贵的文化良知，高尚的人文情怀，才是我们真正应该继承的啊！

▲河西走廊的长城关隘遗址

河西长城·名关

一

　　河西走廊在武威以西，祁连山与北边的山岭退到远远的天边，不仅地形开阔，还出现了大片的戈壁。平展展的大地，一望无垠，没有绿树，没有村落，汽车有时开出几十公里也不见有人烟。唯见大小不一的沙石紧紧依附着地面，间或有一丛丛黄蓬蓬的骆驼草。据说只有这种极具生命力的野草才能在戈壁滩上生长，越发显出大戈壁的空旷、严酷与荒凉。

　　但就在这荒凉的大戈壁上，长城出现了！

　　最初，我几乎不相信那就是长城，因为人们心目中的长城常是像八达岭、居庸关那样蜿蜒于崇山峻岭之间，石砌砖拱，高大威武，狄楼相望，气势威严！而这里的长城，准确地说只能称之为土墙，完全看不见砖石的砌衬，一色赭黄，残破不堪，有的地段甚至残高不足一米，仅是由于牵连不断，没有尽头，孤零零地凸现于大戈壁上，才让人确认，这就是长城。

　　仔细想想，也只有长城这样宏大的工程才能残留在大戈壁上，假如是别的什么，早被岁月湮没，被风沙吹掩得无影无踪！

▲河西走廊的长城十分壮观

　　尽管时间才是初夏，戈壁滩上已是热力灼人。明晃晃的日光晒在沙砾之上，没有植被和湿润的土地可以吸收热量，温度越来越高，有经验者说大暑天能在戈壁滩上烫熟鸡蛋，当不虚传。

　　显而易见，在荒漠戈壁上修筑长城绝非易事。仅是观光行旅，坐车长途颠簸加炎热饥渴，人已疲惫不堪。那么古时，即便人烟稀少，环境未遭破坏，可能因雪水灌溉，人均水量、植被等情况比现在好，但从古诗"胡天八月即飞雪""西出阳关无故人"等诗句看，空旷寂寥的物候气象古今恐无太大变化。严冬天寒地冻，滴水成冰；夏日骄阳似火，饥渴难耐。在这种恶劣的环境下构筑工程浩大的长城，确实艰苦卓绝，何况古时又严刑酷法，延期或不能达标，均要治罪。《三国志》记载，魏将邓艾伐蜀，派曹魏名将许褚的儿子许宁修复蜀军撤退时破坏的栈道。后进军时，邓艾马蹄踏破栈道失足，许宁竟被斩首。那么修筑长城也注定是以千万人的辛劳、血汗乃至生命为代价。新中国成立后几次考古，在长城沿线发现过几处上万乃至几万遗骨简陋的庞大汉墓群，不难想见当初的戍边士兵、边民与刑徒做出了多大的牺牲！

　　看着让人百感交集的长城，却蓦然生出一个疑问，那就是长城之外还有大片戈壁，远处是隐约可见的山岭，山岭外应该还有大片山河，都隔于长城之外，

▲贺兰山下的长城

难道都不要了吗？

二

进入山丹县境之后，长城显得高大威严起来，一直伴着兰新公路在大戈壁上延伸。在几座保持相当完整的长城烽燧的地方，建立着一座长城博物馆。尽管规模不大，但模型图表、出土实物，加之文字说明，正好解除心中疑惑。

首先，长城是关防并非边界。若是疆界，八达岭、居庸关长城都仅距北京几十公里，不能认为长城之外的地方不是国土。修筑长城的主要目的是阻挡北方游牧民族南下侵扰中原。河西走廊的长城还起着护卫丝绸之路的作用，所以我们见到的长城一直与在古丝路基础上修筑的兰新公路为伴。还有，仅仅修筑长城还不行，同时还伴着移民、设防、置郡、屯垦等一系列配套措施。最终是否真起作用，根本还在于中原王朝是否强大！

但又发现一个问题，在整个河西走廊乃至新疆，所存在的仅是汉代与明代长城，而且这两个朝代的长城又有很大的不同。一路细观长城走势与山形地貌，返回则翻史阅志，总算大致明白。秦之前，河西一直是游牧民族的天下，所以秦长

▲六盘山秋色

城只修到黄河以东。近年发现秦长城的西部起点在甘肃临洮附近，与史载相符。汉代初期，占据河西的匈奴仍不断南下骚扰，立国未稳、积贫积弱的汉王朝只能用和亲纳贡的方式阻止匈奴南下。直到汉武帝时才取得反击匈奴的胜利，在河西走廊设武威、张掖、酒泉、敦煌四郡和玉门关与阳关两道雄关。汉武帝又派张骞交好西域，建立以丝绸贸易为主的友好通道。为保卫这一成果，汉代修筑了与丝路几乎相伴的长城。到唐代时，丝路贸易达到鼎盛阶段。可惜，唐中期"安史之乱"时，吐蕃趁机夺得河西，回、羌、鲜卑等少数民族先后在河西建立起前凉、后凉、北凉等割据政权，后又被党项人建立的西夏国统治近两百年之久。直到明代，河西走廊才又回到中原王朝的版图。为巩固河西，明代在河西大修长城，所以今天在河西走廊见到的多是明代长城。

现在，我们看到的汉代长城在河西走廊的最西端玉门关向东西两端延伸，西至新疆库车，东至河套大青山一带，而明长城却只修到距敦煌还有四百公里的嘉峪关。汉明两代长城的不同，首先在于两个朝代修筑长城的目的不同。

汉筑长城的目的在于开通西域，拓疆万里。所筑长城皆延伸至数千公里外的边境，且建有烽燧、狄楼、关防和都护使等整套科学严密的御敌建制。一处告急，狼烟即起，这种震慑作用并不亚于长城本身。汉代最繁荣时全国人口也仅五千余万，在远离中原的荒漠构筑有如此气势的长城，堪称卓绝。这也和汉代人积极进取，气吞八荒的时代精神相一致。无怪汉时疆域东南至海，包括今越南和朝鲜半岛的全部，西北至今俄罗斯境内巴尔喀什湖，是当时世界上幅员辽阔、实力充盈、四方辐射、万国来朝的第一号强盛大国。

明代时期，威胁最大的是东南沿海倭寇与东北女真的崛起，再就是海运逐渐发达取代了衰落的丝路。所以明政权对西部只能守成，长城只修至酒泉城外的嘉峪关，尽管雄关也修得巍然高峨，有"万里长城起点""天下第一关"的美誉，但大片西域皆被放弃，连敦煌都在嘉峪关外四百公里，谈何守卫呢！更何谈进取！事实是在明嘉靖三年（1524年），还索性关闭了嘉峪关，长达两百年之久，直到清初，方才又拓疆西域。

汉、明长城之间的区别，实际是封建王朝鼎盛与衰落、进取与退缩的反映，是综合国力上升与衰微的表现。同时，更是星移斗转，世事变迁，两个王朝面临不同境遇和不同的敌对势力，分别采取的不同措施，并非仅仅是由雄才大略的汉武帝与朱明子孙轻易决定的事情。

三

在冷兵器时代，雄关一座，常能抵御精兵十万。从丝路开辟就伴随着征战。为防匈奴反扑、戎羌动乱，汉朝廷不仅在丝路沿途设郡建县，筑长城烽燧，还利用山形水势，在险隘要塞设下一道道雄关，以保护丝路乃至中原的安全。

丝路从长安西行，有三条路可进入河西，这三条路皆有雄关耸立。

若走北线，则有陇县的安成关，固原与平凉之间的萧关，最险是横亘于宁夏甘肃之间的六盘七关。六盘山群峰高耸，高入云端，往往山峰之间峰回路转，涧深谷险，形成天然关隘且牵连不断，故有六盘七关之称。

若走中线，天水市南牡丹乡有两座土山夹峙的走廊，宽不盈五十步，长却达三百米，号称木门关。三国时，诸葛亮首次北伐，因错用马谡失掉街亭，导致全军失利。从祁山道退兵时，为防对手追击，设伏于木门关，出乎意料地射杀曹魏名将张郃，木门关亦由此扬名。

若走南线，即由青海经扁都口穿越祁连山至张掖的路线。扁都口亦称大斗拔谷，长达四十公里，群峰夹峙，溪流湍急，中空一线，雄险至极，形成天然关隘。

▲有"天下第一关"之称的嘉峪关

由于此线从青海至河西最为近捷，且有祁连山掩护，故历代为兵家所重视。西汉名将霍去病曾带兵穿越此关。隋炀帝亲征吐谷浑，走的也是此线。目下尽管已有公路相通，但祁连山气候变化无常，盛夏落雪并不鲜见，因而无论古今都是人们心目中的雄关天堑。

纵观丝路，最具知名度的关隘应推阳关和玉门关。这两座雄关之所以出名，在很大程度上又得益于两首唐诗。

> 渭城朝雨浥轻尘，客舍青青柳色新。
> 劝君更尽一杯酒，西出阳关无故人。
>
> ——王维《送元二使安西》

> 黄河远上白云间，一片孤城万仞山。
> 羌笛何须怨杨柳，春风不度玉门关。
>
> ——王之涣《凉州词》

两首唐诗因真实出色地描绘了古代苍凉辽阔的大漠风光以及幽怨悲壮的离愁别绪，引起人们对地处浩瀚戈壁的要塞雄关心驰神往，也使阳关和玉门关流传千古，进入了中国文化史。

此两关原本也各据要塞，建制悠久。汉武帝击败匈奴，河西归汉，"列四郡，据两关"是彪炳青史的重大历史事件。两关分别建于河西走廊尽头敦煌郡外百里左右。此处丝路分为南北两路进入西域，在两路要塞建立都尉治所，以屏障河西，这是阳关和玉门关的由来。

可惜，历经两千年岁月，胡烟塞尘，荒漠流沙，两关几乎都被黄沙吞没。玉门关尚有四面赭黄的关墙孤零零地耸立在荒漠，而阳关唯剩一片荒滩，有高不盈尺的墙基隐约可见，留给人们一个巨大的神往想象、凭吊喟叹的空间。

四

▲从拱门地砖上可以看出嘉峪关城十分考究

如今，万里丝路真正堪称大漠雄关，能给人带来审美满足和心灵震撼的只能是万里长城的西部起点，有"天下第一关"之称的嘉峪关了。

这里需要说明的是明朝建立不久，朱元璋即平定河西，为防塞外瓦剌人入侵，修建了嘉峪关，并大修河西长城，所以嘉峪关就成为明建万里长城的西部起点。它比阳关和玉门关晚将近一千五百年，并且靠近内地五百公里，距今约六百年，加之几次维修，所以至今保存完整。

当我们登上嘉峪关巍峨的城楼，眺望四周山形地貌，就深感古人善于利用地形。嘉峪关在今酒泉城西二十公里处，此处还设有嘉峪关市，让我们惊异的是四百公里外的敦煌市也属酒泉市管辖，可见大漠之浩瀚。公路笔直，车辆不多，可以放开行驶，我曾多次一个上午从酒泉赶到敦煌。

嘉峪关处于遥遥相对的两山之间，南面是白雪皑皑的祁连山，北面是冈峦起伏的合黎山，中间为狭长的戈壁。古丝绸之路、今兰新公路均由此经过，明长城就筑在两山之间，嘉峪关则筑于古丝绸之路必经之处。

嘉峪关为一处大致正方形的城池。其城垣雄伟，楼阁高耸，飞檐凌空。东、中、西三座城楼巍然对峙，在大漠雪峰的衬托之下，显出一种超拔不凡的气势。

从遗迹看，阳关、玉门关皆系沙石、黄土夹杂芦苇筑就，外边裸露着赭黄。嘉峪关却全部是石砌砖衬，十分精细。下面用巨型石条砌基，黄土拌沙将城筑就后，两边又用青砖砌衬，再配之以城楼、马道、箭垛、狄楼，红漆明柱，壁垒森严。

据方志载，当时筑城的黄土，要筛过再放到石板上烤干，掺进麻丝和石灰浆夯筑。工程检验亦十分严格，在一定的距离，用箭射墙，如箭头入墙则返工重筑，直到箭头碰壁落地，才证明坚固合格。被雄关城墙围定的三万多平方米面积内，有古时进入关口的驿站、街道、店肆、住宅遗迹，有驻关将领的府衙、仓库、井亭等建筑，还有关帝庙、文昌阁、戏楼等设施，不难想见这座雄关在鼎盛时期的繁荣。

尽管就年代来说，嘉峪关同丝路上汉唐时期修建的许多雄关要塞相比，只能是其"小弟弟"，不过，单就嘉峪关自身所处位置以及修建的巍峨恢宏程度、规模形制而言，都远远超过丝路沿途任何关隘，称其为天下第一雄关也是当之无愧！

旅途小憩

◇长城小院◇

千里河西，山丹长城保持最好，百余公里牵连不断，如龙蛇般在大地蜿蜒，十分壮观。连霍高速公路正好从明长城一个豁口穿越，这地方被称为"长城口"，聚集着饭馆、旅店，还有座长城博物馆。来往旅客都会在此停车，参观，拍照。我便在此结识了文友陈淮。陈淮为兰州知青，曾在山丹插队，因喜爱河西历史，索性辞去公职，定居山丹，自驾车辆，摄影撰文，已有《河西走廊》《山丹长城》等著作。我感兴趣的则是他别具一格的小院，这是陈淮用半生积蓄购置地皮、自行设计修建的院落，虽非豪宅，但是实用，客卧厅室，水电取暖，一应俱全，院内还有花架鱼池，石桌石凳，独具风味。故几次探访丝路，均下榻陈淮小院，方便自在，别有风味。还拍得长城烽燧、古关古驿、大漠孤雁、暮归羊群，且都因晨暮光线变化而色彩丰富，让人意外惊喜，这可全得益于入住小院，近水楼台啊！

朋友，若去河西探访，拍摄长城，切莫错过长城边的小院。

▲
藏族同胞为活佛祝寿

胡人有妇能汉音

一

　　河西走廊历史上便是民族融合的大舞台，从秦汉始，先后就有大月氏、匈奴、吐蕃、回纥、党项、突厥等游牧民族在这儿生存，还曾建立过"五凉"政权、西夏国。祁连山下，奔驰过匈奴的铁骑，放牧过吐蕃的牛羊，凉州城头王旗变幻，忽而北凉，忽而党项，乱纷纷你方唱罢他又登台。

　　河西归汉后，朝廷大量从中原迁徙汉人实边，开垦荒地，兴修水利，把农耕技术传播过来，不仅民垦，也实行军垦。这种垦殖规模很大，历代效仿，持续时间很长，范围也广，今内蒙古额济纳旗（即古居延）出土的大量汉简上都有记载。比如"出小麦五石三斗""韭三畦、葵三畦、葱三畦"等，说明农耕技术在塞外荒原已得到成功传播，耕作精细，田亩成畦，且品种繁多，不仅主食小麦，连韭菜、葵菜、大葱都有种植，不难想见当时千里河西沟渠纵横、稼禾飘香的农耕气象。

　　汉唐时期，丝路畅通，大量西域胡商、僧侣、艺人、工匠来去往返，不少人定居河西，其中西亚阿拉伯民族便成为河西甘陇宁夏一带回族的先祖。阿拉伯民族善于经商，河西回族群众承继先祖遗风，头脑灵活，手脚勤快，善于做买卖，尤其经营和牛羊相关的肉食、毛皮、奶制品、餐饮业更是得心应手。长长的河西走廊，数以百计的大小城镇，但凡一弯新月高挑，商幡招展着清真字样，多半是

▶ 一户哈萨克族人家

回民经营，油炸果子、馓子、油条、面饼、羊肉包子、牛肉拉面等，油锅翻滚，雾气蒸腾，吆喝声清脆，头戴小白帽的大师傅，红光满面，双袖高挽，硬是把牛羊肉生意做到了极致。

其实，普通百姓无论游牧还是农耕，渴望的都是和平安定的生活。发动战争获利最多的是贵族统治者，厮杀流血乃至丢掉生命的多为普通百姓。秦汉时期，中原王朝已进入封建社会，占据北方草原的匈奴刚进入奴隶社会的鼎盛时期，匈奴单于和贵族组织发动战争，奴隶流血卖命是天经地义的事情。人们限于当时的认识，把因战争丧夫失子、家破人亡的痛苦都归结于敌对的一方，归结于神明，末了，又大多服从了命运的安排。战争中双方都会有俘虏，都会有不少人流落到对方领土，一旦战争结束，便会渴求过安定正常生活，还会娶妻生子。出自人的求生本能，对家庭儿女的热爱，随着岁月推移，便会与环境，与当地的习俗、群众熟悉乃至融合。

早期的人类战争，常以劫掠为目的，大劫大利，小劫小利。后来则掠夺人口，男人充当奴隶，妇女占为妻妾。匈奴人中应有不少混血儿，就连匈奴贵族单于有的也是。因为汉初文景时期，实行"和亲纳贡"政策长达六七十年，有多位公主嫁与匈奴单于。张骞出使西域，被匈奴扣押长达十三年之久，并娶了匈奴女子，带回汉朝，带回故乡汉中城固，至今其寨邸还有胡妻胡城的说法。之后唐代也曾把多位公主嫁与回纥。昭君出塞、文成公主嫁给吐蕃首领的故事也流传千古。诚如唐代诗人陈陶诗作："自从贵主和亲后，一半胡风似汉家。"这种出于政治需求的联姻，在客观上也促进了民族之间的融合。

▶这位牧羊的藏族女子已用上手机

二

　　纵观历史，不仅河西走廊，民族融合在华夏大地乃至整个世界范围都曾有过。西晋"八王之乱"后，出现"五胡十六国"，南宋时，黄河以北被金国统治达一百五十年之久。之后，元代百余年，清代二百六十余年，民族融合更加普遍且推及全国范围。除了有家谱相传的名门大族，今天我们谁能说清祖先五代、十代以上的事情。强盛一时的匈奴最后分裂为两支，一支归附汉朝，融进了华夏民族。一支远迁欧洲，成为匈牙利人的先祖。历史上民族融合常伴着人类战争动乱和严酷的甚至大规模的灾难。从秦汉到明清，华夏民族进入到文明史的数千年间，几乎每次动乱和战争之后都强制性带来民族融合，游牧民族南下的动因常出于掠夺财产和妇女，在华夏民族的主体汉族未确立之前的春秋战国，也是长达几个世纪的互相攻击和兼并。从奴隶社会进入封建社会，历史前进一步，都有一段辛酸痛苦的动荡过程，但每一次动荡，华夏民族的血脉也因此得到丰富和壮大。周秦创制，汉唐拓疆，元代和清代都曾把汉唐打下的版图扩展到前所未有的广度，对民族融合产生了一定的推动。还有文章说俄罗斯人好酒易醉是因有蒙古人的血统，因为曾被蒙古人统治过两个世纪。古罗马也曾创建地跨欧亚非三大洲的强大帝国，所以民族融合是个世界性的话题。

　　回头再看河西走廊，时至今日还生活着除汉族外的回族、藏族、东乡族、裕固族、蒙古族、哈萨克族、保安族、撒拉族、满族、土族、维吾尔族等十几个民族，是十分集中和典型的多民族聚居地区。

▲喜欢穿藏服的汉族小学教师

三

在漫长的岁月中，各民族相处共济，相互学习，早在唐时便出现"胡人有妇能汉音，汉女亦能解胡琴""番人旧日不耕犁，相学如今种禾黍"的说法。定居下来的游牧民族在汉族群众帮助下，学会务作庄稼，也注定会把放牧牛羊、纺鞣毛皮的经验带入农耕地区。但各民族又保持着自己的宗教信仰与生活习俗，在服饰、饮食、婚丧嫁娶诸多方面保持着鲜明的特色。比如河西一带的藏族、裕固族、蒙古族和一部分汉族信仰藏传佛教，回族、哈萨克族、维吾尔族则信仰伊斯兰教，还有少数信仰天主教的群众。在生产方面，则以民族划分及居住地域区别，居住在海拔较高的祁连山腹地的藏族、蒙古族、裕固族从事牧业；河西四郡的绿洲上生活的汉、回、东乡、保安等族群众以农业为主，兼有手工业和家庭养殖。天祝永登一带的藏族、维吾尔族等还有自己的文字。在新疆喀什，曾任喀什歌舞团团长的买买提·阿不都拉告诉我，在喀什每所学校都设维语课，但许多有见识的家长却愿把孩子送汉语或既教维吾尔语又教汉语的双语学校，这是为了让孩子学到更多的知识，也为以后的就业打下基础。买买提·阿不都拉毕业于中央戏剧学院，

▲作者在藏族画家智奥让登的陪同下访问华藏寺活佛

能讲一口流利的普通话。他讲的这种情况有点类似今天许多城市家长愿意让孩子从小既学汉语又学英语一样，是主动的融合。少数民族群众往往质朴勤劳，知恩图报，好相处，在放牧、狩猎、制作皮革方面较有经验，也值得汉族群众学习。在我多次的西部之行中，结识了好几位少数民族朋友：张掖市文联《甘泉》杂志编辑部主任贺冬梅是裕固族；肃南县文联主席王政德是藏族；新疆的恰依拉木是维吾尔族，是位书法家，目前是新疆维吾尔自治区书法家协会副主席，经朋友介绍认识，十分热情，还送了两幅他的书法作品给我。他们都是国家干部，讲汉语，着汉装，待人都非常真诚质朴，交往中并无障碍。武威天祝县文化馆馆长智奥让登，是我的藏族朋友，也是位极有天分的画家，受朋友委托接待我们一行，三个小时竟准备了两顿饭，还要喝奶茶，献哈达，完了又特地画了幅水墨牦牛送我，热情得让人汗颜。一位汉族中学教师告诉我，他家过去住在大杂院，有回族、藏族，还有汉族，"文革"期间，父亲被当作黑帮揪出来批斗时，几家汉族邻居避之唯恐不及，倒是少数民族人家不怕事，照样来往，还避开人送过吃的。所以朋友并不能用民族区分。事实上，河西走廊乃至整个华夏大地也正是有了各民族群众共同努力，才取得今日的建设成果，才欣欣向荣，春色满园。

▲魏晋砖画《农耕图》

▲魏晋砖画《驿使图》，曾为我国邮票图案

想象魏晋河西

一

中华大地，辽阔宽广，在历史岁月中，发展亦不平衡。比如春秋时代，中原已进入生产发达、百家争鸣的封建社会，北方草原的游牧民族刚进入奴隶社会。魏晋南北朝时中原陷入"永嘉之乱"，河西走廊却相对平静，诚如陈寅恪先生概括："盖张轨领凉州之后，河西秩序安定，经济丰饶，既为中州人士避难之地，复是流民移徙之区，百余年间纷急扰攘固所不免，但较之河北、山东屡经大乱者，略胜一筹。"当时民谣也说："秦川中，血没腕，唯有凉州倚柱观。"意思是长安沦陷，血没脚腕，凉州却十分平静。由于动乱，大批士族进入河西，带去中原发达的文化，大批流民的到来，既为开发河西提供了劳力，又带进中原先进的农耕技术，促进了河西四郡的发展和繁荣。

二

论季节，进入4月，已是暮春，若在中原、江南早已是莺飞草长，小麦秀穗，油菜结荚，秧苗返青。但在河西走廊，远处巍峨的祁连雪山，冰雪方才消融，千山万岭得到滋润，变得鹅黄淡绿。一顶顶帐篷飘起袅袅的炊烟，主妇们早早起来，熬好奶茶。吃饱喝足的牧人骑上骏马，打开圈门，放出早已按捺不住奔跳的马群和撒欢的牛羊，旭日的光辉洒遍祁连山麓，明暗分明地勾勒出千山万岭的轮廓。牧人甩动响鞭，牛犊羊羔撒欢。一个牧童赶着一只黑牛、一只黄牛、三只黑羊、九只白羊，在溪水边饮水。一位牧人手举牧马杆，赶着六匹飞奔向前的马，其中三匹枣骝马，三匹白马，个个膘肥体壮，体形矫健，千里牧场充满了无限生机。山脚下到处流水淙淙，沿途九曲回肠，汇纳百川奔腾而出，祁连山下干枯了整个冬天的石羊、黑河、疏勒三大水系的大大小小的河床满溢丰腴起来，再顺着长长短短纵横交织的渠道流进无垠的田畴。原野开始复苏，柳枝萌芽，桃花开放，燕子呢喃，不炎不凉的春风满含春草树芽气息，吹拂着长长的河西走廊。

远处，随着一串铃声，一骑快马奔腾而来，驿使头戴黑色帻巾，身穿黄圆袖领巾衣，手举简牍文书，策马如飞，这是递送公文的驿使来临，沿途颁发前凉王张轨诏书，各地守军务必不违农时，实行军屯。"立屯田于膏腴之野，列邮置于要塞之路。"汉开河西，到魏晋，邮驿已成网络，十分发达，几天光景，河西四郡各县得到诏令纷纷响应，督戍卒屯田。士兵们纷纷从兵营、从守卫长城烽燧中列队出来，开往野外垦荒屯田。还专门设典农都尉，负责丈量田块，分发农具、耕牛、籽种。参加屯田的士兵多为农家子弟，对耕田、撒种、施肥、锄草、收获并不陌生。而且，河西承平日久，年青士兵浑身是劲，正无处发泄，你一铲垦出一尺见方的黑得流油的沃土，他一锄定要挖下牛头大的土块，整个河西原野，人影晃动，人喊马嘶，一幅热火朝天的屯垦画卷，真正实现"无事则以之为农，有事则调之为兵"，寓兵于农。几年光景，河西沃野连片，稼禾连年丰收，不仅垦荒务农，还放牧牛羊、养猪、种菜、喂鸡，凡属军需，大多自产，士兵自给有余，无须劳烦百姓。"永嘉之乱"时，大量远自河南、山东，近自秦川、陇右的流民拖儿带女，筚路蓝缕，汇聚河西，前凉王张轨专辟武兴郡安置流民，并配发给耕牛、籽种，划定区域，由其垦荒播种。其时，河西走廊环境远胜于今日，雪水丰盈，树木茂盛，亿万年积淀的沃土成片。俗言说，乱离人不及太平犬。中州流民，历经丧乱，备受兵灾人祸，死中逃生，奔赴河西，能有安身之地、播种之田，无不感恩涕零。春日来临，岂肯违背农时！流民中自然不乏能工巧匠，铁匠盘起红炉，打造犁铧、铁锄、铁铲，木匠则做出弯犁辕、长柄耱耙，皮匠则用河西上好牛皮割鞣缰绳。一切就绪时，男男女女，早来到田野，按划定的田块，男扶犁，女播种，前开垦，后耱耙，鞭声清脆，黄牛奋蹄。原野上，一树树桃花粉嘟嘟地盛开，一家家满怀憧憬忙耕忙种，这幅一千六百年前魏晋时代的河西春耕图，绝非凭空想象，而是真实生活的写照，是魏晋河西墓壁砖画上的真实场景。

▲魏晋古墓便深埋在这样的戈壁牧地之下

三

　　事情起源于三十多年前的一次偶然发现。1971 年初秋，嘉峪关市城郊一位牧羊的农民赶着羊群在戈壁放牧，正是那种没有风沙、风和日丽的绝好天气，中午时分，啃饱了草的羊群在温暖的阳光下，挤卧在一块儿。牧羊人便也在沙丘上躺下来，舒适地伸起懒腰。无意中他发现沙丘上有洞穴，好奇心驱使他用牧羊鞭杆伸进洞中探试，发现是空的，用流沙试探似乎深不见底。他四周查找，见到砖砌的墓洞。说不定里面有宝贝，牧人这样想，心中充满激动。可惜那天晚了又没带工具，他便做了记号回家。第二天，他约了另外一位牧人，一边放羊，一边挖洞，终于挖到墓门。打开一看，是一座被盗过的古墓，没什么值钱的东西，包括那些价值连城的魏晋画砖在他们眼中，不过破烂砖头，回村后，他们便把古墓的事说了。群众听说全是破砖块，谁也没在意。直到后来嘉峪关市文物部门知道这事，没有马虎，他们一边勘探现场，一边向上反映。最后，经过专家的开掘鉴定，认为牧羊人无意中发现的是一千六百年前的魏晋古墓，而且，这块已被风沙戈壁夷为平地的古墓群占地竟达十三平方公里，古墓达一千七百余座。此消息传开，引起河西走廊各地对魏晋时期古墓的关注。结果，在河西地区又发现武威旱滩坡古墓群、张掖高台骆驼城墓群、酒泉崔家南湾墓群、敦煌新店台墓群等，这些古墓群多为魏晋时期，表明这一阶段河西生产发展，社会稳定繁荣。古人视死如生，才会出现如此众多巨大的古墓群落，且都构筑豪华，用彩色画砖砌拱墓道，保持得也都比较完好。目前已发掘十八座墓，出土七百六十幅彩绘砖壁画，内容极其

▲河西的农业已获得长足发展

丰富，涉及农桑、畜牧、园林、酿造、驿传、营垒、狩猎、出巡以及庖厨、宴饮、梳妆、奏乐、舞蹈、婚丧等。这些砖画多和墓主人生前活动相关，由于墓主人社会职业复杂多样，决定了砖画内容的丰富多彩。连接起来，就是一幅魏晋时期河西走廊极富人文气息、生动真切的生活长卷。

这些魏晋砖画，由于出自不同地方多位民间画师之手，风格尽管不同，但多采用简洁质朴的工笔结合写意，有很强的纪实性，提供了魏晋时期河西走廊政治、军事、经济、文化、民俗、民族等诸多方面的珍贵资料，可以起到"补史之阙，详史之略，纠史之错，续史之无"的作用。

四

丙子年（1996 年）秋天，我在探访古居延额济纳途中，在嘉峪关文友胡杨安排下，参观了嘉峪关发掘开放最早，规模也是最大的一座古墓。没有想到，古墓竟在戈壁下面十几米处，整个戈壁滩上，平展展的几乎看不见任何墓冢痕迹。从河西走廊现存的安葬方式看，皆是大戈壁上平地起冢，这应是传承已久的方式。古墓被深埋戈壁，唯一的解释是，塞外风起沙移，历时千年，把古人平地起冢、用画有彩画的砖砌起的墓冢年复一年地掩埋，终于深埋于地下。正是如此，方才保护完好，让我们目睹这批国宝的同时，也尽可想象一千六百年前魏晋时代河西走廊丰富多彩的生活。

▶裕固族男子

河西民族：裕固人传奇

一

　　这样的情景与盛况，只有亲眼所见，才会有真切的感受。整座小城的大街小巷都变成了彩色的河流，裕固族人、哈萨克族人、汉族人、藏族人、蒙古族人全都穿上了节日的盛装。从机关院落，从学校工厂，从散布于祁连山的大小牧场，甚至从分布于河西走廊的四个片区——延绵三百余公里的裕固族居住地，流汇到这雪域小城。天气也十分凑兴，夜雨于黎明停止，把整个小城的楼宇、街道、草坪、垂柳洗涤得无比洁净，无比清新。太阳一露脸，便射出万道霞光，高耸的祁连山雪峰闪着银辉，金色的阳光照耀着起伏的山峦，照耀着群山环抱紧依隆昌河的小城，照耀着满街裕固人艳丽的长袍和极富特色的尖顶或方顶的小帽，照耀着藏族人镶嵌着豹花点的长袍和闪着光亮的玛瑙项链，照耀着蒙古汉子骏马上装饰的银鞍和长长的流苏，照耀着很多天前便从各个牧场赶来参加表演活动的人。他们在城郊大草坪搭起的大片五颜六色的帐篷，那里正飘升着袅袅炊烟，弥漫着奶茶的香味。急不可耐的摔跤手和歌舞队在草坪上晨练，歌声悠扬，舞姿翩翩，最引人注目的是从小学校拥出的一队队穿着民族盛装的表演队伍。小姑娘们被艳丽的衣裙打扮得像一群美丽的仙女，小男孩一旦穿上小皮靴、小皮袍，全都成了英俊的骑手。人们或排着整齐的队伍，或成群结伴，一齐向民族中学的大操场汇聚，那里早成为彩旗和花朵的海洋，彩服霓裳的海洋，裕固、蒙古、藏、回、汉各民族汇聚的海洋。欢声笑语伴着重槌擂响的羊皮大鼓声，清脆的唢呐声，古老的马头琴声，构成一股巨大的交响声浪，沿着街道扩散，远远地就使人深受感染。

二

这是河西走廊中部、祁连山腹地，全国唯一的裕固族自治县在 2004 年盛夏庆祝自己的盛大节日——肃南裕固族自治县成立五十周年庆典。

裕固族是我国最古老的民族之一，有学者认为公元前三四世纪生活于内蒙古高原的丁零人很可能就是其先祖。在裕固族的古老语言中又可寻找到匈奴人使用过的古代突厥语汇，以至于近年远在欧洲的匈牙利屡屡派专家到肃南裕固族中寻根，因为匈牙利人认为他们的祖先便是曾游牧于蒙古高原的匈奴人。同时，又有资料表明，裕固族的祖先曾和公元 8 世纪在蒙古高原建立回纥汗国的回纥人关系密切。有一首裕固族民歌传唱着裕固族东迁的故事："说着唱着才知道了，我们是从西至——哈至来的，千佛洞、万佛峡来的，青山头底下住下了，我们是从远处迎着太阳光来的。"历史上，公元 6 世纪到 10 世纪，裕固族的祖先曾在漠北草原建立过回纥汗国，并与唐王朝交好，是从未与中原王朝发生战争的民族，为唐王朝的强盛做出过贡献。公元 10 世纪初，回纥汗国因内讧和雪灾，离开漠北，其中一支进入河西走廊，在甘州（今张掖）建立过回纥王庭。裕固族的一些老人和学者也认为他们是以古代回纥人中的一支——黄头回纥为主体，融合唐古特人（祁连山中的藏民）、蒙古人等民族而形成的一支独立的民族。千百年中，他们自称为"尧熬尔"或"撒里维吾尔人"。事实上，新疆维吾尔人的祖先也是蒙古高原上的回纥人，公元 9 世纪遭遇暴雪瘟疫和异族入侵，才迁徙到西域的，这在整个欧亚游牧民族的发展史中是常见的事情。

裕固人大约在明代进入祁连山北麓，已在八个家、老虎沟等草原生活了四五百年，他们主要以游牧和狩猎为生。裕固男人爱穿长筒皮靴，佩带腰刀，戴圆筒平顶卷边毡帽，高大英武，性情豪爽，善骑善射，英勇剽悍；裕固女人主要织毡、捻线、接羔、挤奶，勤劳能干，能歌善舞，爱穿绣有花边的高领长袍，头戴喇叭形毡帽，顶缀红缨一穗。

裕固族虽没有文字，但有丰富的民间文艺和口头文学，有叙事长诗《我们来自西至哈至》《萨那玛可》等，而且从小都接受民歌教育，走路有歌、放牧有歌、织布有歌、割草有歌、挤奶有歌、狩猎有歌……既传承各种劳动技艺，又抒发劳

▶裕固族妇女

动和收获的愉悦，充满对生活的憧憬和热爱。

　　裕固族人在漫长的游牧岁月中，经历迁徙、整合，在服饰、饮食、语言、习俗等方面形成自己独具特色的文化。中华人民共和国建立之后，在进行民族识别工作时，尽管民族众多，历史悠久，情况复杂，但裕固族仍以其鲜明的文化特征和强烈的民族凝聚力、认同感而成为第一批就被确认的三十八个少数民族之一。1954 年，经裕固族各界人士充分协商，一致同意采用与"尧熬尔""依熬尔"音相近似的"裕固"，也兼取汉语中富裕巩固之意，作为族名，报经当时的政务院批准，正式定名为裕固族。

三

　　由此，裕固族人民的生活揭开了新的一页，成了祖国多民族大家庭中的一员。受"极左"思想影响，在勘划甘肃、青海省界时，蒙受迁徙之苦，经周恩来总理干预停止迁徙，在"文革"中裕固族群众也和全国人民一样遭受过苦难，终于赶上改革开放的好日子，尤其是在兴办教育和发展文化方面成就十分突出。历史上裕固族以游牧狩猎为主，几乎无人识字，中华人民共和国建立后进行扫文盲和举办马背学校活动，粉碎"四人帮"后新型学校逐渐普及。目前，裕固族的九年制教育在甘肃省乃至全国五十六个民族中名列前茅，人口素质有了大幅度提高，出了一批在全国知名的学者、教授、诗人和歌手。

　　改革开放以来，裕固族人民生活水平也有了很大提高。传统牧业产品有了广阔销路，办起了养鹿场，商业、运输业、旅游业都有了较快发展，肃南县政府所

▲作者与几位藏族、裕固族教师合影

在地红湾寺镇已经建设成为一个以现代、卫生、文明而闻名的城市。依河而建的几条街道，开阔整洁，楼宇林立，街边绿草茵茵垂柳依依，穿城而过的河水清澈蜿蜒，在巍巍祁连雪峰的衬托之下，简直像座花园城市。

我在庆典活动的前一天赶到肃南小城，整个城市的优雅干净出乎意料。在裕固族姑娘银召的引导下去了祁连山中的牧场和养鹿场，逛了热闹非凡的商贸城。徜徉街市，几家赶做裕固族民族服装的店铺门庭若市，机关单位正悬挂彩灯、张贴对联，赶排节目的单位一家挨着一家，歌声此起彼伏，家庭主妇们满脸喜气购买着羊腿和蔬菜。整个县城都沉浸在浓浓的节日气氛之中。

在肃南县文联办公室，十几年前还在祁连山放牧牛羊的藏族汉子王政德，凭着刻苦好学成为摄影家，进城当了干部，当了文联主席。他一见我就双手握了上来，滔滔不绝地介绍肃南，还拿出一沓图片，全是他的摄影，还有文联为县庆出版的特大专号《牧笛》。突然发现没倒开水，他对部下、一位裕固族诗人挥挥手说："赶紧去弄点喝的。"不想，那诗人竟提回一大捆啤酒。藏族汉子主席立刻笑得满脸开花，拿出几只大搪瓷杯，打开酒瓶一瓶一杯，往我面前一推："喝！"

来肃南前朋友告诫千万别说会喝酒，这儿喝酒一杯一首歌，不得了，非醉不可。可这会儿容不得推辞，再说是啤酒，于是裕固、藏族、汉族三条汉子便一齐举起酒杯为裕固这个古老而又年轻的民族的盛大节日干杯！

▲终年积雪的祁连山

河西民族：裕固人家

一

　　在人们印象中雪域似乎是青藏高原的代名词，其实，海拔只要达到3600米以上，不管在哪里都会常年积雪。比如秦岭主峰太白山海拔3767米，"太白积雪六月天"自古就是长安美景。隔断青藏高原与蒙古高原的祁连山是由多条东西走向的山脉构成，海拔高度超过4000米的山峰大坂比比皆是，祁连山主峰则高达5500米，所以终年四季，在河西走廊武威以西任何一个地方都可以看见白雪皑皑的山峰。正是这些终年积雪的山峰为河西走廊提供了水源并形成绿洲，建起城镇，滋润了祁连山腹地高低绵延一望无际的牧场。裕固族、藏族、蒙古族、哈萨克族的牧民便世世代代居住在祁连山中，仅是县级建制便设有互助、大通、门源、祁连、肃南等县，分属青海和甘肃省管辖。这就决定了许多生活在祁连山中的牧民终年四季都会看见银光闪耀的雪峰，终生都与雪峰为伴，是名副其实的雪域人家。

　　裕固族姑娘银召的家在肃南县境内最高的大岔牧场，离雪峰最近，每天清晨出门，第一眼看见的便是巍然高耸的雪峰，这是指夏天。若是冬天，银召家的屋顶院落、四周的山峦、鹿栏羊圈便全被积雪覆盖，完全融进了银白世界。从银召爷爷的爷爷起，他们家便扎在这里。老爷爷曾说过，雪山下的草旺、干净，牛羊吃了长膘，挤出的奶喝了不生病，住在这里好。银召的爷爷曾经是裕固人部落的一个小头目，部落的男女老幼都听他的，家里自然也听他的，于是几代人就住在雪峰下面，是地道的雪域人家。

房子是用片石砌墙、茅草盖顶，冬暖夏凉，再用青石板铺成火炕，冬天用羊粪蛋烧炕，满屋都暖洋洋的。银召从小在这

▲裕固族姑娘银召

儿长大，五岁就开始放羊，七岁那年曾把羊放丢过一次。当时尽管天色已黑，她还是独自闯进牧场找羊，那一带全是海拔三千米以上的山坡，天黑路滑，到处都是黑黢黢的树林。尽管她年纪小，但是仍无所畏惧地爬上山坡，因为她从小就知道丢失牛羊是裕固人最耻辱的事情。

二

裕固人的学校是在牧场、在火塘、在长辈的讲述和唱忧伤苍凉的民歌之中，如果说先祖们游牧于蒙古漠北高原，迁徙于河西乃至葱岭西域的故事显得朦胧遥远，那么银召记忆最清楚的是长辈们讲述的裕固族最后一任世袭大头目，也是肃南裕固自治县成立后第一任县长安·贯布什嘉的故事。之所以记得清楚，是因为银召的爷爷是大头目直接领导下的小头目，他们都是一个姓氏家族，细论起来，大头目也是银召的先辈，大头目姓安，整个家族也就姓安，银召的汉名叫安晓英。

大头目并非自封，而是中央政府任命。最早可追溯至明朝初年，现保留的记载是清初《平定朔漠方略》，大头目于康熙三十七年，即1698年由皇帝册封，为第十二代，若从明初计算则为第二十一代。这也为整个裕固族人民所公认。

大头目贯布什嘉于1915年继任时还只是个十七岁的小青年，经过多年流离迁徙，裕固群众生活十分悲苦，即使大头目家也十分清贫，仅有几十只羊和七八头牛维持生计。继承职务并非继承财富和权势，而是要在与各种势力的争斗中维

▲祁连山区的牧民至今以马代步

护部落牧民的利益，承担的是一种十分严峻和神圣的责任。由于大头目从小在牧区艰苦环境中成长，深谙牧民疾苦和民族习俗，且又性格坚强，勇于负责，很快成为深受牧民拥戴的领袖。在之后的岁月里，马步芳、马步青等军阀统霸西北，苛捐杂税多如牛毛，裕固族群众深受其害，大头目为守卫裕固牧民的草场和利益，竭尽全力，恪尽职守，在牧区流传着许多佳话。当时驻扎张掖的是马步芳部队，师长叫韩起功，作恶多端，鱼肉乡民，还曾残忍地杀害过许多西路军战士，中华人民共和国建立后被人民政府镇压。裕固族人少势孤，不能与韩起功碰硬，只能智取。大头目的夫人叫尕尔昂，能干机敏，是位出色的歌手，也是大头目得力的助手。经过周密计划，大头目留下与韩起功周旋，由尕尔昂带助手，骑马悄悄越过祁连山，到青海西宁找韩起功顶头上司马步芳告状。到西宁后发现侯门似海，马步芳公馆戒备森严，根本无法进去。但尕尔昂并不沮丧，耐心等待。一天打听到了马步芳正操练部队，便立即赶往练兵场，举状鸣冤，终于见到了马步芳。

尕尔昂把要讲的话早就练习默记，胸有成竹，因此见了马步芳并不畏怯。她礼仪周到，不亢不卑，一条一款列举韩起功敲诈勒索裕固牧民的血泪事实，恳请马步芳为牧民解决此事，否则，她无颜返乡，将每天告状。马步芳横行西北，广交军政各界，但像这样有胆有识的牧区女子，还是头次见识，为顾及脸面，也为延揽人心，他当即令人写公文盖上大印，由尕尔昂带回后面交韩起功。至此，韩部不敢再欺凌裕固牧民。

之后，在马步芳军队占草原办牧场，统一验收"官皮官毛"、临泽县县长强加赋税等一系列侵犯裕固族人民利益的事件上，大头目都竭尽全力与之周旋，尽量减少牧区贫苦牧民的损失，度过了相当困难的阶段，终于迎来了解放。

三

尽管大头目并没有接受过革命教育，但西路军与马家匪兵英勇作战的事迹他曾目睹。西路军血战河西，最后兵败祁连，几乎就在裕固牧区发生。西路军最后一次军政会议就在大头目故乡红石窝召开，大头目对红军是为穷人打天下的正气队伍有一定认识。所以中华人民共和国建立初期，大头目组织牧民用披着红绸的牛羊欢迎解放军，可谓"箪食壶浆，以迎王师"。大头目还积极带头拥护中华人民共和国的一系列政策，尤其是民族自治政策，他骑马到牧区宣传，努力加强部落之间的团结。1953 年，贯布什嘉大头目曾代表裕固族人民出席甘、新、青三省各族人民联席会议。1954 年，裕固族成为新中国第一批被确认族名的少数民族，并正式成立肃南裕固族自治县，贯布什嘉被一致推举为首任县长。至此，也宣告了延续明清两代五个多世纪的世袭制大头目制度的结束。

当时自治县首府规模不大，几十幢土木结构的房屋坐落于隆昌河畔，尚构不成一条小街。四周则林木茂盛，绿草如茵，河水湍急喧哗，山坡上还有不少牧民的帐篷，牛羊放牧河谷，更多保持着牧区气象。贯布什嘉领导的县政府便在这里办公，除了上级派来的汉族干部，更多则是从裕固族牧民中选拔的年轻人，经过培训后参加工作。县长和干部们去专区开会，仍像牧民一样骑马往返。那时老县长骑着高头大马，精神抖擞，每次从上面开会返回，总是一马当先，一串矫健的裕固族骑手紧跟在后，马蹄扬起烟尘，在隆昌河中溅起闪光水花。于是满县城的人都会出来观看这精彩的一幕，大家会说："准是老县长又从上面带回好消息了。"于是满怀喜悦迎接过去的大头目、现今的裕固人第一任县长贯布什嘉。当时的政策是"不分不斗，不划阶级，牧工牧主两利"，因此人心安定，几年中畜牧业和刚起步的卫生、教育事业都发展很快，是裕固族人民常常怀念的时期。

裕固族成为祖国大家庭一员，便注定要与共和国同甘苦。1957 年内地搞反右派反右倾运动之后，1958 年民族地区也搞起反封建牧主运动，对县长贯布什嘉大批大揭，老县长不堪其辱，和他的六名助手先后含冤辞世。紧接着，青海、甘肃两省划分牧场，不顾实际情况，强制要求大批牧民迁离故土，引起大量人畜死亡，虽经周总理发现制止，已造成相当大的损失。老县长去世后，他的夫人，备受牧民尊敬的尕尔昂亦背着罪名，受尽折磨，被强迫劳动改造达二十年之久，

▲祁连山区的少数民族至今保持着能歌善舞的天性

直到 1980 年才平反。那时尕尔昂已八十四岁，被推举为县政协委员。作为大头目夫人和优秀歌手，在许多年里，尕尔昂临风雨不惊，陷逆境不馁，只要在牧民中就引吭高歌，传唱裕固民族悠久的历史，唤起人们渴望新生活的勇气，所以生前死后都备受裕固牧民尊敬。

四

之所以要叙述裕固族最后一个大头目的故事，是因为它影响了许多雪域人家，包括年轻姑娘银召的生活道路。银召的爷爷与大头目原属同一部落，曾是小头目。爷爷一生最敬重的便是大头目夫妇，处处用他们的风范要求自己和子女。银召的父亲也深受影响，这个英俊的裕固族小伙是中华人民共和国建立后第一代马背上的学生，学习汉语有了文化，还入了党，成为裕固族干部，在修家乡公路时曾任工程队长。在人民公社期间，又担任了大岔牧场的场长。父亲认为自己是党员，要克己奉公，虽然把两个儿子、五个闺女全部送进学校，有了文化，成了材，但从不找人给他们安置工作，以至于至今所有的子女都得自谋出路。

▲作者与裕固族姑娘银召在祁连牧场

▲避风的山凹常被牧民选为"冬窝子"

　　但父亲又绝不保守，牛羊承包以后，父亲不当场长了，却又带头引进新疆高山细毛羊，在牧民中推广，还第一个改猎鹿为养鹿。父亲胆大心细，又能吃苦，潜伏在山林，观察野鹿生活习性，挖陷阱、布网，终于抓到几只幼鹿，经过驯养，繁殖成了一群鹿。

　　在大岔牧场，父亲最早购回小水电机利用水力发电，最早购回电视机，也最早融进了现代社会现代生活。银召兄弟姐妹在父亲精神感召之下，也都自食其力，靠诚实勤劳，过上富裕生活。大哥与父亲坚守高山牧场，二哥则用机动车每隔两天把牧场产下的鲜奶运送下来。大姐做服装，二姐刺绣，三姐做奶制品，四姐开商店，银召姑娘最小，也最能闯，在兰州打工。全家牧场、制作、销售一条龙，把日子过得红红火火。

　　我在肃南的几天，在银召姑娘引导下，去了壮阔雄奇的祁连山牧场，见到了驯养成功的大群梅花鹿，见到银召全家五姐妹，却没有见到银召的父亲，他赶着大群牛羊到祁连山高山牧场赶夏牧场去了。牧场海拔四五千米，只有盛夏才能赶牛羊去放牧。在遥远的雪峰下面，有炊烟飘起的地方，就一定有那位坚强的牧人——银召的父亲。

▲河西人出门常用毛驴车

河西人情：见闻素描

一

　　一方水土养一方人。河西走廊由于独特的地理环境，积淀深厚的历史文化，使长期受其影响熏陶的河西群众在人情性格方面也有其独特之处。

　　丝绸之路自西汉开通，其间虽因战乱割据有间断，但直到明代海运发达之前，在长达一千五百多年的时间中，一直是横贯亚、欧、非三大洲的陆上交通纽带。固然，商贸交易是丝路活动的主要历史内容，但准确地说，丝绸之路还是一条"文化运河"。古罗马、波斯一带的杂技百戏，印度、阿拉伯的音乐、舞蹈以及宗教很早就源源传入中国，龟兹乐、西凉乐直接影响到盛唐歌舞的繁荣。而中国古老的医学、文学、绘画、气象知识则传播至欧亚。就河西来说，许多西亚商人、僧侣长期滞留，胡汉杂居，互相影响，"胡人有妇能汉音，汉女亦能解胡琴"。少了宗族礼仪束缚，人性伸张，故而豁达。河西濒临边关，战事频仍，每遇战乱，则需家族村落团结自卫，至今还存留许多寨堡遗迹，故河西民众秉性刚烈且有团结精神。河西地域辽阔，雪山大漠，能恢宏人的气魄心胸，故河西人多豪爽大度，性格开朗，多慷慨悲壮之士，少鸡肠小肚之人。

▲ 河西群众送葬的情景

▲ 河西妇女

二

　　车行河西，一路观看，节令农事比内地晚半月左右。五一前后，关中平原早已小麦秀穗，油菜结荚，但河西小麦方才拔节，油菜花仍金黄，粉嘟嘟的桃花，洁白的梨花都开得正繁。渠水满溢，正值春灌，田野里，男女皆忙于春耕，包着头巾，身着鲜艳衣衫的妇女在前面牵牛，男子在后边扶犁，栽种洋芋、玉米，形成一幅色彩艳丽，生动鲜明的图画，颇有"男耕女织不相失"的古诗意境。

　　河西为多民族聚居之地，尤其回民众多，不分男女，皆戴白帽，热情地经商摆摊，态度和蔼，叫卖声洪亮，给人感觉这是一个善于做买卖的民族。路经永登，曾去一家回民餐馆吃饭，负责柜台的是位回族老人，戴着白帽，脸色红润，蓄山羊胡子，嗓门极大，干脆利落，如炸雷响彻耳边。但此餐馆干净卫生，拉面粗细均匀，口味极鲜美，过后许久，齿仍留香。

　　还巧遇一户农家办丧事，男女老少皆戴白色孝帕，还有几位穿麻衣，像古装戏那样，想必是死者儿女，谓之披麻戴孝。所有人都举着孝幡，排着长长一串队伍，十分隆重。看来河西群众尊崇传统，胜于内地。

　　我们首次河西之行，仰仗两位画家，杨君立强，李君世荣，都颇有名气，立强君还是甘肃省美术家协会副主席，书画俱佳，成就斐然；但皆拙言敏行，考虑周到。他们一路委托帮忙的交警朋友，一言既诺，必见行动，相貌注定不同，豪爽却惊人一致。尤其饭局，拳令急切，干脆利落，绝不赖账。

▲ 河西大面积的波斯菊

　　印象至深的是武威市委前后两任书记对秦腔的酷爱。秦腔诞生于西北，尤其陕甘两省根基最深，盖因其昂扬激越唱腔与此二省刚烈民性相符，或者说陕甘之刚烈民性是秦腔产生之本源。饭间，三杯酒下肚，两位书记心血来潮，竟唱起整本《劈山救母》，精神昂扬，字正腔圆，一招一式，如醉如痴。一时间，满座皆起，掌声热烈，恍然之间，让人想起千年前古凉州的一次聚会。诗人岑参曾真切描绘：

　　　　　一生大笑能几回，斗酒相逢须醉倒。

　　　　　　　　　　　　　　　　——《凉州馆中与诸判官夜集》

　　食牛羊之泡馍，唱昂扬之秦腔，是河西环境使然。两位书记下乡，若唱一段秦腔，注定与群众打成一片，如鱼得水，优哉游哉！

三

　　河西群众的质朴、豪爽、善良、团结在战争年代最显光彩。当年红军组成西路军远征河西，由于让史家至今探究不尽的原因，兵败祁连，两万多将士或血染战场，或身陷囹圄，或打乱失散，完全赖于河西群众冒死相救，才使相当一部分人得以生还。

　　徐一新，十七岁去苏联学习，二十岁任鄂豫皖军委政治部副主任，是西路军总部高级参谋。在与敌短兵相接中，与仅存的警卫员失散，被祁连山中裕固牧民相救，在山洞隐藏数月，直到1937年国共合作后才归队，新中国成立后曾任外交部副部长。

中华人民共和国建立后曾任大军区司令员的郑维山将军是西路军88师的政委，当年仅二十一岁。部队打散后，他和副师长熊德臣都身负重伤，正走投无路时，被民和县一户农民发现，冒着马家军骑兵天天搜捕的危险，把他们藏在菜窖，直到伤好归队。他们没有付给农民任何报酬，甚至不知农户姓名。

曾任川陕省苏维埃政府主席的熊国炳，是西路军九名军政委员之一。西路军失败后，马家军把徐向前、陈昌浩、熊国炳等列为"赤匪首犯"，悬赏一千两百块大洋活捉。熊国炳受伤后不幸被马家军骑兵抓住，先押在裕固人的毡房，马家军忙着抓人，刚一离开，那家好心的裕固人就把他放了。后来他又被一位农民张大爷收留，养好伤后，隐姓埋名，靠摆摊度日，直到新中国成立。

类似这样遭际，被河西群众掩护得以生存下来的还有西路军妇女团团长王泉缓、连指导员吴兰英、西路军九军宣传干事郭富财、九军通讯班长王怀文、三十军副营长廖永和、红军战士刘思贵……

几乎在整个河西走廊，都流传着当地群众冒着生命危险，抢救、掩护、收留西路军失散人员的感人故事。

其时，革命正处于低潮，看不到任何胜利的曙光。其实河西群众也压根不曾想到回报，只是出于一种悲天悯人的情怀，出于一种人道与良心，出于河西深厚的历史文化积淀。此情只应归大地，归于辽阔粗犷、绵绵无尽的河西走廊，归于豪爽仗义、质朴善良的河西人民。

▶藏族汉子

河西人情：藏族汉子

一

　　肃南裕固族自治县距张掖市九十公里，我们开车驶出市区，一路朝南向祁连山进发。肃南县城在进入祁连山腹地约四十公里的梨园河畔，万没有想到，当我们已进入祁连山谷，距肃南县城约三十公里的地方，车又发生故障，无论如何也打不着火了。

　　其实，我们所乘的捷达车前一天在青海就曾熄火，在等待修理时突然打着，冒险硬着头皮穿越祁连山到达张掖市。翌日清晨便去修车，几个师傅围着车检查没有查出毛病，换了副新轮胎。对打不着火的解释是：机器发热，用水淋淋降温就可以了。试了一下还真管用，于是就又上路，先去马蹄寺览胜，接着又顺便探访了当年西路军血战的倪家营子。这期间，就曾发生过几次熄火，我们采用浇水处理，开始还行，但越来越不行，由开几十公里熄火一次下降为十公里、八公里，最后直接一两公里就熄火。而此时，已进入祁连山谷，两岸是千仞的石崖，中间是一河湍急的流水。时间已近黄昏，原计划下午7时前到达肃南，一路停车耽误，眼看太阳已偏过山崖，光线顿时一暗，一阵疾风吹过，又有大团乌云笼罩，气势汹汹，随时都会出现恶劣天气。偏偏就在此时在这种前不搭村后不着店的荒山峡谷，车又熄了火，而且任凭怎么捣鼓也打不着了。

▲ 藏族人热情豪爽

　　天色越来越暗，疾风驰过河谷，让人打个激灵。尽管是盛夏，但祁连山雪峰仍然银装素裹，气温不断下降，我们把预备的衣衫、毛衣、摄影背心全都穿上了。倘若修不好车，祁连山夜间不仅寒冷，还可能有暴雨引发山洪和泥石流的可能。前几天洪水曾扑上公路的印痕十分明显，泥土塌方还没有清理完毕，稍稍一想，就让人不寒而栗忧心如焚！

二

　　就在我思量着怎么把车推到一个安全地方将就过夜的当口，肃南方向的山弯道上突然传来鸣笛声，随即一辆桑塔纳开过来。没有多想，我摆手示意停车，完全是试探，但那车却真停在路边，跳下一位中年男子，身材壮实，脸庞棱角分明，眉毛浓黑，一看就属于那种热情豪爽的西部汉子。我们赶紧递烟，他摆摆手，用河西一带粗犷的普通话问："车哪达出毛病了？"

　　我们讲了一路频频熄火的情况，话没说完，他就说："没事，没事，内地来的车都这样，气压不够，把油箱盖打开就好了……"

　　我们赶紧打开油箱盖，让空气进去，但仍打不燃火，满怀希望的心又提到了嗓子眼。

　　"没事，没事，油管有气了，要吸一下。"说着，那黑壮汉子竟然用嘴对着拔下的油管猛吸了一口，油真冒了出来。他熟练地接通油管，一打火，果真打着了，汽车又发出欢快均匀的突突声。

　　"好了，可以开了，这儿离肃南不到三十公里，四十分钟准到。弯道多要

▲好客的藏民

注意……"

但我们实在不敢大意，刚才熄火后困在祁连峡谷的焦灼太让人铭心刻骨，车不彻底修好心里总不踏实，贸然前行，再熄火咋办？于是断然决定，趁车能开，必须返回张掖市区检查修理，肃南是个小县城，车真坏了未必能修。

我把这个想法告诉这位中年汉子。他想了一下，说："也行，你们在前面跑，我跟在后面，有了问题再说。"

这时，夜色已开始笼罩祁连山，不敢再耽误，掉转车头，两辆车一前一后，驰向张掖。事实证明这个决定十分正确，这次一口气跑了四十公里，已经看见张掖市区的灯火，车却又熄火了！

我们停下时，后边的车也紧跟着停下。那中年汉子二话不说，又帮我们修车，仍按上次办法，揭开油箱盖让进空气，拔开油管用嘴吸气，这办法还真灵，车打着火又能开了。岂料，这次之后，几乎是五里一停三里一停，最后再怎么捣鼓也打不着火了！

"用绳拖，不信把它没办法！"那位中年汉子像赌上气，真的从车上拿出根粗粗的皮绳，套在车上，他的车在前面，我们车在后边掌握方向跟着走。但这时已接近张掖市区，车辆增多，为避车和遵守红绿灯，时开时停，两辆车起动时间有差异，把拖车的皮绳拉断了几截，压根无法再用了！

"下来推，修理厂已联系上了，不远！"

那位中年汉子让别人把他的车开走，跟我们一起推车。华灯初上的张掖市，一片璀璨，我们几人推着一辆庞然大物走在街上，惹得路人皆回首观望。幸好不远，总算把车推进了修理厂。联系好的师傅果真在等着，这时人心才放下。反正车进修理厂，有啥毛病就修，人也进了市区，起码安全。要不是这位素不相识的中年汉子鼎力相助，闹不好真在祁连山挨冻哩！

"哎呀，师傅贵姓？帮这么大的忙太谢谢了。"

"我姓凯，叫凯慧全。"

"怎么还有姓凯的？"

"我是藏族，还有个藏族名字哩。"

这位中年汉子是藏族，

▲藏族儿童

▲草原聚会

这么热情还能讲这么好的汉话！我一下来了兴趣，反正正检查车，我们也插不上手，索性就跟他聊起来。

三

凯慧全告诉我，他家世居河西，父母都是中华人民共和国建立后第一代参加工作的藏族干部。他"文革"期间中学毕业，还下过乡，是到祁连山深处当牧民，那儿海拔高，不长庄稼，是纯牧业地区。放了好几年牛羊，后来招工到肃南建设银行，还当了行长，去年又调到张掖市行来当营业部主任。这次是回肃南办事，不想碰上了我们。他还告诉我，遇到麻烦互相帮忙，是牧区的老辈人传下来的规矩，放牧时遇到暴风雪，人困在山里，不管是藏族、裕固族、蒙古族还是汉族，都会主动帮忙，直到对方脱离困境。

我也告诉他此行的目的是去肃南参加裕固族自治县成立五十周年庆典，负责接待的是一位裕固族姑娘银召，还要拜访一位裕固族学者铁穆尔。凯慧全听了哈

▲今日河西如诗的大地

哈大笑，说这两位他全认识，银召他曾推荐到兰州的省建行当过歌舞演员，铁穆尔是他外甥，把他叫舅舅，娶了个媳妇是蒙古族。说着就掏出手机与两位通电话，大声说你们的客人让我接住了。随即又对我说，到了河西一扯不是亲戚就是朋友！

那晚折腾到十一点，车查出毛病，是传感器坏了。张掖没有，要兰州专修厂发快递，需等一天。翌日，司机等候修车，我乘班车去肃南参加活动。返回时车已修好，离开张掖时，我又找到凯慧全，送他两瓶酒。他说这东西好，他爱喝！

返回家后，过了不久，接到张掖市文联贺冬梅（裕固族）女士电话，说他们聚会时遇到凯慧全。他说起在祁连山帮我们修车，端起酒杯说"你们都是文艺界"，要她替我们多喝两杯！

河西人情：倪家营子

▲河西高台县西路军纪念碑

一

　　高耸的祁连山雪峰愈来愈逼近眼前，进山的谷口依稀可见，一大片稀疏的树林横在前面，一个指路牌高耸路边，倪家营子沿此路前行六公里！

　　大名鼎鼎的倪家营子竟在这里！记得上小学时，读过一本报告文学《气壮山河》，写的是红军长征到达陕北后，为打通新疆国际通道，组织了西路军渡过黄河。由于孤军深入没有后续支援，在河西走廊遭遇到数倍于红军的马家军围追堵截，西路军浴血奋战，陷入重围。当时天寒地冻，饥寒交迫，又经连续几个月的恶战，寡不敌众，最终兵败祁连，过河时两万多红军将士，大部壮烈牺牲，加之被俘、流散，最终仅有四百多人到达新疆。作品中写了高台、古浪、倪家营子几次血战、恶战，其中倪家营子坚守时日最久，最关键，也最惨痛。书的作者是程世才和李天焕两位将军，都是西路军的幸存将领，由于亲身经历，书写得惨烈悲壮，真切感人。我由此记住了西路军，也记住了倪家营子。近年，关于西路军的回忆录、亲历记、传记、专访、专著出版得越来越多。由于西路军主要由红四方面军组成，这支红军创建过川陕革命根据地，笔者所在的汉中市就有西乡、南郑、镇巴、宁强等县属于红色根据地，有许多人参加了红军，据调查参加红四方面军的就有四千多汉中儿女。在镇巴县高耸的革命烈士纪念碑上，密密麻麻刻写着张狗娃、李火娃、刘幺娃们的姓名，仅从名字就不难看出这些都属于那个社会被侮辱与被欺压的阶层，穷则思变，才参加革命。从大批留下姓名和没有留下姓名的红军战士中，产生了两位将军——二炮副司令员符先辉和河南省军区司令员彭辉。我曾采访过符先辉将军，将军此时虽已过世，但他的教诲却仍让人记忆犹新。

▲时任西路军军政委员会主席的陈昌浩（右）和西路军总指挥徐向前（左）

二

　　出于对先烈的敬重，我对西路军事迹就分外关注，购阅过多种图书，对西路军起始终末有一定了解。如今见着西路军当年的重要战场倪家营子，顿有一种悲壮心绪袭上心头。这天，我们本来是离开张掖去肃南参加裕固族自治县成立50周年纪念活动，看时间来得及，于是调转车头，直趋倪家营子。

　　据多种史料记载，倪家营子位于祁连山北麓，不是一个集中的村落，是许多寨堡的总称。这些寨堡小的三两户，大的七八户。所谓寨堡，与河西走廊许多农家院落一样，先用黄土筑成三四米高的围墙，形成院落，再在院内盖住房和畜圈。河西历史上便是战争多发之地，故群众多筑寨堡，较大的还修有碉楼，也是一种对匪盗、野兽的防御手段。这些大大小小的寨堡有四十多个，分布在宽三四里、长十多里的戈壁旷野，恰好为经历了高台、古浪血战后剩余的徐向前、陈昌浩、王树声、李先念、李卓然、程世才、郑维山等高级将领和一万余名西路军将士提供了安营扎寨之处。

　　最后长达四十天的恶战拉开了序幕。当时占据西北的马步芳、马步青、马鸿宾等所谓"五马"调动甘肃、青海两省五个骑兵旅、三个步兵旅，再加手枪团、宪兵团和民团共五六万人，且弹药充足，配有大炮和重机枪，装备良好。马部骑兵素来剽悍，加之反动军阀对革命对红军的偏见与仇恨，把倪家营子围得水泄不通，在随后的四十多个日日夜夜，苦战血战的惨烈程度惊天地、泣鬼神。时任西路军总指挥的徐向前日后在其回忆录《历史的回顾》中，详细写了倪家

▶西路军幸存的女战士

营子保卫战：

"马敌重兵来犯，我军创病皆起，战局摄人心魄。敌人每次进攻，均先以大炮猛烈轰击，而后组织大量步骑兵发起冲锋。什么花马营、黑马营、白马营、红马营……都拿上来了。我军连一门迫击炮也没有，全靠近战对付敌人。每当敌人冲到我阵地前沿时，部队突然冲出围子，进行反击，肉搏格斗，杀退敌人。有些围垣被炮火击毁，指战员利用断墙残壁，拼死坚守，直至将冲进的敌人杀出。因为子弹缺乏，步机枪几乎失去作用。我在前沿阵地去看过，战士们的步枪都架在一边，手里握着大刀、长矛、木棍，单等敌人上来，进行拼杀。在这里没有男同志和女同志，轻伤员和重伤员，战斗人员和勤杂人员的区别，屯自为战，人自为战……"

这样的血战长达四十多天。时值隆冬，祁连山下，冰天雪地。敌人装备齐全，有棉袄皮衣，吃饱喝足，骑着战马，来去如风，人员、枪支、弹药、粮草随时可获补给。西路军却一无所有，无弹药、无粮草、无后勤、无医药，无任何补充，唯独有不屈不挠的革命信念和视死如归的精神。在那些难忘的日日夜夜里，西路军战士衣不遮体，食不果腹，在饥寒交迫中煎熬。最苦的是伤病员，没有医药，没有绷带，从破旧衣服上撕些布条包扎伤口，没吃没喝，只能咬牙硬挺，几乎每天都有战友牺牲倒下，许多伤病员清晨再也叫不醒来。不少亲历倪家营子保卫战的老红军都在回忆录中称倪家营子是打不垮的战场，是血染的寨堡，是一片气壮

▲倪家营子乡政府

山河的英雄土地。

三

半个多世纪的风云过去，如今，倪家营子是个什么模样，还有没有幸存的群众，当年血战的寨堡是否还有遗迹，这都是我想知道的事情。通往倪家营子的沙石公路在祁连山下蜿蜒，两边是茁壮茂盛的庄稼，以小麦和玉米为主。小麦正在收割，玉米一片墨绿，地里有干活的群众。车开进一处村落，道路平整，两边房舍开有商店、邮局、信用社和餐馆，还有置于街头的台球案，形成一条不短的街市。正准备打听倪家营子，却突然发现街边一处机关模样的大门口悬挂着"临泽县倪家营乡人民政府"的招牌。原来这就是倪家营子，与回忆录中写的由寨堡构成的战场的情形，已完全不一样了。

我们在倪家营子转悠，希望能找出当年血战遗留的痕迹。倪家营子果真很大，我们到的乡政府正是中心地带，十字形街道规划得很有序，两边都是近年新修起的四合院落，已不再是土墙土屋，大都用砖砌垒，新式门窗，很有些乡里新村的味儿，压根没见到一座残留寨堡。

我突然想起，有文章说西路军从倪家营子突围进入祁连山后，当地群众不忍心看见战死的西路军战士曝尸野外，自发掩埋，烈士很多，有回忆录讲是五千人，有说是六千人。我曾把几种史料做过比较，徐向前、李先念、程世才等亲历过倪

▲半农半牧的河西农村

家营子血战的先辈均讲进驻倪家营子西路军尚有一万三千人，血战四十天，突围进入祁连山召开红石窝会议时，仅存不到三千人。当时，第一次撤离倪家营子，遭遇伏击，又接中央固守倪家营子五十天的电报，重返倪家营子，一出一进，牺牲减员是必然的。但推算仅是牺牲在倪家营子的红军将士多达五六千人是不会错的，如此大数量的英烈遗骨，当地群众也只能挖大坑集中掩埋。中华人民共和国建立后在此立有西路军烈士纪念碑。

于是，我向村民打问烈士纪念碑在哪里。马上就有人指给我方向："顺水渠走，那边就是。"一个穿红衣衫的放羊的小姑娘一听我要去烈士碑，便主动拉着羊带路。这时我才注意到一条和街道并行的宽达两米的水渠，波涛汹涌，不像西部干旱地区，倒像江南水乡。有回忆文章说西路军在倪家营子时不仅无粮，连水也没有。想想也是，万余人马进驻这片村寨，前后四十多天，要消耗多少水，几眼水井全部用干，最后连冰块都无处搜集。倪家营子所在临泽县属张掖地区，濒临祁连山主峰，有河西走廊水量最大的黑水。黑水从祁连山流出，滋润了张掖这片河西最大的绿洲，再流向古居延（即今内蒙古额济纳旗），形成波光浩渺的居延海，干涸也是近几十年的事情。但河西所有的河流都只在春夏冰雪融化后才汇纳百川，积流成河，冬天则全是冰雪覆盖，满河的白石。西路军进驻河西正是隆冬，怎能不遭缺粮缺水之苦。粮草水源素为兵家重视，历史上的著名战役就提供许多教训。马谡街亭之失很大程度是被魏军断了水源；袁绍官渡之败，则是被曹操烧了粮草。红军革命意志再坚强，毕竟也是血肉之躯啊。假如当时是夏季，再有这

西路军烈士纪念碑

么大股水该有多好……

顺着波涛汹涌的水渠，走过一大片庄稼地，老远就看见高耸在玉米地边的纪念碑，有三丈多高，上面刻写着：红军烈士永垂不朽！环顾四野，庄稼茂盛，白杨环立。我在烈士纪念碑下伫立良久，极力联想当年的情景，想起有文章说距纪念碑不远便是王家庄，当年红三十军的指挥部就驻扎在那里。看见不远处的寨堡模样的村子，便问牧羊姑娘那是不是王家庄。小姑娘回答就是。

四

红三十军军长程世才，日后写出近二十万字回忆录《气壮山河》。政委李先念，后来也写过《西渡黄河和西路军》。他们率领的红三十军是早在鄂豫皖根据地就创建的红军队伍，久经考验，英勇善战，是西路军中的中坚和主力。在防守倪家营子时，尽管三十军渡过黄河以后，连续战斗，部队疲惫至极，减员很多，但仍担任了正面防守任务，战况遭遇最为惨烈。一次，一伙疯狂的敌人竟冲进了三十军军部，军长程世才刚提枪出门，迎面就冲进五六个马家匪兵。一个敌兵端起刺刀向程世才刺来，他背后一个战士情急之中一把将刺刀攥住，又有几个战士上来用枪托敲碎敌人脑瓜。这个双手被刺刀割得血淋淋的战士，顾不上包扎，捡起敌人丢下的武器又冲上去。一时间，军长、政委、警卫员、炊事员全部上去，两军混战。直到冲进来的这股敌人被消灭，威胁才暂时解除。军部尚且如此，前沿阵地就更惨烈。倪家营子的王家庄由于地处正面的突出部位，正对着进犯的敌人，承受的压力最大。每天在阵阵炮火轰击之后，便是成营成团马队的轮番冲击，喊杀声从早到晚不绝。时任营政委的周纯麟带领一百三十多人坚守在此，打退两千多敌人多次进攻，歼敌四五百人，可自己部队也仅剩下九人，还都负了伤。中华人民共和国建立后，曾任上海警备区司令员的周纯麟将军1983年曾专程到倪家营子，找到当年激战的王家庄，抚摸着土墙上的弹孔，泪流不止，说这是一生最难忘记的地方，想到这里，就想起一天之中倒在血泊中的一百三十多位战友。

五

好在王家庄已被保护了起来，还打了围墙。河西雨少，尽管土墙土堡，却没有多大损坏，七十多年前恶战留下的残墙弹孔依然存在，庄内杂草丛生，荒凉中透出浓浓的沧桑之感。我突然想到宁夏的文化名人张贤亮经营镇北堡，获利丰厚，若是把倪家营子以及当年西路军血战的高台、古浪遗迹保护起来，发展红色之旅，不仅能使游人受到革命传统教育，还能振兴河西走廊的旅游业呢。

在倪家营子探访时，遇到几位村民。我问他们知不知道西路军的事情，他们回答："知道，那都知道，从小就听大人们讲哩！"

我问："你们家住过红军吗？"

"住过，那时家家户户都住满红军。"

想想也是，虽说四十多个寨庄，但都不大，万余红军驻扎，肯定都要利用起来。我看着这几个村民年纪不过五十岁，恐怕没见过西路军。

"那都是爷爷奶奶时候的事，我们父亲那会儿都是碎娃，还有些记得红军，我们这一辈全都没见过……"

是的，细算，七十多年前的往事，两代人了。

太阳从云团中迸出，日已倾斜，我们要赶路，匆匆离开。再次环顾倪家营子，这个祁连山下的普通村落中竟然走出一位共和国主席（李先念）、一位共和国元帅（徐向前）、一位共和国大将（王树声）和近百位将军、部长、省长，但也倒下了数以千计的红军将士。正如一位哲人所说，每当人类为新生活开辟通道时，其代价总是牺牲自己最优秀的儿女！

有幸经历目睹这历史沉重一幕的倪家营子，注定要因为承载了众多先烈英灵的英雄业绩彪炳青史，永远存留于人们的记忆中。

▲ 河西走廊如龙蛇蜿蜒的汉明长城

河西通西域

一

　　也许，对长长的河西走廊来说，最重要的地理事件是在三亿年前，青藏高原的隆起，形成了这条夹在其与蒙古高原之间长达一千二百余公里的世界上罕见的地理走廊；最重要的历史事件则为公元前 121 年，西汉青年将领霍去病"将万骑出陇西"击败匈奴，不仅使河西走廊首次归于中原王朝版图，也使张骞得以两次出使西域，由此打开了通往中西亚的道路。汉时所设西域都护府在疏勒，即今南疆边城喀什。名将班超曾在西域驻守长达三十年之久，留下"张骞凿空、班超定远"的千古佳话。唐代则设安西四镇，其中碎叶镇即今吉尔吉斯斯坦之托克马克，大诗人李白便曾在碎叶城生活。有资料表明其父曾经商，通过丝路为当地驻军将士、商人、僧侣提供各类商品，足见当时这些地方是在中原王朝控制之下。此即史载汉唐拓疆万里，为日后祖国疆域的规模打下了坚实的基础。

史书只提供历史框架与重大事件，在漫长的岁月中，填充其间的场景与细节却绝非尽是豪迈与辉煌，而是充满了征途的坎坷与先贤志士的血汗。时至今日，我们沿着在丝绸古道基础上修建的兰新铁路或公路上一路西行，仍不难发现，这是一条空旷苍凉，布满历史遗迹的大道。蜿蜒于戈壁滩上的长城，高耸于沙丘土墩上的烽燧，荒滩上的古墓群落，悬崖上的佛窟造像，不时掠过车窗，映进眼帘。明晃晃的太阳只

▲作者多次踏访苍凉辽阔的河西大地

要一升起来，戈壁滩便蒸腾起水波纹般的热气，酷热难耐。而 8 月下旬，内地一片青绿，可塞外不定一夜寒风，阴云笼罩，"胡天八月即飞雪"，似乎真的是"春风不度玉门关"。只有炎夏与寒冬，炽热的太阳与纷飞的雪花才会伴随着西去的古道。

二

若仔细推究，张骞并非凿空的始祖，传说我们的人文始祖轩辕黄帝就曾经"涉流沙，登于昆仑"。尧帝超过了先祖，跨越天山昆仑，西越帕米尔高原，去会见西王母。大禹治水也曾极尽西方，观察江河源头，明辨水流方位。虽说这些传说仅停留于史前神话，但神话往往反映的是人类孩提时代记忆朦胧的蛛丝马迹，有极大的可信性，否则，史前神话不会那么源远流长。那么，至今保存完整的《穆天子传》，则准确无误地记载了西周的穆王驾着八匹骏马，乘着华丽辕车，畅游西域，翻越葱岭，寻访王母瑶池，到达今天吉尔吉斯草原的情况。这一记载被广泛采纳。2000 年盛夏，我曾在边城喀什考察丝路达月余，在喀什图书馆多种书籍中见到这一记载。《喀什史话》中亦列入大事年表。再就是考古学家也从西周时期已有和田玉石开始流入中原，至今仍不时从古墓葬出土玉佩、玉镯、玉环等

▲ 俯瞰河西走廊

事实，证实当时南疆喀什、和田一带与中原已有交往。

之后，仁人先哲，前赴后继，张骞凿空，班超定远，玄奘取经，公主解忧，再是林则徐、左宗棠，无不为祖国西部的大片疆土耗尽心智，殚精竭虑，数千年间，几无中断。西汉时期，于公元前60年设立西域都护府，意即对所谓西域三十六国实行保护。其实这些国家只是大不足十万人、小不足千人的城镇部落，比如西域最大的龟兹国有"口八万一千三十七"，再如小渠犁国有"口千四百八十"，劫国有"口五百"，狐胡国有"口二百六十四"，尚且不及今日一个村庄，不要说战争，连自然灾害都难抵抗。西汉设西域都护府，对诸小国家予以保护。西域各国大小首领受册封任免，军队统一调动，征收赋税、发展经济都由西域都护府代表中央负责实施，这是西域正式纳入祖国版图的标志。从尼雅遗址，即古精绝国出土的汉代将军木乃伊及汉朝所授印信便证实了这些。而且面积远比今日新疆辽阔，西北可至今哈萨克斯坦境内的巴尔喀什湖，西南至帕米尔高原以西。唐时所设碎叶镇在今边境千里之外，唐代的均田制、租庸调制和府兵制在西域都得到实施。为了保护和开发边疆，汉唐曾派大量军队和官员经营实边。唐时，仅在库车就有三万多名士兵，开垦荒地十万亩，使塞外出现大面积绿洲，也把农耕技术传到这里。戍边将士退役后，由于关山阻隔，路途遥远，有许多人定居下来，融进了当地民族，使西域和中原有了不可分割的血缘关系。

三

在保卫和经营西域大片国土的过程中，河西走廊起到了举足轻重的作用。且不说唐时因"安史之乱"抽调河西精兵平叛，吐蕃趁机占领河西，传统丝路顿时中断，整个西域失控，仅是近代河西对收复新疆就功莫大焉。

鸦片战争后，中国积贫积弱，遭到周边列强帝国蚕食。尤其太平天国起义，清政府忙于平叛，俄国趁机入侵北疆，中亚浩罕国阿古柏匪帮则占领南疆，天山南北全部失陷，大片国土顷刻面临丢失危险。幸亏此时坐镇西北的是陕甘总督左宗棠。左宗棠文武全才，素怀爱国报国之志，年轻时曾亲聆民族英雄林则徐教诲：沙俄有侵吞新疆野心，要高度警觉。林则徐还曾预言：确保新疆安危者必左宗棠。后来事实证明，一切都被林则徐言中。

在新疆危急关头，左宗棠力主收复，在取得朝廷支持后，充分发挥河西走廊桥头堡作用，征调军需粮草，精选精练部队，自己又坐镇临近新疆的肃州，即今日酒泉。由于部署周密，指挥得当，加之广大将士的爱国激情，仅用两年时间，

▲丝路从河西通往西域

便击败阿古柏匪帮，挫败俄国阴谋，收复了大片国土。左宗棠还上书朝廷，把新疆纳入和内地一样的省级建制，朝廷采纳了这个建议，取"故土新归"之意，改西域为新疆。左宗棠手下收复南疆的大将刘绵堂则为新疆首任巡抚，确保了祖国领土完整。

如今，漫步河西，仿佛行走在一条深邃的历史长廊，从武威到凉州，从张掖到甘州，从酒泉到肃州，从敦煌到瓜州，从玉门关到阳关，流淌过血与火的劫难，送走过和亲的公主，飞扬过丝路花雨，奏起过羌笛牧歌，云垂大野，马踏飞燕，秦时明月，汉时飞将……演出过多少威武雄壮的活剧，推出了多少名标青史的英雄，也使我们牢牢记住通往西域的长长的河西走廊。

从 | 长 | 安 | 出 | 发

从长安到罗马 /下/

汉唐丝绸之路全程探行纪实

王蓬 著

陕西新华出版传媒集团

太白文艺出版社

卷三／西域亘古非坦途

作者 1997 年 7 月、2001 年 8 月、2003 年 8 月、2004 年 7 月、2005 年 8 月至 9 月、2006 年 8 月、2008 年 7 月、2008 年 10 月考察丝绸之路路线示意图

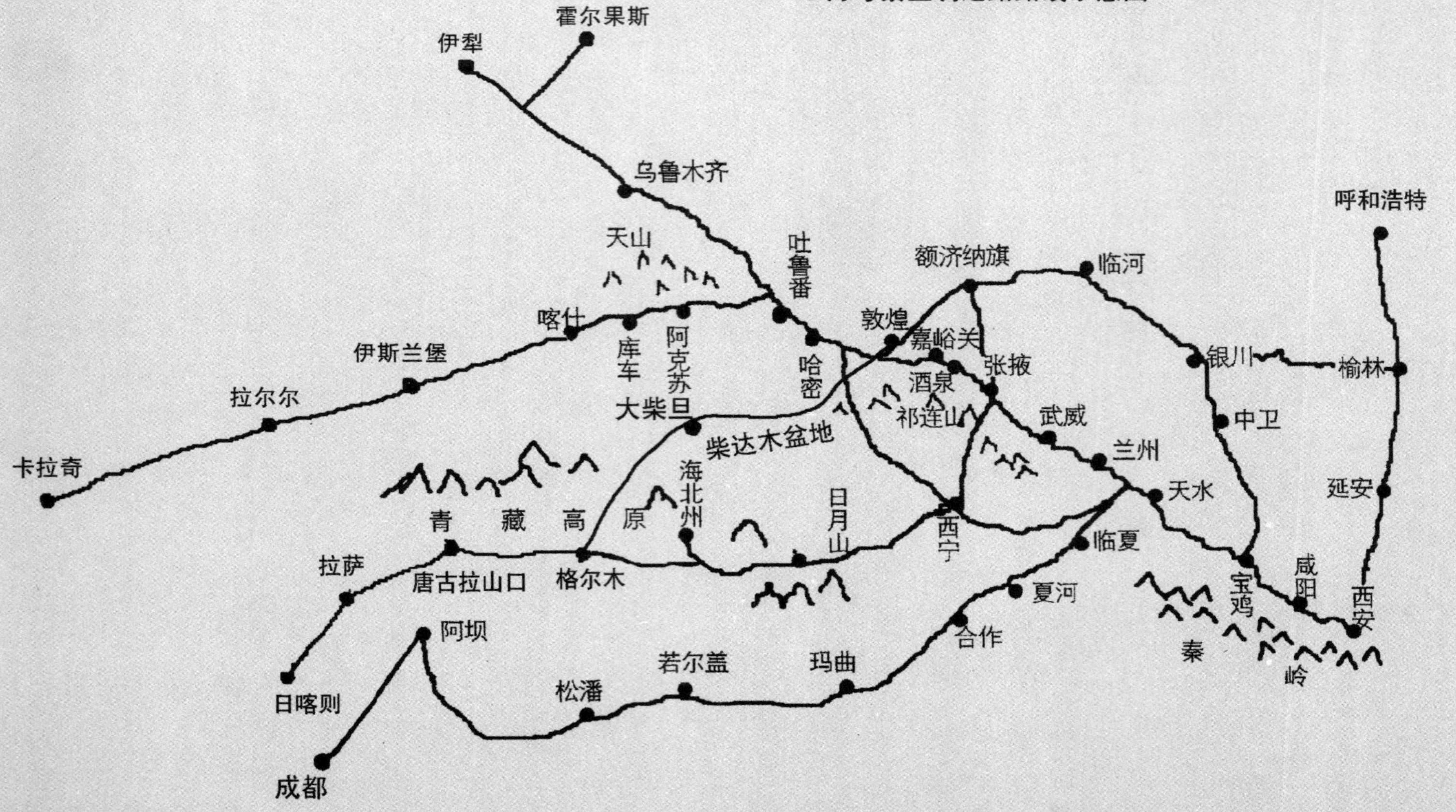

呼和浩特　榆林　延安　西安
银川　中卫　咸阳　宝鸡　秦岭
临河　天水　兰州　临夏
额济纳旗　武威　张掖　夏河
嘉峪关　酒泉　祁连山　西宁　合作
敦煌　哈密　柴达木盆地　日月山　玛曲
吐鲁番　青海　北州原　若尔盖
乌鲁木齐　天山　阿克苏　库车　大柴旦　海　格尔木　松潘
霍尔果斯　伊犁　喀什　青藏高原　唐古拉山口　阿坝
伊斯兰堡　拉萨　日喀则　成都
拉尔　卡拉奇

丝绸之路开拓者张骞雕像在其故里陕西汉中城固县

西域存亡：海塞之争

汉唐拓疆

我们对于"西域"的认识和了解，有个逐步深入和延伸的过程。秦代版图西止甘肃临洮，限于当时人们的活动半径，凡临洮以西便可称西域，比如"西域"最早见于《史记·骠骑列传》中"骠骑将军去病率师攻匈奴西域王浑邪"一句。当时浑邪王游牧于今河西走廊武威一带，可见河西走廊在汉时人眼中已是西域。随着张骞出使西域，河西走廊归汉，汉代人的视野也在不断延伸，到东汉班固撰写《汉书》时，对西域的说法是"东则接汉，扼以玉门、阳关，西则限以葱岭"。葱岭指帕米尔高原。到东汉时，对西域的认识已包括了塔里木河流域，即今日新疆。唐时玄奘写《大唐西域传》时，西域的概念已包括葱岭以西，巴尔喀什湖、阿富汗、印度、中亚费尔干纳盆地以及波斯等中亚地区。唐时中国版图也包括了以上大部分地区，作为唐安西四镇之一的碎叶镇已在现国境外一千多公里。清乾隆时期，随着对新疆准噶尔政权及大小和卓叛乱的平定，疆域直追汉唐。清代《西域图志》赫然标明："其地在肃州嘉峪关外，东南接肃州，东北至喀尔喀（蒙古），西接葱岭，北抵俄罗斯，南接番藏（青海、西藏），轮广二万余里。"即指今天新疆包括被俄国强行割去的巴尔喀什湖以东以南的五十一万平方公里。这应该是汉唐以来，西域历尽沧桑，在国人心目中定型的"西域"概念。然而，随着晚清积贫积弱，俄国不断蚕食，危机日益严重，甚至爆发过一次关乎西域存亡的"海塞之争"。为弄清这段史实，我曾沿汉唐丝路，多次踏上"西域"的土地，在边城喀什逗留达月余时间。在北疆连霍高速的尽头的霍尔果斯口岸，远眺对面一望无垠的原属于中国的疆土，在林则徐贬居的惠远古城伊犁将军府徘徊，在著名的八卦城特克斯、在耸立远古石人的昭苏草原、在清代平定准噶尔叛乱的格登碑前拍照记录，追寻先贤的足迹。至今，我还牢记着2000年盛夏第一次赴西域考察的情景。

列车驶进新疆境内，正好是黎明时分，刚跳出地平线的旭日瑰丽耀眼，掠过一览无余的戈壁，把红彤彤的光辉洒向车窗，让人情不自禁又拿起刚刚放下的相机。

约半小时之前，列车驶过的是甘肃境内最后一站，早先叫作柳园车站，前不久更名为敦煌车站，这也确实是兰新铁路距敦煌最近的车站，约一百二十公里。因要进入戈壁，停车加水时间较长。女儿见着敦煌车站，欢呼雀跃，这是她早就向往的地方，特地下车借着熹微的晨曦拍照留念。这次新疆之行，考察丝路，也顺便让这考进大学中文系的学生开开眼界。所以女儿一放暑假便启程，专门从古丝路的起点长安出发。两个月前，我刚考察过丝路东段河西走廊，止于敦煌，这次正好接续起来。

血脉相承

列车经过两天一夜的奔驰，过黄河，越秦陇，穿过长长的河西走廊，终于驶进了让人心驰神往的新疆。雪山火洲、大漠戈壁、民族风情、轻歌曼舞、草原炊烟、牛羊布野，加之丝路古道一颗颗璀璨的明珠：哈密、吐鲁番、鄯善、阿克苏、库车、和田、喀什……无不风情独特，充满诱惑。

但知晓是一回事，亲历亲见亲闻则是另一回事，诚如古语：百闻不如一见。进入新疆，最初也最强烈的印象便是辽阔，大戈壁无边无垠没有尽头，火车孤独地穿进大漠深处，远不像内地那样城镇密集、人烟辐辏，有时竟感空间窄仄得连心灵都没有容纳的去处。凝视窗外无垠的疆土，真正从心底感激那些仁人先哲：张骞凿空、班超定远、玄奘取经、公主解忧，三绝三通，前赴后继。还有林则徐、左宗棠，无不为这片疆土耗尽心智，竭精殚虑。两千年间，几无中断，否则，很难说是什么结局。西汉与匈奴的争夺战就在西域展开，经过多次较量，西汉王朝取得决定性胜利，并于公元前60年设立西域都护府。当时西域号称三十六国，其实准确地说只是大不过十万人口少则数千人的部落或城池王国。西域都护就是整个西域都在西汉王朝保护下的意思。事实是西域各国大小首领的册封任免，各国军队的统领调动，加之实边屯田、征收赋税、发展经济、保障丝路畅通等都由西汉王朝派出的西域都护府代表中央负责实施。这是西域正式纳入我国版图的标志。而且面积远比今天新疆辽阔，西北可至今哈萨克斯坦境内的巴尔喀什湖，西

▲汉代在西域设西域都护府对西域实行有效管理

南至帕米尔高原，今天的边城喀什在当时境内千多公里。隋唐时期，中原王朝达到鼎盛，尤其唐代，丝路畅通国威远播，与西域各族人民交往愈加密切。中原的丝绸、纸张、瓷器、冶铁灌溉技术传入西域乃至欧洲，西域的各种土产胡麻、胡桃、葡萄、苜蓿、石榴等传入中原。其中龟兹的歌舞直接丰富了盛唐的舞蹈。大唐声望影响所及，更多的小国或部落为避免突厥等游牧民族骚扰要求保护，唐时在西域设立安西大都护府和北庭大都护府，还设龟兹、疏勒、于阗、碎叶等安西四镇，使唐代版图向西延伸至咸海。盛唐大诗人李白便出生于咸海附近的碎叶城，这与中原向该地派遣官吏、驻军及迁徙人口有关。唐时的西域版图几乎包括了今日塔吉克斯坦、吉尔吉斯斯坦、乌兹别克斯坦和哈萨克斯坦的大部。唐代的均田制、租庸调制和府兵制等重要政治军事制度都在西域得到实施。为了保护和开发好这块疆域，唐朝廷派往西域的官员和军队人数之多是空前的，在西域大规模地开发水利，屯田实边。仅是在南疆库车，就有三万多士兵，开垦出十万多亩荒地。当时许多原始荒蛮的地方，经过精壮士兵的辛勤耕作，塞外出现一片片生机勃勃的绿洲。生产的粮食不但自给有余，也把中原先进的农耕技术传播给了当地。戍边的许多士兵退役后，由于关山阻隔，道路遥远而定居下来，融进了当地民族，使西域和中原有了不可分割的血缘关系。

之后，在漫长的岁月中，不管中原王朝如何南北分治、朝代更迭，但由于汉唐以来打下的坚实基础，西域各族群众与中原人民的血脉关系、两者之间的联系始终不曾中断。明末清初，由瓦剌游牧民族发展起来的准噶尔贵族占据了天山南北，对各族人民压迫剥削空前残酷，苛捐赋税数不胜数，还经常纵兵抢劫，南疆

▶ 今日的中俄边界哨台

维吾尔族受害最深。清初，康熙皇帝曾三次亲率大军征讨准噶尔。乾隆朝时，又平定大小和卓之乱，西域再次回归祖国。各族人民重新感受到大家庭的温暖，南疆喀什噶尔的赋税减少至准噶尔统治时期的七分之一，牛羊赋税则更轻。所以清军入疆时，受到各族群众欢迎，纷纷"箪食壶浆，以迎王师"，主动带路探哨，捐献粮食，就像抗战中老百姓支持八路军那样。

清王朝再次统一西域后，吸取汉唐经验，推行军垦，迁徙汉民实边，兴修水利，活跃商贸，使西域经济得到长足发展。清代中期，陕甘总督文绶经过实地考察，向朝廷报告：今天山南北，水渠绿野，田畴相望，城市富丽，人烟辐辏，繁茂胜于关内。

新疆的富饶引起周边国家，尤其是俄国的眼馋，鸦片战争后，趁中国战败，国势衰微，采取威胁、利诱、瓦解种种手段入侵新疆。之后，太平天国起义，其告示曾贴到北疆塔城，清政府忙于镇压农民起义，俄国又趁机插手新疆，于1864年强迫清廷签订《中俄勘分西北界约记》，强行割占巴尔喀什湖以东以南四十四万平方公里土地。加上之后签订的《中俄伊犁条约》，又割占伊犁西路七万平方公里，两次共丧失五十一万平方公里的土地。

海塞之争

其中，最危险的事件莫过于"海塞之争"。

1874年之前，新疆又被英帝国主义帮凶浩罕国阿古柏匪帮和沙俄军队先后入侵，天山南北全部陷落。为了收复新疆，积贫积弱的清政府拼足了力气，好不容易拼凑军饷，调集军队，整装待发，但就在这时，日本又趁机出兵占据台湾，引发东南沿海海防危机。时任直隶总督的李鸿章公然主张放弃新疆，认为新疆乃化外之地，戈壁千里，人烟稀少，乾隆年间平定准噶尔、大小和卓之乱，毕全国之力，徒收数千里赤地，增加开支千百万银两，所得不抵所失。伊犁更为遥远，鞭长莫及，且又临

▲时任陕甘总督的左宗棠力主收复新疆

近英属印度和沙俄等列强，"即勉图恢复，将来断不能久守"。不收复新疆，"于肢体元气无伤，海疆不防，则腹心之患愈棘"，应加强海防，放弃塞防。时任陕甘总督的左宗棠却认为："我朝定鼎燕都，蒙部环卫北方，百数十年无烽燧之警，是故重新疆所以保蒙古，保蒙古者所以卫京师。若新疆不固，则蒙部不安，匪特陕、甘、山西各边时虞侵轶，防不胜防，即直北关山，亦将无晏眠之日。"海防、塞防互为表里，相互影响，缺一不可，同等重要，新疆塞防断不能丢，我退一步，俄人必进一丈，西域不守，则河西关陇亦难保，中国半壁江山就危险了，故务必收复新疆，"借以备御英俄，实为边疆久远之计"。左宗棠虽立论精辟且极富远见，但李鸿章此时独掌淮军，平定捻军居功甚伟，历任湖广、直隶总督，官拜文华殿大学士，比左宗棠年轻二十余岁，且身居高位，炙手可热，朝中大臣附和的亦不少。一时形成"海塞之争"，相持不下。其时同治皇帝位同虚设，实权握在慈禧手中，最后朝廷能够采纳左宗棠收复新疆的意见，竟非常偶然和侥幸。其时满人大学士时任军机大臣的文祥支持左宗棠，他"排众议之不决者，力主进剿"，前去说服慈禧。慈禧当时年轻，仅三十多岁，她并非有什么卓识远见，而是还能够听得进去意见，这样才避免了一场悲剧的发生。1875年5月3日，最终清廷任命左宗棠为钦差大臣，督办新疆军务。收复新疆，绝非易事，关山阻隔且又数千里之遥，当时没有任何机械车辆运输兵员、军火、粮草，一切全靠马运驼载，而清廷又积弱积贫，拿不出多少银子，在这种情况下，无一事不尽耗精力。唯一可让朝野稍稍心安的是左宗棠收复新疆的一腔热血与雄心，另外还有主战大臣们对左宗棠的认识和了解。

唯楚有材

湖南长沙岳麓书院素为国学重镇，其庄严大门迎面一副对联更是掷地有声：唯楚有材，于斯为盛。另有一联：吾道南来原是濂溪一脉，大江东去无非湘水余波。虽显志得气盛，但细想每当国难时艰之时，湖南也确为英雄辈出之地，所谓燕赵多慷慨悲歌之士，湖湘多坚忍不拔之人。19世纪的中国，康乾盛世早已雄风不在，外有列强环窥，内则遍地烽火，真正内忧外患，积贫积弱，凡有良知的读书人莫不拍案而起，倾心国事，投笔从戎，报效国家。单是晚清湖南就涌现出陶澍、魏源、曾国藩、左宗棠、胡林翼、郭嵩焘等一批思想家、军事家、外交家。

左宗棠（1812—1883）出生于湖南湘阳一个耕读世家，青年时屡试不第，转向学习经世治用之学，遍读群书，精研兵法，并撰联自励："身无半亩，心忧天下；读破万卷，神交古人。"太平天国起义，湖南首当其冲，曾国藩奉命组建"湘勇"，也为左宗棠登上历史舞台提供了机遇。他应邀入幕湖南巡抚衙门，出谋献策，精心策划。其时，太平军攻南京，下安庆，攻势凶猛，但在长达六年的时间里，湖南却安然无恙，还有力支持了相邻的湖北、江西、广西等省区，其中左宗棠功勋卓著，最为突出。一时间"国家不可一日无湖南，湖南不可一日无左宗棠也"的佳话传遍朝野。

之后，左宗棠创建楚军，攻城略地，屡建战功，出任闽浙总督，开办马尾船厂，平定陕甘回变，再任陕甘总督，成为晚清与曾国藩、李鸿章并列的中兴名臣。

左宗棠一生最光彩，也最为国人称道的是收复新疆。左宗棠时任陕甘总督，坐镇兰州。作为封疆大吏，一方面左宗棠素怀报国之心，洞悉天下大势；另一方面，能干成收复新疆的这桩伟业也与民族英雄林则徐紧密相关。

林则徐（1785—1850），福建福州人，清廷重臣，曾严查鸦片，抵抗外敌，年长左宗棠二十七岁。当左宗棠还在乡下做私塾教师时，林则徐已是名满天下的钦差大臣，戒烟英雄。但林则徐、左宗棠均属一生忧国忧民，主张经世治用的知识分子，他们之间的交往并非文人之间的君子之交，而是事关国家安危的生死之托。

林则徐禁烟遭诬陷，撤职流放新疆，林则徐并不气馁，有诗句"苟利国家生死以，岂因祸福避趋之"以明心志。在新疆的几年中，他殚精竭虑，在伊犁倡修水利于前，赴喀什履勘屯务于后，以衰病之躯昼夜操劳，至今为新疆各族群众缅怀称道。更重要的是，林则徐以政治家的眼光审视世界，洞悉俄国欲侵占我国领土的罪恶野心，未雨绸缪，他利用踏勘田亩的方便，亲手绘制新疆疆域地图，以备日后抗俄之用。

1848 年，林则徐复出，任云贵总督。两江总督陶澍的女婿湘中名士胡林翼向林则徐推荐左宗棠，称赞其"近日楚才第一"，文武之学可堪大用。林则徐即致信左宗棠去云贵总督府入幕。其时陶澍过世，左宗棠正为其打理家务，对林公早"心神依倚，惘之欲随"，常以未能去仰慕已久的林公

▲作者在福州林则徐故居

处入幕为憾。幸运的是，历史为两位英雄提供了被史家称为"湘江夜谈"的机会。1850 年，林则徐因病告老还乡，乘船途经长沙，湖南官员皆来拜会，林则徐却让人专门请来左宗棠，两人一见如故，彻夜长谈。林则徐预见侵占我西域疆土者必俄罗斯，他详细向左宗棠介绍新疆山川地貌，攻守大势，并把自己在新疆所绘地图，悉数送予左宗棠，叮嘱："吾老矣，空有御俄之志，终无成就之日，数年来留心人才，欲将此重任托付，以吾数年心血，献给足下，或许将来治疆用得着。"临别时，林则徐又紧握左宗棠之手，说："东南洋夷，能御之者或许有人；他日西定新疆，非君莫属！"

一年后，林则徐去世，临终他向清廷、向咸丰帝郑重推荐左宗棠。历史已经证实了林则徐对天下大势深刻的洞察和惊人的预见。二十七年后，率领大军急速西行，马蹄叩击戈壁，战旗拂动流云的三军统帅正是林则徐当年托嘱的左宗棠。他抬着棺材，以铭誓死收复新疆的决心，怀中揣着林公交付的新疆地图和作战策略，以备随时运筹帷幄。未曾交兵，双方胜负已现端倪。

这真实发生的一切并非神话，林则徐、左宗棠也并非神仙。若追溯细究，依然是数千年中国优秀的传统文化所起作用。中国历代知识分子追求"修身、齐家、治国、平天下""先天下之忧而忧，后天下之乐而乐"，历来以天下事为己任，不容丝毫轻慢懈怠。当然，其中相当一部分读书人，或为生计所累，或因命运坎坷，日渐消沉，不再壮怀激烈，但知识分子的中坚或者说最优秀杰出者，决不因

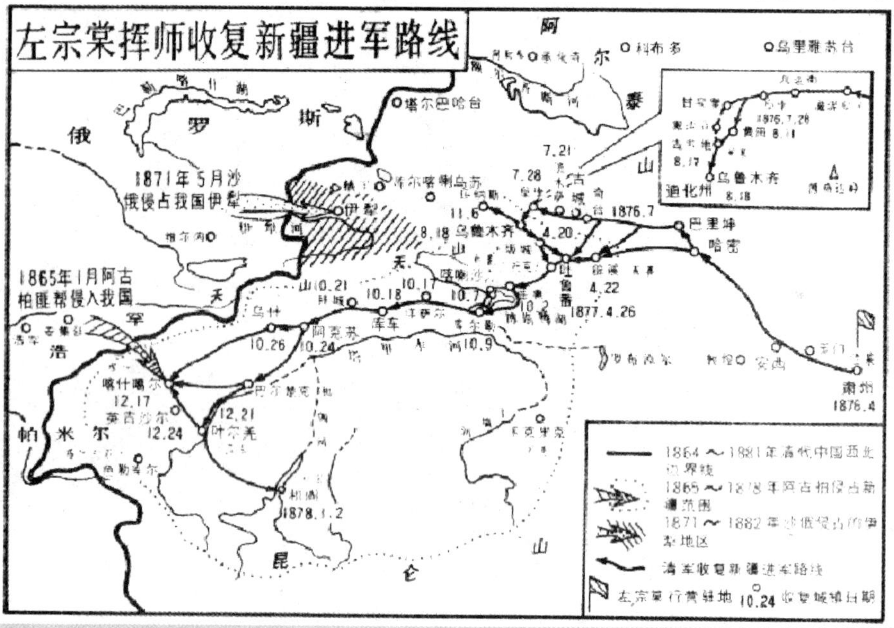

▲左宗棠收复新疆路线图

▲左宗棠

命运多舛而改变志向。远如"在汉苏武节，在晋董孤笔"，张骞"凿空"西域，班超"定远"西陲。近如林则徐禁烟遭贬，流放新疆，时年已过花甲，仍豪情不减，写下"苟利国家生死以，岂因祸福避趋之"的千古名句；左宗棠身居茅屋也是"身无半亩，心忧天下"，视匡复社稷安危为不二己任。林、左二位之所作所为，实为真切展示中国文化人之精神，以他们全部的热情热心和生命之火，为中国传统文化书写下浓墨重彩的一笔。

中华民族五千年来，之所以历经灾难仍然生生不息、发展强大，实赖有悠久灿烂之文化，养育了一代代仁人志士前赴后继、奋斗不息啊！

故土新归

1879 年初夏，左宗棠正式挂帅西征，尽管面临兵疲、饷绌、粮乏、运艰等诸般困难，左宗棠却清醒地认识到靠得住的就是运筹帷幄，精心谋划。左宗棠在

▲清代操练的新军

主战大臣们的支持下，启用徽商胡雪岩，利用商界和社会力量，唤醒民众收复疆土的爱国热情，征集到充足的粮食、被服和医药，又在湖广总督张之洞支持下，打造新式火器。翌年四月，左宗棠不顾年事高迈，坐镇肃州，精心备战，细致到用毛驴驮运军粮与骡马驮运军粮所损耗的差异都一清二楚。对将士更是严加挑选，去弱留壮，晓以大义，故士气高昂。六月，湘军大将刘锦棠率领西征大军进入新疆，另有张耀率豫军、徐占彪率蜀军进疆策应。尽管如此，左宗棠深知收复新疆首战成败，关乎全局，故依据西域地理条件、敌我态势，做出"先北路而后南路"的战略部署，分步实施。首战为古牧地，即今米泉，进军有两路可选，一为戈壁大道，近且平坦，但缺水草；一为山间小路，水源充足，但有重兵把守。清军精心部署，声东击西，列队从大路进发，夜晚却突然回头，趁敌军戒备松懈，攻占古牧地外围。次日炮击城楼，进城巷战，一举收复古牧地。首战告捷，士气大振，湘军乘胜追击，短短五天，连克乌鲁木齐、昌吉、呼图壁。经过休整，又攻克玛拉斯，肃清阿古柏在北疆势力。之后，又经历了攻克南疆门户的达坂城之战，与前来策应的豫军、蜀军会合，取得一举夺取吐鲁番回汉二城的胜利。在清军连续打击下，入侵敌军已无斗志，匪首阿古柏自杀，残敌退守南疆，企图负隅顽抗。新疆沦陷已十年之久，阿古柏匪帮横征暴敛，随意屠杀牛羊，成倍征收粮食，仅是供阿古柏父子淫乐的各族少女即达六百余人，失去土地的群众沦为奴婢，在巴扎（市场）上出售，各族群众深受其害，整个南疆沦为人间地狱。清军收复新疆，男女老幼

▲现在的新疆是各民族的共同家园

无不欢欣鼓舞。西征大军在当地群众的大力支持下，仅用两年时间便全歼阿古柏匪帮，收复了天山南北的大片疆土和被俄国占领的伊犁就城，维护了国土的完整。

收复新疆后，左宗棠又充分把握时机，趁大军驻疆，各族人民情绪高涨，不失时机组织军民屯垦、修渠、筑路、植树，几年时间，天山南北就呈现出田亩相望、人烟辐辏、牛羊布野的复苏气象。时任浙江巡抚的杨昌睿来到收复后的新疆，目睹百业兴旺的情景，挥笔写下："大将筹边尚未还，湖湘弟子满天山。新栽杨柳三千里，引得春风度玉关。"

1884年，清政府又接受左宗棠的建议，取"故土新归"之意，正式设立新疆省，与内地各省一样推行自秦汉以来的郡县制。既扼制地方割据势力，也对俄国做有效的防范，最终使占全国国土六分之一的一百六十万平方公里的新疆作为中国不可分割之一省。所以有历史学家认为，自唐太宗之后，对祖国领土贡献最大者当推左宗棠。细察18世纪以来中国西部风云变幻的历史，实非过誉。

回首历史烟云，不能不对先贤志士充满敬意，否则，列车是否还是在自己的国土自由驰骋，还真不可知！哦，辽阔丰饶的新疆，故土新疆！

▲维吾尔族民居

高昌·交河：古韵生辉

一

　　走进新疆，给人至深印象的首先是无边无际，仿佛永无止境的戈壁；再就是悬于天际仿佛永不降落的太阳。它放射着炽热耀眼的光芒，蒸腾起一股股热浪，最初一瞬，简直让人生疑，难道这真是千年丝路经过的地方？真的曾经有过如阳光般耀眼的荣耀和辉煌？

　　恰是像回答你心中暗生的疑虑，高昌与交河，这两座经历过丝路昌盛和衰落的古城，宛如两座建在生发现场，藏品丰富又规模宏阔的博物馆，会无声地告诉你一切。

　　高昌与交河两座古城均坐落于有火洲之称的新疆吐鲁番境内，都有非同寻常的经历。城头都曾飘扬过王旗，都曾有过发号施令、驰驿奔诏、收赋纳税、名震西域的鼎盛繁华；又都经历朝代更迭、战火摧残、繁华落尽沦为废墟的沧桑变故。正因为两座古城都有着丰富的历史文化内涵，所以先后被列为国家级重点文物保护单位。

　　踏进高昌古城，就会被一种气势震撼，尽管空无一人。你想不到整座城市竟有如此恢宏的格局，远比今日一座县城宏阔，仅是高大威严的城垣便有三重，分外城、内城和宫城，顿时让人感到一种王者之气。目前保存完整的外城长达五公里，远远超过湖南凤凰古城和云南丽江古城，略小于平遥古城（周长为6.5公里）。但鉴于高昌古城是在遥远的西部，在建材来之不易，修建更是不易的火洲吐鲁番，所以带给人心灵的撞击就更加强烈。加之沦为废墟，全城格局依旧却空无一人，唯有高高耸立的寺院、殿堂、佛塔、街道、住宅，一阵热风掠过时发出唰唰的低

▲维吾尔族群众使用的马车

语，仿佛叙说着长长的旧事。若是登上那高大的城垣，放眼望去，这片巨大的城垣在戈壁绿洲中，宛如童话中的古堡傲然屹立。远处，仿佛驼铃叮咚，驼队逶迤。"无数铃声摇过碛，应驮白练到安西"，立时把你带入云烟苍茫的历史深处。

二

高昌古城是汉唐拓疆的历史见证，也是同中原联系最早、最密切，受汉文化影响最深，西域经济、文化最发达的地方。《汉书》中最早曾记载"高昌壁"，是指公元前1世纪，西汉王朝在车师前国境内屯田部队所建的营房。《北史·西域传》记载："昔武帝遣兵西讨，师旅顿敝，其中尤困者因住焉。地势高敞，人庶昌盛，因名高昌。"之后，高昌成为吐鲁番历代王庭所在，但真正繁荣是在唐代。隋唐时期，突厥、柔然等少数民族政权先后占据高昌，但这些"高昌王"均接受中原王朝册封，并以迎娶中原公主为荣。比如高昌王麴伯雅就曾迎娶隋华容公主为妻。

唐开国初年，局势不稳，国势不强，西突厥势力进入西域。时任高昌王的麴文泰游离于几种势力之间，认为西域遥远，尤其敦煌至哈密间隔千里戈壁流沙，唐王朝奈何不了他，甚至截留西域与唐朝之间的贡使。《旧唐书·高昌传》记载，高昌王麴文泰竟说："鹰飞于天，雉窜于蒿，猫游于堂，鼠安于穴。各得其所，岂不活耶。"公然违背前约，与唐为敌。由于高昌位于丝路要冲，其势态影响整个西域安危，唐贞观十三年（639年），唐王朝准备用兵西域，收复高昌。其时，由于是唐开国首次西征，许多大臣认为西域遥远，且为流沙戈壁所阻，耗资巨大，艰辛而且冒险，不主张进剿。然而雄才大略的唐太宗认为，不平高昌，就难平西域，岂能让前朝疆土在本朝丢失！力排众议，决意西征。为保证首战必胜，唐太宗选派能征惯战的大将侯君集为统帅，以唐军为主力，同时调集已归顺唐朝的突厥各部出兵支援。出征之时，各路大军浩浩荡荡，铁蹄叩击大地，战旗拂动流云，正如史书评介："自秦汉出师以来，未有如斯之盛也。"正在花天酒地的高昌王麴文泰听到兵临城下，竟然活活吓死，其子开城投降，唐王朝遂于高昌置西州，又设安西都护，统领西域，由此揭开唐朝廷

▲一位维吾尔族姑娘在自家的葡萄架下起舞

管理、开发西域的序幕，也使高昌进入了一个崭新的历史阶段。高昌古城曾被誉为"长安远在西域的翻版"，意思高昌平定之后完全按长安城规划建设，其城墙高达十二米，城门则冠以"玄德门""金福门""金章门""建阳门"等中原名称。城门外则有瓮城护围。城内更是署衙、司狱、文庙、佛殿、城隍庙、三圣祠、接官厅、演武厅一应俱全。作为丝路重镇，自然驰驿奔诏，往来使者相望于道，东来西往的商队、驼队马帮络绎不绝。高昌城内完全按大唐西市模式，街道纵横，店铺林立，商幡招展，市声喧嚣，来自中亚、西亚乃至欧洲的波斯人、大食人、安集延人，以及周边回纥、吐蕃、突厥，不同民族，不同肤色，不同装束，不同语言的商人、僧人、旅人、艺人统统汇聚到高昌，给高昌带来了空前的繁荣。据吐鲁番出土的文书记载，唐时高昌城中，仅是商品行业，便有谷麦行、帛练行、布行、彩帛行、铛釜行、菜籽行以及经营驼马、鞍具、毛皮、饲草、药物、皮靴的，还有各种旅店、饭铺、酒楼、菜肆、浴池、歌苑等餐饮、娱乐休闲场所，不难想见当年高昌是何等繁华。另外，高昌作为长安和西域之间重要的商埠，也成为各种宗教文化汇聚之地。当地佛教昌盛，唐代高僧玄奘去印度取经途经高昌，曾被高昌国王奉为上宾，拜为国师。至今高昌故国还留有一座万余平方米的佛教寺院遗址，由此不难想见其晨钟暮鼓、香烟缭绕、万头攒动的佛事盛况。可惜，这座千年古城毁于宋末元初的战火，只是由于吐鲁番干旱少雨的特殊气候，方为我们留下这座高昌古城，是幸运也是奇迹！

▲作者在交河古城

三

　　尽管交河古城与高昌古城相距不过百里，同为汉唐时期的古城，也都成为被遗弃的废墟，但有着不同的文化背景。高昌古城规模宏大，气势恢宏，深受唐文化影响，可以说是西域的一座"小长安"。交河古城规模面积较高昌古城小，现存约一平方公里。交河古城奇特之处首先在于形胜，临河而筑，城墙在河岸巍然耸立，高达三十余米，十分峭拔，在冷兵器时代，俨然一座不易攻克的要塞。交河古城的建城历史比高昌更为久远，高昌古城作为汉军屯兵营时，交河古城便已是姑师前部的王都。尤其奇特的是整座城市是选择临河一处高地，城池、街道、房屋均采取挖地为屋、为街、为路、为障，形成需用的空间后，上面再架木铺板为顶，类如内地山西、河北一些地方在地表下挖成三丈见方空间，形成院落，再四面挖窑洞供人居住的建筑形式，不过那是单家独户，这却是整座城池，而且是王都。自然"一方水土养一方人"，这种独特的筑城方法，也是由于吐鲁番独特的地理环境：炎热、干燥、缺少树木。一切依据实际，因地制宜，实在是古代西域先民的智慧。有专家认为，这是当地一种典型的姑师文化。在高昌古城徜徉，依稀能感受到汉唐气象；在交河城中参观，感受的却是沉重的历史神秘感，感到深挖下去的那些街道、寺庙、民居，包括官署，都仿佛深藏着历史的奥秘。事实上，在交河古城建都的姑师人是西域最早的土著居民之一。《史记·大宛列传》

▶ 发现中原古代丝绸残片的姑师墓地

记载，姑师人和楼兰人分别占据着吐鲁番盆地和罗布泊洼地，在此之前，还有属白种人的塞人生存的足迹。从不断发掘的确认为姑师人的墓葬中，发现陪葬品主要为羊头、牛头、牛腿及放牧所用的工具，再是残缺的盘木盆中，可以看到一块羊排、羊腿和插在上面的小刀。这表明两千多年前，姑师人是以游牧为主业、以牛羊肉为主食的民族。也有陶罐中发现胡麻和植物籽种，说明也有种植业，可能规模有限。在交河古城沟北发现的姑师贵族墓葬中，有保存完好的皮衣、皮裤，女尸身着彩色毛编裙，还有带柄的铜镜，甚至还有绣有精美花纹的丝绢品残片，尚未失去朱红色彩的漆盘，这些只能出产于春秋时代中原和湖湘楚地的产品，也说明在张骞"凿空"西域之前，中原与西域已经有了交往。也许还可论证西周穆天子西行会见西王母是真实发生过或完全是史前神话。

交河古城与高昌古城一样，同样毁于宋末元初的战乱，也同样因吐鲁番干燥少雨的气候得以保存。两座丝路古城珠联璧合，相映生辉，默默地向游人叙说两千年前西域的光彩和文明。

楼兰消失之谜

▲沙漠乡村

繁盛古城

青海长云暗雪山，孤城遥望玉门关。

黄沙百战穿金甲，不破楼兰终不还。

——王昌龄《从军行七首·其四》

愿将腰下剑，直为斩楼兰。

——李白《塞下曲》

浑取大宛马，击取楼兰王。

——岑参《武威送刘单判官赴安西行营便呈高开府》

打开《全唐诗精华》，发现涉及"楼兰"的诗竟有几十首之多，且作者皆为重量级诗人。可见楼兰在唐人眼中，已是广阔西域的代表，是一种蕴涵丰富的文化象征。其实，楼兰国名早在西汉昭帝时已更名为鄯善，楼兰古城也消失得无影无踪，距唐代已几个世纪，楼兰之所以能在唐人心中留下记忆，应归功于当年因繁华而久负盛名。

楼兰的繁盛首先在于形胜，它位于西域东南，是距阳关、玉门关最近的城邦国家，是南北丝路交会之处，也是进入西域各国的必经之地，可以说承担着国际商贸、公务、交往的多种使命，有繁华的条件，不繁华都由不得。现在已无确切资料记载楼兰何时立国，至少在公元前2世纪张骞出使西域时，就已有城郭、王

▶干涸的塔里木河

宫、街市、佛寺、果园和密布的院落民居，说明已有年矣。这也对有学者认为西周时穆天子西行会见西王母在西海亦即罗布泊的观点是一种支持，因为楼兰便立国于罗布泊岸边的绿洲。古代的罗布泊完全不是今日人们心目中干旱戈壁、风沙漫天、酷热严寒的死亡之地，而是西域一个得天独厚的乐土。那时，天山、昆仑山上的冰雪融化而成的塔里木河、孔雀河、车尔臣河以及大大小小的脉流，从四面八方汇聚于罗布泊，形成方圆上千公里、碧波荡漾的湖泊。湖泊四周水网密布，芦苇铺天盖地，胡杨成片生长，鲤鱼肥鲜，水鸟翻飞，是辽阔的干旱沙漠中难得的水乡。楼兰古国正是凭借这方水土与取之不尽的胡杨修建起一座城市邦国。这是一座大致为正方形的城市，面积有十万多平方米，城池用当地的红柳芦苇和黏土混合修筑。河水直接引入城中。一条大渠把整座城分为两部分，再有若干条溪水分流。溪边栽种柳树，房屋筑在两边，自然形成街道，勾连起官署、街市和民居。因水为城，因水为街，是地处干旱大漠中的人必须遵守的自然规律，楼兰国因水源充足而人烟辐辏。据《汉书·西域传》记载，楼兰有一千五百户，一万四千多人口，兵员三千，这比那些部落小国，比如劫国有"口五百"，狐胡国有"口二百六十四"要大得多了，几乎相当于今日一个山区县城规模。这座城市中筑有楼兰国王的宫殿，粗壮的胡杨木做成的木柱木梁，有彩漆的痕迹，门窗更是雕饰着美丽的花纹，不难想象当年是何等壮丽华美的建筑群落。紧挨王宫的还有一大片深宅大院，残墙耸立，门楼高阔，有前厅、中堂、厢房和后院，栽种着树木花草，这应该是这座城市的王公大臣或有身份地位的富人区住宅。其实最有吸引力的还是街市，街巷纵横，商铺林立，商幡招展，各种客栈、饭铺、酒馆、作坊一家挨着一家，那些远自中原大地、关陇河西，还有更为遥远的中亚西亚大宛、康居、安息、安集延、阿富汗等国的商队、士兵、官吏、僧侣川流不息，车马驼队接踵而至。经过漫长的沙漠戈壁，楼兰这片绿洲城市带给他们多少憧憬和向往，早已疲惫的身体需要歇息，需要一顿丰盛的晚餐来填充饥肠，马匹和骆驼要补充水和草料。当然也会就近在楼兰城中交易，如果划算的话。从日后出土的震惊世界的楼兰美女看，当年楼兰城中也一定是美女如云，胡姬当垆，貌美如花，活跃在酒馆、客栈，或在穿流小城的溪水边洗衣洗菜，宛如一群百灵鸟，给楼兰带来吉祥。那时佛教早已传入，城中最高的建筑便是寺庙的佛塔，至今残存部分在十米以上。佛殿也十分恢宏，粗大的廊柱有十几根之多，墙壁上彩绘着佛家故事，佛堂上方高耸着佛祖和菩萨，每日晨钟暮鼓准时敲响，前来烧香敬佛的信徒接连不断，灯油香火，青烟缭绕，给多少驼队商旅、僧侣行人以旅途上的慰藉。

消失之谜

楼兰的繁盛并没有延续，在公元 4 世纪左右几乎像蒸发掉一样神秘消失。这一时期，中原内地先是东汉末年三国鼎立，之后又是魏晋南北朝五胡十六国，战火烽烟，动乱不已，丝路衰微，与西域的联系也时继时断几个世纪。但无论如何，一个地处丝路要冲，商贸繁盛，人烟稠密的古城突然消失，那么多居民去了什么地方？故土难离，是什么原因让他们离开了生活了几个世纪、祖辈相袭的故乡？史籍上几乎找不到记载，只能从一千五百年后楼兰遗址重被发现，出土的木牍竹简上的只言片语去寻找探索。当然，也有专家指出，楼兰古国的消失，早在西汉王朝时期就显出了端倪。

自张骞开通西域，丝路畅通之后，为与匈奴争夺经营西域，西汉王朝在西域采取了许多控制西域、保障丝路的措施。处于丝路要冲且能联系西域诸国的楼兰，首当其冲，成为匈奴和西汉王朝争夺的对象。楼兰虽繁盛，毕竟弹丸之地，非两边讨好无以自保，楼兰国王甚至把自己两个儿子分送匈奴王庭和西汉王朝做人质。一度，楼兰在匈奴控制下，袭击了往返于西域诸国的汉使，汉武帝大怒，派大将赵破奴征讨。赵破奴仅率七百轻骑就攻破楼兰城俘获楼兰王，押到长安。楼兰国王对汉武帝叫苦："小国在大国间，不两属无以自安。"汉武帝觉得楼兰国王讲的是实话实情，便又护送他回国。

之后，又出现反复。公元前 77 年，汉昭帝即位后，楼兰国王去世，在匈奴王庭的儿子安归回来继承王位，自然倒向匈奴，接连劫杀汉使，掠夺财物。这次，汉王朝虽恼火，却认为"杀鸡不需牛刀"，大将军霍光派出手下勇士傅介子带了精干的随从前往楼兰。见到安归后，傅介子拿出许多金银丝绸，说要送给他。贪图财富的安归十分高兴，设宴招待傅介子一行，酒将醉时，傅介子擒获安归，并当即杀掉，然后召集大臣，历数安归抢劫汉使、背叛汉廷罪状，宣布把在汉王朝做人质的楼兰王子尉屠耆扶立为王。汉朝廷改楼兰国为鄯善，刻制印信，赐汉宫美女为王后，给予许多丝绸、谷物、茶叶，非常隆重地送其归国即位。事已至此，王公大臣只好接受事实，新立的鄯善王为了巩固地位，上书汉昭帝，说自己长期在长安，回国势力薄，建议"国中的伊循城，其地肥美，愿汉遣将屯田积谷，令城得以威重"。意思是请汉王朝在楼兰境内土肥水美之地屯田，自己也能仰仗汉朝威望来管理楼兰。汉王朝采纳了建议，派司马一个、吏士四十人，在伊循城屯田镇守，之后又设都尉，不仅巩固汉与鄯善的关系，也保障了丝路畅通。楼兰城中"使者相望于道"，驼队逶迤，商旅不绝，市声喧嚣，中原的商品不断运输到这里。汉人的拥入带来中原文化的习俗，楼兰已出现深受内地影响的四合院落，在这里流通着汉朝五铢钱、波斯的金币，还有中亚各国的各种钱币。稍稍细想，单是各种钱币之间的兑换，便需运用多少智慧和经验，也标志着古城楼兰早在两千年前就有了国际金融城市的意味。但是，公元400年，晋代高僧法显西去求佛，途经楼兰故地，已是"上无飞鸟，下无走兽，遍及望目，唯以死人枯骨为标识耳"。楼兰是如何消亡的呢？

史学家认为，首先汉王朝更楼兰为鄯善，使"楼兰"使用频率大大减少降低了知名度；再就是南迁都城于今若羌境内，尽管楼兰作为丝路重镇依然发挥作用，但没有宫廷，便少了王者之气。一种盛行的说法是丝绸之路打通哈密至吐鲁番的道路，丝路北移，楼兰不再成为丝路要冲而衰落；此外，还有战火毁灭与瘟疫蔓延说等。大多数学者认为，除了楼兰更名、王都迁移等政治原因外，最根本还是水源减少、绿洲萎缩、树林枯死、环境恶化，导致沙漠扩张，庄稼干旱无法播种造成粮食锐减，生路断绝，人类已无法在楼兰继续生存。《水经注》中记载，东汉时，楼兰严重缺水，驻守敦煌的索勒率兵一千人到楼兰，拦河引水解困，但最终还是没有解决根本问题。又有学者提出，缺水不是一天两天，人们会从容不迫地撤离，但20世纪楼兰遗址初发现时，探险家却发现大量珍贵文献，还有许多财物保留完整，给人的印象是楼兰突遇灾难，比如瘟疫和洪水，人们匆忙撤离，楼兰也就瞬间被废弃。科考专家和各界人士对楼兰毁灭原因各执一词，至今存在多种说法，均属仁智之见，这也是楼兰魅力所在。

▲最早发现楼兰古城的瑞典探险家斯文·赫定　　▲"楼兰美女"复原图

惊现美女

　　19世纪是地理大发现的时代，当西方和欧洲所有的地理空白点都被掌握现代科技探测手段的历史地理学家们一一破译的时候，他们的目光便移向了东方，移向了亚洲腹地和中国内陆。先是俄国军官普尔热尔瓦斯基跑到新疆，发现了几乎灭绝的野马，命名"普氏野马"为世界公认；下来是英国的斯坦因、法国的伯希和、日本的橘瑞超、美国的华尔纳和瑞典的贝格曼，他们陆续进入中国大西北，各自都有不凡的收获和显赫的业绩。当然，还需要指出，他们也用不光彩的手段掠走了许多价值连城的中国文物。百年过去，尘埃落定，中国学者以云水襟怀客观评判：外国学者的介入，促进了中国的文物考察与保护工作的积极有效开展。掠走的文物和经卷均珍藏于各国博物馆和图书馆，得到科学的保护，为中国学者查阅提供了多种方便。可以说是中外学者共同开拓了一门门全新的交叉性学科——敦煌学、西夏学以及本文涉及的楼兰学。

　　楼兰古城遗址的发现与瑞典探险家斯文·赫定紧密相关。斯文·赫定十六岁时在瑞典首都斯德哥尔摩市民欢迎北冰洋探险船队的热烈场面上，便立志把一生献给全世界的探险事业。他师从德国大地理学家李希霍芬，终生从事地理考察，没有婚娶成家。他曾三次到达和楼兰紧密相关的罗布泊，正是他在1900年第二次进入罗布泊时，发现了古城楼兰，揭开了百年"楼兰热"的序幕。

　　斯文·赫定这次深入罗布泊是因为他关于罗布泊位置的认定与俄国学者发生

▲楼兰古城残迹

争议，来寻找新的依据。当他们深入罗布泊后，一位雇员把找水的铁铲丢失在一处废墟中，当这位雇员返回找铁铲时，发现了更多的房屋废墟，还有钱币、雕花的木板。斯文·赫定见到这些按捺不住心中的激动，他后来在《亚洲腹地旅行记》中写道："这只是一种运气，不然我永远回不到古城，永不能做到这样大规模的发现，给中亚的上古史投下新的意想不到的辉煌。"

那次，斯文·赫定在这片废墟中进行大规模发掘，并对随从宣布："谁发现了有文字的东西，不管是哪种形式的文字，将给谁很多赏金。"于是，很多有价值的木牍、竹简、文书残片、毛毯、谷物等被发掘出来，最有价值的是"楼兰"多次出现在与敦煌和酒泉来往之间的信件上。这些发掘出来的东西被全部运送到德国。莱比锡大学的奥古斯特·孔拉德教授一一鉴定，出版了一本题为《斯文·赫定在楼兰所得汉文文字与其他发现》的著作，楼兰这座消失了一千五百年之久的古城得以重见天日，由此掀起了百年不断的"楼兰热"。

近年，最引人注目的莫过于被命名为"楼兰美女"的一具女尸。

事情发生在1979年，改革伊始，百废待兴，文物考古、中外交流也都慢慢复苏。其时，中日合拍大型电视纪录片《丝绸之路》，楼兰古国遗址自然成为一处重点亮点，出于影片的纪实和科普需要，摄制组邀请新疆社科院的文物考古专家一同前往。由于配有直升机等现代设备，考古队顺利进入楼兰古城遗址，在一处有人类活动的遗址上发掘时，发现了一座古代楼兰人的墓葬。由于沙漠干旱，一具保存相当完整的古代楼兰女性尸体出现在考古专家面前，不仅震惊了现场所有的工

作者与在塔克拉玛干沙漠中生活的罗布人交流

作人员，之后，也久久地震惊着世界。

这是一具相当完整的尸体，脚上的牛皮靴小巧玲珑，揭去绣有花纹的毛毡和面罩，面目清秀，眉毛弯弯，睫毛长长，鼻尖高高地挺起，嘴唇微微紧闭，金色的头发，瀑布般垂下，连指甲和毛发都保存完整，清晰无损，风采十足，显得十分漂亮。之后，考古学家和人类学家进行了科学测定，认为这位女性在三十五岁左右，去世时相当年轻，可以说正当年华。依据高鼻、凹眼、金发的面貌特征，认定属原始欧洲亚利安人种，更让人震惊的是，她已经告别这个世界三千八百年之久。

这具漂亮的女尸，当然被命名为"楼兰美女"。她得到了生前不曾有过的殊荣，到全国各地甚至漂洋过海到日本展出，无论到哪儿都引起专家和普通观众的浓厚兴趣。

楼兰美女的出现，把人们已知的楼兰古国的历史又向前延伸了一千多年，为探究楼兰古国和丝绸之路的文明提供了新的窗口和新的线索。远古先民究竟在楼兰创造过多少文明？东西方人的交流究竟始于何时？这一个个未解之谜将吸引着人们不断地探索下去。

▲
新
疆
大
巴
扎

油馓·抓饭·牛羊肉

一

　　一方人有一方人独特的风俗民情和饮食习惯。走进中国西部，便走进了一种博大又雄浑、苍凉又热烈、现实又浪漫的天地，走进了一种有大美而不言的境界。

　　戈壁大漠，雪域火洲，草地如茵，牛羊布野，人皆性强，俗皆粗犷。仅是饮食一项，便有许多种类，许多出处，许多情趣，让人目不暇接，让人饱享口福。

　　西北八百里秦川、河西走廊、新疆天山南北、宁夏河套平原皆是我国小麦主要产区。由于日照充分，冬小麦生长期长，所以颗粒饱满，面粉精细，弹黏性强。故西北群众以面食为主，在面食上创造出许多花样，如馒头、锅盔、包子、饺子等。若逢年节，还要把面团做成山羊、憨牛、拙狗、骏马、玉兔、精猴、盘蛇等各式各样的面花，惟妙惟肖，十分精美，单看一眼也让人喜悦。再是各类油炸食品，如油糕、油条、油饼、春卷、菜盒、麻花，数不胜数。

二

　　最妙的是香油馓子，采用上等精粉，加进白糖或咸盐，反复揉搓，做成细丝状的连环体，放进清亮亮的香油锅中烹炸。炸好的油馓金灿灿、黄亮亮，看一眼

▲大巴扎上的抓饭

▲新疆大巴扎交易牛羊

就让人馋涎欲滴，咬一口，满嘴清香，酥脆化渣，余味无穷。这种回族群众创造的食品，已有千年之久。宋代文豪苏东坡曾吃过这种油炸馓子，并作诗赞叹：

纤手搓成玉数寻，碧油煎出嫩黄深。

夜来香睡无轻重，压扁佳人缠臂金。

一次去宁夏，北大学友、回族作家查舜专门让我去他老家做客。距银川四十里的灵武东塔乡东塔村，那是一个回族聚居的村落。尽管查舜已任宁夏文联副主席，但老家的一切同当地群众一样，土墙围起偌大的院落，明亮的房间盘有偌大的土炕，牲口棚、压水井一应俱全，记录着这位穆斯林作家早年的全部生活。

回族人特别好客。那天，查舜全家都回来了，查舜爱人下厨操劳，做了满满当当一桌饭菜，其中最引人注意的便是油炸馓子。那天，我读高中的女儿问查舜女儿，这种梳子样的食品是如何做出来的，引得人皆大笑，至今想起仍忍俊不禁，会心一笑。

初到西北，见着满街牛肉拉面、羊肉面片、陕西泡馍、甘肃锅盔、新疆烤馕，便以为进了大西北没有大米饭吃，这委实是种误解。我国南方固然是水稻主产区，但西北却出产优质大米。我国著名气象学家竺可桢教授生前就曾说过："世界上最适宜生产水稻的地方是陕西省南部。"这儿的水稻委实多年大面积亩产超过千斤。再如甘肃武山大米、河西走廊张掖乌江米、汉中黑米皆在明清时期便为朝廷贡米。尤其宁夏河套一带，由于黄河水源充足，塞外日照强烈，所产大米洁白如脂，颗粒晶莹，油润爽口，被誉为珍珠米。用这种大米做出的抓饭，其香浓郁，其味韵久，堪称西北一绝！

抓饭的做法是选用新鲜羊肉、胡萝卜、洋葱，切成小块，在锅中用清油炒好，加水煮沸，再放进泡好的大米，不可搅动。煮到一定时间，肉、菜、米的香味充分融为一体时，再用大盘盛了置于饭桌当中，全家老少用手抓着吃，故称抓饭。

这种本是维吾尔族、蒙古族、哈萨克族等少数民族在游牧生活中创造出来的风味食品，由于独特实惠，渐次传播

▶巴扎上的牛羊交易

开来，成为一种招待客人的美味佳肴。这种美食由于要用手抓，也许有人不喜欢，认为不卫生。其实，拉面、蔬菜也都是用手操作，馒头、大饼不也用手拿着吃吗？关键是习惯。回族、维吾尔族都是非常讲究卫生的民族，不仅吃饭前要净手，连平时一日五次祈祷都要净手或沐浴呢！

不过，现在食用抓饭也有改变，抓饭还是传统做法，只是盛在碗中，以方便外来的游客。我在西宁、银川、兰州、乌鲁木齐、喀什、伊犁都见到大锅抓饭，上面放着许多油汪汪、香喷喷的羊肉块和萝卜条，不过已是用碗盛，拿筷子吃，吸引得许多外地游客都趋之若鹜，吃得津津有味。

三

走进大西北，也就走进了牛羊肉的世界，就好像进了沿海城市就进了海鲜世界一样。接触最多，印象最深要算牛羊肉了。牛肉拉面、羊肉泡馍、手抓羊肉、牛羊杂碎、腊羊肉、烤羊肉，真是触目皆是，数不胜数。而且，这里的牛羊肉，历史悠久，堪称正宗。内地所产羊肉，多有膻味，且放料平淡，做工简单，不能

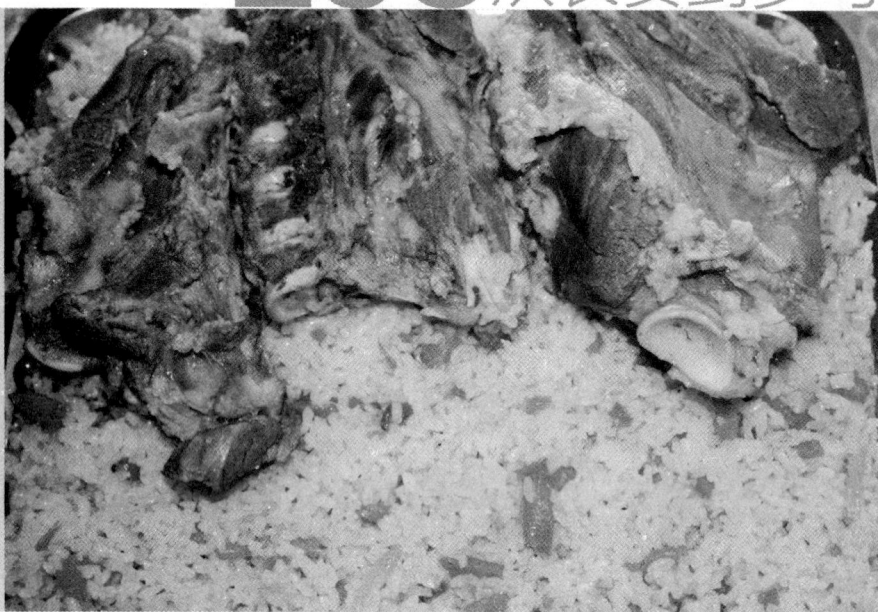

▶ 香味诱人的手抓饭

把牛羊肉的鲜美发挥到极致，所以内地人多不习惯吃牛羊肉。我的女儿见吃羊肉就吊脸捂鼻子，可两次西北之行，便彻底改变了看法。第一次在青海草原帐篷宾馆，一大盘手抓羊肉上来，鲜嫩可口，其香无比。女儿迟疑地抓起一块羊肋骨，刚吃了一口，就望着我笑了。之后，去宁夏、去新疆，再不说不吃羊肉的话。

中国西部地域辽阔，且多为出产牛羊之地，一个地方，一座城市，一个饭店，仅是牛羊肉的做法，煮、烹、炸、煎，便积累起丰富的经验，形成独家风味，有的成为延续百年的老店。西安老孙家羊肉泡馍、兰州老马家牛肉拉面、银川老哈家羊肉包子，诸家竞秀，不一而足。有些风味，委实奇绝，字号牌匾不同，味道便有差异。一次去延安，朋友推荐老街有家羊杂碎，味道独特，可去领略。果真，一大碗冒着热气，撒着葱花、香菜，调着花椒、孜然、味精的羊杂碎放在面前，仅看一眼便让人馋涎欲滴。一口气吃完，满头冒汗，浑身舒畅，心里竟也涌上一种久违的满足呢！

羌笛·花儿·姑娘追

一

黄河远上白云间，一片孤城万仞山。

羌笛何须怨杨柳，春风不度玉门关。

　　唐代诗人王之涣的这首《凉州词》，所描绘的西部苍凉、辽阔的边塞风光，不仅给人留下难忘的印象，同时也介绍了羌族和他们使用的乐器——羌笛。

　　羌是甲骨文中就有记载的民族，之后历代不绝于史书，是生活于甘肃、青海、四川和陕西西南部的一支游牧民族，耐贫苦严寒，崇尚刚强，重视生育，种族繁盛，后发展为多种支系。其中一支党项羌曾在宋时占据宁夏、陕北、河西等广大地区，建立西夏王朝，创造文字和典章制度，历经一百九十年之久，在国际上留下一门几乎与敦煌学齐名的西夏学。1985 年时，四川茂汶设为羌族自治县，保留着全国唯一的羌族文工团，男女青年，皆身材高挑，高鼻大眼，十分精神。我曾在该县采风，喝咂酒，看他们表演。文工团团长告诉我，羌族人耿直，诚实，很好相处。

　　陕西汉中所属宁强县，原名宁羌，即羌人生活的区域。中华人民共和国建立后改宁强，尽管早已汉化，人口普查也没有报羌族者，但我留意，该县多有高鼻凹眼、络腮胡须、相貌英武者。一位诗友即如此，但他自己也讲不清楚，数千年间民族融合也确难讲清楚了。人们知道羌族，多与王之涣这名句相关。

▶西北群众的「花儿」会

二

再说羌笛，汉代马融在《长笛赋》中说："近世双笛从羌起。"古代羌笛为单簧双管，其历史悠久，说不定可追溯至上古游牧时期。汉时即传入甘肃、四川等地。汉代许慎《说文解字》中介绍说"羌笛三孔"，唐诗中出现"羌笛"二字最多。岑参有"中军置酒饮归客，胡琴琵琶与羌笛"，王维也有"健儿击鼓吹羌笛，共赛城东越骑神"，故史学家认为羌笛可视为中国民族管乐之始祖。

这也和羌族生活的地域相关。纯粹的草原民族如蒙古、回纥、匈奴等使用牛角号、马头琴，笛管则需竹为原料，北方不易得到。羌人生活的四川、陕南和甘肃南部则为产竹之地，且不乏游牧草场，高山流水、鸟鸣之音皆启人心智，羌人祖先在游牧之余，折竹为管，凿孔成音，发明古老羌笛应是很自然的事情。

辽阔的西部不仅是羌笛的故乡，也是民歌汇聚的海洋，人们熟知的陕北《信天游》，山西、内蒙古的《走西口》，王洛宾在青海、新疆整理创作的《达坂城的姑娘》《掀起你的盖头来》《在那遥远的地方》都足以进入中国文化史。

三

在甘肃、宁夏、青海一带把民歌称为"花儿"，不仅在汉族群众中传唱，在

▲参加草原聚会的僧侣们

少数民族如回族、东乡族、保安族、土族、撒拉族中也都极为盛行。在山梁河谷，或是放牧，或是耕作歇息，心中或愉悦或是郁闷，随口就唱，无拘无束。若是隔山隔岭，还可应答唱和，完全是劳动者即兴口头创作。诚如一首"花儿"所唱：

> 花儿本是心上花，不唱是由不得咱家。
> 刀刀拿来头割下，不死还是这个唱法！

"花儿"还有种特殊作用，就是被男女青年用来表达爱慕之情。"花儿"中情歌最多也最精彩，把对爱情的追求，相思的殷切，别离的悲伤，分手的无奈，都表达得淋漓尽致。比如："青石头根里的药水泉，担子挑，桦木勺勺儿舀干；若要我俩姻缘散，三九天，冰雪上开牡丹。"把男女双方对爱情的坚贞不屈、矢志不渝，用一咏三叹、如怨如诉的声调唱出，听得人回肠荡气，无不动容。

在宁夏、甘肃一些地方，还有专唱"花儿"的歌会。每年农闲时节，一般农历三月三或六月六，方圆百里的优秀歌手汇聚一起。前来参加"花儿"会的歌手一般由男女十几人搭成班子，由才思敏捷、出口成歌的歌手负责现场编词，由三四个歌喉嘹亮的人负责主唱，需要重复合唱的关键词语时，所有的歌手齐声合唱，对方则需对应，有问必答，有答必应。内容涉及生活、生产、风俗、民情，十分广泛。常见的有《四季歌》《十二月花》，还有《水浒传》《三国演义》中

▲赛里木湖畔的叼羊活动

的人物故事。若回答流畅，精彩准确，则掌声四起；若回答不上，则为输家，要喝倒彩。但也不必懊恼，而是相约来年再赛。故这一活动深受群众欢迎，往往歌手来自数县，群众则为数十万计。比如甘肃康乐县境内的莲花山"花儿"会，常是人山人海，热闹非凡，还上过中央电视台的节目呢！

四

草原上最激动人心的当然还是赛马，这几乎是所有游牧民族包括中亚、西亚乃至欧洲一些国家民族的共同爱好。而且，历史十分悠久，春秋时代就有赛马的记载。元代，赛马最为鼎盛，在会盟庆典时，常选良马，择旷野举办赛马大会。

那常是秋高气爽、风和日丽时节，经过水草丰腴的整个夏季放牧，马膘肥体壮，像是浑身的劲要憋出来。骑手们也摩拳擦掌，欲一决高低，常是枪声一响，骏马奔腾，如同离弦之箭射向草原深处，围观群众则喊声不绝，所有欢欣或郁闷都会在赛马中得到宣泄。各个民族还因所处地域不同，赛马内容也有所区别。

陆游诗中有："洮州骏马金络头，梁州球场日打球。"说的是骑着临洮骏马在汉中军中打马球的事情。再是骑射之风，即骑在飞快的马上，射雁、射兔、射狐等项活动，这些在古时军中常见。

▲为骑手准备的奶茶

　　草原民间比较普遍的是在赛马的同时，还举办叼羊等活动。此项活动分为单赛和分组赛，把刚割掉耳朵、放了血的小公羊抛向空中的瞬间，比赛便也开场。羊羔若是被一人夺走，便会飞也似的跑开，后面则有几十或上百匹马紧紧追赶，你追我夺，马蹄踏踏，云烟阵阵，十分精彩激烈。若是分组，则会几人联手，把羊羔如同抛掷篮球般互相传递，以防止被对方抢走。

　　如果说，叼羊胜利的奖赏不过一只肥羊的话，那么，在哈萨克、柯尔克孜等民族还流行一种姑娘追，那对胜者来说可就举足轻重了。

　　这几个民族，男女都常是出色的骑手，在草原聚会之时，姑娘若见有男子策马过来，会单骑驰向草原深处，男子则在后边紧紧追赶。双方若是无心交好，便装模作样跑上一阵而散离，然后又开始第二轮游戏。若是有意，姑娘便会耍些花招，又不失体面地让小伙追上，说不定一生美满的姻缘便是这样追成的呢。

▲ 天山天池

天山天池

一

　　天山东起祁连山尾，横贯戈壁大漠，西接帕米尔高原，即使盛夏也白雪皑皑的巍峨身影，把整个新疆一分为二，即人们常说的南疆与北疆。

　　天山以北有准噶尔盆地，再向北是阿尔泰山；天山以南有塔里木盆地，再往南是昆仑山脉。所以有人说新疆的"疆"字右半边正好反映了新疆"三山夹两盆"的地理特点，三横是三大山脉，两个"田"字正好是两大盆地。至于左边"弓"则代表了漫长曲折的国境线。在全国三十四个省级行政区中，新疆是与外国相邻最多的省份。从北至南分别与蒙古、俄罗斯、哈萨克斯坦、吉尔吉斯斯坦、乌兹别克斯坦、塔吉克斯坦、阿富汗、巴基斯坦和印度接壤。至于"弓"下面的"土"字则象征 18 世纪以来被列强割去的五十一万平方公里的国土！

　　天山对于新疆宛如秦岭划开了我国的南方与北方、长江水系与黄河水系，天

▲天山茂密的森林涵养着充足的水源　▲新疆喀纳斯湖

山也把新疆划为宜于放牧的北疆和宜于农耕的南疆。天山对于新疆又犹如祁连山对于河西走廊那样像生命般的重要。因为干旱少雨的千里河西全靠祁连山融化的雪水滋润牧场，浇灌庄稼；新疆虽然辽阔，但多戈壁、沙漠、裸岩、赤土，亦干旱缺雨。幸亏天山巍峨绵延，高耸入云，所积冰雪融化出山，汇溪为河，于天山南北，形成塔里木河、叶尔羌河、喀什河、孔雀河、和田河、阿克苏河、玛纳斯河等多条河流。这些河流所形成的众多水系，在出山的时候，首先滋润了天山脚下大片丘陵与牧场，再就是河流流经的地方，经历代开发，兴修水利，引水灌溉，形成片片绿洲。

坐着火车穿越新疆大地的时候，常可以看见这样的情景：那些沟渠如织的灌区，田禾竞长，果树葱茏，一派生机，但仅一路或一坎之隔，便是戈壁荒漠，枯黄一片，真切不争地显示出水是一切生命的根本。从这个意义上来说，假如没有天山，新疆的美丽富饶、丰富多彩就无从谈起。天山南北脚下的草原为哈萨克、塔吉克、柯尔克孜、蒙古、锡伯等游牧民族提供了丰美的牧场。每当夏秋，银白色的天山雪峰下，大片草场青色如染，野花盛开，溪水潺潺，湖泊如镜，牛羊散落其间，圆顶的帐篷炊烟飘升。每当旭日东升或夕阳西下，整个大草原沐浴在黄澄澄的光辉之中，剽悍的男子骑着骏马驰骋，大群奶羊中则有少妇挤奶的优美身影，呈现出一幅壮阔优美又生机勃勃的边塞生活图画。

二

在南疆的阿克苏、库车、喀什一带，是维吾尔族聚居生活的农耕地区。你看见的则是另一种情景，笔直高挺的胡杨成排成行，宽大的树叶在阳光下发绿发亮，环绕着土黄色的村落、禾场和池塘以及一座座葡萄架遮阴的院落。戴着小花帽的维吾尔族老人赶着毛驴车在公路上穿行，绿色的棉田无边无垠，一群群维吾尔族妇女正在打尖整枝，她们鲜艳的衣裙在绿野间分外醒目。

最为奇特的地方要算吐鲁番盆地，高山冰雪与盆地火洲共处，裸岩赤土与葱茏绿色相伴，长达五千公里的坎儿井被誉为地下运河，翡翠般晶莹的葡萄闻名中外。吐鲁番著名的葡萄沟长达二十公里，但在南疆和田竟有长达千里的公路穿行于葡萄园，构成瑰丽无比的景观。只是由于和田距乌鲁木齐还有两千公里，过于遥远，至今少为人知。

除了葡萄，受天山雪水滋润而名扬天下的还有哈密瓜、库尔勒雪梨、南疆核桃、喀什鲜桃、阿图什的无花果等等。早在两千年前由张骞带回中原的西瓜、黑米、胡桃，便是产自这里。

巍巍天山风光无限，但最有魅力的地方则首推天池。到达乌鲁木齐后，朋友便推荐应该去天池看看，先没在意，这位朋友知我最喜文史，且此行为考察丝路，告知天池便是周天子西行拜访过的瑶池，这顿时让人兴致高涨。但凡了解西域历史，寻叩丝绸之路，便绕不开《穆天子传》，这几乎是关于西域最早的文献，尽管是神话，却包含了史前先民的行踪。这篇传记讲穆天子坐着由八匹骏马拉着的华丽彩车，周游天下，西行穿越戈壁流沙至昆仑山，到达西王母的国土。西王母见到中原天子，风流倜傥，便在瑶池边大摆酒宴，拿出西域最好的山珍果品，名酒佳酿，再配以西域绝妙的歌舞和天仙般的美女，款待周穆王一行。宴席间，穆天子与西王母互赠礼品，表达了中原与西域相互交往的美好愿望。唐代诗人李商隐还曾为此写有诗作："瑶池阿母绮窗开，黄竹歌声动地哀。八骏日行三万里，穆王何事不重来？"凭此名篇佳句，就该去寻叩天池。

谁能想到在群山之巅，竟有一个波光粼粼的湖泊。此处距乌鲁木齐市仅百余公里，参加旅行社组织的一日游最为便捷。晨由乌市出发，不久便进入天山，首先见到令人神往的高山牧场，高大挺拔如伞撑天的云杉，冰雪融化汇成的澎湃激流。这激流无一丝尘埃，无一丝杂染，呈现出一种银白色的晶莹，离溪水老远便有一股冷气扑来，给酷暑带来一种爽神的清凉。溪流边有大片平坦去处，长满青草，盛开着野花，这样的地方常被至今保留着"逐水草而居"古老习俗的哈萨克族牧民选中。搭起圆顶帐篷，四周散落着羊群，骑在马上的牧民或照看牲畜，或投入旅游业经营。印象至深的是几位穿着鲜艳衣裙的哈萨克族妇女，在哗哗奔流的溪水边洗着衣衫、被单，把花花绿绿的衣裙晾晒在碧绿的草地上，有孩子和羊羔在草地嬉戏，形成一幅鲜活生动又艳丽无比的图画。

现在的盘山公路能直通山顶。行至半山，山谷渐狭，直至两山如削，中空一线，雄奇至极。盘旋而上，有一池清水迎面扑来，虽也清冽晶莹，却难使人震撼，莫非这便是天池？正感失望，却被告知，此乃小天池，真正的天池宛如压轴戏，还在后面，于是舒缓口气，又充满企盼。

果真，登临至山顶时，眼前豁然开朗，一大片广阔碧绿的雪水静静地卧在群山环抱之中。远处白云飘拂的地方是天山三大主峰之一的博格达群山，此刻披着皑皑白雪，宛如银须皓发的老人，慈祥地耸身云端。湖面四周的山坡长满浓绿滴翠的云杉，在湖面静静地投下挺拔的倒影。见到天池的最初一瞬，让人觉得四周的一切都不复存在。

天池广阔达数公里，水最深处竟有百米。据说是百万年前冰川融化形成的泥石流封堵山峡而导致的堰塞湖，由于年代久远，地质运动已经稳定，成为名副其实的高山湖泊。因全系雪水融化汇聚，为真正之纯净水，也正应"水至清则无鱼"的古语，水中无任何杂物乃至生物，故晶莹碧绿，呈蔚蓝色。清风徐来，波澜微起，一只苍鹰在雪山湖水间盘旋，竟宛如一只小小的麻雀，愈发显出雪山天池的肃穆庄重与磅礴大气。尽管游人如织，语声喧嚣，但在博大的天地之间，只作嘤嘤之声，转瞬便被山风吹散，让人感觉到仍是雪山湖泊特有的宁静。

其实，这恰是天山天池最大的特色和神奇的魅力，人们欣赏天池不仅仅因为它是天山上的一池碧水，也渴望能在人的心灵深处留下一汪宁静的清泉。

三

幸运的是，几年后再去新疆伊犁，经朋友安排绕赛里木湖一圈得以领略天山另一座天池风貌。两处天山天池，一东一西，各有特色。天池横卧于天山东部，白雪皑皑的博格达群峰环围之中，是一座名副其实的高山湖泊。赛里木湖在天山西部北麓，没有巍峨的山峰环绕，四周是起伏平缓、碧草连天的草原，实际海拔却在两千米以上，比天池还高，若在平地便是悬在天际的一湖碧水。大草原四周是逶迤不绝的天山，长满高大挺拔的云杉，能够很好地涵养水分。赛里木湖一带相对低洼，四周的溪水全都汇聚于此，形成一处奇大无比的高海拔湖泊，碧水连天，清澈无比，水面将近五百平方公里。我们的越野车用了半天才跑完环湖油路，一路饱览湖光山色。由于方位与日光的变化，赛里木湖的水色也此青彼蓝，变化无穷。当逆着日光时，风掠过湖面，激起一层层波浪，其实是成千上万的浪花构

▲天山南麓的博斯腾湖

成，在阳光逆射之下，五光十色，晶莹剔透。一波卷来，在长满青草的湖边击碎，另一波又乘风赶来，前赴后继，无休无止，看得人心旷神怡。

在一大片草原，又恰好遇见哈萨克族牧民赛马叼羊。上百匹红的、黑的、白的、黄的骏马旋风般在湖边草原奔驰，铁蹄叩击大地，马群如流云驰过，忽东忽西，看得人眼花缭乱。这一切又都倒映在蓝得发亮的天空，大团棉絮般的白云之下，清得发绿的湖水之中，真让人疑若仙境。如果真有瑶池，无疑就是这儿了。

2009年再赴新疆，又领略了一处由天山雪水融化汇聚的湖泊——博斯腾湖。湖面宽广得无涯无际，据说蓄水百亿立方米，可真算得上是天山天池中的"大哥"了。

夜宿姑墨

一

　　自张骞开通西域，西汉王朝设西域都护府，把西域纳入中原王朝版图之后，西域三十六国就屡见于史。这都是些什么样的国家，国土民情、历史文化、物产习俗如何，一直是学者探究不尽的课题。其实，西域也如中原一样，在漫长的岁月中，也曾经历战乱迁徙，朝代更迭，分裂统一；也如中原的战国七雄、五胡十六国一样，在不同时期出现过不同的国家。

　　西域三十六国最早见于《汉书·西域传》："西域以孝武时始通，本三十六国。"其实，所谓三十六国，并不是现代意义上的政权、国防、外交、法制等完备的国家，准确地说只是一些城镇、部落乃至村庄。大国不足十万人，比如以歌舞著称的龟兹国，有"口八万一千三百一十七"，这是当时西域最大的国家。其他绝大部分国家仅几千人，比如尉犁国有"口九千六百"，渠犁国有"口千四八十"。有些小国仅数百人，如劫国有"口五百"，狐胡国有"口二百六十四"，尚不及今日一个村落。这在几千年前，不要说动荡战乱，若遇着较大的自然灾害都很难抵御。所以，汉唐统一西域，所设西域都护府、安西大都护府等都含有对诸小国进行保护的意思。

　　尽管如此，千年岁月，沧海桑田，许多国家还是避免不了被吞并，被沙埋，消失得无影无踪。有些留下点遗迹，比如闻名于世的楼兰古国、精绝古国、交河古国、高昌古国等；有些则仅仅留下至今仍在使用的国名，比如鄯善、疏勒、温宿等。有的小国名字虽没有再用，但仍知道当时存在的地方，比如于阗国即今日

库车自古便为歌舞之乡

的和田，疏勒国即今日的喀什，姑墨国即今日阿克苏一带。首次新疆之行，便有幸在阿克苏住宿游览，留下深刻难忘的印象。

二

姑墨国，《汉书·西域传》载："有口二万四千五百。"这差不多相当于今日一个较大的乡镇或小县。这个小国领导机构不足十人。西汉时，设"姑墨侯、辅国侯、都尉、左右将、左右骑君各一人，驿长二人"。但这个小国在西汉末年王莽动乱时，还曾灭掉相邻的有"口八千四百"的温宿国，实力大增，一直保持到了唐代，但已更名为跋禄迦。这个国名与佛教曾在这一带盛行有关。现属阿克苏地区的库车县库木吐拉石窟群、拜城县的克孜尔石窟群都是佛教在这里传播留下的产物。拜城的克孜尔石窟不仅是新疆，也是全国最大的石窟群之一，其精美的壁画尽管在 18 世纪以来屡遭劫掠，但至今还保留着一万多平方米，足以和敦煌壁画媲美。

《新唐书·西域传》载："跋禄迦，小国也，即汉姑墨国，横六百里，纵三百里，风俗文字与龟兹同，言语少异。"龟兹亦为西域古国，系歌舞之乡，即今库车，与姑墨同属今南疆阿克苏地区。阿克苏距乌鲁木齐市千余公里，火车、汽车、飞机均可通达。我是乘坐火车去的，正值 7 月酷暑，幸好是带空调的列车，感觉不到窗外扑面的热浪。列车晚间离开乌鲁木齐，翻越天山，经吐鲁番、库尔勒，翌日黎明时分便驶进了阿克苏地区。这是塔里木盆地的北部边缘，盆地中心横卧着全国最大的塔克拉玛干大沙漠。干旱少雨，全靠天山南麓雪水融化形成的塔里木

▲阿克苏是维吾尔族群众聚居的地方

▲阿克苏田野风光

河、孔雀河、阿克苏河与喀什河流经滋润而产生出一片片绿洲。这是历代戍边屯垦将士与当地群众辛勤开发的结果。尤其中华人民共和国建立后大规模的农垦，火车经过许多碧绿的棉田都标有农一师团队的标记。农一师是最早进入南疆的承担垦荒的部队，拥有几十个团队，使大片蛮荒之地变成了瓜果飘香、稻壮鱼肥的塞外江南。

三

阿克苏也是维吾尔族聚居生活的地区，7月正是小麦收获碾打的季节，胡杨夹道的乡村土路上，常有维吾尔族老人赶着毛驴车运送庄稼，不少农家禾场都有维吾尔族夫妻带着孩子在碾打小麦。火车到达阿克苏时，正是下午2时左右，太阳一览无余地把光芒热量倾泻在大地上，到处明晃晃地热气灼人，刺得眼睛不敢直看。接站的朋友脸膛晒得通红，汽车晒得发烫，让初来乍到的人很难忍受。

下榻阿克苏宾馆，这是一座充分体现维吾尔族风格的建筑。大厅有江泽民主席题词，是1998年访问中亚五国返回时所题。因为时差，新疆下午4时才上班，下午6时参观阿克苏博物馆时依旧烈日高悬，热浪炎炎。阿克苏给人一种新兴边塞城市的感觉。尽管姑墨古国历史悠久，但已难觅旧迹。这里如同内地，近几年都在抓紧旧城改造，几条新建的大道宽阔笔直，两边新楼林立，电脑、手机、酒店、服装等时新时尚广告十分醒目。也许因炎热，街上行人不多。阿克苏文化局、《阿克苏文艺》编辑部、博物馆同在一座四层大楼上。职工多系维吾尔族，语言不通，《阿克苏文艺》亦系维吾尔语杂志。博物馆讲解员能说汉语，展品虽不丰

▲阿克苏市场一角

富却有特色，有阿克苏出土的不同时代的彩陶、玉器、色彩如新的丝绸残片、体型完整的木乃伊、巨大的陶罐、克孜尔洞窟的壁画，还有林则徐来阿克苏踏勘土地时书写的一副对联。1845年，林则徐虎门销烟遭贬后来到新疆，受命踏勘荒地。他不顾年事高迈，不避严寒酷热，来到南疆，在阿克苏、喀什一带亲自谈访，探幽发微，针对土地现存弊端、水利兴衰向朝廷提出一系列垦荒修渠的建议，真正表现出"处江湖之远，则忧其君"的博大胸襟。

四

新疆夏季要晚至11时才全部天黑。而此时，太阳落山，凉风骤起，吹得街道两边胡杨树叶哗哗直响，尽驱白天酷热。漫步街头，十分凉爽，忙碌了一整天的人们都拥上街头。这才是吃晚饭的时节，酒馆饭店，灯火通明，人流熙攘，十分红火。若要品尝风味美食，则有夜市可去。朋友带我们去的地方叫多浪夜市，因流经此地的河叫多浪。这是一处改建的小吃市场，被各种店铺摊位挤得满满当当，经营者清一色都是维吾尔族，大都是夫妻店，一个当垆，一个操案，荟萃了维吾尔族几乎所有的小吃：抓饭、烤全羊、油炸鸡、炸羊肝、羊杂碎、羊肉包子、烤羊肉串……香味扑鼻，让人眼花缭乱，真不知该选什么。

后来，还是选择了堪称新疆经典小吃的烤羊肉串，大小如同北京的冰糖葫芦，铁签长达两尺，串起大团新鲜羊肉，放在通明的炭火上一烤，油汁长流，香味顿起，再撒上盐末、孜然、辣面，表面焦黄，肉中鲜嫩，咬一口，香味满口，加上冰镇啤酒，让人十分惬意。谁也不知吃了多少串，反正铁签放了一堆。末了，头晕乎乎微醉而归。躺在床上，只听塞外挟裹着天山积雪的凉风阵阵扑来，索性关闭空调，打开窗户，凉风扑窗而进，立时让人浑身清爽。如此盛夏酷暑，若在内地，哪晚不热得汗流浃背，辗转难眠，岂能有这般享受！

于是，十分庆幸在这姑墨古国度过一个酷热难耐的白天和一个清凉如水的夜晚！

旅途小憩

◇晚浴凉风◇

人所共知，新疆炎热，但无论考察还是旅游，都以夏天为好。首先衣衫不多，行囊简洁；再是瓜果成熟，正好品尝。当然麻烦是酷热，尤其是吐鲁番，气温高达45℃，热浪滚滚，太阳白晃晃地耀眼，让人汗流浃背，但也且莫畏难止步。新疆地域辽阔，易于散热，早晚温差极大，只要太阳落山，便会骤起凉风，无休止地吹过，吹得路边树叶哗哗直响，吹得行人衣衫如鼓风帆。此时，一天旅途尽管疲惫，也且莫待在旅店，一定要走上街头，或找广场，或寻树荫，要么就去水渠边，脱掉鞋袜，蹚进水中。这儿的渠水多为天山雪水融化，盛夏也凉丝丝地渗透肌肤，要不了一会儿，就感到暑气尽消。且让那无休止的晚风，拂去炎热，拂去烦躁，带来清爽，带来惬意，带走旅途的疲乏，也带来对下一个景点的向往。

▲艾提尕尔清真寺

艾提尕尔升新月

一

新疆的主体民族是维吾尔族，约有八百万人，清一色地信仰伊斯兰教。加之其他信仰伊斯兰教的民族，如回族、柯尔克孜族、塔吉克族、乌孜别克族、塔塔尔族等亦有百多万人，故清真寺几乎遍及天山南北。尤其南疆，维吾尔族世代聚居，几乎每个城市、集镇乃至乡村都有大大小小的清真寺。老远就能看见那镶嵌着一弯新月的圆圆的塔顶，耸立在朝辉夕阳之中，亦是塞外一道独特的风景。

但若论规模宏大、历史悠久，则当首推位于南疆喀什市中心的艾提尕尔清真寺。这是全国保存最完好、新疆最大，据说也是世界十大清真名寺之一。信仰伊斯兰教的外国元首，但凡到新疆，必去该寺。

我国著名学者季羡林教授有个观点，"世界上有四大文化体系：中国文化体系、印度文化体系、伊斯兰文化体系和欧美文化体系，再没有第五个；这四大文化体系唯一交汇的地方是在新疆，再没有第二个。"这一观点受到许多学者的赞同认可。这是由于新疆独特的地理位置所决定的。在 15 世纪海运发达之前，沟通欧亚的唯一通道丝绸之路分三路贯穿新疆全境，不仅是以丝绸为主的商贸大道，作为文化重要载体的世界三大宗教都曾在新疆传播。产生于印度的佛教，汉时便传入西域，魏晋时达到鼎盛，那时寺院遍及天山南北，大寺院僧侣可达千人之众。至今残存于拜城、库车、鄯善的千佛洞，其塑像、壁画可与敦煌媲美。基督教中的景教西辽时曾进入新疆，维吾尔人的祖先回纥人便信仰景教，吐鲁番曾是其传播中心。伊斯兰教诞生于阿拉伯半岛，但后来居上，隋末唐初，迅速传入新疆。在南疆建立哈剌汗王朝的萨克图由于信仰伊斯兰教，在取得政权后，奉伊斯兰教为国教，由于采取行政手段而迅速普及，以至于植入生活的各个角落。比如不食未经信仰伊斯兰教者宰杀的动物和动物的血，不允许用脚踩食品，禁止穿袒胸露背的短小衣衫，吸麻（毒品）、赌钱、偷盗、酗酒、斗殴、说谎被视为丑恶行为。晚辈见了长辈要起立、让座并施礼问候，这在喀什街头都能常见。再是根据伊斯兰宗教习俗延续下来的古尔邦节、开斋节来临时，要打扫房舍院落，宰杀牛羊准备食品，并要互相走访拜节。牧区的哈萨克、柯尔克孜等民族还要举行赛马、叼羊等活动。

由此不难看出，由教义派生出来的这些禁忌或习俗，有许多合情入理的地方，有些与孔孟儒学提倡的仁义礼智很相近。再就是新疆地处边陲，孤悬塞外，在漫长孤寂的岁月中有几个能够相聚增加欢乐的节日总会受到欢迎。所以伊斯兰教在新疆由传入到普及，历经千年，约定俗成，延续至今。

二

这一切对于外来旅游者讲，由于新鲜而产生兴趣。耸立在南疆喀什市区的艾提尕尔清真寺成为著名景点，凡来喀什，没有不去游览的，并希望能看到精彩宏大的场面。比如开斋节或宰牲节时，艾提尕尔清真寺内和寺外广场有多达数万名伊斯兰教徒，虔诚认真地做完礼拜之后，会敲响拉合拉鼓，吹起唢呐，跳起传统的"萨玛"（宗教舞蹈），规模宏大，场景壮观。但是，一年只有两次，不容易碰上。其次就是每个星期五，信徒要做礼拜，艾提尕尔清真寺内外信徒虽然没有过节那样多，但也逾万人，场面也很壮观。

我于是跃跃欲试，准备拍些照片。但喀什文联的同志却告诫，艾提尕尔清真寺是信仰伊斯兰教群众心目中的圣地，寺院四周又是维吾尔族聚居生活的地方，去了要特别注意，进寺拍摄要征得主持阿訇同意。进礼拜堂要脱鞋，教徒做礼拜时不能在他们朝拜的方向拍摄，只能从背后或侧面拍，否则便会惹出麻烦。这还真有点让人提心吊胆，惴惴不安。

▲星期五做礼拜的群众

　　但真正到艾提尕尔清真寺后，只要注意，并无那般紧张。我专门选择星期五群众做礼拜时去，上午很早就坐出租车前往，去后才发现清真寺其实距我下榻的丝路宾馆很近，只需要穿越一条诺尔贝希路就可到达，不必绕道。岂料，去后却很冷清，原来做礼拜下午3时才开始，我于是先参观这座名寺。其实这儿已成旅游景点，只需六元门票便可尽情参观。这座清真名寺有些由来，至今有五百余年历史，经朝历代，多次修缮方达到今日规模。整座清真大寺由礼拜堂、门塔楼、庭院、水池及附属建筑组成，总面积达到16800平方米。寺门用黄砖砌成，两边则有半突出圆柱，高达18米。圆柱顶有召唤用的半圆形塔楼，庭院则有水池，配有陶壶，供教徒净身。正殿礼拜堂正面宽160米，深19米，廊檐宽敞，有140根雕花木柱支撑，所雕花纹精美，充分体现了伊斯兰宗教及维吾尔族的特色。整座礼拜堂可容纳数千教徒同时做礼拜。但我真正见到的情况是，不仅大堂，甚至包括了清真寺内所有的角落、走廊、水池边、胡杨树下、道路口稍有空闲的地方都被教徒占满，以至于排队站到清真寺侧门的大街上，足足有上万名群众。

三

　　下午2时，我便挎着相机，沿着维吾尔族群众居住的诺尔贝希路去寺院。沿途都能看到要去做礼拜的群众，清一色的维吾尔族，清一色的男人，各个年龄阶段的人都有。尤其老年人，郑重其事，大热天，也足蹬黑色长靴，头缠洁白的头巾，身穿素净长袍，白须飘然，眉眼慈祥。见到熟人则必停下，一手抚着胸口，

▲艾提尕尔寺周围的商贩　　　　　　　▲做礼拜时商店空无一人

向对方问好，然后又伸手重叠在一起，有时是三四个人一起互相问候，再一起走向清真寺。这种友好的情致，让人肃然起敬。越临近清真寺，这种气氛越浓，人们都夹着一块跪拜时用的毡毯，潮水般向寺内涌去，寺周围的几条商业街全都停业关门，真正万人空巷。但寺外广场上的人依然很多，主要是观光的游客、背着"长枪短炮"的摄影记者，还有一家电视台记者来拍风情片。再就是领着孩子的维吾尔族妇女特别多，按规定妇女是不能进寺院的，大约丈夫进寺做礼拜了，她们在外面等着，完了再一块儿逛街办事。还有一群群被称为巴郎的男孩举着一条条跪拜用的毡毯向进寺做礼拜的人兜售，又显得市声喧嚣。直到寺内礼拜开始，四周才安静下来。因没进寺，听不清主持的阿訇在说什么，只见排列出寺外的教徒低着头默默诵经，一会儿又跪拜。结束后教徒们又潮水般涌出来，开启店铺，再做买卖，一切又恢复正常。

在喀什一个多月，去艾提尕尔清真寺多次，还有点喜欢这地方。不仅是肃穆庄重的宗教气氛和前来祈祷的伊斯兰教徒各色面孔，还在于寺外广场维吾尔族男女聚集聊天呆坐的闲散气息，再就是黄昏又成夜市，几百家摊位灯火通明，几乎荟萃了维吾尔族所有的饮食和小吃。我还真带妻女来逛过两次，抓拍了几张风情浓郁的照片，品尝了烤羊肉串和丁丁炒面，甚至还记住了伊斯兰教民们互相的问候——愿真主赐你平安！

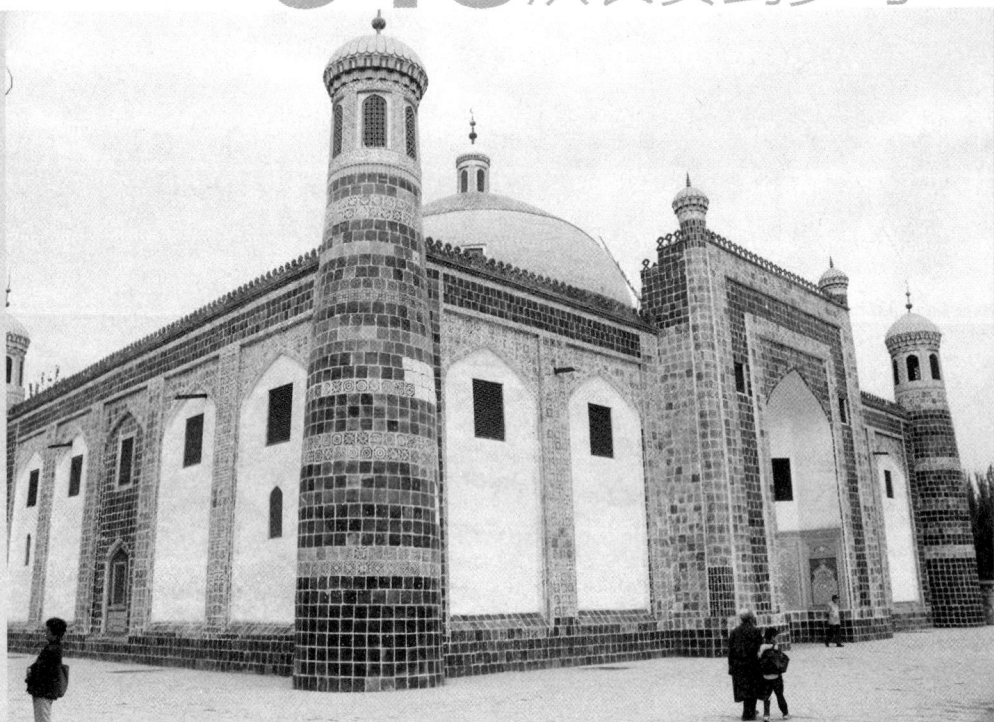

▲ 香妃墓

传奇名冢香妃墓

一

　　南疆喀什是维吾尔族聚居生活的地区，民族风情非常浓郁。喀什又是沿塔克拉玛干大沙漠南北边缘行进的两条丝路交会的商贸重镇，有中亚最大的交易市场，且又临近印度、巴基斯坦、塔吉克斯坦、吉尔吉斯斯坦等国家，历史文化积淀深厚。

　　"不到喀什就等于没到新疆。"近年喀什成为旅游热点城市，除有火车、汽车相通之外，乘坐两百人的大型客机每天便有三个航班。尤其暑假，满街都是中外旅行团队。在喀什旅游，除了去市区艾提尕尔清真寺、东门外大巴扎（中亚集市）之外，最吸引人的就要算中外闻名的香妃墓了。

　　香妃墓距喀什市区仅五公里，我携妻女去时，正值 7 月中旬酷暑。岂料喀什接连一个星期都阴云四合，凉风时起，连喀什人都讲反常，出门得穿长袖衣衫。去香妃墓有维吾尔族群众吆赶的一种叫"哈迪克"的四轮马车，行进在胡杨夹道

▲在香妃墓周围生活的维吾尔族人

的维乡，马蹄嘚嘚，凉风习习，十分惬意。因日前已在前俄国驻喀什领事馆（现色满宾馆）路前领略，故租马车前往，三人仅十元，维吾尔族车夫亦很热情。一出市区，便能看见浓郁的地域特色风光，从天山流出来的吐曼河绕城而流，高大的胡杨无处不在，沿着道路，沿着水渠，沿着军阵般成排成行的田畴，肥大的绿叶哗哗作响，显出粗犷的塞外风光。

香妃墓坐落在浩罕乡，这是个很大的村落，清一色地居住着维吾尔族人。房舍格局与内地北方乡村相似，家家都是黄土筑就的院落，黄土筑就的房舍，连近年新盖的砖房也一律土黄色，有种塞外乡村的质朴。院落都很宽大，栽种向日葵、葡萄，拴着毛驴和羊。穿着彩色衣裙的妇女爱带着孩子聚堆拉话，男人们则赶着毛驴车忙碌。香妃墓便坐落于这乡情浓郁的村落之中，整整40亩地大的一片建筑群落、碧波荡漾的莲池、古老高大的胡杨，一座座包括陵墓、门楼、经堂、大礼拜寺、清真寺等体现着伊斯兰风格的高大建筑错落其间。高耸的塔楼，醒目的新月，蓝绿两色树叶纹状的墙壁，既肃穆庄重，又新颖别致。主建筑是一座宏大的陵墓，同于汉代皇陵平地堆冢，不同于唐代皇陵因山为陵，直接是一座宫殿式的建筑。顶部呈圆形，外面用绿色的琉璃砖贴面。奇特之处在于整座建筑高达26米，近10层楼高，穹隆形的半圆顶，直径达17米，整个大厅宽达40米，却无一根梁柱，全靠四周墙壁砌拱支撑。四角各有一座半嵌在墙壁内的砖砌圆柱，

▲ 香妃墓雕花廊柱

柱顶建有精雕细刻的圆筒形楼，楼顶则高擎着一弯新月。这是整个新疆建筑最为宏大精美的陵墓。始建于 1640 年，距今已三百余年，虽多次维修，但均保持了最初的风貌，充分显示了维吾尔族工匠高超的技艺，因而被列为国家级重点文物保护单位。

二

香妃墓的正式名称是阿巴克霍加麻扎，埋葬着喀什地区宗教领袖霍加家族五代七十二人。麻扎即维吾尔语陵墓。至于为什么此墓又叫香妃墓，是因为纠缠着一桩至今也难以下定论的历史遗案。

大多数学者依据典籍认为香妃系容妃之讹误。清代皇帝乾隆确实在平定新疆大小和卓之乱后，从有功勋的和卓家族选娶了一位维吾尔族女子，即后来的容妃。容妃入宫之初为贵人，她首次出现在《清实录》中是乾隆二十六年（1761 年）六月。当时，福建送进宫中荔枝，宫中后妃接受皇帝分赏的荔枝时，其为贵人，时年二十七岁，乾隆已五十多岁。两年后，贵人晋册为嫔，称为"容嫔"。册文载："尔和卓氏，秉心克慎，奉职唯勤，壸范端庄，礼容愉婉，深严拓馆，曾参三缫之仪，肃穆兰宫，允称九嫔之列，兹仰承皇太后旨谕，册尔为容嫔。"

容嫔在三十五岁时又升为妃。此前，她的哥哥图尔都因"追论攻克喀什噶尔功"而被"晋封辅国公"，可见容妃在宫中属受宠之列。乾隆几次南巡，同行嫔妃共六人，容妃则几次随行。一路经过山东曲阜、泰山等地，乾隆均尊重容妃生活习惯，赏赐羊肚丝、五香鸡、拌粉皮等清真食品。容妃在后宫居住的宝月楼，也是为其专修，并安排维吾尔族内附的有功人家也住在附近，修有清真寺和阿拉伯风格建筑，可遥相观望。当然，乾隆这么做，不仅是为了容妃，为了平定新疆有功的家族，从长远看，也是关乎南疆大片国土的安定。容妃在宫中生活了二十八年，于1788年五十五岁时去世，葬于河北遵化县清东陵。近年有文物工作者在清理东陵被盗地宫时，曾发现容妃棺木，有手书阿拉伯金字，以真主的

▲维吾尔族妇女鼻梁高挺，俏丽不俗

名义等内容，服饰和发辫还明显保留着维吾尔族女子式样。至于容妃为什么会成为香妃，学者们认为在实情中增加了想象的成分。维吾尔族女子一般身材高挑，鼻梁高直，脸庞俏丽，细眉大眼，能够入选皇宫必定艳丽不俗。考虑容妃入宫时二十七岁，依据维吾尔族早婚习俗和记载的某些迹象，容妃进宫前已有婚史，丈夫因病去世，实际进宫时已为少妇，必定风情万种，能够取悦乾隆。我曾见过一本画册上载有宫中意大利画师郎世宁为容妃所绘一幅身着旗装的画像，瓜子脸，高鼻明眸，睫毛修长，十分俏丽。事实是乾隆皇帝对容妃十分宠爱，去承德避暑山庄围猎和巡游江南均带有容妃。

三

容妃为何与"香"发生关系？据说乾隆有一次在御花园发现容妃独自伤心，询问之下，才知容妃思念家乡，尤其是沙枣花开放时节。眼下正是沙枣花开放时节，勾起思乡之情，故暗自落泪。

普天之下，莫非王土，乾隆听后下令西域喀什地区贡奉沙枣树，移栽皇宫。

万里迢迢，关山阻隔，移栽活树，谈何容易！但想必下面拍马溜须的官员又像宋代押送花石纲一般欺压百姓，以致因押送沙枣树引发了一次乌什起义，这亦是见诸史册方志的事情。

容妃由于与沙枣花香联系而演变为香妃。至于香妃墓则是因为容妃与阿巴克霍加同一家族，去世后有"归葬"可能。这种归葬不必是遗体，亦有可能容妃思乡心切，去世前把一些属于自己的心爱之物送还家乡亲人，而家人会因家族中出了皇妃深感荣幸，在颇具规模的家族墓葬中再为其增添一座皇妃的衣冠冢，以增其尊贵。这便是大多数学者所持的说法。

但参观时，讲解员不仅指着一座陵墓说葬着香妃，还指着两座较小的陵墓说是伴娘，甚而还指认一辆有皇家气象的马车为香妃归葬时所用。这就引发了另外一种说法。

喀什当地亦有学者认为容妃与香妃并非一人，而香妃实有其人。其依据是清光绪年间，有人以香妃后裔为由要求承继香妃墓公产而引发的长达十二年之久的诉讼。双方都寻找出许多依据，从中可以看出香妃的经历：乾隆年间，阿巴克霍加家族因助清军平定大小和卓之乱，其女被以祥贵妃名分入选进宫，由哥哥阿不都哈陪同进京。离开喀什时，该女十四岁，路上需走一年，到京十五岁，正是维吾尔族女子出嫁年纪。祥与香谐音，此为香妃由来。祥妃进宫三年生病，十分怀念父母家乡，这对十几岁孩子来说是很自然的事情。于是乾隆恩准她回乡养病，进入新疆巴楚病逝，遗体运回家族墓地归葬。所以现存驮轿粗糙，不像北京宫中之物。

关于香妃的说法，尽可以争鸣，但对络绎不绝的游客来说，并不影响游兴。也许，人们的热情正是来自关于香妃的那些优美的传说，来自她传奇的经历以及至今难以明了的身世。

据说，维吾尔族妇女每遇到伤心事情，便去香妃墓绕墙抚摸、哭诉，心情舒畅后又回家忙碌。在她们心中，香妃常在！我们从香妃墓出来，只见一群国外游客，正争着同两位穿着香妃衣衫的维吾尔族女子合影留念。看来，他们对香妃和她的传奇故事也饶有兴味呢！

◀作者仅用两元钱购回的喀什土陶

西域名器：土陶

一

新疆的土陶很有特点，尽管出土的陶器也有灰陶、红陶、彩陶，但这些显然是丝路畅通后受中原文化影响的产物。其中最有特色，也最吸引人的还是新疆当地烧制的土陶。其颜色与天山，与裸露的土地，与乡村的土路、土墙、土屋保持着一种高度的和谐，都是一种纯粹的没有任何杂色的土黄。因为土得质朴，土得粗犷，土得可爱，土陶也就成了一种艺术品。

新疆之行，我曾去乌鲁木齐、阿克苏、喀什、伊犁的博物馆参观，我一直认为这是了解一个地方最好的途径，集中、系统，能见到实物，能提供许多进一步了解的线索。

新疆博物馆最有特色的是保持着完整人形的木乃伊，宛然如新的汉唐丝绸残片，再就是土陶了。首先是大，似乎只有辽阔的新疆才配生产这样的巨型陶罐。阿克苏博物馆摆着几只土陶罐，足有一人高，得两人合抱。直让人纳闷，如此大的陶罐是怎么做出来的？讲解员说全凭手工，罐底、罐肚、罐口分几次做，然后组合。细看天衣无缝，浑然一体。据说是装粮或装酒用的。这让人想起史载张骞出使西域，回去向汉武帝汇报，说疏勒国种五谷，产葡萄、苜蓿，还有市场；车师国水草丰美，牛羊布野，富人有马至五千匹；渠犁国有水浇地五千顷；大宛国富人藏酒多至万罐，这么多的酒需要多少窑器来装！大概也是市场需求，才能促使生产如此巨大的陶罐。根据容积装千斤酒应无问题。还依稀记得史载汉代将军吕光率领的一支远征西域的军队，到了酒乡喝得酩酊大醉的记载。

新疆土陶，南疆与北疆都有生产，但南疆喀什所生产土陶因历史悠久、特色

▲喀什的店铺很有特色，这位老板自娱自乐十分投入

鲜明而更受欢迎。根据已出土的文物表明，远在新石器时代，喀什就能生产陶器，汉晋时发展为彩陶，所绘皆为在南疆随处可见的花卉叶脉、牛羊动物，具有浓郁的地方特色。器型则多为日常生活用器物，有盆、罐、碗、盘、壶等。

历越千载，尽管目下许多精美的陶瓷用品、玻璃器皿乃至不锈钢用品已遍及城乡，但在维吾尔族聚集的乡村，土陶仍为人们所喜爱，仍有不小的需求。因而天山南北至今还有土陶生产，并且在南疆喀什，有土陶一条街专事销售。

二

这条老街隐匿在喀什老城区那众多的密如蛛网的老街之中，为了找到这条古老的小街，我不得不边走边问。问了几次便有了经验，因这些街区居住的全系维吾尔族，最好去问商贩，他们都能说几句汉语，再是街道路牌也都写着维汉两种文字。我沿着欧尔希克路，再走进阔纳代尔瓦扎路，这里全是维吾尔族古老的商业区，两边店铺林立，商号杂陈，荟萃着千行百业。街房大都两层，下层经商，上层则有木雕栏杆，半月形上檐，带着浓郁的伊斯兰风格。店铺最有特色的是手工艺品，各种花帽、英吉沙小刀、雕花铜壶、茶具、各种乐器。店铺也常是作坊，顾客可目睹制作的全过程，货真价实，童叟无欺。再是各种风味的食品，抓饭、

▲巴扎上的地摊

酸奶、拉条子、羊杂碎、烤全羊、熏马肠、薄皮包子、烤羊肉串……由于这些饮食多放着茴香、孜然、辣椒等佐料，加之当炉现做，炉火热气腾腾，满街飘香。徜徉街上，犹如步入一幅色彩斑斓特色浓郁的维吾尔族生活画卷。

最后，我终于在阿热亚路与恰萨巷交界处找到了专卖土陶的那条小街。这条小街实在过于寻常，太不起眼，与那些长长短短的维吾尔族街巷没有任何两样，一样窄狭坎坷不平的土路，一样历经沧桑的土色的街屋。只是，这条短短的街道少了一种货物的色彩与叫卖的喧嚣，一家挨着一家静静地摆满了土陶。这些土陶与土街、土墙、土屋构成了这条小街敦厚的本色气息。

摆摊卖土陶的也不像别样的货摊与小吃店，店主不是维吾尔族精干的男子与俏丽的少妇，而是上了年纪的老人。他们戴着白色或黑色的帽子，留着长长的胡须，满脸皱纹，像历尽沧桑的退伍老兵静静地坐在毡毯上，旁边放着一把土陶壶，甚而还有一块烤得黄黄的馕，默不作声地等待着顾客。

我一家挨着一家，仔细观看这些土陶。大都是维吾尔族群众的日常生活用品，有碗、碟、盘、壶、罐、水坛、面盆、水缸、大盆，再是油灯、茶具、小杯一类小物件，皆是黄土一般的土色，有一些简约的花纹装饰。少数带釉，也仅黑绿两色。其实还是不带釉的本色土陶更粗犷质朴，让人青睐。在一片片高高低低大大小小的土陶之中，最有特色的还是各样土陶壶、陶罐，有的开口很大，肚量也大，能装得下一只肥羊，大约只有新疆才用得上这样的陶罐。但有一种陶壶却很精细，这是洗浴用的一种水壶，盘口，细颈，壶肚修长浑圆带耳，有双耳与单耳之分，再是盘口一侧伸出一个壶嘴。整个水壶都带着人体的浑圆和谐之美，让人想起欧洲古典名画家安格尔的名作《泉》，一位裸体妇女正举起一只盛水的陶罐洗浴。图画中那只水壶的形态大小都与眼前的土陶水壶十分相似。

▲文字土陶

▲四耳土陶

三

我极想买只这样的陶壶，却又担心旅途不便，正犹豫间，来了一群旅游者，导游举着小旗子指着卖陶的老人介绍。他已经七十多岁，十一岁开始卖陶，已有整整六十年，且是第三代，他家在这条街卖土陶已经有百年之久。老人微笑着不言不语，眼光犀利而平和，矜持地看着他的土陶，但这群旅游者没有买陶。又有几个外国旅游者坐着四轮马车过来，停下，看了一阵儿，也没有买陶。

我看着有些寂寞的老人，指着尺把高的陶壶问他："这只多少钱？"老人能听懂汉话，他举起两个指头。

"二十元吗？"

他摇摇头："两元。"

我大吃一惊，怎么这么便宜！想想也是，这本来就是生活用品，并非艺术品，正因为来源于生活，古朴素雅，具备着艺术品的美感和魅力，这正是让人喜爱的原因。

我仅用两元钱郑重购下这只土陶水壶，用几层软纸包装好后，放在旅行箱中。从遥远的南疆飞行数千公里，回到家中，第一件事便是开箱察看，土陶壶居然安然无恙，我于是把它高高地置于书架之上。这段日子，几乎每天都要看上几眼，而每每看见便会心一笑，想起遥远的喀什，有一条古老的街道，一位维吾尔族老人，正安详地卖着各式各样的土陶。

▲蒙古族刀

西域情趣：购刀

一

男人喜欢名马宝刀，可能要归功于传统文化的影响。"月黑雁飞高，单于夜遁逃。欲将轻骑逐，大雪满弓刀。""自笑儒生着战袍，书斋壁上挂弓刀。"张骞和班超的事迹更是激励了多少热血男儿去跃马挥刀！

时至今日，名马已化为"奔驰""丰田"，尽可以让许多成功男士驾今日名车去体味古人"春风得意马蹄疾"的快意。

至于宝刀，作为武器在现代战争面前，已失去冷兵器时代的功能。然而，作为男儿血气方刚精神气质的象征，并未完全失去作用。我发现许多男子对刀，尤其对漂亮的刀的兴趣并未因岁月流逝而削减。

20个世纪80年代中期，我曾去高原古城松潘，那儿是藏、羌、回、汉聚居生活的地方，保持着一种传统风貌，店铺中有许多游牧生活用品，诸如用皮革缝制银钉装饰的马鞍、长长短短的牧鞭、马靴、藏帽、镀银茶具等，最吸引人的是各式各样的藏刀。站在这样的店铺前，才仿佛捕捉到了高原民族生活的一点意蕴，仿佛见了剽悍的藏族汉子骑着银鞍骏马，挎了漂亮腰刀，戴着蓬松的旱獭皮帽，一阵疾风般从草原掠过，去赶草原盛会……

那次，我们围着藏刀摊流连不去，几位军旅作家朱苏进、简嘉、刘兆林都购

▲尼泊尔腰刀

了藏刀，我也选了把不大但十分漂亮、能用来削水果的藏刀。

二

之后，我去青海，考察丝绸之路南线，即经临洮、临夏、永靖过黄河至西宁，再沿大通河进入祁连山，穿越扁都口进入河西走廊张掖。在青海西宁停留时，在工艺商店见到一把十分特别的藏刀，小船般的弯形，足有一尺多长，木柄银饰，刀鞘用皮革缝制，镶着银钉，还有牛羊马等装饰。刀把为名贵紫檀，抽刀出鞘，银光闪闪，刀页上有像人面云纹的图案。整把刀完全是一件艺术品，充满草原生活气息。最绝的是刀鞘还插了两把小匕首，十分配套。见我欣赏这刀，经理出来介绍，这不是藏刀，而是一把尼泊尔产的腰刀。尼泊尔刀与我国藏刀有相似之处，但在花纹上有区别，他一一指给我看，这更引起了我的兴趣。最后，这把标价八百元的尼泊尔刀以五百元成交。返回时，颇费心机，一路西宁、兰州、银川、宝鸡火车站均要安检，我只好用衣服裹了提在手提袋中才带回家。置于书架，真正"书斋壁上挂弓刀"，时时观赏，也重温青海丝路南线之行。

同为草原，内蒙古所产之刀与藏刀有很大不同，具体地说，藏刀讲究实用，虽也装饰，但总体质朴。内蒙古草原所产的刀，装饰性很强，无论刀把刀鞘皆用牛角，就像马头琴一样，刀也叫牛角刀，弯弯的，装在挖空的天然牛角之中，并装饰红绿宝石，更像一件艺术品。也许，真正的蒙古草原汉子使用的并非这种好看不经用的刀。要不，怎么宰牛宰羊？他们的祖先成吉思汗又怎么能跃马挥刀，征服天下？

也许，摆放于内蒙古旅游景点的牛角刀，就是仅仅作为艺术品装饰打造的。作为观赏品，牛角刀很够品位，尽量利用牛角的天然形态，也尽量利用天然粗犷的花纹，真正吸引了不少游客购买。那年，陕西省作家协会在榆林开会，完了去相邻的内蒙古草原参观成吉思汗陵。返回时，几乎是人手一刀，否则，就好像对不起那位曾跃马挥刀横扫欧亚的草原英雄。

▲用小刀吃西瓜的维吾尔族人

▲喀什手工刀铺

三

相比之下，最让人难忘的是在南疆边城喀什购刀。南疆是维吾尔族群众聚居生活的地方，喀什地区近三百万人口中，有二百八十万维吾尔族群众，保持着许多维吾尔族生活习俗，比如爱吃牛羊肉，爱吃各种瓜果。既出于生活需要，也体现维吾尔族男子的英武之气，许多群众随身都带有小刀。在漫长的岁月中，优胜劣汰，精益求精，打造出英吉沙小刀这种名刀品牌。这种刀为南疆喀什所属英吉沙县所产，故名。喀什作为丝路重镇，很早就受到商品经济熏陶。早在西汉，张骞出使西域，回来向汉武帝汇报，便说疏勒（今喀什）种五谷、苜蓿、石榴，并有市场。所以喀什人无论制作任何手工制品都讲究质量和特色，都要精中求美，达到极致。所谓"人习技巧，攻金镂玉，色色皆精"。时至今日，在喀什狭窄悠

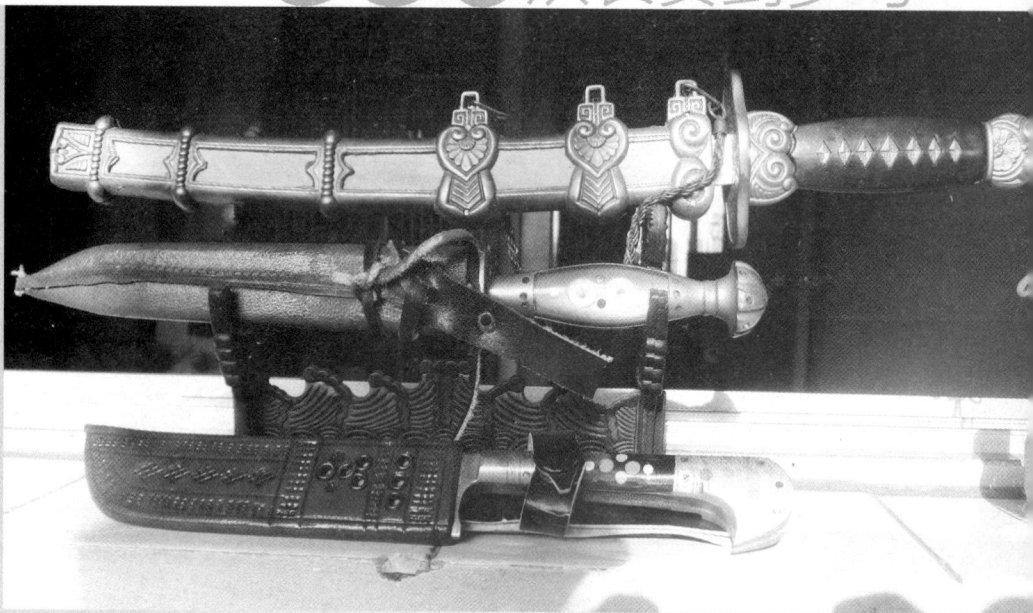

▲英吉沙小刀

长的老街道里，在那些密密麻麻前店后厂的小作坊里，各种金银首饰、木制乐器、红铜茶具、胡桃木雕，由于价廉物美，生意依旧红火。

英吉沙小刀正是在这样一种环境气氛之中，从挑选材料、打制淬火、雕花嵌饰、打磨配柄都建立起一整套严格的工艺程序。历经岁月，千锤百炼，才打造出的一种名牌刀具。

这种刀具，无论长短大小，都极精致，手柄则镶嵌新疆和田所产各种红绿宝石。关键是刀刃异常锋利，不生锈，不崩口，切割牛羊肉十分利索，且经久耐用，很早就销往中西亚许多国家。

在喀什东巴扎，英吉沙小刀专卖店有几十家之多，任何一家都品种繁多，每一把都精美得让人爱不释手。我由于担心旅途遇到检查，每每犹豫不决。

那些操着生硬汉语的维吾尔族老板却一再说："这个嘛，不要紧的，上飞机交给服务员小姐。"

喀什文联的朋友告诉我可以从邮局邮寄，我挑了几把不同式样的英吉沙小刀从邮局寄回。不过，在喀什登飞机时，果真见到不少游客都把所带英吉沙小刀交给了服务员小姐，下飞机时再取，可见这已是约定俗成的事情。我带回的英吉沙小刀受到朋友们的欢迎赞赏，分不过来。我托喀什朋友又邮购了一次，才勉强满足了大伙的要求。

▲民族风格建筑

西域名城：疏勒

一

　　昔日的古疏勒国，在今天南疆喀什一带。但距今喀什市八公里之遥，还有一座县城，仍叫疏勒。其城虽不大，但从清代至民国都是大臣、提督、将军驻节之地，关乎着整个南疆的安危。这座南疆小城几乎从创建伊始便伴随着 18 世纪以来西部边陲的历史风云，历经战火洗礼。

　　喀什由于地处南疆塔里木盆地边缘，临近中亚诸国，故远在汉唐时便为边防重镇。东汉名将班超曾在此驻防十八年，唐时疏勒亦为安西四镇之一。清代平息大小和卓之乱，再次统一西域后，乾隆二十七年，即 1762 年，在喀什旧城西北二里筑莱宁城，为清廷驻喀什官署。后道光年间张格尔作乱时毁于战火，但遗迹尚存；目下已扩进喀什市区，现为喀什公安处所在地。我曾去寻叩遗迹，清时官署已无存，残留的几堵城墙虽黄土筑就，无砖石砌衬，但仍巍然耸立，高大雄浑。清军平定张格尔之乱后，鉴于喀什临近浩罕汗国（后归属俄国），其屡屡犯境，遂于 1828 年在喀什旧城东南二十里构筑官署及驻军新城。道光帝赐名"恢武"，

▲新疆维吾尔族孩子从小便学会了经商

用汉、满、蒙、维四种文字颁发。

恢武城规模远远超过早先的官署莱宁城，后者也不过是现在一所中学的规模。而恢武城却"周环八里，高三丈，炮台二十五座，垛口七百四十五"，俨然一座有相当规模、设施完整、耸立于西北边陲的重镇要塞。

由于驻扎恢武的官员与士兵从内地调来，多系汉人，习俗所致，过往商旅与流入西域的汉人也多来此居住，形成一座汉人聚居的城市，与维吾尔族聚居的喀什旧城并存。于是当地人称恢武新城为汉城，喀什旧城为回城。称回城的原因是维吾尔族与回族都信仰伊斯兰教，清时亦称新疆为回疆。这样一来，回汉两城成掎角之势，每遇战乱，互为呼应，在保卫西域的疆土中发挥了重要作用。

鸦片战争后，浩罕汗国的阿古柏割据势力乘清廷战败，国势衰微，率大军攻占了天山南北，俄国亦趁机攻占伊犁九城，西域危机再次爆发。幸亏清廷听取了左宗棠等富于远见的大臣的主张，命左宗棠率军收复新疆。当时南疆喀什是阿古柏匪帮的大本营，他们在此集结重兵，准备负隅顽抗。但清军系收复失地的正义之师，士气高昂又得到新疆各族人民的大力支持，一路攻势凌厉，势如破竹。西征大军刘绵棠率部攻克南疆八城后，为不影响当地群众休养生息，平叛大军便驻扎于喀什汉城。后清廷又接受左宗棠建议，在新疆设省，推行与内地一样的自秦汉以来便实行的郡县制，最终保证了新疆作为中国不可分割之一省。而喀什汉城，即恢武城，也在新疆建省后，以喀什的古地名疏勒为名，为疏勒直隶州，民国后改县，延续至今。

二

新疆建省后，首任巡抚便是收复喀什的刘锦棠，但平叛的士兵仍在戍边守防，不可能全部返还内地。事实上这些士兵，主要是当年随左宗棠平捻的湘军，所谓"湖湘弟子满天山"。在退役后，大部分与维吾尔族女子通婚，留在了当地。至今疏勒附近村镇有许多叫杨买买提、王库罕、李阿不都拉、张阿不依明者便是当年湘军后裔。其实，早在东汉，名将班超驻守疏勒，便与当地一位少数民族女子通婚，还养育了继承父志、亦成名将的班勇。这也说明，西域自古便与中原有不可分割的血缘关系。

中华人民共和国建立初期，王震将军率人民解放军进入新疆。进驻南疆的是军长郭鹏、政委王恩茂率领的第二军，他们从吐鲁番出发，历时二十六天，跋涉两千多公里，到达喀什，受到五万各族各界人民夹道欢迎。部队驻扎疏勒，从此疏勒历史揭开了新的一页。

当时，随军进入喀什的还有我敬重的作家杜鹏程，在他收入《杜鹏程文集》的《战争日记》中这样描写喀什："维城是标准的少数民族城市，全城没有一座高楼或新式建筑，街道也无大的商店。一排排低矮的木头小房，木房内货架环绕，两三丈见方的地板上，铺上毛毡或地毯，商人便坐在那里售货。站在街上，看着拉毛驴的行人，戴着面纱的妇女，以及听着那用维语的叫卖声，真像到了西亚的城市一样。"他还写道："维吾尔族是能歌善舞的民族。黄昏偶尔出去散步，你总会听到，从树下或屋内传来冬不拉的声音。据说这里不少老人，都是用歌声，唱着维吾尔族的历史或故事，青年和姑娘们围着听，有的还边听边舞蹈。"十分感谢这位文学前辈用文字记录下来边城喀什最真切的情况。整整半个世纪之后，我在喀什停留期间，每每参照，以便对喀什有更真切的把握。

另外一位当年随军进疆，在疏勒城中驻扎四十五年，在南疆军区担任过各种职务，现已离休的袁国祥少将，进疆初期任摄影干事，拍下不少照片。半个世纪过去，喀什回汉两城古城均已挖填，街市改造，除旧布新，今非昔比，所以当初所拍照片成为难得的历史资料。

《喀什文史资料》便刊登有袁国祥少将所拍摄的疏勒古城图片。他写的《解放初期的疏勒见闻》，详尽回忆了初进疏勒时的所见所闻。当时，历时百年的疏勒古城还十分完整，城墙高耸，城门森严，城楼炮台皆在。最使他们惊讶的是，城中格局、房舍几乎与内地城镇一样，居民也多为汉族，服饰穿戴、说话语音、风俗习惯与甘、青几省区相同。不大的疏勒古城还有近十座庙宇，有佛教庙宇，敬刘、关、张的关帝庙，祭祀班超的庙宇，还有祭祀孔子的文庙，香火都还旺盛。还有一座积谷仓，平日捐米积粮，遇灾时便放赈相济。这也是流落西域的汉族群众一种互助方式。城里群众初一十五耍花灯、闹元宵、踩高跷、跑旱船、耍狮子、舞龙灯，如火如荼，比内地还要热情认真，极真实地反映了流落新疆的汉族群众怀念故乡的情愫。他们还结队到军队驻地拜年，战士们看到这些都倍感亲切，有回到家乡之感，同时也为祖国的辽阔感到自豪。

▲疏勒的一座清真寺

三

我就是看到这些后，对疏勒县城产生极大的兴趣，于是专程前往探访。疏勒初建时，据方志载，在"喀什回城东南二十里之合拉哈依，建成喀什噶尔汉城。"百余年来，由于两城同时扩大，所以现在疏勒县距喀什市仅八公里。两城有公共汽车相通，我于是独自背着相机前往。汽车驶出喀什市区，越过吐曼河后，便进入南疆原野，只见沟渠纵横，田畴相望，由于有吐曼河的灌溉，庄稼都长得油黑苗壮，还有大片水稻，给人以塞外江南的感觉。

可能疏勒是汉城的缘故，车上乘客中汉族人也较多。一路上，我都凭借着读过的资料想象着古城疏勒的风貌：巍然高耸的城楼，青砖铺就的老四合院，古色古香的街道……

岂料，进入疏勒县城后，完全出乎意料，呈现在眼前是一座塞外新兴城市。街道宽阔笔直，两边新楼林立，绿草如茵，树木整齐，路灯、果皮箱、宣传栏井然有序。走进任何一家商店，青年男女穿戴入时，满口新疆普通话，看不出与内地有什么区别。我走完几条大街，情形大都一样。由于疏勒为南疆军区所在地，整座城市都显得十分肃整，也很干净。仅在一个十字路口，见到一座清真寺，四

▲疏勒街头的孩子对着镜头一派天真

周多为维吾尔族群众商摊，有些边塞生活气息。

　　路经南疆军区门诊部时，我突然想起这儿曾是民国初年喀什噶尔提督马福兴的花园公馆。马福兴在喀什当了十年土皇帝，专横跋扈，狂征暴敛，还强纳十四名维吾尔族姑娘为妾，又耗巨资修花园公馆，民怨沸腾。时任新疆都督的杨增新憎恶，于是派时任乌什知事的马绍武采取突然袭击的方式，擒拿了马福兴，并在当地处死。这也是喀什近代史上一件大事。

　　如今，在这桩历史事件发生之地，我再三打量，还进门诊部转悠一圈，只见新楼耸立，花木井然，几位身穿白大褂的医生走过，一片安静，马家花园则荡然无存，了无痕迹。真正是沧海桑田，换了人间。

▲虔诚地礼拜与祈祷的信徒

西域名城：喀什

喀什噶尔艳丽的佳人一旦秋波传情，会使天下的美女顿时羞得无处躲藏。

——古穆纳木《喀什噶尔》

一

对一座城的认识，常常犹如阅读一本书或了解一个人。有些书让人一目了然，一眼看穿，但有些书和人却会让你一辈子也阅读不透，了解不深。这本书常是包罗万象的经典名著，这个人则是饱经沧桑的哲人老者。边城喀什便如同这样的名著或哲人，常读常新，聆听不尽，给我们无穷的智慧和教益。可以说，世界上再也找不出像喀什这样的城市，因为她实在是经历千年的丝绸之路与古老的塔里木盆地的一个完整缩影。

在喀什的将近一个月的日子里，白天我总是背着相机，顶着边城7月炽热的阳光，去艾提尕尔清真寺看信徒虔诚地礼拜与祈祷；挤进大巴扎的洪流之中，围观各种古老的营生与买卖，寻叩遍布市区的古城墙、古署衙、古兵营、古碑石以及闻名中外的班超城与香妃墓；去喀什老城区那些由土墙、土院、土楼构成的长

▲沙俄驻喀什领事馆，现为色满宾馆

长短短、密如织网的土巷漫无目的地徜徉。还曾去拜访过喀什政协与文联几位方志专家与同行，他们赠送给我全套的《喀什文史资料》与喀什作家诗人出版的各种著作。我从喀什大小书店购进的有关喀什的书籍，有英国人斯坦因的著作。20世纪初，他从印度经喀什到达敦煌，成为第一个接触敦煌藏经洞经卷的外国学者，也正是他用不光彩的手段从王道士手中掠走了九千卷经书，如今堂而皇之地放在大英博物馆。再是俄国人瓦里汗诺夫、法国人法兰克福、日本人长泽和俊等，他们于20世纪初争相骑着骆驼，用骡马驮着帐篷和测绘仪器，沿古丝路来到喀什噶尔，就像测量他们的宅基地一样，对整个西域的山川脉势、城镇村落做了精确的测绘。临走，又尽最大能力与限度卷走各种有价值的文物与壁画，回去还要详尽地描写整个过程。如今这些学术成果又被我们翻译出版，尽管事情过去了一个世纪，阅读时仍然让人升腾起各种复杂的情感。

　　幸而，喀什的夜晚是凉爽的，城郊大片的绿洲尽情吸收了暑气，从冰雪尚未完全消融的天山吹来的夜风也让人头脑清醒，使人能够心平气和客观公正地审视历史，也心平气和客观公正地解读喀什。

二

　　喀什最有特色的应当说是建筑。喀什强烈的历史感、文化感、地域感及凝重感，在很大程度上都来自她的建筑。你会不由自主地被这些建筑吸引。比如俄国

▲ 喀什街道充满了浓郁的民族风情

驻喀什领事馆，现已改为色满宾馆，前英属印度、巴基斯坦驻喀什领事馆，都明显带着欧洲风格。尽管已经时过境迁，但仍给这座城市打上外来文化的烙印。遍布市区的清真寺与麻扎（陵墓），以全疆最大的清真寺艾提尕尔和香妃墓为代表，充分体现了伊斯兰教义又融进了维吾尔族建筑艺术。那无一根梁柱支撑、跨度巨大的教堂，那古朴典雅高耸的门楼，那精致灵秀召唤信徒的尖塔，那以黄绿为基调搭配和谐华丽典雅的色彩，以及那整体错落得体的建筑群落是那样的和谐与丰富，热烈又神秘，充满了历史、文化与宗教的意味。你无意中又会发现墙壁上的花纹、梁柱上的彩绘却又是维吾尔族院落常见的无花果、巴旦木的叶蔓与茎脉，充满了田园生活气息。他们在建筑中把宗教的理想与现实生活结合得如此完美，真让人深深敬佩这个民族杰出的智慧与旺盛的生命力。

在喀什的日子，我住在色满路上的丝路宾馆，每天出门，无论是沿着吾斯塘博依路或是诺尔贝希路，都可以到艾提尕尔清真寺。寺外有一个很大的广场，向四面八方辐射出一条条传统的商业街：欧尔达希克路、阔纳代尔瓦扎路，还有阿热亚路，这些街道最能体现维吾尔族建筑风格与浓郁的生活风情。在一大片房屋低矮密集、鳞次栉比的老街道上，商店云集，字号杂陈，集中了千行百业林林总总的作坊，金银打制，铜壶雕花，毛毯编织，靴帽制作，加之火炉升腾，油锅翻滚，特色浓郁、香气扑鼻的各种小吃，形成一股嘈杂、热烈又极其诱惑的声浪，带着斑斓富丽的色彩，让人莫名其妙地兴奋，忍不住要在一家家店铺前驻足观看。这些街区也耸立着一些两层高的楼房，下层为作坊商店，上层则是雕花栏杆围着

▲喀什老城的土巷　　▲充满生活气息的喀什街景

的回廊，上方嵌着半月形的窗棂，栽种着葡萄，缠绕着花草，悬挂着鸟笼，有胡须皆白的维吾尔族老人在回廊饮茶、下棋，透出浓浓的生活情趣。

其实，最能体现维吾尔族建筑特色与生活底蕴的应该是与这些商业街紧密相连，长长短短、密如织网，叫不出名字的老城区小巷。最初，站在巷口，望着那深不可测的土巷，由于陌生，更由于不愿打扰别人平静的生活而却步。但愈如此，愈觉得神秘而诱惑，终于独自走了进去，心情也由紧张而坦然，因为我所见到的不过是由土墙、土砖加胡杨木构成的土屋。这些土屋大都是两层结构，平面屋顶，像一座座正方形、长方形的堡垒，一座挨着一座，甚至在土巷的上空也盖着土屋。走过下面时抬头看去，密密实实地棚着胡杨木，透着浓浓的土味。

这些土巷曲里拐弯，横七竖八，大都有丈把宽，有小毛驴车拉着蔬菜与酱油醋在巷里转悠。巷子里还长着极粗的胡杨，枝叶繁茂，树皮苍暗，足见这土巷的古老。土巷中的住户每家都有砖砌的门楼，或开或闭，门口则有带着孩子的维吾尔族妇女聊天。对陌生人的闯入不怎么在意，依然没完没了进行她们的话题。孩子们欢呼雀跃，几次都跟着我嘻嘻哈哈要走出老远。我则极想看看他们的庭院，看看里面的格局、陈设及他们日常的生活。常常，在短暂的一瞥中，发现家家都有一个或大或小的庭院，最常见的是有葡萄架遮罩，还有桑树、杏树、石榴与无花果。再是家家都有宽敞的回廊，用雕花木柱支撑，铺有绣花地毯，老人和孩子在地毯上或坐或爬，看去十分闲适。

无意中会来到一个十字路口，正好有四条小巷伸向不同的方向。这里显得稍

▲喀什老城每家都有精致的门楣与大小不等的庭院

稍宽敞，聚集的人也较多，会有一眼水井聚集着洗衣服的妇女和抬水的孩子。临街的两家大窗开启，摆着日用百货，做着生意买卖，提醒你维吾尔族如同回族，原本都是善于经商的民族。再稍留意，这里还有一座袖珍清真寺，就像一个普通住家，门楼仅一丈宽，但两边却耸立着纤细精巧的尖塔，呼唤着教民。于是这些原本扑朔迷离、古老简朴的土巷又透出浓浓的宗教与商业气息，也顿时让人触摸到一点这个古老民族的生活底蕴。

三

在喀什，与土墙土屋土巷构成的古朴形成鲜明对比的是色彩，准确地说这些鲜艳醒目、俏丽不俗的色彩来自维吾尔族妇女。在这座城市，你轻易就能发现，几乎所有维吾尔族妇女，跨越不同的年龄阶段，都无一例外地喜欢穿着丝绸长裙，而维吾尔族妇女的风采也正是由此得到充分展示。或者说，维吾尔族妇女天生适合穿丝绸长裙。首先维吾尔族妇女大都身材高挑，尤其姑娘与少妇常隆胸细腰，脸庞俏丽；鼻梁高挺，能克服面孔的平庸，显得华贵；深陷的眼眶配着水汪汪的眸子，加之自然卷曲的黑发如瀑布般垂下；再身着水红、橘黄、墨绿、深紫等色彩艳丽的丝绸长裙，恰到好处地勾勒出身体曲线，委实艳丽夺目，仪态万方。有一首描写喀什噶尔的古老长诗中说："喀什噶尔艳丽的佳人一旦秋波传情，会使天下的美女顿时羞得无处躲藏。"

南疆喀什的女子漂亮也是不争的事实。巍然高耸的天山与帕米尔高原阻挡了西陲的风沙，天山融化的冰雪却又滋润了南疆这块最大的绿洲，气候温润，植被葱茏，盛产五谷与水果。这方物产丰饶的水土能够养育卓尔不群的女子是很自然的事情。

▲维吾尔族女子天生适合穿丝绸长裙

加之千年丝路的畅达，各种文化的汇聚又使喀什女子在言谈举止、待人接物时，于慎微矜持中有了一种文化的意味。尽管维吾尔族信奉伊斯兰教，喀什拥有全疆最大的清真寺，是一座宗教气氛很浓的城市，但并没有像同样信奉伊斯兰教的阿拉伯国家那样，对妇女实行种种禁忌。根据伊斯兰教教义，一个男子可以拥有四个妻子，但由于与我国婚姻法相违几乎在全疆绝迹。喀什妇女除了不进教堂礼拜之外，所有公众场合都可以自由出入，经商做买卖开饭馆，丈夫操作、妻子当垆的夫妻小吃店在夜市常见。喀什女子的开放自由、热情奔放还与维吾尔族能歌善舞的天性有关。

在喀什，我意外地结识了毕业于中央戏剧学院，曾任喀什歌舞团团长的买买提·阿不都拉。那天路经喀什地区群艺馆，因我也曾在群艺馆工作过十多个年头，就进去转悠，正好遇到阿不都拉。他普通话讲得很好，也很健谈，很乐意回答我提的一些有关喀什的问题，结果聊了整整一个上午。他告诉我新疆素有歌舞之风，南疆最盛，许多歌舞人才都出自这儿。这儿有"浪园子"的习俗，即瓜果成熟时节，亲友们互邀在果园游玩。只要音乐声响起，男女青年起舞并不足奇，但常有仅两三岁的孩子挣脱父母的怀抱，随乐起舞，眉目生动，手足灵巧，比大人还跳得出色，真正体现了维吾尔族会说话就会唱歌、会走路就会跳舞的特点。喀什有专门培养歌舞人才的艺术学校，培养了大量人才。由于临近俄国，早在"十

▲维吾尔族青年男女天生善于歌舞

月革命"时，就受其影响，从20世纪30年代始，喀什各县就上演过《阿依汗》《色里曼》等苏联剧目。当时就有妇女参加演出。《喀什文史资料》刊登一张照片，是1942年喀什专区文艺会演演员的合影，有将近一半是漂亮的维吾尔族姑娘。

至今在喀什街头还能见到这样的情景，临街的服装店，也常是摆放着几台缝纫机的作坊，几个维吾尔族姑娘，一边踩着缝纫机，一边唱着歌，唱得动情忘我，唱得旁若无人。你可以听不懂她们的歌词，但你不能不赞赏她们以歌伴业的情态。

喀什歌舞团原团长还告诉我，由喀什青少年组成的红石榴合唱团又到北京演出去了，喀什歌舞人才辈出，在全国都有名气。喀什歌舞团编制一百五十人，好苗子一茬接着一茬，天天练功保持着修长健美的身材，又善于吸收各种文化，服饰常新，举止不俗，很容易成为古城喀什一道亮丽的风景。

四

喀什是一座地域感很强烈、有些凝重、有些神秘，还有些浪漫的城市。用不足一月的时间来做深入深刻的了解，几无可能。但亲历亲见亲闻的一些事情却深印脑际，挥之不去。在喀什大街小巷转悠，常可以从半掩的门楼看见这样的情形：一位胡须皆白的长者，或是一位扎着头巾上了年纪的妇女，舒适地斜靠在绣花地毯上，手中捧着书籍阅读。开始想这可能是些退休教师，有读书习惯。但当我在艾提尕尔清真寺附近，看见一些极不起眼的铁皮房摊点，不止一位维吾尔族老人也在读书，且是寸把厚的巨著，神情十分专注，似乎读书比做买卖还重要，就让人心中怦然一动。稍加留意，又会发现，喀什大小书店所售多系维文书籍。喀什近郊的喀孜热克村的教育事业在全疆都有名气。一个世纪之前，就有几位留学国外又热心教育的人回乡办现代教育。半个世纪招收的女生就超过两百人，她们参加体育比赛，演出现代戏剧，在这座古老的城

▲作者在喀什结识的维吾尔族朋友

市乃至整个塔里木盆地都开了一代新风。这所乡村学校为维吾尔族培养了不少人才，《喀什文史》上有长长一串名单，全国人民代表大会常务委员会委员、新疆林业厅厅长、大学教授、维文出版社社长、研究员等。再联系10世纪初，维吾尔族文化史上的重大事件：诗人优素甫·哈斯·哈吉甫在喀什完成伟大史诗《福乐智慧》，学者麻赫穆德·喀什噶里几乎在同时完成世界上第一部《突厥语大词典》。两位文化大师去世后都安葬在喀什，绝非偶然。这座城市的文化积淀犹如吐曼河畔的盘橐城一般厚重，让人刮目相看，肃然起敬。

在喀什街头，如果说那些仪态万方的维吾尔族女子让人赏心悦目的话，那么让人回味无穷的则是维吾尔族老人。在我天天经过的色满路上，总见几位维吾尔族老人围坐在地毯上，慢慢地喝茶，慢慢地嚼馕，再慢慢地说着话。要么就有一拨人在围观什么，走近一看，这几位老人竟在下围棋或者是国际象棋。给人留下至深印象的是他们的神态，更多的时候，这些老人一位或几位，端坐那里，长时间缄默，不说话，也不东张西望，像雕塑般端庄沉寂，那宽阔的额头皱纹深深，仿佛浓缩着一个人毕生的足迹或是一个民族历经的沧桑。是的，这些老人归属的这个民族曾经是驰骋蒙古高原的丁零人的后裔，他们由回纥而回鹘，由畏兀儿而维吾尔，由蒙古高原马背游牧民族到定居西域的农耕民族，历经战乱、迁徙、割据之苦，一切民族的辉煌与骄傲他们都曾拥有，一切民族经历的不幸与苦难他们都曾经经历。仅是清代，便曾经历准噶尔贵族割据之暴敛，大小和卓叛变之动乱以及阿古柏匪帮入侵之残杀。阿古柏匪帮在南疆一次竟屠杀五万多百姓，而当时全疆维吾尔族也不过一百多万，连手捧《古兰经》，

祈求制止杀戮的五百名儿童都不曾放过！

因而老人的目光中有一种与众不同的凝重，浓浓的睫毛下垂时显出苍凉与坚忍，只有头微微翘起时才又流露出刚毅旷达，甚至还有某种庆幸！

是该庆幸！自两汉始，西域各民族便融入祖国大家庭的怀抱。于阗国王曾拦住班超马头大呼："汉使如父母，诚不可去！"两千年间，西域各族人民与中原人民建立起牢不可破的血缘关系。仅在清代，为解救西域群众于水火，康熙便三次亲征准噶尔，乾隆时又平定大小和卓之乱。所收赋税仅为准噶尔所征的七分之一，牛羊赋税更低。故而左宗棠收复被阿古柏匪帮占据的新疆时，各族人民莫不"箪食壶浆，以迎王师。"之后，各省每年为新疆捐银多达两百万两，谓之"协饷"。

中华人民共和国建立半个多世纪后，天山南北铁道蜿蜒，路通高速，新辟空港，连喀什这样的边域与内地联系也只在瞬息。我返回时，清晨动身，下午4时已飞回汉中家中。想着林则徐当年由内地至新疆坐马车整整走了四个月，真让人感叹不已。当历史的烟云消散，老人的表情也变得从容平和，从中我们可以窥视到一个民族一座城市历经的沉浮与沧桑，一种包容万物、海纳百川后获得的凝重与丰富，最终则会帮助和加深我们对这座边城的了解、认识与解读。

旅途小憩

街头购馕 ◇

在新疆，无论城镇大小，街头最常见的食品就是馕。其实就是内地各种各样的烧饼，只不过是放入专门的炉壁内烘烤，出售时成筐成篓，或是像叠塔一样下大上小。大的直径过尺，小的像块月饼，一层层垒起来，金灿烂、黄亮亮地诱人。先没在意，只是惊叹维吾尔族朋友做馕技艺高超，堪称一绝。后来发现新疆朋友，无论男女，都爱吃馕。于是也买几块，尝过后，才知奥妙。新疆干燥，馕放多久也不坏。新疆辽阔，出门不知多久才能吃饭，必须带馕，饥饿时拿出就吃，方便且耐咀嚼，越嚼越有味。这才体会到新疆民谣说的"一天不吃馕，心里就发慌"。于是再去新疆，不管是南疆还是北疆、喀什还是伊犁，先去街头购上几块馕，塞进提包。在喀什三十多天，几次购馕都遇到喀什文联的诗人赵力，他笑我快成新疆人了，我倒觉得有馕心里便踏实许多。

▶喀什老城街巷

西域名诗：《福乐智慧》

一

《福乐智慧》是维吾尔族的一部史诗，它凝练地概括了一个民族的辉煌与智慧。史诗的作者是一位给人以思想和知识的杰出先哲，对维吾尔族做出了不朽贡献的伟大诗人，他叫优素甫·哈斯·哈吉甫。

优素甫生活在一千年前，中原王朝是北宋仁宗时期。这时在南疆喀什诞生了维吾尔族的祖先回纥人建立的哈剌汗王朝。这个王朝的建立意味着从蒙古高原迁徙而来的回纥人在西域站稳了脚跟。同时也是维吾尔族信仰伊斯兰教的开端。因为哈剌汗王朝把伊斯兰教奉为国教，并采用武力，即发动战争，使伊斯兰教在西域得到普及。

就在这一时期，维吾尔族文化史上最重大也最值得庆贺的事情发生了，那就是《福乐智慧》和《突厥语大辞典》这两本文学、语言学巨著的诞生。后者的作者是麻赫穆德·喀什噶里，与优素甫为同时代人。

能够产生史诗的民族必定是强盛和辉煌过的民族。比如蒙古族有《江格尔》，藏族有《格萨尔》，但这些史诗大都诞生于民间，多为口头流传。优素甫却是用古代回纥文写成叙事长诗。尽管长诗原稿已丢失，却有抄本传世。经整理有八十五章和三个附篇，共 13290 行。国外有这部长诗的多种译本，先后出版过土耳其文、俄文、英文、哈萨克文等译本。北京和新疆的专家也将其译为现代维吾尔文和汉文，均已出版。

二

优素甫于 1069 年至 1070 年在喀什写完《福乐智慧》，并把长诗献给了哈剌汗王朝的执政者桃花石·木格拉汗。结果深得国王赏识，优素甫也因此获得了御前侍臣的称号，可以在宫廷随意行走，十分风光。这并非优素甫拍马溜须，讨好权贵，因为长诗内容完全不是诗人自己浅歌轻唱、吟花弄月、自我陶醉、自我欣赏的平庸浅薄之作，而是包容了作者对当时社会法制、伦理、道德、哲学、教育等一系列问题的认真观察和深刻思考。在某种程度上，可以说是维吾尔族的祖先由回纥到回鹘，由蒙古高原马背游牧民族至西域定居农耕数千年历史的总结；是一个民族积淀已久，骨鲠在喉，不吐不快的感情的宣泄；更重要的则是对一个民族刚刚定居、创建政权后如何承前启后，着眼未来，除旧布新的严肃思考和殷切期待。

长诗中，有对当时执政者的规劝：

> 统治世界，需要有智慧，
> 治理人民，需要知识和勇气。
> 你若是获得了王权高位，
> 就应该谦逊谨慎，直至白发皤然。

长诗中，有对法制的呼唤：

> 公正的法度是苍天的支柱，
> 支柱倾斜，苍天断难撑住。
> 清醒和法制是国家的基石，
> 又是治国的钥匙和缰绳。

长诗中，有对民主的渴求：

> 一经议论，人便增长知识，

▲修葺一新的优素甫陵园

凭知识秉断，凡事就容易。
一经商议便会事如人意，
未经商议只能徒增悔恨。

长诗中，有对知识的肯定：

有智者理解一切，
有知者洞悉一切，
有智有知的人事事心愿可遂，
知识的价值，只有有知者知悉。
对智慧的尊崇亦来自知识。

长诗中，有对教育的企盼：

若是儿子得不到严教，会成为废品，
从小要教给孩子知识，
学习知识的时间越早，则成就越高。

《福乐智慧》中的精彩诗句被做牌挂墙▶

长诗还有论及科学、伦理、婚姻、家庭、生命等方面，实在是林林总总、包罗万象。阅读这样的著作，真像是阅读一部人生的百科全书，又像是与一位睿智的先哲对话，会有眼界开阔、茅塞顿开之感。而且，这部巨著居然诞生于一千年前，让人不禁对诗人，也对诞生诗人的民族肃然起敬。

三

历史上有许多进入西域或在西域生活过的民族，他们建立的国家没有保存下来，或被同化或消失得无影无踪。但维吾尔族没有，尽管他们也曾几经迁徙，历尽艰辛，但最终不仅站稳脚跟，发展壮大，成为新疆的主体民族，也为我们这个多民族的国家做出了应有的贡献。

其间，除了其他种种原因之外，还应该考虑到一个民族的兴旺发达与其注重文化紧密相关。维吾尔族能够在一千年前诞生优素甫这样伟大的诗人和《福乐智慧》这样杰出的巨著，对本民族的历史文化、经验教训、兴衰得失做归纳和总结，对全社会乃至最高执政者做规劝和警示，而且能引起当时执政者的关注和称赞，这是极可赞叹、极不简单的一种历史文化现象，是一个民族坚强自信、兴旺发达的表现。

我们知道，维吾尔族的祖先回纥人早先并不生活在西域，而是游牧在蒙古高原，是古代丁零人的后裔。中唐之前叫回纥，是臣属于中原王朝的部落。唐时，回纥首领派使臣朝见唐德宗，请求将"回纥"更名为"回鹘"，意思是他们如同

天空的大鸟鹘一样矫健。回鹘一直与唐王朝关系密切，曾协助唐王朝平定安史之乱，有十一位可汗接受过唐王朝册封，唐王朝也曾把四位公主嫁给了回鹘可汗。

唐末，回鹘发生内乱，被黠戛斯族打败，被迫分三支离开蒙古高原。一支迁往河西走廊，与当地人融合为今天的裕固族；一支迁至天山以南高昌，即今吐鲁番，被称为高昌回鹘；一支迁往帕米尔高原以西。帕米尔高原海拔三千米以上，遍生野葱，这是高海拔山岭常见的植物，故帕米尔高原古称葱岭，迁往此处的回鹘人便被称为葱岭西回鹘。正是这支回鹘后来在今日喀什一带建立哈剌汗王朝，并逐步统一了高昌回鹘。回鹘人由此遍及天山南北，成为西域的主体民族。回鹘人在元代时被称为畏兀尔人，更名为维吾尔族，是维吾尔族现代学者、社会活动家包尔汉等人取民族团结之意而改定的。

每个民族都有值得自豪骄傲的人物。创作《福乐智慧》的优素甫一千多年来一直受到维吾尔族和中亚各民族的敬仰。1085 年，他在喀什去世安葬。如今，近在市区的陵地修葺一新，高大的陵墓圆顶，拱形走廊，肃穆庄重。墙壁上用维汉两种文字摘录着《福乐智慧》中的警句华章。那些充满了严肃的思考，闪烁着人类智慧的诗句并未因岁月流逝而失去光彩，反而因久历岁月而愈显珍贵。一群来自广东的中学生在往日记本上抄录，我则用照相机一一拍摄，以便把这些智慧永久地保存。

丝路千古存遗风

▲喀什巴扎上的丝绸交易

一

　　中外学者一致认为，中国是世界上最早养蚕和缫丝的国家。早在西周，关中平原"男有余粟，女有余帛"，纺织业即很发达。战国时修筑的都江堰使巴蜀早获蚕桑之利，蜀锦品种繁多，华贵高雅，精美绝伦，让人无法不喜爱。据记载，仅是红色便有水红、绛红、银红、猩红、浅红、深红之别；黄色又有淡黄、浅黄、鹅黄、菊黄、杏黄、金黄之异；至于图案，则有盘龙、对凤、双狮、奔马、飞鸟、孔雀、灵芝、牡丹、仙鹤、啸虎……数不胜数，让人眼花缭乱。无怪当初欧亚妇女都以身着中国丝绸长裙为荣，几乎成为一种身份和地位的标志。这种需求一旦扩大，就使商人无法抵御利益的诱惑，不远万里，铤而走险，到中国贩运丝绸。当然，他们也把西亚的瓜果蔬菜籽种、马匹、玻璃器皿、音乐技艺带往中原。返回时，除了大宗丝绸，还带回有茶叶、瓷器和冶铁、灌溉技术等。

二

　　早先，这些都是从典籍史料中看到，这次在新疆乌鲁木齐、阿克苏、喀什博物馆见到出土的汉唐时期的丝绸，色彩竟那样艳丽，品种竟那样繁多，由于沙漠干旱，历时千年竟保存完好，宛然如新，若不亲眼看见，则很难相信。有朋友开玩笑说："就像改革开放后才有的东西！"

　　如此尤物，轻绢一匹仅重半两，一峰骆驼将会驮运多少？将有多少惊人的利

▲丝绸至今为维吾尔族群众所喜爱

润？一切记载与资料在眼前都变得十分真切，可触可摸。包括商人们的雄心与壮志，精明和狂热。一切都让人坚信，即使万里之途，有各种损失，最终仍能赚钱，不然这条商贸大道难以兴旺千年之久。

时至今日，来到新疆，仍然能够看到丝绸之路的许多遗风在这片土地上萌动着活力与青春。首先，你会看到维吾尔族妇女，从小姑娘到老太太都是那样的喜爱丝绸长裙，尤其喜爱色彩鲜艳的那种，内地妇女可能穿不出来，但她们穿着却是那样坦然从容，没有丝毫的做作。与碧绿的原野，鲜嫩的瓜果，五彩缤纷的大巴扎（集市）保持着和谐与一致。你还很容易发现，维吾尔族的妇女天生适合穿丝绸长裙！她们普遍身材高挑，尤其未结婚的姑娘，身姿苗条，鼻梁高挺，深陷的眼眶眸子清亮如水，眼睫毛整齐修长，加之天生卷曲的黑发，俏丽的脸庞，再配以合体的丝绸长裙，真正妩媚动人，仪态万方，让人过目难忘。

虽说维吾尔族女子婚后或是由于食牛羊肉，或是由于水土，少妇时丰满，再上年纪就容易发胖。但她们仍喜欢着丝绸长裙，不仅是习惯，也还由于即便身材胖了，身着长裙亦显得雍容富态，气质华贵。

当然，这种情况现在已有所改变。随着维吾尔族妇女接受高等教育和参加工作机会增多，她们便更注意保持体形的健美。喀什地区医院的热比亚曾在北京读过八年医科大学，成家后依旧苗条秀丽。她说主要是注意锻炼，一天四层楼跑上跑下，正好像做健美操，就不会胖起来了。喀什歌舞团团长买买提·阿不都拉毕业于北京中央戏剧学院，见多识广，普通话也说得漂亮，他说歌舞团编制一百五十人，女孩子们可注意身材保养了，每天练功，歌舞团也很有名气。喀什

▲一位维吾尔族姑娘聚会时即兴起舞

市的红石榴合唱团全是青少年，暑期又到北京表演去了。

事实上，维吾尔族女子喜着丝绸长裙也和她们喜爱歌舞关系密切。新疆素称歌舞之乡，维吾尔族人则天生喜爱歌舞，素有"会说话就会唱歌，会走路就会跳舞"的说法。在瓜果成熟的季节，青年男女，则有"浪园子"的习俗。吐鲁番葡萄、库尔勒雪梨、喀什桃、哈密瓜，今年谁家园子的瓜果最甜，收成最好呢？每当夜晚，凉风骤起，月影婆娑，男女青年便会成群结队，汇集果园，手鼓与热瓦甫会不失时机地激越响起，于是所有的人都情不自禁起舞，身着丝绸长裙当然最能凸现少女美妙的身姿，说不定热烈真挚的爱情也正由此诞生。天长日久，约定俗成，维吾尔族女子喜穿丝绸长裙也就几乎成为与生俱来的天性。

当然，喜欢是一回事，能否满足又是另一回事。恰巧逾越千载的丝绸之路就为她们提供了源源不断的货源与色彩斑斓的市场。那么，究竟是先有丝绸之路供丝绸，还是先有西域妇女由于喜爱而刺激了丝路的畅达？或是两者兼有，相辅相成，方使得丝绸之路得以越历千载、闻名中外？

这些，都权且让史学家们去寻根，去研讨。若要领略丝绸之路的遗风，则不妨去南疆喀什，那儿已不知沸腾了多少世纪的大巴扎会给你极大的满足。销售丝绸的地方在喀什城东中亚国际贸易中心，这是由几十个巨大的商棚构成，包容着数千个商位，据说是中亚最大的商贸市场。不仅集中着整个南疆的土特产品，荟萃着全国各地的工业生活用品，还由于喀什临近印度、巴基斯坦、吉尔吉斯斯坦、

▲维吾尔族群众乘坐马车赶巴扎

哈萨克斯坦，加之有传统来此做生意的阿拉伯人，真正商贾云集，贿货山积。其中丝绸贸易要占相当大的份额，摊位一家挨着一家，各式各样，成捆整匹，悬挂摆放着丝绸及其制品，纱巾、被面、床罩、长裙、衣衫，姹紫嫣红，五光十色，整整占满了几个大厅，让人眼花缭乱，目不暇接。在这几个大厅，徜徉穿梭的全是维吾尔族妇女，大都头披纱巾，身着长裙，或母女为伴，或姐妹相陪，尽情观赏，尽情挑选，拿起各种丝绸在身上互相比试，眼神笑容毫无掩饰地流露出她们的喜爱。

我突然想起，火车经过库车、阿克苏一带，那正是维吾尔族聚居之地，绿野田畴，村落相望。火车有时恰从村落旁穿过，可以清楚看见院落情景，常有维吾尔族女子在葡萄架下洗涤晾晒她们鲜艳的长裙。更多是身着鲜艳长裙的维吾尔族妇女在棉田打杈整枝，在灿烂的阳光之下，构成一幅让人难忘的图画。如今，她们又汇聚到大巴扎来选购如此漂亮艳丽的丝绸，那将会把整个新疆都点缀得美丽如画呢！

◀ 万帮商旅一驼通

万邦商旅一途通

一

谁若到了喀什噶尔，天堂仙女也难使他迷恋，甚至连他可爱的故乡，都会被他忘得精光。

——古穆纳木《喀什噶尔》

早在两千多年前，张骞出使西域，到达疏勒国，即今日喀什。返回后，向汉武帝报告，说那儿种五谷，产葡萄、石榴、苜蓿，并有市场。说明喀什因物产丰盛而贸易历史悠久。

之后的漫长岁月，喀什因地处塔克拉玛干大沙漠西部尽头，沿沙漠北部边缘，经库尔勒、阿克苏的丝路北线与沿沙漠南部，经若羌、且末、和田的丝路南线在喀什交会，再越帕米尔高原，通阿富汗、伊朗，接连阿拉伯世界，往南则是佛教发祥地印度与巴基斯坦，可谓"万帮商旅一途通"。喀什因地处要冲，成为丝绸之路上一颗璀璨耀眼的明珠，是极为重要的物资聚散周转地。

在宋时，喀什是维吾尔人的祖先回鹘人建立哈剌汗王朝的都城，是天山南北的政治、经济、文化中心。同时，喀什又是伊斯兰教在新疆的传播中心。种种原因都使喀什成为古代西域最大的城市，商贾云集，市井繁荣，以至于在相当长的

▲人们潮水般涌向大巴扎

▲大巴扎上的古老营生——剃头

岁月中，许多阿拉伯商人都只知西域有喀什噶尔，而不知道有乌鲁木齐。乌鲁木齐是在 20 世纪初取代伊犁成为新疆首府才迅速发展起来的，连城市名字也是由迪化更为现名。

若与年轻现代的乌鲁木齐相比，喀什噶尔就显得悠久古老，几乎是塔里木盆地古老历史浓缩的一个焦点，而能体现这一特色的则首推喀什大巴扎。

巴扎是维吾尔语集市或买卖的意思。新疆天山南北分布着大大小小的巴扎，几乎所有的土特产品、生活用品，大至牲畜车辆，小至茶砖针线都要通过巴扎进行交易。而巴扎也最能充分表现浓郁的维吾尔族风情，最富于生活的色彩与情趣。巴扎一般都选择临近城郊的荒地、河滩，或就是生着几株胡杨古柳的戈壁滩上。曾见到一篇文章描写巴扎盛况："正午时分，巴扎人山人海，热气腾腾，明晃晃的太阳升到当顶，耀眼的光芒把天山下的大巴扎扬起的尘土都照射得无比清晰。交易达到高潮时，突然，人海之中，有人弹起激昂热烈的热瓦甫，只有两根琴弦却粗犷响亮，立时有人和弦高歌，歌声悠扬而欢乐。一时间，大巴扎上所有的男男女女都停止了买卖交易，齐声高歌，而热情奔放的维吾尔族姑娘和小伙子们索性跳起舞来，越跳越激烈欢快，越跳人数越多，大巴扎成了歌唱的海洋，舞蹈的海洋，每张神情飞扬的面孔都热得通红，挂着晶莹的汗珠。这一瞬间，把一个能歌善舞的民族的禀赋表现得淋漓尽致。"

二

喀什，作为目前南疆最大的城市，又是维吾尔族聚居之地，在赶巴扎上保留着许多古老的特色。在喀什老城区，以艾提尕尔清真寺为中心，辐射出条条商业街，可以说天天都是巴扎日。一踏进这些街道，马上就能感受到 20 世纪那特色浓郁的商业氛围。

"人习技巧，攻金镂玉，色色皆精。"这些载入方志的文字在这儿得到充分印证。那些狭窄悠长的街道两边，耸立着充满伊斯兰情调的建筑，走廊皆有雕花木栏，窗棂顶起半弯新月，店铺林立，商号云集，一家挨着一家。密密麻麻的商铺其实也是一家家作坊，千行百业形形色色的手艺

▲喀什大巴扎一角

工匠就聚集在这方天地之中，编织着世代相袭的故事：木器制作、铜壶雕刻、毛毯编织、金银器打制，加之制皂、制蜡、制毡、制帽，各种鞋靴皮货，大小刀铲瓢勺，古老的锤斧加现代的电焊，锯声吱吱，电光闪闪，一派繁忙。制作出来的产品当场悬挂，当场售卖，货真价实，童叟无欺。最吸引人的是专售帽子的店铺。维吾尔族是喜爱帽子的民族，无论男女老少，不管春秋夏冬，都注定要戴顶小帽，所以制作得极为考究精细。面料上等，镶珠缀银，各色图案，若是姑娘所戴，还要再垂吊多条小辫，花花绿绿各式各样，悬挂满整个店铺，珠光宝气，让人目不暇接。最好看的是悬挂着各种乐器的作坊，作为能歌善舞的民族，也最善于使用和制作乐器，大大小小的羊皮手鼓，长长短短的都塔尔，再是马头琴，再是热瓦甫，大小伙计都在忙碌，蓄着大胡子的老板却抱着把长长的热瓦甫，弹奏着《拉兹之歌》，摇头晃脑如醉如痴，于是满街都飘扬着西亚音乐。让人难忘的是金银首饰一条街——安江热斯特。也许首饰灵巧贵重，这条街也显得与众不同，宽不过数米，两边是清一色的不足十平方米的铁皮屋，像积木一样沿街摆开。玻璃柜中清一色地摆着金光闪闪的项链、手镯、戒指、耳环，柜台后面又清一色地是仅二三平方米的作坊。老板同时又是手艺高超的工匠，在熟练又专注地干着活计，在清脆的敲击声和抛光打磨的沙沙声中，又一件精致的首饰生产出来。每个摊位前都放着一叠彩色画报，仔细翻看，

原来是印着各种首饰的广告，顾客若是看中什么样式，可以当场制作。看着整整一条街的摊店和忙碌的匠人让人生疑：夜以继日地生产出这么多首饰卖给谁呢？但稍加留意，每个店铺前都有顾客驻足观看，维吾尔族妇女三五成群比画指点，还有小两口在挑选首饰。在喀什的日子我专门留意，维吾尔族妇女不但喜穿丝绸长裙，还非常爱戴各种首饰，几乎每位维吾尔族妇女都戴着金项链、金手镯，还特别粗大。在色满宾馆门口见着几位上年纪的妇女聊天，竟然都镶着满口金牙，一说话金光闪闪。难怪金银首饰一条街生意那么红火。但最让人迷恋的还是新疆生产的手工艺品，胡桃木雕的围棋盘、刻着阿拉伯经文的铜盘、羊皮手鼓、红铜茶具，尤其是英吉沙小刀，看见就让人眼睛一亮，吸引你去观赏去购买。刀子是维吾尔族汉子不可缺少的物件，犹如骏马对于骑手般重要。日常切割牛羊肉十分方便，也增添边塞男子的剽悍。新疆小刀以喀什所属英吉沙县打制的最好，历史悠久，打制精细，尤其手柄镶嵌着各色和田宝石。不仅漂亮，且异常锋利，不生锈，不崩口，经久耐用，驰名中外，除深受新疆群众欢迎外，还远销中西亚各国。喀什的英吉沙小刀专卖店有几十家之多，走进任何一家都让人眼花缭乱，目不暇接，长长短短、各种各样、造型美观、装饰精美的英吉沙小刀摆布起庞大的军阵，拿起任何一把都让人爱不释手。那些纹饰，那些图案，那些刀与鞘之间的小机关，无不充满维吾尔人的智慧。

其实，通向艾提尕尔清真寺的诺尔贝希路、吾斯塘博依路、欧尔达希克路都是维吾尔族聚居的商业街，年年月月传承着古老的巴扎。每天傍晚，忙碌了一整天的工匠和生意人又会潮水般涌向艾提尕尔广场。那里的夜市早已灯火通明，汇集着数百家小吃摊，几乎集中着维吾尔族的精华名吃：烤羊肉、烤全羊、炸鱼排、清炖鸡、熟牛肉、米肠子、羊肺子、羊杂碎、抓饭、拉条、扯面、炸饼等。油锅翻滚，火炉升腾，各种香味弥漫，各家笑脸相迎，老板招呼，伙计殷勤，人未到摊，口已生津，不由你不留步，不由你不品尝。羊肉串，咬一口，油汁四流；羊杂碎吃进肚后，唇齿留香。至于米肠子就更让人回味，回味那古老的街道，回味那欢乐的巴扎。

三

在喀什的将近一个月，逛各类巴扎也将近十次。若论气势宏大，风情浓郁，则首推东门外巴扎，即维吾尔族传统的大巴扎。这样的巴扎并非每天都有，而是七天一集，恰巧是每个星期天。仿佛是许多涓涓细流都堵截起来，水蓄到一定高

▲ 前来赶大巴扎的人们乘坐的毛驴车摆满了土场

度才开闸放水一般，一到星期天，无论是城里的上班族，还是十里八乡乃至外县的维吾尔族群众，都把需要卖出的东西积攒到了这一天，真可谓全城沸腾。天色刚明，城郊所有通往喀什的胡杨夹道的大路都已是车轮滚滚。高大的骆驼车满载胡杨木料，走得四平八稳；马车尊贵，披着彩绸，挂着铃铛，撑着华丽的车篷，还铺有绣花的地毯，以便招徕顾客。这种车最受外国旅游者青睐，常是五六辆车一串，载着金发碧眼的旅游者，成为喀什街头的一道风景。最普通最多的是毛驴车，毛驴随便，车亦简单，两轮板车即可，却又最为实用。一家老小挤上，小毛驴照样四蹄嘚嘚，跑得欢实。要么满载蔬菜水果，装得又尖又高，让人担心那滚圆的西瓜要滚下来，可始终在晃荡，始终也没有滚下。再就是大宗运载的羊，这一带无论黑白皆是绵羊，养肥了可供宰杀。绵羊温顺地伸出头，四下张望，眼睛中尽是迷茫。当然最多的是人，男女老少皆有。最常见的情形是一辆毛驴车载着一家人，戴着小白帽、留着长胡须的老爷子与极富态的老太太坐在车前，车后则是穿红披彩的女儿或儿媳，尽皆喜气洋洋。人们从四面八方拥向喀什市东门外，那里有号称亚洲最大的巴扎在等待着他们！

四

那天，我本来的计划是参观喀什博物馆。博物馆不大，藏品也欠丰富，一个民族风俗展尚在布置，半个小时就参观结束了。但好在博物馆坐落在市郊阿瓦提路与塔吾古孜路交界处，临近吐曼河，已完全是一派维吾尔族乡村田野景象，大

▲大巴扎上牛羊交易是常见的买卖

片苗壮油黑的玉米，一块块开放着金灿灿黄花的向日葵地，缀满葡萄的绿荫笼罩的农家院落，加之不时有穿着鲜艳服饰的维吾尔族少妇坐着毛驴车驶过，又恰逢雨后天晴，大团白云在蓝天上飘浮，朗朗的日光照射下来，一切都显得洁净鲜艳，生机勃勃，就像在画报上见到的新疆风光。

我欣喜地取出相机，选择角度，却老被牵连不断的毛驴车遮挡镜头。仔细一看，几条乡村大道都是滚滚车流。我以为出了什么事情，一打问，摆摊的维吾尔族小伙告诉我："大巴扎，今天赶大巴扎嘛！"

我于是汇进了赶巴扎的洪流之中，像维吾尔族老乡一样兴高采烈。恍然之间，像回到当年务农的年月，一年一度去赶秦岭南麓下盛大的南堂会。那也是属于民间传统的物资交流会。许多农村青年不一定去买卖，但也要赶去游逛，去看人，也看热闹，排遣那百无聊赖的寂寞！这时，看着不时在身边驶过的一辆辆毛驴车上嘻嘻哈哈的维吾尔族男女，老人高兴得胡子都翘起来，小伙子也一脸自得，把鞭子抽得山响，顿时让人感受到生活在这塞外边城的维吾尔族群众的生活底蕴！

远远的，一股沉闷的嘈杂声浪涌来，一定快到大巴扎了。首先看到的是一个奇大无比的土场，密密麻麻停放着毛驴车、马车、骆驼车。驴叫马嘶，尘土飞扬，一派欢腾，真正是塞外才能见到的景象。

越过停车场，就算进入了大巴扎。人一堆堆，一伙伙，凡有空地方就挤满了人，黑压压地组成一条宽阔的人的河流，无止境地伸向远方。据说高峰时有近十万人。

牲畜是大巴扎上的大宗交易，成群的绵羊，高大的骆驼，毛色闪亮的马匹，扬脖长叫的毛驴，使牲口巴扎显得生机勃勃，很有看头。一个人赶来了一群羊，马上就有一伙人围上去，看羊的毛色、品种，捏肉摸膘，然后，在袖筒里比画，讨价还价。没有语言，只有动作，买卖不成，摇摇头走开，别的人再去议价，没有人争吵，没有人红脸，看去乱糟糟的人流却有约定俗成的规矩来规范，把人带进一种原始古老的意境。

在大巴扎上随着人流徜徉，还真能见到许多古老的营生。一爿铁匠铺，专门给骡马毛驴钉掌，锤声叮当，火炉正旺，几条汉子正拉着一头毛驴钉掌。一长溜码着的高高的箱子，外边全用银色和金色的巴旦木、无花果叶脉花纹装饰，让人联想到阿里巴巴山

▲ 喀什大巴扎上诱人的水果

洞装金银财宝的箱子。让人大开眼界的还有水果。南疆本是水果荟萃之地，库尔勒雪梨、和田葡萄、喀什鲜桃皆有名气，一下集中到大巴扎上，让人见识到什么叫堆积如山。道路其实是广场，一家挨着一家，西瓜、哈密瓜堆积得比人还高，葡萄、鲜桃成篓成筐，桃子又大又鲜，红艳艳得能滴出汁来。至于桃干、杏干、葡萄干，全是用麻袋装，摆得像长蛇阵。再是临时搭起的饮食摊也尽皆展示边城巴扎的豪放。大锅、大盆、大碗，大锅里翻滚着羊杂碎，油锅里炸着大麻花，高高堆放的手抓羊肉，无不热气腾腾，香气扑鼻，让人馋涎欲滴。

"万邦商旅一途通。"真正能够体现喀什大巴扎气派规模与国际地位的则应推中亚国际贸易中心，这里也是整个喀什大巴扎的中心。有几十个商业大棚，容纳着数以千计的固定摊位，按行业划分成丝绸、百货、手工艺品、新疆土特产品等。还有大量中西亚国家的产品，如印度丝毯、阿拉伯国家纱巾、巴基斯坦雕花铜瓶、吉尔吉斯斯坦等草原国家的毛皮与乳制品、俄罗斯的照相机与望远镜等，在这儿也成堆摆放，融进了喀什大巴扎的做派。

给人印象至深的除了各种货物与营生，还有大巴扎上的人。维吾尔族妇女由于能够承担各种劳动而地位较高，除了不能进清真寺外，各种公众场合都有她们的身影。有许多妇女在大巴扎上做买卖，成群结队提着酸奶，也有卖水果与饮食的。间或还能看见五六个妇女一行，用头巾把面孔遮得严严实实，像阿拉伯国家的妇女那样。

在大巴扎任何一宗买卖四周，都有许多人围观，大都是维吾尔族男人，留着小胡子，戴着小花帽，脸上悠然自得，有种闲散的幽默。我对喀什朋友说这种印象，他们说是。很多维吾尔族男子，不做买卖也逛巴扎，牵头毛驴不一定买卖能来十次，关键巴扎能使他们打发掉光阴，也能够为他们带来欢乐。维吾尔族群众是离不开巴扎的，其实任何民族都离不开"巴扎"。喀什大巴扎已经沸腾了许多世纪，还将沸腾下去，带着它无穷的欢乐与魅力。

旅途小憩

◇二道桥趣◇

新疆最有意思也最有情趣的地方，除了天山、草原、古迹，应该算"巴扎"了。

"巴扎"，市场的意思，是维吾尔语，也就是以维吾尔族群众为主体的市场。无论南疆北疆，城市大小，都有各式各样的"巴扎"，比如乌鲁木齐的二道桥就是全疆最有名

气，也最有古老传统的"巴扎"。在这里徜徉，你才感觉到是真正到了新疆，各种古老的店铺，各种古老的营生：乐器制作、铜壶雕刻、毛毯编织、金银器打制，最多的还是服装、鞋帽、丝绸，五颜六色，五彩缤纷。老板多为俏丽的维吾尔族女子，身材高挑，鼻梁高挺，眸子黑亮，衣衫鲜丽，吆喝热情，仪态万方，真正美女如云，让你目不暇接。再是各种水果、干果、风味小吃，店铺林立，商幡招展，一家接着一家，香气扑鼻，让你馋涎欲滴。你会忍不住要一碗羊杂碎，各种调料盐末、胡椒、孜然、味精一应俱全，油汪汪的清汤上面飘着绿绿的香菜，单看一眼也馋得直淌口水。吃得额头热汗直流，吃得口舌生津，还没离开座位，又想着下次再逛二道桥了。

卷四／茫茫草原有丝路

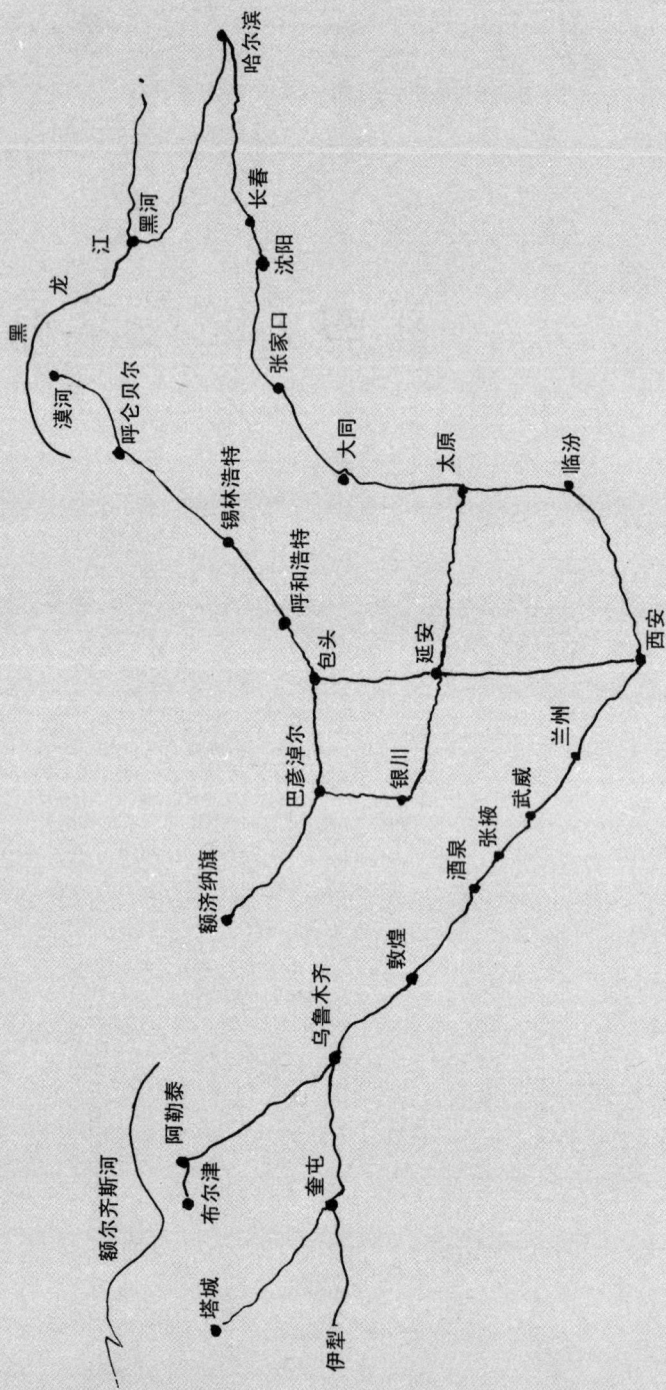

作者 2000 年 2 月、2004 年 8 月、2005 年 8 月至 9 月、2008 年 7 月、2009 年 8 月至 9 月考察草原丝绸之路路线示意图

草原上的丝路

▲草原蒙古包

一

在中国，几乎所有史学著作和教科书都记载和讲述过"张骞凿空"。意思是张骞是打通西域的第一人，是丝绸之路的开拓者。古今中外许多大事都并非一人一时所能奏功，比如大禹治水，尽管有成千上万的寻常百姓付出血汗乃至生命，但几千年来人们对大禹治水这一说法并无异议。何况，张骞穿越西域，联络大月氏，合击匈奴，乃是奉了皇命，经历磨难，多次遇险，还遭匈奴囚禁，历时十三年。出发时百人使团，最后返回长安，仅剩张骞和随从二人，仍持节杖，回朝向汉武帝述职。

仅此一点，就让人高山仰止。何况，张骞还带回大量关于西域诸国政治、经济、文化、物产、民情方面的信息。之后，他又襄赞军中，再入西域，打击匈奴，交好诸国，使远比今日新疆更为广阔的领土正式纳入中原王朝的版图，使丝路繁盛千年之久，成为联结中国、印度、希腊、罗马、埃及、波斯等文明古国的纽带，对东西方物产、文化、经济与信息的交流，起到了举足轻重的作用。从这个意义上来讲，对张骞的历史功勋，怎么评价也不过分。这已成为史学界、文化界的共识，也为广大群众所接受。

二

但是，19 世纪以来，世界各国史地学家、探险家和考古工作者，却从越来越多的考古实物中发现，丝绸之路的实际存在要比张骞出使西域早三四百年乃

▲草原彩带——穿越川甘草原的公路

至千年之久。张骞于西汉建元二年，即公元前 139 年首次出使西域。而早在公元前 600 年左右，中国腹地中原地区与中西亚乃至欧洲之间就存在着一条商道，中国的丝织品就开始运往这些地区，只不过规模和数量要小得多。支持这一论点最有力的证据是，苏联境内阿尔泰地区发掘的公元前 6 世纪的墓葬中，发现绣着中国传统图案的丝织品、漆器和有汉字铭文的青铜镜。中外文物考古学家鉴定后，一致认为这批极其珍稀的文物只能产生于西周时期的中原大地。这十二座被称为巴泽雷克的古墓由于处于苏联南西伯利亚冰天雪地之中，如同天然冷藏库，所以虽历二千六百年之久，许多陪葬品仍保存完好。这震惊世界的重大考古发现是 1947 年的事情。

另外，美国《国家地理》刊载，联邦德国考古学家曾在联邦德国南部斯图加特的霍克杜夫村，发掘了一座公元前 5 世纪的古墓，墓中有中国丝绸残片。在克里米亚半岛的刻赤附近，也出土过公元前 3 世纪的中国丝绸残片。中外学者一致认为，中国是世界上最早发明植桑养蚕和缫丝织绸的国家。浙江钱山漾新石器时代遗址曾发现过公元前 3300 年至公元前 2600 年的绢片和丝织品残片，证实中国的桑蚕丝织业有五千年的历史。这从春秋时代就流传的诗经中许多篇章有蚕桑丝织活动的生动描写也可得到证实。这就具有了丝织品开始传播流入西方的可能性。希腊历史学家希罗多德（公元前 5 世纪），曾多次提到波斯人穿着华丽、昂贵、奢侈的丝质衣衫，这是公元前 5 世纪波斯已有丝织品的记载。至今为止，国外发现我国最早丝织品的实物证据，是奥地利维也纳大学的学者确认的，在埃及一具木乃伊的头部裹有一束中国丝绸残片，经鉴定为战国早期产品。这些尽管不是系

▲草原丝绸之路穿越的额尔齐斯河

统的记载，但已表明中国丝织品确实在传统丝路开通前的三四百年，就由中国流入西方，尽管数量不可能很大。

提起丝绸之路，中外学者一致确认的路线是：从汉唐古都长安出发，可由三条路线进入河西走廊。一条沿泾水西行，经泾阳、平凉、固原而至武威，一条沿渭水，即关中平原，经宝鸡、陇县、通渭至兰州；另一条由临洮往南走临夏，入青海、西宁至扁都口，穿越祁连山，再至张掖。三条路线皆会聚于敦煌，由此再分三道。南道出玉门关，经鄯善沿昆仑山北麓和塔克拉玛干沙漠南缘，经喀什，越帕米尔高原达巴基斯坦，即古印度；中道沿天山南麓，塔克拉玛干沙漠北缘，经阿克苏、库车至喀什与丝路南线交会，这大致是唐玄奘取经所走路线；北线则出阳关后，沿天山北麓西行至碎叶城，经里海、黑海到达欧洲。人们认定的这三条路线，相互之间又有许多支线互相勾连，如回中道、羌中道以及经青海、西藏到印度的唐蕃古道等。

但是，苏联境内巴泽雷克古墓群却不在这三条路线所能辐射的区域之内，因而学者们推测在公元前 7 世纪至公元 2 世纪横贯欧亚大陆的最早的丝绸之路，是从中国内陆出发，经蒙古高原，穿越草地一直向西，越阿尔泰山，沿今发源于中国境内的额尔齐斯河，穿越南西伯利亚草原到达欧洲。这一地区发掘的文物以及历史记载和历史事件都为这些推测提供了翔实的证据。

草原丝绸之路的兴起，有学者认为与匈奴西迁有关。当时草原辽阔无垠，故草原丝路也有南北两线。北线大致为，东起西伯利亚高原的大小兴安岭，经蒙古草原向西，再经咸海、里海、黑海直达东欧。南线东起辽海，沿燕山、阴山、天

▲征服大漠主要依靠骆驼。此为休息的驼队

山北麓，西去中亚、西亚和北欧。应该说草原丝绸之路与世界草原分布紧密相关。大约两个世纪之前，东起大海西至伏尔加河流域，还分布着延绵不尽的高山、河流与湖泊，分布着广袤的森林、丘陵和草原。那里有丰美的水草，有游牧民族的踪迹，自然就有草原丝路如网般的踪迹。我国的古籍《穆天子传》也能从另一个方面证明，早于张骞"开凿"传统丝路之前，草原丝绸之路就已存在，或者至少东西方已经有了交往。《穆天子传》记载的是公元前10世纪，即比张骞出使西域早八百年，周穆王去昆仑山会见西王母的故事。尽管，其中有神话的成分，但任何民族的神话都包含着这个民族史前先民的行踪，不可能完全虚构。再就是书中对西域山川地貌的描述也与西域实际接近。同时，昆仑玉在春秋战国已在中原内地存在也为该神话故事提供了一些佐证。

三

此外，还必须考虑一个重要因素，那就是在几千年前，古人开辟这条草原丝绸之路必须依靠马。而在那个时代，中国北方的草原恰恰养育了许多游牧民族，马是与他们朝夕相处的伙伴，牛羊是他们取之不尽的食物。那时水草丰茂，牛马健壮，这些游牧民族也正处于发展壮大时期，只有奔腾的骏马无止息地奔跑，才

▲魏晋砖画上的西域胡商

能满足他们的雄心和好奇心。每年，他们由东向西，或是由西向东，都要进行大规模的长途迁徙，这便是"逐水草而居"的由来。

正是这些游牧民族代代相袭，历经岁月，所以最早开辟丝绸之路的历史重任只能由他们来承担。这条由骏马自然踩踏出来的商道注定离不开草原，"以所多，易所鲜"则是所有民族在商品原始交换阶段必须经历的法则与规律。游牧民族在大迁徙、大转场的过程中，以自己多余的物品交换缺少的物品是很正常的事情，草原丝绸之路的形成与此有密不可分的关系。

老马识途，草原商道一旦形成，便会代代相袭并发扬光大。草原商道的特点是一直在草原上蜿蜒，这样便可自然解决马匹沿途的草料问题。每当夜色降临，商旅歇息的时候，尽可让驮马在夜色中大啃丰茂的水草。马恋群，完全不必担心马匹离开商队马群。

草原丝路与海上丝路、西南丝路一样，都是中国古代丝路不可分割的组成部分，都曾为中外交流做出过不可磨灭的贡献，同样值得去寻访探究，去凭吊叩问，也更值得去旅游观光。

▲曾为"茶马互市"做出贡献的汉水河谷茶园

商贸互市息边患

一

　　贯穿草原的丝路上，主要交易的大宗货物，除了丝绸之外，数量最大、持续时间最久，也最值得大书一笔的是茶叶。

　　中国是茶叶的故乡，是世界最早发现茶、培育茶、饮用茶并创造了灿烂茶文化的国家。唐代茶圣陆羽所著中国首部茶叶专著《茶经》问世后，人们便以为茶叶自唐代方为人所知所用。这其实是误解，早在陆羽之前八百年的西汉，王褒的散文《童约》中就出现了"茶具"这样的字眼，并且提到如何汲水、如何煎用、如何储藏等。这表明，茶叶很早就有饮用程序技巧，收藏器具等也发展到了十分讲究的地步。那么，由此推测，茶叶的发现和使用说不定远在三皇之世，几乎与中国青铜器、陶瓷、中药材这些国粹同时诞生呢！

　　陆羽说："茶者，南方之佳木也……其巴山峡川有两人合抱者……"意思是说茶叶是南方生长的植物，生长之地在巴山峡谷。茶叶截至目前最北的生长线在淮河、秦岭以南的豫南、陕南、淮南，再往北，就见不到茶叶的踪影了。

生活在北方的草原游牧民族，由于以牛羊肉和高寒青稞炒面为主食，要利于肠胃消化，就需茶叶辅助。所谓"腥肉之食非茶不消，青稞之热非茶不解"，表明茶叶为草原游牧民族生活所必须。但北方地区不产茶，只能从秦岭以南茶叶产地获取，这就形成始于唐、盛于宋、延续至明清的"茶马互市"。

有史学家说，首倡"茶马互市"的是北宋大臣王韶。王韶认为北方契丹和占据河西漠北的西夏都产中原所缺的良马，而所缺是茶，可以茶易马，以解双方之困。这是桩双赢的边贸项目。

但《新唐书·陆羽传》中说，当时占据蒙古漠北的回纥喝茶已成风尚，"时回纥入朝，始驱马市茶"表明，早在唐代，中原王朝就开始了用茶和北方游牧民族易马的商贸活动。这样可以起到外安抚边民，内充实军力驿力，活跃边贸的多重效果。这和今天抓出口贸易一样，是件能够促使茶叶上规模、上档次的利国利民的大好事情。所以历代中央政府都很重视，专设茶马司，配备熟悉情况的官员和通晓胡语的翻译任通司来加强管理。

二

笔者曾查阅多种史料，仅汉中一地产茶情况就很能说明问题。汉中在陕西省南部，是秦岭与巴山之间的狭长盆地。秦代设郡，始筑城郭；汉朝奠基，名声大显。陆羽在《茶经》中把汉中列为中原八大茶区之一，称山南茶区，位于最北一线，越过秦岭再无茶树。但汉中也是距北方少数民族地区最近的茶区。由于有这个优势，加之穿越秦岭的古道和汉江航运畅通，使汉中成为联系秦陇、沟通荆襄的茶叶生产和聚散重地。《宋史》载"汉中买茶，熙河易马"。熙河即今日甘肃临洮，当时是距占据青藏高原的吐蕃与占据宁夏陕北甘肃河西走廊的西夏最近的边城重镇，也是双方开展互市的通商口岸。

边贸的繁荣，刺激了茶叶生产。当时，汉中府所属西乡、洋县、三泉诸县许多农民都成为以种茶为业的专业户。方志上说"西乡产茶，亘陵谷八百余里"。当时西乡县境，比现在大得多，那是何等的规模与气势。就是千年后的今天，提倡调整农业产业结构，也没有达到那种规模。仅是宋神宗熙宁七年（1074年），汉中收购茶叶便达七百余万斤。加之荆襄四川来的茶叶，形成规模巨大的茶叶市场，吸引了周边胡汉商贩云集汉中，城市经济空前繁荣，客栈、酒楼、茶肆林立，商幡招展，赅货山积。汉中每年税收高达426460贯，成为与国都开封(402378贯)、成都(899300贯)并列的全国三大税收城市。不仅如此，有资料表明，到宋哲宗时，汉中茶叶除供北方西夏、吐蕃、突厥、鲜卑、回纥等游牧民族之外，还远销或转销中西亚乃至欧洲。汉中茶业兴旺至明清，《明史》上说："汉中繁华虽不及长安，亦陕西第二大都会也。"

至今，这种繁盛在古城汉中还有迹可循。沿汉江铺镇、上下水渡皆为当年航运码头。当年等待运往襄樊汉口的秦巴土产、药材毛皮堆积如山；返回的船只则运载布匹棉花、青盐白糖、洋油铁器，再由车辆骡马运往秦巴大山千沟万壑中去。清人尚有诗云"万垒云峰趋广汉，千帆秋水下襄樊"，那场面是何等气派。

不仅如此，川陕公路开通的七十年前，穿越秦岭的古道畅通，来自秦陇内蒙古的马帮驼队给许多老人留下印象。黄昏时节响彻山道的驼铃，赶夜路的客商密如繁星的火把，还有赶驼人那高昂悲怆响彻天际的山歌"噢嗬嗬……哎"，悠长得无止无境。

三

"茶马互市"持续千年之久，却始终存在着麻烦和问题。明朝建国初期，由于元代由蒙古人统治，疆域空前辽阔，"普天之下，莫非王土"，尤其历朝屡成"边患"的游牧民族，成了占据中原的统治者，所以元代不修长城，也不存在"边患"，边地展开"边市"不存在行政干预。明代则不同，汉族重新执政，被赶到草原的蒙古残存势力及生活在北方草原的瓦剌、鞑靼等游牧部落经常南下劫掠，再次引发"边患"危机。1472年，鞑靼深入甘肃平凉一带，"如入无人之境"，大肆劫掠。蒙古各部在山西、陕西北部多次骚扰，其中一次涉及三十余县，男女被杀二十余万，损失牲畜数百万头，大量房舍烧毁，造成大批群众无家可归、无处可逃的局面。面对来去迅速、凶狠剽悍又占据马上优势的对手，明王朝开始还想依赖大国优势与之对垒，主战呼声很高。明英宗御驾亲征，结果三十万大军却败得一塌糊涂，连皇帝自己都被俘虏。这便是著名的"土木堡事件"。敌军甚至打到北京城下，幸亏有于谦等名将坚守奋战，才勉强打退来犯之敌。打不过咋办？只好被动防御，有明一代大修长城，留下"明修长城清修庙"的古语。这样又滥征民力，耗费财力物力，制造了新的矛盾。对小股敌人进犯，长城尚起作用，但并不能阻止敌军大规模进攻，最多是蒙古骑兵在劫掠得手后由于有长城不能马上逃离，被明军追上打过几次平手，或者是夺回被抢的物资。

▲高大的长城并不能消除边患

四

　　据《明史》载，1542 年，事情发生了戏剧性的变化，鞑靼部主力派遣使臣到大同向明王府表示，他们不希望打仗，要求在边城开放"互市"。原因是草原缺的是茶叶和布匹，每次劫掠虽能抢到一些，但不能满足大范围人群的长期需要。况且，因为劫掠，边境群众纷纷逃亡，所抢有限。同时，还要冒着与明军作战的风险，自己也有不少伤亡，不划算，不如停火，开展边贸。可是双方敌对多年，恩怨难以化解，蒙古使臣几次都被杀掉，引发蒙古骑兵南下，攻陷古北口，再次围攻北京城，并在京畿河北一带大肆烧杀。痛定思痛，明朝君臣这才认真比较利害，终于在 1570 年正式签订"互市"条约，即"隆庆议和"，开展以"茶马互市"为主的边境贸易。结果是"东起延、永，西抵嘉峪七镇，数千里军民乐业，不用兵革，岁省费什七"。边贸的展开，拉动了双方经济发展，著名的"晋商"就是在这次息兵戈而兴边贸中获得机遇，得到了长足的发展。明朝的边贸政策为清代所延续。清代学者魏源评价"隆庆议和"不仅平息明五十年之烽火，还开本朝二百年之太平。由此观之，"茶马互市"功莫大焉。但开展互市后又引发了由边贸带来的一些问题。

　　开始，由朝廷设立茶马司专营，由于"茶利大兴"，利益驱动，商人便私自购茶易马。政府严令禁止，甚至动了真格。明朝初年，朱元璋为肃法纪，下令杀掉了在汉中西乡私贩茶叶、牟取暴利的亲女婿欧阳伦，但过后私贩依然如故，屡禁不止。其中的关键原因是茶马官商纲纪废弛，贪污腐败，且不能随行就市灵活

▲明清时期边塞九镇之一的榆林镇北台

▲镇北台下"茶马互市"的遗址

处置，造成胡贩皆愿与私商易马的被动局面。

不得已，明政府采取官商并举之策，但仍出现"官商不济，私贩盛行"的局面。明弘治三年（1490年）不得不大规模招商，完全变官营为私营，让商人直接去市场竞争，政府坐享税收之利。

从官营到官商合营，最后完全私营，这漫长的历史纠葛，揭示了市场经济的规律，闪烁着商品交换法则的光辉，对于我们今天的经济建设，也有着深刻的启示。

▲马背上的小勇士

马背上的民族

一

应该相信，中国古代甚至世界古代植被环境较今日要好得多。森林茂密，河流纵横，野生动物不仅种类繁多，分布也极广。《唐书》上有秦岭北坡活动着大熊猫群落并将熊猫赠送日本使臣的记载。从王维、李白等人的诗歌中不难发现，京畿之地八百里秦川，许多地方都有河流，并不乏湖泊和渔舟。那时，渭河、浐河、灞河、泾河等八水绕长安，水草丰腴，雁阵排空，碧波荡漾，垂柳依依。

马背上夺取天下的女真族，在建立大清帝国之后相当长的年月中，为保持先祖之风和八旗劲旅的雄健，每年都要举行大规模的狩猎活动。康熙、乾隆都酷爱狩猎。有确切记载，康熙一生猎虎一百五十三只、熊十二只、野猪一百三十三只，甚至在一天之内射到兔子三百一十八只。可见那时生态何等良好。

众多的事实证明，在整个清代，或者说两个世纪之前，世界上还存在着大片草原。至今我们仍可以面对一幅悬挂于眼前的世界地图，指出这些草原分布的位置。至少，东起我国黑龙江大小兴安岭和俄罗斯的西伯利亚，向西蔓过蒙古高原、

▲草原上的孩子几乎都是在马背上长大　　▲草原奶茶

天山南北、哈萨克斯坦等中亚国家，直到黑海、伏尔加河、顿河以及多瑙河畔，这片带状的横跨欧亚的大草原绵延近万公里，环抱无数高山、茂密的森林、河流湖泊，博大壮美，瑰丽无比。

二

诚如世界上四大河流孕育了四大文明古国，广阔的草原也孕育了众多马背上的民族。生活在这片绵延万里的欧亚大草原西部的有斯基泰人、塞人和欧罗巴人种的哥特人以及中亚原野的哈萨克人、乌兹别克人、阿塞拜疆人和柯尔克孜人的先祖。东部草原诞生的民族最为庞杂，先后有过匈奴、突厥、月氏、回纥、吐蕃、党项、瓦剌、女真等游牧民族。

游牧民族的最大特点便是游牧，"逐水草而居"，哪里水草丰腴，哪里能够躲避暴雪、狂风、冰雹和地震，他们就向哪里迁徙。骑着骏马，驮着帐篷，扶老携幼，赶着牛羊，向传说中的牧场进发。白天，他们甩着响鞭，吆喝牛羊，呼唤同伴，也唱牧歌解闷。夜晚，游牧人用篝火驱寒，用奶茶和牛羊肉充饥。游牧人毕生都在游牧，也可以说毕生都在马背上度过。

"逐水草而居"简单的五个字，稍稍深入了解，就会感到它的沉重分量，它的广博和深厚。那是在绝不亚于农耕民族文明史的漫长岁月中，由无数个在草原诞生、凝聚、演变、兴盛、衰亡，又如凤凰浴火后再生般的重新崛起的游牧民族，用黄金般贵重的内涵铸就的一种生存状态。首先得了解方圆数百公里乃至上万公里内的水草分布、部落分布、亲朋或宿敌的分布。然后根据自己部落的人口与牲畜的多少，决定游牧的方位和路线。每片草原上，每个民族、每个部落，看似散

▲至今，游牧民族的迁徙仍依赖马匹

漫地游牧在苍穹之下，其实却有严格的组织。每个部落都会根据姓氏和血缘不同，十户至二十户不等组成最基层的单元。若干个小的单元，组成一个略大的单元或部落。若干个部落会有议事的"王庭"，有严格的议事程序。每当需做出重大决策时则要祭拜天地和祖先，并祈祷神灵保佑。即便是最小单元——家庭内部，也有约定的具体分工。男人放牧和狩猎，参加部落摊派的出征和差役，女人则要养育孩子，哺育幼羔、挤奶、做饭等。若是"转场"，无论是去"冬窝子"还是"夏牧场"，都有相当长的距离，还要赶着大群牛羊，不可能很快，短需十天半月，长则数月奔波。在这些日子，帐篷每天都需拆卸。一顶帐篷，木棍、支架、绳索，有几百个构件，要把它们像编了号码一样牢记心中。拆卸、安装都有一定顺序，不能搞错，否则自找麻烦。单是每天这项工作就非有熟稔的生活经验不可为之。这还不算天气突变，遭遇狼群，牛羊突然跑散，在本来预定的草场又突然闯进了别的部落等意料之外的事情。

三

无须讳言，游牧民族的生存环境是严酷艰辛的，在草原生存绝非像歌声中听到的那般浪漫。几乎所有的草原，除了非洲热带草原，纬度都偏北，冬季严寒，冰天雪地，夏则炎热，蚊蚋成团，气候多变，灾害频生。这一切都迫使生活其中的游牧民族必须用心血和智慧去克服、去应对、去战胜。

因此，在漫长的岁月中，游牧民族积累起丰富的在草原生活的经验。他们精诚团结，常由一个或几个家族组成部落，散则放牧，聚则迁徙，有难同当，生死

▲牧民的孩子从小就住帐篷，已经适应草原生活

▲草原上的玛尼堆

与共。他们对气象物候十分敏感，一生都与大自然为伍，天上任何一朵云彩的变化都瞒不过他们的眼睛。他们到达一个地方，会本能地观察地形，会选择避风向阳、能躲开洪水和野兽突袭的山坡或丘陵或类似西安半坡遗址那样的二级阶地。

他们很早就学会了对毛皮的应用，从硕大的帐篷到柔软的马靴，都缝制得恰到好处。至于宰杀牛羊的刀具，有资料表明，游牧民族对青铜器的冶炼、打制和应用要早于和优于农耕民族。

游牧民族性格坚强，讲诚信，崇尚马上英雄。每个部落都不乏驯马能手、识马伯乐。赛马则是他们世代相传、乐此不疲的经典活动。

由于草原空旷，地域辽阔，无拘无束，加之孤单寂寞，游牧民族天生喜爱唱歌、跳舞和摔跤，出现过许多杰出的歌手和摔跤手。在马头琴的伴奏下，优秀的歌手可以连唱数日而不重复。他们歌唱草原英雄和他们一波三折、富于传奇色彩的经历。文学则表现为诗歌。千锤百炼，蒙古族诞生了《江格尔》，藏族诞生了《格萨尔》，维吾尔族则有《福乐智慧》等为世界公认的史诗。

四

壮丽绵延的山河，一望无垠的草原，为英雄的诞生提供了辽阔的大舞台。13世纪的蒙古草原，众多的游牧民族和大大小小的部落常为争夺牧场水草厮杀格斗。几乎所有的牧民都盼望着一个和平安宁的生存环境。

就在这个当口，一个叫铁木真的健壮男孩诞生了。他嘹亮的第一声啼哭便打破了草原的沉寂，但迎接他的生活并非像太阳那般灿烂。他的父辈几乎都在残杀中丧生，他也是在格斗中长大。无数血与火的考验，使他锻炼出了钢铁般的意志，积累下丰富的军事知识，成长为当时世界上第一流的军事指挥家和统帅。他首先统一了蒙古高原上的部落，并被推举为大汗，也就是成吉思汗。

他和他的子孙依靠蒙古草原养育的成千上万的勇士和波涛般汹涌的马群，在世界上率先组成矫健英武、锐不可当的骑兵集团军。破金灭辽，大破西夏，并以前所未有的英雄气概，横扫欧亚，直打到多瑙河畔和莫斯科城下，创造了人类战争史上的奇迹。

之后，成吉思汗的孙子忽必烈又统一中国，建立起空前庞大的元帝国。固然，一方面，扩张依赖武力，尤其蒙古军队所过之处给苍生带来了灾难；但另一方面，由于统一后版图扩大，阻碍减少，元代马力充足，邮驿发达，东西方交流愈加频繁，四大发明便是此时传入西方。元代科学家郭守敬能够自由地在欧亚大陆进行测量，求得地球运行的准确时间，计算出 365.2425 天为一年。这也可以说是马背上的民族为人类文明做出的贡献。

旅途小憩

◇石块猎兔◇

草原牧民天生就是优秀的骑手和猎手，我曾有幸目睹一位牧民用石块猎兔的精彩场景。那年 10 月，我们去额济纳旗，返回途经河西走廊时，秋高气爽，草茂马肥，牛羊撒欢，正是各类野生动物最活跃的时候。我们一路不时惊起草丛中的野鸡，扑棱棱飞起。路过一片草地时，一位牧民正赶着大群羊穿越公路，我们索性停车下来。恰在这时，一只肥嘟嘟的野兔从草丛蹿出，跑得飞快，眼看就要跃上山梁，我们束手无策，连说可惜。没想到那位牧民就地拣起一块石头，扬手一扔，石头箭一般飞出。我们还没看清是怎么回事，牧民便已跑过去，用牧羊鞭把野兔扛在肩头，笑嘻嘻地走过来，向我们炫耀他的战利品。仔细一看，石头不偏不倚，正好砸在野兔头上。看来这位汉子有野味可饱口福了，难怪笑得那么得意。

▲成吉思汗组建的驼队曾穿越欧亚大陆

成吉思汗广拓丝路

黄金绳索

在漫长的岁月中，辽阔的蒙古草原不仅造就了匈奴、鲜卑、柔然、突厥、回纥、蒙古等游牧民族，还诞生过一位彪炳青史的草原英雄——成吉思汗。

成吉思汗一生叱咤风云，惊天动地，统一蒙古高原，破金灭辽，征服西夏，铁蹄席卷万里，创建蒙古汗国，干了一番轰轰烈烈的大事，也很自然地成为万世敬仰的英雄。

然而，大多数人并不清楚，成吉思汗还为丝绸之路的延伸与开拓做出了历史性的巨大贡献。尽管，成吉思汗并不知道，他开拓延伸、繁荣的商道被19世纪的学者称为"丝绸之路"。当时，蒙古人把这条能给他们带来中原的茶叶、丝绸、棉毛织品，又能从西方带来贵重的珍珠、宝石、玻璃、香料的商路称为"黄金绳索"，意思是用绳索拴住的是骏马，而绳索般的商道带给蒙古草原的则是黄金般宝贵的"商品"。成吉思汗对"黄金绳索"的关注与他统一蒙古高原，继而征服世界的

▲蒙古铁骑曾横扫欧亚大陆

伟业紧密相连，密不可分。13世纪初，成吉思汗统一蒙古各部，建立蒙古汗国，其影响和势力已经扩展到阿尔泰山西部和天山中部。蒙古汗国国力极大增强，各种战利品和各部落的贡品越来越多。随着财富的积累，成吉思汗王室和蒙古贵族对各类商品，尤其是中原和西方的奢侈品需求量不断增大，成吉思汗的心思和眼光也从战场移到了"黄金绳索"上。

在成吉思汗关注商品与"黄金绳索"这件事上，一批中亚商人起到了重要作用。由于汉唐丝路的畅通，丝路沿线的河西走廊、塔里木河流域，尤其唐时被称为"昭武九姓胡人"生活的阿姆河流域的中亚地区，尝到商贸流通的甜头，锻炼培养了一批通晓各地商情，也通晓突厥语、蒙古语的经商高手。他们有丰富的商业经验，有吃苦耐劳的冒险精神。他们从成吉思汗如日中天的事业中看出了天大的商机，不失时机地投其所好，把西方各种好玩、好看、好用并能显示身份和地位的奢侈品，用动辄千头的驼队送往蒙古贵族的帐篷，从蒙古贵族惊喜、贪婪的眼神中再判断何种商品最受欢迎。不长时间，新兴的蒙古汗国就已经离不开中亚商人，成吉思汗索性组建了由以中亚回族商人为主的多达四百五十名商人和数千头骆驼、骏马组成的庞大商队，专门为蒙古汗国服务。随着绵延几十里的庞大的驼队在茫茫草原逶迤穿行，成吉思汗和各个贵族的储备物资帐篷中堆满了从南宋、西夏、金国获得的丝绸、茶叶、布匹、药材、毛皮、麝香、大黄、谷物和生活用

▲ 随成吉思汗西征的将士后裔居住的北疆村庄

品。除自己享用这些物品外，他们又让回族商队将其运往欧亚，高价售出，又廉价购回欧亚的香料、珍珠、化妆品，还带回大量的金币。

　　"黄金绳索"的开辟，在某种意义上说导致了成吉思汗大军大规模的西征。当时花剌子模国（今吉尔吉斯共和国、乌兹别克共和国一带）占据着中亚许多古老的城市和乡村，又为丝路要冲，商贸发达，经济活跃，本来应该成为蒙古汗国很好的贸易伙伴，成吉思汗最初也很想与其通商交好，结果由于隔阂猜疑，发生了不幸。花剌子模国一位贪婪的将军在国王默许下，袭击了成吉思汗满载货物的千驼商队，并杀害四百九十九名经商高手，只有一名商人侥幸逃回。这件惨案激怒了成吉思汗，直接导致了成吉思汗大军大规模西征。1218 年，成吉思汗亲率大军西征，有许多中亚商人随行。他们凭借通晓中亚语言、国情、民情，在作战中发挥了很大作用，不少人被任命为被征服地方的行政官员。由于他们通晓商务，日后对这些地方的商贸流通、经济活跃起了十分明显的积极作用。

　　一些史书对成吉思汗在长达数年的西征中烧杀抢掠、滥杀无辜多有指责和批评，这是古代战争经常发生的事情。其中还有区别，只要归顺投降，缴纳赋税，并为蒙古军队提供住行方便，也会得到赦免。而那些固守抵抗的城镇，一旦被攻克，则会遭到烧杀抢掠的报复。有用的人会被留下，比如医生，会被征用随军，技师、工匠、牧教、妇女和儿童优待不杀，一律送回蒙古。日后蒙古建立元朝后，这批中亚技师、工匠迁居中原，在中西文化交流、民族融合上起了十分明显的作用。成吉思汗为打通"黄金绳索"进行的西征，使中国的版图达到前所未有的规模，超越了前朝汉唐。作为草原崛起的帝国，元代驿力充裕，从中原到中亚的漫长道路上，沿途都设置驿站，保护迎送往来的商队和使者，把丝路又一次推向兴旺和繁荣。

墓地之谜

常年的战争和奔波，显然不利于身体健康，成吉思汗发动西征时已六十岁，数年奔波，身体得不到很好的休息、治疗和恢复。据《元史》记载，成吉思汗于1227年去世，终年六十六岁。根据蒙古族习俗，大汗或部落首领去世后，常把遗骨葬在水草丰腴的地方，挖坑深埋，然后让马践踏为平地，还要派人看守，直到来年青草漫山遍野生长起来，看不出任何痕迹为止。于是其子孙遵照其遗嘱，密不发丧，将其遗体葬于辇谷。这片山谷据说是成吉思汗在一次打猎时发现的。这里山峦起伏，溪水交汇，成吉思汗十分喜爱，于是说："这儿适合做我的墓地。"安葬后，由于没有墓冢，周围阔逾三十里，有卫兵巡逻。仅数年之后，青草遍布，就看不出任何迹象了，所以其墓地在元时就无法确定。成吉思汗遗骨究竟归葬何处，已成千古之谜。为纪念成吉思汗，他的后代只好在成吉思汗生前使用的八座白色宫帐前举行祭奠活动。于是，这八座毡帐就成为成吉思汗陵寝的象征，被称为"八白室"。

最初，"八白室"由鄂尔多斯部落守护，因每个部落每年都逐水草搬迁，所以蒙古族人祭奠成吉思汗的活动也随鄂尔多斯部落迁移。至清代顺治年间，"八白室"被固定在伊克昭盟的伊金霍洛旗。抗日战争时期，为防止日军偷袭陵寝，蒙古群众把"八白室"迁至青海塔尔寺存放，因为蒙古族也信仰藏传佛教。途经陕甘宁边区时，延安军民曾组织迎送。中华人民共和国建立后，内蒙古自治区政府于1954年春把"八白室"迎回原地，于1956年建起固定的成吉思汗陵供人瞻仰。

成吉思汗陵所在的伊金霍洛旗距呼和浩特有四百多公里，距陕西榆林市的神木县境却仅几十公里，因此，近年由榆林出发经神木去成吉思汗陵已成一条旅游热线。历史上匈奴、鲜卑、党项、蒙古等族都曾在此活动，属民族交融地区。榆

▲被称为成吉思汗后裔的图瓦人

林一些地名，如红碱淖、大柳塔，均属蒙古语译音。至于山形地貌、饮食习惯、婚嫁风俗，也与内蒙古有许多相似之处。

榆林本身就是座塞外名城，长城沿线最大的城堡——镇北台便高耸榆林城外。出榆林城，便是一派塞外风光。无边的大漠铺开，丛丛红柳、沙打旺点缀其间，一群群牛羊散落着啃草，无定河水蜿蜒呜咽，晴日下疾风掠过川道。最为奇绝的是，在这大漠深处，内蒙古与陕西交界处，竟有一个面积达五十多平方公里的湖泊。塞外风疾，数里外便能听到波涛喧哗。来到湖边，只见碧波浩渺，天水一色，让人惊讶得说不出话来。

拜谒成陵

我曾两次去成陵拜谒这位草原英雄，都是从陕北榆林出发。车开出市区，一路朝北，进入内蒙古地界便是辽阔坦荡的鄂尔多斯大草原。雄伟壮丽的成吉思汗陵便修建在蓝天绿草之间，三座蒙古包式的宏伟大殿高高耸立，墙壁明黄，门窗朱红，圆圆的金顶则琉璃金黄，尽显皇家气派。大殿前的广场有成吉思汗骑马远眺的雕像，大殿中陈列着兵器、史籍，四周则是展示成吉思汗一生辉煌事迹的大型壁画以及元代工、农、牧、商各方面发展的盛况。其中最为醒目的便是成吉思汗西征路线。正是这条路线，成为元代最为繁盛的商道，即被蒙古人称为"黄金绳索"的丝绸之路。

在成吉思汗陵前徜徉，会深深地被这位英雄吸引。成吉思汗原名铁木真，他的父亲是部落首领，当时该部落刚刚打败另一个部落，为纪念这次胜利，他父亲就用俘虏首领的名字铁木真为儿子命名。这就注定了铁木真一生都要在征战厮杀中度过。其时，蒙古草原正处于四分五裂、互相劫掠的黑暗时期。《元朝秘史》中一首歌谣描绘了当时的情景：

> 星空团团转旋，各部纷纷作乱。
> 谁能在床上安睡，都去劫掠财源。
> 大地滚滚腾翻，天下到处作乱。
> 谁能在被窝里安睡，人们相杀相残。

当时的蒙古草原还没有统一的首领，更没有孔孟之道这样的礼仪规范，人们把抢劫、残杀、暴行看成豪勇和值得崇敬的行为。这就把广大牧民推向了贫困、灾难和死亡的深渊。茫茫的大草原呼唤着能够统一蒙古草原、制止相互残杀和掠夺的伟大英雄出现。

铁木真正是顺应了这一历史潮流，应运而生，经过三十余年的努力和奋斗，终于统一了蒙古草原，成为草原各部落和各民族的共同首领——成吉思汗。

但铁木真的成功并非一帆风顺，而是历尽艰辛，九死一生，在不断的失败和逆境中渐次崛起，在血与火的考验中成长壮大。铁木真九岁时，父亲便被仇敌毒死，全家仅剩孤儿寡母，还被仇敌屡屡追杀，只能到处流浪躲藏。幸而铁木真的母亲是位坚强的女性，她教导铁木真兄弟："我们除了自己的影子，没有别的朋友；除了尾巴，没有别的鞭子。你们要团结，要像一束箭杆一样粘在一起，别人才折不断！"

铁木真牢记母亲教导，忠诚待人，忠心事友，结识了大批肝胆相照的伙伴，这些人日后均成为他的得力助手和干将。尽管铁木真遭遇过被抓捕、被囚禁、财产被劫掠、新婚妻子被抢走等各种灾难，但他都没有被击倒。种种磨难、挫折和打击，反而使他愈加坚强，锻炼了他不屈不挠、奋斗到底的精神。所以每次失败，他都能迅速崛起，得到更多部落的拥戴。经过三十多年的奋斗，铁木真在四十五岁那年建立起空前强大和统一的蒙古汗国，他也获得了有海洋、最大、天子等多种崇高意义的称号——成吉思汗。

之后，成吉思汗及其子孙又率蒙古铁骑破金灭辽，收降西夏，远征欧亚，直打到伏尔加河流域和莫斯科城下，建立空前庞大的帝国，自己也被誉为"一代天骄"而永垂不朽！

在成吉思汗陵参观，人的思绪很容易被带进八百年前那个风云激荡、英雄辈出的岁月。成吉思汗那种坚忍不拔、奋斗不息的精神，让人感慨震撼，让人振奋鼓舞。一种开创新时代的使命感会在心头油然而生，更会使无数拜谒缅怀者的身上增添一种力量，一种鞭策。

旅途小憩

◇草原超市◇

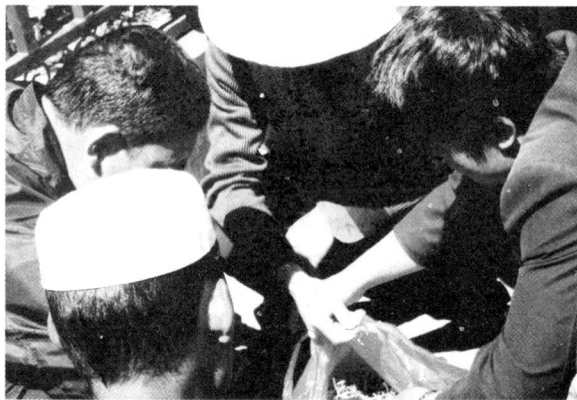

草原上的交易很有意思，有古代"边市"的遗风，即"以所多，易所鲜"，以物易物。用自己能够生产又消费不完的牲畜、毛皮、药材换取牧区无法生产的布匹、粮食、茶叶等。我们在去成吉思汗陵途中，经过陕北和内蒙古交界的一片树林，正好遇着传统集日。停车徜徉，只见有牛驮马载、车拉人背的各种蔬菜、粮食、牛羊肉、布匹、服装、日用百杂，还有各种小吃摊，应有尽有，与内地集市类同，但更加杂乱。只要是树荫下稍平坦处都摆着地摊，或直接在拖拉机、勒勒车上销售。由于交易双方直接接触商品，权且叫作"超市"。有趣的是，这里还保持古老的买卖方式，比如几个老乡在交易虫草时并不直接叫价，而是双方把手捏在一起，用出指头多少表示价钱高低，还价时也捏指头，并不出声，双方就能达到交易的默契。避免叫价还价过高过低时，让围观的人听见没面子又伤和气。这种捏指交易真还显示出古人的谋略与智慧呢。

成吉思汗
1162--1227

◀草原英雄依然受到今人崇拜

英雄辈出之地

一

有历史学家认为，人类的历史有一半书写在草原上，至少中国历史上有五个草原游牧民族建立过政权。鲜卑人建立过北魏，党项人建立过西夏，女真人建立过金，蒙古人和满族人分别建立了大一统的元朝和清朝。而且，由这两个马背上的民族建立起的王朝，疆域都空前的辽阔。这还不包括匈奴、回纥、契丹、吐蕃、吐谷浑等游牧民族创建的大大小小的汗国。其中，鲜卑、契丹、女真和蒙古族都生发于呼伦贝尔，一代天骄成吉思汗便是从这里出发，创建了世界上版图最大的蒙古汗国。但无论这些草原上的勇士干出过多大的业绩，在历史上书写了多少丰功伟绩，呼伦贝尔却永远是他们心灵深处的故乡。那么，这草原勇士的故乡位于何处？又为什么会成为英雄辈出的地方？

二

常有人把中国版图比喻为一只翘尾昂首、引颈高歌的雄鸡。在这只雄鸡的鸡冠位置，有一片因森林茂密、草原丰饶、湖泊美丽而被誉为"草原明珠"的地方——呼伦贝尔大草原。

这片大草原的得名是由于在无垠绿野中镶嵌了一对姊妹湖——呼伦湖和贝尔湖。呼伦湖在这片大草原的西部，狭长广袤，长达九十三公里，宽也有三十多公里，面积达两千多平方公里，真正"秋水共长天一色"，美不胜收。贝尔湖在大草原的西南部，横跨中蒙边界，略小一点，面积也有六百多平方公里。奇绝的是

▲ 呼伦贝尔草原一角

　　还有一条清澈无比的乌尔逊河，蜿蜒在大草原上，把呼伦湖和贝尔湖连接起来，所以人们称两湖为姊妹湖。

　　呼伦贝尔草原濒临被浩瀚森林覆盖的大兴安岭，四周植被茂密，湖水没有污染，十分洁净，碧透蔚蓝，深不可测。不仅生息着三十多种鱼类，还为众多的水禽和候鸟提供了十分优良的栖息地。

　　最为壮观和有趣的是，每当严冬来临之际，较为严寒的呼伦湖的鱼群，竟像候鸟迁徙一样，成群结队沿着乌尔逊河到贝尔湖过冬。三四斤重的大马哈鱼不时跃出水面，高达数尺，十分壮观。而这时，本来应该南下过冬的丹顶鹤、斑头雁、大海鸥一方面急于南下，一方面舍不得蜂拥而至的鱼群，硬要饱餐之后，才恋恋不舍地飞走。

三

　　呼伦贝尔大草原当然不仅仅有这两个美丽的湖泊，还拥有广袤的森林、逶迤的山岭。若在夏秋之交，从飞机上俯瞰，下面是一望无垠的绿色海洋，若是乘坐北京至满洲里的火车，当越过绵延起伏的大兴安岭后，便进入了一幅巨大的、仿佛没有尽头的绿色画卷。

　　"敕勒川，阴山下，天似穹庐，笼盖四野。天苍苍，野茫茫，风吹草低见牛羊。"这首古老的民歌原诞生于蒙古草原西部的阴山脚下，千年逝去，我在阴山寻找不到的景象，却在呼伦贝尔大草原随处可见。

▲ 大草原上牛羊遍野

　　呼伦贝尔大草原之所以闻名遐迩，关键是有多达八万平方公里未遭污染的被称为"绿色净土"的优质草原。以牧草为主的各类植物多达一千三百余种，占了世界草原植物的绝大多数，能够满足牛羊的各种需求。同时又形成了不同特色的植被景观，平原与平缓的山坡绿草如毡，铺天盖地地涌向天边，弯曲的溪水若明若暗，水草丰茂，这就为牧民整个夏秋放牧提供了坚实的保障。在起伏的山岭和林木葱茏的地方，草深没腰，麦浪一般漫过一道道山岭，这就为牧民储备冬季饲草提供了基地。河流、湖泊和大面积的湿地沼泽，栖息着数以万计的野生禽类，湖泊多出水产，大马哈鱼成群结队。还有野生的驯鹿、马鹿、狍子、黄羊，常常奔驰或漫游在草原、丛林……

　　20世纪50年代，这里还是"棒打狍子瓢舀鱼，野鸡飞到饭锅里"的景象，由此不难想见生态是何等良好。事实上，整个呼伦贝尔大草原从远古时代就为许多游牧民族的诞生、发展、壮大提供了无与伦比的条件。我国著名的历史学家翦伯赞在1961年考察呼伦贝尔大草原后认为，呼伦贝尔不仅现在是内蒙古的一个最好的地区，自古以来就是一个最好的草原。这个草原一直是游牧民族的历史摇篮，鲜卑人、契丹人、女真人、蒙古人都是在这个摇篮里长大的，又都在这里度过了他们历史上的青春时代。

　　历史已经证明了翦伯赞先生的科学论断。呼伦贝尔大草原的丰美水草，为游牧民族养育了铁蹄骏马，也养育了强健的勇士，从春秋战国直至清代，这些游牧民族各自创造了自己辉煌的历史。过去，我们仅知道从春秋战国起，历代中原王朝为防止游牧民族南下都构筑过长城，但不知道游牧民族为自身安全，也曾构筑

▶草原英雄常被誉为雄鹰

长城。如今，在呼伦贝尔大草原上，还存留着长达五千公里的长城遗址，从构筑方式、年代来看，这同样伟大的长城，是游牧民族女真人在建立金政权时所筑。公元4世纪，鲜卑人建立了统一整个北方的北魏政权；公元10世纪，契丹人以呼伦贝尔为后方基地，建立了辽国；公元12世纪，女真人则建立金国；公元13世纪，蒙古草原则涌现出"一代天骄"成吉思汗，建立了空前辽阔强大的蒙古汗国；公元17世纪，女真人的后裔满族入关，建立统一全国的清政权，创造过"康乾盛世"，并最终为今日祖国版图奠定了基础。若追根溯源，呼伦贝尔大草原真是功不可没呢！称其为英雄辈出的地方也恰如其分。

四

时至今日，呼伦贝尔大草原上还生活着蒙古族、达斡尔族、鄂温克族、鄂伦春族、满族、回族、俄罗斯族等三十六个民族，各民族在这片丰美的大草原上和睦相处，又继承和保留着各自的文化习俗。比如鄂伦春族，自古就是以狩猎、养驯鹿、采集为生的游牧民族，中华人民共和国建立后，政府虽为他们建立了定居点，但他们至今还饲养驯鹿，还有部分牧民保持着"逐水草而居"的生活习俗。不久前，中央电视台播出了一位在中央美术学院读书四年的鄂伦春族女画家，仍回到故乡，与家人一起赶着驯鹿迁徙的节目，十分真实地反映了鄂伦春族独特的生活习俗。

▶ 这位哈萨克族少年也是骑马高手

　　呼伦贝尔大草原也并非完全绿浪接天，鲜花烂漫。由于纬度偏高，夏季短促，冬季寒冷漫长，每年 10 月，江南仍是花红柳绿，这儿已是满眼萧索，不定哪天银白的雪花便会不露声色悄然飘落。而且，这儿的雪花可是"大如席"，纷纷扬扬，铺天盖地，整个冬季大草原上都积雪盈尺，真正"千里冰封，万里雪飘"，一派银装素裹，形成壮美的塞外景象。无怪近年，呼伦贝尔草原的"冰雪风光旅游"已成为亮点。

　　漫长的严寒消灭了病虫，厚厚的冰雪滋润了无边的草原，也为河流湖泊提供了充足的水源，呼伦贝尔的植被才生长得那么茂密丰美，生机勃勃。于是我们就有幸领略到呼伦贝尔大草原的全部热情和魅力。

　　每当夏秋之交，各民族的牧民都会继承先祖遗风，"逐水草而居"。蓝天白云之下，一座座圆圆的帐篷便点缀在如绿毡的大草原上，一群群牛羊像云团般慢慢浮动，骏马则用奔腾来展示永远用不完的精力，剽悍的牧民挥动马鞭，引吭高歌，歌声此起彼伏。一阵雨后，彩虹高挂，蒙古包飘起袅袅炊烟，一切都美丽如诗，如梦如幻，足以融化掉所有来到呼伦贝尔的旅人的心。

　　朋友，到呼伦贝尔去吧，那是一颗真正光芒四射的草原明珠。

▶雾中草原

草原重镇：锡林郭勒

一

　　锡林郭勒是蒙古语，意思是高原上的河流。作为我国四大草原之一的锡林郭勒草原，不仅有蜿蜒如带、碧波清澈、美丽如画的锡林河，还有"天苍苍，野茫茫，风吹草低见牛羊"的雄浑壮阔、苍凉悲壮的草原风景，有战国时燕、秦以及金代修筑的长城、烽燧、城堡遗迹，有横亘于锡林郭勒南部的排列有序、顶部较为平缓的群山，更有蒙古族群众那古朴动人的风俗民情，赛马、摔跤、射箭无一不使人大饱眼福。至于夏秋之交，每临黄昏，夕阳西下，晚霞灿烂，牛羊晚归，草原升起一层薄薄的暮霭，蒙蒙的月色中，一曲《敖包相会》在草原深处悠扬唱起，不知会使多少游人听得如痴如醉，乐而忘返呢！

　　锡林郭勒位于我国正北部，内蒙古大草原的中部。北京到锡林郭勒草原的中心城市锡林浩特有 207 国道相通，路况很好，仅三百多公里，比从呼和浩特去还要近捷。

　　在春秋战国时期，锡林郭勒属燕国领土，目前在锡林郭勒盟境内，还分布着许多燕长城的遗迹。当时草原地带人烟稀少，构筑长城只能就地取材，长城不少地段为片石垒砌，无石可取的地方则用土筑。最为奇特的是，有的地段并非用石或土垒就，而是深挖壕沟，使战马难以逾越，同样起到了防止依赖马上优势的游

▲草原的祭莫敖包

牧民族南下劫掠的作用。这种沟壕曾引起专家们的关注，充分显示了古人的智慧。

当年，无论是鲜卑、契丹还是女真、蒙古，当他们在崛起发祥之地呼伦贝尔度过幼稚的童年、天真的少年，进入血气方刚的青年时代，要走出故乡，走出草原，走向历史舞台的时候，却注定绕不开草原重镇锡林郭勒。这是因为地理的缘由，无论由东向西，或是由西向东，锡林郭勒都位居正中，谁也绕不过去。再就是锡林郭勒正好在北京的正北方向，先后在北京建都的草原英雄们，往往把对故乡的怀念寄托在距离最近的地方。忽必烈称帝后，每当祭拜祖先天地都会到锡林郭勒，至今锡林郭勒还留存着规模巨大的祭祀敖包。

二

两千多年的风雨过去，昔日燕赵边境金戈铁马、狼烟四起的战斗情景早已被牛羊布野、民族团结的祥和气象取代。而那些有长城或堑壕的古代边城却也为草原平添了一道风景，颇引游人喟叹。

锡林郭勒草原是内蒙古也是我国的重要草场，境内绿草如茵，野花盛开，有冈峦起伏、火山锥密布、被称为地质奇观的玄武岩高原台地，有小腾格里之称的大片沙漠，还有一座历史悠久、规模宏阔、具有蒙古族建筑风格的喇嘛庙。凡此种种，均使锡林郭勒这片大草原充满神奇与魅力，吸引着越来越多的游客。

来到锡林郭勒草原，首先映入眼帘的便是锡林河。这条为锡林郭勒草原独有的内陆河，在大草原流淌达一百七十五公里。两岸胡杨成林，青草如茵，河水清澈，波澜不兴，像无比留恋草原似的划下九道大湾，号称锡林九曲。每道河曲风光都异常迷人，但各不相同，吸引过不少摄影家。锡林河曲风光还上过邮票小型张呢。

在锡林浩特市北二十余公里处，锡林河水在地面逐渐消失，潜入地下，形成大面积湿地景观。沼泽纵横，浅水片片，吸引着各种飞禽。由于这儿水源充足，花草格外茂盛，夏秋时节，大片的绿草铺向天边，各色野花点缀其间，洁白的羊群缓缓移动，犹如绿色地毯上绣的白色花朵，微风轻拂，让人感叹：此景只应天上有，何人遣使落人间？

锡林郭勒草原最大的魅力是它保持着良好的生态，尤其是整个锡林河流域，早在 1987 年就被联合国批准加入国际生物圈保护区，1996 年又被定为国家自然保护区。保护区内植物的茂密和丰富都让人惊讶和感叹，一平方米内竟然生长着二十种以上不同的植物，其中大多是草质优良、形态优美的草原类野生植物。还有不少天然药用植物，比如线叶菊、贝加尔针茅、黄花菜、紫蔷薇等等。花开时节，姹紫嫣红，争相怒放，点缀于绿波翻滚的大草原上，游人仿佛置身于鲜花世界，心旷神怡，流连忘返。最为奇绝的是，在茫茫大草原中，还镶嵌着一面巨大的湖泊——扎格斯台淖尔。这片高原湖泊没有污染，水质清澈，无一丝杂染，深蓝碧透，波光粼粼，湖边生长着大面积的塔形云杉。每当深秋，云杉一片殷红，拔地而立，湖水深蓝，在大片已显金黄的草原映衬之下，像俄罗斯油画那样深沉优美，动人心弦。

三

在锡林郭勒大草原的东北方向，是海流特山，其实是远横于天边的一抹高原。山体相连，山势平缓，山前缓缓形成宽广平坦的海流特草原，生长着以大针茅为主的草原植被。由于没有被污染和破坏，野草和花卉长势良好，铺天盖地，绿浪直接天边。初秋，大针茅到了抽穗时节，大片白色的穗花，在微风中摇曳，美不胜收。若登上海流特山眺望，辽阔的草原尽收眼底，白云般移动的羊群，圆圆的蒙古包，缕缕飘升的炊烟，乘着马缓缓而行的牧人，构成一幅天人合一的草原风光图，让你深感不虚此行。

锡林郭勒草原是蒙古族聚居的地方，保持着许多独特的民族风情。那圆圆的蒙古包、昂扬的马头琴，那香气扑鼻的奶茶、鲜嫩无比的手抓羊肉以及热情好客的蒙古牧民纯朴诚挚的目光都足以让你融化。许多人都十分欣赏蒙古歌曲《敖包相会》，但不一定了解什么是敖包。如果能够巧遇蒙古族群众祭奠敖包的活动，那更会加深对蒙古族兄弟的了解。

▲草原人家

▲逐渐定居的牧民

敖包是蒙古语，意思是"堆子"，早年是人们在草原上用石头堆成的道路或边界的标志。后来逐步演变成祭山神、路神和祈祷丰收、家人幸福平安的象征，从而具有崇高的地位，也含着强烈的宗教色彩。由于蒙古牧民和藏族牧民大都信仰藏传佛教，蒙古族牧民的敖包与藏族的玛尼堆相似，都是用石块垒成，布着各种经幡彩条，十分庄重。

锡林郭勒草原最大、最悠久的查干敖包山在锡林浩特市西三十余公里处，由十三个石堆构成，中间一座最大，形似烽火台，傲立于草原之间。

这便是当年忽必烈祭奠天地祖先的地方，对于蒙古牧民来讲更是一处缅怀英雄的去处。每年六、七月，方圆数百里的牧民都要来敖包山祭奠先祖，其场面十分隆重，也十分严肃。晚间，则是另一番景象，白色的帐篷星罗棋布，一堆堆的篝火燃起，蒙古族青年男女围着火堆载歌载舞，十分欢快。

近年，查干敖包成为旅游团队举办篝火晚会的首选之地，而且常常融进蒙古族群众的篝火之中。在皓月当空之夜，欢乐的歌声此起彼伏，谱写着一曲曲民族大团结的乐章。

牛羊绕塞忆昭君

仙娥今下嫁，骄子自同知。

剑戟归田里，牛羊绕塞多。

——唐·张仲素

楚地秀女

褒姒、西施、虞姬、貂蝉、赵飞燕、杨玉环、卓文君、王昭君……这些隐藏于历史深处，倾城倾国的绝色女子，几乎都有着缠绵悱恻、让人扼腕长叹的故事，都牵连着一个风云激荡的时代。比如王昭君，就在长达几个世纪的汉匈争战中，扮演过重要角色。

汉匈之间的战争，可追溯至春秋战国时期，历史典故"烽火戏诸侯"中，灭掉西周的犬戎，便是匈奴的一支。秦汉之际，汉匈边境战火不熄，迫使西汉王朝由开国之初的"和亲纳贡"到武帝时期的反击。历经"河南之战""河西之战""漠北之战"三大战役，汉王朝反击匈奴取得决定性胜利，拓疆西域，开辟丝路，进入国力强盛时期。相比之下，匈奴接连遭受沉重打击，王庭退往漠北，并引发内乱，形成"五单于争立"即五股势力争夺汗位的局面。其中呼韩邪部决定"称臣事汉"，投降汉朝向汉皇称臣，率领其部落越过大漠游牧于阴山，即今内蒙古呼和浩特一带，呼韩邪单于则亲自到长安拜见汉宣帝。昭君出塞和亲便是发生于这期间的一件载入史册的大事。

王昭君于西汉末（公元前52年）出生于湖北秭归，当时该地区属南郡管辖。这一带属长江三峡向楚天平原过渡地段，又有一条从云烟苍茫的神农架流出的香

▲牛羊绕塞，一派升平气象

溪缠绕，真正青山如黛，风柔雨嫩，生养的女子都很秀气。王昭君，名王嫱，字昭君，虽出生在寻常人家，却天生丽质，聪明伶俐。汉时豪放，女子亦无多少礼教束缚，只要家庭条件许可，女孩子可以像男孩子一样读书习琴。待到十五岁，已琴棋书画无所不精，其美貌更是广传乡里。公元前36年，汉元帝昭示天下，遍选秀女，即为皇帝选拔宫女嫔妃，王昭君成为所在南郡的首选。时过境迁，我们已很难推测入选当事人与家人心态。据《后汉书·南匈奴传》载，王昭君入选后即须按规定择吉日进京。其父王穰说："小女年纪尚幼，难以应命。"无奈皇命难违，王昭君于同年春，泪别父母故乡，登雕花龙凤官船，顺香溪入长江，逆汉水越秦岭，历时三个月之久，于同年初夏抵达长安。昭君初入宫为掖庭待诏，即皇宫最低等级的嫔妃，没有名分和地位，更不能得到皇帝宠幸，只能靠运气等待皇帝的召唤。一个十五岁的少女，正是含苞待放、对生活充满憧憬的年纪。在全国的选秀活动中，能够成为一郡首选，应该是风光无限，何况是去京城，见皇帝！尽管有辞亲别乡的离愁，但雄伟壮丽、规模宏大的京城，华丽富贵、奢侈奇巧的皇宫，让这个来自南国楚地的女子大开眼界，也对未来充满憧憬，盼望自己能够得到皇帝的宠幸，得到荣华富贵，并能惠及家乡父母。这应该是包括王昭君在内的几千名后宫女子的共同愿望。

孤寂皇宫

很快这种梦想就被残酷的现实击得粉碎！汉长安城中华丽壮美的未央宫是个被厚重的高墙重重围定的与世隔绝的天地，没有青山绿水，没有鸡啼犬吠，没有

公元前 33 年王昭君出塞和亲▶

喧嚣市声，在霓裳绫罗、歌舞酒宴的背后是森严的制度、烦琐的礼仪和无处不在的忌恨、猜疑、是非与纠葛，完全是个冰冷的世界。按照汉皇室后宫规定，皇帝除了皇后，还设有十四个等级品阶的妃嫔，有昭仪、美人、良人、婕妤之类的封号。比如汉武帝的母亲就曾被封为美人，著名的美女赵飞燕最初的封号则为婕妤。这些有封号、有名分、有等级的嫔妃之后，才是浩浩荡荡的宫女。不幸的是王昭君就是这些没有等级名分、地位最为低下的宫女中的一个，默默无闻，毫无希望地等待着不知道会不会到来的"临幸"，这是历代后宫都重复上演的悲剧。如花似玉的嫔妃宫女成千上万，皇帝只有一个，许多宫女一生连皇帝的面也不曾见过，皇帝死后还成批地被杀掉陪葬。这种违背人性扼杀人性的制度，上演了多少荒唐的悲剧。晋武帝面对众嫔妃，自己也不知去哪儿"临幸"，于是有太监出主意，用羊拉车，羊在哪位妃嫔的门口停下，武帝当晚就住在哪位妃嫔的房间。妃嫔为了争得武帝"临幸"，挖空心思，有的在门口放置树枝青草，有的把盐水洒在门口，吸引羊啃草舔盐，以便停车接受武帝"临幸"。王昭君进宫时，当政的皇帝是汉元帝，三十多岁，正值盛年，但长年沉浸于后宫，又毫无节制，最后审美疲劳，连美女也懒得去见了。于是便有无孔不入的太监出了个主意，让宫中画师把嫔妃宫女们都画下来，让元帝按画索人。

其时，宫廷有个画师叫毛延寿，画技高明，却有贪贿的毛病，后宫女子们为得到元帝临幸，便送钱物给他，时间长了，几乎成为一条不成文的"游戏规则"。轮到为王昭君画像时，毛延寿本以为又能得一些钱物，岂料，王昭君心高气傲，对自己的美貌有充分的自信，"自知明艳更沉吟"，压根就没打算向毛延寿"意思意思"。身为宫廷画师，毕竟有身份，亦有城府，见王昭君神情，心知肚明，不露声色，依然画工精细，一丝不苟，连王昭君自己都为画像上那个美艳绝伦的少女倾倒，压根没有想到毛延寿当晚就在画像下颌点上了一颗黑痣。古人迷信，常以面相占卜未来，通常下颌有黑痣便被认为克夫，这黑痣还有个名称：丧夫落泪痣。如此一来，王昭君就没有了被元帝临幸的机会，假如不是历史和时代为她提供"出塞和亲"的机遇，她完全可能如杜牧的《宫人冢》中描写的那样："尽是离宫院中女，苑墙城外冢累累。少年入内教歌舞，不识君王到老时。"到老成为白头，宫内也无人知晓，被掩埋于城外乱葬岗，湮没于无情的岁月。恰在这时，历史为王昭君提供了一个可以选择另一种命运的机遇。

出塞和亲

当时，汉匈关系正进入一个转折期，匈奴呼韩邪在"五单于争立"的内讧时期，归附汉朝，汉王朝也给他很高的礼遇和封赠，调拨谷物解决饥荒。在汉王朝的支持下，呼韩邪重返漠北，成为统领匈奴全境的"位于诸侯王上"的汉朝藩王。这也实际宣告了汉匈两大民族战争状态的结束，开辟了汉匈合作的新格局，也增强了少数民族向往中原的内聚力，为日后建立多民族的统一国家打下了基础。

公元前 33 年，已经统一匈奴全境的呼韩邪单于出于对汉王朝的感激，到汉长安城朝见汉元帝，请求"婿汉氏以自亲"，主动提出愿意做汉朝女婿，使汉匈关系和上加亲。这与之前汉室为平息边患被迫"和亲纳贡"完全是两回事，是降低身份，表示友好感戴。汉王室素为礼仪之邦，君臣均认为这是件好事，汉元帝痛快地答应呼韩邪的请求，并在后宫征求愿意外嫁的宫女。王昭君便是在这个历史背景下，自愿请嫁，脱颖而出，日后名标青史。

难道当时王昭君没有考虑到匈奴地处北地，遥远偏僻，蛮荒寒塞，语言不通，风俗迥异？再是本朝公主细君解忧被迫远嫁的悲剧，朝野尽知。细君公主思念故乡的《悲秋歌》更是在宫廷流传：

> 吾家嫁我兮天一方，远托异国兮乌孙王。
>
> 穹庐为室兮毡为墙，以肉为食兮酪为浆。
>
> 居常土思兮心内伤，愿为黄鹄兮归故乡。

王昭君应该知道这些，也对留在汉宫还是远嫁边地做了认真思考，才做出孤绝的选择。这几乎要追溯到生养王昭君的那片土地，楚地深沉，"楚虽三户，亡秦必楚"。楚人坚强耿介，与王昭君同一故土的屈原赋《离骚》而投江水；西楚项羽，"生当作人杰，死亦为鬼雄"，宁可自刎，"不肯过江东"。这些楚地先贤也会影响知书达理的王昭君。当初，她既不肯贿赂画师以求召幸，几年的后宫生活更使她清醒地认识到，继续待在汉宫的活地狱中，也只有忧伤到死，然后与那些宫墙外的累累白骨为伍，与其在此虚耗青春，不如去边地一搏。性格决定命运，正是在关键时刻，王昭君抓住了机遇，挺身而出，登上了历史舞台。《汉书·匈奴传》记载了这个历史性的场景："呼韩邪临辞大会，帝召五女以示之。昭君丰容靓饰，光明汉宫，顾景裴回，竦动左右。帝见大惊，意欲留之，而难于失信，遂与匈奴。"呼韩邪感激万分，"上书愿保塞上谷以西至敦煌，传之无穷，请罢边备塞史吏，以休天子之民"。

呼韩邪返回草原时，汉王朝为其举办高规格的欢送宴会，百官咸集，宾客如云。在喜庆的音乐声中，盛装的王昭君由四名宫女簇拥来到宫廷。王昭君的美貌与风采，像一束朗朗的阳光照亮整个宫廷，真正"回眸一笑百媚生，六宫粉黛无颜色"，连汉元帝都大吃一惊，没想到后宫竟有如此绝代佳人，想留在汉宫，又无法失信于匈奴，只好忍痛割爱，允嫁匈奴。呼韩邪压根没有想到能够得到大汉王朝这样一位雍容华贵的绝代美人，自然大喜过望，感激万分，当即表示愿意确保汉王朝上谷以西至敦煌（今山西至敦煌近三千公里）的边塞安宁。这应该是王昭君为汉王朝做出的巨大的历史贡献。

不管是出于对王昭君的歉意和留恋，还是对汉匈和好关系的重视，汉元帝对昭君出塞和亲都高度重视，改年号为"竟宁"，意谓边境永熄烽火，和平安宁。呼韩邪则封王昭君为宁胡阏氏，即胡汉友好皇后。呼韩邪与王昭君离开长安时，汉王朝又破格赏赐陪嫁，仅是锦帛便多达两千八百多匹，加之谷物、茶叶各类用品，车载马驮，浩浩荡荡，汉元帝与百官亲送出长安城十里。这在汉匈关系史上也属浓墨重彩，空前绝后。之后，王昭君在匈奴大汗呼韩邪陪伴下踏上出塞的道路，一路北行，经朔方，过五原，到达阴山脚下匈奴王庭所在地。据说，途中王昭君弹琴自娱，引发大雁低飞倾听，此为成语"沉鱼落雁"的由来。王昭君由此走进一片完全陌生的天地，陌生的人群，陌生的社会，但开启了自己新的人生。

毕竟两千年岁月过去，王昭君在塞外生活境况与细节已无从细考，只能从史书查找。《汉书·匈奴传》记载的大致情况为：王昭君出嫁匈奴汗王，生了一个儿子，取匈奴名伊屠智牙师，后为匈奴日逐王。不幸的是，仅仅两年，年仅四十二岁的呼韩邪汗王去世。根据匈奴"父死妻其后母"的习俗，老单于死后，王昭君便应该改嫁给老单于前妻之子。不仅匈奴如此，游牧民族基本都是如此。司马迁在《史记》中分析："苟利所在，不知礼仪。"如兄死，嫂子连同牛羊一块儿可以由兄弟继承；父死，后母和牛羊一块儿由儿子继承。呼韩邪与前一个阏氏所生儿子叫复株累若鞮，继承了单于之位，提出婚娶要求。王昭君到匈奴刚两

▲昭君出塞为边民带来几代和平

年，尚未完全习惯，加之单于去世，对再嫁儿子的事思想上难以接受，上书朝廷，要求归汉。岂料，这时曾因昭君美貌"意欲留之"的汉元帝已去世，继任的汉成帝从汉匈关系的大局考虑，敕令昭君"应从胡俗"，即改嫁小单于。其实，小单于时年二十岁左右，与王昭君年龄相仿，他亦爱慕王昭君的美貌，两人倒般配，婚后十分恩爱，生养了两个女儿，长女名叫须卜居次，小女名叫当于居次。两个女儿日后均嫁给匈奴贵族，在匈奴王庭身居要津，由于汉匈血缘关系，很自然地在汉匈和睦相处上起到积极作用。小单于在位十二年亦去世。之后，再无王昭君婚嫁记载。王昭君在塞外，备受两代单于宠爱，子女亦为贵族高官。若仍在汉宫，汉元帝去世，即使不被无辜陪葬，新君立后，也注定被打进冷宫，成为白头宫女，寂寞终生。诚如一首唐诗所说："寥落古行宫，宫花寂寞红。白头宫女在，闲坐说玄宗。"历史已经证明王昭君当年选择的正确性，生活也给了这个倔强而磊落的女子最大回报。

惠泽三代

千百年来，王昭君出塞和亲，成为民族团结友好的象征，她的功绩在生前死后都得到公认和尊崇。近年从呼和浩特市附近和包头市发掘的西汉晚期古建筑中，都有"单于和亲、千秋万岁、安乐未央"十二字砖和"长乐未央"瓦当，表明长城沿线各族群众对昭君出塞的热情颂扬，企盼汉匈和好，边境和平，对后世产生了深远的影响。

▲王昭君墓地"青冢"成为呼和浩特的景观

又据敦煌发现的唐代《王昭君变文》记载，昭君去世，从匈奴俗，"棺椁穹窿，更别方圆""酝五百瓮酒，杀十万口羊，退犊燖驰，饮食盈川，人伦若海。一百里铺氍毛毯，踏实而行。五百里铺金银胡瓶，下脚无处。单于亲降，部落皆来，倾国成仪，乃葬昭军（君）"。汉孝哀皇帝也派专使前来吊唁。其隆重程度，空前绝后。汉匈各族群众自发前往，从内心深处对王昭君感恩戴德，这是因为自昭君和亲后六十年间，整整三代，边境保持少有的安定，汉匈和睦，再无烽火兵戈，出现了"边城宴闭，牛马布野，三世无吠犬之警，黎庶忘干戈之役，人民炽盛"的繁荣景象。饱经战乱之苦的边境各族群众当然会对王昭君深深爱戴和怀念。据说赶来送葬的群众纷纷用衣襟包土，硬是垒起如山的坟墓，至今耸立在呼和浩特市南郊的大黑河畔，每年"凉秋九月，塞外草衰"，只有高耸的昭君墓上草色青青。故昭君墓有"青冢"之称，"青冢拥黛"亦为呼和浩特八景之一。

王昭君的传奇经历与历史功勋，不仅帝王肯定，群众拥戴，亦引发历代文人的咏叹，据统计仅是诗歌便有七百余首，再是元杂剧家马致远之《汉宫秋》，现代戏剧家曹禺的《王昭君》等作品涉及作家诗人五百余人，著名的有李白、杜甫、白居易、李商隐、蔡邕、王安石、耶律楚材、郭沫若、曹禺、田汉、翦伯赞、费孝通、老舍……长长一串，都是进入中国文化史的顶尖级人物。且让我们以杜甫名作作为本文结尾：

群山万壑赴荆门，生长明妃尚有村。一去紫台连朔漠，独留青冢向黄昏。画图省识春风面，环佩空归月夜魂。千载琵琶作胡语，分明怨恨曲中论。

▲让人感到温暖亲切的草原炊烟

草地炊烟话奶茶

一

在茫茫草原上行走，不管是骑马还是乘车，当最初的兴奋、惊讶过去之后，连续数日的颠簸，那无边无际的青绿，会让视觉产生审美疲劳，那过于空旷的世界也难免让人感到一种寂寥。尤其高原气候瞬息万变，即便盛夏，一阵风后，天边云团渐次变浓，迅速铺开，罩得天昏地暗，一个炸雷在头顶骤响，如绳如鞭的大雨便铺天盖地而来，打得车篷嘭嘭作响，前面只能看清数米远的地方，车窗紧闭还能闻到浓浓的土腥味，气温也骤然下降。夏季单衫不能御寒，让人在车中缩成一团，止不住哆嗦，牙齿也开始打战。

幸亏，一阵疾风吹过，乌云渐次散开，风停雨住，蓝天重现，让人舒畅的同时，倦意也渐渐袭来。此时此刻，最向往也最惬意的莫过于能有一大杯热气腾腾的茶水解渴解乏。

也许就在这时，一缕炊烟从一处山坡升起，在雨后的天空、青绿的草地衬托之下分外醒目。炊烟从圆顶帐篷升起，周围移动的白点大多是羊群，黑点则是牦牛。骑在马背上的牧人常盯着自己的畜群久久地伫立。不用说，那是一户牧民。

此刻，你会觉得那户牧民的出现十分及时，非常亲切，末了，一切感觉都化

▶ 藏族群众待客必用酥油茶

为一杯滚烫的奶茶。去过草原的人都会有这样的经历，无论熟悉还是陌生，只要到了牧民帐篷，都会受到热情的接待。这种热情没有任何多余的话语，是从那率真、诚挚、尚未被现代文明污染的眼神中流露出来的。这种诚挚则表现为很快为你熬出一碗滚烫喷香的奶茶。

也许，你第一次端上奶茶，会因为陌生和腥味而畏怯，但只要喝上一次，你就会感到顾虑完全多余，这种奶茶其味香美异常，令人回味无穷。关键你喝后能立时驱散寒冷和疲乏，肠胃中热乎乎的，整个身心都渐次舒展。

这时，主人会不失时机地端上炒米、糕点、奶豆腐、黄油、红糖等食品，供客人一边饮茶，一边食用。这时，你才发现端在手中的是一只镶着银边的木碗，颜色黑红，木纹清晰。你可能一下认不出是什么木质，但沉甸甸的有些分量，还会因碗边的指痕感到这碗伴随着这户牧民经历的沧桑。

于是，你会向着煮着奶茶的牛粪火堆靠拢，其实，也是向这户不知姓名的牧民靠拢了。

二

奶茶，牧民不仅用来待客，也是他们不可或缺的食物。而且，同是草原，不同地域不同民族有不同的制作饮用方式，但都有着悠久的历史。

尽管处于北方的游牧民族地区历来并不产茶，但从史料上看，回纥、吐蕃、契丹、党项等少数民族在唐宋时期就有了饮茶记载。而且，一些游牧民族的贵族阶层饮茶已经到了十分讲究的程度。宋时曾和中原王朝签订"澶渊之盟"的契丹，

贵族待客"先汤后茶"，把茶置于饭后以助消化。契丹人在与宋王朝打交道时，对茶的要求是"非团茶不纳也，非小团不贵也"。意思是经过炮制的、有一定造型的茶才要。茶叶芽越小就越贵，这已是今日对名茶的认识和要求。曾建立大清王朝的女真人，在招待客人时则用"建茗"，是指福建一带所产的乌龙一类名茶。在内蒙古出土的元代古墓壁画中，有泡茶、饮茶的场景。元代的《饮膳正要》中有记载，饮茶要佐以"羊油、牛奶子"，说明元时奶茶已经形成。

草原上不仅贵族喜茶，由于"腥肉之食非茶不消，青稞之热非茶不解"，茶叶传入草原后广受牧民欢迎而迅速普及。于是茶叶需求量便成百倍千倍地增长。因当地不产茶叶，只能以畜产品与中原王朝换取茶叶。这便是始于唐、盛于宋、延续至明清的历经千年的"茶马互市"。最盛时期，宋朝每年易马三万匹，茶叶则达六百万斤，这在千年之前是很惊人的数字。因为当时中国包括游牧民族总人口也不过数千万。清乾隆初，疆域较今日辽阔（含蒙古、中亚部分地区），人口才过两亿。由此推断，茶叶只有成为牧民的不可或缺的饮品，才会有如此大的需求量。

三

草原游牧民族在饮茶过程中，不断积累经验，创造出独树一帜的奶茶文化。首先，由于"逐水草而居"经常迁徙，他们喜欢加工好的砖茶，便于携带贮藏。需要时，用随身携带的小刀切成碎块，放于罐中来煮。草原用干牛粪做燃料，火劲不大，但持续时间长。煮茶时再配以小米、牛奶、奶酪，加盐煮沸后，滤掉茶

▶ 天山脚下的牧民定居点

渣，待茶味、奶味充分出来，再盛于木碗中，可接待客人，也可做茶水解渴。若再配以大块手抓羊肉、馕饼、奶豆腐，那就是美味佳肴了。

在甘肃河西走廊生活的裕固族，是把茶叶放进布袋中，再在奶锅中煮熬。这样做的好处是避免茶叶混入酥油奶酪之中，既保茶味奶香，又无茶渣。宁夏、青海、新疆一带的回族群众，在生活中创造出一种"三炮台"饮茶法。这种茶以绿茶配以桂圆、冰糖、葡萄干、枸杞，用精美的茶具冲泡，茶盘、茶杯、茶盖形似三座炮台，故名。饮时，十分讲究，先把茶具洗净，把泉水烧开，慢慢冲进，然后盖紧茶盖。少顷，待茶泡开，冰糖溶化，葡萄干、枸杞皆泡软时，才启盖饮用。只见清亮的茶水中飘着红艳艳的枸杞，单看一眼便馋涎欲滴，因而"三炮台"在回民中广受欢迎。

新疆维吾尔族群众饮茶历史也十分悠久，可追溯至隋唐。那时，维吾尔族的祖先称回纥，后也称回鹘，是与唐宋王朝交好的一个民族，早先占据着蒙古漠北一带，很早就与唐开展"茶马互市"，养成饮茶习惯。公元 10 世纪，回纥迁徙西域，逐渐由游牧民族成为定居的农耕或半耕半牧民族。尽管这个民族在许多方面都发生了变化，由回纥而回鹘，由畏兀尔而维吾尔，但饮茶习惯不仅没有改变，还有很大发展，渗透在维吾尔族生活的各个方面。"客来敬茶"则是每家必遵的礼仪，饮茶前要用有细长壶嘴的陶壶净手，考究的人家还用红铜或银质茶具，茶则有绿茶、花茶、香茶、油茶、胡桃茶、酥油茶之分，并各有不同的制法与饮法。我曾在北疆哈萨克族人的帐篷中品尝过与蒙古族相近的奶茶，也曾在南疆领略过不同风味的花茶与奶茶。由于喀什邻近前英属印度，所以饭店宾馆还备有西方风味的红茶呢。

▲夏牧场上的羊群

逐水草而居

一

▲北疆的牧民家园

在草原上，常常可以看见这样的情景：几头牦牛驮着帐篷、行李、粮食、锅碗等家什走在前面，下来是羊群紧紧跟着牦牛，几只大个儿藏獒跑前吠后，呵护着掉队的羊和幼小的羊羔。最后是骑马的牧民，他们或前或后赶着牛羊在草原上行进，由一处草场赶往另一处草场，牧民称此为转场，也就是史籍上记载游牧民族的"逐水草而居"。

游牧民族与农耕民族的根本区别就在于一个因从事农业而定居，一个因从事牧业而游牧。这是所处环境决定的。打开地图就可知道，在北纬40度以上，即黑龙江大小兴安岭、长城以北，及西经100度以西，即四川西北，青藏高原，天山南北，向西漫过中亚地区许多国家，直到黑海、伏尔加河流域、多瑙河畔，这片带状的横跨欧亚、绵延近万公里的广大地域由于已处高原性内陆气候，不适合农耕，自古就生长着茂密的森林，纵横着河流湖泊和一望无垠的草原。

这片广大的草原自古就生存着许多靠牧业为生的民族，与农耕地区相比，牧区最大的特点就是地域辽阔，人口稀少。从科学上讲，平均二十亩草场能养活一只羊，一百亩草场能养一头牛或一匹马，一户牧民养有三五百只羊加几十头牛马，占的地域就相当辽阔，几乎相当于内地一个村落的面积。草原辽阔，横跨多种气候地域，加之河流分布不同，牧草生长季节差别，有经验的牧民会根据气候、地形和牧草生长情况来选择一年四季的牧区，不同的季节在不同的牧场放牧牛羊，

▲ 迁徙中的牧民

还需躲避干旱、水灾、严寒、瘟疫乃至地震。这就决定了只要是牧民，只要从事牧业生产，就必须学会赶着牛羊转场。

二

这是件十分辛苦十分麻烦的事情。转场需要的时间取决于牧场距离的远近，一般夏季牧场会选择海拔高达四五千米的地方，充分利用只有夏天才长牧草的高寒山地，冬季为避严寒专找海拔低、避风向阳的河谷或山洼。即便相距百余公里，赶着牛羊，边走边牧，一天二三十公里，也需三五天时间。牧场若远，转场用十天半月也是常有的事情。每天清晨，女人们早早起来，挤奶煮茶，全家老少吃喝完毕，一起动手各干其事，一切都靠实际操作积累起来的经验。怎么拆帐篷、怎么取支棍、如何捆家什、如何扎驮架，真正衣食住行、吃喝拉撒，一样不可或缺，都需搬走，都有程序，不能弄错。收拾停当，老幼还需分工，谁赶羊群，谁赶牦牛，谁打前站，谁压后阵，都要责任明确，都要紧密配合。尤其过河流或翻山垭最为麻烦，尽管事先探明了路线，也要防老弱牛羊掉队，顽皮马驹跑远，牧民男女都得全力以赴，跑上跑下，翻过一个山头，需要大半天时间。待到全部牛羊驮马安全转移，牧民全家都累得汗流浃背，筋疲力尽，压根顾不上吃饭喝水。若是遇上别的牧民也在转场，几家牛羊混在一起就更麻烦。所以转场时节，牧民们都尽量错开时间。再是转场时，天气情况十分重要。尽管牧民凭丰富的经验，可以

▲新疆阿勒泰一户牧民正在迁徙

挑选几个稍好的晴日，但天有不测风云，高海拔的牧场，见云便是雨乃至雪。一般落雪下雨还有办法对付，若是遇上暴风雪，再一时寻不到可以躲避的山洼河谷，就很麻烦，冻伤人畜就难以避免。另外，还需要预防因转场产生的疫情。我曾在新疆见过哈萨克族牧民转场，这个牧业队把需转场的牧民按时间表排开，免得路上拥挤羊跑混。所有需要转场的牧民首先要把牛羊赶往队部场地，那里有几个大水池，浸泡着消毒药水，牛羊全部要赶进池水先行消毒，防止把病毒带进新的牧场。然后要给牛羊打号，这样各家的牛羊就有了区分，万一跑混也查得出来。

三

在漫长的岁月中，如农耕民族在垦荒耕地、兴修水利、选择良种、修建村落中积累了丰富的经验，如渔民在同海洋打交道中通晓如何避开潜流风浪、抓紧鱼汛，游牧民族不仅在游牧中积累了宝贵的经验和丰富的知识，由于常常迁徙，他们在日常生活中的一些发明，为中原民族吸收，丰富了整个人类的生活。

比如，秦汉时期，中原汉族聚居之地并没有床榻桌椅，王公大臣议事也是席地而坐，晚间则席地而卧。在草原上生活的游牧民族由于经常迁徙，在水草地露宿，为了隔潮，创造出一种活动支架来作床用。迁徙时，折叠起来驮于牛马背上，到了宿营地，打开可坐可卧，十分方便。这在当时显然是优于汉族的一种生活方式。

汉时，丝路畅通，中原与边地交往频繁，这种可坐可卧可折叠的架床传到中

▲北疆牧民的木楞方常被作为"冬窝子"

原，普遍受到欢迎。汉灵帝刘宏就十分喜爱"胡床""胡座"。"上有好者，下必附焉"，从朝廷高官到普通百姓纷纷仿效。经过中原能工巧匠不断加工改造，"胡床""胡椅"发展为后来的龙床龙椅、高桌低凳。这种最初草原游牧民族使用的普通用具，普及为中国人传统的日常生活家具，生活方式从席地而卧变为使用床铺桌椅，应该是文明程度的提升。

牧民转场一般都有固定的路线和宿营地，选取那些避风向阳、躲开洪水的台地。牧民们很注意保护环境，拴坠帐篷绳索的石块和圈围牛羊的石墙都是多次利用，决不去开辟践踏新的草地。每到一处，全家齐心协力搭帐篷、圈牛羊、垒锅灶，待到煮好手抓羊肉，熬好喷香奶茶，也已满天星光。这时燃起一堆牛粪篝火，高原无论冬夏，入夜气温都很低，全家围着篝火喝奶茶，驱寒冷，慢慢消除一天的疲乏，牧羊犬也会安静地卧在一旁，警觉地盯着远方。这些牧羊犬训练有素，天生忠于主人，忠于职守，夜晚尽可放心。这时，上年纪的牧民会用粗犷嘶哑的声音唱起古老的歌谣。这些歌谣往往忧伤、高亢、悲怆，悠长得无止无尽，叩击着天上的流云，也叩击着人的心弦。因为无论是蒙古族的《江格尔》、藏族的《格萨尔》，还是维吾尔族的《福乐智慧》，全是歌颂草原上的游牧民族的。这是关于一个民族一波三折、充满苦难的生存往事，也是关于草原千年逐水草而居的史诗。

▲中国境内北纬 40 度以上从东至西草原连绵不绝

草原的忧伤

　　草原丝绸之路绵延数千里，在很大程度上归功于沿途水草丰茂。我国东起大小兴安岭，向西穿越呼伦贝尔、锡林郭勒、阴山山脉直到最西部的伊犁河谷，历史上曾密布着森林、草原、河流与湖泊，为众多的游牧民族提供了广阔的繁衍生息之地，亦为草原丝路的开辟提供了市场需求。但草原总体来讲，地理位置偏北，寒冷少雨，生态相当脆弱，一旦破坏则很难恢复。几千年来，游牧民族之所以能够生存，很大程度上得力于"游牧"，即逐水草而居。根据一年四季气候变化、水草长势来选择放牧牛羊的地方，这样就无形中给草原恢复生态留下了很大的空间。即便如此，若遇干旱、瘟疫，牛羊死亡无法生存时，还需南下劫掠，这也是历史上"边患"不绝的原因之一。中华人民共和国建立后，"边患"早已消除。但现在，比"边患"更大的隐患却在威胁着草原，这便是近年来日益加剧的草原生态恶化。沙化、荒漠化已呈现出大面积、多害点的特点，并非个别地方千疮百孔，不可控制，甚至快速蔓延到了触目惊心的地步。2005 年，我曾从东北中俄边境黑河口岸，自备车辆一路东行，穿越大小兴安岭、锡林郭勒直到阴山脚下的河套平原。2008 年又分两次从河套平原沿中蒙边界到达额济纳旗。一次则沿河西走廊到伊犁河谷中哈边境的霍尔果斯口岸。2009 年又沿额尔齐斯河到达中俄边境。绵延几千公里的草原丝路，沿线的情况是，除了祁连山腹地与伊犁河谷，几乎再

▲早年"风吹草低见牛羊"的内蒙古阴山一带如今已是寸草难生

▲牧民定居也会造成草原退化

见不到"风吹草低见牛羊"的壮阔气象。沙化，荒漠化，遭受虫害、鼠害的草原比比皆是。

　　笔者阅读资料，寻访牧民，结合亲眼所见的情况，大致可以寻找出这样几个原因：首先是行政区域的划定，使牧民可游牧的地方大为缩小。草原上盟旗制度起源很早，也大致划定游牧范围。但那时，人口较少，地域辽阔，同时，即便王庭，也是可拆卸的蒙古包，并不固定一处，整体还是游牧性质。但现在，所有盟旗所在地与内地市县城市几乎没有任何区别，包头、鄂尔多斯等城市的豪华漂亮及规模气势都让人大吃一惊。如果仅仅是城市本身，还占地有限，但每座城市都修有四通八达的现代公路，这样就把草原分割为条条块块。更出人意料的是，20世纪80年代，牧区实行承包制后，草原也被牧民分割为若干草场，许多还用铁丝网隔离，千百年来形成的"游牧"状态戛然而止，一些意想不到的问题也逐渐暴露。比如，草原的马、牛、骆驼、羊等，过去综合放牧，马群吃过之后，牛羊再吃，最后是骆驼，各拣爱吃的草，草原利用率高，畜群游牧离开，草原又恢复常态。现在牧民一家一户，不可能什么都养，各有侧重，长期在一起放牧，爱吃的草连根都吃掉，使草原牧草品种越来越单一。其次，牧民的定居也是草原退化的重要原因。这些年，大多宣传的是定居的积极意义：生活安定，孩子能受教育，能使用各种电器，冬天保暖，生活质量提高等。这些事实都值得肯定，但定居下来后，定居点逐年扩大，人来车往，对草原的蚕食破坏显而易见，这些日益扩大的地盘再也不可能长草。更可怕的是千百年来的一种游牧状态，也可以归结为"游牧文化"的消失。过去一户牧民只需要几辆勒勒车，就能把老人孩子、粮食衣物、帐篷物品装载起来，由一片草原到另

▲ 退化的草场

一片草原。到新地方，全家人齐心协力，只需一两个小时就可重新搭建帐篷，开始新的生活。在这个过程中必须学会的观测天气、选择路线、比较草原、分辨水源等，实际也是游牧民族积累出的一种生存智慧，需要坚强和毅力，需要团结和乐观，更需要应对各种突发事件的丰厚经验。现在定居了，还需要这些做什么呢？再引出的深层问题是，在年轻人眼中，固定的房子再好也比不上城市，那干脆去城里好了，因为父母虽然老了，有固定房子住，一时半会儿还用不着子女照顾，那就先去城里挣钱。不想，这一去也许再也回不来了！更可怕的是，各地政府为发展经济，争相制定各种搞活政策，放松了对环境资源的监管。各种矿业主蜂拥而至，到处勘探寻找煤矿、铁矿、铜矿，由于草原人少，搬迁牧民成本很低，各类矿业四处开花，虽给地方政府增加财源，但开矿、修路、污水倾泻、空气污染、湖泊污染，对草原的危害已十分严重。不要说业内专家，就是匆匆而过的游人也看得十分清楚，这实在是遮掩不住的事情。再加上多年来，开荒种地，过度放牧，人口激增，再丰饶的草原也招架不住这些已经发生和正在发生的灾难，结局必然是生态恶化、沙化、荒漠化……在内蒙古大青山腹地，成吉思汗的崛起之地，一位与我同龄的牧民告诉我，20世纪60年代，他中学毕业回家放牧，这方圆百里都是最好的牧场，到处溪流淙淙，淖尔（池塘）遍地。他骑马赶着羊群，一路惊飞野鸭天鹅，还能碰上狐狸，拖着长尾，并不慌张。倒是他紧张，只怕羊只钻进草丛丢失——草最深处，牛钻进去都不见踪影。他骑在马上，马靴都让露水打湿。那时草原是啥光景，现在呢？盛夏时节，应是牧草茂盛时节，可草细小得连地皮都遮不住。放眼望去，起伏的山岭无不是"草色遥看近却无"，怎么会是这样？那位牧民却说，先是组织草原

▲草原害兽之一旱獭，所打洞穴对草原破坏极大

牧民都当民兵，发枪打狼，狼可是牧人的师傅，咬黄羊、旱獭、草鼠全靠狼，没狼了，谁护草场？旱獭、老鼠到处打洞，加上过度放牧，草根都被吃了，几辈人都难恢复。过后，那裸露着赭黄的草原像搁在心上，让你坐立不安，牵挂始终。

这些现象不仅发生在蒙古草原、新疆草原，连最靠近内地的若尔盖草原的情况都不容乐观。

若尔盖大草原是川西北三大草原中面积最大、牧草最丰茂、放牧牛羊也最多的一块草原。尤其与甘肃玛曲接壤的部分，临近黄河首曲，是片一望无际的天然牧场，溪流蜿蜒，湖泊如镜，水草十分茂密，不仅养育着百万头优质绵羊和牦牛，还是丹顶鹤、黑颈鹤、天鹅等珍稀候鸟的栖息地。此外有着优质毛皮的狐狸、野兔、水獭、旱獭也视这儿为家园，觅食追逐，生儿育女，昼夜出没，为草原增添了勃勃的生机。

若尔盖由于地处四川、甘肃、青海三省交界，是由青海、甘肃进入四川的必经之地，历史上草原游牧民族党项、吐蕃及蒙古铁骑都曾由此进入四川，故此地历代都重视防务。若尔盖曾属潘州，后单独设县，在西部草原县城中还算有规模，几条街道纵横，政府机构齐全，尤其近年发展较快。我第一次去时感觉街上行人不多，比较冷清。第二次再去，竟发现全城几条街道上全搭着脚手架，在粉刷墙壁，要将墙壁全都描画成藏族风格的图案与花纹，正修建的楼宇也一律是

▲ 若尔盖是黄河与青藏高原共同创造的湿地

藏式风格，看样子准备把若尔盖建设为一座有浓郁藏族风情的草原城市，以发展旅游业。

由于我去过若尔盖，所以就关注这里。见到一份科学杂志上谈及若尔盖，才知道，在地质学家们眼中，若尔盖是一个很大的范围，它包括了四川省的若尔盖县、红原县和阿坝县，甘肃省的玛曲和碌曲县。这片大草原被专家称为青藏高原与黄河共同创造的若尔盖湿地，沼泽覆盖率较高，水生植物品种齐全，是我国最大的泥炭储备区，在调节自然生态方面有不可忽视的功能。

科学家们划定的这片大若尔盖，几个县我都有幸去过，感觉是同一种生态环境，海拔都在三千五百米左右，属于青藏高原的东部，居住着藏族同胞，也都是以放牧牛羊为主的纯牧业县。玛曲临近黄河首曲，形成的沼泽面积较大，黄河转弯襟怀四十公里宽、数百公里长的大草原上，形成的湖泊湿地最大，能够见到丛生的灌木和沼泽化的草甸，那一团团的牧草就像小船一样浮在水面，四周则积水环绕，如画般美丽。公路大都选择在地势较高、避开沼泽又平坦近捷的地方。沿途放眼望去，青藏高原的皑皑雪峰耸立在地平线上，起伏的山峦完全被浓浓淡淡的牧草覆盖，为牧民提供了最好的夏季牧场。在向阳避风的山洼、临近溪流的河谷、便于放牧的高地都住有牧民，搭起一两顶黑色牦牛毡帐篷，拾起成堆的牛粪作为燃料，用石块垒一圈围墙，供牛羊晚间歇息。白天主妇挤奶，炊烟飘起时，奶茶也就煮沸，孩子在帐篷前嬉闹，老奶奶则转着经轮，一派家园气象。远近的山头谷地则游走着一群群云朵般的羊，牦牛吃饱青草之后则喜欢聚集着静卧在山坡。相比之下，马匹不多，三五成群，悠闲地啃草。这是整个若尔盖草原夏天常见的情景。

与蒙古草原和祁连山、天山、贺兰山等处草原不同的是，在若尔盖草原常能看见宽达数百到数千米的洼地，有若明若暗的溪水蜿蜒。溪水两岸，丛生着灌木丛与河柳丛，与江南园林十分相像。一片片明镜般的积水池塘，水边栖息着各类水鸟，最引人注目的是黑颈鹤，三五成群，鸣叫，踱步，翩翩起舞。还有大片的灌木丛沼泽和草甸沼泽。这些沼泽地常开着大丛大丛的野花，花朵不大，多而细密，但色彩艳丽，姹紫嫣红，明黄丹朱，倒映在水中，像霓彩一般漂亮。这些湿地沼泽中没有放牧牛羊，可能担心丰美的牧草中，有不知深浅的泥潭。本地牧民都积累了丰富的经验，不会把牛羊往烂泥沼赶，而牛羊出于求生的本能，也不可能自投罗网，总之那些积水的草原十分平静。

我第一次是在细雨飘飞中经过若尔盖大草原的，远近的草原都飘飞着如烟的雨雾，空中有灰鹤盘旋，草地有牛羊低叫，似乎对这片草原有无限的眷恋，也给我留下关于若尔盖草原种种难忘的印象。

仅隔几年，当我再次探访若尔盖时，不知怎么，再也找不回那些印象和感觉，赞赏变成了担忧，焦虑取代了兴奋，一切都与上次相反。第一次是由川西经若尔盖到河西走廊一路上行，这次是从甘南经若尔盖到川西，一路下坡。第一次细雨飘飞，这次却烈日当空。关键是正逢213国道改造，沿途推土机、挖掘机轰鸣不止，载重汽车开过尘土飞扬，凡经过者无不灰头土脑。沿途草原修了几处牧民定居点，牧民帐篷明显减少，洼地沼泽的积水干涸，而黑颈鹤几乎看不见了……

最初，我认为是公路改造引起的暂时变化。岂料，到成都和一位朋友聊起，这位热心环保的朋友却说这种担心并非多余。若尔盖的生态环境之所以千百年能保存下来，很大程度是由于地广人稀，人迹罕至，几乎没有人为的干扰和破坏。但是目前若尔盖草原人为破坏已经很大，前些年，急于脱贫，牧民急，当地政府也急，组织开挖了数百公里的排水沟，疏干沼泽，扩大了牧场。这种杀鸡取卵、过度放牧的恶果很快显露。草原湿地一旦缺水，就会迅速退化、沙化和鼠害恶化。事实上，若尔盖草原已出现二百多个沙化点，面积超过五万公顷。另据一份报纸讲，拍摄电视剧《延安颂》时，其中有红军长征过草地的几场重头戏，到了当年红军经过的草原竟然找不到一片沼泽，不得已采取人工引水制造沼泽才解决问题。这是多么让人尴尬的事情。再者，纯牧业地区硬搞牧民定居也值得商榷。传统放牧就是随着牧草分布和生长季节不停地转场，这本身就是被千百年历史证明的行之有效的办法，符合科学规律，如今把牧民集中起来，过度放牧绝难避免，草原的退化沙化也就指日可待了！

朋友还找出一份《人民日报》上刊登的文章，说位于黄河源头的青海省玛多县原来湖泊遍布，有"千湖之县"美誉，水草丰茂，牛羊布野，人均牛羊居全国之首。牧民纯收入年均近三千元，位居全国前列。仅十年，由于全球气温变暖，雪线上升，许多湖泊干涸，牧草枯死，牛羊锐减，丰水县成了缺水县，唯一的水电站也因无水停止发电，连县长的手机都要靠柴油发电机来充电，牧民吃水都成了问题，沦为国家级贫困县。现在已在动员移民，但牧民舍不得世代居住的家园，事情严峻而又尴尬。

再是藏北重镇那曲，中华人民共和国建立初期，人均有羊二十只，半个多世纪过去，人均羊只还是二十只，为啥？人口增长五倍！由一万人，变成五万人，而由于过度放牧，对燃料、水源各方面索取破坏绝不止五倍，而是以几何级数上升。高原牧场是雪域冰雪亿万年养育的结果，生态极其脆弱，一旦破坏，一个世纪也难恢复。如何保护草原、湿地、植被已是一个刻不容缓的问题。

十年，仅仅十年！环境恶化速度之快，让人瞠目结舌，无法回避又必须面对。但愿若尔盖这片因红军走过而久负盛名的草原不再遭受厄运，能给下一代人也留下关于草原的种种美好的印象。

► 2016 年 7 月，汉中市文联一行在银川为李范文夫妇结婚 60 周年庆贺。宁夏回族自治区文联原副主席查舜夫妇作陪。

一个人和一个王国

神秘王国

丝绸之路，历经千载，沿途有不少建在绿洲上的城邦和部落汗庭，或被风沙掩埋，比如楼兰国、精绝国，或被战火吞没，比如回纥汗庭、吐谷浑王国。而党项羌人创建的西夏王国，立国近二百年，在与中原王朝北宋的抗争中，三战三胜，尤其好水川之战。西夏首领李元昊以弱抗强，虚实结合，灵活指挥，大败宋军，兵锋直逼关中，北宋王朝只好赔款议和。公元 1038 年，李元昊建国称帝，后传位十代，制定典章，创造文字，占据丝路咽喉河西走廊两个世纪之久。之后，西夏虽在成吉思汗如大海波涛般的铁蹄下覆灭，数百万臣民不知去向，贵族王室后裔消失得无影无踪，但在贺兰山下，留下众多被称为东方金字塔的谜一样的西夏王陵。还有比繁体汉字还要复杂的西夏文字，人亡政息，无人破译，遂被岁月掩埋。直到 19 世纪，地理大发现在欧亚掀起热潮，一批西方探险家把目光转向亚洲腹地和中国内陆，继敦煌藏经洞、楼兰古城遗址被发现，英国人斯坦因、法国人伯希和弄走了大批经卷、文书和壁画。急红了眼的俄国人科兹洛夫也在古居延西夏黑水城发现和掠走了大批西夏经卷、手稿和文书，在国际考古学界引起巨大

▲我国著名西夏学专家李范文

的震动和反响，继敦煌学、楼兰学之后，又添上了一门西夏学。能够作为一门新诞生的综合交叉性学科，西夏学涵盖丰富，包含这个国家的地理位置、政治格局、郡县设置、官吏任命、典章制度、司法律令、经济状态、民族组合等诸多方面。

常规史书与文字是了解这些"国情"的窗口和钥匙。偏偏，中华五千年，二十四史中，有《辽史》，有《金史》，却没有西夏史。而西夏自身创造的文字，形体与汉字相似，初看似能认识，细看无一字能识，如同天书，复杂难辨，这也给西夏学的研究增加了难度。如同数学界的哥德巴赫猜想，破译西夏文也成考古学界一道难题。

中国学者在西夏文的破译上做过许多努力，清代河西学者张澍在武威大云寺发现西夏碑，正反两面有用汉字与西夏字分别书写的碑文，为《宋史》记载西夏创造"番字"提供了实物依据，引起国内外学者瞩目。仅此碑依据汉文与西夏文拓本，便有多种文本出版。之后，曾在甲骨文研究领域取得不小成就的罗振玉、罗福成父子，王国维、陈寅恪、王静如等学人对艰涩难懂的西夏文也进行过多方面探索。可惜，20世纪前叶国内外战争频发，社会动荡，50年代后，政治运动接连不断。随着这些学人的先后离世，西夏文的研究便陷入沉寂。直到1972年，被史学家认为的"文革"中的小阳春来临，周恩来总理亲自过问，西夏文的研究终于启动，也为一个人破译一个神秘王国的"神秘天书"提供了历史机遇。这个人便是我国著名西夏学专家、宁夏社会科学院名誉院长、国家级有突出贡献专家李范文。

历经坎坷

李范文涉足"绝学"，攻克"天书"，并非一帆风顺，而是历经坎坷，备受磨难。

李范文 1931 年出生于陕西汉中西乡一个普通教师之家。汉中盆地因南北有秦巴拱卫，其间有汉水滋润，汉王朝由此发祥颇有名气。此地历代文风炽盛，讲求耕读传家，西乡弹丸小县，便出了一代学人，新中国成立后任北大首任党委书记的江隆基，曾任彭德怀秘书、中央民族学院党委书记的张养吾，还有天津美院院长陈因，北京市教育局负责人刘力邦等。耳濡目染，潜移默化，李范文亦自幼刻苦，品学兼优，1952 年一举考取中央民族学院语言系，主攻安多藏语。中华民族为多民族国家，语言文字历来是文化文明薪火相传之工具，属基础且根本的学科。数千年间，各民族融合交流又各自形成民族特色的过程中，其语言文字也相互渗透，相互影响，若钻研进去，亦能感受到这是一个博大精深、气象万千的世界。公允地说，20 世纪 50 年代初，曾大张旗鼓号召向苏联学习，向科学进军，知识界很欢欣鼓舞过一阵，已在北京读大学的李范文自然也不例外。作为教师家庭子弟，他深知一切都来之不易，格外刻苦奋进，教室、宿舍、图书馆，到处都能见到他勤学苦读的身影。也许要归结到命运，应该发生的事情迟早总会发生，大约是在读大三的时候，李范文在学校的图书馆中偶然见到了被称为"天书"的西夏文。那一瞬间，李范文竟像被人砸了一拳，他被西夏文虽然繁复却优美飘逸的字形吸引，这种吸引竟在他内心深处掀起波澜，久久不能平息，以至改变了他的人生轨迹，使他接下来的半个世纪与那种优美飘逸的西夏"天书"结下不解之缘。

若是细究，偶然中也带着某种必然。20 世纪 50 年代的知识分子，幼时大都经历过毛笔字的基本训练，这便是所谓的"童子功"。在这个过程中，不少人会与笔墨纸砚结下缘分，注入情感，以至每每提笔便心血齐涌，有飞扬灵动之感，对毛笔字的喜爱会影响毕生。笔者与李范文先生联系交往，所得书信，少则两三页，多则十数页，竟全用毛笔书写，可见毛笔字在李范文心中的情结之深。西夏立国，正值北宋。宋代修文偃武，把中国文化推向鼎盛，"苏、黄、米、蔡"，诸家竞秀，亦把中国书法推向峰巅。依据繁体汉字创造的西夏文，在文字结构上，横、撇、竖、捺无不受汉字的深刻影响。书写毛笔字的人都有体会，简笔字难写，不好摆布。相反，繁体字由于笔画较多、整体结构撇捺争让，首尾气势呼应，给书家留下较大的审美创造空间。西夏文由于笔画繁多，在传播沟通方面会造成障碍，但就书法审美而言，则如同龟文鸟羽，奎星曲园，山川脉势，禽兽蹄迹，造就另一种气象。这显然是让李范文怦然心动的最早或者说表层原因。

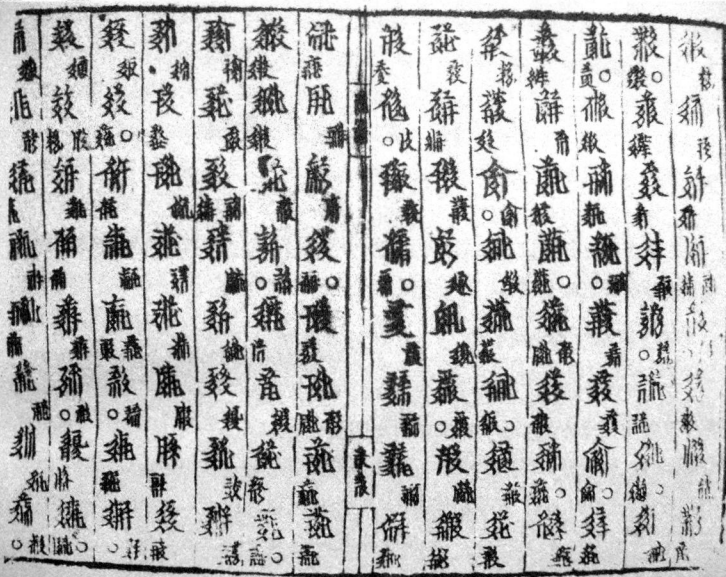

▶无人能识的"天书"——西夏文

我以为真正让李范文心动的是西夏文这种无人能识的"天书"已成"绝学"，兴衰续绝、探幽发微素为学人天性，也是最宝贵的文化品质。因为任何一种文化复兴最终受益的是人类和社会。我推测青年李范文那时就已树立涉足"绝学"、破译"天书"的雄心壮志。他日后在半个世纪的岁月中，历经磨难，不改其志，两次对调入北京享受舒适生活、享有荣誉地位的放弃，和在边城对事业的坚守就是最好的诠释。这没有什么不好，古人讲究"少怀大志"，老百姓都知道"从小看大，三岁知老"，何况 20 世纪 50 年代，党和政府也曾号召"向科学进军"。可以想见，当初李范文会因有了奋斗的目标兴奋激动。假如能在破译西夏文方面做出一番事业，挽灭绝于新兴，纠谬误于盛世，不仅填补国内乃至国际西夏学文字研究上的空白，为社会主义祖国增光添彩，亦是对党和人民的最好回报。

怀着雄心壮志的李范文大学毕业后，又考取了研究生学位，继续深造。当时，研究生极少，关注西夏学的更是凤毛麟角，李范文对自己的追求充满了信心。但是没有想到，这年（1957 年）中国几百万知识分子还沉浸在向科学民主进军的社会主义春潮之中，伟大领袖毛泽东却亲笔起草《事情正在起变化》，紧接着《人民日报》刊登《工人说话了》《组织力量反击右派分子的猖狂进攻》。本来，这场运动涉及不到李范文，他出身贫民家庭，根正苗红，进入大学后积极上进，还担任学院学生会主席，属新中国培养的知识分子，革命不正需要他这样又红又专的接班人吗？

谁也没有想到，李范文被打成了右派！原因简单，反右高潮中，院党委书记动员他这个院学生会主席批判他的老师费孝通、吴文藻（冰心丈夫）等人。费孝通、吴文藻当时都在中央民族学院任教授，都是学有专长、术有专攻且有独立人格的学者，在学生中很有威望。费孝通因为在报上发表《知识分子的早春天气》，已被全国点名，在中央民族学院更是重点批判对象。但李范文对这两位老师却怎么也恨不起来。那个时代，不革命就是反革命，犹豫就是动摇，中间就是骑墙，你不积极批判右派，你就是右派！李范文在1958年12月被正式宣布为右派。

岂料，不到一年，李范文又奇迹般地成为英雄，摘掉了右派帽子！这件事极富戏剧性。李范文被打成右派后，下放至北京四季青人民公社劳动，同去的还有北京市的上千右派。李范文去后被分派在炊事班。驻地濒临永定河的灌溉大渠，其时水量相当充沛。一天，北京市一位水文勘测工工作时，不慎被激流冲走，大声呼救，许多老乡和劳教干部闻讯赶来，但看着汹涌湍急的渠水，谁也不敢下去。这情景正好被李范文撞见，他立刻奋不顾身跳进渠中，拼命地抓住那位落水工人，把他推向岸边。危险的是，距他们仅二十多米就是一处落差近三十米的跌水，李范文救起别人，自己来不及上岸，被激流冲下跌水，冲走一百多米。待他醒来，已躺在医院病床，身上多处受伤。这无法掩盖的救人壮举和北京市地质局的感谢信，给李范文帮了忙。1959年国庆十周年前夕，李范文被摘掉了右派帽子，分配至中国社会科学院民族研究所。这实在万分幸运。按说，留在北京科研单位，风浪过后一切按部就班，循规蹈矩，平静生活，何尝不是一种幸福。但工作不到一年，李范文又做出一件让院领导和所有认识他的人都大吃一惊的事情。他一连六次打报告给院领导，要求调往宁夏。这就意味着离开首都北京，去当时人们心目中的右派分子流放的边城远地。简直是没事找事，不要说妻子和同事们不理解，即便半个世纪过后，李范文当年的追求已经成功的今天，笔者也要费好大劲才能理解他当年的冲动。

其实，人的心灵颇似一架永不止息的天平，政治上失意，必定会向学术上倾斜，此塞彼通、此消彼长也是宇宙间的一大规律。当然，这是对学人而言。李范文虽然属第一批摘帽右派，但在当时那个宁左勿右、人人争相"革命"的年头，摘帽右派也是右派，在政治上绝无出头之日。另外，"反右"运动使许多知识分子从狂热的"革命"中清醒，主动要求离开北京这个政治漩涡中心，到边城远地去寻求精神上的平静，比如著名作家王蒙便主动要求调去新疆，整整十六年后才回北京。对李范文来讲，还不完全如此，偌大北京，大隐于市，谁又能顾及当时尚属小人物的李范文？从根本上说，还是内心深处的"西夏情结"在蓬勃萌芽，挥之不去，冥冥之中向他发出召唤，令其日夜困扰，坐卧不宁，倍感焦灼，欲罢不能。其实，这仍然是中国历代传统知识分子拳拳报国之心在起作用，"天生我材必有用"，不甘心碌碌无为地度过一生！

▲李范文教授曾在西夏王陵守望7年

　　我想，只有在这个精神层面上，才能理解李范文当初为何会离京离婚。妻子不同意他去宁夏，提出分手，这在今天来看也没有什么不对。"西夏情结"依然在李范文痛苦的抉择中占了上风，他最终义无反顾地登上了西行的列车，告别了多少学人梦寐以求的中国社会科学院，告别了当时六亿中国人都向往的共和国首都，任凭列车驶出灯火辉煌的北京车站，驶向遥远的中国西部，驶向贺兰山下那个还很荒凉的边城。

孤守王陵

　　怒发冲冠，凭栏处、潇潇雨歇。抬望眼，仰天长啸，壮怀激烈。三十功名尘与土，八千里路云和月。莫等闲，白了少年头，空悲切！

　　靖康耻，犹未雪。臣子恨，何时灭？驾长车，踏破贺兰山缺。壮志饥餐胡虏肉，笑谈渴饮匈奴血。待从头，收拾旧山河，朝天阙！

——宋·岳飞《满江红》

　　千百年来，岳飞的《满江红》使横亘于内蒙古和宁夏之间的贺兰山广为人知，多少人向往瞻仰贺兰山雄姿而不可得，连李范文自己也没有想到，他会待在贺兰山下的西夏王陵，而且一待就是整整七年。每天清晨起床，抬头第一眼就看见贺兰山，正是那铁黑色的巨大剪影，拱卫着这片荒芜千载的西夏王陵。这儿距银川市三十多公里，已属大戈壁滩，偏僻荒芜，大白天也有野狼野狐，除了偶尔有放牧经过的牧人和羊群，鬼都见不着。当时就连生活在银川的人也没人来这里，更没有人会想到，李范文盼望来到这里，已盼望了多少个年头。大学种下的"西夏情结"使他离京离婚，独奔宁夏。他以为西夏王朝的国都所在地，应该有专门的西夏学研究机构，有资深专家，有图书资料，有……但是没有，什么都没有，甚至连"西夏"这两个字都很少有人知道。当时，正值三年自然灾难时期，宁夏地处河套，"黄河百害，惟富一套"，虽没有像邻近的甘肃大规模地饿死人，但形势也相当严峻。宁夏当代作家张贤亮的小说对宁夏那时的饥饿有十分真实逼真的描述，救人要紧，谁还去管逝去千载的劳什子事！

李范文到宁夏后，没有研究西夏的机构可去，就被安排到宁夏师范学院历史系去当老师，但无课可上，只好去资料室管理图书资料。当时，银川虽为宁夏回族自治区首府，但城区街道还相当陈旧，甚至不如内地像样的县城，物资供应奇缺，文化娱乐贫乏，连电灯供电都时断时续，一切都远不能同北京相比。这些李范文都不计较，从小在农村长大，吃过苦也就知道好歹。苦闷的是不能接触自己喜爱的西夏学，闲愁最苦。而且，政治运动接连不断，"三反""五反""肃反""反右"后，宁夏还增加了两项大运动："反坏人坏事"和"地方民族主义"运动。三年苦日子刚过去，又开始折腾，"四清""文化大革命"，一次比一次厉害。有封资修之嫌的西夏王陵、西夏文之类的李范文更是沾不上边了。真正"白了少年头，空悲切"。

当然，也不能说李范文到宁夏一无所获。从情感上讲，来到宁夏总是贴近了他心里的"西夏情结"。再就是到宁夏后，他又重新组建了家庭。妻子是北京人，20世纪50年代支援大西北到宁夏来的，在商业物资部门工作，专业虽不同，却有那一代人支边的豪情，对李范文来宁夏非常理解和支持。对李范文来讲，有这一点就够了。事实是温柔但坚强的妻子后来成为他呕心沥血、废寝忘食研究西夏学最坚强的后盾。

1972年，李范文来到宁夏整整十年之后，他的"西夏学情结"出现历史性转折。事情起因是"9·13"事件发生，"永远健康"的林副统帅葬身于温都尔汗，全国上下都从"文革"的狂热中冷静下来，进行反思，政策也有了调整，形成一段被当代史家认定的"小阳春"。正是在这个背景下，周恩来总理视察中国历史博物馆，也为繁复独特、充满神秘色彩的西夏文字吸引，询问陪同参观的国家文物局局长王冶秋："国内懂这种文字的人还有没有？"王冶秋回答："不多了，顶多一两位。"这便是终生研究甲骨文、并对西夏文研究有重大贡献的罗振玉父子。罗振玉幼子罗福颐，当时也是年近古稀的老人，下放在湖北咸宁文化部五七干校劳动。周总理当即指示："要培养人学这种文字，绝不能让它失传。"随后，罗福颐调回北京，为落实周总理指示，作为西夏故地的宁夏也启动了西夏学研究，对西夏王陵正式开始发掘。李范文被抽调到组建不久的宁夏博物馆，并被派到了发掘工地。由于他是"脱帽右派"，所以并不是作为研究人员参与这件事，仅仅是让他管理后勤。对李范文来讲，只要到了发掘工地，只要接近他梦寐以求的西夏学，这就够了。天空变得明净高远，心中的阴霾一扫而光。这一年，李范文已经40岁，步入中年，"三十功名尘与土，八千里路云和月"，他心中唯一想到的事就是抓紧时间，分秒必争地研究他的西夏学和西夏文字。那时候，他最喜欢的是每天收工之后和星期日，别人都回家休息，偌大的工地空无一人，他独守荒陵，整天拾掇残碑编写《夏汉字典》。整整七年，他从发掘出土的残破砖瓦中找到有价值的残碑就多达三千二百七十块，写出《西夏陵墓出土残碑粹编》，为编写《夏汉字典》《西夏通史》积累了弥足珍贵的原始资料。贺兰山下，大戈壁滩，冬天滴水成冰，北风尖利，夏日酷热难耐，蚊虫叮咬，李范文全然不顾，每天都沉浸在收集来的断碑残垣之中，一块一块地辨识、比较，再做详细的笔录。实在困了，他就在荒芜的王陵散步，白霜如银的清晨，风清月朗的夜晚，看着那些掩隐在荒草中的赭黄色的塔形陵墓在繁星闪耀的星空下如军阵般威严排列，他仿佛触摸到九百年前西夏文明的底蕴。那个生机勃勃的马背上的民族，他们的前世今生，所作所为，由遥远朦胧逐渐在李范文胸中变得清晰。创建西夏王朝的党项族属羌人一支，羌人则是甲骨文中就有记载的中国最古老的民族之一，他们最早生活在川北、藏东和青海省东南。在青海乐都柳湾一带出土的大量彩陶，图案都有鲜明的羌人风格。尤其是一件距今五千年的彩色陶盆，画有三组图像，每组五人，手拉着手跳舞，简洁生动，头上则明显为羌人发辫，出土后震动了国内外考古学界。这表明羌族先民创造的文明不在中原先民创造的仰韶文明之下，或者说共同丰富了华夏文明。

羌人久居西北，抗苦耐寒，无论男女，皆体形高大，高鼻大眼，有阳刚之美。他们崇武尚猎，重视生育，是以游牧为主的马背民族。唐时，党项羌人部落开始强大，协助李氏立国有功，被赐李姓，封平西公，在宁夏定居，此为经营宁夏之始。至唐末，藩镇割据，其亦渐成气候。到宋时，党项一代枭雄李元昊继承夏国公位时，其家族列土封疆，已历数代。李元昊精通汉藏语言文字，胸有谋略，精明强悍，其文韬武略不在宋王朝任何一位封疆大吏之下。他崇尚"英雄之生当王霸"，对先辈臣服中原王朝很不屑，在24岁时便率军采取突袭方式一举攻占回纥王庭甘州。回军途中，又声东击西夺取凉州，把控制的地盘扩展到千里河西。

元昊半身雕像

嵬名元昊，又称李元昊（唐室皇姓）
赵元昊（宋室皇姓）生于公元1004年小字"嵬
理"史称其"圆面高准，身五尺余""性雄毅，多大
略"时逼图学通蕃汉文……

▲
西夏开国君主李元昊

这位党项英雄，携挟风雷，于公元 1038 年在宁夏兴庆（银川）正式宣布建立西夏王朝，登上皇帝宝座，年仅 38 岁。之后，李元昊又在贺兰山下、黄河两岸，驰骋厮杀，抗辽攻宋，占地划疆，农牧并举，开科取士，制定典章，创造文字，轰轰烈烈地干了一番大事，开创的西夏王国竟传位十代，历二百年之久。至于他赖以立国建都的宁夏，李范文已定居十年之久，他对这里的山川地貌、气象物候、历史沿革、人文景观、民族人口、经济状态、文化教育……无不细心研究，了然于胸。他认为"一方水土养一方人"，宁夏这片土地能够成就西夏王朝、西夏文字、西夏文明绝非偶然。

宁夏虽面积不大，却因位于陕西、甘肃、内蒙古之间而举足轻重，可谓东接关陇，西锁西域，南通祁连，北控大漠，且黄河流经此地，滞留大量泥沙，形成水草丰茂、可农可牧的河套平原。古语"黄河百害，惟富一套"便指这里，所以此地是古代游牧民族进犯中原必经之地。中国古代建都关中的中原王朝无不重视宁夏的防务，早在秦代，便在此设郡筑城，开渠屯田；汉代曾迁七十万汉民充实宁夏；唐代亦设朔方节度使，由名将王忠嗣镇守；"安史之乱"发生，唐肃宗便是在宁夏灵武登基，调集各路兵马平叛，使盛唐文明得以延续。党项羌人正是占据了宁夏这块风水宝地，才成就了一番轰轰烈烈的王业。

李范文要研究西夏学，要破译"天书"，若不来宁夏实地感受，空守书斋，研究就是一句空话！

◀西夏国开科取士

　　大千世界，宇宙万物，莫不相互关联，相互渗透，互为因果。此时，李范文对涉足"绝学"，攻克"天书"已是胸有成竹，蓄势待发，充满了信心。他已不满足于仅仅破译西夏文，他对公元 11 世纪并列于华夏大地的宋、辽、夏、金已有全面把握和认识，他对史家著《宋史》《辽史》《金史》而唯独没有《西夏史》大为不满。他认为中国历来史学发达，早在汉代便设有专门修史机构，与西夏并存的宋代史学更处鼎盛时期，欧阳修、司马光、王安石、范仲淹等不仅为朝廷重臣，身居要津，且均与西夏王朝直接打过交道，曾亲历、亲见、亲闻西夏兴衰，又皆为一代大家，其史才不在司马迁之下。欧阳修所著《新唐书》《新五代史》，司马光所著《资治通鉴》，均附有《西羌传》等涉及西夏的重要文献，可惜没有专门立国史。当然，这也与西夏文繁复艰涩、在蒙古铁蹄下覆灭、缺乏直接史料记载有关。元统一后，因痛恨当年西夏顽强抵抗，六次讨伐多次大战方才攻克，致使一代天骄成吉思汗病逝阵前。千载逝去，尘埃落定，无论如何，应该有一部堂堂正正的《西夏史》。每念及此，李范文便热血沸腾，不能自已。他暗自给自己定下两大目标：一是破译"天书"，出版一部能让西夏文千古流传的汉夏对照的《夏汉字典》；二是出版一部《西夏通史》，真正探幽发微，兴衰续绝，填补历史留下的空白，绝不能让中国学人在中国本土诞生的西夏研究上"失语"。

攻克"天书"

西夏立国近一百年，但党项人的崛起，则可追溯至唐初。他们长期受中原汉文化影响，深知文化文字、典章制度的重要，故开国之初，李元昊便命精通汉字汉文的大臣野利荣仁创造西夏文。利用汉字的偏旁部首，重新组合，共创造出五千多个西夏字，形体方整，笔画烦冗。中原人初看如汉字仿佛能识，细看却无一字能认得。而且，党项羌人原来有自己的语言，属汉藏语系的藏缅语族，其发音和日常用语与汉字汉音相距甚远。用这种重新创造的文字去反映与汉语完全不同的发音，其学习掌握的难度可想而知。况且这种文字自西夏灭亡后，八百年来无人使用，成为地道的死文字。

偏偏，西夏文自开国创立，就被尊为西夏国字，应用范围很广，几乎涉及西夏国需要用文字书写的所有文件。举凡典章制度、法律条文、官吏任命、佛教经典、学子课本、借贷文书，几乎无所不包。19世纪初，俄国人在黑水城发现的大量西夏文书文献和西夏故地出土的各类文字，无不是用西夏文书写，所以要了解那个神秘的西夏王国，破译西夏文就成为关键。李范文为自己定下的两大奋斗目标，完成《夏汉字典》和《西夏通史》，两者相辅相成，互为因果。两相比较，《夏汉字典》则为重中之重。目标明晰，李范文把精力主要放在对西夏文残片的收集和识别上。要编好这本《夏汉字典》，首先要懂西夏字的音韵。这种千年之前使用过的文字及其音韵失传得太久，西夏亡国后，其臣民逃亡分散各地，早已汉化或融入其他民族，几乎找不到再使用西夏文的民族，哪怕是极少的个案。当时国内只有古文字学家罗振玉的幼子罗福颐还懂西夏文，但也年过花甲。李范文去北京向罗福颐先生借来西夏文献，不顾酷热，硬是把文献重新抄录了一遍。做学问，摘文献，卡片是必备工具，但那个年月，宁夏却没有人造卡片，售卡片，用卡片。这些事难不倒李范文，他找到一种适合做卡片的硬纸，自己动手划样、切割，没有卡片盒，他就找来三合板的边角废料，自己制作，三万多张、近百斤的卡片竟是用如此原始的办法制成。凡见到至今保持完好的原始卡片的人无不感叹：非大智大勇者不可为之，非意志顽强者不可担当！

1977年，西夏王陵首次发掘工作结束，需要有人留守现场。西夏王陵远离市区，荒芜得可怕，谁都想躲开，领导只好决定让李范文留守，他也愿意留守。他的目的十分简单，这里安静，无人干扰，正好破译西夏文，说不定那些躺在这里的西夏亡灵冥冥之中还能给自己提供帮助呢！日后，著名学者余秋雨如此评价李范文："当初李范文用一个帐篷、一袋大米、一碟咸菜，在西夏王陵守望和解读了七年。他是一个真正的田野工作者，值得人钦佩。西夏有幸遇到李范文，因为他的解读，西夏王朝才被世人聚焦。"

何止七年，从 1972 年李范文到西夏王陵当伙管员，到《夏汉字典》1997 年正式出版，李范文用了整整二十五年时间。这期间，单是为了解决字典的注音问题，李范文便根据历代典籍记载的点滴线索，仔细分析判断出西夏遗民流失的去向，到川西北高原和甘肃河西走廊去寻找遗民后代。20 世纪 80 年代，这些地区的交

▲李范文教授编著的《夏汉字典》

通极差，道路皆是不上等级的沙石路面，客运车辆陈旧，沿途食宿困难。但对李范文来讲，只要能对破译西夏文有用，哪怕是一星半点，吃多大的苦，李范文都不在意。有谚语说：世界上没有打不开的锁子，就怕你没找到那把钥匙。所谓"精诚所至，金石为开"。也是得益于李范文当年在中央民族学院本硕连读时所学专业安多藏语与古西夏语均属藏缅语系，当年他又在甘南藏区实习打下坚实基础，这对调查十分有利，几乎是事半功倍。他深入川西北阿坝、丹巴、道孚、木雅一带，搜集到八千多个有用的单词，对西夏文及语音的形成有了更深的理解。一个独特简明的编排体系在李范文心中由朦胧变得明晰。之后，又是数年艰苦异常的伏案工作，不分冬夏寒暑，不知饭菜之酸甜苦辣，为拼组破译那些"天书"般的文字，李范文耗尽心血，近一米八的身高，体重仅剩五十公斤，爱人心疼地自己养鸡，一次次地给他"补"。

整整二十五年的心血，迎来了《夏汉字典》的编纂成功。这部秦汉砖块般厚重的字典共有一百五十万字，采用科学简明的检索方法，从语音、语义、语法、字形等各个方面，对已知现存的六千个西夏字进行辨形、解义、注音和举例，可谓解读"天书"西夏文的利器。这部《夏汉字典》作为世界上正式出版的第一部由现代人编著的西夏文字典，首次搭建起古代西夏语言文字与现代语言文字沟通的桥梁，为推动整个西夏学的研究起到不可估量的作用，为进一步研究西夏史做

▲西夏人在黄河边修建的一百零八塔

出了重要贡献，也让国际西夏学研究者对中国学者刮目相看。

卧薪伏枥

西夏王朝最盛时期，东至黄河，西接玉门，南界萧关，北控大漠，幅员相当辽阔，不仅占据西北大部，也处丝路要冲，成为寻叩丝绸之路绕不开的一个课题。笔者多年踏访丝路，寻师问道，方知我国当今研究西夏学成就集大成者李范文教授乃陕西汉中西乡人，十分惊喜，对乡梓先贤倍生敬意。但笔者并未贸然打扰，出于习惯，凡采访专家先应熟悉其领域，阅读其著作，掌握其情况，才可交流对话，取得预期效果，否则多系徒劳。因此多年对西夏故地——陕北、宁夏、河西、古居延黑水城乃至西夏遗民逃亡之川西高原丹巴雕楼都曾涉足，对西夏遗物——西夏王陵、张掖睡佛、武威西夏碑、青铜峡一百零八塔都曾拍摄，再读李范文先生所著之《西夏陵墓出土残碑粹编》《试论西夏党项族的来源与变迁》《西夏皇帝称号考》《西夏官印汇考》等著作，对那个九百年前割据中国西部的封建王朝，对中国11世纪的宋夏辽金都有了大致的了解，感到有了底气与把握，方才于2004年与李范文先生联系，还寄去李老家乡西乡茶叶和几册拙著。不想，得到的回报不仅有宁夏优质枸杞，还有如汉砖般厚重的特大信封。我急不可待地打开，一册大型精装书赫然显现，正是盼望已久的李范文先生主编的《西夏通史》抚着这本装帧精美、散发着油墨清香的巨著，钦佩之情油然而生。诚如我国著名学者王钟翰教授在《西夏通史》序言中所说："李范文先生在完成了皇皇巨制《夏

▲李范文夫妇其乐陶陶

汉字典》之后，又组织全国西夏史专家，历时六年写出了《西夏通史》这一部扛鼎之作。《西夏通史》是国家'九五'重点课题，《西夏通史》的完成使我多年想看的西夏史终于看到了。"其实，这不仅是王钟翰教授的心声，也是所有中国人的心声。

2008年国庆，我觉得采访李范文教授的时机成熟。在此之前，他曾邀请我参加西夏学国际研讨会，可惜因事未能成行，一直遗憾。这次到银川，我首先找到鲁迅文学院学友，宁夏回族自治区文联副主席、著名作家查舜。查舜与李范文先生均任自治区政协委员，且在同组，十分熟悉，他带着我在银川市隐藏于闹市的一座普通的住宅楼里见到了心仪已久的李范文教授。因已经多次通信、通电话，读过专著，见过照片，没有陌生感，倒像老熟人。老人的卧薪斋亦如我之前想象：坐拥书城。这座20世纪80年代宁夏为高级知识分子修的专家楼，如今看来已很简陋，自治区又为李范文安排了副省级的住房，老人摆摆手拒绝了：还是我这卧薪斋好！

这位学有专长、术有专攻、著作等身、享誉中外的学者，像所有真正的大家，态度谦和，说话直率，有时还有种孩童般的天真。我询问他身体状况。因之前知道，20世纪80年代，李老骑自行车去宾馆看望日本友人，途中遭遇车祸，致使他股骨颈骨折，手术持续了七个小时，卧床半年，他却在病床上完成了七十万字的《同音研究》。李老的老伴恰好也在家。当年这位从北京来支援大西北的热血女青年如今虽年逾古稀，但仍保持着北方人的爽朗热情，正是她用女性的温柔和坚强支持李老完成两部关于西夏学的巨著，也完成了人生凤愿。那天李老见着故

▲李范文教授介绍西夏文

▲银川大地繁花似锦

　　乡来人兴致很高，要带我去参观银川为自治区成立五十周年刚建成的标志性建筑"三馆两中心"，其中就有宁夏博物馆，那可是李老一生心血所在啊！其实，不仅是宁夏博物馆，途经银川的任何一条街或一个广场，李老都兴致勃勃如数家珍地谈起这些地方的过去、现在和将来，那种热爱之情溢于言表，让人深深感动。算算，李老在宁夏银川这个塞外边城已生活了将近半个世纪，他的努力和希望早同这片土地融合在了一起。

　　秋日塞外阳光格外明媚，路边高大的白杨树干直插蓝天，浓绿肥大的树叶轻拂着天际大团的白云，把人带入一种疏朗清爽、明净高远的境界，恰像李范文先生给我留下的印象。

▲胡杨享有"生而不死一千年，死而不倒一千年，倒而不朽一千年"的美誉。此为额济纳胡杨

居延·黑城·额济纳

居　延

单车欲问边，属国过居延。征蓬出汉塞，归雁入胡天。

大漠孤烟直，长河落日圆。萧关逢候骑，都护在燕然。

——唐·王维《使至塞上》

　　古居延要塞、古居延泽、黑城遗址，都在今内蒙古靠近中蒙边境的额济纳旗，在河西走廊张掖西北方向四百公里之外。古人无"公里"概念，八百里地，概数就是千里，若在内地，说不定就出了省界。但只要寻叩丝绸之路，考察河西走廊，就注定绕不开居延、黑城、额济纳，这也为汉唐时期边塞防御需要的态势所决定。我们知道，汉开河西，始通丝路，唐时达到鼎盛，但汉唐都面临同样的问题——受到来自北方游牧民族的侵扰。汉唐王朝都曾经历由弱至强，由"和亲纳贡"到有效反击，并最终取得把西域广大地域纳入中原王朝版图的胜利。认清这个大背景，古居延要塞与河西走廊的关系才能够清楚。这主要由两方面的原因构成：一方面是汉唐军事家们的战略眼光远大，认为要塞屏障的千里河西"四郡两关"是敌人进攻的必由之路，设立前哨阵地，仗不能在家门口打；另一方面，要塞之所

▲作者在黑水城

以要设立在千里之外的居延，则是由其独特的地理优势所决定。从祁连山腹地流出的黑河（也称弱水），是我国仅次于塔里木河的内陆河。在滋润了张掖、鼎新等绿洲之后，"弱水三千入流沙"，最后在八百里外的内蒙古额济纳旗附近聚水成湖。据史料和地质勘探表明，远古时湖泊曾达两千六百多平方公里，烟波浩渺。汉时，湖泊还有五百四十多平方公里，四周水草丰茂，存在大片的湿地，是放牧牛羊的优良牧场。当时这一带被匈奴占据。公元前 121 年，堪称天才将军的霍去病"将万骑出陇西"，狂飙突进，过祁连、焉支二山，追杀匈奴至居延泽，这是居延泽伴着河西归汉的历史首次被记载。

当时的情况是匈奴若占此地，便于集结骑兵，准备粮草，再沿着黑水南下把这里建成一座进攻河西四郡的桥头堡。汉军若据此地可深入匈奴腹地威慑匈奴，使其不敢轻举妄动。关键这里水草丰茂，宜于驻军，更宜于屯垦，建立必要的防御体系，能够屏障得之不易的武威、张掖、酒泉、敦煌四郡，保障丝路畅通。

汉开河西后，在居延一带设立了居延都尉和肩水都尉，相当于两个军分区。凡都尉驻地要设城，建都尉府，设置尉丞、侯、千人、司马和僚属。同时，还要建立一系列的防御体系，管理多少不等的士兵，守卫烽燧，观察敌情。

太和三年（公元前 102 年），西汉王朝调十八万人至河西，修筑长城，延伸到居延，设立居延、休屠两县。同时还利用居延泽一带日光充分、土地肥沃的优

▲矗立在额济纳旗的土尔扈特部回归祖国纪念碑

越条件，开垦良田，放牧牛羊。守军开渠引水，成功地进行"军屯"，除满足军需之外还上缴国库。

唐时，因丝路更加畅通，设立"宁寇军"统领居延军务，屏障河西。王维名句"大漠孤烟直，长河落日圆"就是奉朝廷命令到居延慰问戍边将士途中所写。到达居延要塞后，王维还曾写下"居延城外猎天骄，白草连天野火烧。暮云空碛时驱马，秋日平原好射雕"，形象生动地记载了作为边城要塞的古居延，大漠空旷，白草连天，戍边将士骏马驰骋、弯弓射雕的壮志豪情。

唐之后，居延还曾被回纥、西夏等游牧民族占据，著名的黑城遗址便是西夏驻军之地。清统一后，发生在居延最重要的事件便是土尔扈特部的回归和额济纳旗的设立。土尔扈特原是蒙古族的一部，于明末游牧到俄境伏尔加河流域，当时那里人烟稀少，水草丰茂，这在游牧民族中是经常发生的事。经历一个世纪，土尔扈特部发展到二十余万人，与沙俄的冲突不断升级，不堪压迫，于清乾隆年间，在其首领渥巴锡汗率领下，冲破沙俄围追堵截，历经千辛万苦，回归祖国。电影《东归》反映的便是这桩史诗般的壮举。

土尔扈特部回归的一支被清政府安置于居延一带，并设立额济纳旗为其游牧之地。蒙古盟旗制度诞生很早，成熟于明清之际。盟相当于市或地区，旗相当于县，额济纳旗现属于内蒙古阿拉善盟。额济纳之所以出名，不仅在于古居延是要塞，

▲一座轮廓完整的汉代烽燧

而且居延泽与罗布泊、古国楼兰一样，是与古丝绸之路联系在一起的有悠久历史和深厚文化积淀的地方，屡屡见于史书。额济纳还拥有五百万亩胡杨林，是世界仅存的三大胡杨林之一。尤其让世界震惊的是 20 世纪初，瑞典探险家斯文·赫定与中国学者黄文弼、袁复礼、徐炳昶、丁道衡组成的西北科学考察团，在古居延黑城及荒野的烽燧遗址发现大量汉代简牍。这些简牍是当时居延地区政治、军事、经济情况的真实记载。因出土于居延，便被称为居延汉简牍。居延汉简的发现，引发了中外学术考古学界乃至书法界的广泛关注。居延汉简、安阳殷墟甲骨文、敦煌莫高窟经卷、故宫大库档案被誉为 20 世纪中国文化史上四大发现。

额济纳

正因为如此，从我 20 世纪末考察丝绸之路始，额济纳就成了我心中魂牵梦萦的地方。但直到近年，才连续去了两次。首次是 2006 年 10 月，这年考察唐蕃古道至昆仑山口，又穿过柴达木盆地，越党金山口至敦煌，返回途中在山丹长城口结识文友陈淮。他曾在山丹插队，因迷恋河西历史文化，索性辞去公职定居山丹。他曾自驾车，摄影撰文，著有《山丹长城》《河西走廊》等著作。我们交谈之间，得知他曾多次前往额济纳，还出了专著《大漠孤烟阿拉善》。看着他书中插图上无边无际的在夕阳中金黄一片的胡杨林，让人怦然心动。陈淮也是性情中人，告诉我他知晓一条从山丹翻越龙首山进入阿拉善戈壁的"胡志明小道"，与

▲ 额济纳老人仍习惯骑毛驴

酒泉卫星发射基地的沙漠公路相连，开车半天之内可直达额济纳，并说他有朋友在额济纳，可随时知道胡杨林的情况。胡杨每年秋天树叶变黄，前后持续半个月，但毕竟边地，说不定一夜大风，气温骤降，又会落得精光，让人扫兴，所以，有个把握最佳时机的问题，于是我经常和陈淮联系。

已经到了 10 月中旬，我觉得没有希望了，不想一天突然接到陈淮电话，说由于气温持续温暖，额济纳胡杨黄叶正繁，是摄影的好时机，问是否愿去。其时我正好带车在西安办事，几乎没有犹豫，一口答应。当天中午就由西安起程，沿丝路北线，即目下的 312 国道，经泾阳、长武，越六盘山，当晚下榻平凉。第二天至定西即上高速公路，过兰州未进市区，仅在服务站用过午餐后便又赶路。我之前也曾多次西行，都在七八月份。10 月中旬，河西已属深秋，沿途山峦斑斓，白杨金黄，收获尽净的田块空旷开阔，在蓝天白云下十分壮观。下午 3 时便到了山丹长城口。河西以山丹长城较为完整，在旷野如龙蛇蜿蜒达百公里，高速公路正好将其切断，形成一处豁口。因长城近在眼前，旅客多在此下车拍照，当地索性建一处长城博物馆，还有几家客店、饭馆、商铺，形成一处街市。陈淮便在此修了几间小屋，构成小院落，方便平日驾车拍摄各种人文史地专题，比如他曾对黑河从源头至潜入流沙的居延做了全程探访，发表在《中国国家地理》及香港的地理刊物上，很受欢迎，这也是他坚守山丹的原因。他摄影写作，为熟悉的影友文友做向导，出售一些自己关于黄河、长城、大漠的著作，也接待一些来河西考察的中外学者，日子完全按自己的意愿去过。他自嘲为自由撰稿人，倒也过得优

▲ 额济纳胡杨林

哉游哉。

　　我们到来，陈淮十分高兴，当天下午，便带我们去几处古遗址拍摄。因为山丹属河西峰腰地段，在张掖与永昌交界处南边，焉支山与北边龙首山渐次靠拢，最窄处不足五公里，且海拔超过两千米，已无农田，唯见山坡下大片野草枯黄，有放牧的羊群在夕阳下晚归，呈现牧区景象。还有几处汉代烽燧、峡口驿站及林则徐日记讲过的定羌庙，全在深秋落日中呈现出雄浑、苍凉、壮美的塞外景象，为平生仅见，几个人都兴奋至极，拍摄到暮色降临才回到陈淮小院。

　　次日清晨，我们早早赶路，在陈淮的引导下，向北驶上一条翻越龙首山的简易公路。龙首山横亘于河西走廊北部，与祁连山遥遥相望，但远不如祁连山巍峨。我曾两次沿扁都口穿越祁连山，知其长达千里，宽度也在二百公里，海拔超过四五千米的雪峰比比皆是，否则也不可能孕育石羊、弱水、疏勒三大水系。龙首山与其说是山，莫若讲是一线高海拔的丘陵，宽超不过二十公里，翻越仅用半个小时。但车驶上制高点，看到山两边格局，我深感龙首山虽然低矮，其作用不可小视。因一山之隔便是无垠的戈壁沙漠，几乎看不见绿色，与河西走廊田畴连片村镇相望的绿洲风貌形成鲜明的对比。若无龙首山阻挡风沙，说不定西边也都成了沙漠，河西绿洲便无从谈起了。龙首山还是农牧业的分界线，北边一望无际的戈壁滩上，几乎没有村落田块，唯见三五只骆驼，漫游着啃食带刺的骆驼草。好在戈壁上有简易公路与卫星基地柏油路相接，沿途几乎无人无车，便于快速赶路。下午3时左右，我们便到了神往已久的额济纳。眼前景象完全出人意料。来前我

▲黑水城断面厚重完整

读了我国著名记者范长江所写《塞上行》。讲了 20 世纪 30 年代他多次赴西北考察，曾从张家口、包头、宁夏到达额济纳，这里没有一栋房舍，牧民全住蒙古包，连他去拜访的蒙古王爷设在树林中的王府也仅是略大一些的蒙古包。另有资料介绍，额济纳旗面积达十万平方公里。1949 年全旗不足千人，边陲远地，多年封闭。重视文物古迹，胡杨带动旅游也是近几年的事情，因而我们推想此地不过类如川藏、青藏沿线小镇，十几户人家，甚至都做好了晚上住蒙古包的准备。

岂料，额济纳旗所在地达来呼布隆迪镇竟完全是一座新兴城镇。虽然不大，但规划有序，四条街道上的机关、学校、商店、宾馆、酒楼、图书馆一应俱全，繁华不亚于内地。最有特色的是，黑河就从小镇流过，成片金黄色的胡杨几乎包围着城镇，在秋天透明绚烂的阳光下，小镇宛如童话世界，十分美丽壮观。我们迫不及待地投入拍摄，选取各种角度，在小镇游览。观察发现，黑河由于含沙量大，如同黄河，会经常壅塞改道。历史上曾在额济纳一带形成八道河床，宽达二十公里，成为适宜胡杨生长的生态带，最盛期胡杨达五百万亩，在戈壁沙漠中形成一片适宜人居的小环境。

近年来，黑河水量减少，造成居延海干涸，大片胡杨死亡，成为北方沙尘暴源之一，引起了国务院高度重视，做出"引黑济纳"的规划，即每年向额济纳调水不低于八亿立方米，几乎是黑河年径流量的一半，迫使上游节约用水，并在 10 月农业用水结束后集中向下游调水。经过几年的努力，干涸的居延海正逐步恢复，胡杨林也有部分复苏。我们去时正好碰上黑河水下泄，额济纳镇的二道河四道河都奔流着蜡黄湍急的河水，两岸高大的胡杨倒映于河水之中，别具风情。

那天，直到落日收尽最后的霞光，我们才钻出胡杨林。下榻的小镇宾馆干净整洁，我们又专门去一家蒙古饭馆，吃了手抓羊肉。与饭店老板聊天，得知额旗近年借助胡杨加大宣传，开发旅游，拉动经济，发展迅速，打工者和商贩也蜂拥而至，现在全镇固定和流动人口将近万人。尤其是每年国庆节竟能吸引数万摄影爱好者和游客来此旅游，我们若早些天来还住不上呢！

黑　城

次日凌晨5时便起床，计划拍摄完晨光中的胡杨后，再去二十公里外的戈壁滩上探访西夏黑城遗址。让人想不到的是，途经八道河时，下泄的河水竟十分大，足有上百米宽的河面竟完全被水淹没了，公路也在其中。因多年少水或无水，所以公路过河无须修桥，直接从河床修水泥路通过。眼下可不行，我们的捷达肯定不敢过，会被汹涌的河水冲走或熄火。只能租用在河岸揽生意的蒙古族小伙的越野车，明码标价，送过河去黑城一趟，往返200元，看起来这儿已形成了市场。车过河时，我注意到河水淹没了轮胎，至少有半米深，水量不小呢！蒙古族小伙告诉我们，他原先放牧，牧草越来越少，挣不了钱，这车是去年国庆节从一位四川来的旅游者手上买的。那位女士的车坏了，他帮着修好，索性两万元卖给了他，他也就凭这车搞起了旅游。附近像他这样的牧民还不少呢。

那天太早，赶到黑城，偌大的遗址就我们几个人。戈壁滩上的晨风吹过竟如刀割般，让人体会到"胡天八月即飞雪"的滋味。黑城庞大，保持着较为完整的轮廓，还有几座白色的喇嘛宝塔耸立城周达二里许。登城眺望，城内署衙、街道、庙宇、兵营依稀可辨，还有木质建筑排列，残墙颓壁立于地表，不时有风沙无声掠过，仿佛叙述着黑城有过的辉煌。公元10世纪，羌人的一支建立西夏国，创立文字，制定典章，最盛时曾击败宋王朝六十万大军，占据陕北、宁夏、甘肃等地。西夏统治者颇有眼光，看准额济纳屏障河西并扼蒙古铁骑南下要冲，设立"黑山威福军司"，筑"威福军城"，即黑城，相当于一个军区，既屏障国都银川又控制河西走廊。

黑城位于黑河西岸，其时水草丰茂，胡杨旺盛，宜农宜牧，商旅不绝，系草原丝绸之路一处重要商邑，繁盛了两个多世纪。黑城毁灭于两次战火，13世纪，成吉思汗统一蒙古各部，无论南下或西征，黑城都首当其冲。1226年，蒙古铁骑攻破黑城，房屋损坏大部，次年西夏灭亡。由于黑城位置重要，元朝统一中原后，在此亦设集乃路，持续百年之久。明洪武年初，明军攻占河西走廊后，大军直逼元朝最后的据点——黑城。因其坚固异常，屡攻失利，明军便在黑城上游筑坝，迫使河水改道，黑城因断水被攻克。但此举也带来了灾难性后果，由于无水，黑河绿洲消失并沙漠化，城池变成废墟。之后几百年间，黑城几乎被黄沙掩埋。直到20世纪初，许多国外探险家，比如英国斯坦因、美国华尔纳、瑞典斯文·赫定在黑城发掘大量西夏文书、经卷和壁画，轰动了世界考古界和史学界，黑城这座被历史遗忘的废墟才重新被世人关注。目前，黑城已被列为全国重点文物保护单位，每年吸引不少人来参观。我们在黑城盘桓拍照，地上有不少砖、瓦、彩色陶片，可惜不好携带，末了捡了一截胡杨，不知是什么建筑上的残片，还很坚硬，颇似塔形。我将其带回后置于案头，时时观赏，看着它，就让人想起了居延、黑城、额济纳，它可是见证了黑城由兴旺繁盛到毁灭消亡的千年岁月啊。

旅途小憩

◇林中婚纱◇

额济纳地处西陲，天亮得晚，但为拍摄旭日东升时晨光彩霞中的胡杨，趁国庆黄金周，赶来的几千名摄影家，早早起来"发烧"。熹微晨曦中，胡杨林里，人影晃动，语声嘈杂，已是一片沸腾。最引人注目的莫过于一对对身着婚纱的新人。胡杨素有"生而不死一千年，死而不倒一千年，倒而不朽一千年"的美誉。在胡杨林中拍摄婚纱照，象征婚姻天长地久。据说这些新人和陪伴的亲友、摄影师来自广东、辽宁、天津、北京、郑州、南京、西安等二十多个省市，难怪呼亲唤友时，粤语楚音、京腔吴调绝不相同，蔚然成趣。

我们一行也早早起来，赶往胡杨林。经过四道桥时，正好遇着一对新人在拍婚纱，听口音像是来自广东。从南国到西陲，穿越大半个中国，真正"八千里路云和月"，无怪拍摄得热情认真。一对新人变换着各种身姿，任随摄影家"发烧"。绚丽的朝霞、金黄的胡杨、洁白的婚纱、水中的倒影构成一幅幅精彩绝伦的图画。我也不失时机地按下了快门，抓拍这胡杨林中的幸福。

▶ 古居延出土的汉简

藏在汉简中的故事

一

　　河西丝路在漫长的岁月中，不仅留下长城烽燧、古堡关塞、佛窟古塔，还出土了不少珍稀文物，比如已成为我国文物旅游标志的"马踏飞燕"，再如在考古界与书法界一再引起震动的木牍竹简。

　　牍简是我国在纸张发明或大量使用之前，从战国到魏晋时代的书写材料，是指削成狭长的竹片或木片。竹片称简，木片称牍，统称为简，均用毛笔墨写。简牍不仅是当时社会情况最真实的记载，是研究历史的珍贵资料，同时，又由于是用毛笔书写当时通用的字体，能真实地反映汉字的发展与变化，成为汉字与书法演变的信史。所以，20世纪初，汉简一经问世，便倍受重视。河西走廊出土汉简的地方很多，尤其以居延、敦煌、武威三地最为出名。

　　敦煌、武威素为河西重镇，出土简牍应在情理之中。居延因地名不再使用，且环境发生很大变化，流经的弱水改道，浩瀚的居延海干涸，享有盛名的居延城

▲额济纳邻沙漠，气候干燥，所以能使汉简保存至今

被黄沙掩埋难寻遗迹。经专家们多次访察考证才取得共识：今日内蒙古额济纳旗就是汉代的古居延、居延泽、居延城所在地。

20 世纪 30 年代，由中外学者共同组成的西北科学考察团，成员有时任故宫博物院院长马衡、北大教授刘半农、法国的伯希和瑞典的斯文·赫定等。他们在古居延的甲渠官侯、肩水金关等遗址进行全面发掘，出土简牍两万多枚，在一个不足六平方米的土屋内就发现由竹简构成的四十余册基本完整的公文，绳索虽已朽断，但仍保持册形。这些居延汉简的发现，轰动中外，与殷墟甲骨文、敦煌经卷、故宫大库档案一起被称为 20 世纪中国文化史四大发现。

二

居延与居延汉简之所以倍受重视，是因为在全国目前出土的九万枚左右的汉简中，居延独占三万二千万余枚，数量最大。其中纪年的有一千二百枚，成册、成套系列的达七十种。由于居延一带干旱少雨，废弃之后因人迹罕至而未遭破坏，简牍质地品相都很完好。汉简的木质有松杉、白杨、水柳、红柳等，可在当地取材，着墨情况好，字迹完整，内容又出人意料地丰富，几乎记载了从汉武帝至东汉时期居延边防的全部情况。除了官方诏书、律令、邮书，还有大量日常账务往来，公务要事，包括屯田戍边将士灌水、交租、养马、工商、税金等日常生活的大量事项。其中一枚记载了从长安至居延的驿站，并注有里程，成为研究丝路难得的资料。还有汉简记载烽燧名称达二百五十多个，并清楚标明间距为一千三百米。从简牍中得知，仅公元前88年至公元前31年，半个世纪间，汉王朝在居延垦荒屯田面积达六十四万亩。汉简出土最多的破城子，即汉代甲渠侯官衙，其城经历两千二百多年，虽已残破但至今尚存。登城眺望，城周渠埂纵横，阡陌依稀，石磨瓦砾随处可见。绵延不绝

▲汉简多取材于胡杨

的烽燧在旷野蜿蜒，成排的胡杨，肃然而立，恍然之间，让游人感受到古居延的古朴雄浑和空旷深远。近年中华书局专门出版了《居延新编——甲渠官侯》，简牍所记，仔细到有"姜二斤，出荓六斤""韭三畦，葵十畦，葱三畦""出小麦五石三斗""出荌八十束，以食官牛""侯史私马五匹"等，相当详尽琐杂。正因为这种原始性和可靠性，汉简成为历史考古学家研究汉史，尤其是边关史最可信的资料。

最受专家们器重的是一册由三十六枚汉简构成的官告民案件，内容复杂曲折，一波三折。说的是甲渠障的最高长官向居延县衙告他雇用的民工违约，民工不服，反告雇用他的长官没按约付工钱，而且他承揽的活儿是去市场卖五千条鱼，结果，鱼并没有卖上预定的价格，还多出许多意外的开支等等。这起在今天也可能发生的寻常的经济纠纷，由于发生在两千年前，又由于发生在古居延，还由于书写在竹简上，就有了非同寻常的意义和价值。首先，官员也好，百姓也好，都是通过法律来维权，决不"私了"或动干戈；再就是可以看出当时法律程序已很完备，各自都可以充分进行阐述，交由有司法权力的官署裁决；同时还可以看出，当时居延泽水草何等丰美，一次竟可以出售五千条鱼，真正是塞外江南、鱼米之乡啊！

三

古居延，也就是今日内蒙古额济纳旗，在张掖西北方向八百里处，正是匈奴南下进攻河西的必经之道，也可以说是河西四郡的屏障与桥头堡。汉武帝下令在此筑城郭，建烽燧，屯戍屯垦，使之成为确保西陲的大本营。事实证明这是一个有战略眼光的举措。居延不仅在两汉是边防要地，直到唐时，还一直是戍边要塞。唐代大诗人王维就曾奉朝廷之命到居延慰问将士。

"大漠孤烟直，长河落日圆"是脍炙人口的名句，但人们很少想到这正是王维去居延的收获。这首五律古诗《使至塞上》，开首便讲"单车欲问边，属国过居延"，依据路线，他应该从长安出发，一路西行，至张掖后，再拐向西北。在张掖至居延的八百里路途，大漠随时可见，而长河正是经张掖而注入居延海的弱水，亦称居延河。

由于岁月流逝，地貌变化，许多人都认为"长河"应指黄河。细读全诗，就能感到这是误读。从诗中"居延""汉塞""胡天"等词看，都只能是张掖西北的景象，而此地已过黄河千里，长河只能是流淌八百余里注入居延海的居延河。但这一切消失得太久远了，几乎被人们遗忘。直到在古老的居延挖掘出众多汉简，并同大漠雄关、胡天飞雪、慷慨悲歌、葡萄美酒关联在一起，才重新激发起人们的想象。

四

居延汉简为世人瞩目，除文物考古界重视外，还对中国书法产生了革命性的影响！

我们知道，中国文字经历了象形、甲骨、大篆、小篆，至汉代有隶书出现，在使用中发展完善，成就了一种字形扁平、笔画多波磔且显庄重的字体，为官方认可，民间通用。隶书对烦琐的篆书尽管是一种摆脱，但书写仍然讲究起坐端庄，落笔凝重，笔画之间，不能马虎，也相当耗时费力。

当时，驻边屯垦的将士，不可能有房屋桌椅那样完备的书写条件，且在戎马倥偬之间，不可能一笔一画，写得端庄劲挺。而是要尽量摆脱烦琐，摆脱端庄，尽量简约，久而久之，有了草书的笔势。而简牍又系多人所写，年代亦有先后之分，故又呈现出多种风格：或刚劲，或婉约，或粗犷，或恬淡。再者，字形长短大小、字与字进退争让，皆信手而出，不经意中内蕴相辅相成机理，流露出飘然

▲收藏《四库全书》的兰州溯渊阁

物外的风采，这是汉简最具审美价值的地方。总之，天然野趣，跃然简上。当时就被一些书家所欣赏，经过加工美化，逐渐成为一种独立的书体，这就是隶书中所派生的章草。由于汉章帝也极喜这种书体，曾下令让朝廷通用，用以起草公文，于是便流传开来，甚而成为"章草"名称来源的一种说法。另一种说法是，因为西汉时期的书法家史游曾用此种书体写过名帖《急就章》，因而得名"章草"。

汉代几位章草大师张芝、张昶以及晋时的索靖均为河西敦煌人氏。绝非偶然，这和他们久居河西，有较多机会接触这种来自边关将士的简牍多少是有些关系的。任何一种艺术都非无源之水，都有各自的因袭与师承关系。

近代章草大师王世镗就深受张芝、索靖与石门石刻汉隶的影响。而同代另一位书法大师于右任称赞王世镗时就说："古之张芝，今之索靖，三百年来，世无与并。"

多次河西之旅，笔者发现许多博物馆、文博单位，甚至宾馆的介绍文字、画册、说明书都明显采用汉简书体，有种天然情趣，让人耳目一新。恍然之间，河西走廊种种蕴含、种种特色都在这汉简草隶、撇捺勾画间淋漓尽致地凸现了出来。

蒙古英雄的壮举

▲以摔跤为娱乐的蒙古勇士

土尔扈特

蒙古族是一个善于创造史诗的民族，草原的辽阔，高山、大河、冰雪、激流和布野的羊群，这一切注定会孕育出歌声，在苍凉的马头琴伴奏下，高入云端，如泣如诉，一咏三叹。他们创作的史诗《江格尔》由数十部作品组成，规模恢宏，气势磅礴。

两个世纪之前，一支蒙古部落还有过一次不远万里、历经磨难回归祖国的空前壮举。这支蒙古部落叫土尔扈特。蒙古草原游牧民族的盟旗制度起源很早，几乎要追溯到原始部落的游牧时期。这也由生存环境决定，自然灾害、牛羊瘟疫、野兽袭扰都绝非单家独户所能抵御，必须抱团才能生存。这些部落或大或小，或分或合，在实践中总结出礼仪和制度，推举出首领，在一定的游牧地域生存。这些部落之间，常为争夺牧场水草发生纠葛乃至战争，且难免弱肉强食，积怨成仇。直到13世纪铁木真才征服了所有的部落，第一次统一了蒙古草原，他被尊为成吉思汗。他的孙子忽必烈则建立起横跨欧亚、空前辽阔的元帝国。后来元帝国覆灭，蒙古草原重新又陷入了割据状态，直到游牧于白山黑水之间的女真人崛起，建立继元之后第二个由少数民族统治的统一政权。由于女真人在建立政权的过程中得到过蒙古贵族的支持，所以1626年清帝皇太极专门建立蒙古衙门，在蒙古族早年的部落基础上建立起盟旗制度。

其中，土尔扈特部被分封在额济纳旗，具体位置在甘肃河西走廊张掖的西北方向约八百公里处，现在仍叫额济纳旗，是著名歌唱家德德玛的故乡。

土尔扈特部先祖曾属瓦剌部落，在明永乐八年（1410年），明成祖曾对其先祖封爵位，并赐玉印、玉佩等物。他们分封的额济纳旗也是一块积淀深厚、历经沧桑的土地。残存于此的古岩画表明人类早就繁衍生息于此。史书记载，最早有大月氏、匈奴等游牧民族在此居住。汉武帝时，卫青、霍去病大破匈奴，在河西走廊设四郡、建两关，也在张掖西北方向设居延要塞来屏障河西四郡。之后历代中原王朝都在居延屯田戍边，积淀下厚重的文化，著名的居延汉简先后出土三万余枚，震惊了考古界、书法界。

游牧俄境

不过，那时居延生态环境与现在的荒漠化完全不同，祁连山最大河流黑水，也称弱水或居延河，流淌八百余里，最后在居延低洼处汇成面积达五百多平方公里的湖泊，也称居延海。四周水草丰茂，水鸟翻飞。从居延汉简所载内容看，经汉代戍边将士开垦，完全是一片塞外江南景象。

但到明时，因弱水改道，居延海日渐干涸，四周荒漠日渐扩大，无法进行大规模的放牧，所以土尔扈特部只好离开额济纳旗，向其最早的游牧之地巴尔喀什湖一带迁移。但巴尔喀什湖一带又被正在阿尔泰山附近崛起的准噶尔部占领，土尔扈特部只好向沙俄境内伏尔加河流域放牧。那时，世界上从大小兴安岭到多瑙河畔是横贯万里的连片草场，游牧民族这种迁徙是常有的事情。土尔扈特部一直认为自己是中国的属民，依旧参加蒙古部落在伊犁的会盟，并派出使臣觐见康熙、乾隆，进贡毛皮、骆驼和马匹。清政府对土尔扈特部也非常关心，隆重接待每次来使，赏赐大量金钱物品，以示对这些海外游子的关爱。1712年，康熙皇帝还派出以太子侍读殷扎纳为首的使团共三十四人前往伏尔加河，慰问土尔扈特部众。使团行期长达两年，行程两万里，受到土尔扈特部隆重接待。雍正年间又先后两次派遣使团前往伏尔加河慰问土尔扈特部。但沙俄认为土尔扈特在俄境内放牧，应属俄罗斯臣民，就应纳税和服兵役。

俄国幅员辽阔、横跨欧亚、人烟稀少，且人口多集中在欧洲部分。伏尔加河流域水草丰茂，宜于放牧，在沙俄境内土尔扈特部始终保持着厄鲁特蒙古传统的古老部落组织形式，共有十三个兀鲁思组成，每个兀鲁思都有亲王，最大的兀鲁思的亲王是渥巴锡，他也就自然成为整个土尔扈特部的汗。渥巴锡率领的兀鲁思由十个爱马克组成，一个爱马克就是一个半军事管辖区，下面又分若干和迅。和迅是由一二十个蒙古包组成的独立放牧的村落，整个伏尔加河流域在土尔扈特部最盛时期有五千多个和迅，分布在伏尔加流域两岸一千多平方公里的土地上。那

▲赶着羊群的牧民

时，伏尔加河水量充沛，宽达数公里，如一条明晃晃的玉带，蜿蜒在俄国辽阔无垠的土地上，两岸是无边无际的草原。每当晨昏，在朝阳和落日的光辉中，成千上万的牛羊出栏或晚归，剽悍的土尔扈特男人骑在高大的骏马上，把鞭子抽得山响，吆喝声此起彼伏。大草原升起缕缕炊烟，女人们忙着烧奶茶，煮起喷香的手抓羊肉，牛哞马嘶，一片沸腾，构成一幅壮阔无比的游牧安乐图。不知不觉间，土尔扈特部已在这儿生活了一个多世纪，休养生息，整个部发展到二十几万人，牲畜数百万头，几乎是一个部落王国。

誓死东归

按说，尽可安居乐业，但此时，俄国正处于彼得大帝向外扩张阶段，为夺取黑海和波罗的海的出海口，沙皇彼得一世多次发动对土耳其和瑞典的战争，几乎连年争战。土尔扈特部大批青壮年被征兵，赋税也不断加重。此外，土尔扈特部早年游牧的蒙古高原，由于隔河西走廊与青藏高原相邻，受牧民互牧以及草原丝路的影响，普遍信仰藏传佛教，世代耳濡目染，早已渗入到心灵深处，但沙俄却要土尔扈特人放弃佛教改奉东正教，这便遭到整个部落的抵制。而且土尔扈特人还处于哥萨克人的监视之下，哥萨克人不断派人在土尔扈特首领中挑拨离间，使部落出现分裂的危险。凡此种种，已严重威胁到土尔扈特人的生存。

当时，土尔扈特部的首领是渥巴锡汗，是位年仅二十六岁、血气方刚、胸有城府的蒙古汉子。尽管他生长于俄国境内的伏尔加河畔，但流淌着蒙古游牧民族的血。他最崇拜的是蒙古英雄成吉思汗，他最怀恋诞生英雄的祖国故土。此刻，当整个部落的生存受到严重威胁时，渥巴锡汗寝食难安，忧心如焚，苦苦思索着应对之策。

恰在这时，传来清军大破准噶尔的消息。早年，土尔扈特部就是因为被准噶尔侵占牧地才流落国外的。如今，强敌已败，不正是回归故土的大好时机？

回归祖国的念头一旦产生，便再也挥之不去。但渥巴锡汗不是那种蛮干的莽汉，他深思熟虑，不露声色，从最高决策圈开始，分批逐次征求意见。面对当时的严峻形势，几乎所有大小头目都一致同意回归故土，这不仅让渥巴锡汗更加坚定回归决心，也使这个多达二十几万人的部落变得空前团结。一个庞大周密的计划开始秘密实施。一方面，他们仍要应付沙皇不断下达的征兵征粮征款任务，一方面进行总体动员，宰杀掉老弱病残的牲畜，晾晒成肉干，打磨粮食，准备医药用品，修理车辆，分队编列，钢刀磨得飞快，火枪备好弹药。一切准备妥帖后，岂料，那个冬天，伏尔加河迟迟不肯结冰，致使滞留于对岸的七万多部众难以与大部落统一行动。如拖延下去，又会打乱整个部署，再三思考，只好忍痛让对岸七万多土尔扈特人暂留俄国。这部分人的后裔中有一位女士，毕生都在追寻其先祖的踪迹——她便是台湾著名作家席慕蓉。土尔扈特部大部分人员则选择了一个漫天大雪时节，趁沙皇放松了对土尔扈特部的监控，在渥巴锡汗的率领下，离开定居了一个多世纪的伏尔加河流域，开始了人类迁徙史上最为悲壮、也最具史诗色彩的大迁徙。其时为1771年的冬天。

首先，一部分勇士组成的先遣队员在前面开道。老人、妇女、孩子坐在一种轮子高过车身的大轱辘车上，青壮年汉子则全部编成护卫队列，骑着骏马，紧握雪亮的牛角钢刀，保卫着整个由十七万男女、数百万头牲畜组成的近百里长的浩浩荡荡的迁徙大军。

沙皇很快就知道了土尔扈特东归的消息，十分震怒，立即命令同样剽悍的哥萨克骑兵对土尔扈特人进行围追堵截。残酷的激战几乎每天都在发生，一批批骁勇的哥萨克骑兵被打退，一批批土尔扈特勇士也倒在血泊之中。老人和妇女紧抱孩子，强忍失去儿子和丈夫的悲伤，甚至来不及掩埋亲人的遗体，又在风雪中抓紧时间突围。面对各种威胁利诱，土尔扈特首领渥巴锡汗始终保持清醒头脑，认定只有回归才是出路，硬是杀开一条血路，穿越茫茫草原。当他们摆脱强敌，走进干旱的沙漠和大戈壁，水草全无，又发生瘟疫，牲畜倒毙无数，人口大批死亡。土尔扈特部不顾伤残冻饿，亲人倒毙，行程万里，历时一年，终于把幸存的一万五千户、七万部众带回祖国。

当清政府得知土尔扈特部到达伊犁时，立即派人前往，办理安置事务，下令

▲东归的土尔扈特牧民被安置在水草丰美的新疆

陕甘总督拨银二十万两，救济土尔扈特部，并及时发放大量衣被、帐篷、粮食等生活物资，赠送种牛、种马、种羊，划定北疆伊犁、精河、库尔喀喇乌苏一带为其永久牧区。

在这之前三年，土尔扈特部首领阿玉奇之侄儿阿拉布珠儿陪其母赴西藏朝拜达赖带回的五千部众则安置在河西走廊西北额济纳旗游牧。

为了使在回归途中元气大伤的土尔扈特部休养生息，从1771年回归祖国之日到1881年，整整一个世纪，清王朝没有征过土尔扈特一个兵丁。在回归初期，凡人按口供食授衣之外，还免除了其八年赋税。此时，清政府刚刚平定准噶尔和大小和卓的叛乱，吸取教训也为长治久安，对蒙藏西域普遍采取"以众封而分其势"的原则，即分封"小汗"不使其坐大。这项政策对土尔扈特部自然也不例外。渥巴锡汗因此丧失了许多权益，但这位历尽苦难的英雄，却坦然接受，并不计较个人得失。在他看来，历经千辛万苦，近十万父老兄弟付出生命代价，终于回到故土故国，与整个部落的根本利益相比，个人的荣辱便算不得什么了。可惜的是，这位胸襟宽广的蒙古英雄回归故国几年后于1775年因病去世，正值三十三岁盛

▲新疆土尔扈特牧民后裔　　　屹立于承德避暑山庄的《土尔扈特全部归顺记》石碑▲

年。他在弥留之际，不忘部众，留下感天动地的遗言："安分度日，勤奋耕田，繁衍牲畜，勿生事端，致盼盼祷。"平和之中蕴涵着多么深刻的生活生命体验！清廷闻讯，乾隆亲派大臣前往祭奠，赏银厚葬，并让其子承继汗位。

　　需要回叙一笔的是，当初，渥巴锡汗率领部众甘冒箭矢，不计万里回归祖国，这桩感天地泣鬼神的壮举，让当时朝野备受感动，传为美谈。乾隆亲自在承德避暑山庄接待渥巴锡汗，分封赏赐大小首领，并亲自撰写《土尔扈特全部归顺记》，凿石刻碑。此碑至今屹立于承德避暑山庄，使这桩人类迁徙史上的空前壮举永载史册。

　　2005年，我曾有幸参观了这通高达三米的古碑。另外一通更为高大的纪念土尔扈特回归祖国三百周年的纪念碑则屹立内蒙古额济纳旗。在探访丝路几年中，我还曾在内蒙古额济纳旗，在新疆草原见到土尔扈特部的后代，并进入他们的帐篷。看着慈祥健康的老人、天真活泼的孩子，我真心为他们祝福！

▲祁连山白云深处是玉珠的家乡

蒙古女子的传奇

祁连玉珠

　　玉珠是在祁连山腹地草原出生长大的姑娘。玉珠家世代都游牧在这片草原，爷爷是部落的小头人。他们游牧的那片草原叫夏日塔拉，这美丽的名字意味着吉祥与希望。玉珠听爷爷讲，他们的祖先曾游牧到遥远的国外，二百多年前又集体冒着生命危险回到故乡，他们这个部叫土尔扈特，是个英雄辈出的民族。游牧生活是严酷的，牧民忧伤或欢乐的时候才唱歌，平时则远离诗意。他们更习惯把这片草场叫夏个家。蒙古族是一个古老的游牧民族，曾在蒙古高原、天山南北、河西走廊辗转游牧，这片草原之所以叫夏个家，是否因为最早迁徙来的时候是夏天已无人去追究，牧民们关心的只是这儿的草场能否让牛羊吃饱长膘。夏个家草场是祁连山水草最丰美的牧场。

　　一方水土养一方人。夏个家草原上放牧的牛羊公畜肯上膘，母畜肯下崽，一群群膘满肉肥，毛色滑顺，连夏个家的牧人下山都引人注目。夏个家男人常是优秀的骑手，跨着黑黄或栗色的骏马，往山下送羊毛和奶疙瘩，再买回食盐、茶砖一类日用品上山。他们身体结实，脸庞黧黑，棱角分明，缄默少言，但只要张嘴

▲这户牧民的女儿曾获全国铅球掷远亚军

就露一口白牙，露出牧人的憨厚和精明，仿佛告诉世人：夏个家的男人不会欺骗任何人，但任何人也别想欺骗夏个家的男人。夏个家草原在高高的祁连山上，夏个家的女人进城仿佛从白云上飘落下来的仙女。祁连山冰雪养育得她们娇媚如水，刚强如松，蒙古族特有的彩裙裹着她们凸凹有致柔软苗条的肢体，面容姣好，眼睫毛修长，眸子则像草原上的溪流一般清澈，无一丝杂染。放羊时，只要有太阳，她们都会在泉水中洗涤长发，故而秀发如云。她们遇着高兴的事情，顶多抿嘴一笑，喜是淡淡的，从不开怀大笑。她们得操心自家的羊群，在早春寒夜里，穿着皮袄彻夜帮助母羊产羔。她们的愁是静静的，像伫立的青草般不动声色。空旷的牧场，牛羊家事，儿大女长，一切得靠自己，无法指靠别人。这样的草原养育出来的女子注定清新耐看但不孤傲，坚毅刚强中又带着灵巧。在祁连山牧场，只要看见身形秀气的女子，人们便猜测那肯定是夏个家来的！在商店里，买各种日用品和花布的女人，售货员会搭讪着问是哪里来的。然后会得意地说：难怪呢，我推测着就是夏个家来的……

　　玉珠不但出生在出美女的夏个家草原，而且在那片草原上她家三姐妹被称为三朵金花。玉珠最小也最漂亮，全家人都心疼她，活儿都让哥哥姐姐们争着干了，她成了无忧无虑的小天使。清晨爬起来妈妈早熬好喷香的奶茶，吃饱喝足便带小狗钻树林，那里有咕咕叫着的斑鸠，溪水边有会直立起来的旱獭，还有拖着美丽

▲辛勤劳作的蒙古族女子

长尾的锦鸡和各式各样的草莓。但玉珠更渴望与哥哥姐姐们一块儿去放羊，草原长大的姑娘怎么能不放羊呢？玉珠就是朝阳初起的意思，于是，一个清晨，她悄悄爬起，跟在羊群后面，迎着朝阳向草原走去，鲜艳的彩裙在青草地上格外醒目。之后，牧场上每天便有她娇小灵活的身影。真正是夏个家草原上的公主和精灵。

玉珠是幸运的，她刚七岁就进入了学校，没有像夏个家草原的女人终生只与羊打交道。因为她的父亲是蒙古人第一代在马背学校毕业的中学生，成了夏个家草原的秀才，当过牧场场长，把自己的两个儿子和三个女儿都送进学校。玉珠顺利读完了小学和中学，这时她刚十七岁，长成了亭亭玉立的姑娘，脸庞秀丽，眸子清澈，尤其是有副好嗓子。蒙古人天生就是歌手，玉珠的歌声像银铃一般悦耳，在学校每次登台都赢得阵阵掌声。

当初，中学毕业，夏个家来的孩子大都回到草原，玉珠压根没有想到，唱歌竟然让她走进省城，走向一条与牧羊女完全不同的生活道路。兰州一家公司招几名能歌善舞的女孩，消息传开，小小的县城几乎沸腾，因为没有哪家女孩不能歌善舞。再说改革开放多年，牧区青年也开始渴望到外面的世界，选拔开始就竞争激烈。但是没有人能与玉珠竞争，她亭亭玉立，俏丽姣好的脸庞，活泼率真的性格和甜美圆润的歌喉，一亮相就让来选拔歌手的几位老师眼前一亮，一曲终了，真正技压群芳，当场拍板，玉珠被正式聘用。

▲蒙古族姑娘

省城受骗

　　之后，玉珠开始了完全与夏个家草原不同的生活。省城兰州因黄河穿城而过成为中国西部最有气势的都会，更因改革开放而生机勃勃。新的环境、新的生活给了年轻姑娘玉珠全新的感觉，也给她注入新的活力。她率真、开朗、活泼的天性很受领导和同事的赞赏；她甜润的歌喉、飘逸的舞姿在演出时受到观众广泛好评。几年光景，玉珠完全出脱成一个现代、时尚、漂亮的都市姑娘了，脸庞愈加光鲜秀丽，身材猛蹿了一截，竟达到一米七五。经不住朋友们怂恿，玉珠参加了全省范围的模特大赛，一路夺关，进入了前十名决赛圈，评委们都向这位充满青春活力又天真无邪的蒙古姑娘投去赞许的目光。但由于首次参赛，经验不足，回答问题时出了差错，玉珠与冠亚军擦肩而过。尽管如此，玉珠那来自大草原的与众不同的率真和与生俱来的丽质却给许多人留下难忘的印象。那年玉珠刚十九岁，正是对生活充满希望也充满幻想的年纪。

　　只是，玉珠毕竟来自夏个家草原，骨子里流淌着牧人质朴单纯的血液，因善良而易轻信、易痴情、易执着，易对新鲜世界加倍向往，极少有自我保护意识，往往易受伤害。就在玉珠参加模特大赛不久，她认识了一个男子，比她大十几岁，据说因经商耽误还没有成家，高个儿，鼻梁高挺，棱角分明，有点像外国人，很有男子汉气质。之前，为提高演出技艺，玉珠爱看各种演出，记住了一出外国话剧《威尼斯商人》，于是玉珠就戏称那男子为"威尼斯商人"，那男子不但默许还恭维她聪明。"威尼斯商人"看上去有钱、成熟、老练，不露声色讨她喜欢，每一件小事都让她惊喜，使女孩的虚荣心得到很大的满足。他们就这样糊里糊涂谈起了恋爱。这时，玉珠与公司签订的两年合同正好期满，不知何去何从，正处于人生路上的十字路口。本来，以她的条件也可以续签合同，同来的伙伴也有这么做的。但当玉珠征求"威尼斯商人"意见时，"威尼斯商人"却让她随他去南疆经商。他说他们的公司在那儿，南疆的钱好赚，正缺人手，干一年顶在公司干十年，说得天花乱坠。单纯的玉珠沉浸在爱情的幻想之中，几乎没怎么思索，也没征求家人的意见，便放弃与公司续签合同，踏上了西行的列车。一路向西，当列车越过长长的河西走廊，进入戈壁大漠，再也看不见祁连山的踪影时，玉珠内心也曾恐慌，也曾后悔，但又禁不住"威尼斯商人"的花言巧语。况且，动身前，"威尼斯商人"先以购飞机票为名，要去了她的身份证，又以安全为借口，要走她身上所有的钱，此刻"威尼斯商人"要去天涯海角，她也只能跟着走了。那时，南疆火车还没有通，只能坐汽车，整整七天七夜，汽车在火炉般的大戈壁上穿行，玉珠吐得死去活来。好不容易到了边城喀什，又迎面浇来一盆冷水："威尼斯商人"压根就没有开办什么公司，只不过租了两间小门面房，贩卖一些边疆乡村用的农机具配件，生意清淡，勉强维持。店里有一个40岁左右属于混血儿的风骚女人，会说维语，不知道与"威尼斯商人"什么关系。没过两天，玉珠就发现最不愿意看见的肮脏的一幕，那一瞬间，夏家草原上游牧民族千百年疾恶如仇的血性在她身上爆发，温顺如羊羔的她顿时变成一头狂暴的母牛，她顺手操起一把锋利无比的英吉沙小刀，扑向那两个狗男女。结果可想而知，双拳难敌四手，她反而被"威尼斯商人"推出一丈多远。"那好，你们不死，我就死给你们看！"气极了的玉珠举起锋利的小刀刺向自己的身体……

离奇创业

待她醒来已躺在医院的急救室了。那一刀险些割断动脉，血喷如注，两个狗男女吓坏了，拨打120抢救才保住玉珠的生命，但因失血过多，住院三个多月才逐渐恢复。经历这次事件，玉珠根本不正眼瞧那两个浑蛋，任凭他们巧舌似簧，也只两个字："回家！"那两人对刚烈如火的玉珠已是畏之如神，一路赔着小心，把玉珠送回兰州。但此时，玉珠已无单位，无家可归，也不愿再见认识的朋友。一天，她漫无目的地闲逛，突然发现兰新公路八公里烤羊羔店招服务员。兰州人都知道，从兰州到新疆的公路边有两处烤羊羔十分出名，一处在八公里，一处在十三公里。玉珠做模特时，与朋友结伴去吃过，整只羊羔外表焦黄，里边鲜嫩，味道好极了！沿公路边一溜儿十几家店，家家生意红火，客人不断。招聘的这家店刚开张，是座新建的二层酒楼，带包间、卫生间，档次规格超过了所有烤羊羔店。老板是位年纪轻轻的俏丽女人，穿戴华丽，风姿绰约，还有点神秘，但不常来，店由大堂经理照管。玉珠应聘，大堂经理几乎傻眼，如此漂亮的姑娘还能干端盘子的事情！玉珠撒谎说家在农村，从学校毕业找不到工作，先干一阵。事实是她得有个安身的去处。玉珠讲那是她有生以来心情最灰暗沮丧的时期，整天不说一句话，只剩下睡觉干活。酒店的活相当累，每天干十几个小时，尤其晚上，划拳闹酒，客人散尽，夜里两点才休息，一天下来脚腿都站肿了。她那会儿心里麻木，啥都麻木，干完活，躺在床上就睡着，啥都不想，在酒店落下个"冷美人"的绰号。

经过一年多时间，玉珠身心才逐渐恢复。岂料，酒店却发生变故，原来那个年轻俏丽的神秘女人并非真正老板，真正老板据说是位高官，神秘女人是其"小蜜"。原本两人联手开店，这女人却与大堂经理勾结，把酒店钱财席卷一空，溜之大吉，还欠下一屁股外债。那几天债主盈门，酒店停顿，几十名打工者被拖欠的工资一无着落。玉珠也是受害者，急中生智，突然想到：何不索性自己经营，先拿回工资再说？玉珠挑头，大家纷纷响应，酒店继续运转起来，众人又齐心，还真将酒店支撑了一阵。那位高官经此打击，心灰意冷，只想还债了事，索性把酒店承包给了玉珠。还真是天上掉馅饼，有此机会，玉珠已熟悉酒店运营规律，又能吃苦，真心对待员工，第一年下来，除了上交承包款，付清员工工资，还赚了四五万元。这对她来讲，可真是天文数字，从小到大也没想到能有这么多的钱。那几天玉珠看着那厚厚的几沓钱不知所措，但有一个始终摆脱不掉的强烈念头——复仇！找那两个狗男女算账！但怎么个算法，玉珠却又茫然，只知道复仇就需要钱，要拼命挣钱！第二年，玉珠又拼命地干，竟然挣到了整整十万元！

"那是不是想着该复仇了？"当玉珠在祁连山牧场向我讲述这些传奇经历的时候，我简直不敢相信，仿佛是听一个遥远的故事。但看着玉珠那明显带有土尔扈特人特色的脸庞才联想到，这个民族的祖先曾经从伏尔加河流域，冲破沙俄的重重堵截，战胜暴雪、严寒、泥泞、沼泽、饥饿、死亡……回到万里之遥的故土。玉珠姑娘的这些思维方式只能从先祖游牧时疾恶如仇、有仇必复的遗风中去寻找蛛丝马迹，去获得一种解释。

"不想复仇了，想着都可笑！"玉珠把头摇得拨浪鼓一样，还不好意思地红了脸。

"那咋回事呢？"

"我见到那个狗东西了！"

原来，玉珠在经营酒店的过程中，接触各色人等，目睹社会变化，尤其与家人取得联系，得知父亲（母亲早年去世）、哥哥、姐姐多年不知她的音讯而悲伤难受时，唤起了她心中的亲情。她曾专程回到祁连老家，给每位亲人都买了礼品，但没有讲她的传奇经历，只说离开公司后一切不顺利，怕家中操心。亲友们看着她健康快乐，事情顺当，也没多怀疑。就在她由家乡返回兰州酒店没几天，临近春节，店里十分忙碌，她也亲自跟着干。那天，她刚端着盘烤乳羊进了大堂，就一眼看见"威尼斯商人"独自坐在角落，衣帽不整，神情狼狈。最初那一瞬间，她像被电击，浑身颤抖，差点摔了盘子，赶紧躲开，躲进房间，泪水哗地涌了出来，痛痛快快哭了一场，又蒙头盖被睡了一整天。再起来时，她已在心里原谅了他。后来得知，那件事发生后，他在当地待不下去，生意无法维持，混血女人也跑了，他只好回了兰州，打听到她在这，是专门来求她原谅的！

"那不可能，我再也不想见到他！"

涅槃新生

但之后，玉珠的心境发生明显变化，仿佛旭日临窗，回顾夜里噩梦，挥挥手只想尽快忘掉，去迎接真正的朝阳彩霞。回到家乡，玉珠发现这些年祁连山牧民生活虽有很大变化，但与外面相比还很落后，日子还显得紧巴。她突然有了个计划，要利用这酒店好好挣些钱，越多越好，除了拉扯亲友，还要在祁连山盖一座希望小学，让牧民的孩子就近读书……这宏伟的目标让玉珠激动了好些日子。

可惜，谋事在人，成事在天。国家修建连霍高速公路，由连云港至北疆霍尔果斯口岸的横贯中国东西的最大动脉开工建设，兰新公路八公里、十三公里公路两侧酒店统统拆迁，而且雷厉风行，几乎不容人思索。玉珠酒店的真正老板，那位高官已经退休，只想安全着陆，不愿惹事。结果酒店在拆迁赔偿中吃了大亏，玉珠挣的钱得而复失，抵了外债……

"那你不亏死了！"

"开始难受，后来想开了，牧场上老辈人讲，钱都是草坡上的，生不带来，死不带去……"

"那你现在怎么生活呢？"

"只要有两只手，干啥都行，都饿不着！"

原来玉珠在经营酒店期间的能干给许多顾客都留下了很好的印象，这其中不乏大经理、大老板。其中一位开毛皮公司的是全市数得着的民营企业主，主动招

▲牛羊肉是西部最受欢迎的菜肴

聘玉珠。玉珠去了不到一年便熟悉业务，当上了部门经理。这次回家乡收购毛皮，受一位朋友的委托顺便也接待我们。

她带我爬上了高高的祁连山牧场。这是夏个家草原的组成部分，有成片的胡杨林、哗哗奔淌的溪水、青绿茂密的牧草和争相怒放的野花，唤起她许多记忆。玉珠在讲述童年故事的时候，也讲述她传奇般的经历。给我的感觉是，这不仅是一位蒙古族土尔扈特姑娘的故事，更像是一个马背上的民族的传奇故事，让人感受到这古老民族生机勃勃的未来。至于玉珠，她才二十六岁，浑身都洋溢着青春的气息。看着她充满自信的脸庞，完全有理由相信，她今后的生活会像她的家乡夏个家草原初升的朝阳那样充满朝气，充满希望。

伊犁河谷通欧亚

公主解忧

古丝绸之路，经过长长的河西走廊，辞别阳关和玉门关，于天山南麓进入塔里木河流域，避开塔克拉玛干大沙漠，于沙漠两边分为南北两线。南线沿若羌、且末、民丰、和田，北线沿焉耆、库车、阿克苏、阿图什，于南疆喀什交会，再越葱岭，即帕米尔高原进入古印度、南亚或中亚。当年张骞、班超、玄奘均选此线，班超更是在南疆戍边三十年之久。草原丝绸之路则一直延伸到天山北麓，经乌苏、精河，进入伊犁河谷，便可沟通欧亚。312国道和东起东海连云港的连霍高速公路，也基本沿此线到霍尔果斯口岸，与哈萨克斯坦相接。这条线开发和使用很早。西汉时，张骞于公元前119年第二次出使西域，认为占据水草丰茂的伊犁河谷的乌孙国幅员辽阔，兵强马壮，可与之联盟共抗匈奴。汉武帝听从张骞建议，同意互派使者，并把江都王刘建的女儿细君公主嫁给乌孙昆莫（王），可惜细君公主在乌孙生活了四五年后便去世。为了保持来之不易的交好格局，汉王室又把楚王刘戊的孙女解忧公主嫁给乌孙昆莫军须靡。解忧公主在乌孙生活了四十多年，生有四男二女。长男元贵靡成为乌孙大昆莫（大王）；次男万年为沙车王；三男官至左大将；长女弟史少年回长安学音乐，返回途中被号称西域音乐王国的龟兹国国王律宾娶为妻室；次女素光，则嫁给乌孙呼瓴侯为妻。由此不难看出，细君、解忧出嫁乌孙，不是一般男婚女嫁，而是替国分忧、承担许多责任的一种政治联盟，对抗击匈奴和统一西域起了极重要的作用。这期间，匈奴曾联合车师进犯乌孙。解忧公主代乌孙向汉朝告急，请汉予以支持，并表示乌孙愿出精兵五万与汉朝同击匈奴。这正是汉王朝当年派张骞出使西域联合大月氏人共抗匈奴的初衷。这次汉室派十五万骑兵，分五路出击，并派校尉常惠协助指挥乌孙军队。此次战役，大败匈奴，俘获单于父行及嫂、居次、名王、犁汗都尉等大小官兵近四万人，获牛马、骆驼七十余万头。公元前71年，匈奴单于领兵十万报复乌孙，偏遇大雪，人畜大批冻死，乌孙及与汉朝交好的诸国乘机进攻，俘获无数，大获全胜。正是由于汉王朝与乌孙联姻，共同出兵，制止了匈奴连年进犯，从此"边境少事矣"。

▲西汉女外交家冯嫽画像

这其中，细君、解忧两位公主功不可没。

冯嫽外交

另外，随同解忧公主出嫁的侍女冯嫽，经过历练，成为我国历史上受朝廷任命的第一位外交家，名标青史。冯嫽自幼喜爱史书，到乌孙后，注意了解西域情况，并学会多种语言，后嫁给乌孙右大将为妻。汉与乌孙的关系几次化险为夷，冯嫽起到关键作用。解忧公主远嫁乌孙后，根据当地习俗，老昆莫（王）死，其弟或异母子可娶其为妻，故解忧公主曾先后嫁乌孙三王。解忧公主与狂王关系不和，曾利用宴会刺杀狂王，未果。狂王之孙乘机杀狂自立，引发乌孙政局动荡。汉王朝准备发兵征讨，经冯嫽调停，得以避免战争。公元前51年，冯嫽随解忧公主返长安。新上任的乌孙王为人懦弱，难胜大任，冯嫽上书朝廷，愿出使乌孙，协助乌孙王治理朝政。汉元帝便命其为特使，派百名士兵护送。冯嫽上任尽心尽力，使乌孙得以安定。冯嫽前后在乌孙活动长达半个世纪，深受乌孙和西域各国敬重，被尊称为"冯夫人"。

再者，随同两位公主远嫁乌孙的随行人员有医生、工匠、艺人，带去中原先进的建筑、种植、酿酒技术，促进了边疆与内地的交流。由于乌孙国占据着伊犁

▲广阔无垠的伊犁大草原

河谷，地处西域要冲，交好乌孙不仅保障了丝路畅通，还影响西域诸国，也对把整个西域纳入西汉王朝版图起到关键作用。

塞外江南

那么，伊犁河谷的方位物候、山形地貌若何？打开地图便能看清，伊犁河谷位于新疆西北，也就是中国西部边陲。在新疆常能听到这样的鼓动词：不到南疆就等于没到新疆。这是因为南疆是维吾尔族群众聚居的地方，保持着较完整的维吾尔族传统风情习俗，尤其喀什老城，几乎是古老的丝路和塔里木盆地古老城镇的活化石。2000年夏，我考察丝路曾在南疆、喀什流连三十多天，真切地感受到南疆与喀什的魅力。我考察伊犁河谷，深入到昭苏盆地、巩乃斯盆地、特克斯河谷、那拉提草原，参观过草原石人、格登碑、特克斯八卦城、惠远古城、伊犁将军府，到达312国道尽头霍尔果斯口岸，遥看对面哈萨克斯坦，我真切地感觉到，不到北疆，不到伊犁河谷，同样等于没到新疆。就大的地理格局讲，新疆三山夹两盆地——昆仑山、天山、阿尔泰山夹着准噶尔盆地和塔里木盆地。天山横贯其间，把新疆大致划为宜于农耕的南疆和宜于游牧的北疆。位于北疆的伊犁不仅是北疆，也可以说是整个中亚乃至世界最优良壮美的绿洲和牧场。这一带天山

▲ 伊犁草原牧民转场

愈加巍峨雄壮，并且分为南、中、北三条巨大的分支，形成多道开阔的山谷与盆地。最宽的伊犁河谷竟达八十公里，何等壮观。这些山脉，群峰耸立，制高点托木尔峰高达 7443 米。还有多座海拔四五千米的山峰，由于终年积雪，蕴涵了巨大的水量，形成了脉流众多的长达一千多公里的伊犁河水系。每当春夏之交，冰雪融化，淙淙溪流，九曲回肠，汇纳百川，形成奔腾咆哮、汹涌澎湃的河流，从高达四五千米的雪线，直到海拔仅六百米的伊犁盆地，沿途滋润着绵延不绝的大片的雪山云杉，浓绿到墨色，仿佛绿云飘浮山腰。接着是牧场，一望无垠的绿浪扑向天际，溪水蜿蜒，野花烂漫，牛羊布野，再有哈萨克族牧民的帐篷点缀其间，还有持着长长马杆的牧民，骑着骏马，突然箭一般地奔驰。当这些河流到平原的时候，纵横交织的水渠，则把泛着泡沫的雪水送往一望无边的田野。春天，这里的冬小麦油黑茁壮，养分充足，8 月成熟时，给整个大地都穿上富丽的金袍，也使伊犁河谷成为名副其实的粮仓。夏天，金色的油菜花和向日葵铺天盖地，把整个伊犁平原装饰得山也成金，水也成金，真是一个花团锦簇的天地。化用古人赞美河西走廊张掖的诗句："不见天山云峰雪，错疑伊犁是江南。"

感受伊犁

我的伊犁之行，第一个惊喜来自赛里木湖。天山雪峰密布，形成众多湖泊，但多"藏在深闺人未识"，唯赛里木湖地处丝路要冲。成吉思汗西征时在此饮马点将，林则徐经此感叹"波浪涌激，似洪泽湖"。如今穿越伊犁河谷直通霍尔果

▲伊犁水果驰名新疆

▲壮美的赛里木湖

斯口岸的 312 国道就从赛里木湖畔经过。那天，一湖天水突然出现在眼前，让人猝不及防，眼花缭乱。7 月正是高山牧场和湖泊最美的季节，湖边山坡的云杉墨绿成片，蓝得透明的天空飘浮着大团白云，天边的湖水蓝蓝的，朋友索性开车绕湖而行，让我饱览了湖光山色，又恰逢哈萨克族牧民赛马叼羊，让人十分尽兴。但心跳还未平稳，车已驶进鼎鼎有名的果子沟。

果子沟素以谷狭路险、植被茂密、山泉密布、野果遍地得名，也有"伊犁第一景"的美誉。

这首先是由地理格局、山形地貌造就。古今道路到达伊犁，必须穿越天山。由于天山山脉开阔，形成许多高山盆地，比如赛里木湖就静卧在群山之中，看似平原，海拔却超过两千米，伊犁河谷海拔却在六百至八百米之间，从赛里木湖到伊犁河谷相当于从高山下到平原，这就必须寻找到山间谷道。果子沟便承担了从高山到河谷的缓冲功能。今日有现代国道相通，很多地段仍感险峻，古人寻路开道之难便可想而知。典籍记载，成吉思汗西征大军经此地，利用充足的人力物力、工匠技人，凿山开道，曾架桥四十八座。清代乾隆平定准噶尔叛乱，修补改建桥梁为四十二座，可见何等艰难。今日，经过果子沟的 312 国道，长达二十八公里，落差近一千五百米。由于植被垂直分布，形成不同的景观带：雪山云杉与高山牧场、悬泉瀑布与淙淙溪流，哈萨克族牧民的帐篷炊烟，漫山放牧的大群牛羊构成一幅中国西部牧区的壮丽秀美画卷。随着车窗外不断变幻的景色，我们深深为果子沟的美景陶醉。

当我们到达伊犁州首府伊宁市时，已是晚上 9 时，若在内地早已暮色四合，

作者与夫人在中哈边界312国道尽头

但由于时差近两小时，此时落日余晖正给这座边陲重镇镀上迷人的金色。市区道路宽阔，高楼林立，给人至深印象的是路边是成排的白杨，肥大的绿叶在晚风中沙沙作响。我们下榻的伊犁宾馆恰是俄（苏）驻伊犁领事馆旧址，占地宏阔，古树参天，保持着俄式建筑风貌，让人领略到伊犁不寻常的历史。

次日，我们迫不及待去312国道尽头，也就是国界霍尔果斯口岸。车驶出伊宁市区，只见大片田野上沟渠纵横，玉米苗壮，葵花灿烂，真正"塞外江南"。终于来到边界，并非想象中的一道巍峨的山口，而是开阔平坦的大平原上，一条寻常的小河。这就是中哈两国边界，界河那边就是中亚五国中国土面积最大的哈萨克斯坦了。312国道最后一个里程碑，立在中国一方的桥边，上书4825公里。从濒临东海的连云港至此，真正"八千里路云和月"。界河边修有庄严肃穆的带中华人民共和国标志的边检站，中哈两边的公路上排着等候边检的长长的装满集装箱的大货车队。这景象让人想起唐人诗句"无数铃声摇过碛，应驮白练到安西"。毕竟千年过去，如今每一辆大货车所载货物不知要用多少骆驼来驮，唐人若见恐要作诗"一车需作千驼载，欧亚交流今胜昔"了！

▲阿勒泰草原石人

草原石人

中国既为文明古国，就会有许多古老传统，比如勒石记事，大约是古代先民从结绳记事派生出来的。纸张没有诞生之前，祭文、墓铭大都只能雕刻于甲骨或金石上。由于岩石多且省事，早在秦汉，勒石记事便广泛运用，除了文字还有雕像，最著名的莫过于西汉名将霍去病墓石雕，现存《马踏匈奴》《野兽吞羊》《卧虎》《跃马》《野猪》等九件，整体造型简练，质朴又豪放不羁，大气磅礴。尤其《马踏匈奴》，一马立于匈奴身上，匈奴相貌狰狞，手执弓箭，但被骏马踏定，动弹不得。此石刻寓意及艺术水平都达到相当高度，充分反映了汉代标新立异、气吞八荒的时代风貌，被鲁迅先生誉为"汉人极作"。

西汉自张骞"凿空"西域，丝绸西去，佛教东传，丝路沿线有了库车千佛洞、敦煌莫高窟、天水麦积山及洛阳龙门、大同云冈等佛雕，精品荟萃，蔚然大观。

但在我印象中，凡石雕，多在中原内地丝路重镇，人烟辐辏、商贸发达的地方方为之。无论如何，在古代刻石雕像都是耗钱费力之事。没有想到，在并无人定居的茫茫草原，居然矗立着大大小小的草原石人。若干年前，偶然在电视上见到新疆阿勒泰如毡似毯的大草原上，散牧牛羊之间，竟有如牧人般矗立着的石雕，粗眉大眼，络腮胡须，或独独傲立，或几尊同立，巍然成阵，气势不凡。据说仅阿勒泰就发现八十余尊草原石人散布在大草原上。这委实诱人，我极想早日领略草原石人的风采，但真正见到石人却是在伊犁昭苏草原。昭苏在伊犁河谷的西南边境，那儿耸立着海拔近七千米、终年积雪的腾格尔峰，如屏障般拱卫草原，又滋养着伊犁河三大支流之一特克斯河冲积出来的这块水草丰美的昭苏盆地，也

▲伊犁河谷的草原石人

为草原丝绸之路必经之路。历史上此地便是欧亚游牧民族诞生、崛起又逐渐消失的地方，先后有塞人、大月氏、乌孙、突厥、蒙古、哈萨克等民族游牧于这块水草丰美的地方，耸立在昭苏县城不远的草原石人便是见证。

几乎跨出昭苏县城，便能见着草原，宽阔得无边无际，除了横在天际的腾格尔雪峰银光闪闪之外，几乎看不见山峦，唯有坦荡如砥的草原铺向天边。十几尊大大小小的草原石人便突兀地耸立在大草原上。最高的一尊石人如真人大小，衣帽、五官、胳膊、双手俱全，显然是一块完整的石块所雕刻。再仔细观赏，通体为圆雕，头戴有冠，系宽边平顶。上眼帘、眉毛、额头均十分完整。脸呈长方形，脸庞丰满，鼻梁通直。可惜嘴唇下颚残缺还损及前胸。身着无领长袍，有宽带束腰。最为传神之处是，右臂屈至腹部，手执一高脚酒杯，左臂屈于腰部，手呈执短刀状。整尊雕像写实生动，风格粗犷古朴，为后世提供了许多耐人寻味的历史信息。

比如这尊石人依神态服饰是哪个民族，百姓还是官员，雕刻的年代、工艺、特点等这些问题都需专业人士才能解决。同去的老林，久居伊犁，据他说曾与考古人员来过几处发现石人的现场，调查发现，凡草原石人发现之处，均有墓葬遗址，表明石人与丧葬习俗相关。再是从历史文献看，这些石雕像是公元 5 世纪至 7 世纪活动于天山北麓突厥民族的文化遗存，所以有人称其为"突厥石人"，但这仅是一种"说法"。我国美术考古先驱王子云先生20世纪50年代初，曾来伊犁进行文物考察，并见到草原石人，据他描述："体积略小于真人形象，极为原始，但神态和衣饰都可看出，头上似戴有维吾尔族常戴的花帽，身穿翻领外衣，两手多放胸前，右手还端着一个碗，面部的须眉口鼻和整个脸型均清楚，颇像一位维吾尔族老人。"

这显然是另外一处草原石人，但也说明草原石人原型属不同民族，不同年代。另据老林说，草原石人在伊犁就有多处发现，造型、风格也各不相同，说明石人雕刻持续时间很长，并为不同的游牧民族所雕刻。可见，草原石人包含着丰富的历史信息和文化内涵，有待人们去认识和了解。

八卦城

八卦城指的是新疆伊犁特克斯县，整个县城按八卦形状修建，这在全世界的城市建设中绝无仅有，因而进入吉尼斯世界纪录。特克斯县与相邻的昭苏都处于发源于腾格尔雪峰的特克斯河流域，自古便是优良的河谷牧场。把一片古老的草原同八卦城联系起来，让人觉得匪夷所思，但又是实实在在发生的事情。若是细究，二者还有点历史渊源。

八卦据说是中华人文始祖伏羲所创造，分别以乾、坤、坎、离、震、艮、巽、兑象征天、地、水、火、雷、山、风、泽八种自然现象。古代还专门有一本阐述八卦的《易经》，内容丰富，原理复杂，不仅启迪人类各种思维、科学发明，还被诸葛亮等古代军事家运用于战争。至于遥远的边城特克斯为何能成为世界上独一无二的八卦城，实非偶然，竟与一代天骄成吉思汗有关。公元1220年，道教龙门派教主"长春真人"丘处机应成吉思汗邀请前往西域。其时，成吉思汗大军西征，所到之处，对敢于抵抗的绿洲国家和据城死守的部落，在攻克之后，往往采取"屠城"等极端手段。丘处机深谙道家真谛，主张凡事顺乎自然，反对杀生，提出许多合理建议，均被成吉思汗采纳。丘处机在西陲达三年之久，当他游历到特克斯河谷时，立刻被这一带独特的山形地貌所吸引，只见乌孙山横亘于北，特克斯河蜿蜒迂回于南，山峪平坝连绵，云彩悬于天际，集山之阳刚、水之柔顺、河谷之秀美、蓝天之光华，称此地宜筑八卦城，并立石定位，确定坎北、离南、震东、兑西，成为特克斯八卦城最初之雏形。

八卦城真正实施修筑已是民国年间，主政新疆的盛世才的岳父丘宗俊在女

▲八卦城一角

婿的支持下，管理伊犁屯垦。丘宗俊有国学基础，也懂《易经》，特克斯于1937年设县，丘宗俊便以当年丘处机选定的八卦城址，亲临现场绘制蓝图，并采用八头牛拉犁沿八个方向犁线，划就八卦，新县城即按此八卦脉络进行建设。县政府、保安队、学校、医院及随后的商号、客栈、饭店、酒馆、民居依次建成，虽多系干打垒土木建筑，但八卦轮廓却展现于伊犁河谷。值得庆幸的是，虽除旧布新，世纪更迭，八卦城轮廓依旧，乌孙山花草无恙。改革开放以来，八卦城布局的优越性日渐显著，人们发现这古老的哲学蕴含着开放的意识，世界上最现代浪漫的巴黎也是以协和广场、凯旋门为中轴线，辐射出十二条大街。特克斯城八条街起点为广场，建塔为中心，登塔眺望，发现全城气势恢宏，呈放射状，街道布局如神奇迷宫，格外壮观。关键在于八条核心主街每条辐射三百米，依次成倍增为三十二条、六十四条、一百三十二条……如轮盘般辐射，整座城市以八区、十六区划分行政、文化、商贸、医卫、学校、民居……真正各得其所，互不干扰。据说全城街街相通，路路连环，无须交警，是全世界唯一的一座完全按照八卦方位变形为六十四卦的易经数理城建布局之城。

八卦城独特的建筑风貌得到国家肯定，2007年5月，特克斯八卦城被国务院命名为国家级历史文化名城，不仅吸引了大量的旅游者，还引起世界各国建筑家的关注。笔者登八卦城中心塔的时候，就正好遇上来中国参加世界城市论坛的代表。欧美亚非各国专家都有，他们是会议期间专门赶来八卦城领略这座名城的风采的。

▲乌孙山下的牧民

乌孙故土

在历史长河中，伊犁河谷曾是多个游牧民族光临之地，这里丰茂的水草、奔腾的河水、茂密的森林、如茵的草地曾吸引匈奴、月氏、突厥、回纥来这里放牧牛羊，繁衍子孙。但占据伊犁河谷历史最悠久、影响也最大者应推乌孙人。乌孙也是最早载入史册的民族，他们曾在伊犁河谷建立过西域最大的游牧王国——乌孙国。

《史记·大宛列传》中记载，张骞"凿空"西域，返回向汉武帝报告："乌孙国，大昆弥治赤谷城，去长安八千九百里。户十二万，口六十三万，胜兵十八万八千八百人。"特别是"乌孙多马，其富人至四五千匹"。结果是汉王朝"得乌孙好马，名曰天马。及得大宛汗血马，益壮。更名乌孙马曰西极，名大宛马曰天马"。汉王朝曾与乌孙交好，先后派细君、解忧两位公主远嫁乌孙，并曾联合抗击匈奴，留下了中原王朝与西域游牧王国交好的佳话。

千年岁月流逝，如今伊犁河谷不仅有用"乌孙"命名的山脉——乌孙山，遗留下众多乌孙古墓，还有学者认为屹立在伊犁大草原上的石人，那剽悍强壮的身躯，那横眉凹眼的表情，那拔刀欲出的神情，应该有当年乌孙人的印迹。更有学者认为至今游牧于伊犁河谷和中亚地区的哈萨克族人，其族源应有乌孙人的成分。笔者于是一路都关注着牧民和他们的生存环境。他们搭建帐篷的地方大都紧邻河边，并不一定是伊犁特克斯河那样波涛汹涌的大河，至多只是一脉溪流，宽不盈丈，如玉带般蜿蜒着从长满塔松的山坡流下来。溪水两边绿草如毯，铺展开来，

▶ 北疆禾木村是牧民冬天的定居地

把整片大地铺得全然看不见土色，五彩缤纷的花朵怒放着点缀其间。远处的腾格尔峰冰雪闪烁，仿佛近在咫尺，其实还远在百里开外。这里空气无比洁净，清晰度比内地不知要高多少。公路沿着河边，黧黑的路面像墨色的巨蟒在昭（苏）特（克斯）河谷间向前延伸，常常是驶上一处台阶或转过一道山弯，冷不丁地会冒出一户哈萨克族牧民，常是两顶帐篷一组，圆顶儿，蘑菇似的矗立在溪水旁边，然后有散布在四周的牛羊，七八匹马和几条狗。牧人是看不见的，都在大草原放牧，在家的都是老人和孩子，帐篷顶有炊烟飘起，表明主人正在忙碌，是熬酥油或是烧奶茶吧！

这儿不愧是乌孙马的故乡，一路随处都可以看到成群的骏马。同行的老林不停地夸赞：看看，伊犁马多神气，多威猛。伊犁马也确实威风，体形高大，通体匀称，剽悍俊美，在大草原上一边啃草，一边甩动着长尾，白的洁白，红的枣红，简直是大草原上的精灵。既然学者们认为哈萨克族族源中有乌孙人的印迹，今日的伊犁马也一定有当年乌孙天马的基因。就像是要印证我们的推断一样，一个年纪有十二三岁的哈萨克族孩子，骑着一匹浑身黝黑的骏马，一股疾风般从一道山坡上冲下来，又向另一道山岭飞奔，骏马四蹄腾空，爬坡上岭，如履平地，孩子紧伏马背，与奔腾的骏马浑然一体。我们根本来不及拿出相机，人和马已消失在天地尽头，虽一瞬间，却让人获得极大的满足。因为是在乌孙故地，我们猜想那骏马一定是乌孙天马的后裔！

草原·毡房·古道

◀ 哈萨克族儿童

云中草原

　　细想起来，天下万物的存在都有传承的理由，并不是谁想怎么生活就能怎么生活。当一个婴儿来到这个世界的那一刻，他的命运大致也就已经分明。如果是在北纬40度以北，或是海拔两千米以上，这个地理环境就决定了游牧，低于这个纬度和高度的则为农耕。还必须考虑的一个因素是耐旱和适宜在中低山区种植的玉米和薯类17世纪才从美洲传入，才使农耕的范围延伸到北方和山区，使许多只能游牧的地区转为了农耕。当然，也有许多地域亘古便适宜游牧，草原丝绸之路经过的大部分地区，至今还保存着许多有特色的优良牧场，比如伊犁河谷，至今可以说是整个亚洲乃至世界最优良的牧场。这一带雪峰耸立，如屏绵延，终年积雪，蕴涵了丰富的水量，形成脉流众多、水量充沛、长达一千五百多公里的伊犁河水系。雪水融化漫延之处，首先养育滋润大片雪松云杉，然后是绿浪滚滚的草地。游牧民族自古"逐水草而居"，说明水与草密不可分，哪里有充沛的水源，哪里就有优质的牧场，这是伊犁河谷从古至今为游牧民族所喜爱的最根本的原因。在伊犁河谷众多的草原之中，那拉提草原以其独具的特色与风貌卓尔不群，闻名遐迩。大多数草原都依傍着河水，或是在河谷或是在山腰，牵连成片，海拔在八百至一千米，那拉提却傲然耸立于海拔两千米的山岗之上。每当晨昏，山谷间的雾岚升腾起来，缠绕着那青翠的山岗，在朝霞和落日映照之中，云蒸霞蔚，气象万千。那归来的大群牛羊，飘升着炊烟的帐篷便仿佛全都在天际，那拉提也就成为云彩中的草原了。

　　据说那拉提的名字颇有来历。成吉思汗西征时，一支蒙古军队穿越天山向伊

▲独具特色的那拉提草原

犁出发，时值春日，山谷冰雪消融，冷风扑面，寒气袭人，官兵饥寒交迫，疲惫不堪。当到达那拉提时，走完山谷，登上了山岗，在明媚的阳光照耀下，官兵忍不住用蒙语高呼"那拉提，那拉提"，意思是太阳最先照到的地方。于是，那拉提便成为这片著名草原的名字。现代科学认为，那拉提草原是发育在第三纪古洪积层上的山地草场，东南接那拉提高岭，势如屏障，西北沿巩乃斯上游河谷地断落，地势大面积倾斜，加之年降雨八百毫米，漫长的冬季有积雪覆盖，造成山泉密布，溪流纵横，虽居高山并不缺水，加之阳光充足，最宜培植优质牧场。这片草原轮廓达八百多平方公里，四周河谷深切，森林密布，云杉松塔比比皆是，宛如卫士，拱卫草场。整个大草原舒展起伏，多种优质牧草，如冰草、羊茅、大小针茅、假龙胆、百里香达几十种之多，高达半米，各种各样野花点缀其间，把这云中草原装扮得十分美丽。那拉提草原位于高岗，冬日半年为冰雪覆盖，正好适宜草原恢复，积储营养。暮春时节冰雪消融，牧草繁生，即便盛夏，亦十分凉爽，成为牧民首选的夏牧场。每当夏季，沉寂半年的大草原上牛羊布野，毡房点点，炊烟袅袅，各种类如赛马、叨羊、娶亲的活动也常选在这个季节，这云彩中的草原可就热闹了。

毡房人家

那拉提草原位于伊犁东南部的新源县境内，由于拥有那拉提、巩乃斯等优良草场，自古便是游牧民族生活的地方，如今仍集中生活着十几万哈萨克族牧民。目前全国哈萨克族人口约有百万，有"新源是哈萨克人的四川"的说法，意思是

▲哈萨克族牧民的毡房

▲毡房内装饰十分讲究

新源县是哈萨克族人最多的县份。来到这儿便能看到原汁原味的牧民生活。沿途河谷、山坡或近临溪水的地方，都散布着哈萨克族牧民的毡房，四周牛羊散布，呈现与内地乡村完全不同的游牧生活景象。

那天，冒着飘飞的细雨，我们登上云绕雾罩的那拉提草原。正是哈萨克族牧民赶夏牧场的时节，大草原上间隔不远便有他们的毡房，使我有机会近距离地观察这些毡房人家。从外表看，哈萨克族牧民的毡房与蒙古族或藏族的帐篷有着明显区别。蒙古包的顶部平圆，藏族多用黑色牦牛毛织毯搭建帐篷，显得简陋，哈萨克族人的帐篷多用毡盖顶，顶部较尖，类如尖顶蘑菇。我推测与这一带多雨有关，尖顶利于雨水流淌。一般来讲，无论什么民族的牧民都很友好，也许草原孤寂，见到人就会亲切，如果能给孩子送点糖果就更受欢迎。只是在走近毡房时要防狗，守卫毡房的狗都很厉害，见生人会狂吠，甚至扑过来。狗很听主人的话，只要主人及时制止，狗便会静卧一边，但仍朝陌生人瞪着警惕的眼睛。

我曾去过蒙古族、裕固族和藏族人的帐篷，也极想进哈萨克族人的毡房看看。避开两顶有狗的毡房，我们还真进了一户人家的毡房。主人是位上年纪的妇女，正忙于做饭，见我们进去十分友好，让座倒茶，可惜她不会讲汉语，我们也听不懂哈萨克语，能进来看看就很知足。真没想到看着外面寻常的毡房，里面却十分讲究。占据较大空间的床，离地尺许，便于隔潮，晚上可供全家人睡觉。锅碗瓢盆一应俱全，让人惊讶的是，尽管这只是夏牧场的临时住所，毡房的内壁全用各种鲜艳图案的毛毯或挂毯进行了装饰，布置得很得体。毡房的顶部，支撑毡顶的圆棍之间都用几何花纹进行缠绕布置，毡房里各样家什放置得也有条理，并不杂乱，让人看着很舒服，这说明牧民十分热爱生活。再联想云贵高原上苗族、白族、哈尼族等少数民族，虽居住偏远，欠发达，但十分注重生活的情趣，衣服上绣有多种花纹，苗族的银器首饰更是包罗万象，精致精美得让人叹为观止。我曾在甘南草原上见到藏族妇女盛装时所戴的各种金银宝石装饰多达几十斤重。蒙古族骑手也把骏马鞍鞯装饰得十分漂亮。这说明爱美之心人皆有之，并不以民族、地域有所改变，改变的只是形式。再者，越是偏远的地方，由于孤寂，人愈注意生活的情趣。汉族农耕地区，人烟稠密，生活的压力大，挤占了人的精神空间，在居家装饰、穿戴服饰、岁序时节方面反而不如少数民族那样热情呢！

天山古道

进入新疆便能看见天山那巍峨高耸、绵延不绝的山体。这条亚洲中部最大的山脉横亘于新疆中部，向西延伸至中亚，全长两千五百公里，宽达两百至三百公里，把新疆划为南北两大部分：塔里木盆地和准噶尔盆地。人们常说的"天山南北"便泛指新疆。

天山也如同祁连山一样，高耸入云的山峰终年积雪，蕴涵着巨大的水源。每年春夏融雪化为众多河流向南形成塔里木河流域，滋养了众多适宜农耕的绿洲和城市。天山北麓分布着多处森林和牧场，更适于游牧。尤其是伊犁这颗绿色明珠，几乎所有的优点都与天山相关。天山从东延伸至此，形成辐射状的南、中、北三大支脉，从高大宽广的雪山中奔腾出特克斯、巩乃斯、喀什三大河流，形成伊犁、昭苏、特克斯、巩乃斯、喀什五大河谷盆地。这些盆地并非小巧玲珑，让人一眼看穿，而是充分显示天山博大的胸襟，仅是伊犁河谷便宽达八十公里，这是何等气派。这些河谷盆地大都因有河流滋润而植被茂密，雨量充沛，四季分明，宜耕宜牧，是名副其实的"塞外江南"。

无须讳言，巍峨高耸的天山，自古也是人类交通的屏障，这也是古代丝绸之路避险就易，南北两线均在天山以南沿塔里木盆地南北边缘行进的原因。古时玄奘穿越天山时写道："其山险峭，峻极于天，冰雪所聚，春夏不解……七日之后方始出山，徒侣之中，冻死者十有三四，牛马愈甚。"就是今天，春天之际，冰雪封山，穿越天山也并非易事。曾在新疆生活多年的诗人杨牧，在其自传体长篇纪实散文《天狼星下》中，真实记载了他和妻子1968年冬天由南疆穿越天山的经历："次日早起，大雪纷飞，我们很晚才开出车去。这里已直逼天山山脚……千百回左滑右摆，时进一退十，每刻都有掉下万丈深渊的可能。"一路遇到雪崩和老风口，车行驶整整一天，已是夜晚，眼看就要出山，车又坏了，驾驶员掏出

▲穿越天山的国道

▲天山古道边的瀑布

手电筒和工具箱爬下车去，没入漆黑的夜晚。岂料，一个小时后，见没动静，杨牧下车看时，驾驶员已活活冻死。时至今日，还有火车过天山老风口时被狂风掀翻的事发生。所以古人沿丝绸之路征服西域，尤其穿越天山，都堪称壮举。在新源那拉提草原参观，朋友小魏知我此行目的是探寻丝路，特地告知这段天山就有古道可穿越，可从北疆伊犁直达南疆库车。这顿使我想起《新疆图志》记载，清代乾隆时，剿灭准噶尔叛乱时，夜袭格登山成功，叛军头子达瓦齐仅率亲随二十余人从古道穿越天山，在南疆乌什被抓获。

其实，打开新疆地图就可看到，现今已有多条国道穿越天山，仍然利用古道，其中312、314、216三条国道穿越天山为共用段，均是经达坂城、米泉到乌鲁木齐，唯北疆阿勒泰至南疆库车的217国道单独穿越天山。古语说：无水不成道。古道多沿水而行，比如：秦岭有褒水、斜水可资利用，形成著名的褒斜古道；祁连山有扁都口可资利用，霍去病、隋炀帝和商旅驼队都曾走过，此道也称丝绸南路，如今成为从西宁到张掖的227国道。那天上午，朋友小魏找来辆越野车，沿着217国道进入天山，其实这条道路也利用的是从天山流出的巩乃斯河谷。沿途风景十分漂亮，通透的蓝天上，悬着大团的白云，天山的雪峰闪烁着银光，墨黑的雪松成片挺拔于山腰，车沿着沙石路开进幽静的山谷，不时有悬泉瀑布轰然跌落。我们沿河谷开进五十多公里，因公路施工无法再行只得返回。但也十分满足，因为从道路的格局看，无论秦岭、祁连山还是天山，都有孔道可资利用，这也是古今道路的大规律。这条穿越天山的道路，能让旅客欣赏到天山南北的不同生态，说不定还能成为黄金旅游线呢！

▲天山下有亚洲最大的风力发电基地

旅途小憩

◇近观雄鹰◇

　　不止一个草原游牧民族喜欢雄鹰。雄鹰在蓝天自由自在地飞翔，盘旋在雪峰上空，傲视着雪原，仿佛定格于天空，整个身体都如飘浮在大气之中，牛羊都静静地接受它的巡视，只有牧羊犬朝它投去警觉的目光，四腿绷直随时准备从鹰爪下夺回被叼走的羊羔。突然，苍鹰迅速跌向地面，牧羊犬惊得以为它失去控制，岂料雄鹰却陡然转向，像一道黑色的闪电扑向地面，几乎垂直地俯冲下来，伸出尖利的爪子，只一瞬间，便抓住一只刚爬出洞的旱獭，洋洋得意地向群山深处飞去。这是我曾在草原上不止一次看见过的经典画面，但从未奢望能近距离观赏雄鹰。

　　在拉那提草原，毡房前一位哈萨克族青年正架着苍黑雄鹰，看样子是在训练，当地叫"熬鹰"。这是尚未完全长大的雏鹰，我们刚走到近前，被蒙着眼睛的雄鹰却已感到了陌生的气味，立即展翅，迎面扑来，虽然被主人控制，却已定格于我的镜头之中。

▲伊犁将军府

▲伊犁将军亭

惠远古城格登碑

伊犁九城

今日若去新疆，耳熟能详的城市是乌鲁木齐、喀什、石河子、阿克苏、吐鲁番、库尔勒等旅游城市或新兴工业城市，几乎没有人再提及惠远古城。她是那样偏远，距自治区首府乌鲁木齐近千公里，靠近中哈边境，距霍尔果斯口岸仅十几公里，现在仅是惠远乡政府所在地。但只要寻叩丝路，只要了解新疆历史，就绕不开惠远古城，因为仅仅在二百多年前，这个"乡级"单位，还是新疆最高军政管理机构"总统伊犁等处将军"即伊犁将军府的所在地。而且，当时它也不是边陲小镇，还大致处在新疆的中心位置，四周还有惠宁、熙春、拱宸、绥定、宁远、瞻德、广化、塔尔奇八城，合称伊犁九城，相互拱卫，有效管理着远比今日新疆更为广阔的领土。这与历史上汉唐时期对新疆的管理几乎一脉相承。

汉唐风云

自张骞"凿空"西域，西汉王朝经过与匈奴的反复较量，于公元前60年设立西域都护府，任命郑吉为首任长官。这标志着对西域大小国家实行有效的管理，将新疆以及今哈萨克斯坦境内巴尔喀什湖以东以南广大地区正式纳入西汉

▲屹立于中哈边境的格登碑

版图。《汉书·郑吉传》载："汉之号令班西域矣，始自张骞而成于郑吉。"至此，西域各国大小官员的任免，全由西域都护府批准。管理西域屯田，保障丝路通畅，有效防止匈奴侵扰，对朝廷按时述职纳贡。这种安定局面达两个多世纪，一直保持到东汉末年。唐朝开国之初，曾与西突厥为争夺西域进行过长达六年的战争，以唐王朝胜利而告终。公元657年，唐统一西域，在西域设置十六个都督府，八十八个州，一百一十个县，管理着东起玉门关、西至咸海的广大地区。除了北庭和安西两个大都护府外，为保持西域稳定，唐还设立了龟兹、疏勒、于阗和焉耆四镇。公元679年，唐在平息突厥贵族叛乱后，特地在今边境千里之外的吉尔吉斯斯坦之托克马克修筑碎叶镇。碎叶镇城墙宏伟高大，共有十二个城门，门道曲折隐蔽，城郭之内坊墙高耸，街道迂回，成为唐王朝在西域坚固的要塞。与其他三镇（修碎叶镇后撤焉耆镇）共同扼守丝路南、北、中三道要冲，犹如四大堡垒，屹立边陲，拱卫唐王朝的西部边疆。尤其是碎叶镇，为唐王朝控制巴尔喀什湖以东以南广大地区，保障丝路安危发挥了重要作用。武则天执政时，碎叶镇也同全国各州府一样修建了大云寺。碎叶城不但驻军，还是丝路重要商埠，中亚和内地许多商旅也往来于此，有了相当数量的常住居民，其中便有我国著名诗人李白的父亲。李白就出生于碎叶城，公元705年才随父迁居四川。还有学者认为，李白狂放不羁的性格可能缘于有中亚民族的血统，他长期奔波经商的父亲不可能从内地携带家眷。唐代开放，西域胡姬貌美如花，纳妾亦寻常事情，是否属仁智之见，尽可争鸣。唐代统一西域，疆域、管理、声望、影响都远胜前朝，故史书载，汉唐拓疆，为建立多民族共和国打下了坚实的基础。元代疆域空前辽阔，几乎包括了今新疆和哈萨克斯坦、吉尔吉斯斯坦、乌兹别克斯坦、土库曼斯坦、塔吉克斯坦的全部以及阿富汗北部。这一带由成吉思汗的次子察合台统领，察合台将其汗城阿里麻力设在今惠远城附近，说明惠远古城当时就处于西域的中心位置。元代由于占据大面积草原，驿力充足，丝路畅通，东西方交流愈加频繁，四大发明便是在元代传入西方的。

▲哈萨克族牧民用于旅游接待的毡房

夜袭格登

清军入关后，面临"三藩之乱"，需要巩固政权。此时，占据西域的准噶尔部落趁清廷无暇西顾之机，兼并了蒙古厄鲁特各部所控西域土地。实力大增的同时野心也大增，准噶尔部落首领噶尔丹竟致信康熙，提出"圣上君南方，我长北方"的分裂要求。准噶尔部落成为一股割据势力，最后竟发展到勾结沙俄，引狼入室。面对分裂国家的行径，康熙三次率军亲征，大败叛军，噶尔丹在走投无路的情况下服毒自杀。之后，准噶尔残余势力仍盘踞西域，内讧不息，自相残杀，已无法自治和有效管理西域，这又给正处在扩张阶段的沙俄可乘之机。乾隆皇帝认为除恶务尽，出兵西域。1754年，清廷出动五万大军、七万马匹，携带粮草，进行平叛。由于准噶尔反叛势力四分五裂不得人心，清军尚未到达，准噶尔头目达瓦齐手下大将阿陆尔撒纳便率四千余户、两万余人主动归附清廷。清军兵分两路进攻叛军老巢伊犁，其实两路先锋都是原准噶尔头目，一路受到各族群众欢迎，"各部落大者千户，小者数百户，无不携酮酪献牛羊，跪迎恐后，两路兵数千里，无一人抗颜行者"。两路清军兵不血刃，长驱直入，4月底会师博尔塔拉，穿越果子沟，直捣叛军大本营固尔扎（今伊宁）。叛军首领达瓦齐仓皇逃跑，率万余人退守昭苏格登山，凭险固守，负隅顽抗。清大军云集山下，首先派出一支侦察小分队，由熟悉当地情况的三名准噶尔勇士带二十五名精兵，乘夜色潜入敌营。岂料，这二十五名勇士受一路战绩鼓舞，求胜心切，潜入敌营索性齐声呐喊，冲入敌阵大

▲格登碑下原属中国的领土

杀大砍起来。夜色中敌军一片慌乱，以为大队清军攻入营盘，四散逃走，相互践踏，兵败如山倒，真正"谈笑间，樯橹灰飞烟灭"，竟有"六千五百余骑不战投降"。这一战，二十五名勇士创造了中外战争史上以少胜多的奇迹。达瓦齐见大势已去，仅带二十余名亲信穿越天山逃往南疆，刚至喀什便被维吾尔族首领擒获，送往清军大营。至此，西域平定，且清廷管辖的疆域直追汉唐，边境仍在今国境千里之外。消息传开，举国欢腾，乾隆皇帝龙颜大悦，亲自书写了《平定准噶尔勒铭格登山碑》，用满、汉、蒙、藏四种文字勒书，碑石耸立于格登山巅，以纪念此次平定叛军、收复西域的胜利。如今，当年的古战场格登山已是中哈两国的边界，附近就是边防战士的营房，山下已是哈萨克斯坦的村落与牧场。格登碑巍然屹立山巅，见证历史，也提醒和激励着后人。

沧桑古城

为保障西域长治久安，1763 年清廷又下令在伊犁河畔修筑以惠远城为中心的伊犁九城。其中惠远城城墙高五米，周长五千六百米，市中心有钟鼓楼，三层三重檐覆顶，根基稳重，气宇不凡。以此辐射出四条大街，并设立伊犁将军府，为管理整个西域的最高军政机关。从 1762 年到 1912 年的一百五十年间，清政府共任命五十九任将军，驻节惠远古城。遗憾的是，这一百五十年间世界格局发生巨大的变化，中国由康乾时代经济总量占世界三分之一的第一强国，逐渐沦为列强瓜分的对象。仅是俄国就通过《中俄北京条约》《中俄勘分西北界约记》等不平等条约，强行割占中国西北东北领土达一百五十万平方公里。其中就包括西域的五十一万平方公里。伊犁九城还曾被俄国强占十年之久，虽在 1882 年中国出兵新疆平定阿古柏入侵，收复南疆后，经过艰苦谈判后归还，但已被拆毁殆尽，现存惠远古城是收复伊犁后在旧城北八公里新建。新建惠远城虽不再是西域中心，仍是最高军政衙署伊犁将军府所在地，按旧制筑城周长达八公里，成为新疆当时第一大城。城内以钟楼为中心，纵横四条大街直通四个城门，另有四十八条街巷、参赞衙署、公私学校、各种庙宇等，还一度繁华。又经百年岁月侵蚀，新旧交替，时代变迁，惠远古城终为岁月湮没，唯留下夹在历史典籍中的繁盛。

　　漫步惠远古城，城郭街道的格局依稀可见，钟楼、林则徐故居，尤其是被列为全国重点文物保护单位的伊犁将军府，经过维修已恢复当年的格局与风采。古井、老树、拴马桩仍是当年之物，透着岁月沧桑。议事大厅已辟为陈列馆，图表、实物及历任伊犁将军蜡像，把西域由张骞"凿空"西域至今两千余年历史风云赫然展现，让人鼓舞，亦让人扼腕。迈出展厅，宏阔的老院中，古树新芽，芳草萋萋，一切都归于平静。

旅途小憩

◇西陲观日◇

　　时间已是晚上 9 点 30 分，若在内地，已是夜色初浓，华灯璀璨。但此地——新疆伊犁昭苏草原格登山上，太阳尚未完全落下，从几抹厚重的云层中迸发着最后的热力，把西天辉映得一片绚烂。山下已是哈萨克斯坦的疆土，因此这儿也是中国西陲边界。

　　参观清代剿灭准噶尔反叛分裂势力大获全胜后在格登山下立下的石碑，看到乾隆亲笔题写：勒铭格登，永诏亿世。联想不到百年仍被俄国强行割占西域五十一万平方公里的土地，如今山下一望无垠的肥美土地便原属中国，同来伙伴皆不平静，索性坐在如茵的草地上，指点山河，激扬文字：假如……

　　可惜，历史没有"假如"，日月经天，江河行地，天地宇宙，自有规律，比如日落之后迎来的注定是灿烂的朝霞。

▲草原黑颈鹤

草原丝路的绝响

边城边贸

草原丝绸之路最光彩的一笔是起始于明末清初、持续三百余年的中俄贸易。它不仅为古老丝路开辟新的商道，增添新的内容，继续沟通欧亚商贸，而且培育出中国商界一支劲旅——晋商，直接催生了中国现代银行之雏形——山西票号。

其实，这也是条古老商道，最早可追溯至秦汉。当年秦始皇出巡，从上郡（今绥德）至九原（今包头），穿越塞外燕山，直达临海碣石。日后，秦直道又伸向草原深处。客观上为中原王朝与先后在草原崛起的匈奴、鲜卑、藏、回纥、突厥、瓦剌、党项、女真等游牧民族进行绢马互市、茶马互市提供了方便，对于他们先后在中国西部和北方建立吐蕃、西夏、辽、金等割据政权乃至建立元、清政权起到了不可估量的作用。

古代从长安出发，穿越秦陇河西，经天山南北到达中亚欧洲的传统丝路衰落之后，到了明嘉靖三年（1524 年），索性封闭嘉峪关，置西域大片山河于不顾。清代则颁禁海令"片帆不得下海"，所谓闭关自守。此举导致中国在清康乾时代尚属世界一流的强国，在其后不到二百年时间便江河日下，积贫积弱。

但是，在这个时间段里，北方游牧民族和邻近的俄国却不能不饮茶，不能不

▲晋商走西口时的必经之地——杀虎口

使用丝绸和瓷器，他们出产的牛羊马匹也要寻找出路。市场需求这个不可违背的经济规律依然存在，且随着中国人口增长而成倍增长，于是，互通有无的边贸便自发地以传统以物易物的方式开展起来。草原民族赶着牛羊，驮着毛皮、肉类等畜产品，来最近的边境城镇换取布匹、茶叶、粮食、锅碗等生活必需品。这种交易日渐扩大并朝一定的地方集中。打开地图就会发现，中国内陆与草原最接近的城市除河西走廊武威、张掖、酒泉、敦煌四郡外，就是山西的大同与河北的张家口，这两个地方几乎一出城就踏进了草原。事实上，这两座城市在历史上便是戍边名城，驻扎重兵，承担着守卫华北平原与拱卫京畿的重任。而商贸活动也是由驻军开始的，大量的驻军需要粮草给养，除朝廷供给之外，酒店饭铺会日渐增多，承平日久，军官要带眷属，老兵要退伍。由于熟悉情况，为了生存，交易很早就开始了，估计规模还不小，要不怎么会惊动朝廷？大约经考察，利大于弊且无法禁止，明政府索性在嘉靖三十年（1550年）批准在张家口建立以布帛易马的"贡市"。据《马市考》载，仅1579年，张家口一地易马三万五千匹，超过宋代年易马三万匹的记载。

晋商崛起

马市开通，仅两年光景，山西商贾便闻讯而来，把他们多年经商的经验、智慧、魄力与手腕投向这个塞外边城，使张家口迅速繁荣。贸易品种和交易金额成十倍百倍地增长。传统的"茶马互市""绢马互市"在晋商手中发生革命性的变

▲中哈边境的牧民在家门口进行贸易　　▲中俄边界的牧民也会做列巴（俄式面包）

化。晋商一改过去收购囤积、贱进贵出的旧法，而是根据蒙民俄商的不同需求，直接深入到江浙、两湖、皖南屯溪等茶叶产地扶持茶农。晋商大玉川茶行索性在武夷山购茶山五千亩，种植、采摘、加工、运输一条龙，全部采用革新技法，使茶叶等级品位为之一新。每年采茶时节，晋商召集员工数千之众。先是船载水运，接着再用骆驼运输。当年数千头骆驼穿越北京市区，交通为之堵塞。老舍小说对此情景有精彩描写。

　　2000年春节刚过，我在晋商发祥地平遥、祁县、太谷一带游历。在那些由厚重青砖、粗大梁木构筑起来的依然保持着明清风格的街道上，在乔家大院那雅致的院落里，在号称中国银行祖宗的"日升昌"票号厅堂中，屏气敛息，仔细观看玻璃柜中发黄的账本、厚重的量具和残缺的银票……不由自主地联想到这些已经成为文物的东西背后，隐藏着多少波澜壮阔的画面。那些满载着绸缎、布匹、茶叶、瓷器、食糖、草纸的驼队从张家口出发，驼铃摇响了沉睡的边城，驼蹄叩击着塞外的大地，完全承继了当年丝路客商传统，长长驼队像穿越长长的河西走廊一样行进在茫茫的草原深处。

　　史料记载，仅是大盛魁一家商号，每年运输货物便需十万头骆驼，他们组织起的驼队，从头至尾，可达七十华里。从张家口到库伦（今蒙古首都乌兰巴托）或俄边境城市恰克图，在长达四五千里的商道上，每年春秋两季都有驼队行进。在长达数月乃至半年的旅途中，管理驼队，照应货物，安排人员食宿，各项开支，还难免遭遇暴雨洪灾，严寒伤冻，人畜亡病，土匪打劫。稍加细想，都会觉得组织商队所需智慧、精力绝不亚于组织一次大规模的战争。

▲乌鲁木齐二道桥的大巴扎如今已是中亚最大的商贸市场

在山西太原，在朋友聚会的饭桌上，我的同学山西作家张石山乘着酒兴，不仅放开嗓门唱了一曲《走西口》，还讲了关于晋商的一系列故事。这位学兄还说，你们去了乔家大院觉得好大，是不？可要去了渠家大院，就会觉得乔家大院是个小院子。再要去了灵石王家大院，又会觉得渠家大院也是个不值一提的小院子了！

离晋返陕途中，我们一行两车走岔了道，错过了参观王家大院的机会。返回后专门寻到一册介绍山西民居的书，有专章介绍王家大院。其面积达七十二万平方米，与北京紫禁城面积相等，曾经居住人口超过一万，俨然一座民间故宫。近年开放，震惊了中外游人，一批中外考古建筑学家也纷至沓来。有位古建专家感慨题词：

天上取样人间造，雕艺精湛世上绝。

王家的祖先也是以张家口为码头，在横贯中蒙俄的这条高原商道上也曾大显过身手。

丝路绝响

伴随着晋商的崛起、繁盛和辉煌，高原商道也辉煌繁盛了三百多年。但这条高原商道的繁盛结束得却十分干脆，犹如一曲高昂的交响乐曲正慷慨昂扬扣人心弦之时，却戛然而止归于沉寂。

原因十分简单。先是 1919 年苏联十月革命成功，要对资产阶级实行全面专政和打击，其中也包括资本雄厚的商人。接着，从汉唐以来，乃至整个清代近三百年皆属中国版图的蒙古宣告独立。1929 年，苏联与中华民国政府断交，中方在蒙古库伦、俄恰克图的四百余家中国商号的巨额资产全被没收，一大批极富经验、精通中蒙俄语言的中国商界高手几无生还。骇人听闻的噩耗传来，高原商道顿时路断人稀，不闻驼铃，不闻市声，唯有痛失亲人的女人牵着孩子朝北烧着飘飞的纸钱。

但值得欣慰的是，中国政府修筑的第一条铁道恰是从北京通往张家口，总工程师为中国人詹天佑。他在修筑京张铁路的实践中采用了多项创举，不仅为中国铁路史书写了光辉的一笔，也为古老的草原丝路画上了圆满的句号。

▲明清草原丝路主要与俄国开展贸易。此为俄式教堂

卷 五／条条大道通罗马

丝绸之路示意图

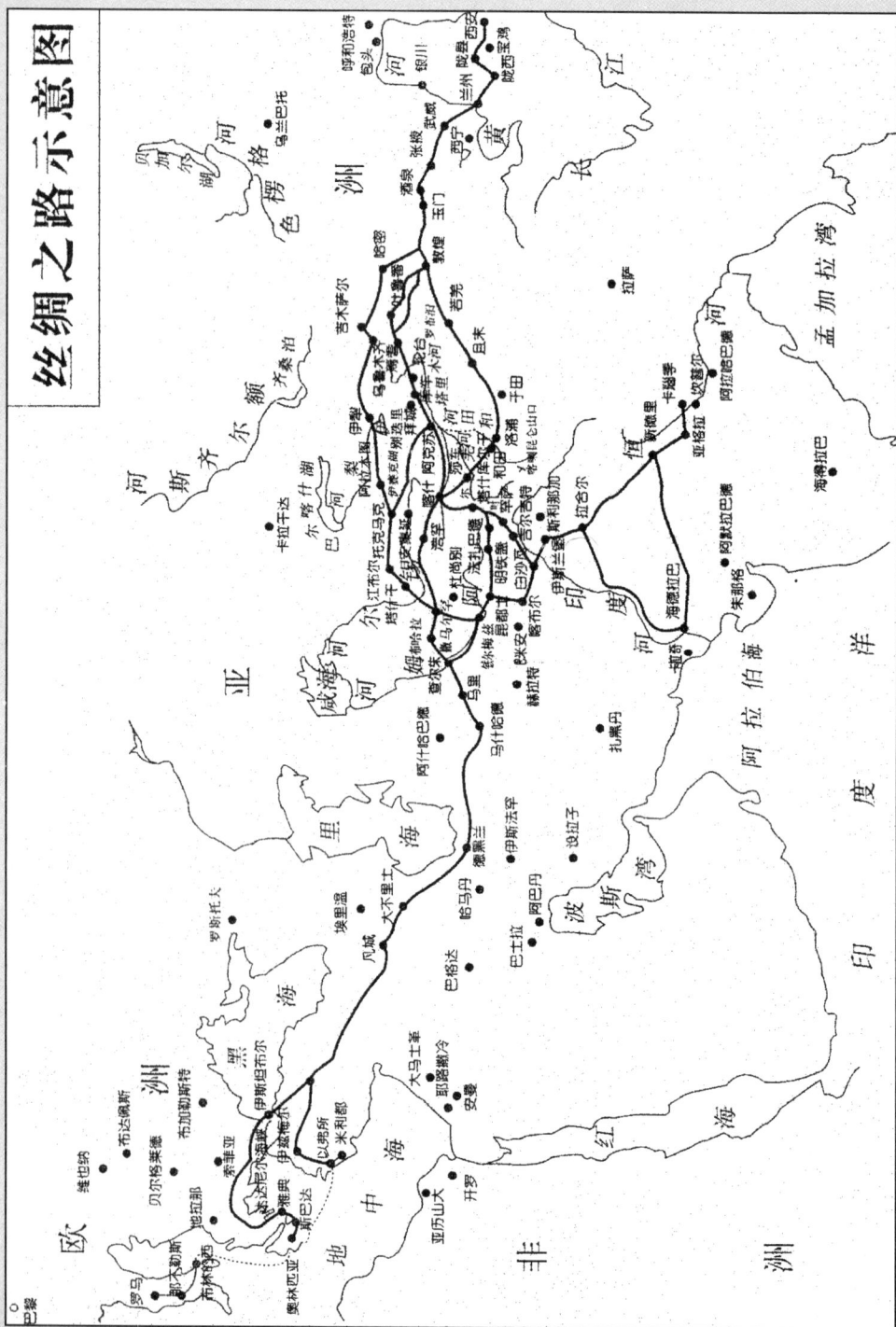

亚 洲

欧 洲

非 洲

阿 拉 伯 海

孟 加 拉 湾

印 度 洋

红 海

地 中 海

黑 海

里 海

咸 海

波 斯 湾

河 斯 尔 额 齐

呼和浩特　包头　银川　西安　陇西至宝鸡　兰州

河　黄　武威　张掖　西宁　玉门　敦煌　哈密　吐鲁番　吉木萨尔　吉本　且末　乌鲁木齐　阿克苏　库车　焉耆　拉萨

拉萨　卡提杰　新德里　收喜　阿拉哈巴德　加尔各答　亚格拉

印 度

河

斯利那加　拉合尔　海德拉巴　阿默拉瓦提　末那牙　亚尔各答　海得拉巴

阿什哈巴德　查黑丹　德黑兰　伊斯法罕　设拉子　阿巴丹　巴士拉　巴格达　大不里士　埃里温　凡城　耶路撒冷　安墓　大马士革　亚历山大　开罗

罗斯托夫　布达佩斯　维也纳　贝尔格莱德　布加勒斯特　索菲亚　伊斯坦布尔　伊兹密尔　以弗所　米利都　奥林匹亚　斯巴达　地拉那　罗马　那不勒斯　布林的西

巴黎

▲本图选自《丝绸之路大辞典》

▲巴基斯坦莫卧儿王朝皇宫

机翼下的丝路

一

　　2001年9月13日，因故推迟了两次的中国作家代表团访问巴基斯坦终于成行。尽管就在前两天，美国世贸大厦遭袭，中国飞美航班全部取消，影响部分航班。但因这次访问事关中巴建交五十周年，巴方一切准备就绪。以中国作协书记处书记王巨才为团长，诗人叶延滨、维吾尔族小说家巴格拉西、《清明》主编段儒东、评论家张陵、北京大学副教授唐孟生、现代文学馆馆员吴晓黎以及我为团员的代表已汇聚北京，机票也已购定，所以一切仍按预定计划进行。

　　事后得知，巴基斯坦因临近阿富汗而搅进袭美恐怖事件之中，一时成为全球关注焦点。孔夫子曾教导我们"乱邦不入，危邦不居"，但就我私心讲，还是非常想冒这个险。

　　多年来，我对丝路的考察，由甘肃河西走廊始而止于南疆喀什。巴基斯坦正好与喀什交界，曾是古印度组成部分的巴基斯坦亦是丝路西南段的延伸部分，即丝路文献中多次提及的"身毒"。

　　事先，我找地图查看了航线，由北京出发经山西大同、内蒙古额济纳旗（古居延），再沿河西走廊直飞乌鲁木齐，之后折向西南，穿越巴基斯坦长方形国

▲机翼下的雪峰

土而至濒临阿拉伯海的卡拉奇，全程五千五百公里，飞行七个小时。机翼下许多地段都为古丝绸之路所必经。

二

几年前，我曾乘坐航测飞机，飞临秦岭上空，拍摄古老蜀道，知道些从高空观察山川脉势、地面标记的常识。这次正好用来观察这条中国古代的商贸大道、沟通中外的文化运河。

上飞机后，乘客未满，在后舱寻到临窗位置。这天正好天朗气清，万里无云，首先发现的是一条蜿蜒如龙的黄色飘带。在数千米的高空，当城镇都变成如儿童积木玩具般大小时，我断定，那黄色飘带只能是黄河。

推理此时应在山西、内蒙古一带，赭黄色的大地，星星点点的葱绿，间或飘过的云团，黄色飘带却永不间断，不屈不挠，在无垠的黄土地上划过，在飘逸中显示着倔强，在阳光下闪耀着粼粼波光，活脱脱一条中国巨龙！无边无际、起伏连绵的是沙丘，蒸散着缕缕氤氲水气，宛若女性身体优美的线条，洋溢着温情与浪漫。至于戈壁，则展现出一色的青铜般颜色，这冷峻的颜色对任何生命都是严酷的考验。

机翼下出现了雪峰，皑皑积雪，让人眩目，这该是祁连山了。果真，千年积雪滋润着千里河西，终于看见长满绿色植被的山坡，毡毯一般铺陈的草地，琴弦网络般整齐的农田，还有一个个像大西北人一般质朴的黄泥村落。这些景象在机

▲中国作家代表团在巴基斯坦旁遮普省省督官邸

翼下变得色彩斑斓，美不胜收，显示出一股压抑不住的顽强鲜活的生机，如一幅幅讴歌丰收的图画，一首首赞美生命的诗歌。

由于我已经对丝路进行过多次实地考察，深知真正踏上丝路，绝对无此浪漫。乘坐着汽车一路西行，穿越数百公里的戈壁沙漠，裸岩赤土如火炬般闪烁，炽热的太阳悬在当顶，到处都白晃晃地耀眼，眼睛对外看不了十分钟就干涩难受。每过城镇都购买解渴耐饥的黄瓜，但仍嘴唇干裂，五内上火，汗水浸透衣衫，疲惫不堪。幸而乌鲁木齐至南疆喀什一千五百公里的铁道已全线贯通，得以避免乘坐汽车一个星期的颠簸之苦。

每每想起，就让人感叹，两千年前，古人打通丝路，没有汽车、火车，更不用说飞机，只能依赖骆驼、马驴，甚至自己的双腿。他们怎么走完这条多由沙漠戈壁构成、长达七千公里的丝绸之路？在古代，是否道路平坦或自然环境较今日为好？

三

依据史料和实际考察，结论相反，古人面临的是更为严酷的交通难题。

蜀道难，还有人工开凿的天梯云栈勾连，设施完备的邮亭驿站配套。丝路除关陇河西原有驿道可资利用之外，大部分靠自然踩踏。在荒无人烟的戈壁，竟要靠前人的白骨指引。汉唐时虽有长城烽燧相伴，但于恶劣气候环境无补。晋代高僧法显曾由丝路去印度，即今日巴基斯坦境内，在其所著的《佛国记》中描述进

▲巴基斯坦文化部部长接见中国作家

入西域后："上无飞鸟，下无走兽，遍望极目，欲求度处，则莫知所拟，唯以死人枯骨为标识耳。"唐代高僧玄奘在其所著《大唐西域记》中，也不乏此类描述。唐代边塞诗人岑参则有诗作：

> 十日过沙碛，终朝风不休。
>
> 马走碎石中，四蹄皆血流。

可见，当初无论道路、环境都比今日更为险恶。那么，长达七千公里的丝绸古道又是为何、如何开辟的呢？

这也是古今中外学者探究不尽的一个课题。

除了负有精神使命的高僧教士，具有浪漫情怀的边塞诗人，人类处于壮怀激烈阶段的扩张雄心及好奇探险的天性之外，中外学者一致认为利益驱使是丝路开辟畅通的最大动因。

汉唐时期，中国丝绸在罗马市场与黄金等价，即一两丝绸可抵一两黄金。唐代一两黄金值银十两，一两银则可购丝绸一匹，一匹丝绸重二十五两，若运往罗马，则可换二十五两黄金。这样一进一出，丝绸竟可获利二百余倍。无怪欧亚各国商人，不避万里之遥，甘冒生命危险，来中国做丝绸买卖。纵然途中损失多多，即便有半数抵达，亦可有大利可图。这是丝路畅通并历千年之久的根本原因。至于客观上起到的中西文化得以沟通和交流，人类的文明得以互补与丰富的作用，则又是意外且重大的收获了。

古印度的辉煌

◀ 古印度传统手工艺

一

之前，也知道印度河流域与黄河流域一样，产生过灿烂的文明，要不然晋代高僧法显与唐代高僧玄奘也不会去印度学习佛经。但这印度文明究竟达到了什么程度，远不如长城、兵马俑那些文化符号那么清晰。这次巴基斯坦之行，让我大吃一惊。过去总认为泱泱中华应为世界第一号文明古国，其实，万里长城自秦算起至今不过两千二百年，青铜器铭文又可前推一千多年。史前夏、商、周断代工程让多少白发皓首的大学者耗费心血。尽管研究成果公布了，也仔细读过，总不踏实，说清楚也不过四千年，毕竟没有像埃及金字塔那样让五千年的文明巍然耸立。

这次在巴基斯坦，我们看见在公元前三千年左右，即距今五千年前，印度河文明已经高度发达。巴基斯坦国家博物馆有一幅巨大的摄影版图，展示的是五千年前一座完整的城市建筑遗迹，设计得科学、合理、精细，不仅有完整的供水排水系统，不少居民住宅还有考究的浴室。

这座叫作莫亨朱达罗的城市仍在挖掘整理之中，但出土的部分已经把当时的文明显示得十分清楚。站在版图前，听着讲解，心中有些不是滋味，因为同样是五千年前的西安半坡遗址清楚地展示，我们的祖先还住着半地穴式的草棚。

在之后的访问参观中，更让人感到每个民族都有骄傲的地方，都丰富了人类的文明。

▶拉合尔古堡

二

　　这种感受在巴基斯坦历史文化名城拉合尔参观时尤为强烈。拉合尔是旁遮普省省会，处于印度河平原的中心。曾有伽邑尼王朝和莫卧儿王朝在此建都，留有众多古迹。这点有点类同西安，拉合尔也早与西安结为友好城市。旁遮普省省督萨夫达尔接见代表团时，听说我来自陕西，开玩笑说："那你是走亲戚来了。"

　　拉合尔市作为一座历史文化名城是名副其实的。首先是比巴基斯坦第一大城市卡拉奇整洁干净，街道宽阔而且有草坪与古树间隔，给这座内陆高温的南亚城市增添了一分清爽。耸立于市中心的旁遮普大学，创建于1870年，比北京大学还早三十多年。校园有许多城堡般的建筑，古色古香。拉合尔古堡是莫卧儿王朝时期的宫殿，可以说是巴基斯坦的"故宫"。与此相配套也距离不远的，还有可供十万人同时祈祷的皇家清真寺，绿草如茵、古树参天的夏利玛花园，再就是收藏丰富的拉合尔博物馆。这些建筑无不历史悠久、气势恢宏，充分体现了中南亚地区的传统建筑风格，又融入伊斯兰教特色的巨大的圆顶、高耸的塔楼，尖顶上的新月是那样的和谐与丰富，热烈又神秘，充满了历史、文化与宗教的意味。

　　这些古建筑整体的恢宏与局部的精细结合得十分完美，独具匠心。比如一面巨大的窗户，竟然是用整块白色大理石板凿出整齐排列的圆孔采光。一座"镜宫"，是用九十万块镜片镶嵌而成。还有门楣和照壁、出山与房脊无不雕花饰纹，美轮美奂，光彩夺目。

　　夏利玛花园有大片的草地与古树，喷泉水池辉映，让人心旷神怡。在拉合尔古堡的签名簿上，我们见到了2001年5月朱镕基总理与夫人劳安参观时的题字

与签名。朱镕基总理的题字是：民族遗产，国之瑰宝。这是当之无愧的评价。

访巴之前，我曾阅读北大教授季羡林主持校注的《大唐西域记》，其中有专章介绍犍陀罗。它不仅是巴基斯坦境内，也是亚洲古代史上有名的文明古国。包括的地域有今巴基斯坦喀布尔河流域，旁遮普省以北的塔克西拉、白沙瓦等广大地区。

犍陀罗后来被称为一种文化是因为公元前4世纪亚历山大大帝入侵，使外来的古希腊雕像艺术与本地的佛教完美地结合起来。之前，佛教的崇拜物只是一些动植物，而一旦和希腊艺术结合，便出现了和人像十分接近的释迦牟尼、菩萨、罗汉及供养人像。这些雕塑很自然地具有古希腊人的特征，比如高挺的鼻梁、有棱角的嘴唇、卷曲的头发、明亮的眼睛等。

后来，这些佛像又逐渐融入了一些东方人的特征，比如棱角线条的减弱，这从流入我国新疆库车、拜城一带的佛像雕塑，尤其是敦煌的佛塑中可以得到印证。但佛塑的源头在犍陀罗。正是这个原因，犍陀罗被称为一种文化，备受各国学者关注。犍陀罗佛塑也为各国博物馆争相收藏。

希腊人对东方的影响还不止于此。在巴基斯坦西部边境省白沙瓦，至今还有一支部落，几千年来不与外族人通婚，保留了许多古希腊人的特征。不论男女，皆身材高大，脸庞鼻梁嘴唇棱角分明，有种雕像般的粗犷，展现出人类青年时代的果敢威猛和阳刚之气。

距巴基斯坦首都伊斯兰堡不远的塔克西拉是古希腊人建造的一座城市的遗址，也是犍陀罗文化的中心，我国高僧法显和玄奘都曾来过这里。尽管遗址仅是一些城垣、街道、房舍的墙基，只能感受到其大致的轮廓，但这儿的博物馆却非

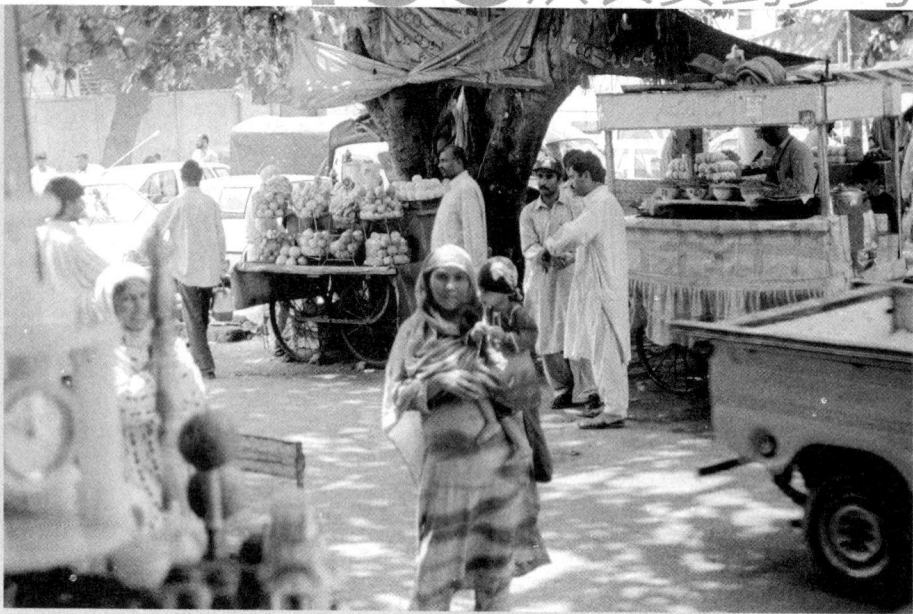

▲拉合尔街景

常值得一看。里面有一座古犍陀罗国的模型，区域边界、山形水势，尤其是通往中国的古丝绸之路都十分清楚。讲解员也一再提及丝绸之路和中国的法显与玄奘。

犍陀罗中心博物馆收藏着不少足以代表犍陀罗文化的精品，如各种佛塑、佛塔、陶制法器等。也许因为我们是友邻国家来的客人，管理人员并不在意我们拍照，我拍了佛塔，近一人高的陶罐，还有一个精美的佛头。

三

在参观中我们深切地感到，巴基斯坦于1947年印巴分治时独立建国，至今半个多世纪就发生过两次印巴战争，因此知识界有种强烈的忧患意识，对历史文物的保护十分重视，对开国领袖、爱国诗人也极敬仰。伊克巴尔是1938年去世的一位政治家、哲学家和诗人，真纳则是1947年印巴分治后巴基斯坦首任总督和制宪议会主席，1948年去世。他们的陵墓都修得十分壮观，成了国家标志性建筑。同时也是重要客人必须参观的地方，仪仗队之整齐庄重，使人为之动容。

巴基斯坦作为古印度组成部分，地下文物众多。我们曾问巴方人员，有无人盗卖文物。对方断然回答没有。我国驻巴使馆人员也加以证实。在保护文物这方面，值得我们向这个友邻国家好好学习。

▲现藏于巴基斯坦国家博物馆的《马球图》

两幅马球图

看见这幅《马球图》的最初一瞬，便像在他乡异邦突然见着故交老友般让人惊喜。仔细观看，这幅悬挂在巴基斯坦国家博物馆的《马球图》，竟与陕西乾陵章怀太子李贤墓道的壁画《马球图》十分相似。同样是剽悍矫健的骑手，同样是威武奔腾的骏马，骑手也同样在挥杆击球，奋力追逐。无论是人物马匹的神态，还是整幅画面的构图都惊人一致。

但两幅作品的诞生地方却相距整整五千公里，一幅绘制于一千三百年前的皇太子墓道，一幅诞生于一千四百年前的古印度。无论如何，这两幅作品的巧合都应归功于丝绸之路的畅通；这两幅作品的诞生，也是古代中外文化艺术交流的有力证明。

按通常说法，丝绸之路在公元前 138 年由汉使张骞凿空。但专家们认为，在此之前，中亚各国与中国的贸易已经开始。张骞在向汉武帝汇报时也说到疏勒国"有列市"。疏勒即今日南疆喀什，喀什的大巴扎不知沸腾了多少世纪，至今仍被认为是中亚地区最大的巴扎（集市）。

这就说明中外交流至少有两千多年，丝绸之路则把这种交流形象化、规模化了。其实，中国输出的不仅是丝绸，还有茶叶、瓷器、冶铁和灌溉技术；向中国输入的有胡麻、胡豆、西瓜、苜蓿等；再就是印度、波斯、罗马等地的宗教、音乐、美术及工艺，也给中国文化以极大的丰富。比如古龟兹的乐舞就直接渗进了盛唐歌舞，而敦煌莫高窟的许多绘画也取材于印度佛教。

由于中国的《马球图》诞生于唐代，我们有必要对这幅画产生的背景做一些探究。这幅画是在陕西乾陵陪葬墓中发现的。乾陵是唐高宗与武则天的合葬墓，乾陵四周还有十七座陪葬墓，其中之一便是章怀太子李贤的陵墓。《马球图》在墓道西壁，长 1.8 米，宽 1.55 米，保存相当完整，色彩如新。

李贤是唐高宗和武则天的第二个儿子，在皇长子（太子）去世后，曾被封为太子。后因武则天欲登皇位，被以"莫须有"的罪名废为庶人，并贬到巴州，即今四川。时隔一年，便突然死去，年仅二十三岁。《旧唐书》中说"庶人贤死于巴州"，《新唐书》则直书"杀庶人贤于巴州"。直到武则天去世，中宗登基，李贤才以皇太子规格归葬。李贤的陵墓在乾陵陪葬墓中规格最为宏阔，虽曾经被盗掘，体制保存还算完整，仅是壁画，便有五十多幅，多达四百多平方米。《马球图》便是其中一幅。20 世纪 80 年代初对外开放以来，许多游人都可以观赏到这幅杰作。

李贤个人的命运虽十分悲惨，唐帝国这时却国运昌隆。大唐从公元 618 年开国至李贤去世的公元 684 年，建国已半个多世纪，雄才大略的唐太宗励精图治，经过"贞观之治"，战争创伤早已抚平，政府轻徭薄赋，百姓休养生息。用今天的话说，经济走上快速发展的轨道，民富国殷实力充盈，先后击败东西突厥，在西域设立安西四镇，确保丝路畅通，中外交往更加频繁，都城长安也逐渐发展成世界一流的国际都市与商贸中心。

根据近年发掘考证得知，今天的西安城墙内面积仅是唐长安城的七分之一，贯穿全城的朱雀大街宽达一百五十五米，是今日北京东西长安街的 2.5 倍。两边古槐参天，浓荫似伞。设在城中的东西二市，更是万商云集，贿货山积。估计，当时的日本人、高丽人、波斯人、印度人和阿拉伯人到了长安，大约也就像今天发展中国家的人到法国巴黎、美国纽约一样，眼花缭乱，目不暇接。这些外国人希望居留长安也会像今天第三世界移民欧美一样踊跃。据史书载，当时长安城中的印度人、波斯人、日本人等外国僧侣、商人、留学生竟达三万多人，在唐王朝做官的竟也有几百人。

当时，不仅都城长安、丝路沿线河西四郡，东都洛阳都出现了胡汉杂居的情景，这在唐诗中有充分的反映：

凉州七里十万家，胡人半解弹琵琶。

——唐·岑参

城头山鸡鸣角角，洛阳家家学胡乐。

——唐·王建

狮子摇光毛彩竖，胡腾醉舞筋骨柔。

大宛来献赤汗马，赞普亦奉翠茸裘。

——唐·元稹

长安城中穿胡服、吃胡饼、看胡姬歌舞成了时尚，李白的诗歌中也对此有精彩描绘：

五陵少年金市东，银鞍白马度春风。

落花踏尽游何处？笑入胡姬酒肆中。

唐代诗人的作品提及羌笛、胡音、胡乐、胡服、胡女、胡伎者，粗略统计，竟有数百首之多。深信，诗人们一定是有感而发。

与《马球图》同时发现的还有一幅更为宽大的《礼宾图》，根据服饰、相貌可以判断出有罗马人、波斯人、印度人、大食（阿拉伯）人、日本人、高丽人等，充分显示了唐王朝与欧亚国家交往的盛况。

有容乃大，唐代正是以敞开的胸襟面对当时世界，对外来文化兼容并蓄，自身也得以繁荣昌盛，充满活力。在诗歌、歌舞、佛塑、瓷器、绘画、书法等领域达到了经典性的完美，以致到今天我们都为之骄傲。

话题再回到《马球图》。章怀太子墓中的这幅《马球图》不仅成为国内仅存的打马球内容的珍稀名画，也是一千三百年前中外友好交往的有力证明。

▲曾任巴基斯坦东方语言学院院长的斯坦因　▲斯坦因在敦煌莫高窟 16 号洞窟留影

一位前任院长

一

　　旁遮普大学给人最初的印象是像一座古堡。这所坐落于拉合尔市中心的高等学府，与这座历史文化名城许多古老著名的建筑有太多的相似之处，都是用巨大的大理石条作为整体建筑的基础，都有宽大的半月拱形走廊，粗大的有着各种装饰的廊柱，再是直插苍穹的圆顶，一律涂为土红色。与庭院中高大的亚热带树木的浓绿形成鲜明的对比，在庄重肃穆里透出古色古香。若不是有三五成群，戴着眼镜，夹着课本，进进出出的学子，真以为这是一处类似拉合尔古堡或夏利玛花园那样的莫卧儿王朝的遗迹。

　　可是它是一所大学，创办于 1870 年。其时这儿还叫印度，是英属殖民地。因而旁遮普大学的许多方面也都是按英国的模式创建。我们实际访问的是这所大学所属的东方语言学院，它是旁遮普大学的前身。

　　身着巴基斯坦民族服装，披着白色纱巾，十分富态的女院长早早站在门口欢迎，带我们去了她宽大的办公室。那儿已经有许多人在等着参加座谈，有白发苍苍的老教授、沉稳干练的中年学者，还有两位十分漂亮的青年女教师。女院长向我们介绍，东方语言学院研究伊朗语、古波斯语、印地语、阿拉伯语和巴基斯坦的国语乌尔都语。参加座谈的几位语言学家都出过专著，是巴基斯坦有名的学者。

二

我注意到这间硕大的办公室墙壁上悬挂着一排肖像，推测是历任院长或大学者，这种肖像在我们去过的大学、学术机构或文学院都有，表现出巴基斯坦文化教育界对前人的推崇和认可。我仔细打量着这些充满智慧、阅尽岁月的面孔，感到其中一位有些眼熟，精干消瘦的面孔，两撇微翘的胡子，睿智中透着精明不凡，应该是他——斯坦因！

这个人和中国有着也许永远也梳理不清的关系。他曾四次到中国，三次去敦煌，用极不光彩的手段从敦煌藏经洞弄走近万件价值连城的文物。凡去过敦煌，寻访过丝绸之路的人对斯坦因都多少有些了解。

斯坦因，1862 年出生在匈牙利一个犹太人家庭，却先后在奥地利的维也纳大学、德国的莱比锡大学和图宾根大学专攻东方学。他学的是东方语言与考古，精通英语、德语、希腊语和拉丁语，之后他又学习了梵文和波斯语，这为他毕生从事的考古和地理勘探打下了基础。

1887 年，二十五岁的斯坦因来到现属巴基斯坦的旁遮普省，先后担任学监和我们现在参观的这所东方语言学院的院长，前后达十二年之久。1900 年，斯坦因在英国政府和旁遮普省省督的支持下，首次进入中国，在南疆喀什、和田等地组织人力对尼雅遗址，即古精绝国进行了大规模挖掘，几乎没有受到什么阻拦，就雇骡马驮走大批文物，直接送到伦敦的大英博物馆。这次新疆之行，斯坦因预感到世界上 20 世纪的惊人发现只能在亚洲腹地，在中国新疆，于是他暗自下定决心把自己一生都赌在那里。

1907 年，斯坦因偶然听到俄国人奥勃鲁切夫在敦煌搞到了一千多年前的经卷文物，便迫不及待赶到敦煌，成为第二个搞走敦煌藏经洞文物的外国人。而且，作为东方学者和考古专家的斯坦因更清楚什么东西更有价值，也更珍贵。何况，他已经到过中国，积累了和中国清朝官吏、边防士兵以及各色人等打交道的经验。所以他没费多少口舌，仅给了看守藏经洞的王道士四十块马蹄银，就运走了整整二十四箱文物，又加二百捆手稿。十六个月之后，这批价值连城的文物就安然地放置到了伦敦大英博物馆。

1914 年，尝到甜头的斯坦因再次来到敦煌。王道士还在，他们已是打过交道的朋友了。经卷好说，只是随着外国人不断拥入，价码上涨了一些。这次斯坦因用五百两银子搞到五箱手稿。斯坦因不满足，他又去了吐鲁番，从柏孜克里千佛洞割走大量壁画，甚至还从一个古墓群的干尸身上剥走许多色泽如新的丝绸。

▲中巴双方进行文化交流

而后，又沿途劫掠，到喀什出境时，他竟雇用了四十五头骆驼满载一百多只木箱运出国境。

斯坦因把这些珍贵文物全部送到英国，他获得了巨大的成功，被英国女王亲自授予爵士勋号。他最终被接受为大英臣民。斯坦因起到的客观作用是，大量敦煌文物运抵英国，引起全世界文化学术界的关注，掀起了持续一个世纪的敦煌学热潮。

1930年，已经六十八岁的斯坦因再次来到中国。这次，他是受美国人华尔纳的委托来的，并获得两万英镑的资助。他凭借熟悉的环境和丰富的经验，在敦煌和新疆一些地方进行了发掘。毕竟当时已是中华民国，此事传开，遭到中国学术界的强烈反对，许多报刊一片驱逐声。斯坦因无法再待下去，他挖掘到的文物也被当地政府扣留，只好返回旁遮普省的拉合尔，继续从事他的研究。从此，他再也没能进入中国。1943年，斯坦因以八十二岁高龄离世。

一个世纪以来，凡要研究敦煌学和丝绸之路，几乎都绕不开斯坦因。因为他毕竟是最早接触敦煌文物，也是最早用科学方法研究敦煌学的学者。他没有结婚，没有家庭和孩子，把毕生精力都投入到东方考古和研究中去。他留下的著作《斯坦因西域考古记》《亚洲腹地》《古代和阗》《沙埋和阗废墟记》等，都成了名著。

▲旁遮普大学东方语言学院女院长与中国作家代表团合影

三

我是在前几次丝路考察中购阅了斯坦因这些著作的，阅读时可能因为斯坦因弄走了中国大批文物感到别扭，情感上对这个人不好接受，但又被这些作品所吸引。书中不仅对考察过程有详细记录，还对当时新疆的城镇、水利、物产、气候、地况乃至风土人情、自然风光都有出色的描写，使人阅读时往往沉湎其中，引起对新疆的无限神往。

再者，新疆地域辽阔，当时荒芜且环境恶劣，没有任何现代交通工具，只能骑马甚至徒步，勘探挖掘、运输乃至食宿都极困难。南疆喀什一带，有印度人、伊朗人、阿富汗人、安集延人，加上中国境内各少数民族，语言阻隔，货币复杂，仅是雇用人工、选择驮马、兑换货币、安排食宿就要伤透脑筋。但斯坦因却能随遇而安，不怨天尤人，一切从实际出发，巧做变通，一一妥善解决。你不能不佩服他的毅力，他的顽强，他的干练精明和吃苦耐劳的精神。

在东方语言学院参观的时间不长，不可能对斯坦因这位前任院长做完整的回忆，毕竟这都是将近百年前的事情了。

始终陪同访问团的中国驻巴基斯坦大使馆文化一秘郑国进曾在这所东方语言学院研习乌尔都语并获硕士学位。他让我在他当年读书的教学楼前为他拍照留念，并感叹说当年教他的老师都到国外任教去了，有一位还在北大教了十二年书。

现任女院长非常热情地邀请我们合影，然后又不失礼貌地送我们到学院门口。

▲巴基斯坦小姑娘

黑亮的眸子

一

我深信，人们不管到什么地方，首先关注的便是那里的人。我们最早接触到的巴基斯坦人是到机场迎接我们的国家文学院主席哈森·约瑟夫。他曾获英国文学学士学位，作品广泛刊登于世界乌尔都语杂志，是巴基斯坦的著名作家，也是位副部长级的官员。哈森·约瑟夫身材高大，足有一米八的个头，头发已经花白，但身体健壮，高鼻深眼，面色黧黑，一袭白色长袍，再套黑色背心，极富民族特色，戴着眼镜，举止沉稳，又很有学者风度。

巴基斯坦的上层官员和上流社会许多人都曾去欧美留学，能讲英语，深谙礼仪，显得很绅士。像我们后来接触到的旁遮普省省督萨尔达夫、文化部部长特莱斯勒便属于这类官员。

巴基斯坦的男人，很有男子气，尤其是军人，都身材高大。也许南亚炽热的太阳悬在当顶，气候炎热，经常流汗，不易肥胖。警察大都胖瘦适中，头戴贝雷帽，脚穿黑皮鞋，黄裤子，配以褐黑色的上装，两撇小胡子，高鼻深眼，加上黑亮亮的眸子，看去十分精干，也很威武。

我们在访巴期间，几乎每天都有几名武装警察跟随。开始很不习惯，后来发现，武装警察十分普遍，宾馆饭店、银行商店，还有许多富有人家都雇着保安，都穿着军装，挎着冲锋枪。多了，也就见怪不怪了，后来想着这也是提供了一种就业机会。这个人口众多、经济又欠发达的国家，人人都得有口饭吃。跟随我们的警察不苟言笑，忠于职守，并不妨碍什么，大家相处得还愉快。临别，我们与他们合影，他们也很高兴。

▲巴基斯坦妇女

二

访巴期间，有一名男子黑亮的眼睛给我留下的印象很深。那是在伊斯兰堡，有一天安排参观，等车来接。这里的人时间观念不是很强，有时要等很长时间。我见车没有来，就在宾馆商店购买胶卷，恰在这时车来了，由于大家不是乘坐一辆车，谁也没有发现我没上车。好在我知道下午的活动就在宾馆，索性独自看看街市。刚回到宾馆，有人敲门，我打开后，是一位巴基斯坦男子，高个头，大胡子，眼睛黑亮。他对我又比又划地说了一大通，我一句也听不懂。我想这几天巴基斯坦形势紧张，各国记者都云集我们下榻的宾馆，不知来人是干什么的。加之他黑亮亮的眼睛只看着我，看得人还有些心虚。所以我不管他说什么，我只说表示"不"的英语。他无奈，只好走了。过了一会儿，又有人敲门，我打开后，发现是我国大使馆一秘，后面跟的正是那位男子。原来参观时，发现我没来，这位男子是开车来接我的。这时，那男子又指着我说了一串乌尔都语，一秘说，他说你把他当成本·拉登了。大家都笑了，那男子黑亮的眼睛看着我，竟笑得像孩子一样。

三

根据伊斯兰教义，妇女不能进教堂，不能与男子握手，坐车要与男子分开，女孩子上学则要与男孩子用屏风隔开。平时不仅要用深色最好是黑色织物裹住身体，还需用头巾遮住脸面。她们与外界的交流只能凭两只眼睛，而外界看她们也只看得见两只眼睛。

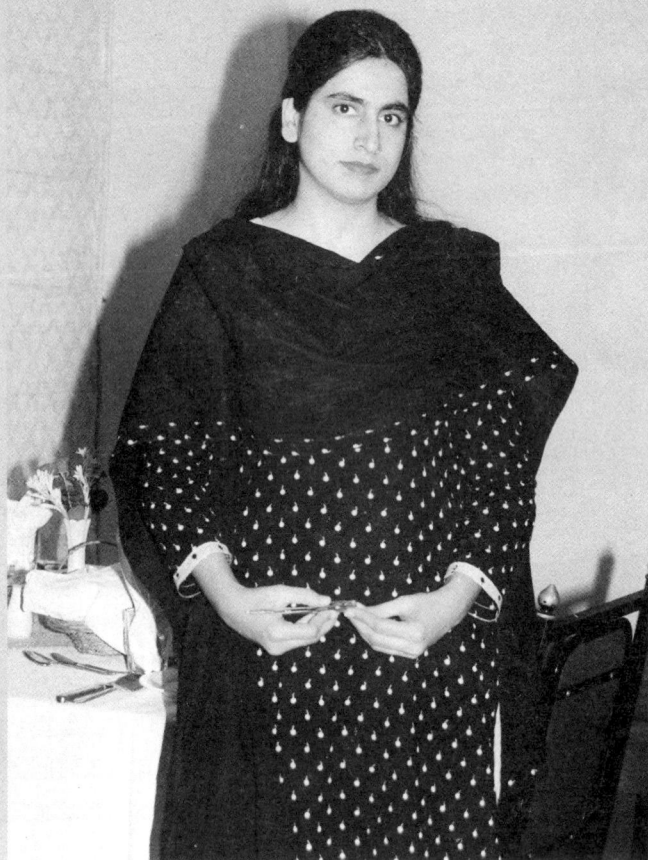

▲卡拉奇大学的一位教师

　　幸而，她们的眼睛十分漂亮，十分耐看。巴基斯坦妇女的脸庞大多呈椭圆形，但由于鼻梁高挺，便打破了呆板与平庸。她们的眼窝深陷，眼睫毛很长，眼睛黑白分明，如同一汪清泉，无一丝尘埃，无一丝杂染。若是一群女子在一起，若是都用面纱蒙起脸庞，那么，你就只能看见她们众多的乌黑发亮的眸子。

　　之前，在报刊见到说伊斯兰世界也有一些开放，开放的标志是妇女不再披面纱。甚而还有一幅穆斯林女子去掉面纱，露出鲜活面孔的照片。

　　在巴基斯坦，实际见到的情况是，所有的巴基斯坦妇女都穿着被称为"纱丽"的民族服装，其实就是裙装。所有的妇女也都有面纱，但有几种用法：搭在头上，围在脖上，捂着整个面孔只露两只眼睛，大约各占三分之一。

　　在拉合尔市，我们遇到一位曾在中国留学六年，能讲一口流利汉语的女画家。向她问及妇女面纱的问题，她说按伊斯兰教义是要都遮起来的，现在好一些，限制得不是很严格，也根据每个人对教义的理解而有所不同。她也有纱巾，但围在脖上，合影时在阳光下她戴上了墨镜。分手时，她与其他妇女一样：不与男子握手。

　　在卡拉奇大学，我们见到许多正接受高等教育的女孩子，她们在乌尔都语系学习，相当于我们的中文系。女生几乎要占一半，她们都有面纱，甚至还有为数

▲作者在卡拉奇大学

不少的女生用黑色衣裙、黑色面纱裹着整个身体和面孔，只露出两只眼睛。

不过，在座谈时，站起来提问的竟也有两位用黑纱遮住面孔，只露出眼睛的女生。她们提的问题是："诗歌在中国是否受欢迎？""文学在生活中的作用如何？"说明按宗教信仰穿戴服饰，并不影响她们正常的思维和交流的愿望。座谈结束，有几位女生一直送我们下楼并合影留念。

我国驻巴大使馆一秘郑国进曾在旁遮普大学留学两年。据他回忆，当时听课，男女同学都要用屏风隔开，女同学也都包裹得严严实实，一本正经。但如若本国男同学不在，她们也常主动地没事找事地与他们这些外国男同学搭话，还开些无伤大雅的玩笑，可见黑色服装包裹的还是充满青春气息的鲜活生命。

这样，你所看见的就不仅仅是她们乌黑的眸子了。

诗歌王国

▲巴基斯坦街景

一

巴基斯坦是片新旧结合的土地。贯穿整个国家的印度河流域曾经诞生过辉煌的文明，曾是佛教与犍陀罗文化的发祥地，历史悠久，文化灿烂。

由于是作家代表团，在短暂的十天访问中，文学座谈、文学茶会、文学讲座，安排得不少。差不多每到一地都要与文学界人士见面，加之几所大学及各种语言研究会的活动，时间安排得满满当当。每次活动，人来得很多，座无虚席。人们带着自己的作品，还少不了诗歌朗诵，而且十分踊跃，十分投入，很动感情。

在拉合尔的一次文学茶会上，来了二百多人，其中还有三十多位妇女。据介绍，这些妇女都来自上流社会，有一位还是前总统齐亚·哈克的亲戚。她们大都受过高等教育，甚至到国外留学，回来不一定参加工作，就做家庭妇女。因家中比较富有，衣食无忧，把写作看作是一种精神寄托。她们大多写的是诗歌，出版后赠送亲友。

一位女诗人还请我们去她家做客。她出生于当地的名门望族，从祖父辈起就在国家政府担任要职。她自己则有英文诗集出版，很精美。当然，绝大多数诗人、作家、文字工作者都无此幸运，他们首先得为生存奋斗。我们参观伊克巴尔墓时，有几位文字工作者专门赶来，等在门口，还提着煮好的红茶、茶杯和点心，让人十分感动。其中一位母亲和儿子都拿着他们各自的作品赠给我们。因为不是正式座谈，我们在与他们交谈时，除了文学诗歌，还问及他们的生活状态、收入、职业等。他们也很坦诚。一位巴基斯坦评论家说，这几天参加座谈会的都是巴基斯坦一流的作家、诗人、教授，但收入只能算中产阶级，而且不能只靠写作挣钱。

比如他自己是文学评论家，但首先是个书商，开办有出版社，出版几种报纸，靠这些挣钱养家，然后再写文章。他讲巴基斯坦是私人经济，文人也必须进入经济社会，才能有房子有车。有个胖老头开公司，比较有钱，爱好文学，也写了不少作品，非要请代表团吃晚餐。当晚请了许多同行，讲了不少话，拍了不少照片，当然晚宴也很丰盛。

二

坦诚地说，对巴基斯坦这个友邻国家的文学状态，我确实知之不多，要说了解也是侧重整个国家的历史文化、山川地貌和政局经济。在我保存近十年的《世界文学》中，仅找到巴基斯坦的三个短篇小说，都很精短，写得很有诗意。

巴基斯坦文学院赠给我们厚厚两册已经翻译成中文的《巴基斯坦文学》和《巴基斯坦苏菲诗人》，我仔细阅读这些作品，能够从中体味到幽默婉约的情调和情景交融的画面，再就是对人间万物的细微观察，对大自然的崇尚热爱。由于宗教的原因，也带着某种神秘主义的格调，但并不乏生动的比喻与典雅的文体。比如，一首诗是这样写的：

> 首先要学会打碎／思想与思路的樊篱
> 然后才进入痴迷的境界／去感受主和他的神秘

还有一首题为《祖国的命运》：

> 哈撒尔苦了／一到黑夜／全地球都睡觉了
> 哈撒尔苦了／月亮到天空／爱情的人想
> 哈撒尔苦了／有两只鸡在一个树枝上／到我心里去看

我们不难感觉到一种古老的宗教气息对文学的影响，但巴基斯坦又是个年轻的国家。这就产生一种矛盾，巴基斯坦的诗人作家对自己年轻的国家、古老的历史都无比热爱，所以在座谈会上，每每要不厌其烦地朗诵诗歌，要详尽介绍。朗诵时，若有好的句子，听的人便发出"哇哇"的赞叹。于是，我们也跟着他们"哇哇"，虽不能完全听懂诗句的意思，但也每每为他们强烈的社会责任感所感动。

▲巴基斯坦外交部向中国客人赠送礼品

三

　　想想也是，巴基斯坦建国半个多世纪，两次印巴战争，多次政权更迭，人口膨胀，负债累累，真可谓内忧外患，所以知识界文学界人士都有种强烈的忧患意识。他们关注国家的命运，因为自己的命运与国家的安危休戚相关。他们渴望有一个强有力的国家能够支持他们。在过去的半个多世纪里，他们深切感到中国是最可靠的友邻，有许多往事可供回忆。在巴基斯坦困难的时候，中国多次予以慷慨援助，还修通了从南疆喀什直通巴基斯坦的公路。而中美建交，巴基斯坦则从中牵线搭桥，基辛格博士首次访华，便是从巴基斯坦悄然飞往北京。五十多年来，中巴关系经历了岁月考验，友谊与时俱进。

　　中国作家代表团的这次友好访问，处处都能感到巴方的热情与友好。诗人们朗诵的诗歌中有一半是歌颂中巴友谊的。在拉合尔市，一位老诗人朗诵时情绪激动，手舞足蹈，最后，竟用生硬的中文大喊："中巴友谊万岁！"

▲巴基斯坦各界人士欢迎中国客人

▲许多老人和孩子都赶来参加欢迎中国客人的诗歌朗诵会

南亚街市风情

一

巴基斯坦的街市很有特点，即使像卡拉奇这样人口达一千二百万之多的大城市，全国的金融商贸中心，也没有像北京王府井、上海南京路那样著名的商业街，甚至没有大规模的商厦与购物中心。因为这里是私有制，老板多为小业主，财力规模皆有限。商业街由个体私营商店构成，显得杂乱，缺乏秩序。许多商店上面的建筑刚刚搭好骨架，没有收尾，没有装修，不知停顿了几年，锈迹斑斑的钢筋直插天空，连卡拉奇市繁华地段都不例外。

由于全国信奉伊斯兰教，禁酒戒烟，妇女须蒙面，不用化妆。所以商店很少有这类东西，尤其是酒，压根没有。只要稍稍回顾一下，国内的大小商场，一踏进去，若无琳琅满目的烟酒、品牌众多的国产或进口化妆品，还不顿失半壁江山。

巴基斯坦的商店也有自己的特色，主要是棉布、皮革、各种手工艺品、大理石材及木制品，再就是丝织、毛织地毯，尤以手工编织的最为名贵。巴基斯坦出产大理石，质地花纹均为上乘。这儿还有阿富汗玉做成的各种首饰、十二生肖、烟灰缸、茶杯、碗碟等。再就是各种雕花铜器，长脚仙鹤、梅花寿鹿、雄狮、猛虎、水牛、大象，刻着古兰经的镀银铜盘，做工十分精细的仿古铜质门窗。硬木制品也有特色，能折成各种形状的花架，四五个一套的大小茶几，尤其是首饰盒，雕镂着无花果、巴旦木的叶片茎脉，玲珑精巧，还暗设机关用来锁定，不仔细看，还真不好打开。我为女儿带了一个回来，让这个大学生也琢磨了半天。

巴基斯坦的陶制品也较多，大都是群众的日常生活用品，黄土一般的颜色，多为手壶，大大小小，各式各样。

巴基斯坦是畜牧业发达的国家，所以皮革制品很多，工艺不是很精细，但货真价实，皮革很厚。我购了只皮箱，五十美元，合四百多元人民币，国内得七八百元。

二

这儿的街道让人眼花缭乱，各式各样的车辆同时并行，从牛车、马车、毛驴车、骆驼车、乡间农用车、人力车、三轮车，到奔驰、宝马、丰田、尼桑等世界名车，几乎无所不有，一股脑儿拥来。其中，最引人注目的是大小中巴和公共汽车，它们全都进行过装修，整个车身都用各种金属、油漆装饰得十分艳丽，连车顶都不放过。刚看见时还以为是谁家过喜事，其实不然，满街的客车全都进行过装修，而且一辆比一辆艳丽。这些公共汽车开得飞快，车门大开，售票员往往手抓在车内，整个身体都伸出车外，招徕乘客。一脸胡须，一身白袍在风中抖动，飘飘欲仙，也还潇洒。如果说客车装修是为招徕乘客，奇怪的是连货车，甚至垃圾车都进行了装修。这又与大多数男人穿着白色衣裤或长袍，不少女人一身黑衣只露两只眼睛的浅调单色形成了强烈的反差。

毕竟是发展中国家，根据伊斯兰教义，不堕胎也不提倡计划生育，仅有四个省不大的国家已有 1.4 亿人口。这在大街上也能看得出来，尤其是城市边缘、城乡结合部分，许多人无所事事地走来走去，不知要干什么。还有不少乞丐，晚上显然就睡在路边，太阳已经升得老高，明朗的阳光把整个城市都照得一片明亮，可乞丐依然睡得很香。大多数女乞丐都抱着孩子，我们车一停，她们就围上来，比比画画指着孩子的嘴要钱。孩子很可爱，小鼻子大眼睛，但只要给一个人，"哗"地一下就会拥上来很多，自然无法一一满足，这真是一种人口爆炸带来的无奈。

三

给我们留下至深印象的是拉合尔夜市一条街。拉合尔是巴基斯坦经济比较发达的旁遮普省省会，历代王朝建都之地，是座历史文化名城，素有巴基斯坦心脏之称。不仅有拉合尔古堡、皇家园林和清真寺等一批名胜古迹，老城区还有一些很有特色的建筑，各种老字号和各种风味食品，散发着浓浓的民族风情。负责接待我们的巴基斯坦文学院为了让我们对老城区街市有所感受，特地在夜市为我们安排了晚餐。

▲巴基斯坦传统饮食　　　　　　　▲巴基斯坦的烧饼

　　这显然是一条年深月久的商业街，两边店铺林立，商号杂陈，荟萃着众多的饮食店铺。这里的建筑也很有特色，大都三四层高，雕花木栏，半月形窗户，透出浓浓的伊斯兰情调。下层多是饭铺，锅灶就支在门口，一口口铜锅、铜罐、铜盆，盛满各种清真食品：抓饭、炒面、羊杂碎、烤羊肉、油炸全鸡、烤鱼片、羊肉包子、油炸丸子、油炸春卷，各种各样烤成金黄色的馍馍和饼子……

　　由于这些清真食品大多需加放茴香、孜然、辣椒等作料，加之当炉现做，油锅翻滚，香味四溢。整条街上，书写着乌尔都语的商幡招展，蓄着大胡子、盘着大头巾、穿着白大褂的老板伙计来往穿梭，殷勤热诚。徜徉其间，犹如步入一幅色彩斑斓、特色浓郁的穆斯林图画世界，恍然让人想起名著《一千零一夜》中所描绘的种种场景，那种浓浓的阿拉伯风情。

　　我们还遇到一位街头艺人，拉着一只羊和一只猴，皆披红挂彩。随着他发出的口令，猴子便骑上羊身，做出各种动作。演完一场，猴子会向围观的群众讨钱。我们也让他表演了一场山羊登高，木棍一节节接起来，山羊就一节节爬高，木棍截面不过一只口杯大小，山羊居然四蹄站立着升了一米多高，引起一片喝彩。我们便加倍付他卢比，皆大欢喜。

　　那晚，巴基斯坦同行为我们安排了丰盛的晚餐，品尝了多种有他们民族特色的食品。那烤得黄生生的鱼片，那调着各种作料香气四溢的羊杂碎，真让人回味。回味那条古老的街市，也回味那浓浓的阿拉伯风情。

◀草地婚礼

旅途小憩

◇拍摄少女◇

巴基斯坦女孩子大都身材苗条，鼻梁高挺，眸子黑亮，睫毛纤长，有种小巧玲珑的美丽。但外出时常穿被称为"纱丽"的连衣裙，再披面纱，不容易拍摄到整个面孔。

但也有意外。那天参观夏利玛皇家花园，我突然看见喷水池对面走来三位少女，分别穿着黄色、黑色、白色的纱丽，大约因为逛花园，虽然披着面纱，可全露着面孔，都很漂亮，这是多好的拍摄机会。时间又在上午，光线明亮柔和，背景由喷泉

和一组圆顶拱门构成，高低参差有层叠之美，机会实在难得。我悄悄把相机调在自动挡，选好角度，待她们走到合适距离时，屏住心跳，按下快门。当时使用的还是胶片，我感到这张肯定能成功，回来冲洗出来一看，果然！

▲作者（右）与巴基斯坦老作家肖克特·西迪基（左）

真主的土地

一

在巴基斯坦第一大城市卡拉奇，我们会见了许多有成就有影响的作家，肖克特·西迪基就是其中一位。他实际是位记者，满头白发，已七十多岁，仍十分精神。半个多世纪的记者生涯，使他能广泛了解巴基斯坦各个层面，创作出长篇小说《真主的大地》，因真实深刻地反映了巴基斯坦现实生活，在国内外引起关注。这部小说也翻译成中文，恰好翻译者便是代表团成员、北大教授唐孟生。经他介绍，我认识了这位老作家。这次访问，也对老人描写的这片真主的土地有了许多直接的感受和印象。

我们知道，巴基斯坦地处印度河流域。公元 7 世纪之后，诞生于阿拉伯半岛的伊斯兰教传播到这里。事实上也是因为宗教的原因，造成印巴分治。信仰由佛教派生出来的印度教民众划归印度，信仰伊斯兰教的则划归巴基斯坦。有多达五百万个家庭，一千二百多万群众由于分治而骨肉分离。巴基斯坦博物馆悬挂着一幅巨大的壁画，反映的即是这一历史事件，场面宏大，真切感人。同时也让人为宗教力量所震撼。

这个以宗教立国的国家，信奉真主安拉，上至国家政要，下至庶民百姓，只要信奉伊斯兰教，便统称穆斯林。不论在什么地方，也不论做什么事情，每天都

▲拉合尔市一座外表传统、内部豪华的饭店

要面向伊斯兰教圣地麦加拜倒在地，做五次祈祷。宾馆的房间会为你准备好祈祷要用的毡毯和《古兰经》，连餐桌上都有指向麦加的箭头，提醒你祈祷时不要搞错方向。每个星期五，男子必须去清真寺做礼拜。在信仰伊斯兰教的国家，最普遍最宏伟也最有特色的建筑肯定是清真寺。

巴基斯坦历史文化名城拉合尔市的皇家清真寺，已有四百年历史，可同时容纳十万人祈祷。若逢宗教节日，敲响拉合鼓，跳起萨玛舞，其壮观的场面非笔墨可以描述。在首都伊斯兰堡，则另有一座可以和这历史名寺媲美的现代化清真寺，是沙特国王捐资所建。广场一律用浅色素净的大理石铺就，巨大的礼拜殿堂，高高耸立的塔楼，气势恢宏，庄重肃穆，既是宗教场所，也成了供人游览的著名景点。

当然，修清真寺主要是实用，除供做礼拜之外，每天五次祈祷时古兰经声通过宣礼塔上的高音喇叭传出，整个城市乃至整个国家都沉浸在诵经声中。在巴基斯坦文化部部长和省督接见代表团的正式场合，首先是请阿訇念古兰经，抑扬顿挫，全场肃穆。

二

任何一种宗教能为人们接受，并在漫长的岁月渗透到生活的每个角落，总

▲ 巴基斯坦的毛驴车

是有许多合情合理的地方。比如不允许用脚踩食品，禁止穿袒胸露背的短小衣衫，严禁吸毒、赌钱、偷盗、酗酒、斗殴、说谎，晚辈见了长辈要施礼让座等。但作为宗教，历时千年，会裂变为若干派系，有时就搞得很极端。比如不能由妇女提出离婚；妇女遭到强奸，要有四个男子证明才能成立；男女通奸，则要用乱石砸死。还有一种"荣誉谋杀"，意思是家中若有女子被强暴，家人便会把这名女子杀死，为整个家庭挽回声誉。这种极端做法遭到同为伊斯兰国度的约旦国王和王后的坚决反对。巴基斯坦政府也认为，杀死遭到强暴的女人的所谓荣誉谋杀应视为犯罪。

巴基斯坦女总理贝娜齐尔·布托在任期间，也曾为妇女的权益做过许多努力，她自身当选总理也说明一些事情并非绝对。我们在出访期间发现，政府部门、大学校园，各种集会上妇女还不少。有的按传统用纱巾罩着面孔只露两只眼睛，有的仅仅是把面纱围在脖子上，但普遍不与男子握手。只有一次例外，一位出身名门的女诗人在请我们参加晚宴后，赠给我们她用英文写的诗集，并主动与大家握手告别。

三

巴基斯坦这片真主的国度，实行的是一种家族内婚姻。除了亲兄弟姐妹不能结婚，表兄妹、堂兄妹都可以结婚，甚至叔叔可以娶侄女。这种婚姻的直接原因是再穷的人家嫁女，都有可观的嫁妆。为使"肥水不流外人田"，家族资产不流失，女子都必须优先嫁给本家族或有亲戚关系的男子。实在没有可嫁对象，才可以外嫁。在旁遮普省，我曾问一位礼宾司的年轻官员这种婚姻的利弊。他讲他娶的就是表妹，实际是两个家庭结婚，好处是没有离婚的。我问他想没想到近亲结婚会造成后代智力退化，他说多年形成的习俗不是一下能够改变的，大多数人都看重眼前的利益就忽略了长远利益。问及计划生育，他说伊斯兰教禁止堕胎，政府也无得力措施。目前，城市妇女生四五个孩子、农村妇女生七八个孩子的情况十分普遍。1971年，东巴基斯坦分治为孟加拉国时，巴基斯坦有人口六千万，目前已有1.4亿。人口上升率为3.9%，高居世界首位。

短短十天寻访，这个古老又年轻的国家给人的印象是多样又复杂。这儿有富甲天下的贵族，也有家徒四壁的贫民；有具有世界一流花园般的首都，也有中世纪般凝重沉寂的乡村；这儿是对妇女有种种限制的伊斯兰国度，但又诞生过伊斯兰国家历史上第一位女总理贝娜齐尔·布托。

这里还有众多的古迹，几乎每一面墙壁上那些雕刻精细的花纹都展示着历史的沧桑与文化的丰厚。在这个国家徜徉，整天不绝于耳的全球化、知识化、信息化突然显得十分遥远，你的心也突然变得平静，你会觉得这偌大的世界各有各的活法，谁也不能说这种活法就比那种活法更好。对于眼前这个国度，你也只能慢慢地去体味，慢慢地去认识和了解。

▶ 巴基斯坦礼仪

阳光下的原野

一

巴基斯坦的国土近似一个长方形，从海拔三千多米的兴都库什山脉与帕米尔高原直到西南的阿拉伯海边，恰好处于整个从发源到入海的印度河流域，这是世界古代四大文明发源地之一。从巴基斯坦的古代城池遗址与众多的文物也足以证明，这儿确实诞生过灿烂的文化。

我们从有巴基斯坦粮仓之称的旁遮普省省会拉合尔乘坐汽车，经高速公路到达首都伊斯兰堡。三百公里的路程恰好穿越印度河平原，汽车速度不快，整整六个小时，使我们得以就近观察这片被南亚灼热的阳光照耀着的原野。

在拉合尔市边缘，我们告别几位忠于职守的警察，驶上四车道的高速公路。这条公路是谢里夫任总理时从韩国贷款所建，从首都伊斯兰堡直达历史文化名城拉合尔市，这也是谢里夫的家乡。公路修建得相当不错，宽阔笔直，标牌规范，各个路口均有收费站，写着醒目的收费还贷。只是，过往的车辆太少，恐怕还完贷款的日子是遥遥无期。

公路两边就是乡村，可以清楚地看到这个国家最基层也最广大的人群的生存状态。浊黄的水流中，孩子赤着脊背拉着水牛嬉戏。羊群散漫放牧于河流两岸的草地上，裹着头巾的牧人，或是挥动着镰刀割着河边的青草，或是提着鞭子在阳

◄用传统方式修整花园

光下纹丝不动。乡村的土路上，有小毛驴驮着走亲戚的妇女，马车载满木料。至于村落，土黄色的墙壁，土黄色的院落，土黄色的屋顶，没有砖瓦，少雨干旱不用担心漏雨，全是平顶，像一个个方形的城堡，排列在缺少树木的村落两侧。可以看见，村巷中有水井，一个妇女按着弯曲的长柄压水，另一个妇女则用大肚长颈的陶罐接水。来汲水的妇女聚在一起闲谈，而接水的陶罐或铜罐在地上排了长长的一串。还有手摇的石磨，纺棉线的纺车，老人剃头的担子、土炉……一切都是那么原始，那么古朴，把人带进了一种仿佛没有纪元的岁月。

二

巴基斯坦的国民经济主要是农业，眼前这片原野便是最主要的产粮基地。一望无垠的土地正处于印度河流域的黄金地段，地形恰与河流落差一致，实际这也是印度河冲积沉淀形成的平原，所以整个流域几乎全是自流灌溉。在我们经过的三百公里地段，见到不下十条的灌溉渠道，每条宽二十至三十米，甚至还见到两条宽四十至五十米的并行双渠，渠水满满当当，支渠更是如织如网。大面积的农作物在南亚炽热的阳光下，争相竞长，满眼葱绿。

巴基斯坦也是畜牧业发达的国家，在经过的村庄和农家院落都能见到大群的水牛、黄牛和绵羊。有的农户整个院落都站满水牛，足足有一百多头，盘着硕大的犄角，摇头甩尾，头头膘满肉肥，铁青色的毛皮在阳光下泛着柔和的光泽。牛在印度被视为神物，可以大摇大摆在闹市行走，行人和汽车则会自觉地为它让路。牛粪也被视为圣洁的东西，往往在寺院中要铺上一层晒干的牛粪，然后再铺毡毯供人祈祷。我推测与印度曾为一国的巴基斯坦可能会保留同样的习俗，至少会善待为他们创造了经济效益的家畜，不然，人与牛群也无法很好地相处。由于牛群庞大，院落就显得狭小，到处都是牛粪。几个农民正带着穿花衣裙的妻子，赤着双足，衣袖也挽得高高的，往土墙上贴大团的牛粪，整面墙壁都像蜂窝一般鼓起。晒干后的牛粪又堆积得如同小山，这些牛粪可能是用来做燃料，像我国内蒙古和西藏草原上那样。尽管如此，给人的印象仍是整个农家都被牛群和牛粪所包围！

其实不会！一位已在城市生活的裕固族作家告诉我，一次甘肃省作协组织作家去草原采风，到了被牛粪包围的帐篷，别人都觉得气味熏天难以忍受，他却感到无比亲切，像回到童年，连灵魂都得到抚慰。我由此推测生活在牛群和牛粪之间的巴基斯坦农民可能也有这种感受。

三

一方水土养一方人，一方人也会因为这方水土形成独特的生活习俗。由于盛产水稻、小麦、玉米，巴基斯坦主食为各种面饼、炒面、炒米饭再加煮玉米棒。畜牧业很发达，肉制品以牛羊肉、鸡肉为主。印度河贯穿全境，又濒临阿拉伯海，所以水产也很丰富，餐桌上鱼虾、蟹也常有。可能与曾为英殖民地有关，饭后还有甜食、冰激凌、水果等。吃饭学西方用刀叉，当地群众则直接用手抓。因为每顿均有面饼，用饼夹菜，又是自助餐，每个人用盘端走，怎么吃是自己的事情。我就看见陪同人员放着刀叉不用而用手抓。已在这儿生活工作了十几年的我国大使馆一秘说，他在这儿留学时，怕吃不惯，其实吃惯了挺香的，还有用手抓饭，其实什么都是习惯。

除了旁遮普平原，巴基斯坦的信德省也是产粮大省，还产长绒棉，再就是各种水果、蔬菜。要说，这是一个资源相当不错的国家，要不，他们的祖先也难在史前就创造灿烂的印度河文明。所以，我们有理由相信这个友好的邻邦也能够建设自己美好的家园。

▲巴基斯坦首都伊斯兰堡

绿色城堡

一

我们乘坐汽车从拉合尔驶进伊斯兰堡，压根没有想到，这个发展中国家的首都竟是这样的现代和优美。整个城市都建设在波特瓦尔高原的一座大森林中，尽量保持着所有植被的原始状态，所有街道和建筑也都隐没在绿色的树冠之中。不设置工业区，也就没有污染。国家机关、政府大厦、总统府、总理府、议会大厦、最高法院、会议中心、费萨尔清真寺、大学区、公益事业单位、外国驻巴使馆、高级住宅区等分布在这座绿色的城堡之中。

伊斯兰堡的诞生和这个国家的诞生息息相关。古代的印度有过大大小小多个国家，有名的如犍陀罗国。唐代高僧玄奘在其所著的《大唐西域记》中称印度有

▲伊斯兰堡街头小景

七十余国。公元 10 世纪之后，莫卧儿王朝时期，一直以旁遮普省的拉合尔市为其首都。1947 年，印巴分治，巴基斯坦曾以卡拉奇为首都。所以，巴基斯坦国家博物馆与首任总督兼议会主席真纳的墓地仍在卡拉奇。时至今日，因濒临阿拉伯海，拥有全国最大的港口，承担着对外贸易的重任，卡拉奇也就成为巴基斯坦的经济重心，有点类似我国的上海，卡拉奇也正好与上海结为友好城市。

之后，巴基斯坦又曾经以拉瓦尔品第为临时首都。在此期间则吸取各国建都经验，广泛征求意见，选择旁遮普省北部波特瓦尔高原的河谷地段为首都新址。这儿海拔六百余米，背靠西北部兴都库什山脉，气候温和，水源充沛，有大片原始森林，环境优美，气候宜人。同时，就战略上来说可以使首都深藏腹地，居高临下，同时又可摆脱故都各种势力的影响。

在整体规划上，也吸取世界各国规划城市的先进经验，把长着原始森林的大片河谷划为若干区域，整个建筑和森林面积按对半设计。1960 年动工，至 1970 年基本建成，至今四十余年，可以说是年轻的城市。

二

我们到达伊斯兰堡当天的下午，巴方即安排去后山参观，这是一处著名的风景区。经盘山公路登上一片起伏的山岗时，整个伊斯兰堡尽收眼底，无尽的绿浪铺向天边，露出树梢的仅是几幢高层建筑，远处是碧波荡漾的拉瓦尔湖。阵阵清风扑面，让人心旷神怡。赞赏之余，又让人有点不太相信，这大片的绿色森林之中，竟隐匿着一个国家的首都！直到夜色降临，我们才从透出树荫的万点灯火中感受到这个城市的独特魅力。

短短两天，我们参观了伊斯兰堡的大学、研究机构、国家图书馆和费萨尔清真寺。在汽车穿行市区时发现整个市区并无规模很大、楼房很高、货物品种齐全、商家云集的传统意义上的商业区，而是划分在若干个行政区中，在几条短短的街市，或者就是一两幢楼房中经营商品。当然，在最集中的几条十字路口，也有一些地摊出售日用百货，还有水果摊、小食品摊等，甚至还有类似中国早年的货郎担，用扁担、绳索挑着东西在街边销售。

从这一片街区到另外一片街区，也许就要穿越一片从未开发过的原始状态的森林。除了贯穿整个城市的中央大道，其余道路准确地说只是穿越森林的林间小道，当然路面质量很高，是宽仅容两车相让的水泥路面，蜿蜒曲折地穿行于林间，有种逶迤之美，给人一种曲径通幽的感觉。

我们离开伊斯兰堡的前一天晚上，大使馆一秘郑国进与我们聊天聊得晚了，驾车回使馆，竟在市区碰上六七只从丛林蹿出的野猪，躲避不及，还撞着一只。据他说，不仅是野猪，首都的丛林中还有狼、狐狸、兔子、鹿、野羊等各类野生动物。由此也可见伊斯兰堡生态的良好。

三

由于我们来到伊斯兰堡的时间特殊，美国反恐怖事件与巴基斯坦纠缠太紧，成为一个绕不开的话题。那天我们刚进入市区，就看见许多群众举着横幅在聚会。我特地赶去拍照，见到有上千人，全为男子，戴白帽，穿着白色或其他浅色长袍，多数人留着大胡子，中间则有人拿着喇叭讲演，主要是伊斯兰促进会号召他的成员反对美国对阿富汗动武。

四周站满防暴警察，但双方没有发生冲突。我们与巴方一些人士交谈，巴基斯坦群众同情阿富汗的主要原因是，两国不仅为近邻，历史、文化、宗教、习俗也极为相似，休戚相关。当然，大多数人是怕打起来危及自己国家的安全。

时隔一天，巴基斯坦文化部部长特莱斯勒举办盛大茶会招待代表团，巴方许多上层人物都参加了。中国驻巴基斯坦大使陆树林借着这个机会用流利的乌尔都语再次郑重地表述了中国政府的立场，回顾中巴建交五十多年的友谊，并预祝中巴两国人民世代友好时，全场爆发长时间的热烈掌声。我们亲眼所见，许多巴基

▲伊斯兰堡市民

斯坦朋友都用手绢擦着眼睛。

是啊，在这样的关键时刻，有一个在各方面都蒸蒸日上的大国做朋友，确实让他们感到一种强有力的支持，从心底感到踏实。

当晚，我们就乘飞机离开了这个"绿色城堡"。看着机翼下璀璨的灯火，我们从心底祝福巴基斯坦的朋友能顺利渡过这场危机。用他们惯用的一句话说，就是：愿真主保佑你平安。

▲阿尔卑斯山脉中的河谷

穿越阿尔卑斯山

一

　　按照著名地质学家李四光的学说，地球在自转时由于内外力的作用，于东西半球各产生了一条突出云表、东西走向的山脉，东半球为中国境内的秦岭，宛如长龙横亘陕甘，成为天然区分中国南北气候的分界线。西半球则为横跨欧洲中部，天然区分法国和意大利，怀抱瑞士与奥地利，余脉又延伸至德国境内的阿尔卑斯山脉。

　　阿尔卑斯山素有"欧洲屋脊"之称，平均海拔超过三千米，其主峰海拔四千多米，终年积雪，宛如一条银龙雄踞于欧洲中部，远眺碧波无限的地中海。由于阿尔卑斯山脉雪雨充沛，形成大面积的冰川，仅是勃朗峰一处冰川覆盖就达二百平方公里，涵养了大量的水资源，溪流纵横，湖泊如镜，形成许多幽深狭长的河谷，成为欧洲多条著名的河流的发源地；养育了大片的原野、果园和众多城镇，也养育了众多的国家民族，直接催生了欧洲的文明。阿尔卑斯山脉还造就了多样的地形和气候，起伏的山坡、幽深的山谷之间生长着茂密的森林、大片的草地、奇异的花卉，是欧洲名副其实的花园。这些高大的山脉自古以来便成为欧洲各国的天然屏障与分界，比如意大利和法国、奥地利与瑞士德国，都以阿尔卑斯山脉

▲阿尔卑斯山红叶

为界。欧洲历史上的多次战争也曾利用阿尔卑斯山脉的河谷作为通道，或出奇制胜的掩护屏障。比如，拿破仑大军便曾穿越阿尔卑斯山攻占意大利；二战时期，希特勒和墨索里尼更是多次穿越阿尔卑斯山进攻其他欧洲国家。

二

要从中国中原去大西南，必须穿越秦巴大山，就有了古老蜀道和今日的宝成铁路与川陕公路。在欧洲，无论是去南部的法国、意大利，或是去北部的德国、捷克或波兰，都必须穿越阿尔卑斯山脉。所以躺卧于阿尔卑斯山怀抱之中，与众多国家接壤的奥地利也被称为"欧洲的心脏"。可以想见，在海运发达兴盛之前的漫长岁月，若走传统的陆地，就必须穿越阿尔卑斯山脉，方能到达丝路终点罗马。海运发达之后，经地中海的线路更为便捷经济，所谓"条条大道通罗马"。十多年前，我在考察穿越秦岭的蜀道时，曾见到有学者写文章论述，说欧洲的阿尔卑斯山脉之中，曾发现与蜀道形制十分接近的原始通道，也是倚水傍山，也是

▲山谷风景处处怡人

凿石架木。有古老的丝绸之路相通，长安的丝绸能够到达并进入罗马市场，我国洛阳和长安的汉墓中也多次出土古罗马的玻璃器皿与手工艺品。尽管没有东西方在筑路经验方面进行交流的确切记载，但同样在东西横亘的大山中开辟道路，应有许多共同的规律，比如避险就易，比如依山临水、利用河谷等。这也是无论中外在修筑铁路还是公路中都须遵循的规律。比如，我们在穿越阿尔卑斯山时便始终沿着河谷。这里许多山峰海拔都超过了三千米，终年不化的雪峰比比皆是，蕴含了大量雪水，冲刷出条条幽深的河谷。大都水量充沛清澈，溪流淙淙，陡峭的山崖又形成瀑布，雪线以上披满银装，雪线下则绿树成片，随山势此起彼伏。如茵的草地四处延伸，农舍与教堂"小心翼翼"地点缀其间，牛羊悠闲地啃草，一切都十分和谐，浑然天成。从萨尔斯堡到当晚下榻的小城因斯布鲁克，几乎是在图画中畅游，让人不时发出惊叹，为美得醉人的风光，也为当地政府和居民对环境的保护。

三

给人留下至深印象的是气候的骤变。毕竟是三千米高的地方，又临秋季，当日下榻小镇时，阳光明媚，景物鲜明，当晚还踏着月光游逛了城中的霍夫教堂。夜里却寒气袭人，几乎被冻醒。清晨起床才发现，当晚落了雪，四周山峰全披上了皑皑银装，十分壮观。在饱览雪景之余，满车人几乎穿上了带来的全部衣衫。幸亏大巴车带有暖气，司机是位意大利小伙，急于回家，一路勇敢加技术，

▲ 欧洲教堂

沿着河谷把车开得又快又急。可以看出，早先穿越阿尔卑斯山脉的也是一般的山区公路。之后，又沿河谷修筑了双向四车道的高速公路，桥隧相连，不时有山风卷着山岚晨雾飘过，仿佛在云雾中行驶，十分壮观。沿途我都留意，希望能够看见如同秦岭山中残存的古代先民开辟道路的遗迹，可惜全被积雪和植被覆盖，没有发现任何遗迹。但发现欧洲人修路十分注意保护环境，公路无论新旧，皆注重质量，多建隧洞桥梁。比如法国和意大利边境之间的隧道长 11.6 公里，不去破坏山体植被，必须开挖时，四周则用铁丝网保护。公路两边树木植被茂盛葱茏，越往下行，河谷便越开阔，想是因为汇纳百川，水量增大之故。两边起伏的山岭间有了大片的果园、葡萄园和牧场，黑白相间的奶牛悠闲地啃草，几头小牛在母亲身边蹭来蹭去，煞是可爱。待到中午时分，天空豁然开朗，阳光明媚灿烂，碧空晴朗如洗。回首望去，让人惊异的是阿尔卑斯山也有如秦岭褒斜谷那样的山口。大山已被汽车甩在了身后，我们已经穿越了阿尔卑斯山，也离开了奥地利，前边是一望无垠的意大利美丽富饶的波河平原了。

马可·波罗的故乡

▲游人如织

一

　　位于欧洲亚平宁半岛的水城威尼斯对于我们来说，无论从地理或心理上均十分遥远。事实上早在唐宋时期，公元 5 世纪诞生的威尼斯便与我们国家有了交往。经传统的丝绸之路从罗马带回的工艺品中，就有产于威尼斯的玻璃器皿。七百年前的元代初期，出生于威尼斯商人家庭的马可·波罗，十七岁那年，随同父亲从威尼斯出发，沿着古老的丝绸之路，经西亚地区，翻越帕米尔高原，进入中国境内的塔里木河流域，穿越河西关陇，前后花费四年时间，到达当时中国首都（北京）。由于马可·波罗见多识广，诚实干练，得到元世祖忽必烈的信任，留他在朝廷任职，他从此居留中国十七年之久。在此期间，他还曾奉诏出使西南、江南，来去几乎遍游中国。后因西亚伊利汗国向元皇室求婚，马可·波罗奉命护送公主，从福建泉州经海路去伊朗，完成使命后返回离开二十五年的故乡威尼斯。晚年，他写了在中国的游历经过，这便是举世闻名的《马可·波罗游记》。由于马可·波罗在中国居留甚久，游遍大江南北，且是外来人的眼光和角度，由于猎奇而深感兴趣，由于兴趣而深入研究，研究则有体味，有识见，所以游记中对中国山川地貌、风土人情、物产经济，尤其对元代初年的朝廷政事、宫廷秘闻、节日游猎、婚丧娶嫁等，都有详细描述。难能可贵的是，书中对国都之外的城市开封、西安、成都、南京、镇江、扬州、杭州、苏州、福州、泉州的市井商埠、百行百业均有详尽的描述。如此系统完备地把中国中世纪的繁荣与文明介绍给西方，这在历史上还是首次。这为西方认识中国打开了一扇窗户，之后的

▶威尼斯小巷中的「贡多拉」

探险家哥伦布就深受此书的影响。

我在几年前阅读这部书时，惊讶地发现马可·波罗还曾来过我目下生活的汉中，这是其由西安至成都所必经之地。他在书中如此记叙汉中："此平原广延二日程，风景甚丽，内有环墙之城村甚众。此行二日毕，则见不少高山深谷丰林。"还特地指出："此地生产生姜甚多。"

据此书翻译者，曾留学欧洲的我国近代著名的史学家冯承均考证，马可·波罗从西安出发，走傥骆古道，即从周至进入秦岭，经今佛坪出山，经汉中的洋县、城固、勉县入川。穿越汉中盆地正好需两天时间。城固至今为产生姜的大县，想不到七百年前在外国人笔下已有著述。

由此，记住了马可·波罗，也记住了马可·波罗来自遥远的水乡威尼斯。再者，莎士比亚创作的戏剧《威尼斯商人》早在国内搬上舞台。

二

十多年前去苏州，老城区水网密集，依旧是"君到姑苏见，人家尽枕河"，因水成街，路由桥通，一派精致水乡风貌。且有不少楼堂馆舍，赫然命名为"东方威尼斯"或"威尼斯宾馆"之类。所购史料又谈及保护苏州老城要借鉴欧洲的威尼斯，于是便对威尼斯神往起来，到底何等风貌，又如何保护等。

此次欧洲之行，行程之中恰有威尼斯。那天离开有"欧洲花园"之称的奥地利，穿越阿尔卑斯山，进入意大利阳光灿烂丰饶美丽的波河平原。临近亚德里亚海边时，老远就看见水天一色的大海中一片突兀的建筑，水城威尼斯到了！

▶威尼斯圣马可广场

　　威尼斯的灵魂是水，魅力也全在于水。这是世界上唯一没有汽车的城市。当游船载着我们到达这座远离陆地的城市时，立时被它吸引。因为这座城市有大大小小、长长短短多达一百七十七条河流，构成了密如织网的大街小巷，然后又由大小四百余座桥梁相连。各种汽船、游艇装修精美，厅室俱全，仿佛移动的酒吧、咖啡间，游客尽可闲适地在品啜之间观赏水城风情。游船中最具情调的是一种叫"贡多拉"的小船，两头尖尖，可乘三五位游客。由船夫划着，唱着，在桨声荡漾之中，把人带入一种悠远的时空。两边高大的教堂，高耸入云的塔楼，精美的浮雕，各种风格的小桥，都随小船的移动映入眼帘。两岸台阶磨损且布满苔藓的巨石，仿佛叙说着这座千年古城的沧桑……

三

　　威尼斯所在地域远古曾是一片与陆地分割，仅冒出海面一米多高的小岛群。这片小岛多达一百多个，面积不到十平方公里。公元 5 世纪时，由于外族入侵，失去田园故土的人便躲避到与大陆隔离的地方，在小岛上盖起木屋以打鱼为生。之后，随着航海业的发达，威尼斯得天独厚临近海洋的优势发挥出来，建了深水良港，成为地中海最大的自由贸易港。诚如莎士比亚在《威尼斯商人》中描写的那样，也是通过血腥激烈的竞争，完成了资本的原始积累，15 世纪达到了全盛时期。而此时文艺复兴运动正在距威尼斯不远的佛罗伦萨兴起。威尼斯凭借雄厚的资本，一座座风格各异、雄伟壮丽的教堂、宫殿拔地而起，仅是钟楼便有一百二十座，宫殿四十多座，列入名胜保护名录的竟有四百五十余处，那些恢宏的建筑物上雕

▶ 威尼斯儿童

满了各种精美的艺术品。圣马可广场与教堂、圣玛丽亚及圣多那托教堂、威尼斯总督府都以其规模宏大、建筑雄伟、雕塑精美闻名于世。有许多画坛高手、雕塑巨匠的杰作。使得不可一世的拿破仑来到这里也惊奇万分，称赞威尼斯是"举世罕见的奇城"。欧洲的两位大诗人歌德和拜伦也对威尼斯大加称赞，认为这里是人类的文化宝库。在意大利歌剧艺术发展史中，威尼斯也有着十分重要的作用，比如改编自小仲马小说的《茶花女》便是在威尼斯公演成功，成为世界著名歌剧的。凡此种种，均使威尼斯声名鹊起，成为人皆向往的游览胜地。最盛时期，我们乘坐的这种"贡多拉"游船曾发展到一万余条，每天接待数以万计的游客，更使威尼斯人大获其利。

不幸的是，17世纪时，威尼斯爆发了一场瘟疫，造成大批居民死亡。为纪念这些死者，这种"贡多拉"游船便全部涂成了黑色，至今还有四百多条穿梭在水城的大街小巷之中。

威尼斯的圣马可广场是水城的精华所在。四周集中着雄伟的名胜建筑，那些凌空欲飞的雕塑，高耸入云的钟楼，宏大的拱形长廊，让人惊讶，也让人赏心悦目。但最让人醉心的还是这古老的广场弥漫着的优雅闲散的情调与气氛。几位老人拉着小提琴，吹着萨克斯，几位中年男女随乐曲翩翩起舞，游人则自由地穿梭其间，一对金发碧眼的恋人在人群中旁若无人地拥抱接吻。威尼斯的风景绝佳，处处入画，又为世界著名旅游城市，每天都有大批游客接踵而至，这也为许多摄影家、画家创造了赚钱的机会。广场的拱形长廊上挂有一幅著名的摄影作品，一艘豪华游轮正乘风破浪向威尼斯靠近。此刻旭日东升，彩霞满天，游轮正好行驶在威尼斯两座著名的建筑物之间，后边是宏大华丽的教堂，前边是高耸入云的钟楼。整幅摄影作品规模宏大，气势不凡，据说拍卖了十万美金。而这位摄影家为等待游轮，拍摄这幅力作，足足等了两个星期。威尼斯任何一处稍开阔或闹中有静的地方，拱形长廊、层层台阶上都有不少画家为游客作画。他们用碳素画笔在画板上涂抹，往往抓住游客面部特征，不大工夫就能画出一幅神形兼备的速写。能在水城威

▲威尼斯街头商贩

尼斯有一张人工速写聊作纪念还真诱人，几乎每位画家都有人等着作画。其中，居然还有来自中国的画家！更多的游客则用自己携带的相机忙着拍照，拍下自己的踪影，也拍下威尼斯浓浓的风情。

旅途小憩
◇广场喂鸽◇

　　欧洲许多广场都有鸽子，或大群盘旋于蔚蓝的晴空，或起落飞翔于屋顶楼宇，给游人平添一种欢乐。威尼斯圣马可广场的各种鸽子足有数千只之多，灰、白、银、花，各色花纹的鸽子飞过头顶，宛如一片彩云。广场凡有空地，鸽子便落下来与游人嬉戏，吸引了许多带孩子的妇女。广场备有小袋玉米粒，正好把欧元硬币花出去，五角就可购得几袋，抓起一把随手向空中一抛，便可引来大群鸽子，停歇在你的

肩头。胆大的鸽子直接在手掌啄食，根本不怕人。此刻，无论男女老少，也无论是哪个国家的游人，都像回到孩提时代，脸上带上灿烂的笑容，沉浸在与鸽子游戏的欢乐之中。

　　我被这种欢乐打动，悄悄地退后，拿出相机。一位金发红衣女郎的手掌上正好飞落下两只鸽子，被我拍了个正着，收获的也就不仅仅是欢乐了。

▲海德堡小镇

古风犹存海德堡

一

一条清澈无比潺潺流淌的河流，两岸是树木葱茏连绵不绝的山岭，一座雄伟壮阔的中世纪古堡耸立于青山绿水之间。一座巨石砌就的古桥沟通两岸，鳞次栉比的古老建筑，高耸蓝天的教堂尖塔，狭长幽深的街道随山势蜿蜒，勾连起店铺、小广场。露天咖啡馆里，三五成群的游人，或散步或喝咖啡，一切都井然有序，一切都安静自然，古色古香，古风犹存。这便是德国小镇海德堡给人留下的最初印象。

我们是由比利时穿越卢森堡进入德国的，由于都属于欧盟，边检入关手续一概取消，仅是高速公路收费站换了标志。明显的感觉是，德国全是高速公路，其总长度居世界第二位，仅次于美国。但德国国土仅为美国十分之一，可见德国高速公路之发达。据说高速公路也系德国最先发明。二战期间，希特勒为向前线迅速运送兵力军火，开辟专线，两边遮挡，让汽车昼夜不停地通过，开了高速公路先河。德国境内高速公路不讲排场，仅四车道，但质量很高，油黑的沥青路面，舒展平整，在原野城镇间伸延，标志及隔离线像是刚刚刷过，新鲜醒目。德国交通规则中没有限速的说法，德国人觉得他们能造出"奔驰""宝马"这样的好车，为什么要限速呢？能跑多快就跑多快吧。德国是世界上人均汽车拥有量名列前茅

▲慕尼黑啤酒节

▲匆匆行人

的国家，被称为"汽车轮上的国家"。一路行驶很少见到行人，只见一辆辆风驰电掣的轿车"唰唰"驶过。在慕尼黑市郊，我们目睹一辆摩托与一辆"奔驰"相撞。都是因为车速太快，躲避不及，仅一瞬间，车损人伤。警察迅速赶来，拍照丈量，抢救伤员，拖走坏车，仅十分钟就又车流畅通。报载德国的交通事故每年都居高不下。

二

当晚下榻古镇海德堡，这座小镇因建有古堡而得名。这样的古堡在德国有近四百座。17 世纪之前，德国曾分裂为近四百个小国家，每个国家都建有集防御、王宫于一体的古堡。为防止敌国进攻，这些古堡都修得十分坚固，在冷兵器时代确实能够御敌。德国统一后，古堡失去作用，被完好地保护下来，成为今日的旅

▲公园里的恋人

游资源。海德堡即是其中一座。这座古堡出名，是因为在这儿建立了海德堡大学。有趣的是，这座大学没有围墙，整个校区就散落在河流与山峦之间，也就构成了海德堡小镇。把大学办在这样一个由古桥、古堡、中世纪的建筑构成的天地之间，徜徉其中，别有一番风味。街道两边的店铺都为海德堡大学的师生服务。满街匆匆走动着夹着课本的学生，白发教授也行走其中，这使得小镇又生出些浓浓的书卷气息。

三

小镇虽小，海德堡大学的名气却很大，是德国最古老的大学，已经有六百年历史，如同美国哈佛、英国剑桥一样，是世界知名大学，各个学科都有很高的学术水平。毕业于该校的学生，有大批一流的科学家和工程技术人员，仅是获得诺贝尔奖的便有二十一位，在世界名列前茅。德国人做事讲究效率，认真仔细，注重实际，且有极强的责任心，不管是政府还是老百姓都给人留下很深的印象。尤其二战结束后，德国人能不断反思，吸取历史教训。德国前总理科尔在波兰奥斯威辛集中营纪念碑前跪下的一幕，震撼了世界。许多报刊评论：科尔跪下去，德国人却站起来。这绝非作秀，因为不少遭受德国法西斯迫害的犹太人现身说法：二战后的半个多世纪以来，他们每年圣诞节都能准时收到以德国政府名义寄来的物品。半个多世纪，几十万人几无遗漏，这需要何等的认真、仔细与耐心！

海德堡的夜晚是安静的，一条条小街、一幢幢楼宇灯光明亮，却无嘈杂之声。

河水潺湲流淌，微风徐徐吹过，这是一个多么适宜读书和思考的环境。而想要在任何领域取得建树，潜心钻研又是唯一靠得住的途径，舍此而无其他。我深信海德堡大学的莘莘学子，那些为人类做出贡献的科研人员也曾在这样的夜晚散步和思考，在古风犹存的海德堡。

▲ 欧洲少女

旅途小憩

◇河边品酒◇

蜿蜒的小河，清澈的流水，岸边是露天的小酒馆与咖啡屋。在太阳的余晖中，劳作了一天的人们坐在河边，享受着一份独有的安静。经过这儿的一瞬间，我就被这种祥和恬淡的气氛所吸引。那晚，正好下榻海德堡，晚饭后我便独自来到河边，不为别的，就为感受一下这儿的气氛。记不得是花三欧元还是两欧元就要到一杯啤酒，找个空位坐下，立时就感到一种这儿特有的"游戏规则"。周围都坐着人，大约都是海德堡大学的教师或学生，几乎听不到人声。人们都是静静地坐着，慢慢品啜着咖啡或啤酒，观赏着清澈的河水，即使两人交谈，声音也很低，尽量不妨碍别人。这就让人的全部神经都得到了放松。旁若无人，无拘无束，甚至想到了诗人徐志摩的名句：

轻轻的我走了，
正如我轻轻的来；
我轻轻的招手，
作别西天的云彩。

◆ 文艺复兴时代的名作《天堂之门》

▶ 正在维修的雕塑《大卫》

小城诞生的巨匠

一

在人类历史的长河中，人才，尤其是天才的诞生，会深受社会环境、经济生活、宗教信仰乃至某些规则与潜规则的制约。比如，中国春秋时代，人类刚从渔猎走向农耕，崇尚自由，出现诸子百家争相鸣放的繁盛景象，许多观点与思想我们至今也难以超越。三国时期，涌现出大批智星战将。唐宋年代，风气开放，锦天绣地，满目俊才。在诗文、书法、绘画等诸多领域出现了类如"唐宋八大家"那样的大师巨匠，让我们今日都为之自豪。明清时，封建专制日盛，人才首先为奴才，若不是太平天国运动的爆发，也很难出现曾国藩、左宗棠、李鸿章、张之洞等一批中兴名将、洋务重臣。

这种不成文的规律也同样适用于西方。在意大利城市佛罗伦萨就诞生了一批被载入人类文化史的巨匠，他们是意大利文艺复兴时期的先驱。长诗《神曲》的作者但丁，《十日谈》的作者薄伽丘，画家马萨乔，著名科学家伽利略，还有文艺复兴运动的"三杰"达·芬奇、米开朗基罗、拉斐尔，都在这里留下了他们不朽的代表作！

这样一批巨匠和他们不朽的作品，对整个人类历史文化都产生了巨大的影响，又都出现在佛罗伦萨，这其中定有其深刻的社会历史原因。

二

人们常常把古代的原始社会比作人类的童年。那个时代的人类，正像一个人的童年时期，无拘无束，对各种未知的事物充满兴趣，没有任何主义和思想，也无专制和神权来束缚希望和幻想，这种状况就为从事各种艺术或进行思索、倡导学说提供了最好的土壤与环境。

这些方面，东西方的史前文明有着惊人的一致。1820年，一个渔夫在地中海米洛斯岛上发现了一尊断臂女神雕像。自从这尊被称为维纳斯的女神被发现之后，伴随着无尽的赞叹，也常常争论不休，那就是她断了的胳膊原来是什么姿势。但有一点没有争论，那就是曲线的优美，肌体的轻盈，神态的自然安详……后来多少艺术家想恢复其双臂均以失败告终，也就永远难以望其项背。以《维纳斯》为代表的艺术品标志着古希腊古罗马的艺术达到了峰巅。希腊雕塑家在艺术上为后世留下的无尽财富是对人体美的发现，当时他们雕塑的许多作品都是裸体的男女。古希腊历史学家普鲁塔克的著作真切地说明了希腊人对裸体的态度："少女们也应该练赛跑、角力、掷铁饼、投标枪，目的是她们后来所怀的孩子能从她们健壮的身体中吸取营养。尽管公开赤身裸体，却并无什么不正当，也没有人想到春情或淫荡。"这是我们今天都不能想象的事情。

这个时期，东方的中国正处于春秋战国时期，各种思想异常活跃，诸子百家争鸣，其人才涌现之多，成果之煌煌，使后世难以企及。同属这一时期的三星堆文化，其遗址出土的青铜器，想象之丰富，夸张之程度，也让后人叹为观止。稍后的西汉名将霍去病墓前石雕的威武、粗犷、张扬，气吞八荒。盛唐时期的龙门石窟、乐山大佛、敦煌壁画也具备这种品质。可惜的是，中国古代最著名的两位画家、雕塑家，唐时的吴道子与杨惠之，却没有留下一件可靠的真迹供后人观赏研究。我国著名美术家王子云先生在1941年担任西北文物艺术考察团团长时，曾在兰州普度寺发现一尊女性菩萨雕塑，体态柔媚，身上披纱薄如蝉翼，据传是出自吴道子之手。可惜后来寺庙毁掉，雕塑没了踪影。

三

但之后无论是东方还是西方，都经历了漫长且黑暗的中世纪。宫殿越修越壮丽，教堂越修越巍峨，各种艺术创作均遭扼杀与窒息，绘画雕塑也就越来越呆板与僵死。在西方中世纪严格的思想控制下，希腊、罗马艺术中各种美丽的女神都

▲佛罗伦萨女子

被看作"异教的女妖"而遭到焚毁。这种情况一直持续了将近千年，直到文艺复兴运动在佛罗伦萨萌动展开。这场运动对整个人类历史文化都产生了巨大影响，发生在意大利这座地中海岸的城市绝非偶然。换句话说，历史十分苛刻又准确地选择了佛罗伦萨。

佛罗伦萨位于欧洲各国到罗马城的必经之处，因而商贸自古昌盛，又是罗马城的军事要塞。驻军与往来官吏众多，在12世纪已成为意大利最繁华的城市。之后，又发展为欧洲最大的工商业与金融中心。到15世纪时，大银行家美第奇家族不但垄断了金融业，也主宰了佛罗伦萨的政局。财富与权势结合，使佛罗伦萨进入全盛时期，一时间大兴土木，营造了大批教堂和宫殿。按照惯例，这些新兴建筑均需绘制大量壁画和雕塑。由于有财富、权势来做基础，这就为艺术家提供了用武之地。

众多的画师与工匠云集佛罗伦萨，必然要暗中较量，一比高下。1487年，受雇于美第奇家族的画家波提切利画了一幅《维纳斯的诞生》，画中几位洋溢着生命青春的裸体女性率先向宗教禁欲主义挑战。由于画家不是受雇于教堂的奴隶，而拥有财富和权势的新贵对之表示赏识，就为这类作品的出现提供了条件。事实是，这种被压抑多年的创作欲望一旦有机会，便如开闸之水再也阻挡不了。

四

源起于佛罗伦萨的文艺复兴运动得力于一批大师和旗手，这里是《神曲》作者但丁和《十日谈》作者薄伽丘的故乡。他们的作品在文艺复兴时期起到呐喊与开风气之先的作用。尽管他们都曾遭到教皇势力的迫害，但其作品都成为世界文化宝库中的不朽之作。当这些先驱者用他们的鲜血和生命为人的觉醒撕开明亮一角的时候，也为后来者开辟了道路。美术雕塑界的三位大师达·芬奇、米开朗基罗和拉斐尔不但在同一时期会集佛罗伦萨，而且都在这座城市留下了他们不朽的

▶ 弹吉他的盲女

传世之作。

在佛罗伦萨市政大厅前，竖立着一尊 5.5 米高的洁白大理石雕像，这便是米开朗基罗创作的《大卫》。这位正走向战场的青年，体格健壮，目视前方，浑身充满力量，表现出一种英勇无畏的战士形象。达·芬奇在这儿创作了被誉为"永恒的神秘微笑"的《蒙娜丽莎》，还为佛罗伦萨贡献了巨幅画作《安吉里之战》。当这两位大师的创作如日中天的时候，一位只有二十岁的青年画家拉斐尔也来到这里。三位被世界公认的大师齐聚佛罗伦萨，日后成为世界艺术史上的千古美谈。三位大师中最年轻的拉斐尔在大师们打开局面的情势下成为当时最走红的画家，仅是帕拉蒂纳美术馆便收藏了他的《椅中圣母》《披纱巾的少女》等十一幅作品。他创作的《雅典学院》《西斯廷圣母》也成为文艺复兴时期的代表作品。

如今，当人们漫步佛罗伦萨时，那保留着文艺复兴时期风貌的古城中有四十多座博物馆和美术馆，六十多座宫殿，近百座风格各异的大小教堂。仅是乌菲齐美术馆的收藏品就超过十万件，整座城市犹如一座巨大的博物馆。这里还安葬着但丁、伽利略、米开朗基罗等诸多文化巨人。每年，通往佛罗伦萨的道路上都会挤满各种车辆，来自世界各地的千万游客在这里参观、瞻仰、凭吊。哦，看不够的佛罗伦萨，说不尽的艺术巨匠。

布鲁塞尔大广场

▲布鲁塞尔广场一角

一

　　布鲁塞尔是比利时的首都，位于市中心的市政广场被人们称为大广场。其实，这个广场并不大，长不过百米，宽仅四五十米，总面积不足五千平方米，但布鲁塞尔广场在人们心目中的分量却很重。它始建于 12 世纪，至今已有八百多年的历史，四周矗立着代表欧洲各个时期不同风格的建筑，其中花费七十多年时间修建的市政大厅与北京故宫差不多同时诞生，高达九十多米的尖顶上耸立着一尊五米高的守护神铜像，可以俯瞰全城，气势不凡。市政厅一侧是著名的天鹅咖啡厅，高达五层，古色古香，精美绝伦。这是欧洲政要、王公、贵妇、银行大亨们经常出入的地方。马克思在这里起草过《共产党宣言》。法国大文豪雨果喜爱这个被他称为"全世界最美丽的广场"的地方，而特地住在广场边长达三年。欧洲和比利时的许多重要的历史事件也发生在这里。时至今日，踏上这个由花岗岩铺就的广场，目睹四周各种风格的古老雄伟的建筑，立刻就能感受到欧洲浓浓的中世纪气氛，不由得会缓步轻移，平心静气，细细去观看那些精美的雕刻廊柱和窗棂，细读那标明每一栋楼房建筑年代和生发于此的风云往事。

二

　　布鲁塞尔是一座拥有悠久历史的古老城市，遭受过多次战争，这在很大程度上是由于它所处的位置引起的。它处于西欧的十字路口，欧洲历史上的多次

▲ 布鲁塞尔广场上的儿童

战争都曾祸及这里，历史硝烟散尽之后，也为布鲁塞尔留下了两大遗产或者说旅游资源。一处是距市政广场不远的街巷内，有一尊半米左右的撒尿小男孩铜像。这个小男孩光着身子，一丝不挂，又腰挺肚，憨态可掬，无拘无束地撒尿，"尿水"如涓涓细流，不间断地落于下面的水池。这小男孩有个名字叫小英雄于连。据说 13 世纪时，外国侵略者打进布鲁塞尔，在劫掠之余又想炸掉这座城市。导火索点燃后，被机智的小于连撒尿浇熄，挽救了这座城市。为纪念这位小英雄，人们塑造了这座铜像，他被誉为"布鲁塞尔第一公民"，也成了这座城市的象征。铜像平日"尿出"的是泉水，每当节日流出的则是啤酒，狂欢的人们争相接"尿"痛饮，场面热闹而有趣。凡来布鲁塞尔的旅游者，都会拜访这位"第一公民"，而此地售出最多最受欢迎的也是各种规格的小英雄于连铜像。

再一处遗址便是距布鲁塞尔仅十八公里的古战场滑铁卢。当年拿破仑统率的法国军队曾横扫欧洲，所向无敌，却在滑铁卢遭到惨败，对手是英、普（普鲁士）等七国联军。关于这次战争，世界上多个国家的大作家，如茨威格、司汤达、司各特，还有一些战史专家，都曾用鸿篇巨制进行过描绘，并做过多种假设。如果不是突降的那场暴雨，如果拿破仑手下的格鲁希元帅不是机械地执行命令，如果……那么不仅拿破仑个人的命运和法国军队的命运会改变，整个欧洲 19 世纪的历史也将会重写。但已经发生的事情注定无法改变，诚如历史无法改写一样。唯独布鲁塞尔人要感谢历史，如今滑铁卢小镇已成为著名的旅游景点，每天游人如织。那一大片起伏有致的开阔地上，已建起了滑铁卢战役纪念馆。除了当年拿破仑使用过的行军床、望远镜、马刀、地图等，最醒目是一幅高约十二米、长约一百一十米的油画，全面、生动、逼真地再现了当年滑铁卢战役双方数十万将士动人心弦的战争场景。还有矗立于山丘之上的滑铁卢战役纪念碑，一尊用战场破损军刀铸成的重达八吨朝着法国怒吼的雄狮。登山远眺，战场全景一览无余，战争的硝烟早已散尽，留下的是叙说不尽也思索不尽的话题。

▶街头拍婚纱

◀广场上的恋人

比利时由于地理的原因，常被搅进战争之中，并深受其害。比如，滑铁卢战场的狮子山就是战胜后的英国军队强迫比利时妇女用背篓背土堆积而成，以此来惩罚比利时人参加法军一方。再如，假如不是小英雄于连及时撒尿，这座美丽的城市可能早已成为废墟。

三

但如今，由于比利时的地理位置，不仅拥有八千名雇员的欧盟总部和拥有三千工作人员的北约组织设在布鲁塞尔，全世界竟有七百多个国际机构也设在这里。每年召开数不清的会议，仅是欧盟每年的会议就多达两千多个，各类参会人员、旅游观光者多达千万人次。每天飞机在天空轰鸣不息，汽车川流不息，火车增加班次，全市旅馆酒店终年爆满，仅是中国餐馆便有二百余家，加之配套的剧场、影院、学校和托儿所、运动场与游泳池，极大地拉动了布鲁塞尔乃至整个比利时的经济。

比利时的巧克力很出名，味道纯正讲究质量，欧洲许多古老的皇室专在比利时购买巧克力，这是许多游客在购买了小英雄于连雕塑工艺品后又必购的产品。再就是比利时的手工刺绣。在布鲁塞尔大广场四周那些高矗的古老建筑下层，便开着多家专营刺绣的古老店铺。那些金发碧眼的欧洲姑娘正专心致志地绣着窗帘、枕巾、围巾、手帕，工艺精致，丝毫不比中国苏杭刺绣逊色。但也价格不菲，最便宜的小块手绢也需二十欧元。

▲香榭丽舍大街街景

一条自由浪漫的大街

一

　　这可能是世界上最为宽阔整洁、气势恢宏，最为现代时尚、华美典雅，也最为自由浪漫、独具风情的大街。每天从凌晨到深夜，可以并行十辆汽车的主车道上，各种世界名车汇聚成一条没有尽头的车流，各个国家各种肤色的游客汇聚成五彩斑斓的人流。各个国家刚刚完成的电影大片争相在这里放映，各位超级名模刚刚表演完毕最先锋现代的时装争相在这里展示。还有价值连城的珠宝，华贵典雅的名表，包装精美的香水，做工精致的装饰品和各种风格的工艺品，无不珠光宝气，浓香美艳，让人眼花缭乱，目不暇接。这便是号称巴黎第一街的香榭丽舍大街。

　　作为国际大都市巴黎的一条主动脉，这条大街几乎是巴黎的缩影，具有悠久深厚的历史文化，具有现代时尚的都市风情。这条修建于百年前的大街宽达一百二十米，是北京东西长安街的两倍。除了并行十辆汽车的主车道外，林荫带、人行道一应俱全，全长一千八百八十米，正好连通象征巴黎灵魂的凯旋门和汇聚

▲巴黎街景

了法国历史风云、有四万平方米的协和广场。

　　老远看见这条大街，就让人怦然心动，因为你首先看见的便是那座高耸入云的凯旋门。这座建于百年之前，纪念拿破仑击败俄奥联军的凯旋门，在欧洲一百余座凯旋门中规模最大，气势最恢宏，也最具艺术价值。四周雕满历代名家杰作，尤其是法兰西国歌《马赛曲》的组合雕像庄重肃穆，栩栩如生。那振臂高呼的自由女神昂首挺立，呼唤带领千万民众为自由而战的宏大场景，任何时候都给人以鼓舞和力量。游人可乘电梯到达将近二十层楼的高度，蓝天白云之下，可以看到由凯旋门向四面八方辐射的十二条大街，繁华壮丽的大都市巴黎尽收眼底。那一瞬间，热血在胸腔涌动，切实感觉到一种思想精神的提升、文明程度的提升。

二

　　沿凯旋门东行，便正式进入香榭丽舍大街。这取自希腊"神话中的仙境"的街名，也的确让人步入了"仙境"。尽管车如流，人如潮，却因宽阔而各行其道。两边高大秀丽的栗树，浓荫似伞，微风扑面，让人心旷神怡。更让人叹为观止的是，这条大街根据不同功能，规划成完全不同的两种风格。隆布万街横穿香榭丽舍大街，正好区分东西两段。西段为热闹繁华的商业地段，世界上著名的大银行、大商店云集于此，摩天大楼鳞次栉比，五星级饭店、宾馆成串排列，各种商场富丽堂皇，奔驰、宝马、雪铁龙、沃尔沃汽车展销，茶吧、酒店、咖啡馆、夜总会比比皆是，仅是电影院便有五十余家。霓虹灯闪烁，巨幅广告林立，街头画家、

▲街边酒吧

▲红衣女子

街头演奏、街头行为艺术……人头攒动，让人不时会心一笑。树荫之下，成排的连椅，考究的小桌，有灿烂的阳光照耀，有殷勤的侍者穿梭，购物或游玩之余的男女，尽可闲适自在地坐下来，要杯咖啡慢慢品饮，惬意地欣赏街景……

三

大街东段恰恰与繁华热闹的西段相反。绿树掩映，鲜花盛开，洁白的鸽子在如茵的草地上啄食，梅花鹿在树丛中散步，充满了田园牧歌情调。两边的建筑物也多为博物馆、图书馆和大学校园。最著名的是法国国王路易十四的波旁宫，这座二百年前修建得豪华壮丽、气势雄伟的宫殿，如今已被辟为国家图书馆，拥有六十多万册藏书，还拥有雨果、巴尔扎克、卢梭、梅里美、莫泊桑、乔治·桑、左拉、福楼拜等一大批法国著名作家的手稿；从中世纪至今的各种版本的圣经，全国各地的书刊报纸。每天来自世界各地的学者、读者匆匆地走来，满意地离去。来这里散步的多为已经退休的老人，银白的须发，缓慢的脚步，铅华落尽，繁复已去，在他们眼中充满平淡与宁静，常独自或结伴静静地坐在树荫下的长凳上，静静地享受着晚年的乐趣。成双成对的恋人，小伙英俊潇洒，姑娘苗条婀娜，尽皆金发碧眼，楚楚动人。他们牵手搭肩，几乎每片草地都有恋人相拥，摇曳着诗情画意，也摇曳着这条著名大街的自由与浪漫。

▲巴黎埃菲尔铁塔

塞纳河畔·敦煌情结

一

　　高耸入云的埃菲尔铁塔上霓彩华灯绽放的一瞬，仿佛宣布了巴黎夜色的降临。刹那间，火树银花照亮夜空，一条条宽阔的街道流光溢彩，一座座摩天大楼灯火通明，停泊在塞纳河上的游船的华灯也一齐绽放，把如玉带般蜿蜒的河流勾勒得愈加风情万种，绰约多姿。

　　塞纳河在法国的河流中若以流程长度与流域广度来比较，并非居于首位，却由于流经法国首都巴黎而名气最大。也正是由于清澈碧绿、水量充沛的塞纳河从最繁华的市区流过，才仿佛给巴黎这位贵妇束上了一条玉带，镶嵌上了一面能够倒映天光云影的流动长镜，天然造就了一片堪称巴黎发祥之地的西岱小岛。三十多座形态各异宛如彩虹般飞架的桥梁，来往穿行于河面的装饰华美的游船，河堤上鲜花簇拥绿树成排游人如织，凡此种种，不难看出塞纳河给巴黎带来的一股透迤灵动之气，婀娜秀丽之美，使这座世界名都越发楚楚动人，充满诱惑。

　　巴黎人也以塞纳河为骄傲，视其为巴黎的母亲河，几乎所有重要的标志性建筑都坐落依偎于这条母亲河的两边。首先，那座面积不足半平方公里的西岱岛，早在公元前300年就有了被称为"巴黎西族"的居民，巴黎由此得名。之后，这儿成为王权和宗教的中心。最著名的建筑当然要推巴黎圣母院。这座花费巨资经历一百三十年之久修建起来的宏大建筑，由于法国文坛巨匠雨果的那部不朽名著《巴黎圣母院》而享誉世界。每天来自世界各地的游人如织，不同肤色、不同国籍民族的男女老少都在共同欣赏着这两座丰碑——一座由巨大的石块和数不清的雕塑构建，一座由雨果笔下的真善美假恶丑交织而成。在广场上还镶嵌着一块并不起眼的铜牌，上面写着：这里是巴黎的 0 公里处。

不仅巴黎，整个法国的公路里程都从这里开始计算，也可以看作法兰西文明的起始与发端。巴黎圣母院不仅是座宗教场所和文学丰碑，也是法国许多重大历史事件的见证者。拿破仑一世在这儿加冕，历经二战磨难的巴黎市民在这里欢迎自己的英雄戴高乐将军率法国军队胜利归来，之后又在此送这位伟人的灵魂升入天堂……

二

巴黎之所以闻名于世，在很大程度上是拥有许多世界知名的历史遗迹和艺术建筑。埃菲尔铁塔、卢浮宫、凯旋门、凡尔赛宫、总统府、波旁宫、毕加索美术馆、蓬皮杜文化中心等，数不胜数。白日游览，在蓝天白云的映衬之下，这些庞大的建筑傲然屹立，气势非凡。夜色中，这些庞然大物又全被环绕的彩灯装饰勾勒得线条分明，像一颗颗光芒四射的珠宝，镶嵌在塞纳河畔。其中，位于塞纳河右岸的卢浮宫最具代表性。这座始建于 12 世纪、至今已有八百年历史的古老皇宫，现已辟为博物馆，可以说是目前世界上最著名也最宏大的艺术宝库，占地近二十公顷，宫殿壮观，雕塑精美，廊柱宏大，气势恢宏，到处都呈现出惊人的魅力。关键是这座艺术宝库收藏的各类艺术品无比丰富，多达四十万件，若排列起来，可达几十公里，若细细观赏，要数月时间，许多艺术家毕生都在这儿学习临摹。每天潮水般涌来的参观者，除了欣赏那些巨大的名画原作，都渴望能目睹卢浮宫三大镇馆之宝：米洛的《维纳斯》、《蒙娜丽莎》与《萨莫色雷斯岛的胜利女神雕像》。

这三件宝物也委实名不虚传。米洛的维纳斯创作于公元前 4 世纪，自 19 世纪被发现后就以造型典雅、体态优美、神情飘逸让人叹为观止。运至法国，由于双臂断失，就有数不清的艺术家试图续雕残臂，但无论怎么努力，都是狗尾续貂，怎么补也无法超越那残缺之美。《蒙娜丽莎》则是意大利文艺复兴时期艺术大师达·芬奇的名作，诞生后的几个世纪，《蒙娜丽莎》便以其神秘永恒的微笑征服

▶ 人们在河边读书

着世界。

卢浮宫这座堪称人类文明骄傲的艺术宝库也和法国人民一起经历过二战风雨。巴黎沦陷后，法西斯企图占据这些宝藏，然而卢浮宫中的艺术品已早被法国人民藏匿，不管希特勒怎么暴跳如雷，到处搜索，仍一无所获。战争结束后，这些艺术品又一件不少地回到了卢浮宫。

三

塞纳河边，除了这些恢宏的建筑，我感兴趣的还有塞纳河边的书摊。因为行前阅读关于欧洲的书籍，曾与徐悲鸿、常书鸿等同时在法国留学的王子云先生在其旅法文章中写道：最能代表巴黎作为"艺术之都"面貌的，应为塞纳河岸的书画市场。早在17世纪，塞纳河沿市中心的新桥一带，就出现了旧书市场。如今如果从圣母院教堂的钟楼上放眼望去，可见塞纳河左岸摆满了书摊，绵延数里，摊前熙熙攘攘，人流不断。其中有大学生、旅游者、喜爱文艺的妇女以及从世界各地来的书籍爱好者，还有英美学者和日本书画商。他们不时能见到稀有的古籍孤本和画片，甚至还有珍贵的手稿。19世纪著名的文学家法朗士曾说过："那地方绿树成荫，书籍满摊，还有淑女漫步，可以称得上是世界最美的地方。我在那里获得了智慧。"所以到了巴黎就急于想看看今天塞纳河边那存在了几个世纪的书市是否还存在，现状又如何。首先看见的是一些不起眼的地摊，卖各种各样的手工艺品、丝绸制品、纪念品，来逛地摊的除当地的法国人，还有来自世界各国的各种肤色的游客。人来人往，自由随便，有种极为闲适轻松的情调，让人感

作者与当地儿童

到十分惬意。

　　果真，地摊中人气最旺的要算书摊。历史上不同时期各个国家、各种文字、各式版本的图书、画报、报纸、手稿五花八门，应有尽有，摆成一条长龙，望不到尽头，随着塞纳河边蜿蜒。与王子云他们当年见到的情形没有什么两样，唯一不同或者说他们没有描写的，是这些书摊收摊也很有特色。在河边盖着铁皮小屋，晚间把书收进上锁后，摊主尽可离开，并不担心图书丢失。翌日再来开锁铺摊，又开始了一天的买卖。我之所以对书摊感兴趣，除了王子云先生的文章之外，还有蕴含于其中的故事。曾读被誉为"敦煌保护神"的常书鸿的传记得知，20 世纪初敦煌藏经洞的数万卷经卷画页文书被发现后，英国学者斯坦因、法国学者伯希和得到不少，带回国后曾将画页整理出版。常书鸿当年在巴黎留学便是在这些地摊上见到了敦煌画页，这使他惊叹激动不已，想不到中国千年之前便有如此精美的画作，他的"敦煌情结"便是由此开始。日后返国，不避艰辛，开始了他长达半个世纪的"敦煌之恋"。无独有偶，另一位留法美术家王子云也是在塞纳河边见到了敦煌画卷，燃起了拳拳报国之情。抗战时返国，担任西北艺术文物考察团团长，完成了我国历史上第一次政府行为的敦煌考察，首次运用科学方法和技术手段对敦煌莫高窟进行全面清理和调查，为日后保护敦煌艺术做出了不可磨灭的贡献。

　　感谢法兰西文学院的安排，在白天游览巴黎诸多名胜之后，晚上又开始了塞纳河之游。在长达十公里的航程中，不仅饱览了沿岸璀璨的夜色，也再次领略了这些高耸于塞纳河边的宏伟建筑物在夜色中的另一番景象。

▶绿地上新娘

◇巴黎购画◇

　　法国作为世界艺术之都，给人留下深刻印象的，除了埃菲尔铁塔、巴黎圣母院、卢浮宫、凯旋门等历史遗迹和艺术建筑，便是无处不有的街头画家和音乐家。据说，会聚在巴黎的画家就有十万名之多，还有相当数量的歌唱家、音乐家、体育明星、服装模特儿和自由撰稿人。在为巴黎带来足够的艺术氛围和人气之外，这些人自身的生存也成了巴黎的一道景观。因为任何艺术门类下能够攀上峰巅，成名成家者总是少数，犹如耸立巴黎市区的埃菲尔铁塔尖尖的塔顶下面是占

地庞大的塔基。艺术家们为了生存，只能自谋出路，于是塞纳河畔凡是稍宽阔的地方就聚集着街头画家，一字排开画架，为行人画像，也画巴黎各种标志性建筑，有铅笔素描，也有水彩水粉。因是现场涂抹，不担心造假，我在一位灰发高鼻的西方画家的画架旁观看良久。当一位中年金发妇女与他讨价还价，用五欧元购买两张小幅水粉画时，我便也用十欧元购小画四幅，分别为凯旋门、铁塔、塞纳河、圣母院，皆色彩明丽，精致好看。回来后，朋友们都说不贵，应多带几张。

美丽如画奥地利

▲奥地利美丽的树林

一

　　远处排列着高耸入云的群山，花白色的山峰宛如古堡，在强烈的阳光下闪着银辉。天空晴朗得像透明的蓝纸，飘浮着大团的白云，浓绿滴翠的树木长满山坡，树林间的空地绿草如茵，一派原生状态，没有一丁点儿黄土裸露。草地上有红色、白色和栗色的马啃草，羊群缓缓地移动。山坡下是宽阔的河谷，奔腾明净的河水，两岸是大片的庄稼、果园、村落和红色尖顶的教堂，色彩鲜明，清新洁净，一切都如同在画报中见到的那样。

　　这是我在欧洲阿尔卑斯山脉腹地、奥地利美丽的小镇因斯布鲁克看见的情景。前一天我们由德国进入奥地利，实际也就进入了阿尔卑斯山脉。因为整个奥地利都在阿尔卑斯山脉博大的襟怀之中，诚如奥地利国歌中所说："山峦重重的国土，江河之畔的国家……"

　　正是阿尔卑斯山脉成就了奥地利这个美丽如花园般的国家，到处雪峰耸立，森林密布，河流纵横，瀑布飞泻，湖泊如镜，气候宜人，加之保存完好的古堡、各种风格的教堂、众多的艺术巨匠们的故居，使奥地利获得了"中欧花园"的美誉。我们乘意大利小伙驾驶的大巴越过德奥边境线，驶进奥地利国境，就立刻感受到这个国家非同寻常的美丽。前一站为德国慕尼黑，正好赶上盛大的啤酒节和足球联赛，宏伟建筑夹峙的宽阔的街道上人潮如涌，长长的啤酒桌挤满广场，清脆的碰杯声与震耳欲聋的乐器声、欢笑声，那种宏大的场景构成的非凡气势在心头挥之不去。不由自主地联想起20世纪两次世界大战何以都在这儿爆发，并吞奥地利，闪击波兰，攻占捷克，突袭法国，英法联军惨败，敦刻尔克大撤退，显然都是些

▲假日聚会

沉重的话题。直到驶进阿尔卑斯山区，滴翠的山谷，徐徐的清风扑面而来，大片的森林，绿茵茵的草地，黑白相间的奶牛，红顶的农舍构成如画的风光，让人心旷神怡，心绪才得以舒缓。

二

第一站是奥地利古城萨尔斯堡。萨尔斯堡坐落于一条宽阔的山谷之间，清澈的萨尔察赫河穿城而过。萨尔斯堡曾是大主教驻地，建有规模宏大的圣彼得教堂和米拉贝拉教堂，城中古堡、教堂、皇宫林立，遍布中世纪欧洲的古老建筑，高大、雄伟、结实，保存十分完好。石块铺成的街道干净整洁，两边店铺古色古香。那巨石砌就的城堡，高耸入云的塔尖，生动逼真的雕像，天衣无缝的拱顶，无不体现着人类无与伦比的创造力和深厚的文化积淀。漫步街头，会让人屏气敛息，缓步轻移，唯恐漏掉什么。仿佛专替游客着想，街道两边都有巨大的石柱支撑起来的宽达丈余的拱形走廊，与各类店铺和教堂、广场相连，方便群众集会、购物和礼拜，不遭受雨淋日晒。据说这些宏伟的构想与建筑，已有六百年的历史，为奥地利一个国王所建，配套的还有金顶观礼台与凯旋门。那天正好秋雨滂沱，当年国王为方便臣民的设施也惠及了我们这些几百年后的外来者，真是功莫大焉。

萨尔斯堡是音乐大师莫扎特的故乡，老街区 9 号至今完整地保持着他诞生时的原貌。另一位音乐大师卡拉扬也诞生于这座小城。贝多芬、海顿在这里创作了许多不朽的乐章。至今小城人对音乐推崇备至，一年之中竟有数千场音乐会在不同的集会中举行。我们去的那天是星期日，众多的市民沿着遮雨的拱形长廊走进教堂，做完弥撒后，宏大的唱诗班开始歌唱，庄严肃穆，连我们这些参观者都为之动容。结束时，又是万众奏乐，轰鸣着的音乐声响彻小城上空，经久不息，仿佛

▲小城小景

是对莫扎特这位音乐英雄永远的纪念。让人惊异的是，奥地利的国土竟然像一把小提琴横卧于阿尔卑斯山脉的怀抱之中，仿佛天生就是一个音乐的国度。其首都维也纳则是欧洲古典音乐与圆舞曲的故乡，素有"音乐之都"的美誉，让人对这群山拱卫的国度刮目相看。

三

奥地利对中国人来讲应该说并不陌生，近一个世纪前，奥地利的圆舞曲《蓝色的多瑙河》便已为中国人民所熟悉。还有位为中国读者所热爱的作家斯蒂芬·茨威格。奥地利人通用德语，茨威格也用德语写作。中国翻译的德语作品，数量之大，作品与版本之多，除了歌德的，就数茨威格的了，他几乎所有的作品都被翻译成中文。长篇小说《同情的罪》，中篇小说《燃烧的秘密》《一个女人一生的二十四小时》《一个陌生女人的来信》，短篇小说《看不见的收藏》《月光胡同》以及报告文学集《三位大师》《人类群星闪耀时》等。虽然茨威格没有获得诺贝尔文学奖，但他巨大的名声和影响是有目共睹的。这不仅由于他是文学心理描写大师，其作品如同行云流水，细腻隽永，扣人心弦，因而产生了广泛的影响；还在于茨威格为捍卫人道与人性而走过的传奇人生道路。

茨威格出生于奥地利一个犹太富商之家。二战前夕，他敏锐地感觉到世界大

战即将到来，以巨大的责任感创作了长篇小说《同情的罪》，意在唤醒人们的良知。他创作的报告文学集《人类群星闪耀时》，记叙了十几个历史伟人在关键时刻影响历史进程的故事。短短数年，再版三十余次，德国人几乎人手一册。他虽逃离战火到达巴西，但二战仍然爆发，为唤醒人类的正义与良知，茨威格夫妻双双自杀。茨威格作为伟大的人道与和平主义作家，永远活在世界读者的心中。近年，中国女导演徐静蕾把茨威格的中篇小说

▲街边拉琴女子

《一个陌生女人的来信》搬上了银幕，不仅受到了中国观众欢迎，还获得了西班牙最佳导演奖。

来到奥地利，就会想起茨威格，正是这片美丽如画的国土养育了这位极富人道人性的作家，也养育了喜爱音乐、自尊、有修养、讲文明的奥地利人。在奥地利徜徉，除了音乐听不到嘈杂，一切都安静而有序。教堂中的礼拜做完，人们安静地退场，去买菜购物。朋友间的交谈轻声细语，唯恐惊动别人。还有相当多的中年男子留在教堂中，各自散坐在长椅上，掏出报纸或书籍，静静地阅读。老人们坐在公园或街头的台阶上晒太阳，沉默不语，神情安详，任灿烂的秋阳照着他们银白的须发。

在美丽的小城因斯布鲁克，我们下榻在一家私人旅馆。这种小旅馆设施齐全，卫生舒适，富于情调，几乎每个房间打开窗户就能看见高耸入云的雪峰和清澈湍急的溪流，清风扑面，让人心旷神怡。

旅馆老板是位中年妇女，美丽得惊人，不仅有自然卷曲的金发，白皙的皮肤，黑白分明的大眼睛和高挺的鼻梁，关键还在于有优雅的神态、得体的举止和友好的微笑。餐厅仅有一位男厨师和一位女服务员，看上去都干练利索，忙中有序。女服务员一手托盘一手抓四杯扎啤，放下东西后再顺手带走空的碗碟，尽量让客人满意。

其实，正是有如此敬业勤劳的人民，才会把奥地利建设得如此富饶美丽。

◇夜逛古镇◇

穿行欧洲，惊讶怎么会有如此众多的古镇古堡。请教同行，方知人家早在两百多年前就定出法规，对历史上遗留的城堡、教堂、修道院、纪念碑、民居、城门、桥梁以及古老的酒吧、咖啡馆实行保护。凡五十年以上的建筑若要拆毁，便得提出申请。得知能够下榻奥地利最美的古镇因斯布鲁克，几天前就莫名兴奋，临了，古镇竟美得出人意料。小镇坐落于滴翠的山谷，四周是雪峰、激流、森林和草地，古老的教堂和修道院，古老的街道和民居，得体和谐地组合在一起，透出浓浓的中古气息，最初的一瞬，就为这美丽倾倒。当晚，迫不及待地在小镇徜徉，一踏上那完全用方形石块铺成的地面，心都醉了。那晚月光十分皎洁，像悬挂于近在咫尺的雪峰之巅。在清冷的月光照耀下，教堂的圆顶、街道两边的楼亭、路边的古树，都像镀上一层银辉。行人很少，商店都已关门，仍在营业的小酒馆、咖啡厅也只有少许的人。没有喧嚣，没有嘈杂，连狗都是静静地卧在台阶上。一阵山风徐徐吹过，树枝摇曳着，真让人怀疑整个古镇都已进入了美丽的童话。

▲赫尔辛基的商贩

蓝天下的原野

一

时令方才 9 月下旬，北京正是秋高气爽，而地处北欧的赫尔辛基已是黄叶满树，寒气袭人。在世界遗产芬兰堡参观时，当地人已穿上棉衣。进了 10 月这里便是雪花纷飞，几乎有半年时间都是冰天雪地。离开赫尔辛基那天，飞机冒着蒙蒙细雨飞上天空，千湖之国的风采也就消失在了雨雾之中，让人失望地收回目光。

岂料，仅两个小时后，机舱内突然明亮。临窗看时，金灿灿的阳光直晃眼睛，天蓝得透明，大团白云在空中飘荡，飞机已徐徐下降，大片水网平原青绿如梦，无边无际，这已是大西洋北海岸边的荷兰首都阿姆斯特丹了。

荷兰是世界有名的低地国家，将近三分之一的国土低于海平面，最低处低于海平面四米，经常遭受海浪冲击，所以荷兰的历史就是一部与大海相争斗又和谐相处的历史。在将近千年的生存发展中，荷兰人积累了丰富的治海经验，利用海水下降，构筑坚固的堤防，在田野挖掘运河排涝灌溉，在仅有的东部高地筑起水

▲低地国家荷兰风光

库积存淡水。不但扩展了五分之一的国土，还把整个国家治理得井井有条，和谐富裕。荷兰人在建设国家的漫长历史中，还有两项发明：一是风车，曾经利用海风推动风车进行排涝；二是为了在填海中防止石块砸伤脚而制作的木鞋。风车与木鞋早已不用，风车转换成旅游资源，成为观赏景点，木鞋也成为旅游工艺品，大大小小的置于货架。先辈们的奋斗为荷兰人赢得了一个美丽富饶的国度。大海边的蓝天是那样的透明，阳光是那样的耀眼，云彩是那样的洁白，大地又是那样的青绿，水网如织，五彩斑斓，这样的环境不仅特别适宜花卉生长，还为艺术家们的创作提供了环境土壤。荷兰的花卉驰名世界，尤其是郁金香，众多的品种，众多的色彩，娇艳无比，五彩缤纷。在艳阳的照耀下，发出炫目的光彩，前来参观者，无不被这耀眼的色彩打动。

二

荷兰优美的自然风光培养了伦勃朗、维米尔、凡·高和蒙德里安等绘画大师。他们充分运用色彩造就了风格独特的荷兰画派，留下了一批传世经典名作。比如凡·高，他对大自然中的色彩特别敏感，十分热爱。他的作品像抓住了花朵的灵魂，他画的《鸢尾花》《盛开的杏花》，尤其是《向日葵》，用变化丰富的黄颜

▲海边戏水的儿童

色和有力的笔触，表现出花朵飞动的神态。在他的画笔下，秋天成熟了的向日葵籽粒饱满，明快的色泽相映，洋溢出生命的欢乐，成为一幅永远也叙说不尽的《向日葵》。

在欧洲旅行，给人留下最深印象的还是各国对环境和自然的保护。不论城乡，都规划得科学合理，大小城市，除城市中轴线，街道并不宽阔，一般是双车道加人行道，但十分干净整洁。古老的教堂、运河、广场保持着中世纪的风貌，街心花园、住宅的空地尽量利用，花坛、连椅、小品雕塑无不精致，安排得恰到好处。城镇人喜欢在街边露天咖啡厅闲坐，一杯热咖啡，慢慢品饮，观望街景，神情优雅闲适，看上去十分惬意。荷兰的年轻人喜欢骑自行车，常见他们三五成群，一边聊天一边踏车。在阿姆斯特丹运河边的一处停车场，见到几千辆自行车停放一片，十分壮观。据说阿姆斯特丹七十万人口，有五十万自行车位，可见自行车的普及。

三

荷兰的法律讲究宽严相济，比如允许同性恋、适量吸毒，再是红灯区的存在。阿姆斯特丹临近港口，在大海上奔波数月的水手，需要放松和享受，于是便留下

▲阿姆斯特丹港口

了闻名欧洲的红灯区。

　　荷兰给人留下最深印象的是大巴行驶在郊外时的风景。广阔的蓝天下是无尽的绿野，一望无际的平地上没有庄稼，而是大面积种植的牧草，有齐腰高，微风吹过，在阳光下泛着绿波。先以为是农作物，但见放牧牛羊方知是牧场，真是前所未见。我曾去过内蒙古、青海、西藏、新疆的牧场，那里的牧草仅能盖着地，二十亩草场才能养一只羊，一百亩才能养一头牛，而有关资料介绍国外优质牧场一亩养五至十只羊，养一头牛。目睹这绿浪翻滚的牧草，确实名不虚传。

　　这些牧场全是整齐的田块，用排水沟相隔，轮换着放牧。一方草地上放牧着花白相间的奶牛，洁白的羊群，三五匹栗色或红色的骏马。另外几方间隔开的牧场，或是静静地躺在阳光下，或有割草机在割草，隔不多远便自动打着草捆，想是为牛羊做过冬的储备。荷兰也是畜牧业发达的国家，其肉奶产品素以质量优良而畅销，一半自食一半出口。荷兰人均国民收入达三万美元，居世界前列。同时荷兰还拿出总收入的百分之一来无偿援助贫穷国家，这个比例，按人均下来也居世界前列，让人不由得对这个一直与大海搏斗的低地国家肃然起敬。

比萨斜塔

▶比萨斜塔

一

比萨是意大利一座人口仅十万左右的小城，比萨斜塔的名气却很大，是世界建筑史上的奇迹，每年都吸引着大量游客前来参观，有人还把这座斜塔归为世界八大奇迹之列。其实让塔倾斜并非初衷，是修建当中自然倾斜，歪打正着，为这座小城带来了巨大的名声和无比的荣耀。

在古罗马时期，比萨曾是海军基地和边塞重镇，樯橹飞动，风云际会，系一国安危，保一方百姓。中世纪时，由于濒临海洋，贸易繁荣，还曾建立起城邦国家，也算得上是地中海边的强国之一，连撒丁岛和科西嘉岛都在其统治之下。也是在那一时期，比萨用其雄厚的财力修建了规模宏大的教堂，还于14世纪创建了比萨大学。比萨大学至今还是拥有三万学子的名牌大学，培养过伽利略这样的大科学家。毕业于该校的物理学家费米，创建了世界上第一座原子反应堆，堪称"美国原子弹之父"，并获诺贝尔物理学奖。比萨斜塔是在比萨兴旺时的12世纪作为教堂的配套设施钟楼修建的，与教堂、洗礼堂及牧师墓地构成一组和谐统一的大理石建筑群落。

二

由于比萨斜塔名气很大，已成为意大利著名的旅游景点。每天车辆穿梭，游人如织，老远就见着蓝天白云之下银白色的塔身斜着伸向天空。因濒临地中海，在强劲的海风吹动下，洁白的云团悬挂在蓝天上，缓缓地移动，仿佛成为斜塔移

▶ 庄严宏伟的教堂大厅

动的背景，十分有趣。老远就吸引着人流涌向斜塔，一层层地攀登，观赏。

斜塔设计为圆柱体，高约六十米，相当于二十多层楼房的高度。直径十六米，共分八层，每层都有圆形拱门组成的环形走廊，全部用白色大理石砌成，拱门、廊柱、窗户上均有精美的石制雕饰。底层有雄伟的十五根圆柱，支撑着宽达四米的圆形走廊。顶层精心设计为一顶王冠形状，内部为悬挂大钟之处，共有七口大铜钟，为电动式，只用按电键，七口大铜钟便全部发出声响，洪亮悠扬，响彻全城。内有楼梯可供登临眺望，整个比萨古城尽收眼底。

据说，斜塔在修建开始时，塔身还笔直向上，但在修建途中便发现了倾斜。究其原因，是因濒临海边，土层松软，加之大理石块太重。一时寻找不到好的解决办法，只好停工，一停便是八十年。这在欧洲不算什么，许多大教堂常修数百年，比如梵蒂冈中心的圣彼得大教堂前后共修了五百多年。比萨斜塔停工了八十年又继续修，修到第七层因负责施工的工程师去世再次搁浅。直到半个世纪后，采取转移重心、增加与塔身倾斜方向相反处的重量等措施，到 14 世纪，前后差不多用两个世纪才彻底完工。

斜塔修好后，经测量偏离中心 4.4 米，至今历经六百年风雨不倒，使斜塔名声大噪，被视为世界一大奇观，各国政要、富翁、探险家、新闻记者纷纷前往探奇观光。另外，发生在比萨斜塔上的一桩科学公案也使斜塔声誉日隆。16 世纪时，出生于比萨的物理学家伽利略，才华出众，仅二十五岁就任比萨大学教授。他对希腊学者亚里士多德的"物体下落速度和重量成正比"的说法产生怀疑。按亚里士多德的说法，十斤重的铁球比一斤重的铁球落下的速度要快十倍，这一说法从来没有人怀疑，伽利略却要通过试验来验证这一说法。试验就在比萨斜塔上进行。

▲欧洲古老的马车

▲欧洲街头

那天伽利略和几个助手把各种重量的铁球搬上塔顶，塔下挤满比萨大学的师生，成千上万双眼睛在等待这个划时代的结果。

那震惊世界的一瞬发生在多个铁球同时落地的时刻，斜塔下先是一片寂静，随即便是暴风雨般的掌声，年轻的伽利略胜利了。之后，"牛顿运动定律"和"万有引力定律"就是在伽利略的理论基础上产生的。

三

伽利略还用自己的科研成果否定了罗马教廷认可的"地心说"，肯定哥白尼的"日心说"，结果被罗马教廷以异端罪判处终身监禁，含冤去世。直到三百五十年后的1983年，罗马教廷才为伽利略平反。伽利略用生命为人类的科学进步做出了贡献，至今为人们怀念。他在比萨的故居已成为纪念馆，来自世界各地的游人对伽利略的曲折人生肃然起敬，排起一溜儿长队的参观人群，对他的故居遗物仔细浏览，充满敬意。在参观比萨斜塔时却是另一番情景。许多摄影者利用视觉误差，做出要扶正斜塔状，各种姿势表情引得笑语喧哗，各种肤色的笑靥也极为有趣。

比萨距佛罗伦萨仅七十公里，几乎在同一条旅游线上，这儿尽管由于泥沙堆积已远离海洋，但较完整地保留着中世纪风貌，尤其有一座举世闻名的斜塔，是非常值得一游的地方。朋友，若去意大利，千万别错过比萨斜塔。

▲罗马古城的城徽

罗马访古

一

　　罗马对于我们来说，似乎不像其他欧洲城市那么陌生。一方面，从长安到罗马，它是万里丝路的终点，在历史上便与我们有过交往，"条条大道通罗马"几乎成为一个口头禅。再者，"五四"前后介绍到中国的一批文艺复兴大师：但丁、薄伽丘、伽利略、达·芬奇、米开朗基罗、拉斐尔和不朽的作品《神曲》《十日谈》《蒙娜丽莎》《大卫》，还有那位七百年前就撰写《马可·波罗游记》，把中国介绍给西方的马可·波罗，也都为我们所熟知。

　　因此，罗马的文物与古迹，文艺复兴不朽的巨匠与名作便吸引我们去叩问拜访，去撩开万里丝路终点的神秘面纱。事实上，罗马也是世界最具魅力的热点旅游城市，旅游已成为罗马的支柱产业，罗马常被作为重头戏安排在旅程最后。那天，我们离开中世纪古都，也就是仅次于巴黎的世界服装基地米兰，经佛罗伦萨进入向往已久的古城罗马。出于对罗马古城的保护，外来车辆严禁进入老城区，人们均需改乘地铁进入。出站不远，迎面便是一段公元前四百多年的城墙，苍黯斑驳，立刻把人带入浓浓的史前文化之中……

　　让人意想不到的是，古罗马的城徽竟是一幅母狼育婴的图案，旅游品专卖店

▲ 特莱维喷泉

▲ 路边的一家人

中的大小雕刻随处可见。原来罗马古城的起源与母狼育婴这一美丽的传说有关：公元前，亚平宁半岛上的公主与战神相爱，生下一对孪生兄弟。其叔叔知道后，勃然大怒，处死了公主，并把这对孪生兄弟用箩筐装着扔进河里。箩筐漂到河边被一只母狼衔走，用奶汁喂养。两兄弟在母狼的抚育下成长起来，力大无穷，充满智慧，杀死狠心的叔叔，替母亲报仇雪恨，又在七座山丘之间大兴土木，这便是罗马城的起源。另据《罗马史诗》记载：公元前753年4月21日为罗马建城日，距今已有两千七百多年，每年的这一天罗马人都要举城狂欢。

二

悠久的历史，辉煌的古代文明，造就了罗马。公元前4世纪左右，当东方中国进入春秋战国时期，罗马建立了奴隶制国家。到恺撒大帝时古罗马进入了全盛，其疆域几乎包括了今地中海沿岸的所有国家。罗马古城也成为西方文明的摇篮，在法律、哲学、自然科学和建筑等领域不仅为欧洲，也为世界做出了巨大的贡献。今日进入罗马古城，就像进入了一座巨大的露天历史博物馆。用巨石修建的那些

▲罗马吸引大量游客

城墙、教堂、神庙、浴场和城堡，历数千年风雨，仍巍然耸立，成为古罗马辉煌历史的见证。徜徉于那石子铺就略显狭窄的街道上，各种古老的广场、雕塑、喷泉，随处可见。古罗马人建造的竞技场、凯旋门、万神殿、元老院依然保存完好，让人感觉到一股浓浓的古代氛围。

古罗马人喜欢沐浴，这类古建筑留下不少遗迹，其中最著名的是卡瑞卡拉浴场。这是当时国王下令修建的可以说是国家级的浴场，代表了浴场的最高水平，距今已有一千七百年的历史。这座浴场的面积达两万六千平方米，可以同时容纳一千六百人洗浴。浴场用巨大的大理石砌就，这些石块或条或方或圆，用于巨大的室内浴池、巨型拱顶及其他设施。浴池四周还有在水蒸气下不褪色的大型壁画，均是各种裸体男女的精美雕像。洗浴间有大小之分，有冷水热水蒸汽之别，还有供用餐、饮酒、健身、谈心、下棋、读书等活动的配套建筑。这个庞大的浴场尽管已经残缺不全，一派沧桑，但从遗迹仍不难看出当年的豪华壮美和宏大气象。

罗马城著名的古迹还有弗拉维欧圆形剧场，它是古罗马最雄伟的标志性建筑，也被称为世界八大奇迹之一。这座高耸于罗马城南的庞大建筑修建于公元1世纪，距今已有两千年，是为纪念罗马帝国征服耶路撒冷修建的。驱使了四万多名战俘，

▲ 最后的贵族

用十万立方米大理石和数百吨勾连石块的铁条，历时八年完成。整个建筑为椭圆形，直径近两百米，高五十米，相当于二十层楼房，占地两万多平方米，可容纳八万人同时观看，巍峨壮观，是古罗马帝国的象征，也是今天来罗马的人的必游之地。

建筑内圈犹如今日的体育场，共分四层。底层用以关押猛兽和准备角力的角斗士、战俘，其余三层按身份、地位，划分不同的区域，装修设施也各不相同。王公贵族与皇室的观看台极尽豪华，还有执政官员与贵夫人们的包厢也各具风格。二层观赏台建有八十多个拱形门洞，各有一尊真人大小的大理石武士雕像。建筑中央有一块足球场大小的场地，可供进行各种表演：斗兽、赛马、歌舞、阅兵，还可以放进河水形成湖面，再驱赶人与野兽搏斗。

据记载，斗兽表演十分惨烈。每次表演都要提前数月准备，捕捉大量凶猛野兽，诸如虎、狮、狼、大象、巨蟒，先喂肥壮再饿数日，角斗士则从奴隶中或战俘中挑选身强力壮的男子，并进角斗士学校训练。表演之前，皇帝贵族、王公大臣进入包厢，数万观众坐满看台，一边放出饥饿的困兽，一边放进角斗士。在山呼海啸般的呐喊中，饥饿受惊的猛兽见人便会猛扑撕咬。角斗士为了自卫也拼死相斗，于是巨齿利牙，人来兽往，十分激烈，也十分残忍。每个回合、每一分钟都有人或兽倒下，顷刻间人便会被撕咬践踏成肉泥，真正血肉横飞，惨不忍睹。但上至皇帝王公，下至寻常百姓，都习惯这种娱乐，越是血腥残忍，越是欢呼沸腾。每次斗兽竞技的结果都是数百头猛兽和数以千计的角斗士倒在血泊之中。据

▲罗马街市花园

记载，该建筑建成百年纪念时，曾驱使三千名奴隶与五千头雄狮猛虎进行一百天的厮杀表演，直到所有的猛士与猛虎拼光斗尽。公元 249 年，为纪念罗马建城千年的隆重纪念会时，那场表演有一千名角斗士参加，仅一场表演，便有三十二头大象、十多只猛虎、六十多只雄狮、十只野狼、十只长颈鹿、四十多匹野马和几百名角斗士丧失了性命。由此不难想见其场面是何等惊心动魄，血肉横飞，惨不忍睹。这种违背人性惨烈残酷的表演终于激起了奴隶的反抗，由角斗士斯巴达克思领导的奴隶起义风卷罗马，震撼欧洲，在古罗马历史上留下沉重的一笔。但这种斗兽表演仍持续了几个世纪，直到公元 405 年，才被罗马皇帝宣布禁止。

三

到罗马访古，注定要叩访梵蒂冈，因为这个世界上最小的国家就在古罗马城中。梵蒂冈长不足千米，宽约八百米，面积不足一平方公里，还不及一所像样的大学所占面积。但这个小国却拥有世界上最雄伟壮丽的圣彼得大教堂，是教皇驻地，所以这个袖珍小国被列入《世界遗产名录》，每年都吸引大量游人和信徒观光朝圣。

梵蒂冈在罗马古城的一座山丘上，原来并不是什么国家，只是有一座公元 4 世纪修建的圣彼得教堂供教皇居住。公元 8 世纪时，罗马皇帝把罗马古城及周边地区赠给了教皇，之后教皇势力扩张至意大利中部，罗马也逐渐成为欧洲教会中心。19 世纪，意大利统一全国，收回了教皇地权和世俗权力，规定教皇只能管理梵蒂冈。教皇不承认这一规定，直到 1929 年双方签订条约，才有了今日的梵蒂冈。

梵蒂冈的圣彼得大教堂和广场经历了几个世纪的修建、改建和维修。踏上广场，就让人感到庄严宏大。偌大的广场全部用黑色的小方石块铺就，中央是巨大的双层喷水池，广场两边有半圆形的石柱长廊，环抱每根石柱，直径都超过两米，高达数丈，造型和谐，气势恢宏。将近三百多根廊柱支撑起的环形长廊上雕塑着天主教历代殉道者，神态各异，栩栩如生。这两边的长廊与庄严的大教堂相接，可沿走廊进入教堂。教堂呈十字架结构，造型雄伟，是世界上最大的教堂，可容纳五万人朝圣。大理石铺就的地面光洁无比，墙壁上巨型的壁画、走廊中精美的雕塑让人目不暇接。这些作品许多出自意大利文艺复兴时期的艺术大师之手，如米开朗基罗、拉斐尔、波提切利等。米开朗基罗甚至主持过大教堂的重建。从这个意义上来看，梵蒂冈又是一座巨大的艺术博物馆。教堂大厅中那幅出自米开朗基罗的《最后的审判》，每个人物都精神饱满，个性鲜明，弥漫着悲剧气氛，让人百看不厌，久久不愿离去。

当晚，下榻罗马古城，购得一本画册，正好收有白天参观过的弗拉维欧圆形剧场、凯旋门、万神殿、洗浴池以及梵蒂冈的圣彼得大教堂。打开窗扇，凉风顿时扑面，在明亮的灯光下仔细阅览，以便把这些标志着古罗马的壮阔气象，也标志着人类文明进程的宏伟建筑，牢牢记于心中。

▲罗马市政厅

历史巨人的握手

一

我们得感谢历史造就了这样的机遇，由于丝绸之路的开辟，使古罗马与汉长安开始交往，东西方崛起的两大文明得以交流，互相影响，实现了两个"历史巨人"的握手，在人类文明史上写下了浓墨重彩的一笔。

汉长安与古罗马曾经是屹立于东西半球的两大都市，分别代表了当时人类文明取得的最高成就。在萌生、发展、崛起与辉煌的过程中，既有相同又有差异，起落荣衰正好体现出人类从远古蒙昧走向现代文明的曲折历程。古罗马与汉长安几乎同时崛起于三千年前。公元前 1111 年至公元前 770 年，西周在此建都，开长安建都之先河。而此时，约公元前 753 年，罗马人也开始在七丘之间建罗马城。之后，中华大地经历春秋争霸，秦扫六合，建立了统一的秦王朝，"汉承秦制"定都长安。汉初"文景之治"，朝廷轻徭薄赋，百姓休养生息，国库充盈，社会安定。到汉武帝时，又重用卫青、霍去病、桑弘羊、董仲舒、张骞等一批军事家、思想家、外交家，冶铁煮盐，兴修水利，打击匈奴，交好西域，把中国古代社会推向第一个峰巅。其时疆域东南至海，西北至今哈萨克斯坦境内的巴尔喀什湖，包括了今中亚的许多地区，西南至越南中部，东北则至朝鲜半岛，是当时世界上幅员辽阔、实力充盈、四方辐辏、万国来朝的第一号强盛大国。而且，两汉持续时间长达四百年之久，制定典章，拓展疆域，开通丝路，沟通欧亚，对后世的影响既深刻且巨大，绝无仅有。华夏民族正是经历了汉王朝才定型使用"汉族"这一称谓，并被周边国家和少数民族认可。而汉语、汉字、汉风、汉俗被西方称为"汉学"，这也是世界各国对这种文明的认同与肯定。

此时在西方，立足于亚平宁半岛的古罗马与在非洲另一个崛起的强国迦太基之间，于百年进行的三次战争中，取得一次次的胜利。其控制的疆域几乎包括了今地中海沿岸埃及、毛里塔尼亚、西班牙、法国、比利时、英国、奥地利等广大土地，还使地中海和黑海都成为其内海。固有的罗马文化与埃及文化、古希腊文化因交流融合而相互影响，既推动了各自的文明，又在融合中获得了强大的生命力，形成足以代表本国、本民族乃至本大洲文明的最高水平。古罗马文明以及之后在这片古老土地上产生的文艺复兴运动，其影响一直延续至今，对造就今天欧洲文明乃至整个人类的文明都功不可没！

二

尽管古罗马与汉长安相隔万里，其间关山阻隔、江海凶险且无任何迅捷的交通工具，但这两大文明却曾相互吸引，都洋溢着强烈的探求精神，双方都对沟通交流表现出了强烈的愿望，留下许多可歌可泣的壮举和佳话。早在公元前138年，张骞便出使西域，是为日后兴盛的丝绸之路的先声，史称"凿空"。张骞被汉武帝封为博望侯。"博望"恰如其分地表现出汉朝人努力打破地域束缚、探求世界的精神。张骞出使西域返回长安后，首次报告了罗马帝国富裕强盛的种种信息。其时，罗马被汉朝称为大秦国，汉朝则被罗马人称为"赛里斯"，意为丝绸之国，可见中国的丝绸当时已辗转传入罗马。据西方典籍记载，丝绸最早传入罗马是公元前53年。其时，罗马将军克拉苏率军追击波斯人的军队，波斯人突然回军反击，在喊杀声中展开多面丝绸大旗，巨大而众多的红色丝绸在阳光下一片鲜红，一片红光，罗马人因此大败。事后，罗马人才知道这种摄人心魄的丝绸源于遥远的中国，这正是张骞第二次出使西域时带去的丝绸。当时一位罗马诗人赞叹："丝国人制造的宝贵花绸，它的颜色像野花一样美丽，它的质料像蛛丝一样纤细。"甚至连《古兰经》中都称"丝绸是天国的衣料"。一时间，古罗马帝国的皇室贵族都以穿中国丝绸为荣，一次恺撒穿着丝绸长袍去看戏，造成了比演出还吸引观众的轰动效

▲圣彼得大教堂

应。整个罗马都以穿丝绸为时尚和时髦,以至于造成一两丝绸可换一两黄金的昂贵市价。精明的波斯人抓住罗马人急于得到丝绸的心理,千方百计地探索通往"赛里斯国",也就是"大汉帝国"的道路。随着丝路的畅通,不仅刺激了中国的丝绸生产和蚕桑养殖的发展,也使沿途的巴格达、君士坦丁堡(今土耳其伊斯坦布尔),甚至埃及的亚历山大城成为活跃的丝绸中转之地和商贸中心。由于双方都渴望沟通与交流,之后,定远侯班超在疏勒(南疆喀什)长达三十年的边塞生涯中,为更多地得到古罗马的传闻,便派副使甘英出使大秦,即罗马。这次甘英到达了地中海边,因缺乏航海工具"临海而还"。这是两千年前中国人穿越两河流域、伊朗高原到西方最远的地方,虽最终未到达罗马,却带回了更多关于罗马帝国的信息,而中国使节前来造访的消息也给罗马带来惊喜。两个大国间的直接交往已是迟早的事情。

三

公元 166 年,汉桓帝延熹九年,"大秦王安敦",即罗马帝国国王,终于派遣使臣到长安,进献象牙等礼品,汉帝也回赠丝绸等物,两国间开始通过丝绸之路进行直接交流。这次彪炳史册的交往意义非同寻常,应视为两个文明古国历史性的握手,共同推进了世界文明历史的进程,也给世界历史留下了辉煌灿烂的一章。

各种史料和出土文物都表明,丝绸之路曾畅通达千年之久。中国的丝绸、瓷器、

▲圣保罗教堂廊柱

纸张、传统青铜器都曾大量输出、冶铁、打井、丝织、造纸、灌溉等技术也曾传到西域；西亚、欧洲出产的玻璃器皿、胡豆、西瓜、宗教、歌舞、音乐、绘画也曾被带往长安。汉唐均以博大的襟怀，对外来文化兼容并包，"胡化之风起中原"，对汉唐文明的丰富与发展起过重要作用。

东西方通过丝绸之路的交往，在唐代达到了顶峰。唐王朝是整个封建时代最发达昌盛的阶段，丝绸历经千年，也进入到高度发达时期。据《唐书》载，当时的蜀帛品种繁多，华贵雅致，仅是红色便有水红、绛红、猩红、银红之别；黄色又有鹅黄、菊黄、杏黄、金黄之异；而且图案多样，精美绝伦，让人无法不喜爱。我曾在新疆博物馆见到过出土的唐代丝绸，虽历经千年竟仍保存完好，色泽如新，若非目睹，很难相信。由于唐王朝的包容和开放，与各国的交往更加频繁。唐高宗与武则天合葬的乾陵，矗立的外国使臣石刻竟达六十一尊，代表着六十一个国家。仅见于史书的大食国，即当时的阿拉伯帝国，便曾遣使来唐王朝三十七次之多。日本出使中国"遣唐使"也达十九批三千多人。其中，晁衡留居中国达半个世纪。当然，交好也有交恶。比如唐开元年间，大食国势力入侵，大食国当时与唐王朝关系密切。公元750年，唐王朝大将安西节度使高仙芝出兵大破大食，并俘获其国王。但次年，高仙芝却被大食国所败，数万唐兵被俘，其中有不少会造纸的工匠。大食国便利用这些士兵开厂造纸，中国发明的造纸术由此传入西亚和欧洲。不仅是丝绸和造纸术，近年考古工作者在伊拉克境内的沙玛拉城遗址中发掘出大批中国陶瓷，其中有唐三彩、白瓷和青瓷。在吐鲁番、西安、太原等地也都出土过波斯乃至罗马帝国的银币和金币。从史料看，盛唐时期输出的主要商品是丝绸、瓷器、纸张和铜铁器物，从西方输入的主要是香料、象牙、犀角、珍宝和骏马等。

▲地中海日出

四

　　古罗马与汉长安相隔万里之遥，就人种、民族、语言、文字及所处环境物候来看，有较大差异，但在拓展疆土、训练军队、建设城市、规筑道路、商贸交流、文化艺术等方面，又有很多相似之处。比如在军事方面，古罗马和汉王朝都曾花了很大力气培训建立骑兵军团，以利快速进攻。古罗马曾从波斯获五万匹良马，汉武帝则起用卫青、霍去病组建骑兵军团，战胜强大的马背民族匈奴。其结果是罗马建立地跨欧亚非三洲，以地中海为内海的庞大帝国；汉王朝的疆域占了多半个亚洲。当双方版图极大扩张后，古罗马与汉王朝都花了很大力气修筑全国道路，以便政令畅达，疆域巩固。罗马帝国在征服广大地区之后，几乎动员了所有人力修筑道路，据记载，公路里程达十二万公里，有八十多座古罗马时期的桥梁至今仍在使用，故留下"条条大道通罗马"的说法。汉王朝则继承秦制，不仅拥有直道、驰道，还修筑了沟通中原与大西南的"五尺道"，开拓了万里丝路，且有邮亭驿站等配套设施。再是在都城建设中，双方都把人类文明推向极致。都市修建得极为壮丽辉煌。历经风雨仍巍然高耸的斗兽场、万神殿、凯旋门、大教堂无不让世界久久地惊叹。汉长安城经发掘，周长达三十五公里，规模超过古罗马城，其未央宫、上林苑、甘泉宫中的亭台楼阁、水榭长廊、珍禽异兽，史载与实物相证，仅是陶质排水系统的科学合理，近百种瓦当图案的精美，便让人感觉到汉时长安城的恢宏与气派。再是古罗马与汉长安都出土了歌舞陶俑，反映出帝王们对歌舞的共同喜爱。不仅如此，从古罗马与汉王朝的典籍中可以发现通过互遣使臣，

▶ 教堂里的修女

▶ 海边的女子

商贸沟通，双方都表现出良好的交往愿望，互称对方国家人民"长大平正，有类中国"和"举止温厚"。这正是双方表示亲和，愿意沟通交往的基础。事实上，古罗马与汉长安正是通过丝路的牵引，才得以互相交流学习，在欧亚大陆两端实现历史巨人的握手，以各自强盛的首都为中心，发展出博大精深、泽被后世、影响深远的文明，以至于到两千年后的今天，我们仍为之自豪，为之感奋。

后 记

2016年汉中学人再访敦煌（左起：杨小军、田孟礼、作者、火生珍、杨建民、王维宾、武妙华、冯德富）

从 1983 年西出兰州算起，至今已西行二十次。从 1993 年起就有了全程踏访丝路的愿望，但因其时正在进行蜀道写作，故延至 1997 年夏方才践行。前后二十天沿汉唐丝路去了甘肃、青海、宁夏部分段落。返回后借助蜀道写作的经验、翻阅典籍、钩沉史料，静下心来，首次完成一组六篇关于丝绸之路的作品。凡事一旦开始，畏难消除，激情便也诞生。之后，一次次西行，一段段接续，疑惑也一个个被解开，末了艰苦地伏案，前后十二年之久。这期间，集中反映从长安出发，穿越关陇河西、塔里木河流域至巴基斯坦的卡拉奇的作品结集为《丝路访古》，探访草原丝绸之路的部分作品结集为《草原之旅》，2003 年由福建人民出版社纳入"走进西部"丛书出版，图文并茂，受到好评。有此鼓舞，越发西行不止，欲将丝路写作进行到底。

如今，面对这最终修订的五十万字与六百幅图片，厚可盈尺，让人百感交集。回顾这个不算短的过程，要感谢的单位和朋友太多，中国作家协会和陕西省作家协会支持了丝绸之路国外部分的考察；陕西省委宣传部把本书列为全省重点作品；胡悦、陈忠实、阎纲、贾平凹、查舜、聂鑫森、赵本夫等多位朋友在我的丝路写作中自始至终给予了热情鼓励和支持。特别要感谢的是季成家、韩梅村两位教授为本书作序。季先生作为《丝绸之路》主编、资深学者，在我探访丝路中曾多次给予指导；韩先生从 20 世纪 80 年代初，便对我的创作进行了跟踪评论，曾出版

《王蒙的艺术世界》。两位教授治学的严谨认真使我受益匪浅。要感谢的还有丝路沿线的文友，天水王若冰，兰州王家达、冯德富、梁胜明、梁燕，山丹陈淮，嘉峪关胡杨、乌鲁木齐魏忠明、喀什赵力等诸位，自然还有我的家人，以及帮助打印、校对文稿的朋友。

需要说明的是，原本写作此书的一个目标是，凡涉及重要城镇、关隘、长城、驿站等历史事件与历史遗址，都尽可能去现场考察和感受，并尽可能使用自己拍摄的图片，以便读者有现场感和真切感，但并没有完全做到。在六百幅图片中，有五百五十幅为自己拍摄，仍有五十幅采用了他人照片。比如早已过世的西方探险家、瑞典的斯文·赫定、英国的斯坦因、法国的伯希和、发现敦煌藏经洞的王道士等图片，采用的是《丝绸之路》丛书图片；王子云、何正璜学人夫妇当年考察西北文物的图片由其子王蒙先生提供；张骞出使西域的版图系汉中画家张重光所画。这里一并向他们表示衷心的感谢，没有这众多朋友的真诚协助，丝绸之路的探索与写作便不能顺利和圆满。

最后，要特别感谢的是太白文艺出版社。早在1983年，我的短篇小说集《油菜花开的夜晚》，也是我的第一本书，即由陕西人民出版社文艺编辑室（太白文艺出版社前身）列入新时期专为陕西作家开创的"秦岭文学"丛书出版，我因此获得进入鲁迅文学院和首届北大作家班学习的机会。世纪之交的1999年，我历时十年完成的蜀道专著《山河岁月》上下两卷，共六十万字，也由太白文艺出版社出版。这次列入省重点作品的《从长安到罗马》仍由太白文艺出版社出版，我从心灵深处感到认同。不仅仅是由于题材与长安关系密切，还在于太白文艺出版社社长党靖先生与负责拙著的总编辑韩霁虹女士，都给予拙著从始至终的关注与支持，或来汉中探望，或打电话咨询，切实尽到了责任。

《从长安到罗马》于2011年元月出版后，在社会各界和读者中引起广泛关注和热烈反响。新华社、中国国际广播电台、《中华读书报》《文艺报》《文化艺术报》《陕西日报》《各界导报》《三秦都市报》都曾专题、专版介绍，还获得以下荣誉：

《从长安到罗马》	陕西省重大文化精品项目	2008 年 12 月
《从长安到罗马》	"十二五"国家重点出版物规划图书	2012 年 12 月
《从长安到罗马》	经典中国国际出版工程	2011 年 10 月
《从长安到罗马》	译为英文海外出版	2013 年 10 月
《从长安到罗马》	北方十三省优秀图书奖	2011 年 6 月
《从长安到罗马》	第四届中华优秀出版物奖图书提名奖	2012 年 12 月

《从长安到罗马》 陕西省第二届优秀图书奖   2013 年 6 月

　　这次，为响应习总书记"一带一路"倡议，也应广大读者要求，太白文艺出版社嘱我重新修订《从长安到罗马》。尊重读者意见，这次提供全部经过专业处理的六百幅图，再版启用新图，想必亦能增色。另外，听取专家意见，对涉及民族、宗教的几处文字也做了修改。

　　至此，再说什么都显得多余。一部作品一旦出版，便交给了读者，交给了社会。最权威的评判也只能是读者和岁月了。我将以最平静的心情和大家一起分享这部书面世的愉快。

2015 年 10 月

探访丝路、阅读典籍与实地踏勘，实乃鸟之双翼、车之双轮，缺一不可。好在已有探访蜀道的经验，所到之地，除寻访书店尤其是古旧书店外，再就是拜访沿途学人同行。比如天水作家王若冰，兰州学人、教授、作家季成家，梁胜明，王家达，山丹作家陈淮，张掖文联贺冬梅（裕固族），肃南摄影家王政德（藏族）、学者铁穆尔（裕固族），嘉峪关市电视台台长胡杨，喀什诗人赵力，喀什政协马树康及巴基斯坦的友人等。他们或是赠送书籍，或是提供线索，或直接带去书店，多次购得书籍成包成箱寄回。下面所列不过十之二三，是为回答热心读者来信询问之故。

《丝绸古道上的文化》，〔德〕克林凯特著，新疆美术摄影出版社，1994 年
《沙埋和阗废墟记》，〔英〕斯坦因著，新疆美术摄影出版社，1994 年
《草原丝绸之路与中亚文明》，张志尧主编，新疆美术摄影出版社，1994 年
《外国探险家西域游记》，魏长洪、何汉民编，新疆美术摄影出版社，1994 年
《塔里木河传》，王嵘著，河北大学出版社，2001 年
《西北远征记》，宣侠父著，甘肃人民出版社，2002 年
《西北视察记》，陈庚雅著，甘肃人民出版社，2002 年
《西行日记》，陈万里著，甘肃人民出版社，2002 年
《宁海纪行》，周希武著，甘肃人民出版社，2002 年
《湟中纪行》，（清）阔普通武著，甘肃人民出版社，2002 年
《皋兰载笔》，陈奕禧著，甘肃人民出版社，2002 年
《度陇记》，董醇著，甘肃人民出版社，2002 年
《伯希和西域探险记》，〔法〕伯希和著，云南人民出版社，2001 年
《中国历史地理概述》，邹逸麟编著，上海教育出版社，2005 年
《房龙地理》，〔美〕威廉·房龙著，河北教育出版社。2004 年
《中国历史地理学》，蓝勇编著，高等教育出版社，2004 年
《敦煌·阳关·玉门关论文选萃》，纪忠元、纪永元主编，甘肃人民出版社，2003 年

《长城》，马建华、张力华著，敦煌文艺出版社，2004年

《西宁历史与文化》，芈一之主编，辽宁民族出版社，2005年

《中国国家地理》，马跃主编，中国文史出版社、光明日报出版社，2004年

《世界国家地理》，翟文明主编，光明日报出版社，2004年

《汉匈四千年之战》，周锡山著，上海画报出版社，2004年

《丝绸之路》，〔瑞典〕斯文·赫定著，新疆人民出版社，1996年

《哈萨克斯坦》，赵常庆编著，社会科学文献出版社，2004年

《乌兹别克斯坦》，孙壮志等编著，社会科学文献出版社，2004年

《土库曼斯坦》，施玉宁编著，社会科学文献出版社，2004年

《万里行记》，曹聚仁著，生活·读书·新知三联书店，2000年

《新疆文史资料精选》1～4卷，新疆人民出版社，1994年

《喀什文史资料》1～5卷，喀什地区政协编印

《无法尘封的历史》，钱念孙著，安徽教育出版社，2005年

《神明之地》1～2卷，王鲁湘著，文化艺术出版社，2005年

《与玄奘同行》，张讴著，团结出版社，2004年

《藏边人家》，〔美〕巴伯若·尼姆里·阿吉兹著，西藏人民出版社，2001年

《凉州春秋》，王宝元著，兰州大学出版社，2003年

《武威史地综述》，梁新民著，兰州大学出版社，1997年

《武威史话》，郭承录主编，甘肃文化出版社，2005年

《嘉峪关史话》，薛长年主编，甘肃文化出版社，2005年

《呼和浩特史话》，钱占元主编，内蒙古人民出版社，2003年

《呼和浩特文物》，孙利中主编，内蒙古人民出版社，2003年

《呼和浩特民俗》，郝诚之主编，内蒙古人民出版社，2003年

《佛教旅游文化》，霍国庆编著，北京图书馆出版社，2000年

《罗马建筑》，张晓校著，福建人民出版社，2001年

《古罗马与汉长安》，陕西历史博物馆编印

《青康藏区的冒险生涯》，〔英〕福格森著，西藏人民出版社，2003年

《无父无夫的国度》，周华山著，光明日报出版社，2001年

《青藏高原古代文明》，汤惠生著，三秦出版社，2003年

《西行杂记》，张恨水著，甘肃人民出版社，2000年

《荷戈纪程》，林则徐著，甘肃人民出版社，2002年

《莎车行记》，倭仁著，甘肃人民出版社，2002年

《辛卯侍行记》，陶保廉著，甘肃人民出版社，2002年

《东归日记》，方士淦著，甘肃人民出版社，2002年

《万里行程记》，祁韵士著，甘肃人民出版社，2002年

《抚新记程》，袁大化著，甘肃人民出版社，2002年

《西行日记》，陈万里著，甘肃人民出版社，2002年

《游敦煌日记》，心道法师著，甘肃人民出版社，2002年

《西北考察日记》，顾颉刚著，甘肃人民出版社，2002年

《河西见闻录》，明驼著，甘肃人民出版社，2002年

《游陇丛记》，程先甲著，甘肃人民出版社，2002年

《北草地旅行记》，李德贻著，甘肃人民出版社，2002年

《新疆游记》，谢晓钟著，甘肃人民出版社，2002年

《甘青藏边区考察记》，马鹤天著，甘肃人民出版社，2002年

《西北行》，林鹏侠著，宁夏人民出版社，2000年

《塞上行》，范长江著，宁夏人民出版社，2000年

《伟大的西北》，蒋经国著，宁夏人民出版社，2001年

《徐旭生西游日记》，徐旭生著，宁夏人民出版社，2000年

《悲越天山——东干人纪事》，优素福、刘宝军著，宁夏人民出版社，2004年

《从香港到新疆》，萨空了著，宁夏人民出版社，2000年

《成吉思汗》，〔法〕勒内·格鲁塞著，国际文化出版公司，2004年

《邮驿初笔》，张立著，陕西人民出版社，2000年

《邮驿续笔》，张立著，陕西人民出版社，2001年

《陈昌浩革命生涯》，范青、陈汉辉著，中共党史出版社，2002年

《敦煌学概论》，姜亮夫著，云南人民出版社，1999年

《敦煌史话》，胡戟、付玖著，中华书局，1995年

《1939年：走进西康》，孙明经、张鸣著，山东画报出版社，2003年

《云南少数民族婚俗录》，华坚著，天地出版社，1998年

《敦煌大梦》，王家达著，长江文艺出版社，2006年

《敦煌民俗》，谭蝉雪著，甘肃教育出版社，2006年

《你不可不知道的欧洲艺术》，刘绮文主编，中国旅游出版社，2005年

《最后的母系家族》，陈烈、秦振新著，云南人民出版社，1999年

《额济纳》，孙兴凯编著，额济纳旗委宣传部，1998年

《青海的寺院》，谢佐等编，青海省文物管理处，1998年

《见证百年西藏》，张晓明编著，五洲传播出版社，2004年

《雪域西藏风情录》，廖东凡著，西藏人民出版社，1998年

《裕固民族尧熬尔千年史》，铁穆尔著，民族出版社，1999年

《从长安到雅典》，王子云著，陕西人民美术出版社，1992年

《陶器鉴赏》，叶茂林著，漓江出版社，1995年

《西域往事》，许福芦著，华文出版社，2006年

《历史上的新疆》，苗普生著，新疆人民出版社，2006年

《新疆史鉴》，马大正等著，新疆人民出版社，2006年

《丝绸之路——中国—波斯文化交流史》，〔法〕阿里·玛扎海里著，新疆人民出版社，2006年

《西域的历史与文明》，〔法〕鲁保罗著，新疆人民出版社，2006年